J. D. Oswald

DREAMWALKER

Das Geheimnis des Magierordens

cbj

AUTOR

James Oswald verfasste bereits während des Studiums der Psychologie erste Comics. Es folgten Kurzgeschichten, diverse Blog-Posts und eine Fantasy-Reihe. Neben dem Schreiben betreibt er heute eine Farm in der schottischen Grafschaft Fife. Mit seinen ersten beiden Thrillern »Das Mädchenopfer« und »Asche zu Asche, Blut zu Blut« wurde James Oswald für den renommierten *Debut Dagger Award* nominiert und stürmte auf Anhieb die britischen Bestsellerlisten. Mit der »Dreamwalker«-Trilogie legt er seine ersten Jugendbücher vor.

Bereits erschienen:

Band 1: DREAMWALKER –
Der Zauber des Drachenvolkes (40306)

J. D. Oswald

DREAMWALKER

Das Geheimnis des Magierordens

Aus dem Englischen
von Gabriele Haefs

cbj

cbj Kinder- und Jugendbuchverlag
in der Verlagsgruppe Random House

Für Barbara, die mich als Erste darauf aufmerksam machte, dass »Sir Benfro« ein wunderbarer Name für einen Drachen wäre.
J. O.

MIX
Papier aus verantwortungsvollen Quellen
FSC® C083411
FSC www.fsc.org

Verlagsgruppe Random House FSC® N001967

1. Auflage 2016
Erstmals als cbj Taschenbuch März 2016

Die Originalausgabe erschien 2013
unter dem Titel »The Rose Cord«
bei Penguin Books Ltd, London
Übersetzung: Gabriele Haefs
Lektorat: Andreas Rode
Umschlaggestaltung: init | Kommunikationsdesign,
Bad Oeynhausen
unter Verwendung einer Illustration von © Sam Headley
MP · Herstellung: wei
Satz: Uhl + Massopust, Aalen
Druck: CPI books GmbH, Leck
ISBN 978-3-570- 40307-5
Printed in Germany

www.cbj-verlag.de

1

In den frühen Jahren des Ordens vom Hohen Fryd wurden immer wieder Drachen erschlagen. Im Auftrag von König Brynceri durchkämmten Inquisitoren und Kampfpriester die Wälder des Frydlands. Nur wenige Drachen stellten sich zum Kampf, die meisten akzeptierten den Tod, als ob sie ihn erwartet hätten. Aber im Laufe der Zeit ließ der Eifer, mit dem der Orden seiner Aufgabe nachkam, mehr und mehr nach. Inquisitor Hardy belegte die Rufstraße mit seiner Magie und versuchte so, die wenigen noch verbliebenen Drachen zum Kloster zu locken. Der Orden widmete sich wieder seiner herkömmlichen Rolle als Beschützer der Grenzen gegen Invasionen aus anderen Ländern. Einige der überlebenden Drachen verirrten sich auf die Rufstraße und wurden getötet. Die übrigen blieben in ihren schlichten Dörfern und warteten.

Es ist verständlich, dass jemand zu den Waffen zu greift, wenn ein Ungeheuer seine Schafe stiehlt und seinen Hof anzündet. Doch als die Überfälle ein Ende genommen hatten, fanden die Menschen, sie hätten Wichtigeres zu tun, als Drachen zu jagen. Jahre wurden zu Jahrzehnten, Jahrzehnte zu Jahrhunderten – und heute sind viele ehrlich überzeugt davon, dass Drachen nur ein Mythos sind. Da sie in ihrem ganzen Leben niemals so ein Wesen erblicken werden, kann dieser Glaube ihnen auch nicht schaden.

Es gibt andere, die die Wahrheit wissen und die wahre Macht dieser verborgenen, niemals fliehenden Bestien kennen. Solche Drachen speien kein Feuer, sie stellen keine Bedrohung für das Königreich dar, aber sie sind Wesen der Erde mit einem angeborenen Verständnis für Magie. Und diese Magie hat ihren Sitz in den Edelsteinen. Denn im Gehirn eines jeden Drachen können Kleinode gefunden werden, die jeglicher Beschreibung spotten, und wer ein solches Kleinod besitzt, verfügt über einen unvergleichlichen Reichtum.

Father Charmoise: Drachengeschichten

Zweige und Äste schlugen gegen Benfros Schuppen, als er durch den Wald rannte. Er hatte keine Ahnung, wo er war, wo er hinlief. Es gab nur Flucht und blinde Panik. Ein Prickeln ließ seinen ganzen Körper erzittern, als ihn Wellen von Furcht überliefen, während Inquisitor Melyn und seine Kampfpriester auf der Jagd nach ihm waren. Er hatte das Gefühl, dass eine unsichtbare Kraft die Hände nach ihm ausstreckte, und immer, wenn diese Kraft ihm nahe kam, konnte er spüren, wie seine Muskeln sich anspannten.

Eine Wurzel umfing seinen Knöchel und er fiel kopfüber in eine Rinne. Benfro spürte, wie seine Flügel sich verdrehten und an den Zweigen hängen blieben. Die Welt um ihn herum schien sich zu drehen.

Benfro lag mit dem Gesicht nach unten in eisklarem Wasser. Die Kälte brachte ihm ein wenig Vernunft zurück, obwohl sie ihm die Luft aus der Lunge schlug. Er setzt sich in dem rasch dahinströmenden Bach auf, schüttelte sich und schnappte nach Luft. Immerhin wusste er jetzt wieder, wo er war. Noch immer fürchtete er sich, aber der Gegenstand seiner Angst war nur noch schwach, fern. Er verstand selbst nicht, wieso er so sicher sein konnte, begriff nicht, wieso er Melyn überhaupt spüren konnte, aber er war sich sicher, dass der Mann in der falschen Richtung suchte, und sich mit jeder Minute, die verging, weiter entfernte.

Langsam kroch Benfro aus dem Wasser und auf das verschlammte Ufer. Hier befand er sich im Schutz eines umgestürzten Baumes. Benfro kehrte dem Baum den Rücken und fühlte sich ein wenig wohler, auch wenn ihn noch immer von Zeit zu Zeit ein Zittern der Furcht überkam. Er wollte seine Gedanken sammeln, wollte versuchen, den Geschehnissen einen Sinn zu entlocken, aber er sah immer nur die leuchtende Klinge, die sich senkte. Und den Leib seiner Mutter, der in sich zusammensackte, als das Leben aus ihm entwich.

Und das war es eben. Seine Mutter war tot. Aber sie konnte nicht tot sein. Sie hätte ihn doch niemals so verlassen, so plötzlich. Sie hätte sich niemals vor irgendwem verneigt, schon gar nicht vor einem jämmerlichen Menschen, um sich von ihm den Kopf abhacken lassen. Liebte sie ihn so wenig, dass sie ihn einfach so verlassen konnte?

Nein, das war ungerecht. Schuldgefühle überfluteten Benfro bei diesem Gedanken. Seine Mutter Morgum hatte alles getan, um ihn zu retten, selbst, wenn das bedeutet hatte, sich selbst zu opfern. Und was hatte er im Gegenzug geleistet? Er war geflohen, verängstigt und gedankenlos, und hatte dabei einen solchen Lärm gemacht, dass die ganze Truppe ihm nachgesetzt war. Er hatte Glück gehabt – bisher hatte er ihnen entgehen können –, aber es hätte viel zu leicht auch noch mit seinem Tod enden können. Oder schlimmer noch, mit seiner Gefangennahme. Dann wäre seine Mutter umsonst gestorben.

Seine Mutter war tot.

Benfro schlug die Hände vors Gesicht und rieb sich mit seinen schuppigen Handflächen über die Augen. Natürlich reagierte er auf alles, was passiert war. Aber er konnte nichts tun. Außer immer und immer wieder zuzusehen, wie der Kopf seiner Mutter leblos zu Boden fiel.

Er hatte sie im Stich gelassen. Er musste zurück. Seine Mutter war weise, eine fähige Heilerin. Er hatte erst ganz wenig von ihrem Handwerk gelernt. Vielleicht war alles nur eine Täuschung gewesen. Ein magischer Trick, um die Männer abzuschütteln. Sie war sicher heil und gesund und wartete darauf, dass er nach Hause kam. Sie würde ihn auf ihre liebevolle Weise auslachen und ihm erklären, wie sie die Feinde ein weiteres Mal besiegt hatte. Und sie würde einen heißen Wildeintopf auf dem Herd stehen haben, den sie beide mit krustigem Brot verzehren würden.

Benfros Magen knurrte und ihm ging auf, dass er seit dem Morgen nichts mehr gegessen hatte. Der Himmel über ihm zeigte das dumpfe lila Licht der Dämmerung und schon breitete sich zwischen den Bäumen die Dunkelheit aus. Aber wie konnte er in einem solchen Augenblick an Essen denken? Wie konnte er so herzlos sein?

Und was, wenn seine Mutter ihn brauchte? Was, wenn seine Hilfe erforderlich war, damit die Magie, die sie gewebt hatte, vollendet werden konnte? Er musste zu ihr zurück, musste sie wieder heil werden lassen, ehe sie wirklich starb.

Benfro rappelte sich auf und kletterte die Uferböschung hoch. Dabei spürte er, dass der Inquisitor offenbar nicht mehr in der Nähe war. Kein sanftes Pulsieren der Furcht mehr, kein Prickeln auf der Haut. Die Abendvögel hatten ihren lärmenden Gesang angestimmt und die ersten Nachttiere wimmelten durch das Unterholz. Wenn jetzt noch Menschen im Wald waren, dann waren sie jedenfalls weit weg.

Er brauchte für den Rückweg zur Lichtung weniger lange als er erwartet hatte. Obwohl seine panische Flucht in seiner Vorstellung Stunden gedauert hatte, war er nur eine kurze Strecke gelaufen. Seine Sinne, diese unerklärlichen Gefühle, die er noch nie bemerkt hatte, sagten ihm, dass keine Menschen in der Nähe waren. Dennoch näherte er sich dem Haus nur vorsichtig und seine Herzen hämmerten in einer Mischung aus verzweifelter Hoffnung und schicksalsergebenem Realismus.

Das Haus stand da im dunkler werdenden Abend, eine vertraute Gestalt, umgeben von bekannten Geräuschen und Gerüchen. Vierzehn Jahre, sein ganzes Leben, hatte er auf dieser Lichtung verbracht. Doch als er näher kam, noch ehe er die Stelle sehen konnte, an der seine Mutter ermordet worden war, wusste Benfro, dass etwas nicht stimmte. Als er um die Ecke des Hauses schlich und die tröstliche raue Oberfläche der Wände spürte, sah er das eine, von dem er all seinen Erinnerungen zum Trotz gehofft hatte, dass es nicht dort sein würde.

Seine Mutter war tot.

Ihr Rumpf lag auf dem von Blut aufgeweichten Boden.

Ihr Kopf war nirgendwo zu sehen.

Errol kniete in der schmalen, für Novizen reservierten Apsis neben der Hauptandachtshalle. Der grobe Steinaltar vor ihm war geschmückt mit Kerzen, die in dem kalten Luftzug flackerten, der immer durch die älteren Teile des Klosters strich. Die Flammen warfen Schatten auf die unebene, gefleckte Oberfläche der Mauern und der Decke. Schatten, die sich in kleinen Sprüngen und Haken bewegten wie wilde Tiere im tiefen Wald. Für einen Moment abgelenkt, erinnerte er sich an glückliche Augenblicke in seiner Kindheit. Zum Beispiel daran, wie er wartend und beobachtend auf einem Baum saß. Es war etwas, das der alte Father Drebble ihn gelehrt hatte – wenn er lange genug wartete, würden die Tiere zu ihm kommen. Aber er war nicht hergekommen, um sich in Erinnerungen zu ergehen, sagte er sich streng. Er war zum Beten hier.

»Ich schwöre dir meine Treue, o Hirte. Und ich schwöre auch meiner Königin Beulah aus dem Hause Balwen und dem allerheiligsten Orden vom Hohen Fryd Treue. Demütig bitte ich dich, o Hirte, mir deine unendliche Weisheit zu schenken, um mich in meinen Studien zu führen. Schenke mir auch deine Disziplin, um den zahllosen Versuchungen zu widerstehen, die der Wolf mir in den Weg legt. Ich danke dir, weil du mir die Möglichkeit schenkst, in deinem Namen zu dienen, und ich verspreche, in allen Dingen immer deinen Willen zu befolgen.«

Errol kostete diese Worte und die Gefühle dahinter aus, er genoss ihre Macht und das Ziel der Worte und des Gelübdes, das er jeden Tag von Neuem ablegte. Im Moment hatte er die Apsis für sich und konnte sich für seine Meditationen Zeit lassen. Als er das Gefühl hatte, nun dem Tag entgegentreten zu können, senkte er abermals den Kopf. Er machte einen Schritt nach vorn, fasste den Docht seiner Kerze mit zwei Fingern und drückte die Flamme aus, die er am Vorabend nach seinen Gebeten angezündet hatte. Seine Kerze war groß, nur wenige Stunden verstrichen zwischen dem Anzünden und dem Löschen. Nicht alle Novizen waren so gewissenhaft wie er, und ihre Kerzen waren fast heruntergebrannt. Wenn ein Novize die Priesterweihe nicht erreichte, ehe seine Kerze vollständig verzehrt war, wurde er aus dem Orden verstoßen. Diese Kerzenstrafe war die größte Schande, die es überhaupt nur gab, und Errol hatte nicht vor, auf diese Weise in Ungnade zu geraten. Er wollte hart arbeiten und alles lernen, was er lernen konnte. Er würde in allen Ehren die Weihe erleben und dem Inquisitor und dem Hirten dienen, wie immer diese das für richtig hielten. Seine Ergebenheit stand außer Frage – hatte er das alles nicht schon gelobt, als er ausgesucht worden war?

»Nein, nein, nein, nein!«

Ein scharfer Schmerz zerriss Errols Hände. Er schaute nach unten und sah eine rohe rote Schwiele. Einen Moment lang war er verwirrt, aber dann löste sich das Bild der Apsis in der Andachtshalle auf und wich der vertrauten Umgebung des Archivs. Andro saß ihm gegenüber an einem kleinen Tisch und starrte ihn wütend an. Der alte Mann hielt einen dünnen Rohrstock in der Hand.

»Ich … ich war da«, sagte Errol und versuchte, seine Verwirrung abzuschütteln. »Das war so wirklich, oder nicht?«

»Ja, schon. Sehr überzeugend. Vor allem hat mir die Stelle gefallen, wo deine Gedanken kurz in deine Kindheit zurückgewandert sind. Das ist so typisch für einen Novizen. Doch du bist zu weit gegangen, Errol. Du hast versucht, deine Ergebenheit zu begründen. Aber die stellt niemand infrage, nicht direkt jedenfalls. Melyn wird nicht vor dich treten und fragen: ›Bist du mir denn auch ergeben?‹ Er wird nach Anzeichen dafür Ausschau halten, dass es nicht der Fall ist.«

»Es ist zu schwer«, sagte Errol. »Ich kann nicht alles gleichzeitig im Kopf behalten. Und schon gar nicht, wenn Melyn in meinen Gedanken herumwütet. Au!«

»Inquisitor Melyn«, sagte Andro. »Oder der Inquisitor. Oder Seine Gnaden. Er ist vielleicht dein Feind, Errol, aber er ist auch das Oberhaupt dieses Ordens und als solcher dein Vorgesetzter. Du bist ihm in jedem Augenblick Respekt schuldig.«

»Entschuldigung, Quästor«, Errol senkte den Kopf. »Ich habe mich vergessen.«

»Genau, Errol«, sagte Andro. »Du vergisst dich. Und das darf nicht passieren. Nie und nimmer. Deine einzige Hoffnung ist ständige Wachsamkeit. Du musst dich vollständig versenken und so zu einem Menschen werden, dessen Hingabe an den Orden außer Frage steht.«

»Aber ich hasse den Orden.«

»Nein, du hasst nur, was er geworden ist. Vergiss das nicht. Wenn es hilft, stell dir vor, dass du dem ergeben bist, wofür der Orden früher einmal stand – für Wissen und Lernen und für den Schutz des Landes. Und jetzt fang noch einmal an, nur werde ich dir diesmal nicht sagen, wann ich beginnen werde, in deinen Gedanken zu stöbern. Du müsstest mich spüren und mich aussperren können. Melyn wird erwarten, dass du auch ihn aussperrst.

Aber er wird nicht damit rechnen, dass dir das für längere Zeit gelingt.«

Errol ließ sich abermals in seinen Sessel sinken, legte die Hände auf die Tischplatte und schloss die Augen, um in Gedanken ein Bild des perfekten Novizen aufzubauen. Ein scharfer Schlag auf seine Fingerknöchel riss ihn aus der Konzentration.

»Diesmal die Augen offen«, sagte Andro.

Morgums lebloser Rumpf lag genau an dem Ort, wohin er gefallen war. Dunkles Blut befleckte den Boden und schwängerte die Luft mit einem Eisengeruch, bei dem Benfro schlecht wurde und der ihn an das Ende der Jagd erinnerte, wenn eine junge Hindin oder ein Hirsch aufgehängt wurden, um auszubluten. Dieses eine Mal verfluchte er seine scharfen Augen, die in der rasch fallenden Dämmerung noch das kleinste Detail registrierten. Der Boden um den Leichnam seiner Mutter war von Dutzenden von Füßen zertrampelt. Das Gemüsebeet war zerstört, alle Kohlblätter zerfetzt, die Kartoffelpflanzen waren abgerissen, lange bevor sie eine brauchbare Größe erreicht hatten. Der Schaukelstuhl, in dem er so viele warme Abende damit verbracht hatte, der Kräuterkunde seiner Mutter zu lauschen, lag jetzt auf der Seite, so stark zerbrochen, dass er wohl nie wieder repariert werden konnte. Jemand hatte die Haustür eingetreten. Benfros Blicke jagten hin und her und kamen kein einziges Mal auf dem zur Ruhe, was er vor allem sehen wollte.

Er fand den Kopf seiner Mutter ein Stück von ihrem Rumpf entfernt. Eine Spur im Erdreich zeigte, wo er hingeschleift worden war. Mit bleischweren Herzen machte Benfro sich stark für diesen Blick. Jegliche Hoffnung, dass seine Mutter am Leben sein könnte, jeglicher Triumph über den gemeinen Terror, der so plötzlich in sein Leben eingebrochen war, war längst verschwunden. Er musste sich damit abfinden, dass seine Mutter tot war.

Sie würde nicht zurückkehren. Und jetzt musste er eine wichtige Zeremonie durchführen.

Benfro hatte seine Mutter unzählige Male berührt, hatte sie umarmt, sie geküsst, sich an sie geklammert und an ihrer Schulter geschluchzt, wie nur ein Sohn das kann. Niemals war etwas so schwer gewesen, wie sich jetzt zu bücken und ihren abgetrennten Kopf aufzuheben. Zögernd trat er näher, als er etwas sah, was ihn innehalten ließ. Im nächsten Augenblick sprang er zurück, um sich in trockenen Krämpfen über dem Gemüsebeet zu erbrechen. Denn die einst so schönen und stolzen Züge Morgums der Grünen waren der Länge nach zwischen ihren Augen aufgeschlitzt worden. Morgums Kopf war nur noch eine rötliche Masse aus Gehirn und Knochen.

Wenn Benfro bisher wütend gewesen war, hatte doch die Angst seine Wut gemäßigt. Jetzt aber war sein Zorn rein und ungehemmt. Schlimm genug, dass diese Männer seine Mutter getötet hatten, aber sie nach ihrem Tod zu verstümmeln, das ging über seinen Verstand. Welche Bestien taten denn so etwas? Und warum? In seinem Zorn schlug er auf das Gemüse ein und vollendete das Zerstörungswerk seiner Peiniger, ehe er zusammenbrach. Die Tränen, die so lange unerreichbar gewesen waren, kamen jetzt in Strömen, zusammen mit heftigem Schluchzen von Schmerz, Kummer, Wut, Verzweiflung und Hass.

Erst nach langer Zeit brachte er es über sich, zu den verstümmelten Überresten seiner Mutter zurückzukehren. Es war schon vollständig dunkel, als er ihren Kopf in eine annähernd richtige Position neben ihren Hals bringen konnte. Das klebrige Blut an seinen Händen fühlte sich an wie ein Fluch, und dennoch schaffte er es nicht, es abzuwaschen.

Im Haus schwelte im Herd noch immer die letzte Glut. Einen kurzen Moment verspürte Benfro eine Welle von Schuldgefühlen, und er dachte daran, welcher Ärger ihm bevorstand, weil er zugelassen hatte, dass das Feuer so weit herunterbrannte. Aber dann war die Wirklichkeit wieder da. Seine Mutter interessierte sich nicht mehr für solche Dinge.

Die Männer hatten das Haus durchsucht und offenbar aus purer Bosheit alles auf den Kopf gestellt. Töpfe lagen zerbrochen auf dem Boden, nasse und trockene Inhalte hatten sich vermischt zu einem klebrigen Matsch, der durch den beißenden Gestank sterbender Kräuter süß und sauer zugleich roch. Benfro gab sich alle Mühe, nicht darauf zu achten, und steuerte die Vorratskammer hinten im Haus an.

Als er den ausgestreckten Leichnam mit Delyn-Öl gesalbt hatte, leuchtete der Mond voll und fett durch die Baumwipfel. Sein pockennarbiges Gesicht bildete den Schatten eines Drachen mit ausgebreiteten Flügeln: der große Rasalene, der Vater aller Dinge. Doch Benfro wusste, dass kein Drache so große Schwingen haben konnte. Seine eigenen dünnen Flatterdinger waren eher peinlich als nützlich, ein Überrest zur Erinnerung an sein früheres wildes Wesen. Die Sage vom Drachen im Mond erschien ihm in seinem derzeitigen Geisteszustand als jämmerliches, erbärmliches Ammenmärchen. Aber etwas am Dasein eines Drachen ließ sich nicht verleugnen.

Endlich kehrte er in die Vorratskammer zurück und holte die winzige Dose aus Schwarzholz. Dann schob er den genau passenden Deckel mit zitternden Fingern zur Seite. Das Pulver in der Dose war dunkler als die Nacht, als ob es jegliches Licht absorbierte. Der Geruch war anders als alles, was Benfro jemals untergekommen war: fremd und exotisch und zugleich beängstigend.

Benfro nahm eine Prise zwischen Finger und Daumen und fühlte, wie ihre weiche Kühle fast seinen gesamten Arm lähmte. Seine Herzen rasten jetzt, seine Gedanken waren nur noch ein kochendes Chaos aus Trauer, Erregung und Angst. Er schaute zum mondhellen Nachthimmel empor und sah die tausend Nadelstichlichter der Sterne. Dann streute er mit großer Geste, wie er hoffte, das Pulver über den Leichnam seiner Mutter.

Es war spät, der Nachthimmel über der Stadt war hinter einer tief hängenden Wolkendecke verborgen. Nur ab und zu ließ sich ein Stern sehen. Königin Beulah saß in ihrem Thronsaal, ein leeres Weinglas in der Hand starrte sie nachdenklich aus dem Fenster. Sie hatte früher an diesem Tag versucht, Melyn zu erreichen, aber der war weder in Emmas Faur noch dicht genug bei Candlehall, um von ihr ausfindig gemacht zu werden. Ihr fehlten seine weisen Ratschläge. Nicht zum ersten Mal kam ihr der Gedanke, dass sie sich zu sehr auf ihn verließ. Schließlich konnte sie auch ihre eigenen Entscheidungen treffen. Allerdings war das hier eine gewichtige Entscheidung, und da war es vielleicht besser, kleinschrittig vorzugehen.

Als Beulah den Saal verließ, sprangen zwei Wachen auf und folgten ihr über den Gang. Sie behielten eine diskrete Entfernung bei und bewegten sich nur leise, um die Stille des Palasts nicht zu stören. Beulah ignorierte sie, so lange sie konnte, aber dann drehte sie sich mit wütendem Blick um.

»Beim Hirten, müsst ihr mich denn überallhin verfolgen?«, brüllte sie, obwohl sie wusste, dass den Männern genau das befohlen worden war und dass ihnen aller Wahrscheinlichkeit nach die Haut bei lebendigem Leibe abgezogen werden würde, wenn sie ihre Pflicht vernachlässigten. »Na gut, von mir aus. Kommt mit«, sagte sie resigniert.

Sie drehte sich wieder um und marschierte durch den Gang zum Gästeflügel. Als sie die gesuchte Tür erreicht hatte, blieb sie stehen.

»Jetzt könnt ihr Wache halten. Sorgt dafür, dass niemand hereinkommt, ehe ich hier fertig bin!«

Die beiden Wachen salutierten und bezogen zu beiden Seiten der Tür Posten.

»Übrigens soll auch niemand herauskommen«, fügte Beulah mit einem dünnen Lächeln hinzu. Dann öffnete sie die Tür und trat ein.

Der Raum war dunkel. Im matten Licht der Sterne waren nur die Umrisse der Möbel vage zu erkennen. Beulah ging um ein niedriges Sofa und zwei klobige Sessel herum und näherte sich dem riesigen Bett, das fast die gesamte gegenüberliegende Wand einnahm. Als sie dort angekommen war, hatten sich ihre Augen an die Dunkelheit gewöhnt. Sie blieb einige Minuten stehen und musterte die schlafende Gestalt von Merl, dem Erben des Herzogtums Aberfenn.

Er trug keine Nachtkleidung und die Laken bedeckten nur seine halben Körper. Seine Brust war breit, die Muskeln in seinen Armen und seinen Schultern gut entwickelt. Seine rötlich blonden Haare waren über sein Gesicht gefallen, das im Schlaf jungenhaft und entspannt aussah. Beulah schnupperte in der Luft und bemerkte den sanften Duft von Badeölen. Er war sauber und fügsam, er kam infrage.

Leise und mit sanften Bewegungen stieg sie auf das Bett, streckte die Hand aus und streichelte die feinen goldenen Härchen auf Merls Brust, spürte die Spannung seiner Bauchmuskeln und die Kraft seiner straffen Rippenhaut. Er wurde langsam wach, wie sie es geplant hatte. Beulah merkte, wie sich die Farben seiner Gedanken vertieften und miteinander verschwammen, als er langsam aus den Tiefen des Schlafes in den Traumzustand schwamm. Hier war er am beeinflussbarsten, hier konnte sie ihn nach Belieben formen. Sie musste nur die Stelle finden, die sie in seinen Gedanken bereits einnahm, das Bild sehen, das er sich von ihr gemacht hatte. Und dann musste sie diesem Bild etwas hinzufügen: das Gefühl von Liebe, Treue und totaler Hingabe.

Es war fast zu einfach. Beulah stellte fest, dass sie bereits im Mittelpunkt von Merls Gedanken und Gefühlen stand. Eine Sekunde lang schmeichelte es ihr, dass er ihr so viel Aufmerksamkeit entgegenbrachte. Aber es schmeckte nicht richtig – das hier war keine sklavische Anbetung. Beulah wusste, wie die schmeckte; sie labte sich täglich daran, wenn die Massen sich in ihren Hallen drängten. Nein, das hier war etwas ganz anderes, etwas, das ihren eigenen Gedanken näherkam: dominiert von Bildern ihres verfaulenden Vaters in den Wochen und Monaten, ehe er endlich gestorben war. Ehe sie ihn endlich getötet hatte.

Merl liebte sie nicht, er wollte ihren Tod.

Beulah suchte tiefer, ihre Hände liebkosten weiterhin den festen Leib, auf dem sie jetzt rittlings saß. Ein Wirrwarr aus Bildern flackerte an ihr vorüber: schattenhafte Gestalten in Umhängen mit riesigen Kapuzen umstanden in der Dunkelheit ein Feuer, ein unvorstellbar alter Mann, aber noch immer vital und in Gedanken versunken, zweifellos ein Lanwennog – König Billah; eine junge Frau, in vieler Hinsicht noch ein Mädchen, ihr Gesicht trotz der fremdländischen Tracht unverkennbar – Iolwen; ein Dolch verborgen im Ärmel eines eleganten Abendmantels. Die Bedeutung war nicht misszuverstehen: Merl beteiligte sich an einem Komplott, um sie zu ermorden und ihre Schwester auf den Thron zu setzen.

Beulah seufzte. Es war vorhersehbar, war in vieler Hinsicht zu erwarten gewesen, aber sie hatte sich von Merl und dem Haus Aberfenn doch mehr erhofft. Sie wusste, dass sie einen Erben zur Welt bringen musste, so sehr die Vorstellung von Schwangerschaft und Geburt sie auch anekelte. Es gab andere mögliche Heiratskandidaten, aber keiner brachte die großen finanziellen Vorteile der Union mit Aberfenn mit sich. Doch darüber brauchte sie sich jetzt vielleicht keine Sorgen mehr zu machen.

Sie beugte sich über Merl, und ihr seidenes Gewand streife

seine Brust, als sie ihm ins Ohr flüsterte: »Wach auf, mein Geliebter, wach auf.«

Langsam bewegten sich Merls Augenlider. Sein Körper verspannte sich unter ihr, als er ihre Anwesenheit spürte, seine Hände streckten sich nach ihrer weichen Haut aus. Dann öffnete er die Augen und schaute verträumt in ihr Gesicht. Als sie sich gegen ihn drängte und seine verschlafene Erregung verspürte, war er für den Bruchteil einer Sekunde nur noch Zufriedenheit und träge Freude. Dann erstarrte er am ganzen Leib und riss vor Besorgnis und Überraschung die Augen auf.

»Meine Königin … Beulah …«, mehr brachte er nicht heraus. Sie schob ihn zurück auf die Kissen und brachte ihn mit einem Finger auf seinen Lippen zum Verstummen.

»Das hätte dir gehören können«, sagte sie, während sie sich auf seinem Bauch aufrichtete und träge mit einer Hand seine Wange streichelte. »Du hättest an meiner Seite herrschen können. Später hätte dann ein Kind Aberfenns auf dem Obsidianthron gesessen. Das wird nun nicht passieren.«

Es war eine kleine Lichtklinge, kurz wie das Messer eines Jägers, aber ihre Glut verjagte alle Schatten aus dem Raum. Merls Kampf war sinnlos und nicht von langer Dauer, sein Kopf wurde rasch von seinem Hals getrennt. Eine Blüte aus heißem Rot breitete sich auf dem weißen Kissen aus und spritzte der Königin ins Gesicht und auf die Arme. Beulah, die noch immer auf Merls Gedanken schwamm, spürte, wie das verwirrte Leben aus dem Möchtegernattentäter hinaussickerte.

2

In den ältesten Tagen waren Drachen kaum mehr als primitive Kreaturen, die in Rudeln jagend durch die Wälder streiften. Fleisch wurde roh und blutig verzehrt und Vergnügen dort genossen, wo es zu finden war. Niemand verschwendete einen Gedanken an die Folgen seines Tuns oder verspürte gar so etwas wie Verantwortungsgefühl. Kleinliche Rivalitäten konnten einen Mord zur Folge haben. In jenen Tagen von Schmerz, Wut und Unwissenheit galt die lebende Flamme als eine von vielen Waffen, die man benutzen konnte. Ein Drache konnte Feuer speien, um sich zu wärmen oder um sich gegen den Angriff eines anderen zu wehren.

Als der Baum dem Ersten unserer Art Weisheit geschenkt hatte, blickte dieser voller Ekel auf das Verhalten seiner Brüder, die ihm kein bisschen besser erschienen als die Wölfe, die in mörderischen Meuten durch das Land zogen. Er lernte, mit Kräutern und Ölen jene Art von Feuer hervorzubringen, die einst von groben Lippen gerülpst worden war. Sein großes Wissen ist von einer Generation von Heilern an die andere weitergereicht worden. Im Laufe der Zeit verloren die Drachen die Fähigkeit, Feuer zu speien, so, wie sie Lust daran verloren, sich gegenseitig zum Vergnügen zu morden.

Und so ergab sich die vornehmste Pflicht eines jeden Heilers, nachdem sie endlich in ihrer Berufung gescheitert waren; da alle irgendwann scheitern müssen. Denn niemand sonst darf das Feuer der Weissagung herbeirufen.

Heiler Trefnog: Das Apothekarium

Flammen züngelten empor, als das Pulver das harzige Öl berührte. Sie griffen rasch um sich, breiteten sich über der liegenden Gestalt aus und verwandelten diese in ein hell brennendes Feuer. Benfro stand zwar dicht daneben, aber die Flamme war nicht allzu heiß. Nicht wie das Holzfeuer, das das Haus beheizt hatte und an dem Benfro sich oft die Finger und bei einer denkwürdigen Gelegenheit sogar den Schwanz verbrannt hatte. Dieses Feuer hier war intensiver und erschien ihm doch wie ein Freund, wie ein Gastgeber. Auf einen irrsinnigen Impuls hin hielt er eine Hand in die Flammen. Er konnte sehen, wie diese den Leib seiner Mutter verzehrten, ihn selbst jedoch ließen sie unberührt. Das Einzige, was er spürte, war ein Kitzeln auf seiner schuppigen Haut.

»Ach, Benfro. Diesen Tag hättest du niemals erleben dürfen!« Die Stimme war in seinem Kopf, überall um ihn herum, und bei ihrem Klang machten die Herzen in seiner Brust einen Sprung.

»Mutter!«, rief er. »Mutter, wo bist du?«

»Ich bin hier, Benfro«, sagte die Stimme. »Aber ich bin unvollständig.«

Benfro sah sich in allen Richtungen um, starrte die Ränder der Lichtung an und schaute dann zum Haus hinüber. Eine verzweifelte Hoffnung überkam ihn: Seine Mutter war nicht tot, sie hatte einfach einen mächtigen Trick angewandt und die Männer in die Irre geführt.

»Wäre es nur so, mein Kind«, sagte die Stimme, und er hatte das Gefühl, dass etwas daran nicht stimmte. Er kannte die Stimme seiner Mutter besser als alles andere auf der Welt. Es war das erste Geräusch, das er jemals gehört hatte. Die Stimme klang wie die von Morgum, aber etwas fehlte, eine Tiefe oder Wärme, die er nicht beschreiben konnte.

»Sowie ich Melyn sah, wusste ich, dass meine Zeit zu Ende war«, sagte die Stimme nun. »Und mir war es nur noch wichtig, dich zu beschützen. Ich hätte kämpfen können, ja. Aber ich hätte verloren. Auf diese Weise hatte ich immerhin noch Zeit, einen Unsichtbarkeitszauber auf dich zu legen.«

»Einen Unsichtbarkeitszauber?« Benfro klammerte sich noch immer an seine Hoffnung, wenn er auch insgeheim schon ahnte, dass es keinen Sinn hatte.

»Ich konnte nicht zulassen, dass sie dich entdeckten«, sagte die Stimme. »Alles andere war unwichtig. Der Zauber schützt dich vor ihnen, er dämpft die Angst, die sie verbreiten, und hüllt deine Gedanken so ein, dass sie diese nicht aufspüren können. Aber er wird nicht ewig halten, Benfro. Ich spüre schon, wie er nachlässt. Wenn ich nicht mehr da bin, werden sie dich finden können.«

»Nicht mehr da?«, fragte Benfro. »Aber wo willst du denn hin? Geh nicht weg!«

»Liebster Benfro, ich kann es nicht verhindern. Melyn hat einen großen Teil von mir mitgenommen, und je weiter er ihn davonträgt, umso weniger werde ich mich selbst kennen. Ich werde dich nicht mehr lange beschützen können. Du musst von hier fliehen. Geh zu Corwen. Er wird dich alles lehren, wozu ich nicht mehr gekommen bin.«

»Corwen? Wer ist Corwen?«

»Corwen ist der Drache, der deinen Vater und mich unterrichtet hat. Er ist weiser, als wir das jemals waren.« Die Stimme war jetzt schwächer, sie wich zurück, als würde seine Mutter sich langsam von ihm entfernen. Die Flammen fielen in sich zusammen.

»Wo werde ich ihn finden?«, fragte Benfro und spürte, wie sich die Kälte der Nacht um ihn schloss.

»Im Norden, hinter den Fallenden Teichen. Durch die Graith Faur und dann durch den großen Wald des Fryd. Geh immer weiter nach Norden, dann wird Corwen dich zu sich führen.«

»Aber was ist mit den anderen, Mutter?«, fragte Benfro. »Was ist mit Sir Frynwy und Ynys Môn? Kann Meirion nicht helfen?«

Er bekam keine Antwort. Die Stimme blieb stumm, das Bild in den Flammen war längst verschwunden. Wie das Echo einer Vorstellung, wie etwas, das Benfro nur geträumt hatte. Aber er klammerte sich an die Erinnerung. Diese Stimme war wirklich und sie war seine Mutter gewesen. Sie war seine Mutter gewesen, und sie war tot.

Kalter Wind peitschte seine Füße und ließ die zu Asche gewordenen Überreste Morgums der Grünen hochwirbeln. Ihm war, als erwache er aus einem Traum. Trauer, Angst und das fast schwindelerregende Gefühl, allein zu sein, überwältigten ihn, als die Wärme verschwand. Aber noch immer hallte die Stimme in seinem Kopf wider und mit einer letzten verzweifelten Hoffnung fiel er auf die Knie und bohrte die Hände in die Asche.

Die war feiner als jeder Staub, sie hüllte ihn in einen kalten Rauch, der friedlich und schrecklich traurig zugleich war. Bald war er von Kopf bis Fuß von weißem Pulver bedeckt, und jedes einzelne Pulverkorn schien eine andere Erinnerung an seine Mutter zu enthalten. Ihr Lächeln, der Klang ihrer Stimme, wenn sie ihn ausschimpfte, das Schimmern ihrer Schuppen, wenn sie sich in der Küche bewegte, ihr frustrierter Zorn, der langsam entstand und rasch verflog: Diese und viele andere Erinnerungen erfüllten Benfro, während er seine gesamten vierzehn Lebensjahre in ebenso vielen Minuten noch einmal erlebte. Er war tief in sich versunken, gefangen von den Bildern seiner Mutter, die sich in seinem Geist mit Erscheinungen von großen geflügelten Drachen vermischten, die über den Nachthimmel jagten. So kam es, dass er den Stein schon seit vielen Minuten in der Hand hielt, ehe ihm aufging, dass er ihn gefunden hatte. Der Stein war klein, nicht größer als ein Kiesel aus dem Bach, der am Rand der Lichtung plätscherte. Im Zwielicht der aufziehenden Morgendämmerung war er kalt und weiß und staubfeine Asche rieselte auf unnatürliche Weise von ihm herab. Aber was

Benfro wirklich fesselte, war das Gefühl, das der winzige Edelstein ausstrahlte.

Seine Mutter schien sich im Nebenzimmer aufzuhalten und leise vor sich hin zu singen. Er konnte ihre Stimme hören, aber die Wörter nicht verstehen. Er konnte ihre Nähe spüren, hatte das beruhigende Wissen, dass ihm nichts Böses passieren konnte, so lange sie über ihn wachte. Er konnte Morgum fast riechen, diesen vertrauten Duft in der Luft, der ebenso zu seinem Leben gehörte wie seine Schnauze. Und doch war sie immer, auf frustrierende Weise, gerade außer Reichweite.

Benfro wusste nicht, wie lange er schon hier in der Asche seiner Mutter kniete und sich an ihre letzte Hinterlassenschaft klammerte. Er war glücklich und zugleich in die tiefsten Abgründe der Verzweiflung gestürzt. Tränen liefen aus seinen Augen und er atmete ruckweise und schluchzend, während sich langsam die Dunkelheit über der Lichtung verzog. Erst als eine kühle Morgenbrise die Asche erfasste und sie auf dem Boden verteilte, begann Benfro, aus seiner Benommenheit zu erwachen.

Der Herd war kalt, in dem diffusen grauen Licht, das durch das Fenster hereindrang, konnte Benfro sein Zuhause nicht mehr erkennen. Alles war zerbrochen, zertrampelt, von Menschen besudelt. Benfro hatte nur wenig besessen, aber diese besonderen Gegenstände, die er zum Geburtstag bekommen hatte, suchte er sich nun zusammen. Der schwere Ledersack, den seine Mutter benutzt hatte, um Kräuter zu sammeln und Arzneien ins Dorf zu bringen, hing noch immer an dem Messinghaken der Tür der Vorratskammer. Wie durch ein Wunder war er unversehrt geblieben. Der Sack war viel robuster als der Beutel, den er sich aus faserreichen Blättern gewebt hatte, und er hatte viele kleine Taschen, die auf kunstfertige Weise hineingenäht worden waren. Benfro nahm den Sack vom Haken, streifte ihn sich über die Schulter, kehrte der Verwüstung den Rücken zu und verließ sein Zuhause zum allerletzten Mal.

Der Mond war inzwischen verschwunden. Im Osten konnte Benfro schon die aufgehende Sonne ahnen, rot wie die ersten Anzeichen eines heftigen Sturms. Erst nach einer Weile wurde ihm klar, dass diese Morgenröte flackerte. Zu spät fiel ihm ein, was sonst noch im Osten lag: das Dorf.

Als sie aus dem Wald kamen und wieder auf die Lichtung traten, durchlief Melyn ein Schauder, als ob soeben jemand über sein Grab gegangen wäre. Vielen der Novizen und Kampfpriester der kleinen Truppe erging es ähnlich; Melyn erschien es wie ein Kräuseln auf der Oberfläche eines Teiches. Sogar der übellaunige Hauptmann Osgal machte unbewusst mit der rechten Hand das Zeichen des Hirtenstabs. Ganz hinten warf die von vier nervösen Posten bewachte Drachin den Kopf in den Nacken und heulte gen Himmel.

»Halt!«, befahl Melyn.

Sofort kam der gesamte Trupp zum Stillstand. Sogar die Drachin hörte auf zu jammern. Sie schaute über den zertrampelten Boden zu der leeren Hütte hinüber.

»Was ist los, Inquisitor?«, fragte Osgal.

»Ich weiß nicht«, sagte Melyn und steuerte auf die Hütte und die Überreste der von ihm erschlagenen Bestie zu. »Aber etwas ist hier passiert. Holt die Drachin. Ich will sehen, wie sie reagiert.«

Die Drachin war ein jämmerliches, in sich verkrochenes Wesen, mit schlaffen Flügeln. Aber dennoch erfüllte ihre Existenz Melyn mit loderndem Hass. Er hätte sie so gern getötet, ihren Kopf von ihren Schultern getrennt, wie er es mit der anderen gemacht hatte, aber er wusste, dass sie lebend mehr wert war. Bis auf Weiteres jedenfalls.

»Warum hast du eben aufgeschrien, süße Frecknock?« Er

sprach ihre eigene Sprache und sie riss bei dieser Beleidigung den Kopf hoch – das erste Zeichen des Widerstandes, das er seit ihrer Gefangennahme an ihr gesehen hatte, das erste Lebenszeichen.

»Es kam mir vor wie das Vorüberziehen einer alten Seele, das Ende einer großen Magie«, erwiderte Frecknock in seiner Sprache, gestelzt und mühsam, da sie Saesneg alles andere als flüssig beherrschte.

»Eine alte Seele? Wie meinst du das?«, fragte Melyn.

»Es war kein Tod. Eher eine Erscheinung. Jemand war da und noch nicht da. Es war, als ob jemand, den ich seit vielen Jahren nicht mehr gesehen habe, gleich neben mir wäre. Dann war die Erscheinung ganz plötzlich verschwunden. Sie kam mir vor wie Morgum.«

Etwas in der Stimme der Drachin ließ Melyn aufschauen. Frecknock starrte nicht ihn an, sondern einen Haufen weißer Asche, der vor der Hütte lag. Etwas hatte diese Asche gestört, hatte den Haufen an einer Seite verweht. Es gab keine Spur des verstümmelten Leichnams, den der Inquisitor erwartet hatte.

»Wo ist sie?«, fragte Melyn und sein Zorn wuchs. »Sie war tot! Wo ist sie jetzt?«

»Sie ist extrahiert worden«, sagte Frecknock mit einem Hauch von Triumph in der Stimme. »Es muss Benfro gewesen sein. Der arme unnütze Wicht musste die Extraktion an seiner eigenen Mutter vornehmen. Und sie muss bis zum Ende einen gewaltigen Zauber behalten haben. Kein Wunder, dass ich den gespürt habe.«

Melyn durchsuchte seine drachenkundlichen Erinnerungen. Er wusste etwas darüber, wie wichtig ihnen die Extraktion war. Was war das noch? Eine Feuerzeremonie, bei der der Leichnam eingeäschert und die Seele befreit wurde, um durch das Nachleben zu streifen? So ungefähr. Was immer das für eine Zeremonie sein mochte, wenn sie durchgeführt worden war, bedeutete das, dass der junge Drache nicht weit weg sein konnte. Melyn suchte in Gedanken die Umgebung ab, er fahndete nach allem, was auf ein verängstigtes Gemüt hinweisen konnte. Er fand nichts. Aber was, wenn der Drache nicht mehr verängstigt war? Oder wenn er niemals verängstigt gewesen war? Gedankenangst war eine mächtige Waffe, wenn sie gegen einen Menschen eingesetzt wurde, aber dieser Benfro hatte ja schon gezeigt, dass er dagegen immun war.

»Wie kann er uns entkommen sein?«, bellte Melyn.

»Er stand unter dem Schutz seiner Mutter«, sagte Frecknock. »Noch im Tod hat sie ihn verteidigt.«

»Aber er wird nicht weit weggehen, oder?«, fragte Melyn. »Er wird sich nicht von dem entfernen, was er kennt.«

»Wie meint Ihr das?«, fragte Frecknock.

»Diese Extraktion«, sagte Melyn und überhörte die Frage. »Die bedeutet euch Drachen sehr viel, oder?«

»Sie ist eine uralte Tradition bei uns«, antwortete Frecknock. »Wir können sonst im Tod keinen Frieden finden.«

»Danke«, sagte Melyn und wandte sich von der in Gedanken versunkenen Drachin ab. Mit der Leichtigkeit des geübten Reiters schwang er sich wieder in den Sattel und sagte zu seinen Leuten:

»Zurück ins Dorf, so schnell ihr nur könnt, Jungs. Ich habe so eine Ahnung, dass wir unseren jungen Benfro dort finden werden.«

Benfro suchte sich einen Weg durch die Ruinen des Dorfes. Das Atmen fiel ihm schwer in dem teerigen Rauch, der aus den zerstörten Häusern aufstieg,. Es war ein kleiner Ort, nur vier Dutzend Drachen hatten dort gelebt. Die meisten waren älter, als Benfro sich das überhaupt vorstellen konnte, riesige, schwerfällige Wesen, die in geselligem Elend ihren Lebensabend verbrachten. Aber es war ein Zuhause.

Die Häuser, wenn man sie so nennen konnte, lagen ein wenig abseits des Pfades, der sich von Süden her durch den Wald schlängelte, die breite Lichtung kreuzte, wo sich die Furt durch den Fluss zog, und dann weiter nach Osten führte, in Orte, von denen Benfro nur in Geschichten gehört hatte: nach Beteltown und den Norne-Königreichen hinter dem Frydland, nach Lanwennog und bis ins finsterste Maudy. Im Süden lagen das Hendry, das Tiefland und die Länder der Menschen.

Benfros Beine wurden schwerer, als er an die Menschen dachte. Eine kriechende, lähmende Betäubung breitete sich in seinen Knochen aus. Die traurige und zugleich liebevolle Wärme, die er seit der Extraktion seiner Mutter in sich trug, flackerte auf und starb. Ein kalter Wind peitschte die Asche von seinen Schuppen und seiner Haut auf. Es fiel ihm immer schwerer, sich zu bewegen. Er wollte nur noch stehen bleiben und auf das Unvermeidliche warten. Wenn er einfach anhielte, würde es bald zu Ende sein.

Der Krach einstürzender Holzpfähle riss Benfro aus seinem Elend. Er schüttelte den Kopf und versuchte, die schwere Last der Furcht von seinen Schultern zu schieben. Zu seiner Überraschung gelang ihm das. Je mehr er sich bewegte, umso weniger fühlte er sich gefangen und hilflos, und umso weniger erstrebenswert erschienen ihm Gefangennahme und Tod. Die Angst umgab ihn noch immer wie Fliegen an einem heißen Tag, aber sie war ein frustriertes, vages Produkt der Wut. Er konnte die brennenden Augen des Inquisitors fast vor sich sehen, während dieser den Wald nach ihm absuchte. Aber Benfro wusste, dass er sich vor diesem Blick verstecken konnte. Er war doch nicht ganz machtlos, sondern fand Trost in diesem kleinen Sieg und ging mit leichten Schritten durch die Zerstörung, mit einem neuen Gefühl von Hoffnung, das so fehl am Platz wie von kurzer Dauer war.

Er fand die älteren Drachen in der großen Halle. Diese war

einst ein wichtiges Bauwerk gewesen, der Mittelpunkt des Dorflebens. Einige von Benfros frühesten und glücklichsten Erinnerungen hingen mit der riesigen Küche ganz hinten zusammen, wo er immer wieder etwas zu essen gefunden hatte, manchmal in Form von bereitwilligen Gaben, häufiger durch ungeschickten Diebstahl. Er hatte viele Stunden an dem weiß gescheuerten Tisch gesessen und die komplizierte Zubereitung der Mahlzeiten beobachtet. Und die ganze Zeit hatte er diejenigen mit seinen endlosen Drachkitzfragen belästigt, die gerade mit Kochen an der Reihe waren. Alle Drachen im Dorf nahmen ihre Mahlzeiten in der großen Halle ein, sie trafen sich dort jeden Tag zweimal, morgens und abends, um über ihr bescheidenes Leben zu sprechen und sich die Geschichten aus alten Zeiten anzuhören, als Drachen, nicht Menschen, auf der Welt geherrscht hatten. Wenn es überhaupt ein Symbol für das Überleben der Drachenkultur gab, dann die große Halle.

Aber jetzt war sie zerstört.

Das Dach war eingestürzt und der gewaltige Dachstuhl aus Eichenholz war verzerrt und schwarz, auch wenn das Feuer, das die Steinquader des Fundamentes zum Bersten gebracht hatte, die Balken nicht richtig in Flammen hatte setzen können. Die Glasfenster waren eingeschlagen worden, die Bleiglasfenster waren rußschwarz, wenn sie nicht überhaupt ganz herausgefallen waren. Mitten aus der Verwüstung stieg der letzte ölig schwarze Rauch stetig und unbeirrbar auf und füllte die Luft mit dem schweren, Übelkeit erregenden Gestank verbrannten Fleisches.

Benfro stieß mit dem Ellbogen verkohltes Holz beiseite, das noch immer zu heiß war, um berührt zu werden, und bahnte sich einen Weg in das Gebäude. Die kleineren Balken waren alle verbrannt. Ihre rußigen Überreste lagen auf Schuppen und Haut herum wie die Fingerzeichnungen eines Drachkitzes. Er wusste nicht, ob Angst die alten Drachen an ihre Sessel gefesselt hatte, während sie verbrannten, oder ob sie einstimmig beschlossen hatten, in Würde zu sterben. Benfro wollte gern Letzteres glauben, aber sicher konnte er nicht sein. Nicht, wenn er sie ansah.

Sie saßen um den großen Tisch, jeder auf dem Platz, den er sonst auch immer eingenommen hatte. Benfro konnte nur anhand des Umfangs erkennen, wer wer war. Der gewaltige Sir Frynwy war oben am Tisch in sich zusammengesunken, neben ihm die kleinere Gestalt von Meirion; dort war Ynys Byr, seine gebrechlichen Hände hatten am Ende seine Augen verdeckt. Und dort saß der dunkle Ynys Môn, trotzig und aufrecht starrte er mit von der Hitze weiß geworden Augen vor sich hin. Die anderen saßen in ihren verzerrten Gestalten da, einige von der einstürzenden Decke zerschmettert, andere fast unversehrt, bis auf den Ausdruck entsetzter Entschlossenheit in ihren Gesichtern.

Benfro senkte den Kopf aus Achtung vor seiner Großfamilie. Er spürte, wie in ihm eine Wut heranwuchs, ein gerechter Zorn, der Auslauf verlangte. Und doch war er machtlos einem Feind gegenüber, der diese Drachen dazu hatte zwingen können, still zu sitzen, während sie zu Tode brannten. Einem Feind gegenüber, der Lichtklingen herbeirufen konnte, die so scharf waren, dass sie mit einem raschen Bogen einen Kopf von einem Hals trennte.

Plötzlich überkam Benfro abermals das Entsetzen. Er konnte sich kaum bewegen, seine Arme und Beine wollten ihm zuerst nicht gehorchen. Als er sich zwischen den toten Drachen umschaute, spürte er, wie Panik in ihm aufstieg und ihn überflutete. Dann fiel sein Blick auf die starrenden weißen Augen Sir Frynwys. Sie durchbohrten ihn mit vorwurfsvoller Schärfe. Der große Palisander hätte sich angesichts einer solchen Bedrohung anders verhalten. Die feindlichen Brüder Gog und Magog hatten die Welt im Streit um die Hand Amorgums der Holden gespalten. Sie hätten nicht bewegungslos und hilflos dagestanden, während sich ein mächtiger Feind näherte.

Benfro konnte die Stimme des alten Drachen fast hören. »Du musst gegen sie kämpfen«, schien er zu sagen. »Verteidige dein Geburtsrecht!«

Benfro gab sich alle Mühe, aber seine Beine kamen ihm vor wie Steine. Langsam, schmerzhaft konnte er einen Fuß ein wenig vorschieben. Dann den anderen. Es war, wie durch den Schlamm im Fluss zu waten, aber mit jedem winzigen Schritt wurde es leichter. Die Panik ließ nach und wich einem wütenden Kratzen, als ob jemand Krallen in seinen Schädel schlug und ihn nach hinten riss. Benfro schüttelte den Kopf und drängte sich vorbei an den verkohlten Überresten der Toten und dann weiter in die große Küche.

Das Feuer hatte hier nicht so viel Schaden angerichtet und das Dach war nicht eingestürzt. Am anderen Ende der Küche führte die Hintertür in den Obstgarten und dahinter in den Wald. Benfro lief, so schnell er konnte, darauf zu. Er wusste, er hätte nicht ins Dorf kommen dürfen. Nach Norden, in die großen Wälder, hatte seine Mutter ihm gesagt – wenn es seine Mutter gewesen war, die er in der Hitze ihres Todesfeuers gehört hatte. Es spielte jetzt eigentlich keine Rolle mehr. Hier gab es für ihn nichts mehr zu holen, und der Weg nach Norden würde ihn immerhin von den Reichen der Menschen wegführen. Ein neues Leben harrte seiner, weit entfernt von diesen grauenhaften Taten, und der Beginn dieses Weges war vielleicht nur noch zehn Schritte entfernt.

Melyn saß mitten im Dorf auf seinem Pferd und wartete ungeduldig, während die Novizen und Kampfpriester von einem rauchenden, verkohlten Haus zum anderen liefen und den jungen Drachen suchten. Einer nach dem anderen kehrte kopfschüttelnd zurück. Nur die große Halle, wo sich die alten Drachen zum Sterben versammelt hatten, war noch übrig. Noch immer quoll

Rauch aus dem zerstörten Dach, und Melyn spürte die Hitze, die die geschwärzten Steine ausstrahlten.

»Ihr beide«, sagte er zu den nächststehenden Novizen. »Seht mal in der Halle nach. Es kann doch sein, dass er töricht genug ist, sich dort aufzuhalten.

Er sah zu, wie die beiden jungen Männer, eigentlich waren sie kaum mehr als Knaben, über das zertrampelte Gras liefen und sich dem brennenden Gebäude näherten. Dann lehnte er sich im Sattel zurück, schloss die Augen und versank in der ätherischen Sphäre.

Die Farben hätten ihn fast umgeworfen. Er war daran gewöhnt, dass die Welt flach und eintönig wirkte, wenn sie mit den Augen der Gedanken betrachtet wurde. Hier schien alles vor Leben zu fließen und zu pulsieren. Die Bäume, die das Dorf umgaben, ragten wie riesige Wachposten über ihm auf, sie beugten sich vor, wie um ihn zu packen und ihm ein Glied nach dem anderen aus dem Leib zu reißen. Die Häuser, im wirklichen Leben verbrannt und zerstört, standen hoch und stolz vor ihm, als ob ihnen nichts widerfahren wäre. Die lebendigen Gestalten von Novizen und Priestern waren bleiche, belanglose Erscheinungen, und sogar seine eigene Projektion war nur ein schattenhaftes Glimmen der Körperform, die er normalerweise herbeirief. Zum ersten Mal seit vielen Jahren verspürte Melyn eine Furcht, die er nicht selbst hervorgerufen hatte.

Es war tüchtige Arbeit, das musste er zugeben. Aber je mehr er dieses Bild untersuchte, um so klarer war ihm, dass es so tot war wie die Drachen, die es zweifellos zusammengestellt hatten, die letzten sterbenden Überreste der Zauberkraft, die ihr Dorf vor der Entdeckung bewahrt hatte. Er hatte es durchschaut und jetzt verdrängte er das Unbehagen, das ihm schließlich zu gehorchen hatte, und konzentrierte sich wieder auf die brennende Halle.

Das Feuer wütete, als ob es sich hier in der ätherischen Sphäre noch immer an den Geistern der Toten labte. Das Gebäude behielt die Erinnerung an seine Gestalt, flackernd und wesenlos zwischen den Flammen. Währenddessen standen die beiden Novizen verängstigt am Rand und trauten sich nicht weiter.

Melyn erhob sich über den Scheiterhaufen, registrierte noch das kleinste Detail und hielt zwischen Zerstörung und Tod Ausschau nach Hinweisen auf Leben. Aber er sah nur Flammen, die die Wände ausbeulten, Fenster bersten ließen und gierig die Leichname der Drachen verzehrten, die Melyn getötet hatte. Mit brutaler Schadenfreude, getrübt durch die Enttäuschung, den Schlüpfling nicht finden zu können, kehrte er in seinen wirklichen Körper zurück und öffnete die Augen.

»Da drin lebt nichts mehr, Euer Gnaden«, sagte einer der Novizen. Melyn erkannte ihn als Clun, Errols Stiefbruder. Der Junge hatte sich in den Monaten seit seiner Auswahl gemacht, er war jetzt ein kräftiger junger Mann. Vielleicht bereit, auf die Probe gestellt zu werden.

»Ihr habt das gesamte Gebäude durchsucht?«

»Die Teile, die wir betreten konnten«, erwiderte Clun. »An einigen Stellen ist das Dach eingestürzt und brennt noch. Ich habe versucht, Leben zu spüren, aber das ist mir nicht gelungen.«

»Du hast den Blick?«, fragte Melyn. »Davon hat Quästor Fermwyr mir nichts gesagt.«

»Wir haben mit der offiziellen Ausbildung noch nicht angefangen, Euer Gnaden«, sagte Clun und schlug die Augen nieder. »Mein Stiefbruder und ich haben es in einem alten Buch gefunden. Wir haben es vor der Auswahl ausprobiert. Ich hoffe, ich habe nichts Verbotenes getan.«

»Im Gegenteil, Clun. Da hast du ein seltenes Talent. Ich wünschte nur, noch andere meiner Novizen zeigten soviel Eigeninitiative. Ich werde Fermwyr sagen, er soll mit deiner Ausbildung beginnen, sowie wir ins Kloster zurückgekehrt sind. Aber für den Moment, da du offenbar mehr Ehrgeiz und Tatkraft zeigst als deine Kameraden, habe ich eine Aufgabe für dich. Nimm drei Novizen und bring den Drachen nach Candlehall. Und da führt ihr ihn der Königin vor.«

Cluns Gesicht leuchtete auf vor erregter Begeisterung. Im Mienenspiel des jungen Mannes zeigte sich noch einmal der Knabe. Er fiel auf ein Knie und sagte: »Euer Gnaden, Ihr erweist mir eine große Ehre. Ich werde Euch nicht enttäuschen.« Dann sprang er auf, als stehe der Boden unter ihm in Flammen, und lief los, um seine Begleiter auszusuchen. Melyn sah zu, wie sie ihre Habseligkeiten zusammensuchten, die Elendsgestalt Frecknock holten und sie eilig von der Lichtung trieben.

»War das weise?«, fragte Hauptmann Osgal. »Keiner von ihnen hat genug Erfahrung, um mit einem Drachen fertigzuwerden, wenn der sich querstellt.«

»Das tut Frecknock nicht«, sagte Melyn. »Ihre Widerstandskraft ist gebrochen. Und wie sollten wir denn testen, ob er als Anführer taugt, wenn wir ihm eine leichte Aufgabe stellen?«

»Was ist mit dem anderen Drachen?«, fragte Osgal. »Wie sollen wir den in diesen Wäldern aufspüren?«

»Das wird uns nicht gelingen«, sagte Melyn. »Er ist durch Magie vor uns versteckt, und ich habe jetzt nicht die Zeit, um diese Magie zu untersuchen. Aber die wird schon bald genug verfliegen. Wir kehren schnellstmöglich nach Emmas Faur zurück. Ich muss über die Rufstraße reiten und ihren Zauber erneuern, und ich weiß jetzt genug über diesen Benfro, um die Straße für ihn unwiderstehlich zu machen. Vertrau mir, Osgal, der kommt zu uns.«

3

Magog, Sohn des Sommermondes, war kraftlos, nachdem er so viel Magie gewirkt hatte, um die Welt zu spalten, und er trauerte um Amorgum, die er in der großen Schlacht gegen seinen Bruder verloren hatte. Und deshalb machte er sich auf den Weg, um sich an einem geheimen Zufluchtsort auszuruhen.

Doch er war noch nicht lange dort, als auch schon eine neue Bedrohung seiner Macht auftauchte. Die Menschen, die im Hendry unterhalb des Frydlands lebten und Kriege führten, fingen an, ihren Einfluss in den großen Wald auszudehnen. Es waren nicht die schlichten Menschen früherer Zeiten. Diese neuen Krieger waren fanatisch und hemmungslos, mehr noch, sie kannten die Feinen Künste und benutzten sie mit derselben brutalen Entschlossenheit wie jede andere Waffe. Wenn Drachen versuchten, im Krieg zu intervenieren, wurden sie alsbald erschlagen, ihre Edelsteine wurden aus ihren blutenden Häuptern gehackt und als Trophäen zum König gebracht.

Magog rief seine Gefolgsleute gegen diese neue Bedrohung zusammen, aber was den Menschen an Größe und Kraft fehlte, glichen sie durch ihre Menge aus. Die langlebigen Drachen vermehrten sich nur langsam und begrenzten ihre Anzahl so, wie es für die Erde verträglich war. Menschen vervielfachten sich in wenigen Jahren und mit jeder Generation wuchs ihre Menge weiter an.

Die Kämpfe tobten jahrelang, bis sogar der stolze Magog

eingestehen musste, dass die Drachen besiegt waren. In einem Versuch der Diplomatie bat er um ein Treffen mit dem König der Menschen, um mit diesem zu einer Art Abkommen zu gelangen. Am Tag vor diesem Treffen kehrte der große Magier an den Ort seines Schlüpfens zurück, um sich auszuruhen und vorzubereiten. Dieser Ort war von mächtigen Zaubern geschützt, sodass niemand, der nicht eingeladen war, ihn finden konnte. Aber sogar diese Magie erwies sich als unzulänglich, denn Magog traf den König nicht. Seither hat kein Drache ihn mehr gesehen, und im Laufe der Jahre sind die Taten von Gog und Magog ins Reich der Mythen und Sagen eingegangen.

Sir Frynwy: Geschichten des Frydlands

Je weiter Benfro sich von der Lichtung entfernte, auf der er seine Kindheit verbracht hatte, umso dichter wurde der Wald. Benfro hatte geglaubt, auf seinen Streifzügen weit von zu Hause weg gelangt zu sein. Er hatte geglaubt, über den einen Pfad, der sich von irgendwo weit weg nach irgendwo noch weiter weg schlängelte, alle Wälder um das Dorf durchwandert zu haben. Aber nach drei Tagen lag der letzte bekannte Baum hinter ihm. Bald waren ihm nicht einmal mehr die Baumarten vertraut. Er kannte Eichen und Buchen und außerdem hohe Zedern, die ihre Nadeln in riesigen dunklen Kreisen ausbreiteten. Hier aber wuchsen die Bäume senkrecht zu einem schwarzen Baldachin, so hoch oben, dass er das Laubwerk nicht mehr erkennen konnte. Ihre Stämme waren Dutzende von Metern dick und sie streckten ihre Wurzeln in hohen Bögen aus, einige waren so groß, dass er sich darunter hätte verstecken können.

Irgendwo hoch oben, das wusste Benfro, hatte die Sonne ihren Höhepunkt überschritten. Bald würde sie am westlichen Himmel untergehen. Er hoffte, dass ihm das Orientierung geben würde, aber auf dem Waldboden war alles kühl und dunkel. Nur ab und zu durchbrach ein Lichtstrahl den Baldachin. Die Wege solcher Lichtstrahlen wurden von zähem Farn gekennzeichnet, der an den kräftigen Bäumen hochkletterte, ihm aber keinen Hinweis auf die Himmelsrichtung gab. Benfro war schon vor vielen Stunden über die letzte Lichtung gegangen, eine Schneise, die eine riesige, abgestorbene Eiche beim Umstürzen mit ihrer schweren Krone durch den Wald geschlagen hatte. Aber auch dort war zu wenig vom Himmel zu sehen gewesen, um auf die Stellung der Sonne schließen zu können. Jetzt folgte Benfro nur noch seinem Instinkt und hoffte, dass er nicht im Kreis ging.

Der Hunger war sein ständiger Begleiter; er hatte sich in seinem Magen breitgemacht. Benfro hätte vielleicht die Blätter der vielen Pflanzen verzehrt, an denen er vorüberkam, aber immer, wenn er versuchte, sich an die Lehren seiner Mutter zu erinnern, sah er den gleißenden Lichtbogen seine unaufhaltsame Bahn beschreiben. Wenn er ein kleines Tier entdeckte, das er vielleicht zu fangen versucht hätte, sah er nur ihre fliehenden Kehrseiten, die in Löchern verschwanden oder das dichte Unterholz am Rand des Pfades zum Rascheln brachten. Er hatte versucht zu jagen, aber das brachte ihm nur die Erinnerung an seine Wanderungen mit Ynys Môn. Das Bild derer, die ihm vertraut gewesen waren. Nun waren sie alle tot, und doch verschwanden sie nie ganz aus seinen Gedanken, und wenn die Erinnerung zu stark wurde, konnte er nur weitergehen, wenn er nicht vollständig zusammenbrechen wollte.

Im tiefen Wald zu jagen, war aber ohnehin keine Alternative. Auf dem Waldboden gab es im Grunde nur endlosen, von totem Laub bedeckte Flächen und knorrige Wurzeln. Überall herrschte tödliches Schweigen, und nur selten ertönte einmal das grelle, schrille Rufen eines erschrockenen Vogels.

Es war bereits Nacht, als Benfro eine Lichtung erreichte. Es dauerte eine ganze Weile, bis ihm aufging, dass die Luft hier anders beschaffen war, sich anfühlte wie das lautlose Echo einer sanften Brise. Benfro wurde davon geweckt wie von einem Schlag ins Gesicht, und er merkte erst jetzt, dass er im Halbschlaf gewandert war. Er hatte seine Gedanken sozusagen abgeschaltet gehabt, um sein Entsetzen zu dämpfen. Nun blieb er stehen und atmete in der kalten Luft tief durch. Diese Luft war süß im Vergleich zu dem bewegungslosen Dunst, durch den er zahllose Stunden gewandert war, und es bereitete ihm eine seltsame Freude, sie in tiefen Zügen einzuatmen, als ob er viel zu lange den Atem angehalten hätte. Langsam hob sich der Nebel von seinem Denken, und er fing an, seine Umgebung zu registrieren.

Die Lichtung war fast so groß wie die, auf der das Dorf gelegen hatte, aber es gab keine Hinweise auf irgendwelche Bewohner. Sie war mit Gras bewachsen, hier und dort unterbrochen durch dichter wachsende Pflanzen, die Benfro in der Dunkelheit kaum identifizieren konnte. Der Boden fiel zu einem kleinen Bach hin ab, der einen Tümpel um einen wie ein zackiger Speer zum Himmel aufragenden Felsblock bildete. Benfro wurde von diesem Tümpel wie von einem Magneten angezogen. Über ihm am Nachthimmel leuchtete der abnehmende Mond, sein silbriges Licht erhellte das Bild vor Benfro mit gespenstischer monochromer Klarheit.

In der Nähe des Wassers waren die Schatten von einer furchtbaren Schwärze. Der Felsen zeigte auf die Sterne wie ein anklagender Finger, der den Himmel wegen des Schicksals der Welt verfluchte. Aber Benfro fühlte sich weiterhin zum Bachufer hingezogen. Am Fuße des Felsens war das Wasser still und tief und dunkel, ein so perfektes Spiegelbild des Himmels, dass es wie ein Verbrechen wirkte, dieses Bild zu stören. Benfro kniete am sandigen Ufer nieder und starrte in die Nacht hinab, gebannt von dem Frieden dieses Ortes und der erschöpften Mischung aus Kummer und Angst in seinen Herzen.

»Was ist dies?«, fragte eine klare, starke Stimme. »Ein Drache dürfte nicht so traurig sein.«

Benfro fuhr herum und verlor in seinem vom Hunger geschwächten Zustand den Halt. Er stolperte über seinen eigenen Schwanz und kippte rückwärts in den Tümpel. Das Platschen ließ Scharen von Tauben von ihrem Ruheplatz an dem hohen Felsen in die Luft aufsteigen.

»Nicht sehr elegant«, sagte die Stimme. »Aber über Geschmack soll man nicht streiten.«

»Wer ist da? Wer bist du?« Benfro rappelte sich auf und merkte, wie schwer sich sein Körper anfühlte, wie weh seine Füße sogar auf dem feuchten, weichen Sand taten.

»Nein, nein, nein, so läuft das nicht.« Aus der Stimme war eine verrückte, boshafte Belustigung zu hören. »Ich war zuerst hier. Ich bin schon länger hier. Du sagst mir, wer du bist, und dann überlege ich mir vielleicht, ob ich dir sagen will, wer ich bin.«

Benfro watete aus dem Wasser, ging um den Felsen herum und schaute an den Seiten aus Obsidian hoch. Er hätte genauso gut auf dem Boden nach einem schwarzen Stein suchen können, so wenig Licht warf der Mond über den Schauplatz.

»Wo bist du?« Er schnupperte in der leichten Brise, in der Hoffnung, einen verräterischen Geruch wahrnehmen zu können. Wenigstens konnte er keine Menschen riechen, was ein schwacher Trost war.

»Nö, nix. Du zuerst. Sag mir deinen Namen, kleiner Drache.«

Benfro betastete den Felsen und suchte nach einer Stelle zum Festhalten. Der Felsen war rau und durchsetzt mit von Taubendung schleimigen Löchern. Benfro biss die Zähne zusammen und setzte zu dem mühsamen Aufstieg nach oben an.

»Wo willst du denn hin? Da oben findest du mich aber nicht«, sagte die Stimme und ein glückliches Kichern strafte ihre Worte Lügen. Benfro achtete nicht auf sie, sondern kletterte weiter. Es war nicht allzu schwer für jemanden, der seine ganze Kindheit hindurch auf Bäume gestiegen war. Trotzdem war er außer Atem, als er oben ankam. An der Spitze des Felsens war eine kleine, ebene Fläche, gerade groß genug für seinen jugendlichen Körper. Ein ausgewachsener Drache wäre aller Wahrscheinlichkeit nach gleich wieder nach unten in den Teich gestürzt. Benfro sah hinunter auf den Wasserspiegel, der an die zwölf Meter unter ihm lag, und keuchte auf.

Der Tümpel tief unten war geformt wie ein Drachenauge, das zu ihm hochstarrte. Der schwarze Himmel, der sich im Wasser spiegelte, war wie eine leuchtende, von Sternen übersäte Iris, der abnehmende Mond darin wie ein Aufleuchten von Intelligenz. Sogar das sandige Ufer wirkte wie die Falten eines unteren Augenlides.

»Gut, was?«, fragte die Stimme, jetzt lauter. Sie war gleich neben Benfro, und törichterweise wirbelte er herum. Er war kleiner als ein ausgewachsener Drache, aber immer noch groß genug, um von der engen Felsplatte zu fallen. Vor allem, weil die früheren Bewohner eine Menge glitschigen Kotes hinterlassen hatten.

»Hoppla«, sagte die Stimme, und dieses eine Wort strahlte vor Schadenfreude.

Einen wahnwitzigen Augenblick lang balancierte Benfro auf der Kante und fuchtelte mit den Armen. Sogar seine Flügel öffneten sich in einem schmerzlichen, verkrampften Reflex, was ihm aber auch nichts brachte. Der Hunger hatte ihm seine Kraft genommen, und so ließ Benfro sich mit einer seltsam müden Resignation hinunter und dem glotzenden Tümpel entgegenfallen.

»Ihr habt euren Orden enttäuscht. Ihr habt euer Land enttäuscht. Und schlimmer noch, ihr habt mich enttäuscht.«

Königin Beulah mit dem gesprenkelten Gesicht saß in dem riesigen Saal auf dem Obsidianthron und musterte voller Zorn die beiden Wachen, die sich vor ihr zu Boden geworfen hatten. Sie waren gekleidet wie Angehörige des Kerzenordens, Männer von Hofmarschall Padraig. Er stand neben ihnen, sein Gesicht war unbeweglich wie eine Maske, und er starrte Beulah an wie ein Kaninchen einen Habicht.

»Eure Majestät, ist es gerecht, diesen Männern Vorwürfe zu machen, wo doch der Verrat von …«

Beulahs Blick reichte aus, um den Hofmarschall zum Verstummen zu bringen.

»Ich muss ein Exempel statuieren, Padraig«, sagte sie. »Wenn nicht an diesen beiden Männern, die mich beschützen sollten, an wem dann? Hättet Ihr denn gern Euren Hals ein wenig länger gedehnt?«

Padraig trat nervös von einem Fuß auf den anderen und geriet unter dem bohrenden Blick der Königin mehr und mehr aus der Fassung. Beulah wusste, dass der Hofmarschall gerne engere Beziehungen zu Lanwennog eingegangen wäre, dass er friedlichen Dialog dem Krieg vorzog. Aber er war von der Verschwörung ebenso überrascht worden wie alle anderen. Er verlor immer mehr von seiner Macht, sein Einfluss war nur noch ein bleicher Schatten dessen, was er unter der schwachen Herrschaft ihres Vaters gewesen war. Beulah wusste, dass sie bereits über ihn gesiegt hatte, vielleicht war es an der Zeit, ihm einen Knochen hinzuwerfen.

»Ihr habt natürlich recht, Hofmarschall«, sagt sie und bemerkte voller Befriedigung die Verwirrung, die bei diesen Worten über sein Gesicht huschte. »Diese Männer haben Befehle befolgt. Merl und seine Kumpane sind an allem schuld. Merl wird uns keine Schwierigkeiten mehr machen, aber ich muss wissen, wie tief dieses Geschwür reicht. Ich erwarte, dass Euer Orden all seine Energie in diese Aufgabe steckt. Und wir wollen kein Gerede mehr über Frieden mit Lanwennog. Diese Verschwörung ist Billahs Werk, egal, was seine Gesandten vielleicht behaupten mögen.«

»Natürlich, meine Königin«, sagte Padraig und nahm seine Niederlage mit einer Verbeugung hin.

»Bis zum Abend müssen alle Gesandten aus Lanwennog die Stadt verlassen haben«, sagte Beulah. »Und spätestens bei Sonnrast das Land.«

Padraig senkte das Gesicht noch tiefer, wagte aber keinen Widerspruch. Er verneigte sich abermals zustimmend und schickte dann die auf ihren Knien liegenden Wachen weg. Sie rannten zu den riesigen Türen des Thronsaals. In diesem Augenblick schleppte sich ein einzelner Mann herein. Herzog Angor von Aberfenn sah aus, als habe er ohne Unterbrechung den ganzen Tag im Sattel gesessen. Er humpelte auf den Thron zu und fiel in einer Staubwolke auf die Knie.

»Meine Königin, ich bin gekommen, sowie ich es gehört hatte«, sagte er. »Stimmt es denn? Ist mein Sohn wirklich tot?«

»Habt Ihr seinen Kopf nicht über dem Verrätertor gesehen?«

»Verräter? Was?« Der alte Mann fuhr auf, und sein Gesicht rötete sich, als er auf die Füße kam.

»Hat Euch das niemand gesagt?«, fragte Beulah und räkelte sich so gut sie konnte auf dem Thron, während sie mit gleichgültiger Miene die Ränder der herzoglichen Gedanken nach Hinweisen auf Komplizenschaft absuchte.

»Mir was gesagt?«, fragte der Herzog und wandte sich zu Padraig um.

»Hofmarschall, was geht hier vor?«

»Der junge Merl hat sich an einer Verschwörung beteiligt. Sie wollten unsere geliebte Königin Beulah ermorden und die junge Iolwen auf den Thron setzen«, sagte Padraig. »Und fast wäre es ihm gelungen.«

»Aber das ist doch unerhört!«, sagte Angor empört. »Merl hätte doch niemals … kein Sohn Aberfenns würde jemals …«

»Er hat aber!«, sagte Beulah und konnte in den Gedanken des Herzogs eine Besprechung sehen – verschwommene Gesichter, Geldbeutel, die den Besitzer wechselten. »Sagt mir, Angor«, fügte sie hinzu. »Wie viel habt Ihr im vergangenen Jahr an Eurem Handel mit Lanwennog verdient?«

»Das … das kann ich nicht sagen«, sagte Angor. »Mit diesen Alltagsgeschäften habe ich nicht viel zu tun. Ich muss meinen Haushofmeister fragen.«

»Aber zehntausend Goldflocken wären wohl eine angemessene Schätzung?« Beulah sah die Zahl im Kopf des alten Mannes, das Bild eines Haufens aus Goldstücken, die vor ihm auf einem hölzernen Tisch verteilt lagen.

»Aberfenn liefert reichlich an das königliche Schatzamt«, sagte der Herzog. Seine Haltung änderte sich, für einen alten Mann war er überaus geistesgegenwärtig, das konnte Beulah sehen. Seine Augen huschten hin und her, zweifellos hielt er Ausschau nach Wachposten. Für den Moment war keiner im Thronsaal, dafür hatte Beulah gesorgt.

»Und so würde es auch weitergehen, wenn der Thron sich Lanwennog fügte?«, fragte sie. »Oder würde Aberfenn sich noch offener auf die Seite Billahs und seiner Handvoll kleiner Fürsten stellen?«

»Meine Königin … diese Vorwürfe …« Beulah registrierte, dass Angor mit jedem Wort einen weiteren Schritt auf den Thron zutrat. Sie hatte nicht gesehen, dass er auf das Podium gestiegen war, aber jetzt war er nur noch wenige Schritte entfernt. Er hob wie flehend die linke Hand und machte wie ein Beschwörer mit den ausgestreckten Fingern seltsame Bewegungen in der Luft. Aber Beulah kannte die erste Regel der falschen Magie und achtete nicht auf diese Ablenkung. Sie konnte in seinen Gedanken lesen, was er vorhatte, und bewunderte die Geschicklichkeit, mit der er in der Handfläche seiner rechten Hand eine dünne Klinge hielt.

»Ich glaube, wir brauchen uns nicht mehr zu verstellen, Angor«, sagte sie. »Ihr wolltet niemals Krieg mit Lanwennog, das würde Euren einträglichen Handel stören. Ihr würdet die Königreiche viel lieber vereinigt sehen. Das würde ich auch gern, aber nur unter meiner Herrschaft.«

»Ihr werdet uns alle vernichten. Ich tue dem Königreich einen Gefallen«, sagte der Herzog. Er hatte den Satz noch gar nicht beendet, als er auch schon überraschend beweglich in die Luft sprang und das Stilett angriffsbereit in der Hand hielt. Padraig stieß ein verängstigtes Wimmern aus, aber Beulah lächelte nur. Sie rief mit einem trägen Gedanken eine Lichtklinge herbei und schwenkte sie, schneller als ein Augenzwinkern, durch die Luft und genoss dabei das prickelnde Gefühl ihrer Macht.

Der Herzog konnte den Schwung seines Sprunges nicht mehr bremsen und stürzte in die Klinge. In mehrere Stücken zerteilt landete er zu Füßen der Königin.

»Eure Majestät«, sagte schließlich der Hofmarschall.

»Ach, hört doch auf, Padraig. Erzählt mir nicht, Ihr hättet noch nie gesehen, wie jemand eine Lichtklinge benutzt.«

»Aber meine Königin. Ihr seid …«

»Eine Frau, Padraig? Ich weiß, Ihr habt ein Keuschheitsgelübde abgelegt, aber ich vermute, die Unterschiede zwischen den Geschlechtern sind Euch nicht ganz unbekannt?«

»Aber das ist nicht erlaubt. Es ist nicht …«

»Unsinn«, sagte Beulah. »Dass Frauen keine Magie lernen dürfen, liegt nur an Aberglauben und Vorurteilen. Ich bin die Königin, ich tue, was mir gefällt.«

»Natürlich, Eure Majestät«, sagte Padraig und starrte noch immer die leuchtende Klinge an. Beulah löschte deren Licht und spürte, wie die Kraft in ihr aufschäumte, als sie in sie zurückkehrte.

»Von diesem Moment an sind alle Ländereien Aberfenns der Krone verfallen, wie auch der dazugehörige Titel. Dies ist eine offizielle Verlautbarung. Holt mir Melyn, er muss einen vertrauenswürdigen Hauptmann losschicken, der als Verweser für das Herzogtum fungieren kann, bis ich diese Rebellion mit Stumpf und Stiel vernichtet habe.«

»Eure Majestät, ich dachte, Ihr könntet nach Belieben mit dem Inquisitor kommunizieren«, sagte Padraig.

»Und dann beschwert Ihr Euch wegen der Klinge?« Beulah lachte. »Ich kann Melyn zwar erreichen, aber dafür muss ich wissen, wo er sich aufhält. Ansonsten vergeude ich zu viel Zeit bei dem Versuch, ihn ausfindig zu machen. Zuletzt habe ich gehört, er sei auf Drachenjagd ausgezogen. Sendet eine Nachricht nach Emmas Faur, dass ich ihn dringend sprechen muss. Ich muss wissen, was in Lanwennog vor sich geht.«

»Ich werde sofort einen Boten losschicken«, sagte Padraig mit einer Verbeugung.

»Gut.« Beulah ließ sich auf dem Thron zurücksinken. »Und schickt jemanden, der die Schweinerei hier aufwischt.«

Es schien ungewöhnlich lange zu dauern, bis er auf die Wasseroberfläche auftraf. Benfro hatte viele glückliche Nachmittage damit verbracht, von Felsklippen aus ins Wasser zu springen und Fische zu jagen; er wusste instinktiv, wie schell er fallen müsste. Vielleicht ließ die Dunkelheit die Entfernung kürzer wirken. Seine Schultermuskeln an den Wurzeln seiner Flügel fühlten sich schwer und überreizt an, der Wind riss an seinen Hautfalten wie bei einem echten Flug. Als er auf das Wasser auftraf, geschah das nicht mit einem triumphierenden Schlag, der den Tümpel leerte, sondern eher mit einem fast eleganten, zurückhaltenden Eintauchen. Aber er war sehr tief gefallen, und die Wucht des Aufpralls verschlug ihm fast den Atem. Das Wasser schloss sich über seinem Kopf und zog ihn in die Tiefe.

Der Tümpel war überraschend warm und umarmte Benfro wie seine Mutter. Nach einer gefühlten Ewigkeit aus Schmerzen und Krämpfen fühlte Benfro sich schwerelos. Kummer und Angst flohen aus seinen Gedanken und schenkten ihm eine warme Zufriedenheit. Er wollte nur noch langsam zu Boden sinken, zu dem schlafenden Freund, der dort auf ihn wartete. Er konnte zwar nicht atmen. Aber Atmen war wirklich überschätzt. Es war doch viel besser, sich einfach zu entspannen, sich mit seinem neuen Freund in der Tiefe niederzulassen. Bald würden sie für immer zusammen sein.

Benfro sank immer tiefer, ruhig und locker. Er wusste, dass er etwas tun musste, aber so wichtig konnte das auch wieder nicht sein, denn sonst könnte er sich daran erinnern, was das gewesen war. Also ließ er sich einfach nieder, und der schlammige Boden des Tümpels gab sanft nach, um Benfros zerschlagenen, erschöpften Leib ausruhen zu lassen.

In der Finsternis konnte Benfro seltsame gespenstische Gestalten ahnen. Sie sahen aus wie Stöcke, die aus dem Sand aufragten. Merkwürdig symmetrische Finger, die mit sanft wogenden Gräsern bewachsen waren. Ganz in der Nähe erregte ein Stein seine Aufmerksamkeit. Der Stein war an einem Ende gewölbt und verlängerte sich am anderen zu einem kurzen dicken Rohr. Schwarze Gewächse auf seiner Oberfläche sahen aus wie Augenhöhlen und Nasenlöcher, eine andere Stelle erinnerte an ein Ohr. Und dann war da eine gezackte, brutale Kerbe, als habe dort jemand einen schlafenden Schädel mit einer Axt getroffen und dann den ermordeten Leichnam in die freundliche Umarmung des Tümpels gestoßen. Mit einem Aufkeuchen, das die letzten wenigen kostbaren Luftblasen aus seiner Nase wirbeln ließ, begriff Benfro, dass er das Skelett eines seit Langem toten Drachen vor sich sah, das jemand wie eine zerfetzte Stoffpuppe an den Boden des Tümpels geworfen hatte. Und tief in dem zerbrochenen Schädel leuchtete ein einziger Edelstein in bitterem Rot. Benfro kroch rückwärts. Er musste würgen und rang nach Atem. Plötzlich ging ihm auf, dass er tief unten im Wasser steckte.

Benfros Magen drehte sich um. Der Schmerz schoss in seiner Kehle nach oben, hinten im Hals spürte er den bitteren Geschmack. Er konnte nicht atmen. Eine furchtbare Müdigkeit zerrte an ihm. Seine Gedanken trübten sich wieder ein. Es war, als ob er in einer zähflüssigen Masse gefangen war, die seine Bewegungen und seine Gedanken verlangsamte. Er konnte nur ein bleiches Licht sehen, weit weg und trübe. Es war eine missgestaltete Scheibe mit Flecken aus dunklerem Grau, das Bild eines Drachen mit unmöglich breiten ausgestreckten Flügeln. Der Mond. Er musste nach dem Mond greifen.

Das Bild verschwamm jetzt, es war schwer, es durch den dicken warmen Schlamm, der ihn einhüllte, klar im Blick zu behalten. Aber irgendwo spürte Benfro einen rhythmisch pulsierenden Schmerz. Konnten das seine Herzen sein? Konnten die so langsam schlagen? Nein, etwas anderes stieß seinen Rücken an, schob ihn vor sich her, nach oben, dem Licht entgegen. Fort von seinem neuen Freund.

Es rief ihn an, flehte ihn an, zurückzukommen, bohrte Krallen der Liebe und der Sehnsucht tief in seine Seele. Aber es war eine grausame, selbstsüchtige Sehnsucht, das wusste Benfro jetzt. Es war etwas Herzloses, Einsames, das ihn besitzen wollte. Also konzentrierte er sich auf den pulsierenden Rhythmus. Jeder Schlag trübte seine Sicht, brachte ihn aber dichter an den Mond heran.

Er gab sich alle Mühe, um sich auf den stetigen Rhythmus zu konzentrieren, der seinen Körper durchfuhr. Er spürte jetzt nur, wie das Wasser über seine Schuppen glitt und wie die furchtbare, einsame Sehnsucht versuchte, ihn zurück zu seiner Verzweiflung zu ziehen, als Gefährten im ewigen Elend dort unten.

Mit einem letzten Aufbäumen, das ihm fast nicht bewusst war, brach Benfro durch die Wasseroberfläche wie ein Fischadler. Seine Flügel, die seinen Rumpf wie Flossen durch das Wasser bewegt hatten, packten die zu dünne Luft. Seine Kraft versiegte. Aber immerhin konnten seine Flügel ihn weit genug tragen, dass er seichteres Wasser erreichte, wo er zusammenbrach und eine gewaltige Welle auf das sandige Ufer schickte. Er hockte auf allen vieren da und konnte gerade noch den Kopf über das Wasser heben. Er würgte, wie es ihm schien, viele Liter Wasser aus sich heraus und erbrach sich bei der Anstrengung, seine Lunge zu säubern. Dann konnte er endlich die Nachtluft in großen Zügen in sich hineinsaugen.

Irgendwann saß er dann in dem kühler werdenden Bach, atmete tief durch und drehte sich ab und zu um, um zu husten und mehr Wasser aus Lunge und Magen zu würgen. Es war lange still, nur der sanfte Nachtwind bewegte Gras und Büsche am Ufer. Als Benfros Gedanken klarer wurden und er sich an seine traumähnliches Erlebnis unter Wasser erinnerte, überraschte es ihn gar nicht, dass die Stimme wieder da war.

»Ich bin beeindruckt«, sagte sie und klang nicht mehr ganz so sehr wie ein schmollendes Drachkitz, sondern etwas bedrohlicher. »Und ich war schon lange nicht mehr beeindruckt.«

»Wie lange denn?«, fragte Benfro. »Und wie lange bist du schon da unten – hier – wo immer du bist?«

»Weiß ich nicht. Tage sind nur Tage, wenn man tot ist.«

»Wer bist du?«, fragte Benfro. »Was bist du?«

»Warum sollte ich dir das sagen? Du gibst mir nichts.«

»Du hast versucht, mich umzubringen. Ich finde, du schuldest mir wenigstens eine Erklärung.« Benfro zitterte, teils vor Angst, teils weil das Wasser immer weiter abkühlte und die wenige verbliebene Wärme aus seinem Leib zog. Langsam, schmerzhaft kroch er dann auf das Ufer zu. Jede Bewegung verlangte einen gewaltigen Aufwand an Willen und brachte nur zusätzliches Gewicht, bis er sich endlich auf das Ufer zog. Der sanfte Nachtwind war inzwischen stärker geworden, seine kalten Finger zogen an Benfros feuchten Schuppen.

»Stimmt.« Die Stimme schien kein Interesse an seiner Notlage zu haben. »Aber ich werde dir meinen Namen nicht nennen. Ein Name ist etwas Mächtiges. Wenn ich dir meinen Namen gäbe, könntest du ihn an alle weiterreichen, die dir über den Weg laufen.«

»Na und?«, fragte Benfro. »Und wenn schon! Wie viele Drachen sind denn hier vorbeigekommen, seit du gestorben bist? Und wie viele Menschen?«

»Menschen?«, fragte die Stimme. »Was scheren mich die Menschen? Abgesehen davon, dass sie eine nette Abendmahlzeit abgeben. Ach ja, es gab eine Zeit, als ich ein Dutzend Jungfrauen verschlingen konnte und trotzdem noch hungrig war. Ach ja, das waren noch Zeiten.«

Benfro, der so erschöpft und verwirrt war, dass er kaum noch denken konnte, hatte plötzlich einen irrwitzigen Gedanken. »Bist du Corwen?«, fragte er. Seine Frage wurde mit Schweigen beantwortet, und für einen Moment glaubte er, sich alles nur eingebildet, die ganze Episode nur geträumt zu haben. Dann war die Stimme wieder da, mit einem höhnischen kleinen Gackern.

»Corwen? Ha! Was soll denn das für ein Name sein? Komm schon, Drachenkindchen, du kannst mehr schaffen, wenn du schon Ratespiele haben willst. Versuch es ein bisschen großartiger. Versuch es mit Palisander oder Schwingenspreite oder Lys Fron der Freigebige.«

Benfro kannte diese Namen aus Sir Frynwys Geschichten. Sie gehörten zur Grundlage aller Drachenmythologie. »Dann musst du der große Gog sein, der Sohn des Wintermondes«, sagte er und nannte den ersten Namen aus den Geschichten, der ihm gerade einfiel.

Das Wasser im Tümpel begann rot zu leuchten, die Schwärze der von Sternen übersäten schwarzen Nacht über ihnen wurde dunkler, zuerst wie trübes Blut, wie die wütende Hitze brennender Kohle, und dann wie das hemmungslose Wüten eines Waldbrandes. Das Wasser kochte, zuerst in großen Blasen, die eine nach der anderen aufstiegen und platzten. Dann folgten kleinere Eruptionen, die sich wie ein plötzlicher Regenguss über der Wasseroberfläche ausbreiteten. Dampf blähte sich in der kalten Nachtluft, als ein wogender Schaum aus den Blasen barst. Heftiges oranges Licht flutete über die Hänge, die sich zu den Bäumen in der Ferne hinzogen, und zeigte den anklagenden Felsen als scharfe Silhouette. Benfro konnte die Hitze spüren, die vom Tümpel ausstrahlte, als er so schnell vom Ufer wegkroch, wie seine müden Arme und Beine ihn tragen konnten. Er wich zurück in die Nacht und erkannte zu spät, dass sein Weg von dichtem Unterholz versperrt war und er nicht weiterkonnte. Wenn er sich umgeschaut hätte, hätte er vielleicht einen Fluchtweg finden können, aber er konnte seine Blicke nicht von dem Bild vor sich lösen, konnte sich vor Angst kaum bewegen.

Das Wasser erhob sich als leuchtend rote Säule aus dem Tümpel. Es türmte sich immer höher auf, bis es mit leichtem Schwanken den Felsen überragte. Von seinem Platz am Rand konnte Benfro riesige Lachse sehen, die im kochenden Wasser zappelten, während ihre Augen sich in der Hitze sofort weiß verfärbten. Aus dem Bach strömte Wasser in den jetzt leeren Tümpel und ließ heftige Dampfstrahlen aufstieben, als es auf den ausgetrockneten Boden und die rotglühenden Knochen des längst verstorbenen Drachen auftraf. Dessen Schädel stand in Flammen, und der Edelstein darin leuchtete in einem bösen Scharlachrot.

»Du wagst es, hier diesen Namen zu nennen?«, kreischte eine Stimme, ein schreckliches Geräusch, das Benfros Kopf füllte und alle Gedanken verscheuchte, die er vielleicht noch gehabt hatte. Die Wassersäule breitete sich jetzt aus, nahm die Form eines riesigen Drachen an, der mit ausgestreckten Flügeln auf seine Beute zuschoss – auf Benfro, dem nichts anderes übrig blieb, als in hilflosem Entsetzen abzuwarten.

Dann, so plötzlich, wie es angefangen hatte, brach die gewaltige Säule in sich zusammen. Einen Moment lang glaubte Benfro, Feueratem durch den Boden pulsieren und zum Tümpel zurücklaufen zu sehen. Aber sowie er die Flammen gesehen hatte, waren sie auch schon gelöscht, verschwunden, als wären sie so flüchtig gewesen wie ein Bild, das man sieht, wenn man zu lange in der Sonne gestanden hat. Tonnen von kochend heißem Wasser stürzten zurück in den Tümpel. Das Wasser stürzte mit einem Dröhnen, das lange Sekunden auf der Lichtung widerhallte, um endlich das Echo eines klagenden Rufes zu hinterlassen, einen letzten verzweifelten Schrei aus Wut, Verzweiflung, Angst und Überraschung.

4

Ein nicht extrahierter Edelstein ist etwas Schreckliches. Ganz abgesehen von der Tragödie eines Drachen, der allein und so weit entfernt von seinesgleichen stirbt, dass kein Heiler von seinem Hinscheiden informiert werden kann, wird der Edelstein eines Drachen, der nicht von der lebenden Flamme geläutert und eingefasst worden ist, langsam dahinschmelzen, während sein Wesen zurück in die Grym sickert. Edelsteine hungern dann nach Erlebnissen, aber im Laufe der Zeit geht das freundliche Wesen des Drachen verloren, nur seine niedrigen Begierden sind noch vorhanden, und mit ihnen ein verzweifeltes, irrwitziges Verlangen nach Überleben. Nicht extrahierte Edelsteine leuchten rot in ihrem Durst, alles zu wissen, und solltest du aus Versehen einen berühren, der länger als nur einige Jahre dort liegt, wird er sich mit einer Macht an dich klammern, die nur wenige brechen können. Ein solcher Edelstein wird dir langsam das verderbte Wesen und die korrupte Persönlichkeit seines toten Besitzers aufzwingen. Dieser Prozess verläuft langsam und wird oft erst bemerkt, wenn er nicht mehr rückgängig gemacht werden kann. Irgendwann gibt es dich dann nicht mehr, und der böse Schatten des Drachen, dessen Edelstein du berührt hast, wird in dir wieder aufleben.

Die einzige sichere Methode, diesen Prozess rückgängig zu machen oder zumindest aufzuhalten, ist, die lebende Flamme heraufzubeschwören und den Edelstein zu extrahieren. Das sollte natürlich so schnell wie möglich geschehen, wenn ein gefallener Drache gefunden wird, aber in den seltenen Fällen, wenn von dem Körper nichts mehr übrig ist oder wenn die Edelsteine entfernt und die Überreste einfach der Verwesung anheimgegeben worden sind, hilft die Extraktion nicht weiter. Denn die lebende Flamme braucht Körper und Edelstein, um beide miteinander zu verbinden. Es gibt Magi, die behaupten, sie wüssten, wie sie die Bindung zwischen einem nicht extrahierten Edelstein und dem Drachen, den dieser usurpieren will, brechen können, aber das sind nur wenige, und sie leben weit voneinander getrennt in allen Reichen von Gulad.

Heiler Trefnog: Das Apothekarium

Errol sah nicht, wie der Inquisitor mit seinem Trupp aus Novizen und Kampfpriestern in den Haupthof einritt. Er saß mit Andro in seinem Zimmer, tief unten in den Archiven, und übte die Kunst des täuschenden Denkens. Erst, als er in Melyns Studierstube gerufen wurde, wurde ihm klar, dass seine Stunde nun gekommen war.

»Du kannst das, Errol. Glaub mir«, sagte Andro. »Du musst dich konzentrieren, darfst deine Gedanken nicht wandern lassen.«

Das hörte sich einfach an, dachte Errol, als er durch die kalten Steingemäuer eilte, bis ganz nach oben, wo die Privatgemächer des Inquisitors gelegen waren. Die Wahrheit war jedoch komplizierter, und auf dem ganzen Weg verstärkte er das Bild der Welt, das er sich zurechtgelegt hatte, bis er die Lüge selbst fast ganz und gar glaubte.

»Komm herein«, sagte Melyn in dem Moment, als Errol an seine Tür klopfte. Errol gehorchte.

Der Inquisitor saß mit einem Becher Wein in der Hand in einem niedrigen Ledersessel.

»Errol, schön, dich zu sehen«, sagte er auf perfektem Lanwennog.

»Es freut mich, dass Ihr unversehrt zurückgekehrt seid«, erwiderte Errol in derselben Sprache. Mit diesem Test hatte er nicht gerechnet, aber dann fiel ihm ihre letzte Begegnung ein, als der Inquisitor ihm aufgetragen hatte, die Sprache des Feindes zu lernen, um als Spion dienen zu können.

»Trink einen Schluck, Knabe.« Der Inquisitor zeigte auf einen Krug, der neben einem leeren Becher auf dem Tisch stand. Errol goss sich ein wenig Wein ein und nippte ganz vorsichtig daran.

»Wie war die Jagd, Euer Gnaden?«, fragte er, abermals auf Lanwennog. »Und wie geht es meinem Stiefbruder Clun?«

»Das weißt du also«, sagte Melyn und durchbohrte Errol mit seinem gelben Starren. Errol spürte das Kitzeln im Gehirn, das ihm zeigte, dass der Inquisitor versuchte, seine Gedanken zu durchsuchen. Er verbarg seinen Ekel mit aller Kraft und gab sich Mühe, sich eine Lust am Töten vorzustellen, ein brennendes Verlangen, alle Drachen zu vernichten.

»Seit Ihr aufgebrochen seid, ist im Kloster von nichts anderem die Rede«, sagte Errol. »Es heißt, Ihr wärt gegen eine Armee aus Drachen in den Kampf gezogen.«

Melyn lachte und das Kitzeln in Errols Gehirn ließ ein wenig nach. »Eine Armee war das nun wirklich nicht. Eher ein zerlumpter Trupp aus heruntergekommenen Überresten. Ich habe ihnen wirklich einen Gefallen damit getan, dass ich sie alle erledigt habe. Und was den jungen Clun angeht, der ist in meinem Auftrag nach Candlehall unterwegs. Wir haben eine der Bestien gefangen, sie ist jünger als die anderen. Er bringt sie in den Palast, um sie der Königin vorzuführen.«

Einen Moment lang geriet Errols Konzentration ins Schwanken. Er dachte an die Nacht, in der er auf irgendeine Weise durch den großen Wald gereist war und den Drachen gesehen hatte, den Melyn jagen wollte. War dieser Drache nun tot oder wurde er über die Straße gezerrt, einem noch schrecklicheren Schicksal entgegen?

»Du interessierst dich für Drachen?«, fragte der Inquisitor, und das Kitzeln in Errols Gehirn wurde wieder stärker. Er wusste nicht, woher, aber er holte das Bild eines hochgewachsenen Mannes herbei, der eine Klinge aus purem weißen Licht schwenkte und damit den liegenden Drachen mit einem einzigen Hieb enthauptete.

»Ich bin kürzlich auf ein Manuskript in ihrer Sprache gestoßen«, sagte er und versuchte, seine Gedanken davon zu überzeugen, dass er von diesem grauenhaften Bild entzückt und nicht abgestoßen war. »Quästor Andro hat gesagt, er werde mir beibringen, es zu lesen.«

»Vielleicht, wenn du deine übrigen Studien beendet hast«, sagte der Inquisitor. »Für den Moment sollst du weiter Lanwennog üben. Du sprichst schon gut, aber noch nicht gut genug, um einen Einheimischen lange zu täuschen. Du könntest im Norden als jemand aus dem Grenzland durchgehen, im Grenzland als einer aus dem Norden, aber in Tynhelyg, der Hauptstadt von Lanwennog, würdest du sofort als Fremder auffallen.«

»Soll ich denn nach Tynhelyg?«, fragte Errol.

»Heute nicht«, schmunzelte der Inquisitor. Er leerte seinen Becher und hielt ihn Errol hin. Errol schenkte eilig nach. Er verbeugte sich, wagte aber nicht zu hoffen, dass die Unterredung schon beendet sein könnte. »Habt Ihr sonst irgendwelche Aufträge für mich, Euer Gnaden?«

Melyn wollte schon etwas sagen, aber es wurde an die Tür geklopft, und er bellte: »Herein!« Hauptmann Osgal kam herein, starrte Errol an und verneigt sich dann vor dem Inquisitor.

»Soeben ist ein Bote aus Candlehall eingetroffen, Euer Gnaden. Königin Beulah wünscht Euch so bald wie möglich zu sprechen.«

Melyn seufzte, stand auf und stellte seinen vollen Becher neben den Krug auf den Tisch.

»Sehr wohl.« Er drehte sich zu Errol um. »Geh jetzt, Junge. Aber denk daran, was ich gesagt habe. Ich werde dich regelmäßig auf die Probe stellen, du solltest also hart arbeiten.«

Errol verbeugte sich, er wagte nicht, auch nur ein Wort zu sagen. Dann drehte er sich um und wollte gehen. Als er die Tür erreicht hatte, legte sich eine schwere Hand auf seine Schulter. Der Hauptmann zog ihn hinaus auf den Gang und schloss die Tür hinter ihnen,

»Glaub ja nicht, du hättest jetzt ein leichtes Leben, nur weil der Alte dich mag«, sagte er. »Von nun an behalte ich dich im Auge. Ein falscher Schritt, und du verlässt den Orden. Verstanden?«

Errol nickte, wagte aber noch immer nicht, etwas zu sagen. Er hätte gern gewusst, wie er den Hauptmann dazu veranlassen konnte, seine Drohung wahrzumachen, doch insgeheim war er sich sicher, dass der Inquisitor ihn niemals würde gehen lassen.

»Und jetzt steh hier nicht rum. Mach, dass du zurück zu deinen Büchern kommst.« Osgal schlug Errol so fest auf den Kopf, dass dessen Knie nachgaben. Errol ließ sich das nicht zweimal sagen. Er zog den Kopf ein und rannte los.

Die Sonne stand schon hoch am Himmel, als Benfro erwachte. Er blieb noch eine Weile liegen, starrte die langsam dahinziehenden Wolken an und versuchte, sich zu erinnern, wo er war. Sein ganzer Körper tat weh. Ein scharfer Schmerz pochte in seinem Kopf, als ob er einen der kräftigsten Heiltränke seiner Mutter gekostet hätte. Einen Moment lang fragte er sich, wie streng sie ihn wohl bestrafen würde, weil er einfach draußen übernachtet hatte. Dann strömten die Erinnerungen zurück, und er musste sich bewegen, einfach, um seine Hilflosigkeit zu überwinden.

Er setzte sich auf, benommen und unsicher, und starrte das Bild an, das ihm sich bot. Ein hoher Felsen ragte am Ende eines stillen, ruhigen Tümpels auf, der auf Benfros Seite in einem sandigen Strand endete. Es war wie diese seltsam realistische Vision, die er in der Nacht in seinem Traum gehabt hatte. Aber so etwas konnte doch einfach nicht passiert sein.

Dann sah er die Fische. Sie lagen tot am Strand, im Gras und auf den kleinen, stacheligen Sträuchern, die auf der Lichtung wuchsen. An einigen hatten Vögel gepickt. Eine einsame Krähe versuchte, einen Fisch mit sich zu ziehen, der fünfmal so viel wog wie sie. Endlich gelang es ihr. Wo sie den Fisch hinbringen wollte, konnte sich Benfro nicht vorstellen. Es war auch nicht wichtig. Wichtig war sein Traum. Nur war der ja kein Traum gewesen.

Langsam stand er auf. Ihm war schwindlig, und er versuchte, dem Boden Stillhalten zu befehlen. Nach einigen Minuten tat der Boden ihm den Gefallen, und Benfro trat ans Wasser. Eine leichte Strömung floss durch den Tümpel und hielt das Wasser frisch und sauber. Benfro kniete nieder und spritzte sich eine Handvoll kalten Wassers übers Gesicht. In der schwarzen Tiefe war keine Bewegung zu sehen, keine Stimme sprach zu ihm. Nur sein Spiegelbild sah ihn an, ein mageres, verhärmtes Etwas, das er fast nicht erkannt hätte. Wie lange hatte er schon nichts mehr gegessen? So lange konnte das doch nicht gewesen sein. Höchstens zwei Tage. Das konnte doch keine so durchschlagende Wirkung haben. Ein plötzlicher Märchengedanke jagte durch seinen Kopf. Was, wenn er in die Klauen eines bösen Geistes geraten und nun in einer Nacht gefangen war, die tausend Jahre währte?

Der nächste tote Fisch, den Benfro sah, war ein riesiger Lachs, mindestens so lang wie sein Arm. Ein solcher Fang wäre im Dorf eine wunderbare Trophäe gewesen, ein Beweis seiner Fähigkeiten als Jäger. Er streckte die Hand aus, zog den Fisch zu sich heran und merkte dabei, dass er nicht nach Verwesung stank. Der Fisch war seit höchstens zwölf Stunden tot, also konnte Benfro nicht tagelang geschlafen haben. Die Augen des Fischs waren weiß, und Benfro erinnerte sich daran, wie das Wasser gekocht hatte, als es die Drachenform angenommen hatte. Vorsichtig schlitzte er mit einer scharfen Kralle den Bauch des Fisches auf, entfernte Innereien, Kiemen und Kopf. Das Fleisch war rosa und fest, aber es war eher gekocht denn roh. Doch das war Benfro im Augenblick gleichgültig. Dankbar für Nahrung, egal, woher sie kam, riss er Fetzen aus dem Lachs und schob sie sich in den Mund.

Nichts hätte köstlicher schmecken können. Obwohl er die Stücke mit unanständiger Eile hinunterschlang, bemerkte Benfro, wie saftig das Fleisch war. Doch sein Magen schlingerte und stöhnte, als er plötzlich mit Nahrung konfrontiert wurde. Benfro trank ausgiebig aus dem Tümpel und aß dann langsamer weiter.

Mit vollem Bauch und unter der im Zenit stehenden Sonne spürte Benfro nun wieder, wie die Müdigkeit an ihm riss. Er war steif und wund von den Anstrengungen der vergangenen Nacht und musste sich bewegen. Vor allem seine Flügel kamen ihm schwer und unhandlich vor. Er hatte sie eigentlich bisher nie richtig bemerkt, so wenig, wie er seine Hände bemerkte. Seine Flügel waren da. Sie waren immer da gewesen. Und wenn sie sich in seinem Leben irgendwann verändert hatten, dann so langsam, dass er es nicht bemerkt hatte. Aber jetzt fühlten sich seine Flügel anders an.

Zum einen spürte er sie. Selbst jetzt, da sie zusammengefaltet waren, spürte er die prickelnde Hitze der Sonne auf ihnen, das sanfte Kitzeln des Mittagswindes. Die Muskeln in seinem Rücken waren dick und solide, als ob sie im Schlaf gewachsen wären. Er versuchte, sie zu bewegen, sie zu der glatten Gestalt zurückzudehnen, an die er sich erinnerte, aber statt des vertrauten Schulterzuckens, mit dem sich die dünnen Flügelreste an seine Seite geschmiegt hätten, stellte Benfro fest, dass er sie jetzt öffnete.

Es war wie die plötzliche Entdeckung, dass er ein zweites Paar Arme hatte. Und die Flügel waren so viel größer, als er es fassen konnte. Benfro richtete sich auf und breitete seine Flügel aus. Er schaute nach links und nach rechts und bestaunte den Anblick. Das waren doch nicht seine Flügel! Seine waren jämmerlich. Diese hier waren grandios. Winzige grüne und goldene Schuppen saßen am Rand und bildeten auf den Flächen immer größere Muster. Er konnte die Spitzen fühlen, wie Finger, mit denen er den Wind fassen und nach Lust und Laune biegen konnte, Das hier war der Stoff, aus dem seine Träume waren.

Einen Moment lang hatte er das Gefühl, in die Luft springen, auf diesen gewaltigen Segeln, die von seinem Körper ausgingen, losfliegen zu können. Dann zog ihn das erdrückende Gewicht von Haut und Knochen zurück zur Erde. Die Mitte seines Rückens brannte in der Qual der viel zu weit überdehnten Muskeln. Er brach zusammen, und seine Flügel falteten sich wie auf einen Reflex hin wieder zurück an seinen Leib.

Die Schmerzen waren schier unerträglich, als ob jemand ihn mit glühenden Messern durchbohrte, wieder und wieder. Das trübte seine Sicht und ließ winzige Lichtfunken vor seinen Augen umherwirbeln. Er wusste mit tödlicher Gewissheit, dass er gleich das Bewusstsein verlieren würde.

Melyn musterte das Pergamentstück in seiner Hand. Es war klein, sodass man es aufrollen und am Bein eines Botenvogels befestigen konnte. Der Bericht war in kodierter Sprache mit winzigen Buchstaben geschrieben. Melyn hatte zwei Stunden gebraucht, um die Mitteilung zu entziffern, und das machte ihm Sorgen. So sehr er sich auch bemühte, er konnte immer nur an das mit der Botschaft verbundene Problem denken. Er war müde und unkonzentriert. Nicht einmal die Kraft, die er aus den Grym-Linien zog, belebte ihn noch so wie früher. Es ließ sich nicht leugnen: Er fühlte sich alt.

Der Stein unter seinen Knien war kalt und hart, die einsame Kerze flackerte in dem ewigen Luftzug, der pfeifend durch Melyns private Kapelle strich. Nur das Funkeln der Flamme in dem winzigen polierten Edelstein an dem Goldring vor ihm strahlte etwas Wärme aus. Bei dem Versuch, seine zerstreuten Gedanken zu beruhigen, fing der Inquisitor an, das Gebet des Hirten aufzusagen, und er fand in dem schlichten Ritual Trost.

»Wer ist mein Trost im Leben? Der Hirte und nur er. Wer zeigt uns den wahren Weg und beschützt uns vor dem trügerischen Wolf?« Je mehr die vertrauten Worte sein Gemüt beruhigten, desto mehr entspannte sich Melyn und glitt endlich in einen Zustand der Gnade, in dem er mit seinem Schöpfer kommunizieren konnte. Der Hirte hatte seit vielen Monaten nicht mehr zu ihm gesprochen, es gab vieles, worüber Melyn gern geredet hätte, aber er wusste, sein Gott würde sich nur dann offenbaren, wenn er seinen Diener für würdig befand.

»Fürchte dich in dieser Hinsicht nicht, mein getreuer Inquisitor.« Ein Schauer durchlief Melyn, als er die vertraute Stimme hörte. Seine Schmerzen verschwanden, sein Körper fühlte sich sofort wie neu an.

»Du machst dir Sorgen über die Verlobung der Prinzessin Iolwen mit Prinz Dafyd aus dem Hause Billah«, sagte die Stimme des Hirten. »Und du machst dir Sorgen wegen der Parteien, die die Ermordung von Königin Beulah planen, um ihre jüngere Schwester auf den Obsidianthron zu bringen.«

Melyn kniete in ehrerbietigem Schweigen da, badete in der Anwesenheit seines Herrn und dem sicheren Wissen, dass er in diesem Augenblick für würdig befunden worden war.

»Prinzessin Iolwen wird einen Mann aus dem Hendry heiraten«, sagte die Stimme jetzt. »Aber du musst dafür sorgen, dass du der Herr der Lage bleibst. Schick einen Spion nach Tynhelyg. Jemanden, der Zutritt zu den königlichen Gemächern hat. Jemanden, der sich dort anpassen kann, der mit ihr sprechen kann, der, wenn nötig, dem Prinzen diesen Plan ausreden kann.«

»Und was ist mit der Königin? Ich fürchte um ihre Sicherheit«, sagte Melyn.

»Ist dein Glaube jetzt so schwach, dass du mir nicht mehr zutraust, den Thron zu beschützen?« Die Stimme klang neckend, aber der Inquisitor fühlte doch die Welle von Schuldbewusstsein. Wegen dieses Vergehens würde er sich geißeln.

»Du hast schon getan, was ich tun wollte, um Königin Beulah zu beschützen«, sagte die Stimme. »Das Geschenk, das du ihr gesandt hast, wird sich als wertvoller erweisen, als du dir vorstellen kannst.«

»Der Drache?«, fragte Melyn, aber er konnte spürte, dass der Hirte ihn verlassen hatte. Es gab nur noch eine einsame Leere in der Kapelle, eine sickernde Kälte. In ihm wollte Angst aufkeimen, so stark wie eben noch sein Entzücken gewesen war. Immer ließ sein Gott ihn so zurück. Brennend vor Verlangen, die Welt in seinem Bilde zu formen, aber auch hohl und leer, da der Hirte ihn nicht mehr mit seiner Anwesenheit füllte.

Langsam, aber leichter, als ihm das Niederknien gefallen war, erhob sich Melyn. Er machte das Stabzeichen und verneigte sich abermals vor dem Altar. Dann drückte er die Kerze aus, nahm das Reliquiar und legte den Finger mit dem Ring zurück in seine Schatulle.

Als er die Tür erreichte, waren seine Gedanken wieder ruhig und gesammelt. Er wusste, was geschehen musste. Wie immer stand der treue Hauptmann Osgal Wache.

»Wir müssen im königlichen Haushalt von Lanwennog einen Spion einschleusen. Ich brauche jemanden, der Prinzessin Iolwen von dem Plan abbringt, Prinz Dafyd zu heiraten. Oder, wenn das nicht gelingt, der für den Prinzen einen kleinen Unfall arrangiert.«

»Wie wollt Ihr jemanden so dicht an die beiden heranbringen?«, fragte Osgal.

»Herzog Dondal sympathisiert mit dem Haus Balwen«, sagte Melyn. »Wenn er genug von Königin Beulahs Gold erhält, wird er einen der Unseren als Pagen am Hof in Tynhelyg unterbringen.«

»Als Pagen? Das wäre dann ein sehr junger Mann«, sagte Osgal und verzog angewidert das Gesicht. Dieser Anblick erinnerte Melyn daran, wie Osgal vor vielen Jahren gewesen war, bei seiner Auswahl zum Noviziat. Melyn hatte ihn damals den anderen vorgezogen. Jetzt schien der Hauptmann seinerseits eifersüchtig auf diejenigen zu sein, die sich der Gunst des Inquisitors erfreuten. Aber das spielte keine Rolle. Entweder akzeptierte Osgal, dass er nicht mehr der Liebling des Inquisitors war, oder er würde sich bald auf einem Kommando weit weg von zu Hause wiederfinden.

»Schick den jungen Ramsbottom in meine Gemächer«, sagte Melyn. »Ich habe eine Aufgabe für ihn.«

Benfro träumte von dem Drachen, der sich Magog nannte, Sohn des Sommermondes. Er wusste, es war diesmal ein Traum und keine fantastische Wirklichkeit. Der Drache war lebendig und keine Sammlung von Knochen, die zahllose Jahre in strömendem Wasser gereinigt worden waren. Magog war ein riesiges Geschöpf. Viel größer als alle Drachen, die Benfro jemals begegnet waren. Und viel großartiger. Seine Haut war dunkel wie die Nacht, und seine Schuppen waren von so glänzend poliertem Schwarz, dass sie mondweiße Reflexe warfen. Er stand auf der Lichtung neben dem Felsen und schaute zum Himmel empor. Wenn er den Arm ausstreckte, konnte er eine massive Hand auf die Felsplatte legen, auf der Benfro in der vergangenen Nacht um sein Gleichgewicht gerungen hatte, so riesig war er. Aber das Prachtvollste an ihm waren seine Flügel. Wenn er sie öffnete, war jeder so groß wie das Haus Morgums der Grünen. Die Schuppen an ihren Rändern waren abwechselnd schwarz wie Teer und weiß wie Kreide. In der Mitte jedes Flügels bildeten sie ein Muster, das das perfekte Bild des vollen Mondes wiedergab. Sicher waren das die Flügel des Drachen, der im Mond lebte.

Benfro sah voller Bewunderung zu, wie das riesige Wesen seine Flügel zusammenfaltete, ein weiteres Mal zum Himmel emporblickte und sich dann zum Schlafen neben dem Felsen niederließ. Kaum war er in das gleichmäßige Atmen der Ruhe versunken, da jagte ein heftiger Wind über die Lichtung, zerrte an den Büschen und drückte das Gras flach auf den Boden. In seinem Traum sah Benfro das alles aus der Geborgenheit seines Verstecks heraus. Er war viel kleiner als der Busch, in dem er sich verborgen hatte, und konnte mit Leichtigkeit verhindern, dass er von dem Wesen gesehen wurde, das auf ihn zugeflogen kam. Dennoch packte ihn eine Furcht, die noch größer war als die, die der Inquisitor hervorrufen konnte.

Zuerst glaubte er, es sei eine Krähe oder vielleicht einer der Milane, die manchmal über dem Dorf kreisten und in der Luft schrien. Aber es war viel zu groß für einen solchen Vogel. Sein Kopf war mindestens so groß wie der ganze Benfro und seine Augen glühten durch eine gemeine Intelligenz. Das Wesen landete nur wenige Schritte von Magog entfernt und brachte dabei den Boden zum Beben. Aber der große Drache schlief weiter und reagierte nicht auf den Gestank, der die Luft erfüllte. Benfro verspürte Brechreiz, als das seltsame Wesen mit seinem seltsamen Stechschritt weiterging. Seine Beine wirkten wie eine Fehlkonstruktion und waren von dickem, schwarz glänzendem Fell bedeckt wie die Beine eines Keilers. Die Füße waren wunderlich verformt, mit riesigen fleischigen Krallen, stumpf und verkrümmt wie von Gicht und Alter.

Benfro wusste, was als Nächstes passieren würde. Trotzdem hatte er nicht mit der plötzlichen, unbegründeten Brutalität des Angriffs gerechnet. Im einen Moment stand der Vogel über dem schlafenden Drachen und sah ihn mit der fragenden Miene an, die Krähen zeigen, wenn sie etwas gerade erst Gestorbenes zu essen finden. Im nächsten Augenblick hatte er mit dem Fuß, der eigentlich eher eine Hand war, wie Benfro jetzt sah, einen Felsbrocken erfasst und schlug damit auf Magogs Haupt.

Von diesem Schlag konnte sich niemand erholen. Nicht einmal ein Drache, der so stark war und einen so kräftigen Schädel hatte wie Magog. Schon beim ersten Hieb wurde Magogs Kopf gespalten. Hellrotes Blut strömte aus der Wunde. Das Vogelwesen ließ den Stein in den Sand fallen und warf sich gegen den zitternden Leichnam, wälzte ihn ins Wasser und schob ihn hinaus, bis die Untiefen hinter ihm lagen. Der Vogel stand bis zu den Knien im Wasser und sah zu, wie Magogs stumme Gestalt langsam unterging. Große Blasen stiegen auf und platzten in dem geröteten Wasser. Nach einer gefühlten Ewigkeit ließ die Blasenbildung nach und der Vogel verließ den Bach. Er schritt über den Strand und wurde bei jedem Schritt schneller. Benfro war sicher, dass er ihn gesehen hatte, dass er ihn jetzt töten würde, war er doch der einzige Zeuge des Mordes. Aber der Vogel rannte im Galopp an ihm vorbei, schlug dabei verzweifelt mit seinen riesigen Flügeln, sprang in die Luft und fiel wieder zu Boden.

Er brauchte lange, er rannte, sprang auf und krachte zu Boden, um es dann wieder zu versuchen. Jeder Sprung war ein wenig höher, ließ ihn etwas länger in der Luft. Jeder Sturz war sanfter, ein wenig aufstiebender Staub in der wachsenden Entfernung, bis sich das Wesen endlich, kurz vor den Bäumen und kurz vor einem schmerzhaften Zusammenstoß, in die Luft erhob. Es drehte ein, kreischte und steuerte abermals Felsen und Tümpel an und kämpfte sich dabei nach und nach immer weiter empor. Aus seinem Versteck heraus schaute Benfro ihm hinterher und für einen Moment überkam ihm wieder furchtbare Angst, denn ihm war bewusst, wie deutlich er von oben zu sehen war. Aber das Wesen entdeckte ihn nicht, obwohl es einige Augenblicke über dem Tümpel kreiste, ehe es dem Sonnenuntergang entgegen davonflog.

Fast im selben Moment, als das Wesen aus Benfros Sichtfeld verschwand, stiegen abermals Blasen im Tümpel auf. Langsam zuerst, dann in immer rascherer Folge. Die Wasseroberfläche kochte und brodelte und schließlich erhob sich das Wasser zu einem gewaltigen Gewölbe, teilte sich und gab den Drachen frei.

Sein Schädel war eingeschlagen, Blut und Hirnmasse liefen von der zerstörten Seite herunter. Aber in seinem unversehrten Auge loderte noch immer ein Feuer, und dieses Auge starrte Benfro entschieden an.

»Du hast mich besiegt, kleiner Drache«, sagte Magog. »Oder vielleicht hat mein Zorn mich endlich verschlungen. Egal, ich stehe in deiner Schuld. Ich kann die Tage nicht zählen, an denen ich hier gelegen habe, unbekannt, vergessen, machtlos. Du hast mich aufgeweckt und mir die schlichte Wahrheit gezeigt, die ich bisher nicht sehen wollte.«

Benfro wollte schon fragen, was das für eine Wahrheit sei, aber in seinem Traumzustand konnte er nur zusehen, zuhören, aufnehmen. Tun konnte er nichts.

»Du hast mir gezeigt, dass ich wirklich tot bin, kleiner Drache«, antwortete Magog, als ob er die Frage gehört hätte. »Du meinst, einer, der so weise und mächtig ist wie ich, müsste wissen, wenn so etwas passiert, aber in meiner Arroganz konnte ich es nicht hinnehmen. Also habe ich zahllose Jahre unten in dem Tümpel gelegen, gefangen von meinem Hass, meinem Zorn und meinem

Stolz. Denn was könnte weniger gerecht sein, als das der Mächtigste aller Drachen im Schlaf von einem gedankenlosen Aasfresser erschlagen wird?«

Der riesige zerstörte Drache sank jetzt unter. langsam verlangte der Tümpel seine Beute zurück. In seinem Traum hatte Benfro so viele Fragen. Wenn das hier wirklich der Magog der Sage war, was war dann mit den anderen großen Drachen? Was war mit den Geschichten über unglaubliche Tapferkeit und Waghalsigkeit, über Liebe und Hass, Vertrauen und Verrat? Alle diese Geschichten, an die er sich als Drachkitz geklammerte hatte, die Drachenmythen, die Sir Frynwy so gern erzählt hatte – wenn all das auf irgendeine Weise auf Wahrheit basierte, gab es vielleicht doch einen Grund, weiterzuleben. Es könnte sogar eine Möglichkeit geben, den Mord an seiner Mutter zu rächen.

»Du hast viel zu viele Fragen, kleiner Drache«, sagte Magog. »Und meine Zeit an diesem Ort hier ist zu Ende. Ich habe dir schon ein großes Geschenk gemacht, auch wenn es eins ist, das kein wahrer Drachen benötigen dürfte. Vielleicht, selbst nach all diesen Jahren, gibt es in meiner Erinnerung eine Kleinigkeit, die dir von Nutzen sein könnte. Aber das musst du selbst herausfinden. Doch ehe ich aufbreche, sag mir, wie ist dein Name?«

Benfro dachte die Antwort, ehe ihm einfiel, dass er sich in der vergangenen Nacht solche Mühe gegeben hatte, um diese Information für sich zu behalten. Er wusste noch immer nicht so recht, warum, aber es war das Einzige, was ihm gehörte und das er beschützen konnte, das einzige, das jetzt nur ihm gehörte.

»Benfro«, sagte Magog, und dieser Name klang auf absurde Weise großartig. »Du brauchst keine Angst zu haben, dass ich das gegen dich verwenden könnte, mein Freund. Ich bin unterwegs zu einem Ort, wo niemand ihn mir entringen kann, es sei denn, er wäre tot. Und es ist ein edler Name für ein edles Tier. Du wirst große Taten vollbringen, Sir Benfro. Da bin ich mir sicher.«

Benfro sah zu, und ihn durchwogte eine Mischung aus Entsetzen und Mitleid, Frustration und Erleichterung, als der große Magog, seit Tausenden von Jahren tot, zum letzten Mal im Wasser des Tümpels versank. Es gab kein Drama, keine brodelnden Wellen, keinen Kampf gegen das Unvermeidliche. Es war fast so, als habe sich der Drache in Nebel verwandelt, sei zu einem plötzlichen sanften Lichtimpuls geworden, der so schnell vom Flussufer davonjagte, dass es den Anschein erweckte, er sei niemals dort gewesen. Benfro blieb zurück mit dem Bild eines weit über das Land gespannten Spinnennetzes.

Als Benfro erwachte, lehnte er an einem Busch und blickte über den Tümpel auf die Lichtung und den Wald dahinter. Alles sah so sehr aus wie in seinem Traum, der Übergang vom Schlaf zum Wachen war so leicht gewesen, dass er nicht wusste, ob alles vielleicht doch ein Traum gewesen war.

Ohne darüber nachzudenken, zog er sich am Busch hoch und ging zum Wasser hinunter. Seine vor so kurzer Zeit gewachsenen Flügel schmerzten noch immer in ihren Wurzeln, aber die Muskelkrämpfe waren zu einem dumpfen Schmerz geworden, der hoffentlich im Laufe der Zeit ganz verschwinden würde. Benfro achtete nicht darauf, als er zu der Stelle watete, wo der Sandboden steil nach unten absackte. Dann holte er tief Luft und ließ sich in den Tümpel fallen.

5

Die Lichtklinge darf niemals leichtfertig herbeigerufen werden. Im Licht konzentriert sich alle Energie des Landes. Ihr stehlt allem um euch herum ein wenig Leben, wenn ihr das Licht auf einen kleinen Raum konzentriert. Um diese Kraft zu bezähmen und nach eurem Willen zu formen, braucht ihr strenge mentale Disziplin und eine perfekte und durchdringende Kenntnis eurer selbst. Wer eine solche Klinge schwingt, muss seine Aura vollständig unter Kontrolle haben und dieser Kontrolle sein vollstes Vertrauen schenken. Wenn er auch nur für eine Sekunde zögert oder stockt, wird die gefangene Kraft losbrechen. Bestenfalls wird das zu einer scheußlichen Verletzung führen. Schlimmstenfalls wird die Feuersbrunst alles im Umkreis von zwanzig Metern verschlingen. Aus diesem Grunde ist das Herbeirufen solcher Klingen allen Novizen verboten, die unter fünfzehn sind, und darf ansonsten nur in Anwesenheit eines Kampfpriesters geschehen, bis der Orden die Ausbildung für vollendet erklärt. Ein Verstoß gegen diese Regel wird unweigerlich zum Ausschluss aus dem Orden führen und möglicherweise mit dem Tode enden.

Father Castlemilk: Eine Einführung in den Orden vom Hohen Fryd

Beulah saß auf dem Obsidianthron und ihre Gedanken huschten zwischen der ätherischen und der wirklichen Sphäre hin und her. Ihr war schon aufgefallen, dass der Thronsaal im Traumstadium anders aussah, aber das lenkte nur ab. Seitdem Merl tot war und sie die Ländereien von Aberfenn beschlagnahmt hatte, hatte sie einiges von ihrem Interesse an Palastintrigen verloren. Die Verschwörung war so leicht zu entdecken und zu besiegen gewesen, dass sie sich davon fast beleidigt fühlte.

Als der Lärm einsetzte, brauchte Beulah einige Augenblicke, um sich klarzumachen, dass er in der ätherischen Sphäre ertönte und nicht in der wirklichen. Sie hatte ein seltsam entrücktes Gefühl, als sie irgendwo zwischen beiden hing, aber schon seit Stunden war nichts Interessanteres mehr passiert, und deshalb schlüpfte sie aus sich selbst heraus und machte sich auf die Suche nach der Lärmquelle.

Die Mauern des Palasts glitten an ihr vorbei. Am Rand ihres Blickfeldes glaubte sie, im Wirbel der Farben Drachen fliegen zu sehen. Aber es war zu spät, um diese Vision zu überprüfen. Als sie auf den von der Sonne beschienenen freien Platz des Vierecks schwebte, sah sie einen echten Drachen auf sich zukommen.

Sofort hatte Beulah ihre Lichtklinge herbeigerufen, die hier womöglich noch gleißender war als in der Wirklichkeit. Sie ließ sich lautlos auf den Plattenweg sinken, der zu den großen Eichentüren führte. Sie war kampfbereit, blieb dann aber stehen.

Dies hier war nicht derselbe Drache wie beim ersten Mal, mit riesigen Schwingen und hochmütiger Haltung. Er schritt auch nicht, sondern schleppte sich dahin. Seine Beine waren mit Ketten aneinandergefesselt, die sich irgendwo unter seinem farblosen Bauch trafen, und er wurde von einem jungen Mann auf Beulah zugeführt.

Beulah war nicht ganz sicher, wieso sie ihn bisher nicht gesehen hatte, auch wenn es nur selten vorkam, dass Menschen in der ätherischen Sphäre in erkennbarer Gestalt erschienen. Während sie den Mann noch anstarrte, wurde ihr bewusst, dass er von drei anderen begleitet wurde, alle in der Vision schlecht wiedergegeben, so wie es den meisten ihrer Untertanen passierte. Sie waren kaum mehr als bleiche Umrisse, nur ihr Anführer war vollständig ausgeformt und sah umwerfend gut aus. Und vertraut auch, auch wenn sie ihn nicht sofort unterbringen konnte. Es war klar, dass er kein Eingeweihter war, denn er konnte sie nicht sehen, aber er war unterwegs zum Palast und hatte einen Drachen bei sich. Beulah glitt zurück in ihren Leib auf dem Thron und öffnete die Augen.

»Lasst sie eintreten! Öffnet die Türen!«, befahl sie den Wachen mit einer Stimme, die in der ganzen Halle zu hören war. Die Soldaten drehten sich zu ihr um, wirkten einen Moment lang verwirrt, eilten dann aber zu den Türen, während von draußen bereits mit dumpfem Hall an das uralte Holz gehämmert wurde.

Der Drachenführer war jünger als in seiner ätherischen Erscheinung, das registrierte Beulah zuerst. Also war er offenbar sehr reif für sein Alter. Es war schwer zu erkennen, ob er wirklich so gut aussah, da er von Kopf bis Fuß vom Straßenschlamm bespritzt war. Zu ihrer Überraschung trug er den Umhang und die Abzeichen eines Novizen des Ordens vom Hohen Fryd, nicht die eines ausgebildeten Kampfpriesters. Seine Gefährten waren ebenso gekleidet, und einen Moment lang befürchtete sie, dem Inquisitor könnte etwas Entsetzliches widerfahren sein. Hatte dieser Drache Melyn getötet und dann dessen Truppe angegriffen, um am Ende von diesem Lumpenhaufen von Novizen besiegt zu werden? Als die drei Novizen mit ihrer gefesselten und gedemütigten Beute näherkamen, lachte Beulah für einen Moment, da diese Vorstellung doch zu idiotisch war.

Zwanzig Schritte vor dem Podest, auf dem der Thron stand, blieb diese seltsame Gruppe auf den stummen Befehl des jungen Mannes hin stehen. Alle fielen auf die Knie.

»Meine Königin, ich bringe diesen Drachen, ein Geschenk Seiner Gnaden, des Inquisitors Melyn«, sagte der Drachenführer, und Beulah erkannte ihn an seiner Stimme.

»Bring ihn her, damit ich ihn ansehen kann, Clun Defaid«, sagte sie und genoss den Ausdruck verwirrter Beängstigung, den sein Gesicht zeigte, als sie ihn beim Namen nannte. Er riss sich sofort zusammen und befahl den übrigen Novizen, die Kreatur vor die Königin zu führen.

»Sie heißt Frecknock, Eure Majestät.« Clun riss an der Kette, die um den Hals der Bestie lag, und zwang es in die Hocke, Beulah näherte sich mit einer Mischung aus Erregung und Besorgnis. Sie hatte in ihrem ganzen Leben noch keinen Drachen gesehen, mit Ausnahme dessen, der in der ätherischen Sphäre über die Stadt geflogen war. Nach jenem prachtvoll geflügelten und farbenstrahlenden Tier war dieses verschlammte Ding eine ziemliche Enttäuschung. Seine Flügel waren viel zu klein, um in der Luft sein Gewicht zu tragen, und seine Schuppen würden auch in gesäubertem Zustand niemals eine andere Farbe aufweisen können als schiefergrau. »Sieh mich an, Frecknock«, sagte Beulah. Die Drachin hob mit einer langsamen, undeutlichen Bewegung den Kopf. Ihre Augenlider schienen zu schwer zu sein, um sich zu heben, ihr Blick blieb voller Faszination am polierten Boden zu haften. Erst nach einer Weile konnte sie Beulahs Blick erwidern.

»Was soll ich jetzt mit dir machen?«, fragte Beulah.

»Was immer Euch gefällt, Eure Majestät«, sagte die Drachin. Ihre Stimme war tief und hallte in dem riesigen Saal wider, als ob dessen Akustik dafür geschaffen wäre. Und doch war es zweifellos eine weibliche Stimme. »Ich stehe ganz zu Eurer Verfügung.«

»Wirklich?«, fragte Beulah. »Wie schön. Dann dreh dich mal auf den Rücken und streck die Beine in die Luft.«

Sie hatte gehofft, dass die Kreatur vielleicht protestieren würde, aber das tat sie nicht. Ohne auch nur zu seufzen, mit den Schultern zu zucken oder sonst irgendein Zeichen der Aufsässigkeit von sich zu geben, gehorchte sie. Ein Hund würde mehr Spaß machen, dachte Beulah.

»Was soll ich denn mit dir, Drache?«, fragte sie. »Ich habe befohlen, deine ganze Art auszurotten. Warum sollte ich dich an meinem Hofe leben lassen?«

»Ich kann über Euch wachen, Eure Majestät«, sagte Frecknock. »Ich kann jede Bedrohung spüren, lange bevor sie nahe genug kommt, um Euch zu schaden.«

»Wie das? Und wie kann ich dir vertrauen?«, fragte Beulah.

»Vertrauen muss verdient werden«, erwiderte die Drachin. »Und was das Wie betrifft, ich besitze eine natürliche Fähigkeit zu dem, was Ihr Magie nennt. Ich kann die Gedanken und Gefühle Eurer Art aus einer beträchtlichen Entfernung wahrnehmen. Der Wachposten, der sich jetzt nähert, zum Beispiel, will Euch etwas antun.«

Beulah blickte gerade rechtzeitig auf, um zu sehen, dass einer der Wachen an der Tür losrannte. Er zielte mit einer kleinen Armbrust auf sie. »Für König Billah und Lanwennog«, rief er und drückte in dem Moment ab, in dem Beulah ihre Lichtklinge herbeirief.

Es war dunkel und kalt, als Benfro mit kräftigen Zügen nach unten schwamm. Seine Lunge war diesmal mit Luft gefüllt, sodass er sich mühen musste, den natürlichen Auftrieb zu überwinden. Das Sonnenlicht, das in die Tiefe des dunkelbraunen Wassers drang, schien immer schwächer zu werden, und Benfro fragte sich, ob er das Gesuchte überhaupt finden würde. Aber er schwamm weiter, tiefer und tiefer.

Einige wenige Fransen aus Wassergras hoben sich, um ihn zu begrüßen, als er sich dem Boden näherte. Selbst mit seinen scharfen Augen konnte er nur vage Umrisse erkennen, die in der verborgenen Welt riesig und beängstigend wirkten. Dann tauchte etwas auf, ein leuchtender geschwungener Speer. Er fing das wenige Licht ein, das es bis hier unten schaffte. Eine Rippe.

Benfros Gedanken füllten sich mit Panik, als er näher heranschwamm. Entweder verzerrte die kalte, begrenzende Dunkelheit die Größen, oder Magog war ein wahrer Riese unter den Drachen gewesen. Es war fast eine Geste der Missachtung, aber Benfro streckte die Hand aus, packte den Knochen und zog sich daran nach unten und, wie er hoffte, vorwärts. In seinem Kopf hatte er eine Karte, eine Erinnerung an die vergangene Nacht, als die ganze Umgebung von einem unwirklichen Licht erhellt gewesen war. An ihr orientierte er sich jetzt, während er sich durch die Dunkelheit seinen Weg zu dem zerschlagenen Schädel tastete.

Seine Lunge schmerzte bereits, als er endlich die gespenstische leuchtende Gestalt sah. Sie war riesig, halb im Schlick versunken, der Spalt im Schädel ein schwarzes Loch. Benfro zog sich jetzt eilig zu einer Stelle vor, von der aus er in den Schädel hineinschauen konnte. Seine Herzen wurden schwer, als er nichts erkennen konnte. Er streckte eine Hand, einen Unterarm, den ganzen Arm in den Schädel, wobei er sich fast besudelt fühlte. Oder war er es, der hier besudelte? Es spürte nichts als feinen, kalten Schlamm unter seinen Fingern. Keine Edelsteine, die der große Magog hinterlassen hatte. Keine Erinnerungen an die Zeit, in der die Drachen die Welt beherrscht hatten.

Und dann sah er es, ein so schwaches Leuchten, dass er nicht sagen konnte, ob seine Augen ihm einen Streich spielten, ob sein nach Sauerstoff hungerndes Gehirn Funken vor ihm tanzen ließ. Ein trüber, roter Glanz einige Meter von dem geborstenen Schädel entfernt. Mit seiner letzten Kraft zog Benfro sich darauf zu. Das Wasser wehrte sich, wollte ihn gen Himmel heben, als ob es sich über Benfro Anwesenheit in seiner Mitte ärgerte. Er stieß sich wütend ab, Jahre der Übung halfen ihm auf dem Weg zu seinem Ziel.

Jetzt spielten seine Augen ihm wirklich einen Streich, Blitze und Funken schossen durch sein Blickfeld hin und her. Aber er wusste, wo das Leuchten gewesen war. Er konnte sich den Weg durch das Wasser erzwingen. Seine ausgestreckte Hand fand die Stelle und umklammerte Schlamm und den kleinen Stein, der darin festsaß. Mit einem Schlagen seines Schwanzes und einem Tritt seiner Beine änderte Benfro die Richtung und strebte wieder empor zur Oberfläche.

Er brach mich solcher Wucht durch den Wasserspiegel, dass er diesmal wirklich abhob. Er konnte einen tiefen Zug der klaren, frischen Luft einatmen, ehe die Schwerkraft ihn mit einem Aufprall wieder landen ließ, der seinen Bauch zum Brennen brachte und ihm fast den Edelstein aus der Faust geschlagen hätte. Der Schlick war fast vollständig weggespült worden, sodass nur noch ein winziger Stein von der Größe eines Kiesels übrig war. Aber Benfro umklammerte den Stein, als ob sein Leben davon abhinge. Mit müden Muskeln schwamm er zur anderen Seite des Tümpels, fort vom Strand, in die Richtung, aus der er gekommen war. Das Ufer war hier steiler, aber er konnte doch ohne Mühe nach oben klettern. Er zog sich aus dem Wasser und ließ sich ins Gras fallen, dann breitete er Arme und Beine aus, um die warme Sonne des späten Nachmittags seine Schuppen trocknen zu lassen.

Keuchend kam er wieder zu Atem und hob endlich den winzigen Edelstein vor seine Augen. Der war von ganz blassem Rosa, ganz anders als das feurig dunkle Rot, das in der vergangenen Nacht den Tümpel erleuchtet hatte. Er schien von einer vagen Aura der Kraft umgeben, aber Benfro war sich nicht sicher, ob dem Stein wirklich eine magische Macht innewohnte oder ob es ihm nach seinem Traum nur so vorkam. Er wollte den Edelstein schon in seine Tasche stecken, die er aus dem Busch, der sein

Nachtlager gewesen war, geholt und wieder an sich genommen hatte, aber als er die Seitentasche öffnete, um diese letzte Hinterlassenschaft Magogs hineinfallen zu lassen, kam ihm das nicht richtig vor. Der einsame weiße Stein, der schon dort lag, schrie in Benfros Gedanken auf und erfüllte ihn mit Erinnerungen daran, wie er von seiner Mutter gescholten wurde. Verwirrt machte er die Seitentasche wieder zu und ließ das winzige rosa Kleinod ins Hauptfach fallen, wo es bei seinen wenigen anderen Habseligkeiten zu liegen kam.

Es wurde schon Abend, als er endlich bereit war, die Lichtung zu verlassen. Er hatte weitere Fische gegessen und spielte kurz mit dem Gedanken, einige als Wegzehrung in Blätter zu wickeln. Nach einem Tag in der heißen Sonne waren die Fische aber nicht mehr frisch, nicht schlimm genug, um seine Verdauung zu stören, aber bald würden sie stinken, und deshalb verschlang er lieber so viele, wie er konnte. Er würde es wieder mit der Jagd versuchen, wenn er in einem oder zwei Tagen Corwen noch immer nicht gefunden hatte.

Benfro wandte sich in Richtung Wald. Er war weniger als einen Tag hier gewesen, aber für ihn schienen Wochen vergangen zu sein. Als er aus der offenen Lichtung in den dunklen kühlen Wald ging, hatte er fast das Gefühl, durch ein Loch in der Zeit zu steigen. Sein ganzer Körper prickelte und seine kürzlich erst so empfindlich gewordenen Flügel zitterten. Für eine Sekunde, die ihm wie eine Ewigkeit vorkam, befand er sich an zwei Orten zugleich. Alles war genau in der Mitte einer Dimension geteilt, die er nicht erfassen konnte, und er stand im Leerraum zwischen den beiden Hälften. Er konnte den Blick des Universums spüren, der ihn spöttisch anstarrte, brennender als die Wüstensonne, schrecklicher als die Gedankenangst des Inquisitors. Er war eine nackte Kreatur, dem endlosen Jetzt preisgegeben. Und dann traf sein tastender Fuß auf weichen Waldboden. Dieser Kontakt war ein Anker und riss ihn so heftig zurück in die Welt, dass es ihm den Atem verschlug, dass er zu Boden stürzte.

Benfro rappelte sich auf und drehte sich um, um einen letzten Blick auf die letzte Ruhestatt des Magog, Sohn des Sommermondes, zu werfen, aber die war nicht da. Nur Bäume begegneten seinem Blick, hoch wie tausend Jahre.

Die Zeit schien sich zu verlangsamen. Beulah sah den Armbrustbolzen, der direkt auf sie zuflog. Sie wusste, dass sie ihm nicht ausweichen oder ihn aus der Luft holen könnte. Dann sprang die Bewegung in die echte Zeit zurück und verschwamm, als sie sich selbst einholte. Beulah spürte, wie sie von etwas Schwerem getroffen wurde und dann unter einem gewaltigen Gewicht zu Boden ging.

Sie brauchte einige Augenblicke, um zu begreifen, dass sie weder tot noch verletzt war. Das Gewicht auf ihr war Clun, der sich dem Angriff in den Weg geworfen hatte. Er bewegte sich nicht, aber er stöhnte entsetzlich, als sie ihn von sich schob. Der Bolzen steckte einen Fingerbreit von seinem Schulterblatt entfernt in seinem Rücken.

Der Drache lag still auf seinem Boden, aber jetzt standen zwei Wachposten neben ihm. Der dritte jagte den Attentäter.

»Haltet ihn!«, schrie Beulah und sprang von dem Podest, auf dem der Thron stand. In dem Moment, als sie bemerkte, dass ihre Lichtklinge verschwunden war, hörte sie den Drachen etwas in einer Sprache sagen, die ihren Ohren wehtat, und bei den geöffneten Türen sank der Attentäter zu Boden, als ob er gegen eine Mauer gerannt wäre.

Der Drache wälzte sich auf die Seite und erhob sich mühevoll auf seine angeketteten Füße. Er verbeugte sich vor Beulah und streckte ihr eine lange, mit Krallen besetzte Hand hin.

»Eure Klinge«, sagte er und Beulah spürte das vertraute Gefühl, mit der das Licht abermals von ihrer Hand ausging. »Eine solche Konzentration der Grym ist eine gefährliche Waffe, vor allem, wenn sie ohne die angemessene Kontrolle losgelassen wird.«

»Das weiß ich.« Beulah ärgerte sich über die Gelassenheit dieses Tieres. »Viele Novizen haben bei dem Versuch, die Klinge des Lichts zu beherrschen, Hände, Arme und noch mehr verloren. Nimm meinen Dank entgegen, Drache, und dein Leben. Bis auf Weiteres.«

Sie ging auf die offenen Türen zu, wo der erfolglose Mörder in einer Art Dämmerzustand saß. Mit einer Drehung ihres Handgelenks enthauptete sie ihn, dann holte sie sich die Macht der Klinge wieder zurück, ehe sie sich zu dem leichenblassen Novizen umdrehte, der den Verräter verfolgt hatte.

»Hol Hilfe«, sagte sie und wimmernd gehorchte der Junge. Bei den Türen lagen zwei Wachposten bewegungslos in ihrem eigenen Blut – das Messer des Attentäters hatte sie getroffen. Und auf dem Podium zu Füßen des Obsidianthrons hatte Clun das Bewusstsein verloren. Die Drachin, Frecknock, kauerte mitten im Gemetzel, sie war in sich zusammengekrochen, als ob sie klein aussehen wollte.

Benfros Flügel scheuerten. Bei jedem Schritt rieben sie sich an seinem Rücken und seinen Schuppen. Benfro konnte die Blasen unter seinen Schuppen spüren, Hunderte von winzigen schmerzhaften Stichen, die jeden unbeholfenen Schritt begleiteten. Die Muskeln in seinem Rücken taten schon nicht mehr weh, sie hatten sich zu einem so festen Knoten verschlungen, dass nicht einmal ein Messer ihn noch zerschneiden könnte. Seine Hände waren aufgeschrammt, weil er endlose Mengen von tief hängenden Zweigen zur Seite geschoben hatte, und die Tasche mit ihrem Gewicht aus Erinnerungen hing schwer an seinem Hals. Kurz gesagt, es ging ihm dreckig.

Der Regen hatte am zweiten Tag seiner Wanderung durch den offenbar endlosen Wald eingesetzt. Benfro war in tropfender Feuchtigkeit und mit einem leeren Magen aufgewacht, auch wenn das fischige Aufstoßen, über das er sich in den vergangenen achtundvierzig Stunden so oft geärgert hatte, jetzt verschwunden war. Er hatte eine düstere Entschlossenheit gebraucht, um sich an diesem Morgen in Bewegung zu setzen, den Stand der Sonne einzuschätzen und einen Kurs nach Norden anzupeilen. Jetzt trottete er dahin, ohne Gedanken, blind für alles außer dem niemals endenden, erbarmungslosen Wald.

Wie lange er nun schon unterwegs war, hätte Benfro nicht sagen können. Die Erkenntnis schlich sich in sein Bewusstsein ein wie die Morgendämmerung, langsam, aber irgendwann nicht mehr zu übersehen. Vielleicht lag es an dem Licht, das durch die Wolken fiel, die als dünner Nebel über dem Boden hingen. Oder vielleicht war es das platt getretene Gras unter seinen Füßen, keine Wurzeln, die ihn zu Fall bringen konnten, während der Schmerz in seinem Rücken und seinen Seiten langsam zu einem dumpfen Druck wurde, den er fast ignorieren konnte. Warum auch immer, plötzlich stand er auf der Straße und konnte sich um nichts in der Welt erinnern, wie er so weit gekommen war.

Die Straße war vermutlich schon vor vielen Jahren angelegt worden. Sie zog sich pfeilgerade nach links und nach rechts, doch der Nebel machte es für Benfro unmöglich zu sehen, wie weit. Er wusste auch nicht, aus welcher Himmelsrichtung sie kam und in welche sie führte. Der Himmel war eine grauweiße dicke Wolke, die die Sonne völlig verhüllte. Die Bäume auf beiden Seiten waren dicht stehende Fichten mit dünnen Stämmen, die wie Wände nach oben ragten. Dünnes Unterholz fristete zu ihren Füßen ein kärgliches Dasein. Es würde ihm keinen Schutz bieten können, wenn andere auf dieser Straße unterwegs wären, und Benfro begriff mit einem Schaudern der Angst, dass er in die Falle gegangen war.

In die eine Richtung führte die Straße langsam bergauf, und Benfro war sich einigermaßen sicher, dass er in diese Richtung gegangen war. Er wusste von zu Hause, dass die Menschen weiter unten lebten, in den grünen Tälern des Hendry, die Ynys Môn ihm so oft beschrieben hatte. Vielleicht hatte diese Kenntnis seine Schritte gelenkt, ohne dass er sich dessen bewusst geworden war. In seiner derzeitigen Notlage war es die beste Entscheidung, die er treffen konnte, wenn er bergauf ging.

Die Straße schien Meile für Meile weiterzuführen. Auf jeden Fall vergingen Stunden, in denen Benfro auf der grünen Straße unterwegs war. Seine Schritte wurden vom Gras gedämpft, mögliche andere Geräusche wurden vom Nebel verschluckt, bis er das Gefühl hatte, in ein anderes Land geraten zu sein, in eine Wirklichkeit dazwischen. Sein Magen fing an zu knurren, als der Tag in den Abend überging und das Grau des Himmels sich wie eine Sturmdrohung verdüsterte.

Benfro brachte eine Serie von Haarnadelkurven hinter sich. Die Bäume klammerten sich noch immer in Regimentern an den Hang, nur karge Felsrücken brachen durch ihre Ränge. In der dünnen Luft sahen sie kleiner aus, standen aber noch immer dicht nebeneinander, eine undurchdringliche Barriere, die den jungen Drachen immer weiter vorwärts, immer weiter aufwärts trieb. Er kletterte müde durch die Dunkelheit, er wollte sich auf der Straße nicht ausruhen, denn er fürchtete, dass irgendjemand, irgendwelche Menschen ihn im Schlaf überraschen könnten. Irgendwann in dieser Nacht löste sich der Nebel auf und der Mond stieg am Himmel empor. Benfro aber ging immer weiter, ohne irgendeinen anderen Gedanken als den, dass er in Bewegung bleiben müsse.

Irgendwann hörte er auf zu klettern. Die Dunkelheit umgab ihn von allen Seiten. Die Straße führte ihn jetzt in einem großen Bogen zuerst in diese, dann in jene Richtung und schlängelte sich dabei an einer Felskante entlang. Der felsige Weg war irgendwann nur noch ein halbes Dutzend Schritte breit, und der Himmel so weit, dass Benfro das Gefühl hatte, hineinzuschreiten. Die Berge zogen sich weit am Horizont dahin; eine gezackte Kette aus tiefe-rem Schwarz, mit hier und da einem weißbemützten Gipfel, umgab sein Blickfeld wie eine unbezwingliche Schutzmauer. Und in der Ferne war ein Leuchten. Es schien immer hinter der nächsten Wegbiegung zu sein, und Benfro trottete weiter, immer eine ziehende Furcht in seinem leeren Magen. Er hatte Angst, verfolgt zu werden, und spürte immer die zwingende Notwendigkeit, weiterzugehen, sich niemals auszuruhen.

Und dann sah er es endlich, oben auf einem Felssims, dessen Wände fast senkrecht in die totale Schwärze darunter abfielen. Ein Gebäude aus seinem schlimmsten Albtraum zeichnete sich als Silhouette vor dem ersten Morgenlicht ab. Selbst über viele Meilen Entfernung war es riesig, und es war aus demselben Stein gehauen wie der Berg, den es so voll und ganz beherrschte. Hunderte von winzigen Fenstern durchbohrten seine Seiten, kletterten in seinen Türmen hoch, und hinter jedem leuchtete ein Licht. Es war ein Ort, den Benfro schon gesehen hatte, wenn auch nur in seinen Träumen.

Emmas Faur, der Wohnsitz von Inquisitor Melyn und seinen Kampfpriestern.

Das Felssims fiel hinter der nächsten Ecke zu einem schmalen Plateau ab. Benfro stieg nach unten und suchte verzweifelt nach einem Versteck. Während er sich dem Plateau näherte, lauschte er ängstlich auf jedes noch so kleine Geräusch. Und plötzlich nahm er im leichten Wind eine Witterung wahr, die ihm nur allzu bekannt vorkam. Vor Schreck erstarrte er mitten im Schritt. Angst machte sich in ihm breit. Es waren Menschen ganz in der Nähe! Immerhin schien es nur der Geruch ganz normaler Menschen zu sein. Zumindest spürte Benfro nichts von der lähmenden Gedankenangst, die der Inquisitor normalerweise verbreitete. Benfro hoffte, dass sie seine Annäherung nicht bemerkt hatten.

Vorsichtig und so leise, wie es auf dem hier von Geröll bedeckten Boden möglich war, schlich er über das Plateau. Er verspürte ein Gefühl von Freiheit und eine Last fiel von ihm ab, als er den flachen Boden zu beiden Seiten des Pfades sah. Benfro trat in das kurze drahtige Gras, das mit großer Mühe in dieser Höhe wuchs, und steuerte den Rand des Plateaus an. Gegen jede Wahrscheinlichkeit hoffte er, dort einen Weg zurück in den Wald zu finden.

In dem diffusen Morgenlicht hatte er sich bezüglich der Größenverhältnisse getäuscht. Die kleinen struppigen Büsche, die er aus der Ferne gesehen zu haben glaubte, waren in Wirklichkeit uralte hohe Bäume, ihre Rinde war knorrig und ihre Äste verzerrt wie nach einer schrecklichen Folter. Die rissigen, gefleckten Stämme boten kaum ein Versteck, und die ganze Zeit sickerte das karge Licht der Dämmerung in die Welt und bemalte alles mit bleichen Farben.

Der Rand des Plateaus, den er irgendwann erreichte, war so steil wie die Felsen, die zu dem riesigen Gebäude über ihnen aufstiegen. Im Schatten der aufgehenden Sonne war das Tal darunter eine wirre dunkle Masse von Mustern, die ein Baldachin aus Baumwipfeln sein konnte. Im Zwielicht war es fast unmöglich, die Entfernung bis dort unten zu beurteilen, aber es war so tief, dass ein Sprung nicht infrage kam. Benfros Herzen wurden bleischwer. In der dunklen Masse von Emmas Faur stieg nun Rauch aus einem Dutzend Schornsteinen, was bedeutete, dass die Bewohner, die Kampfpriester, wach waren. Bald würden sie loswandern, und Benfro wusste nur eins, nämlich, dass er sich diesen Anblick nicht antun wollte.

Er ging an der Felskante entlang, starrte hinunter in die Dunkelheit und versuchte, einen Pfad zu finden. Da unten war etwas, vage auch für seinen scharfen Blick. Ihm war, als würde er es deutlich sehen können, wenn er nur noch ein kleines Stück weiterginge, sodass er immer noch einen Schritt nach vorne machte. Und dann spürte er plötzlich, wie etwas an seinem Schwanz zupfte.

Benfro fuhr herum und wäre fast rückwärts in den Abgrund gestürzt, als er sah, was ihn da berührt hatte. Es war ein Mensch, oder jedenfalls ein Menschkitz. Viel kleiner als der Inquisitor und ein ganzes Stück kleiner als die anderen Kampfpriester, die er gesehen hatte. Das Menschkitz trug eine Art Hose und einen Kittel aus grobem Sackleinen. Seine Haare waren ungekämmt und sein Gesicht von Schmutz verschmiert. Es hatte eine lange dünne Gerte in einer Hand und tippte damit Benfros Schwanz an.

»Was bissn du?«, fragte der Junge in der seltsamen Sprache, die Benfro beim Gespräch zwischen Gideon und Morgum gehört hatte. Die Bedeutung ging aus dem Gesicht des Jungen hervor. Benfro staunte darüber, wie schrill und quietschig die Stimme des Jungen klang. Ganz anders als das bedrohliche tiefe Knurren des Inquisitors. Es umgab ihn auch keine Aura der Frucht, kein suchendes Gefühl der Bosheit. Stattdessen lag in seinem Blick eine unersättliche Neugier.

»Willste meine Schafe holen?«, fragte er nun, und Benfro bemerkte erst jetzt, dass sich eine kleine Herde aus weißen Wesen versammelt hatte und sehen wollte, was hier vor sich ging. Sie waren noch kleiner als der Junge, hatten dürre schwarze Beine und ein schweres Fell aus faserig aussehender Wolle und zupften an dem mageren Gras. Benfro konnte in ihren Augen keinerlei Intelligenz entdecken.

»Ich sach mei'm Pa, dass de hier bist«, sagte der Junge, dann machte er kehrt und rannte zu dem steinernen Bogen, der sich näher beim Kloster über der Straße erhob. Als er nun genauer hinschaute, bemerkte Benfro eine Anzahl primitiver Hütten, die sich an der Straße und im Schutz der riesigen Klostermauern zusammendrängten. Der Junge rannte immer weiter und hatte bald die erste Hütte erreicht. Benfro sah ein Auffunkeln von Licht, als er darin verschwand, und wenige Sekunden darauf schaute jemand heraus. Benfro konnte auf diese Entfernung den Schrei gerade noch hören, dann war der Junge wieder da und rannte durch den Bogen und auf das riesige Steingebäude zu.

Benfro schaute sich voller Panik um. Der Junge würde sein Ziel in wenigen Minuten erreicht haben. Und ehe Benfro auch nur oben auf der Felskante angekommen wäre, würde ein Trupp von Kampfpriestern seine Verfolgung aufnehmen.

Die Straße führte zum Kloster hoch, das hatte er schon aus der Ferne gesehen und wusste es auch noch von dem Flug in seinem Traum her. Aber gleich hinter dem Bogen teilte sie sich: Ein schmaler Pfad führte hinab zu einem Wald und folgte einer engen Schlucht, die sich steil in den Felsen schnitt. Benfros Herzen machten einen Sprung. Es gab doch noch eine Möglichkeit, den Kriegern zu entkommen. Er brauchte nur durch den Bogen zu laufen, über die vielleicht hundert Meter zur Weggabelung, und dann weiter nach unten in den Wald. Aber die Furcht ließ ihn weiter hocken bleiben, wo er war. Er wollte sich nicht dem gesichtslosen steinernen Starren der Festung preisgeben, ihm war die falsche Sicherheit der niedrigen Mauer zwischen ihm und den Kampfpriestern lieber.

Am Ende wurde ihm die Entscheidung abgenommen. Er schaute sich auf der Straße um und sah, dass die Schafe sich in einem stummen Kreis um ihn versammelt hatten. Einige lagen im Gras, andere kauten lautlos vor sich ihn. Alle starrten ihn an, als ob sie noch nie etwas so Interessantes gesehen hätten. Auch für seinen scharfen Blick weit entfernt konnte er eine Staubsäule in die helle Morgenluft steigen sehen. Jemand kam die Straße hoch, und der Größe der Staubwolke nach zu urteilen, handelte es sich entweder um einen Drachen von der Größe des Magog oder um einen Trupp von Kampfpriestern.

Sofort hatte Benfro seinen Entschluss gefasst und kletterte über die Mauer. Die war hoch genug, um die Schafe am Weglaufen zu hindern, aber für Benfros größere Gestalt und seine Gelenkigkeit war sie kein Hindernis. Die Kante auf der anderen Seite war schmal, verbreitete sich jedoch zur Straße hin. Auch hier gab es einige Büsche und stachelige Bäume, wie Benfro bemerkte, als er vorsichtig hinabstieg. Je tiefer er in die Schlucht kam, umso dichter und höher wurden diese Bäume, denn sie waren hier vor der schlimmsten Witterung geschützt. Bald spürte Benfro, wie seine Angst nachließ, als die zähe, grüne Vegetation sich um ihn ausbreitete und sich bei jedem Schritt neue Versteckmöglichkeiten auftaten. Als das Licht der aufgehenden Sonne den Schatten des Berges über den Bäumen in der Ferne kürzer machte, wurde er gelassener und fing fast an, den Morgen zu genießen. Obwohl er nichts zu essen hatte, verspürte er keinen Hunger, und sogar die Schmerzen in seinem Rücken schienen verflogen zu sein, seine Flügel scheuerten nicht mehr auf seiner Haut. Er war fast sorglos, als er den Pfad hinab auf das zuging, was ihn dort unten erwarten mochte.

Errol saß im Schlafsaal und überprüfte den Inhalt seines Rucksack, um sich davon zu überzeugen, dass er alles hatte, was er brauchte, als Carstairs, einer der jüngeren Novizen, hereingestürzt kam.

»Errol, komm sofort«, sagte der Junge. Er gehörte zu den in diesem Jahr neu Dazugekommenen und behandelte Errol nicht so von oben herab, da sie ungefähr gleichaltrig waren.

»Was ist los?«

»Im Ruthins Hain«, sagte Carstairs und schnappte dabei immer wieder nach Luft. »Da ist ein Drache. Der ist die Rufstraße hochgekommen.«

Errol sprang auf, ließ seinen Rucksack auf sein Bett fallen und rannte zur Tür. Er lief die Treppe hoch, jagte durch Gänge und offene Hallen, die ihm in seiner Zeit im Kloster vertraut geworden waren. Sein Gefährte hinter ihm bemühte sich, mit ihm Schritt zu halten, er hatte sich noch nicht ganz an die dünne Luft in dieser Höhe und an das Labyrinth gewöhnt. Bei dem großen Hoftor blieben beide stehen. Dort wimmelte es nur so von Novizen, Kampfpriestern und Quästoren.

»Ich darf nicht raus«, sagte Carstairs und zeigte auf den dunklen Durchgang zum Hof. »Ich habe den ersten Grad noch nicht erreicht.«

»Ich erzähl dir nachher alles«, versprach Errol angesichts von Carstairs' offenkundiger Enttäuschung. Er selbst hatte erst seit einer Woche die Erlaubnis, das Kloster zu verlassen, und deshalb überstieg er die Schwelle mit umso größerer Spannung.

In der Umgebung des Klosters begann nun das Licht des frühen Morgens die nächtlichen Nebel zu vertreiben. Errol folgte einer Menschenmenge über den Pfad und in die schmale Schlucht. Dornbüsche und Stechginster standen auf beiden Seiten und verengten die schmale Passage immer mehr, bis alle feststeckten und sich nicht mehr bewegen konnten. Errol duckte sich unter einen stacheligen Baum, wurde von Dornen zerkratzt und kletterte dann auf der Seite der Schlucht weiter, bis er über die Köpfe aller anderen hinwegsehen konnte.

Unten erweiterte sich die Schlucht zu einer ebenen Fläche, die nicht viel größer war als der Übungshof der Bogenschützen oben im Kloster. Das andere Ende schien abrupt abzufallen, und es erlaubte einen Blick über die endlosen grünen Wälder des Frydlands. Ein Bach plätscherte durch die Büsche und sammelte sich in einem stillen Tümpel. Daneben war ein Steinsockel in den Felsenrand gehauen worden, und eine Sekunde lang hielt Errol ihn für die Statue eines Drachen, der auf die fernen Bäume hinunterblickte.

Dann bewegte sich die Statue.

Errol hatte erst einmal einen lebenden Drachen gesehen und wusste nicht einmal, wie wirklich dieses Erlebnis gewesen war. Sir Radnor war ihm als prachtvolles mythisches Wesen erschienen, aber das wenige, was Errol über die Drachen des Frydlands gelernt hatte, hatte ihm die Vorstellung vermittelt, es handele sich um einfache, grobe Kreaturen. Sie waren zwar größer als ein großes Pferd, aber sie waren ängstlich und unterwürfig und unvorstellbar alt. Ihre Flügel waren kleine Hautlappen, von denen die meisten Manuskripte behaupteten, dass sie die Körpertemperatur regulierten und niemals zum Fliegen bestimmt gewesen seien. Sie waren feige Jäger und Aasfresser und stahlen Vieh und Nutztiere. Deshalb hatten die Menschen überhaupt erst angefangen, Jagd auf sie zu machen.

Vieles, was er gelesen hatte, stimmte nicht mit dem überein, was Sir Radnor ihm erzählt hatte, und doch war die Drachin, die er in seiner seltsamen Trance erblickt hatte, ein mageres, jämmerliches Ding gewesen. Das, was dort auf dem Sockel stand, sah hingegen viel eher so aus, wie er sich einen Drachen vorstellte.

Er war groß, mit Abstand das größte lebende Tier, das Errol je gesehen hatte. Hoch und stolz stand er da, seine Beine waren dick wie Baumstämme, sein Schwanz wickelte sich wie eine riesige tropische Schlange um die mit schweren Krallen besetzten Füßen. Seine Schuppen leuchteten im Morgenlicht in einem Schimmer aus Grün- und Blautönen, aber das Prachtvollste waren seine Flügel, auch jetzt noch, als sie schlaff an seiner Seite hingen. Sie waren riesig und mit einem Muster gesprenkelt, das sich erst zeigen würde, wenn sie sich zum Fliegen vollständig öffneten.

Langsam, als ob er gerade erst bemerkt hätte, dass Menschen in der Nähe waren, drehte sich der Drache um. Errol war gefesselt vom Gesicht des Wesens, von seinen Augen, seiner langen eleganten Nase und seinen zottigen Ohren. Er war sicher, dass er diesem

Drachen schon einmal begegnet war. Am Ausgang der Schlucht schritt der Inquisitor zielstrebig auf den Sockel zu, schrie dabei Verwünschungen und hielt die Lichtklinge hoch in die Luft. Aber der Drache achtete nicht auf ihn. Er starrte Errol ins Gesicht.

Warum bist du ausgerechnet hierher gekommen?, dachte Errol und stellte sich vor, dass er auf irgendeiner Ebene mit dem Eindringling kommunizierte. Er kannte die Antwort. Er hatte die Anziehungskraft der Rufstraße selbst verspürt. Wenn der Inquisitor diese verstärkt hatte, war es ein Wunder, dass der Drache nicht wie gebannt geradewegs zum Klostertor gewandert war. Jetzt würde Melyn ihn angreifen und der Drache würde sterben. Schon konnte Errol die betäubende Furcht spüren, die den ganzen Felsabsatz einhüllte und viele der weniger erfahrenen Kampfpriester erstarren ließ, während sie den Drachen umklammerte. Es würde nicht einmal zum Kampf kommen. Der Inquisitor würde einen hilflosen Feind niedermetzeln.

Das war alles so falsch, dass es Errol mit kaltem Zorn füllte. Sir Radnor war sein Freund und Lehrer gewesen. Er konnte nicht tatenlos zusehen, wie ein anderer Drache ermordet wurde. Doch was sollte er tun?

Der Inquisitor hatte den Drachen jetzt fast erreicht und versuchte, diesen vom Sockel zu locken und ihn dazu zu überreden, dass er sich seinem Willen zu unterwarf.

Plötzlich bemerkte Errol zu seiner Überraschung, dass er jedes Wort deutlich hören konnte, obwohl er so weit entfernt stand. Er konnte spüren, wie der Zauber auch an ihm zerrte. Und er teilte die Furcht des Drachen, seine Erschöpfung, Verwirrung und Trauer. Unmögliche Bilder wirbelten durch seinen Kopf, und eins wiederholte sich immer wieder, in einer Endlosschleife des Grauens: Inquisitor Melyn, der mit seiner Lichtklinge den Hals eines liegenden Drachen durchtrennte. Morgum die Grüne, er kannte sie. Mutter.

»Wer bist du?«, fragte Errol und bildete die Wörter lautlos mit den Lippen; in dem Versuch, sie über den leeren Raum dem schwankenden Drachen zuzusenden.

»Benfro«, war die Antwort, schwer von einer Müdigkeit, die Errol nur mit Mühe begreifen konnte.

»Du hast Flügel, Benfro«, dachte Errol und sah das Bild eines prachtvollen Drachen, der aus einem Tümpel abhob und auf großen Segeln aus Knochen und Haut davonflog.

»Ich habe Flügel«, erwiderte Benfro, aber seine Gedanken waren vor Erschöpfung fast tot, und seine Gedanken so träge, dass sie sich in dem Mahlstrom seiner Erinnerung nur mit großer Mühe bilden konnten.

»Dann benutz sie endlich«, sagte Errol und sah durch Benfros Augen den Rand der Felsplatte und den tief unten liegenden Wald. »Spring.«

Und zu seiner Überraschung und seiner großen Freude sprang der Drache.

6

Ein unbewachtes Gemüt ist wie ein offenes Buch, das nur auf Befehle wartet. Wenn du deinen Widersacher überraschst, kannst du sein Verhalten ganz nach Belieben formen. Ein erfahrener Krieger wird seinen Feind für sich kämpfen lassen. Wenn er angegriffen wird, wird er versuchen, die gegnerische Armee in eine Falle zu locken. Er wird den Feind in Sicherheit wiegen – bis es zu spät ist.

Wie bei aller Magie dieser Art liegt der Schlüssel zum Erfolg in der mentalen Selbstdisziplin. Wenn du deine eigenen Gedanken nicht kontrollieren kannst, wie kannst du dann hoffen, die Gedanken eines anderen oder gar dessen Taten zu kontrollieren? Meditationsübungen können helfen, diese Selbstdisziplin zu stärken. Wenn du jedoch wirklich Erfolg haben willst, dann ist es nicht mit der einen oder anderen Meditationsübung getan. Dann muss jeder Augenblick deines Lebens, im Wachen wie im Schlafen, eine Meditation sein. Du musst meditieren, während du deine täglichen Arbeiten verrichtest, während du Unterricht im Schwertkampf erhältst und während du dem Hirten dein Opfer bringst. Ja, du musst sogar meditieren, während du dieses Buch liest. Nur, wenn du dein Leben unter perfekter Kontrolle lebst, kannst du hoffen, den nächsten Schritt zum Dasein eines wahren Kampfpriesters zu machen.

Während deiner Ausbildung in unserem Orden wirst du feststellen, dass du ununterbrochen angegriffen wirst. Du wirst auf die Probe gestellt von deinen Klassenkameraden, von älteren Novizen und von den Quästoren und Kampfpriestern, die dieses Kloster als ihr Zuhause betrachten. Du wirst dich dabei ertappen, dass du Dinge tust, die du gar nicht tun wolltest, dass du dich zu Orten hingezogen fühlst, die du niemals aufsuchen wolltest. Wenn du spürst, dass dir das passiert, dann hast du den ersten, schwierigsten Schritt deiner Ausbildung getan. Nur sehr wenige, die sich auf diese Reise begeben, kommen überhaupt so weit.

Father Castlemilk: Eine Einführung in den Orden vom Hohen Fryd

Benfro hatte niemals unter Höhenangst gelitten. Er erinnerte sich daran, wie sehr sich einige der alten Drachen aufgeregt hatten, wenn er auf hohe Bäume geklettert war oder auf den steilen Felsen am Südende des Dorfes gespielt hatte. Vor allem Meirion mochte niemals in die Nähe der Felskante gehen und hatte ihn mehrmals energisch ausgescholten, wenn sie ihn dabei erwischt hatte, dass er auf die Baumwipfel hinunterschaute. Jetzt, als er mit immer größerer Geschwindigkeit nach unten fiel, konnte er sie verstehen.

Der Wind peitschte sein Gesicht und seine Hände, riss an dem Lederbeutel um seinen Hals und drohte, dessen kostbaren Inhalt über dem immer schneller näherkommenden Baldachin aus Baumkronen zu verstreuen. Benfro drehte und warf sich in der Luft herum, Hals über Kopf. Alles bewegte sich so schnell, und doch schien die Zeit auf seltsame Weise langsamer zu vergehen. Er konnte die Welle aus Hass und Wut spüren, die die Kampfpriester oben aussandten, und die jetzt immer schwächer wurde. Die Angst packte ihn wie zwei gewaltige Hände, als ob der Inquisitor versuchte, der Schwerkraft zu trotzen und ihn zurückzuziehen, aber Benfro wusste, dass das nicht stimmte, und gab sich alle

Mühe, dieses Gefühl abzuschütteln. Als ob eine schwere Last von seinen Schultern genommen worden wäre, verschwand es, und er fiel schwerelos weiter.

Während er sich drehte und herumwarf, spürte er, wie die Schmerzen und Krämpfe der vergangenen Tage zurückkehrten und neue mit brachten. Sein Magen war eine leere Grube, in der ätzendes Feuer loderte. Seine Beine waren verkrampft, als ob er sein Leben lang gerannt wäre, und seine Seiten brannten wie rohes Fleisch, weil die Flügel so gescheuert hatten.

Seine Flügel.

Dieser Gedanke traf ihn mit derselben Wucht wie ihn der unvermeidliche Aufprall auf den Waldboden treffen würde. Aufprall? Er hatte Flügel! Sie waren zwar eher ein Hindernis denn eine Hilfe, und so schwer, dass sie die Muskeln in seinem Rücken so fest verknotet hatten, dass die nicht einmal mehr wehtaten. Aber wenn er die Flügel auch nur ein bisschen öffnen könnte, um seinen Sturz zu verlangsamen, könnte er den vielleicht überleben. Er versuchte, sie zu öffnen, sich auf die schlaffe Masse zwischen seinen Schultern zu konzentrieren und sie zu spannen. Aus irgendeinem Grund streckten seine Arme sich weit auseinander, griffen nach der Luft, und der Wind strich durch seine gespreizten Krallen. Sein Fall wurde im gleichen Tempo schneller, wie seine Panik wuchs, und er drehte sich in einem Bogen um sich selbst. Sein Blickfeld wurde auf den Kopf gestellt: Zuerst die Bäume, dann die raue Felswand: zerrissen, narbig und besetzt mit winzigen tapferen Vorposten der Vegetation. Dann wirbelte der Himmel an ihm vorbei, während die Sonne gerade erst den wild wogenden Horizont überschritt.

Noch eine Drehung, und nun waren die Bäume viel näher. Er konnte ihre Wipfel sehen, und es war nicht die sanfte, gastfreundliche Umarmung einer breiten Eiche oder Buche, sondern die scharfen Spitzen einer Palisade aus Kiefern. Sie waren noch dazu klein, solide Stöcke, die sich etwas tiefer im Schutt und Geröll festklammerten und deren Wipfel den Rand des Felsplateaus streiften. Er würde nicht langsam durch die Äste brechen, da war nichts, was seinen Fall ein wenig aufhalten würde, es würde keine gebremste Landung auf weichem Waldboden mit dem Humus aus dem Laub von Jahrhunderten geben.

Benfro wehrte sich gegen den Fall und versuchte wenigstens, sich auszustrecken. Warum, wusste er nicht einmal so genau. Er wollte den wirbelnden Boden gar nicht sehen, der ihm entgegenkam, aber aus irgendeinem Grund kam es ihm richtig so vor. Seine Panik ließ nach und wich Resignation, Schicksalsergebenheit. Instinktiv griff er nach der Luft und machte sich bereit für den Aufprall.

Der kam schneller, als er erwartet hatte. Schmerz durchfuhr ihn wie ein Erdrutsch. Sein Kopf und seine Arme wurden vorwärts gerissen, der feste Lederriemen seiner Tasche peitschte gegen seinen Hals und seine Schultern. Einen Moment lang wurde durch die plötzliche Beschleunigung alles schwarz. Und dann wurde er jählings zurückgerissen, vom Boden fortgezogen, wie an einer Zugvorrichtung, die an einem brennenden Haken im Fleisch seines Rückens befestigt war.

Benfro öffnete die Augen und sah die Baumwipfel in hohem Tempo an sich vorbeijagen. Sie waren so nah, dass er fast die Hände ausstrecken und sie streifen konnte, aber sie blieben weiterhin auf Distanz. Der Wind riss jetzt an seinem Gesicht und fegte ihm die Tränen aus den Augen. Er schaute verstohlen zur Seite, voller Angst, die Luft könnte ihm den Kopf vom Hals reißen, und er sah einen dermaßen magischen Anblick, dass er ihn immer wieder hätte sehen können, ohne seiner überdrüssig zu werden.

Seine Flügel waren vollständig ausgebreitet. Ihm war gar nicht bewusst gewesen, wie groß sie inzwischen waren, aber sie streckten sich jetzt fast sieben Meter weit von ihm ab. Sie legten sich über die Luft. Besser konnte er das nicht beschreiben. Es war wie in seinen Träumen, nur greifbarer, wirklicher. Und wie in seinen Träumen brauchte er nur daran zu denken, und er konnte sich ein wenig schräg legen, konnte sich hin und her drehen, konnte sich über die Bäume erheben oder sich so weit zu ihnen hinabsenken, bis er nicht mehr weiter an Höhe zu verlieren wagte.

Anders als in seinen Träumen folgte bei jedem Richtungswechsel eine Drehung des weißglühenden Punktes, der der Angelpunkt seiner Flügel war – ein so scharfer Schmerz, dass vor seinen Augen Punkte tanzten. Er hielt nach besten Kräften still, schaute geradeaus und versuchte, die Erschöpfung, die ihn jetzt überkam, nicht zu spüren.

Der Wald passte sich dem Boden an und fiel von Felskante und Bergen ab. Es war diese sanfte Senkung, der Benfro folgte, als er vom Kloster davonglitt. Er legte den Boden mit unvorstellbarer Geschwindigkeit hinter sich, und der Wald unter ihm war jetzt eine undurchdringliche Masse aus Blättern. Die struppigen Kiefern hatten höheren, majestätischen Fichten weichen müssen, und diese ihrerseits wurden von dichtem Laubwald abgelöst. Er flog über wellenförmige Täler, für deren Durchquerung er zu Fuß Wochen gebraucht hätte und die weiterhin einfach endlos zu sein schienen.

Ganz weit in der Ferne ragten weitere Berge mit ihren weißen Kappen in die Luft. Einen Moment lang fürchtete Benfro, einen Kreis beschrieben zu haben und wieder auf seine Feinde zuzufliegen. Die feste Spannung seiner Flügel und die unter ihm scheinbar dahinsausenden Bäume machten ihm klar, dass das kaum der Fall sein konnte. Und er konnte sehen, wie sein Schatten über den Laubbaldachin unter ihm jagte wie ein großes geflügeltes Tier, was ihm zeigte, dass er die Sonne noch immer im Rücken hatte und nach Nordwesten flog. Aber die Schmerzen wurden jetzt sehr schnell unerträglich, kleine brennende Stiche wanderten von seinen Schultern bis in die Flügelspitzen, er spürte sie in Teilen seines Körpers, die ihm noch niemals bewusst gewesen waren.

Benfro erinnerte sich an ein Spiel, mit dem er sich manchmal die Langeweile vertrieben hatte. Die Regeln waren sehr einfach; er hing an seinen Armen von einem Ast, ohne den Boden zu berühren, und zählte dabei. Er hatte es nie länger als einhundertsiebzehn Sekunden ausgehalten, und dann hatten seine Muskeln so wie jetzt vor Schmerz gebrannt. Vor allem erinnerte er sich, wie seine Hände sich dann geweigert hatten, seinen Befehlen zu gehorchen und weiterhin den Ast zu umklammern, wie sie sich ganz von selbst geöffnet hatten, und wie er sich kraftlos gefühlt hatte wie ein Spinngewebe im Sturm. Das Brennen in seinem Rücken und der neue Schmerz in seinen Flügeln waren jetzt ungefähr so wie der Schmerz, den er damals in seinen Armen gespürt hatte, wenn diese sein Gewicht nicht mehr tragen konnten. Er konnte die Schmerzen lange ignorieren, sich auf etwas anderes konzentrieren, aber es ließ sich nicht vermeiden, dass seine Flügel ihm sehr bald den Dienst versagen würden. Doch noch immer gab es keinen Landeplatz, keine Öffnung in der kompakten grünen Masse, die sich unter ihm ausbreitete.

Der Wald war jetzt dichter unter ihm. Er konnte die Formen der einzelnen Bäume erkennen, große Äste, die aus dem grünen Meer aufragten. Er wollte sich davon entfernen, den Zweigen ausweichen, die gegen seinen schuppigen Bauch schlugen und drohten, das schwere, nach unten ziehende Gewicht seines Schwanzes abzulenken. Aber er schien jetzt die Kontrolle über die Luft verloren zu haben, und die Bäume griffen nach ihm wie zu einer magischen Umarmung. Er wusste mit entsetzlicher Gewissheit, dass sich sein langer Gleitflug jetzt dem Ende näherte.

Die ersten Zweige packten seine Krallenfüße, rissen daran und ließen wieder los. Mit einer letzten Kraftanstrengung versuchte er, seine Vorwärtsbewegung aufzuhalten, sich aufzubäumen, wie er es von Vögeln vor der Landung gesehen hatte. Aber er hatte einfach keine Kraft mehr. Als er das nächste Mal das Laubdach touchierte, konnte er nur die Flügel anlegen, versuchen, sie so dicht an sich zu pressen wie möglich, damit sie bei seinem unvermeidlichen Absturz nicht hängen blieben und zerfetzt wurden. Ein Baum ragte höher auf als seine unmittelbaren Nachbarn und Benfro knallte mit knochenzerbrechender Geschwindigkeit in seine blattreiche Umarmung.

»Bring mir den jungen Ramsbottom und such dir eine Handvoll Männer aus, die vor dem Morgengrauen losreiten können. Ihr müsst nach Tynewyd.«

Melyn sah zu, wie Hauptmann Osgal sich gehorsam verneigte und wortlos den Raum verließ. Kein Zweifel, der Hauptmann hasste den Jungen, das wütende Leuchten in seinen Augen, sowie der Name Ramsbottom fiel, sprach eine deutliche Sprache. Normalerweise hätte Melyn Osgal wegen dieser mangelnden gedanklichen Disziplin zur Rede gestellt, aber das hier waren keine normalen Zeiten.

Wieder sah er vor sich den Drachen auf dem Felsabsatz in Ruthins Hain, wie er am Rand hockte, als ob ihn Angst dort festhielte. Melyn war in diesem Moment so sicher gewesen, dass die Bestie ihm ausgeliefert war. Er hatte sich sogar ein kleines Siegerlächeln gestattet, in dem Wissen, dass die mächtigen Zauber, die er auf der Rufstraße ausgelegt hatte, Erfolg gehabt hatten wo ein halbes hundert Kampfpriester, die den Wald durchkämmten, versagt hatten. Wie er immer vorhergesagt hatte, war die Bestie zu ihm gekommen, auch wenn es einige Wochen länger gedauert hatte als erwartet.

Aber dann war alles schiefgegangen. Den Drachen fallen zu sehen, war enttäuschend gewesen, er hätte ihn gern lebend gefangen, ihn ausgefragt, ihn gebrochen, ehe er ihm den Schädel eingeschlagen hätte. Aber er hätte es akzeptiert, wenn er den verstümmelten Leichnam des Drachen vom Felsengrund hätte kratzen müssen.

Was er niemals erwartet hatte, war, dass der Drache fliegen würde.

In seinen schwächeren Augenblicken gestattete sich Melyn den Gedanken, dass die Bestie einfach Glück gehabt hatte, dass sie eine Luftströmung gefunden hatte, die stark genug war, um ihr Gewicht zu tragen. Aber er wusste, dass er sich etwas vormachte. Es war unmöglich, sich in diesen Flügeln zu irren, sie waren mindestens zehnmal so groß wie alle, die er jemals gesehen hatte. Bei der Geschwindigkeit, die das Tier vorgelegt hatte, konnte es in wenigen Stunden das halbe Frydland überfliegen, eine Strecke, für die Melyns Männer viele Wochen brauchen würden, wenn er sie überhaupt entbehren könnte.

In Melyn brannte das Verlangen, den Drachen zu finden und zu töten, aber er wusste, dass er warten musste. Der Mordversuch an der Königin hatte alles geändert. Jetzt musste er versuchen, seinen Zorn in Schach zu halten und sich auf Beulahs Pläne zu konzentrieren. Er musste überlegen, wie er diese am besten in die Tat umsetzen konnte.

Ein Klopfen an der Tür riss ihn aus seinen Überlegungen. Hauptmann Osgal trat ein, gefolgt von Errol. Der Junge trug noch immer den ledernen Armschutz, den er zum Bogenschießen angelegt hatte, und sah ein wenig verwirrt aus.

»Ihr wolltet mich sprechen, Euer Gnaden«, sagte Errol und verneigte sich.

»Ja, Errol. Komm rein. Setz dich«, sagte Melyn. »Bleib, Osgal«, fügte er hinzu, als der Hauptmann das Zimmer verlassen wollte. »Auch du bist ein Teil dieses Einsatzes.«

»Dieses Einsatzes?«, fragte Errol, und Melyn konnte spüren, wie die Erregung des Jungen wuchs. Er streifte kurz die Gedanken des Jungen, griff sich willkürlich Bilder heraus. Es kam vielleicht nicht überraschend, dass der Flug des Drachen niemals weit in den Hintergrund geriet, aber es gab auch noch andere Gedanken: einen unersättlichen Wissensdurst, eine Entschlossenheit, die ihm gestellten Aufgaben auszuführen, und ein Verlangen, der beste Novize seines Jahrgangs zu werden. Keine der alten Ungewissheiten machte sich noch deutlich bemerkbar, die Zeit und die Ordensdisziplin hatte sie weit in den Hintergrund gedrückt.

»Es hat sich eine Gelegenheit ergeben, einen Spion an König Billahs Hof unterzubringen«, sagte Melyn und fing Errols Blick ein. »Und dafür suchen wir einen jungen Mann, der wie ein Einheimischer aussieht und spricht. Kann ich dir vertrauen, Errol Ramsbottom?«

»Was soll ich tun?«, fragte Errol, und Melyn konnte in seinen Gedanken die Entschlossenheit sehen, für den Orden und für Königin Beulah sein Bestes zu geben. Er konnte die falschen Erinnerungen und Ideale sehen, die jetzt so fest wie echte in der Psyche des Jungen verwoben waren. Melyn hatte nie daran gezweifelt, dass er die vollständige Kontrolle über Errol erringen würde, aber es war doch erfreulich zu sehen, dass seine Arbeit dermaßen nützliche Früchte tragen konnte.

Dunkelheit hüllte Benfro ein. Tausende von winzigen Zweigen kratzten ihn vom Kopf bis zur Schwanzspitze auf. Größere Zweige stießen gegen seine Schuppen und zerbrachen. Immerhin war er mit der Brust – dort, wo seine Schuppen am härtesten waren – voran in die Baumwipfel gerauscht. Er versuchte, so gut er konnte, seinen Kopf zu schützen, während die biegsamen Zweige ihn trafen und dann nachgaben. Der Lärm war entsetzlich, als ob der Wald vor Empörung über Benfros plötzliches gewaltsames Eindringen aufschrie. Aber Benfro konnte nur immer weiter fallen, gegen Äste und Baumstämme prallen, drehen und brechen. Eine unsichtbare Hand packte den Beutel um seinen Hals und riss so wütend daran, dass Benfro schon dachte, sie werde ihm das Genick brechen. Er klemmte sich den kostbaren Beutel unter einen Arm und griff mit der anderen Hand nach einem vorüberjagenden Ast. Der stach, verbrannte Benfros Handfläche, als er darüber schrammte, und knickte sich fast doppelt zusammen, um dann zu brechen. Ein dickerer Ast traf ihn mitten vor der Brust, schlug ihm den Atem aus der Lunge. Benfro wurde so in der Luft herumgewirbelt, dass er jetzt mit dem Rücken voran gegen Stämme und Äste prallte. Immerhin verlangsamte der Sturz sich jetzt. Benfro griff noch einmal nach einem Ast, und diesmal gelang es ihm, sich daran festzuhalten, auch wenn dabei sein wundes Fleisch zerfetzt wurde. Das volle Gewicht seines Sturzes verlagerte sich in seinem Arm und drohte, diesen aus dem Gelenk zu reißen. Verzweifelt tastete er auch mit der anderen Hand nach dem Ast, erwischte diesen schließlich und hielt sich fest.

Blätter rieselten in die Dunkelheit hinunter und ihr Weg wurde kurz von dem Sonnenschein erhellt, das den breiten Riss im Baldachin durchbohrte. Benfro sah ihnen zu, während er verzweifelt zu begreifen versuchte, was hier vor sich ging. Irgendwo in seinem Hinterkopf konnte er eine Stimme zählen hören: »Einunddreißig, zweiunddreißig, dreiunddreißig.« Er schüttelte den Kopf und versuchte, das Klingeln in seinen Ohren und die Sterne vor seinen Augen zu vertreiben. Der Ast, an den er sich klammerte, schaukelte bedrohlich, und deshalb hörte Benfro auf, sich zu bewegen.

»Zweiundvierzig, dreiundvierzig, vierundvierzig.« Die Stimme folgte einem gelassenen Rhythmus, unbarmherzig, fast hypnotisch. Benfro hing an dem Ast, hörte einfach zu und starrte hinunter in die Finsternis.

»Fünfzig, einundfünfzig.« Die Finsternis unten löste sich jetzt in vage Umrisse auf, als Benfros Augen sich an das trübe Licht gewöhnten und die Punkte vor seinen Augen verschwanden. Er konnte den Boden nicht sehen, nur Zweige, die sich dürr und verformt im trüben Licht des Waldes wie lange hölzerne Glieder ausstreckten und die eine kleine Stelle suchten, wo sie ein oder zwei Blätter ins Licht sprießen lassen konnten.

»Vierundsechzig, fünfundsechzig.« Benfro versuchte, seine Hände in der, wie er hoffte, richtigen Richtung am Ast weiterzuschieben. Der Ast wackelte und schwankte beunruhigend, er knackte und ächzte, und wurde von der ihn umgebenden Stille zum Verstummen gebracht. Benfros Arme schmerzten vor Anstrengung und seine zerschrammte Handfläche brannte bei jeder Bewegung. Und doch war er unsicher, ob er sich in die richtige Richtung bewegte, so dunkel war es.

»Einundachtzig, zweiundachtzig.« Der Ast schien dicker zu werden, was irgendwie gut war, denn es bedeutete, dass Benfro sich dem Stamm näherte. Wenn er erst einen Halt für seine Füße gefunden hatte, könnte er auf den Boden klettern und sich dann ausruhen. Andererseits war der dicker werdende Ast schwerer zu umfassen, und Benfro fehlte die Kraft, sich hinaufzuziehen. Eine Pause zum Nachdenken kam auch nicht infrage, denn seine schmerzenden Arme könnten jederzeit den Dienst verweigern. Also bohrte er die Krallen in die weiche Rinde und versuchte, den Schmerz zu ignorieren, als die Krallen nun sein Gewicht tragen mussten.

»Neunundneunzig, hundert, hunderteins.« Gab es in der Dunkelheit ein noch tieferes Schwarz? Benfro war sich nicht sicher. Er hatte das Gefühl, sich einer massiven Gestalt zu nähern: Die Luft wirkte stiller, sein Keuchen leiser. So vorsichtig er konnte, tastete er mit den Füßen, während er sich weiterhin an den Ast klammerte. Er spürte, dass seine Arme es nicht mehr lange ertragen könnten. Er hatte das Gefühl, dass wie bei einer Folter seine Krallen ausgerissen wurden, und er konzentrierte sich in der absurden Hoffnung auf diesen Schmerz, dass seine Muskeln ihre Notlage nicht bemerken würden. Ein Fuß berührte etwas, das sich wie eine Mauer anfühlte, grob und unnachgiebig. Sie ragte zu seiner Linken auf, ein riesiges Nichts, so dicht und doch unsichtbar. In seiner Reichweite konnte er keinen anderen Ast entdecken.

»Hundertfünfzehn, hundertsechzehn.« Benfro wusste, dass es zu spät war. Er würde fallen. Seine verräterischen Hände kümmerten sich nicht um seine Bemühungen, sie lockerten langsam ihren Zugriff, die Krallen kratzten in der weichen Rinde wie in Butter. Seine bleischweren Arme konnten nichts mehr ausrichten.

Als er fiel, durchfuhr ihn ein Funken des Triumphs in seiner ansonsten trübsinnigen Schicksalsergebenheit. Er hatte sich einhundertfünfundzwanzig Sekunden lang festhalten können, ein neuer Rekord. Er konnte sich über diesen Erfolg aber nicht lange freuen, denn kaum hatte er losgelassen, da knallte etwas mit einer Wucht gegen ihn, dass es seine Wirbelsäule erschütterte, seine Beine abknickte und seinen Schwanz mit furchtbarem Schmerz verdrehte. Die Wucht des Falls ließ ihn nach vorne kippen, und in der verschwommenen Dunkelheit kam ihm ein Gesicht voller Lehm entgegen.

»Jetzt bleib still liegen. Du willst doch nicht, dass die Wunde wieder aufgeht.«

Beulah drückte den halb bewusstlosen Clun mit fester, aber sanfter Hand wieder auf die weiche Matratze. Er war seit dem Anschlag auf ihr Leben noch nicht wieder richtig zu sich gekommen, was vielleicht auch besser so war. Die Ärzte meinten, dass das Gift, mit dem der Attentäter den Bolzen eingerieben hatte, ihn eigentlich hätte umbringen müssen. Für die weniger kräftig gebaute Königin wäre es jedenfalls tödlich gewesen, und nur Cluns Bewusstlosigkeit hatte verhindert, dass der Giftstoff sich rasch durch seine Blutbahn ausbreitete.

Jetzt schien das Schlimmste vorüber zu sein. Er würde überleben, aber bis zur Genesung würde es noch lange dauern. Beulah wusste nicht so ganz, warum sie beschlossen hatte, seine Pflege selbst zu übernehmen. Vielleicht lag es an der Selbstlosigkeit, mit der er sich für sie geopfert hatte, oder vielleicht faszinierte sie sein klar umrissenes ätherisches Bild. Er war zweifellos ein schönes Exemplar der Gattung Mann. Natürlich wusste Beulah sehr genau, wie Padraig reagieren würde, wenn sie irgendeine Art von Beziehung zu einem Angehörigen der Unterschicht einging. Andererseits könnte sie Clun ja zum Herzog von Aberfenn machen, wenn sie das wollte. Sie war schließlich die Königin.

»Er hätte das nicht tun dürfen. Nicht hier«, sagte Clun mit gepresster, verschwommener Stimme, die das Lächeln aus Beulahs Gesicht wischte. Seine Augen waren noch immer wie im Schlaf geschlossen, aber seine Muskeln waren verspannt, als ob er gegen einen unsichtbaren Feind kämpfte.

»Still jetzt. Schlaf«, sagte Beulah und wischte ihm mit einem kühlen feuchten Lappen die Schweißtropfen von der Stirn.

»Aber sie ist die Königin. Er darf nicht… NEIN!« Clun saß plötzlich aufrecht da und atmete keuchend und stoßweise. Beulah wich vor seinen großen Händen zurück, aber die Erscheinung, mit der er kämpfte, war nicht sie. Langsam machte das Entsetzen in seinen Augen der Verwirrung Platz. Er ließ die Hände auf die Bettdecke sinken und musterte den Raum, das breite Bett und die kostbaren Möbel, die hohen Fenster mit ihren Schabracken aus Seidenbrokat und den schweren Vorhängen, die geöffnet waren, um das Sonnenlicht hereinzulassen, und endlich richteten seine Blicke sich dann auf sie.

Es war grausam, über seine Reaktion zu lachen, aber Beulah konnte nicht dagegen an. Zuerst sprang er aus dem Bett und wich voller Entsetzen vor ihr zurück. Dann merkte er, dass er unbekleidet war, und eine tiefe Röte bedeckte seinen ganzen

Leib, als er nach einem Bettlaken griff, um sich zu bedecken. Und endlich trug die vom Gift verursachte Schwäche den Sieg über seinen Adrenalinstoß davon und er brach auf dem Boden zusammen.

Es war nur gut, dass der Lärm zwei Hofdamen ins Zimmer lockte. Beulah hatte vor Lachen nicht gemerkt, dass sich die vom Armbrustbolzen geschlagene Wunde wieder geöffnet hatte, und dass Clun blutend auf dem Boden lag. Sie zog sich zu dem Sofa neben dem Fenster zurück, während die Frauen ihn zurück ins Bett schafften und seine Schulter neu verbanden. Die ganze Zeit protestierte er mit schwacher Stimme, er dürfe nicht hier sein, er müsse zur Ausbildung zurück nach Emmas Faur geschickt werden, aber er war den beiden Matronen nicht gewachsen und sank endlich besiegt zurück auf die Kissen.

Beulah wartete, bis ihre Dienerinnen das Zimmer verlassen hatten, dann trat sie wieder an das Bett. Cluns Augen waren geschlossen und sein Gesicht war bleich, aber sein Atem verriet, dass er nicht schlief.

»Du brauchst keine Angst vor mir zu haben«, sagte Beulah. »Und du musst dich wirklich ausruhen.«

»Es ist nicht richtig, dass ich in Anwesenheit meiner Königin hier liege, Eure Majestät«, sagte Clun, öffnete die Augen, wich aber Beulahs Blick aus.

»Du hast einen vergifteten Bolzen aufgefangen, der für mich bestimmt war.« Beulah nahm wieder in dem Sessel neben dem Bett Platz und griff nach dem feuchten Lappen. »Und da kann ich dieses eine Mal wohl darüber hinwegsehen.«

Sie streckte die Hand aus und wischte ihm Schweiß von der Stirn. Bei dieser Berührung zuckte er zusammen und versuchte auszuweichen.

»Bin ich so entsetzlich, dass du nicht einmal meine Berührung aushalten kannst?«, fragte sie. Endlich sah er sie an.

»Eure Majestät, nein. Natürlich nicht. Es ist bloß … na ja … Ich …«

»Du meinst, dass ich den Mann, der mir das Leben gerettet hat, nicht ehren sollte, indem ich mich um seine Wunden kümmere? Meinst du das?«

»Ja, nein. Ich weiß nicht«, sagte Clun. »Eure Majestät, das ist nicht richtig. Ich bin ein einfacher Mann, ein Novize. Nicht einmal ein Kampfpriester.«

»Ich mache dir ja auch keinen Heiratsantrag«, sagte Beulah und sah voller Befriedigung, dass er vor Verlegenheit wieder rot wurde. »Und nenn mich nicht ›Eure Majestät‹. Das ist zu förmlich. Wenn wir hier unter uns sind, darfst du Beulah sagen.«

Das war offenbar zu viel für den jungen Mann. Er wandte den Kopf ab und fuhr vor Schmerz zusammen, als er dabei die Wunde dehnte.

»Herrin«, sagte er. »Das kann ich nicht.«

»Nicht einmal, wenn ich es dir befehle?«, neckte Beulah. »Nein, ›Herrin‹ ist schon in Ordnung. Das gefällt mir sogar. Ja, Clun, von jetzt an nennst du mich ›Herrin‹, egal, was die Etikette auch vorschreiben mag. Und nun brauchst du Ruhe. Mach dir keine Sorgen wegen deiner Stellung im Orden. Ich werde dich schon vor Melyns Zorn beschützen.«

Errol verstaute seine wenigen Habseligkeiten in einer kleinen Leinentasche und zog die Schnur fest, ehe er sich die Tasche über die Schulter warf. Er schaute sich ein letztes Mal im Schlafsaal um, dann trat er hinaus auf den Gang.

»Wolltest du dich nicht einmal verabschieden?«

»Ich dachte, wenn ich mich beeile, könnte ich Euch vielleicht in der Bibliothek erwischen, ehe Osgal uns nach Lanwennog marschieren lässt«, sagte Errol zu seinem alten Lehrer.

Andro lächelte. »Entweder wolltest du das wirklich, oder ich habe dich zu einem guten Lügner erzogen«, sagte er. »Aber wie ich Osgal kenne, wird der dich streng bestrafen, wenn du ihn aufhältst. Komm, ich bring dich auf den Hof.«

Sie gingen los, und Errol fiel auf, dass er sehr langsam gehen musste, damit der alte Bibliothekar mit ihm Schritt halten konnte. Dann gingen sie lange schweigend durch die dunkeln Hallen.

»Glaub ja nicht, dass du den Inquisitor immer an der Nase herumführen kannst, nur weil dir das einmal gelungen ist«, sagte Andro schließlich.

»Habe ich das wirklich geschafft?«, fragte Errol. »Ihn an der Nase herumzuführen, meine ich.«

»Er ist im Moment zerstreut. Dass ihm der Drache entkommen ist, hat ihn wütender gemacht, als er jemals zugeben würde. Aber das ist noch nicht alles. Wir rüsten zum Krieg mit Lanwennog, und in Lanwennog bereitet man sich wohl ebenso auf den Krieg vor. Der Attentatsversuch hat Melyn unter Zugzwang gesetzt. Es ist wichtig für ihn, dass du loyal und willig bist. Deshalb hast du ihn diesmal täuschen können.«

Errol ärgerte sich für einen Moment. Er hatte so hart gearbeitet, um die Fähigkeiten zu meistern, die Andro ihn gelehrt hatte. Ein lobendes Wort wäre da nett gewesen.

»Ach, Errol, sogar jetzt verrätst du dich«, sagte Andro. »Ich kann deine Frustration spüren, und ich brauche mir nicht einmal Mühe zu geben. Du musst die ganze Zeit deine Gedanken fest im Griff haben. Vor allem, wenn du bei den Lanwennog bist. Was wirst du machen, wenn du König Billah vorgestellt wirst?«

»Billah? Aber ich dachte …«

»Dass du Prinzessin Iolwen dienen dürftest, ohne zuerst dem König vorgestellt zu werden?«

Errol wollte schon antworten, aber nun hatten sie den Hof erreicht und eine wütende Stimme riss ihn aus seinen Überlegungen.

»Du kommst zu spät, Ramsbottom«, sagte Hauptmann Osgal. Er saß bereits im Sattel, wie auch die anderen Angehörigen des Trupps, der Errol nach Lanwennog bringen sollte. Eilig band Errol seine Tasche am Sattel seines eigenen Pferdes fest, dann zog er sich hoch. Er fühlte sich unsicher dabei, Reiten war eine neue Kunst, in der er noch nicht viel Übung hatte.

»Ich wollte noch kurz mit Errol sprechen«, sagte Andro zu dem Hauptmann. »Er zieht auf einen gefährlichen Einsatz aus, und er muss die Fähigkeiten üben, die ich ihn gelehrt habe.«

Osgal musterte den alten Bibliothekar, ohne eine Miene zu verziehen, dann nickte er und grunzte als Bestätigung dieser Entschuldigung. Er warf Errol die Zügel zu, die er festgehalten hatte.

»Na, hier bist du also«, sagte er. »Dürfen wir aufbrechen, Meister Bibliothekar?«

Ohne eine Antwort zu erwarten, gab er seinem Pferd die Sporen. Die restliche Truppe trabte ebenfalls los und Errols Pferd machte einen Sprung, um nicht den Anschluss zu verlieren. Für einen Moment sah Errol Andros besorgtes Gesicht . »Viel Glück, Errol«, hörte er den alten Mann sagen, aber er musste sich so sehr darauf konzentrieren, im Sattel zu bleiben, dass er nur nicken konnte. Seine Haut prickelte auf eine seltsame Weise, als sie die magischen Sperren passierten, die die Tore schützten, und dann waren sie auf der Rufstraße und ritten auf den großen Bogen zu.

Es war ein kalter Morgen, und es war noch eine Stunde bis zur Dämmerung. Die Sterne begannen bereits zu verblassen, aber es war längst noch nicht hell genug, um die Pferde zum Galopp anzutreiben. Errol war dankbar für diesen Aufschub, weil er nun sein Gleichgewicht im Sattel finden konnte. Er wusste trotzdem, dass er wundgeritten sein würde, lange, ehe sie für die Nacht haltmachten. Vor ihm murmelte Osgal einem anderen Kampfpriester etwas zu, dann ließ er sein Pferd zurückfallen, bis er sich neben Errol befand.

»Wir haben das Kloster jetzt verlassen, Junge«, sagte er mit leisem Knurren. »Das bedeutet, dass du jetzt mir unterstellt bist. Der Inquisitor glaubt vielleicht, dass du deiner Aufgabe gewachsen bist, aber ich bin mir da nicht so sicher. Du wirst Ärger machen. Das weiß ich einfach.«

»Ich will nur das Beste für den Orden«, sagte Errol. Der Schlag kam von Nirgendwo und warf ihn fast aus dem Sattel. Als er wieder klar sehen konnte, sah er, dass Osgal seine Zügel aufhob. Er hatte nicht gemerkt, dass sie ihm aus der Hand gefallen waren.

»Du hast nur zu reden, wenn ich dich etwas frage«, zischte der Hauptmann. Seine erhobene Faust wirkte bedrohlich und dunkel im Zwielicht. Osgal ballte seine Faust noch fester, und Errol spürte, wie sich in seiner Brust ein Druck aufbaute, als ob der Hauptmann sein Herz zerquetschte. Es dauerte nicht lange, war aber dennoch beängstigend.

»Ich werde dich im Auge behalten, Ramsbottom«, sagte Osgal. »Und wenn ich auch nur den Verdacht habe, dass du Ärger machen willst…« Er ballte abermals die Faust und sandte einen stechenden Schmerz durch Errols Körper. Ohne ein weiteres Wort trieb Osgal sein Pferd an und ritt wieder an die Spitze des Zuges.

7

Von allen den Drachen zugeschriebenen Mythen ist keiner zählebiger und zugleich offenkundig alberner als der des Mutterbaums. Diese sagenumwobene Pflanze, die als Quelle allen Lebens gilt, ist inmitten eines riesigen Waldes zu finden. Sie ist größer und breiter als jeder andere Baum, bleibt aber unsichtbar, so lange sie nicht gesehen werden will. In Zeiten großer Not wird der Baum angeblich erscheinen oder einen seiner Jünger schicken, um Hilfe zu bringen. Es heißt außerdem, dieser Baum könne außerhalb der Zeit existieren und der Verzehr seiner Früchte schenke die Gabe des Zweiten Gesichts.

Dieser Mythos ist natürlich durch die schlichte Leichtgläubigkeit der Walddrachen zu erklären. In ihrer primitiven Lebensweise sind sie ständig auf Suche nach Essbarem, es fehlt ihnen am nötigen Verstand, um ihre Lage zu verbessern, und sie machen ihr Elend erträglich, indem sie Geschichten über bessere Zeiten in der Zukunft ersinnen. Dass solche falschen Hoffnungen ihr schlichtes, tristes Leben erhellen, weist auf ihre wahre niedrige Natur hin. Aber klammern wir Menschen uns nicht auch an ähnliche Fantasien? Denn ist es so ein großer Unterschied, wenn wir das Stabzeichen machen, ehe wir ein Haus betreten, das unlängst erst vom Hirten besucht wurde? Hegen wir nicht noch immer eine geheime Angst vor Weissagungen und einen nicht eingestandenen Wunsch nach einem glücklichen Schicksal?

Father Charmoise: Drachengeschichten

Benfro lag lange ganz still da. Er bewegte sich nicht und atmete nur ganz flach, während die Welt um ihn herum langsam zur Ruhe kam. Er konnte den Waldboden in seinen Händen spüren, weich und schwammig. Jeder Teil seines Körpers tat weh, sogar seine Zähne, aber er fiel jetzt nicht mehr. Seine Lunge wollte noch nicht wieder richtig arbeiten. Die Luft war warm, feucht und erfüllt vom schweren Geruch des Waldbodens. Die Natur kam ihm zuerst still vor, aber als er längere Zeit so bewegungslos liegen blieb, bemerkte er allerlei Geräusche: das Rascheln kleiner Tiere, die geschäftig umherliefen, das Zwitschern der Vögel oben in den Zweigen des Baldachins, ab und zu in der Ferne das Grunzen oder Brüllen eines größeren Wesens. Langsam kehrten die Geräusche der Wildnis zu ihm zurück. Der dunkle Wald umarmte den neuen Eindringling.

Langsam begann er, im trüben Licht seiner Umgebung Gestalten wahrzunehmen. Der Waldboden war keineswegs schwarz, wie Benfro anfangs gedacht hatte. Er war überzogen von Mengen von komplizierten Mustern, die in ein grünliches, von dem Laubdach der Bäume gedämpftes Licht getaucht waren. Etwas bewegte sich vor Benfro, hüpfte durch dürres Laub und zwischen den gummiblättrigen Pflanzen hindurch, die sich um die kleine Lichtung drängten, auf der er lag. Es kam ganz langsam näher, zweifellos wollte es unbedingt feststellen, was da für ein neues Etwas in seine Welt gefallen war.

Es kam noch näher, und Benfro konnte die Gestalt eines Eichhörnchens erkennen. Es war größer als alle anderen Eichhörnchen, die er je gesehen hatte, sein buschiger Schwanz war so groß wie Benfros Kopf. Es kam dicht an ihn heran, und wenn seine Arme nicht weiterhin den Gehorsam verweigert hätten, hätte er wahrscheinlich danach greifen und es packen können. Es hätte eine leckere Mahlzeit ergeben.

Für einen Moment geriet er in Panik, als er dachte, der Sturz könne ihn gelähmt haben. Er hätte gern die Hände gekrümmt, die Beine ausgestreckt, aber er konnte nur wie betäubt und bewegungslos liegen bleiben, während das Eichhörnchen seine Nase beschnüffelte.

»Drache«, sagte es mit einem hohen Stimmchen, dann machte es kehrt und floh. Benfro schaute ihm hinterher und wartete ab, was nun passieren würde. Langsam ließen die Schmerzen in seinen Händen und Beinen so weit nach, dass er sich bewegen konnte. Er zog seinen ledernen Beutel unter sich hervor und sah im Seitenfach nach, ob der Edelstein seiner Mutter noch vorhanden war.

Sowie er den Stein berührte, fühlte er sich sicher. Seine Mutter war einfach da, hinter dem Vorhang aus Blättern, er konnte sie nicht sehen, aber sie wachte über ihn. Ihm konnte nichts Schlimmes passieren, solange sie da war, um ihn zu beschützen. Sie war so nah, so ruhig. Er konnte sie in der stillen Waldluft fast riechen, konnte das Muster ihrer Gedanken spüren, konnte das leise, regelmäßige Hauchen ihres Atems hören. Benfro schloss die Augen und versuchte, sich ihr Lächeln und das Spiel des Sonnenlichts auf den winzigen gemusterten Schuppen ihres Gesichtes vorzustellen. Aber er sah nur eine einzige Klinge aus purem weißem Licht, die durch die Luft schnellte und dabei einen stummen Schrei ausstieß.

Entsetzt ließ er den Edelstein wieder in das Fach in der Tasche fallen, und seine Schuldgefühle mischten sich mit Trauer und hilfloser Wut. Er durfte hier nicht liegen bleiben und darauf warten, dass er gefangen würde. Er musste aufstehen, weitergehen, Corwen suchen.

Er stellte fest, dass er seine Beine bewegen konnte, wenn auch nicht gut. Es war nichts gebrochen, da war er sich sicher, aber er war von riesigen Schrammen übersät, die seine Bewegungen hinderten. Dennoch konnte er durch das dünne Unterholz zu einer

Wurzelhöhle unter dem nächsten Baumstamm taumeln. Hier hatte sich Wasser angesammelt, und er trank ausgiebig, dann ließ er sich gegen den Stamm sinken.

Diese wenigen Meter zurückzulegen, hatte ihn endgültig erschöpft. Das Trauma seines Sturzes und des Fluges wirkten noch immer nach. Der tiefe Wald war ein trostreicher Ort, warm und ungefährlich, und nahm ihm etwas von seiner Panik. Die Menschen waren weit weg. Benfro wusste, dass sie ihn verfolgen würden, vor allem Inquisitor Melyn, aber sie würden einen Monat für die Strecke brauchen, die er selbst in wenigen Stunden überflogen hatte. Für den Moment war er sicher und möglicherweise seinem Ziel sogar etwas näher, als er hatte hoffen können. Eingelullt von den sanften, geschäftigen Geräuschen des Waldes versank Benfro in einem tiefen Schlaf.

Er wurde davon geweckt, dass etwas an seinen Füßen knabberte. Das Knabbern hörte auf, als er seine Krallen bewegte, und wich einige Schritte in die Dunkelheit zurück. Aus schlaftrunkenen Augen konnte Benfro die weißen Flecken eines ziemlich kleinen Rehkitzes erkennen, das ihn aus großen feuchten Augen betrachtete. Es bewegte den Kopf, drehte sich um und floh ins Unterholz.

Benfro wusste nicht, wie lange er geschlafen hatte, aber die Sonnenstrahlen, die schräg durch das Blätterdach fielen, ließen darauf schließen, dass es Abend war. Er blickte empor zu den Baumkronen, und als er sah, wie weit oben diese waren, stieß er unwillkürlich ein erschrockenes Schnaufen aus. Wie hatte er einen so tiefen Sturz überleben können? Der Baum, an dessen Wurzel er lehnte, war viel größer als jeder andere, den er jemals gesehen hatte. Der Stamm war so breit wie die große Halle im Dorf und ragte pfeilgerade aufwärts. Die zähen Zweige standen von der Baumkrone ab, aber auf den unteren dreißig Metern oder mehr wuchs nichts, abgesehen von einem kahlen Ast in vielleicht sieben Meter Höhe. Zwei weitere Äste hingen an einer Faser. Sie waren abgebrochen und frisches weißes Holz aus dem Inneren des Baumstammes zeigte, wo Benfro zum Waldboden gefallen war.

Es war dunkel auf dem Waldboden, aber das Dunkle war doch nicht undurchdringlich. Noch konnte das Abendlicht den Baldachin durchdringen und das Unterholz für kurze Zeit in hektische Aktivitäten versetzen. Und was war das für ein Unterholz! Es gab Pflanzen, die Benfro sich nie auch nur erträumt, geschweige denn, dass er solche Pflanzen je gesehen hatte. Riesige Büsche mit türgroßen Blättern, die sich senkten und teilten, wenn sie den Boden berührten; dünne drahtige Schlingpflanzen, wie Seile, die an den Bäumen hochstiegen, dornige Blüten, die sie an die raue Rinde weiter unten klammerten, und deren Blütenblätter Becher bildeten, aus denen ununterbrochen Wasser zur Erde rieselte. Alles war feucht und füllte seine Ohren mit dem Geräusch des Tropfens, untermalt von dem schrillen Gewirr der Klänge, mit denen die zahllosen Geschöpfe des Tages ihren nachtaktiven Verwandten Platz machten.

Etwas raschelte nicht weit von Benfro entfernt im Gebüsch. Er sah hin und war von den geschäftigen Bewegungen fasziniert. Er war zu müde, um sich zu fürchten, er konnte sich nicht einmal dazu bringen, aufzustehen und nachzusehen, was sich dort bewegte. Über ihm trübte sich jetzt das Licht, als alles der Nacht Platz machte. Er würde einfach hier sitzen bleiben und sich ausruhen. Am Morgen würde er sich dann besser fühlen, dann würde er sich etwas zu essen suchen und überlegen, wie er den Weg zu Corwen finden sollte.

Die Büsche raschelten und ein riesiges Eichhörnchen sprang heraus. Benfro nahm an, dass es dasselbe war wie vorhin, aber sicher konnte er sich da nicht sein. Das Eichhörnchen huschte dorthin, wo Benfro gelandet war, und blieb stehen, als es dort niemanden mehr vorfand. Es kratzte sich mit einer kleinen Kralle am Kopf und schaute sich um, gleichsam erstaunt, weil etwas so Großes einfach nicht mehr da sein konnte. Dann schnüffelte es in der Luft und drehte sich im Kreis, bis es in Benfros Richtung schaute. Es sprang durch das trockene Laub zu der Stelle, wo Benfro im Schatten saß, zögernd und mit Unterbrechungen, als ob es sich der Dunkelheit nur ungern aussetzte.

»Drache?«, fragte es mit seiner seltsamen piepsenden Stimme. »Du da?«

Benfro revidierte seine frühere Einschätzung, nach der es einen feinen Leckerbissen ergeben würde. Das Tier hatte nicht genug Fleisch, um die Mühe zu lohnen. Und irgendwie wäre es auch nicht richtig, etwas zu verzehren, das sprechen konnte. Er war noch nie einem sprechenden Eichhörnchen begegnet, aber für den Moment machte ihm das keine besonderen Sorgen. Das Tier schien freundlich zu sein, und er hatte schon viel zu lange nicht mehr mit einem freundlichen Wesen gesprochen.

»Ich bin hier«, sagte er leise.

»Du gehen?«, fragte das Eichhörnchen. Benfro überlegte. Ja, er könnte sicher gehen, wenn er unbedingt wollte. Aber eigentlich wollte er lieber sitzen bleiben.

»Ja, glaub schon.«

»Dann mitkommen.« Das Eichhörnchen sprang auf die grünen Pflanzen zu, welche die freie Stelle um die Baumwurzeln umgaben. Es blieb davor stehen und schaute sich um, um sich davon zu überzeugen, dass sein Befehl befolgt wurde. Es zuckte mit den Schultern, als es sah, dass das nicht der Fall war. »Mitkommen, schnell«, sagte es. »Ehe es dunkel wird.«

»Aufwachen, Junge! Ah, beim Hirten!«

Im nächsten Augenblick traf etwas Errol mit voller Wucht, so heftig, dass es ihm den Atem verschlug und ihm sandigen Kies ins

Gesicht warf. In seiner Verwirrung keuchte und würgte er zuerst einige Sekunden, bis ihm klar wurde, dass er im Sattel eingeschlafen war.

»Jetzt steh schon auf, du hoffnungslose Karikatur von einem Novizen!«

Errol schaute hoch zu Hauptmann Osgal, der auf seinem Pferd saß und die Zügel von Errols eigenem Tier hielt. Das Gesicht des Hauptmanns war düster und zornig, aber das war nichts Neues. Es war an diesem Tag das vierte Mal, dass Errol vom Pferd gefallen war. Oder das fünfte?

Sie befanden sich irgendwo in den Bergen von Dinas Dyrain, mehrere Tagesritte von Emmas Faur entfernt. Wie Osgal ihm immer wieder mitteilte, könnten sie ihrem Ziel schon um einiges näher sein, wenn Errol nur so reiten könnte wie man es von einem Kampfpriester erwartete. Aber Errol mochte sich noch so große Mühe geben, mit dem Tempo, das der Hauptmann vorgab, konnte er nicht Schritt halten.

Der erste Tag war die Hölle gewesen, jede Freude darüber, dass er weit weg vom Inquisitor war, verlor sich bald, weil der Sattel scheuerte und Muskeln wehtaten, von deren Existenz Errol bisher nichts gewusst hatte. Es war die pure Qual gewesen, am zweiten Tag bereits vor der Morgendämmerung wieder auf sein Pferd zu steigen. Und seither war alles immer nur noch schlimmer geworden.

Jetzt immerhin, da sie sich von der wohlerhaltenen Rufstraße entfernt hatten, mussten sie meistens im Schritt reiten, aber Errol war so müde, dass die langsamere Bewegung ihn bald in den Schlaf wiegte. Er vermutete, dass einige der anderen im Trupp ebenfalls im Sattel schliefen, aber sie hatten die Fähigkeit entwickelt, aufzuwachen, ehe sie herunterfielen.

Errol ließ sich von dem Hauptmann die Zügel zuwerfen und zog sich dann wieder auf sein Pferd. Immerhin hatte ihm der Stallmeister eine alte, geduldige Stute gegeben. Dennoch wünschte er, sie hätten ihm etwas nicht ganz so Hohes zugeteilt. Seine Muskeln taten weh, er war von Kopf bis Fuß zerschrammt und sein Reiseumhang war zerfetzt.

»Gut so. Weiter jetzt. Wir haben noch eine Stunde Licht, und ich möchte so weit kommen, wie überhaupt nur möglich«, sagte Osgal, und abermals ritten sie auf der schmalen Gebirgsstraße los.

Eine Stunde war eine optimistische Schätzung, Errol konnte schon Sterne am Himmel sehen, und die Bergschluchten waren dunkle Schatten, die alle möglichen grauenhaften Geheimnisse verbargen. Der unebene Pfad zog sich um gezackte Bergvorsprünge immer weiter aufwärts zu einem noch unsichtbaren Pass, und je höher sie kamen, desto kälter wurde der Wind, der durch die Löcher in Errols Umhang pfiff, und desto tiefer wurde der Schnee.

Ohne nachzudenken, suchte Errol nach den Grymlinien, um sich ein bisschen Wärme zu holen, und dabei schwammen diese in sein Blickfeld wie Tausende und Abertausende von Verheißungen. Er spürte ihren Sog, hörte das geisterhafte Echo von Gesprächen, erinnerte sich an die Gerüche seiner Kindheit. Ihre Ausdauer und die Art, wie sie ihn riefen, hatte etwas unendlich Tröstliches. Sie nahmen die Schmerzen aus seinen Armen und Beinen, linderten die Beschwerden und hüllten ihn in eine behagliche Decke aus Wärme. Viel zu bald spürte er, wie ihm vor Müdigkeit erneut die Augen zufielen. Doch auch mit geschlossenen Augen konnte er immer noch seine Umgebung sehen – womöglich sogar klarer als zuvor.

Die Berge zeichneten sich vor dem Nachthimmel ab, als ob sie im Sonnenschein läge, und doch wusste Errol, dass die Sonne schon längst untergegangen war. Die dunklen Schatten waren noch da, aber zugleich konnte er jeden Felsen und jede Rinne sehen, jeden stacheligen Busch und jeden Baumkrüppel, der sich an den armseligen Boden klammerte. Jedes Kaninchen, jeder Bergfuchs und jeder Vogel in seinem Nest hob sich scharf vor seinen Augen ab, und dabei waren sie alle so weit entfernt, dass es eigentlich unmöglich war, sie zu sehen.

Dann fiel sein Blick auf seine Begleiter. Sie alle waren noch da, ritten auf ihren Pferden weiter, waren aber nur verschwommen zu sehen. Sie kamen ihm vor wie nur die grundlegenden Erscheinungen von Menschen. Die Tiere, auf denen sie ritten, waren einwandfrei Pferde, aber diese schienen ihr Zaumzeug verloren zu haben. Als Errol sich umschaute, sah er Hauptmann Osgals großes Schlachtross stolz dahintraben. Es war sogar noch größer als sonst und machte den verschwommenen Geist auf seinem Rücken zum Zwerg. Und doch, und obwohl Errol das Gefühl hatte, den Hauptmann aus großer Entfernung durch einen dichten Gazeschleier anzusehen, war er sicher, dass es sich um Osgal handelte.

Endlich schaute Errol sein eigenes Pferd an. Seine Stute trabte über den wie gestrichelt aussehenden Pfad, zuverlässig und stetig. Sie war in eine Aura aus Zufriedenheit und Gesundheit gehüllt, aber sie hatte kein Zaumzeug, und dabei konnte er die Zügel in seinen Händen spüren.

In seinen Händen.

Die waren nicht verschwommen, wie die der anderen Reiter. Sein Körper sah ganz normal aus, mit zerfetztem Umhang und schweren Kattunhosen, aber seine Hände waren auf irgendeine Weise anders. Zum einen leuchteten sie, und die Farben wirbelten in kräftigen Mustern um seine Fingerspitzen. Er hob die Hände an sein Gesicht, um sie sich genauer anzusehen, aber auf irgendeine Weise wusste er, dass er die Zügel hatte fallen lassen. Er hatte das Gefühl, von einer zweiten dicken Haut aus Licht umgeben zu sein, und als er genauer hinschaute, sah er, dass dieses Licht weiter über seine Arme, über seinen Körper und in seine Beine wanderte.

Als Errol sich nun zum Hauptmann umdrehte, sah er ein ähnliches Licht, das an Osgal haftete, aber es war nur dünn, kaum mehr als ein Funkeln in seinem verschwommenen Gesicht. Die anderen Reiter waren auch mehr oder weniger stark von einem solchen Licht umflossen, aber bei niemandem war es so dick und lebhaft wie bei ihm selbst.

Je länger Errol das Licht betrachtete, desto deutlicher spürte er die wirbelnden Muster als eine Art Verlängerung seiner Haut. Es war, als habe er plötzlich einen weiteren Sinn. Errol rutschte im Sattel hin und her und spürte das Licht, das ihn einhüllte wie eine Schicht aus warmem Wasser. Und dabei änderte es seine Form, es wurde dicker und zog sich zusammen, um eine andere Gestalt anzunehmen, eine natürlichere Gestalt, aber eine, die ihn rückwärts zog, mit einem unerklärlichen Gewicht, das sich von der Mitte seines Rückens her ausbreitete.

Als er sich über seine Schulter umschaute, sah er für einen winzigen Moment etwas, das aussah wie Flügel aus Licht, und dann rutschte er mit einem Übelkeit erregenden Schwindelgefühl von seinem Pferd.

»Beim Wolf! Jetzt geht das schon wieder los«, hörte Errol Osgal rufen, ehe der Boden ihn sämtlicher Sinne beraubte.

Benfro hatte geglaubt, sich mitten in einem undurchdringlichen Wald zu befinden, aber er folgte dem neugierigen Eichhörnchen erst seit fünf Minuten – gerade genug Zeit, um sich durch eine große Ansammlung von Rhododendronsträuchern zu zwängen –, als sie auch schon auf einer riesigen Lichtung stehen blieben. Der Boden hob sich vom Waldrand her ein wenig und erreichte etwa dreihundert Meter weiter seinen höchsten Punkt, aber es war schwer, im immer weniger werdenden Licht die Entfernung richtig einzuschätzen. Oben auf dieser kleinen Anhöhe stand, wie der Herrscher über die ganze Lichtung, der größte Baum, den Benfro jemals gesehen hatte.

»Kommen, kommen«, sagte das Eichhörnchen mit seiner hohen Zwitscherstimme. »Mutter dich jetzt sehen.«

Der riesige Baum ragte hoch in den Himmel. Seine Äste streckten sich in alle Richtungen zweihundert Meter weit aus und der Stamm maß etwa fünfzig Meter im Durchmesser. Die gewaltige Baumkrone hätte die ganze Lichtung überschatten müssen, aber Benfro konnte in dem seltsamen Licht ohne Mühe alles genau sehen. Das Eichhörnchen erreichte den letzten Wurzelausläufer des Baumes, und ein geschmeidiger Zweig streifte über den Boden, wie um es willkommen zu heißen. Die Freude, die Benfro überkam, als das Eichhörnchen zwischen die Blätter sprang und verschwand, hätte ihn fast in die Knie gezwungen. Es war eine große Welle der Rührung, die glückliche Heimkehr eines geliebten Wesens. Benfro badete im Gefühl dieses Glücks, als eine Stimme in seinem Kopf plötzlich leise sagte: »Es hat schon viele Jahre lang kein Drache mehr diesen Wald besucht. Und es ist noch länger her, dass einer aus der Luft gekommen ist.«

Benfro wusste nicht, was er sagen sollte. Er stand nur glotzend da und war einfach überwältigt.

»Wer bist du?«, fragte er endlich, und dabei ging ihm auf, dass das ganz schön unhöflich klang.

»Bin ich denn in Vergessenheit geraten? Ist es so lange her?« Aus der Stimme war tiefe Traurigkeit zu hören.

»Es tut mir leid.« Benfro schaute sich um und wusste noch immer nicht so recht, woher die Stimme wohl kommen mochte. »Ich wollte nicht unhöflich sein. Ich heiße Benfro. Hast du mich von dem Eichhörnchen holen lassen?«

»Von meinem kleinen Malkin? Nein, den habe ich nicht geschickt. Er ist ein eifriger Wandersmann und mischt sich zu gern in die Angelegenheiten anderer Wesen ein. Er sagt mir, dass du in den Wald gestürzt und offenbar in Not warst. Es war richtig von ihm, dich herzubringen. Ich habe mich längst mit den Drachen versöhnt. Deinesgleichen ist in meinem Schutz immer willkommen.«

»Du bist der Baum«, begriff Benfro dann endlich.

»Nicht irgendein Baum«, erwiderte die Stimme und klang ein wenig beleidigt. »Ich bin der Weltenbaum, die Mutter von allem.«

Benfro starrte den riesigen Baum vor ihm an. Er stand vor den Wurzelausläufern und konnte nicht bis oben sehen, er sah nur über sich eine endloses Dach aus Blättern. Bisher hatte er geglaubt, es mit einer unvorstellbar riesigen Eiche zu tun zu haben, aber jetzt sah er Blätter, Früchte und Blüten von mindestens einem Dutzend Baumsorten. Und das waren nur die, die er erkannte. Es gab Bucheckern, Apfel- und Kirschblüten, riesige fette Birnen, die an den unteren Zweigen baumelten, und dicke haarige Kastanienschalen, die groß waren wie seine Faust. Die Blätter waren alles zwischen fast schwarzen Lanzen, die fast so lang waren wie sein Schwanz, bis zu riesigen breiten Blättern, die sich sanft in der leichten Brise bewegten.

Je genauer er hinschaute, umso mehr konnte er sehen. Tausende von Vögeln schliefen in den Zweigen, sie hatten die Köpfe unter die Flügel gesteckt oder schauten einfach nur vor sich hin. Siebenschläfer, Eichhörnchen und seltsame langarmige Wesen mit dünnen, beweglichen Schwänzen sprangen und liefen umher und waren ganz allgemein mit Nahrungsbeschaffung beschäftigt. Ab und zu trafen sie auf etwas Größeres, was meistens zu einem scharfen und sehr kurzen Schrei der Überraschung führte. Benfro merkte, dass er schon unter den tieferen Zweigen weiterging, weil seine Neugier ihn immer dichter zu diesem riesigen Stamm hinzog, der sich wie eine gewaltige hölzerne Schranke vor ihm aufbaute.

»Du bist müde«, sagte die Stimme des Baumes. »Und vermutlich auch hungrig.« Jetzt, da er wusste, woher die Stimme kam, erkannte Benfro, dass sie große Ähnlichkeit mit der seiner Mutter hatte. Das lag nicht so sehr am Klang – schließlich ertönte sie in seinem Kopf und kam nicht durch seine Ohren. Es lag eher an der Betonung, der Wortwahl, der Besorgnis. Sie hüllte ihn ein wie eine warme Decke in einer kalten Nacht und zerdrückte die leise Stimme aus Angst und Misstrauen, die in den Tiefen seines Gemütes auf der Lauer lag. Die Stimme war zu ruhig, zu tröstlich, zu beruhigend, um sich vor ihr zu fürchten. Hier konnte ihm doch einfach nichts passieren.

»Ich habe seit Tagen nichts mehr gegessen«, sagte er, während er auf den Stamm zutrat, eine Hand ausstreckte und den gewaltigen Baum berührte.

»Dann komm, tritt ein in mein Heim. Lass mich für dich sorgen. Und sag mir im Gegenzug, was dich hergeführt hat.«

Benfro hätte nicht schwören können, ob die Öffnung eben auch schon da gewesen war. Jedenfalls konnte er sich nicht erinnern, sie gesehen zu haben. Doch er hatte auch nicht gesehen, dass sie sich geöffnet hatte, jedenfalls war sie jetzt vor ihm, so natürlich, wie ein Spalt in einem uralten Baum das überhaupt nur sein kann. Er konnte mit Leichtigkeit hineingehen. Die Öffnung führte ins Herz des Baumes. Als ob jemand hinter einer Ecke in einem langen Gang eine Kerze angezündet hätte, winkte flackerndes Licht ihn zu sich. Zögernd und unschlüssig blieb er im Eingang stehen. Alles kam ihm ganz richtig vor, friedlich, gastfreundlich, und doch musste er an die Dinge denken, die ihm begegnet waren, die Gefahren, die noch am scheinbar harmlosesten Ort auf der Lauer liegen können.

»Vorsicht ist ein wichtige Tugend«, sagte der Baum mit seiner beruhigenden Stimme. »Aber glaub mir, ich will dir nichts tun.« Zugleich schwebte ein so süßer Duft durch den Gang, dass Benfros Knie schwach wurden. Es roch nach in Honig gekochtem Apfelmus. Es roch nach über einem offenen Feuer gerösteten Kastanien. Es roch nach dem süßen Biss von Zitronen und dem teuren Aroma von Gewürzen, die er nur mit hohen Festen in Verbindung bringen konnte. Sein Magen drehte sich um und krampfte sich angesichts der Verheißung solcher Delikatessen zusammen, raubte seinem Gehirn die Argumente und riss den Befehl über seine Beine an sich. Er war schon mehrere Schritte gelaufen, bis er überhaupt merkte, dass er sich in Bewegung gesetzt hatte. Das flackernde Licht in der Ferne wurde bei jedem Schritt stärker, und schon bald hatte er die Stelle erreicht, hinter der das Licht brannte. Er blieb stehen, riss seinen Mut zusammen, um um diese Ecke zu biegen und keuchte dann auf.

Er stand nun in einem riesigen Raum, viel größer als die Halle im Dorf, die er bisher für das größte Bauwerk gehalten hatte, das überhaupt errichtet werden konnte. Dieser Raum hier in der Mitte des gewaltigen Baumes bildete eine gewaltige Kuppel aus Kernholz, an dem Jahrtausende von Insekten und Verfall gezehrt hatten. Seltsame Pilze wuchsen in breiten Fächern aus leuchtendem Fleisch aus der Wand. Sie warfen ein grünes Licht über den Saal, und dieses Licht ging Hand in Hand mit einem würzigen, feuchten Geruch und dem frischen Holzduft. All das ließ diesen Ort fast einschläfernd wirken. Es war warm, und der weiche Boden verschluckte alle Geräusche, sodass Benfro nur den langsamen Rhythmus seines Atems und das gleichmäßige Pochen seiner Herzen hören konnte.

In der Mitte dieser riesigen Halle, gleichsam aus dem Boden gewachsen, war ein großer Tisch zu einem Festmahl gedeckt. Holzschüsseln waren bis an den Rand mit Obst und Nüssen gefüllt, auf Platten breiteten sich Salatblätter und würzige Kräuter aus. Einige Gerichte der dampfenden Gerichte waren Benfro unbekannt, doch ihr Duft war verheißungsvoll. Benfro zwang sich, gemessenen Schrittes zu dem Tisch zu gehen, obwohl er am liebsten gerannt wäre, um zuzugreifen und so viel Essen in sich hineinzustopfen wie überhaupt nur möglich, ohne zu ersticken. Tischmanieren waren den Drachen im Dorf immer ungeheuer wichtig gewesen, und noch kurz vor dem Verhungern brachte Benfro es nicht über sich, unhöflich zu sein.

Eine große Bank stand auf der einen Seite des Tisches, sie war gerade so hoch, dass Benfro bequem darauf sitzen konnte, ohne seinen geschundenen Schwanz zu verletzen. Oben am Tisch stand ein einziger Stuhl, der viel zu klein für einen Drachen war. Der reich verzierte Stuhl war aus einem dunklen, fast schwarzen Holz geschnitzt. Benfro starrte den Stuhl an und fragte sich, was für ein Wesen darin wohl sitzen konnte, denn obwohl es zweifellos ein Stuhl war, war hinten kein Platz für einen Schwanz, und an den Seiten war er so eng, dass er noch die winzigsten Andeutungen von Flügeln zerquetscht hätte. Benfro drehte sich der Magen um, als ihm aufging, dass dieser Stuhl geradezu perfekt für einen Menschen geschaffen war. Und dann erschien sie, nahm mit einem Schimmern vor seinen Augen Gestalt an.

Sie war ein seltsames Wesen, viel kleiner, als Benfro erwartet hatte, und doch groß und langgliedrig, während die Menschen, die er gesehen hatte, alle untersetzt und muskulös gewesen waren. Ihre Haut war fast so weiß und glatt wie die Oberfläche eines Eis. Sie hatte langes, hell schimmerndes, goldenes Haar, das nur ganz oben auf ihrem Schädel wuchs und doch bis zu ihrer Hüfte fiel und über Rücken und Seiten des Stuhls wogte. Ihre Kleider waren aus dunkelgrünem Stoff, bestickt mit einem Muster, das aussah wie über ihren Körper laufender Efeu. Ihr Gesicht war schmal, und sie hatte Katzenaugen, schmal und eher grün und golden als gelb. Ihre Ohren ragten aus ihren feinen Haaren, sie waren schmal und liefen oben spitz zu. Sie lächelte, als sie sah, dass Benfro sie mit offenem Mund anstarrte, ihre dünnen roten Lippen öffneten sich und zeigten ebenmäßige, perfekte Zähne, weiß wie polierte alte Knochen. Die Gestalt wies mit der flachen Hand auf das auf dem Tisch verteilte Essen, ihre langen Finger bogen sich fast zurück und zeigten elegant zurechtgefeilte Krallen, die dennoch auf die Schärfe eines Rasiermessers hinwiesen.

»Iss, Benfro, iss«, sagte sie. »Du siehst ja wie verhungert aus.«

Benfro, der sie nicht beleidigen wollte, setzte sich auf die Bank und griff nach einer Schüssel mit dampfendem weißem Gemüse, bohrte die Kralle in ein Stück davon und steckte es in den Mund. Der Geschmack explodierte in seiner Kehle und fegte alle Erinnerung an den guten Benimm davon. Eine volle Stunde lang aß er, einen Mundvoll nach dem anderen, und unterbrach sein Gelage nur, um aus einem großen Krug eiskaltes Wasser zu trinken, das auf seltsam angenehme Weise süß schmeckte. Er aß, bis er spürte, wie sich seine Bauchschuppen vor Anstrengung teilten, und dennoch sah der Tisch noch so voll aus wie zu Anfang. Die ganze Zeit beobachtete die bleiche Gestalt ihn stumm und mit einem nachsichtigen Lächeln. Endlich konnte er nicht mehr essen, und nun machte sich eine behagliche Müdigkeit in ihm breit.

»Das ist besser«, sagte der Baum. »Ich hatte mir wirklich schon Sorgen um dich gemacht. Ich dachte, du hättest gar keine Aura mehr.«

»Keine was?«, fragte Benfro und gab sich alle Mühe, nicht laut zu rülpsen.

»Keine Aura, Benfro. Keinen Lebensfunken. Kein Leuchten. Du warst so in dich hineingesogen, dass ich schon dachte, du wärst vielleicht verloren gegangen. Es ist erstaunlich, wie leicht so eine kleine Mahlzeit die Lebensgeister wieder herstellen kann.«

»Na, dies war keine kleine, sondern eine überaus großzügige Mahlzeit.« Ein Gefühl der Verlegenheit ließ Benfros Hals und die Rückseiten seiner Ohren heiß werden, als ihm seine Manieren einfielen. Er fühlte sich jetzt dermaßen aufgequollen und vollgestopft, dass es fast schon wehtat.

»Das war doch nicht der Rede wert«, sagte der Baum. »Das hier sind die Geschenke des Grünen, der Reichtum der Natur. Ich reiche sie nur weiter. Aber, junger Drache, jetzt ist es an der Zeit, dass du mir deine Geschichte erzählst.«

Benfro fiel ein, dass sie eine Abmachung hatten. Und obwohl er sich viel lieber eine bequeme Ecke gesucht hätte, um tausend Jahre zu schlafen, wusste er, was er schuldig war. Er wusste auch, dass er, wenn er so kurz nach der Mahlzeit einschliefe, so richtig ihm das auch vorkommen mochte, sich beim Erwachen nur noch elender fühlen würde. Es war viel besser, wach zu bleiben, wenn er könnte, bis die Spannung um seine Taille sich lockerte.

Also erzählte er seine Geschichte, von dem Augenblick an, in dem er sich der Gefahr bewusst geworden war, die die Kampfpriester für ihn und seinesgleichen wirklich bedeuteten. Er unterbrach sich häufig, um seinen Durst aus dem Krug zu stillen, der immer bis an den Rand gefüllt war, egal, wie oft er auch trank. Manchmal fiel es ihm schwer, zu beschreiben, was geschehen war, aber er kämpfte sich so gut er konnte, weiter, bis zu dem Moment, als er auf der Lichtung stand und an dem prachtvollen Baum hochschaute. Die ganze Zeit sah die winzige Gestalt ihn an, ohne ihn zu unterbrechen. Sie beugte sich vor, legte den Kopf auf die Hände und ließ sich kein Wort entgehen. Als er endlich verstummte, hatte er das Gefühl, als ob die ganze Welt den Atem angehalten hätte.

»Was für eine prachtvolle Geschichte, Sir Benfro, wirklich.« Die zierliche Gestalt klatschte in die Hände. Benfro war überrascht, weil sie den Ehrentitel benutzte, den Father Gideon ihm fälschlicherweise gegeben, den seine Mutter ihm dann offiziell verliehen, und den Magog ihm so lässig unterstellt hatte. Es klang richtig, als ob er jetzt erwachsen wäre und diesen Namen mit Fug und Recht trüge.

»Aber du bist erschöpft«, sagte sie dann. »Du musst dich jetzt ausruhen. Unter meinem Schutz bist du in Sicherheit.«

Die Gestalt hob die Hand und der Tisch verschwand und hinterließ nur ein Stück weicher, mit frischen Blättern bedeckter Erde. Als Benfro aufstand, verschwanden auch die Bank und der Stuhl, und das seltsame weibliche Wesen, das der Baum war, stand nun vor ihm. Etwas an ihr schlug tief in Benfros Erinnerung eine Saite an, als ob er sie schon einmal gesehen hätte, obwohl er wusste, dass das unmöglich war. Ihre Haltung war wie die der Menschen, aber dennoch hätte sie nicht unterschiedlicher sein können.

»Ich muss dir noch einmal für die Gastfreundschaft danken«, sagte er. »Aber ich frage mich doch … du bist der Baum – die Bäumin, und dennoch hast du diese Gestalt angenommen. Warum?«

Die Bäumin richtete einen Blick auf ihn, der fast streng war, und für einen Moment runzelte sie haarfein die Stirn. Doch dann hatte sie offenbar einen Entschluss gefasst hatte. Vor seinen Augen veränderte sie sich, sie schmolz nicht richtig, sie wurde einfach anders. Die Veränderung vollzog sich langsam und zugleich unvorstellbar schnell, und Benfro hatte das Gefühl, ihr ein Leben lang und doch nur für den Bruchteil einer Sekunde zugesehen zu haben. Jetzt stand ein Drache vor ihm, riesig und prachtvoll. Die Drachen im Dorf, sogar seine Mutter, wirkten schlicht im Vergleich zu diesem Wesen, das so schön war, dass er spürte, wie die Kraft in ihm hochschoss, als er sie nur ansah.

»Ich hätte diese Gestalt annehmen können.« Jetzt sprach der Baum mit den reinen tiefen Tönen und der Aussprache eines Drachen der edelsten Sorte. »Aber ich dachte, das würde dich nur verwirren. Kein solches Wesen hat seit vielen, vielen Jahren einen Fuß auf dieses Land gesetzt.«

»Amorgum.« Benfro brachte dieses Wort nur als Flüstern heraus, aber für einen Moment huschte ein Lächeln über das breite Gesicht, das jetzt auf ihn herunterschaute.

»Diesen Namen habe ich vor langer Zeit einmal angenommen.« Das Lächeln verschwand, als sie wieder ihre frühere Gestalt annahm, und in ihrer Stimme klang jetzt eine Traurigkeit von der Farbe des Herbstlaubes. »Aber das hat nur Kummer und Schmerz hervorgerufen. Du wirst das irgendwann verstehen, da bin ich mir sicher, denn du bist durch deine Herkunft mit dieser Geschichte verbunden. Jetzt nehme ich diese Gestalt an, wenn ich mit der Welt dort draußen zu tun habe. Ich bin vor langer, langer Zeit auf diese Idee gekommen. Das letzte Wesen dieser Art hat Gulad vor Äonen verlassen, obwohl diese Art einst das Land mit ihrer Schönheit und Intelligenz geziert hat. Und ich finde diese Gestalt angenehm. Gefällt sie dir?«

»Ja«, sagte Benfro eher höflich als wahrheitsgemäß, allerdings hatte er an der Gestalt auch nichts auszusetzen.

»Gut«, sagte der Baum, und in dem riesigen Saal fingen die Pilze an, in der Dunkelheit zu verschwimmen. »Schlaf jetzt, Sir Benfro. Wir sprechen später weiter.«

Es war keine totale Finsternis. Ein vager Schein hing noch immer in der Luft, auf irgendeine Weise war es näher als die fernen Wände. Einen Moment lang stand die Bäumin einfach nur da, die weiße Haut leuchtete in der Dunkelheit, dann verschwamm sie zu nichts. Benfro, dem vor Müdigkeit plötzlich alles egal war, ließ sich auf dem Blätterbett nieder. Die Blätter waren weich und warm und strahlten einen sanften Lavendelduft aus. Benfro wälzte sich ein, zwei Mal hin und her, um eine angenehme Schlafposition zu finden.

Ehe er sich zum dritten Mal umdrehen konnte, war er eingeschlafen.

8

Eine besondere Geschichte über den Mutterbaum hat es vielleicht verdient, hier wiedergegeben zu werden, denn sie hilft, das ansonsten träge Gemüt des durchschnittlichen Drachen zu beleuchten. Es heißt, wenn jemand den Baum aufsucht und wenn der Baum dieses Wesen für würdig befindet, dann wird der Baum erscheinen und den Gast hereinholen. Er wird Nahrung, Wissen und was immer der Gast sonst braucht, bereitstellen. Im Gegenzug wird er nur um eine Geschichte bitten.

Viele Drachen behaupten, sich auf die Suche nach dem Mutterbaum gemacht zu haben, aber auf all meinen Reisen durch die Dörfer und Siedlungen dieser trägen Art ist mir nur einer begegnet, der behaupten konnte, auf dieser Suche Erfolg gehabt zu haben. Es war ein älterer Drache, der sich Sir Crempog nannte, und er berichtete von monatelangen Wanderungen durch den tiefen Wald des Frydlands, auf denen er Fährten folgte, die nur Tiere kannten, und nur von dem wenigen lebte, was dieser furchtbare Ort an Nahrung eben bieten konnte. Außer sich vor Durst und geschwächt durch den langen Hunger stolperte der junge Crempog endlich auf eine Lichtung, in deren Mitte sein riesiger Baum stand. Wasser umfloss dessen Wurzeln und Früchte aller Art hingen von den unteren Zweigen und waren für Crempog leicht zu erreichen. Er aß sich satt, seine Gesundheit kehrte wie durch Zauberhand in Sekundenschnelle zurück, und während er aß, erzählte der Baum ihm alles über die Welt jenseits des Waldes: über die Meere und Gebirge und die Ebenen mit vom Wind gewelltem Gras, über große Städte und Paläste aus Stein, über Wesen gar, die noch älter sind als Drachen und Menschen. Als der Baum dann Crempog um seine Geschichte bat, schilderte der seine Reise und ließ sich danach zum Schlafen nieder.

Als er am Morgen erwachte, war er allein auf einer Lichtung im Wald und konnte keine Spur des riesigen Baumes mehr sehen. Ein Pfad zog sich in der Nähe dahin, und er musste sich zwischen zwei Richtungen entscheiden. Er konnte nicht wissen, welche ihn nach Hause führen und welche ihn in die weite Welt bringen würde. Ein Teil von ihm wollte gern auf Entdeckungsreise gehen, denn der Baum hatte ihm in seinen Träumen so viele wundersame Dinge gezeigt. Und doch sehnte er sich noch mehr nach der Geborgenheit und Sicherheit seines Dorfes und nach dem kleinen Nest voller Elendsgestalten, die er seine Familie nannte. Und deshalb ging er los und der Weg brachte ihn in weniger als zwei Tagen nach Hause.

Father Charmoise: Drachengeschichten

So sehr er es auch versuchte, es gelang Errol während des weiteren Ritts nicht, diesen seltenen Anblick noch einmal zurückzurufen. Er wurde von Tag zu Tag kräftiger und nickte nicht mehr ganz so oft im Sattel ein. Und mit der zunehmenden Reitübung entwickelte er auch die Fähigkeit, aufzuwachen und sich wieder richtig hinzusetzen, ehe er aus dem Sattel glitt.

Ihr Weg führte sie durch das Hochland, durch die dünn besiedelten Grenzgebiete in den Dyrain-Bergen, die das Zwillingskönigreich von Lanwennog trennen. Sie ritten tagelang durch die immer dichter verschneiten Berge und streiften ab und zu die

Grenze, wie auf der Suche nach einer passenden Stelle, um in den Bau des Feindes einzubrechen. Dann erreichten sie endlich ein weites Tal, das sich in einem weiten Halbkreis durch das Gebirge zog. Mitten im Tal ragte vom flachen Talboden ein massiver Felskegel auf, um den sich, wie Insekten um einen verwesenden Kadaver, die Häuser von Tynewyd drängten.

Sie ließen die Berge hinter sich und ritten über in das weite Tal hinein. Die Straße wurde nun breiter und Osgal steigerte ihr Tempo. Errol musste sich darauf konzentrierten, im Sattel zu bleiben, als er zuerst trabte und dann galoppierte, um mit den anderen Schritt zu halten. Zuerst machte die Geschwindigkeit ihm Angst, und er verkrampfte sich bei der Vorstellung, er könnte herunterfallen und sich dabei schwer verletzten. Aber mit jeder Meile, die er zurücklegte, wuchs auch sein Selbstvertrauen. Und als er sich dann entspannte, spürte er endlich den Rhythmus, in dem sich sein Pferd bewegte. Behutsam passte er sich diesen Bewegungen an, statt sich zu widersetzen.

»Besser«, brüllte Osgal, als er an der Reihe der Reiter zurückritt und sich jeden seiner Männer genauer ansah. »Vielleicht machen wir aus dir ja doch noch einen Reiter.« Das war kein grandioses Kompliment, aber Errol freute sich doch darüber. Zum ersten Mal, seit er sich erinnern konnte, hatte der Hauptmann etwas zu ihm gesagt, das kein Tadel und keine Drohung war.

Nach ungefähr einer Stunde erreichten sie eine Furt durch den Fluss, dem sie von den Bergen her gefolgt waren. Osgal ließ alle anhalten.

»Schlagt hier das Lager auf«, sagte er zu seinen Kampfpriestern. »Ich bringe den Jungen allein in die Stadt. Wenn ich Ende der Woche noch nicht zurück bin, reitet zurück nach Emmas Faur und sagt Melyn, dass es mir leidtut, ihn enttäuscht zu haben.«

»Ist das wahrscheinlich?«, fragte Errol. »Ist die Gefahr so groß?«

»Schweig, Junge!« Osgal versetzte ihm einen Schlag gegen den Hinterkopf. »Du hast nur zu reden, wenn du gefragt wirst. Und dann sprichst du Lanwennog. Oder glaubst du, in Tynewyd haben sie Lust, Saesneg mit dir zu sprechen?«

Errol hielt beschämt den Mund. Er hatte sich in falscher Sicherheit gewiegt, als er mit einem Trupp von Kampfpriestern durch die Wildnis geritten war. Jetzt näherte er sich seinem ersten Ziel und das, was er zu tun hatte und was auf dem Spiel stand, rückte wieder in sein Bewusstsein.

»Na, dann los, Junge.« Osgal wechselte auf gebrochenes Lanwennog über. »Bringen wir's hinter uns.«

Am Nachmittag hatten sie ihren Bestimmungsort fast erreicht. Der riesige Felskegel schien zu schrumpfen, statt zu wachsen, als sie sich näherten, denn die Felswand, die die andere Seite des Tales abschloss, war so viel höher. Errol konnte sehen, dass steinerne Behausungen in den Kegel gehauen worden waren, die oben an der Spitze in einem klobigen Turm endeten. Eine robuste Stadtmauer umgab den Ort, konnte aber nicht alle Gebäude umschließen, und zum ersten Mal seit vielen Tagen sah Errol eine Menschenmenge.

Bisher waren sie im Galopp geritten. Als sie sich nun den Stadttoren näherten, nahmen sie ihre Pferde zurück. Zunächst im Trab, später im Schritt bewegten sie sich auf die düsteren Straßen der Stadt zu. Errol hatte mit Wachen gerechnet und erwartet, von allen Seiten nur Lanwennog zu hören. Aber die Gesprächsfetzen, die er auffing, waren eine Mischung aus Saesneg und Lanwennog, durchsetzt mit Wörtern aus Sprachen, die er überhaupt nicht kannte.

Sie ritten langsam durch die engen Gassen von Tynewyd nach oben, bis sie endlich einen weiten Platz erreichten. Vor ihnen ragte der Felskegel in den Himmel, und Errol konnte jetzt sehen, dass eine gewaltige Festung in den Fels hineingebaut worden war.

Irgendwann in der Vergangenheit war die Umgebung reich gewesen und war auf eine starke Verteidigungsanlage angewiesen gewesen, aber im Laufe der Jahre hatte sie viel von ihrer Bedeutung und dem Wohlstand verloren, die zu einer solch beeindruckenden Festung gehörten. Das vermutete er jedenfalls im Näherreiten, denn jetzt war alles heruntergekommen und teilweise zerfallen.

Die Tore zur Festung standen weit offen, wurden aber bewacht. Als sie sich näherten, sprangen zwei Soldaten vor und versperrten ihren Weg mit erhobenen Speeren.

»Was ist Euer Begehr«, sagte der eine.

»Ich wollte zu …«, begann Osgal, aber eine Stimme von der Brustwehr über ihnen fiel ihm ins Wort.

»Ah, Osgal, da seid Ihr ja«, sagte ein grauhaariger Mann in fließendem Saesneg. »Lasst sie durch«, sagte er in ihrer Muttersprache zu den beiden Wachen.

Errol und Osgal stiegen ab und führten ihre Pferde in die Burg, wo der grauhaarige Mann auf sie wartete. Osgal deutete eine Verbeugung an.

»Euer Gnaden, darf ich Euch Errol Ramsbottom vorstellen«, sagte er in stockendem Lanwennog. Dann drehte er sich zu Errol um. »Das ist Seine Gnaden Herzog Dondal von Tynewyd. Er ist von jetzt an dein Herr.«

Errol verbeugte sich, sagte aber nichts. Der Herzog würdigte ihn kaum eines Blickes. Osgal nahm zwei schwere Satteltaschen von seinem Pferd, und zwei Stallburschen kamen angerannt, um die Tiere wegzuführen.

»Gebt dem Pferd des Hauptmanns etwas zu fressen«, sagte Dondal zu dem einen Jungen, die nach Errols Schätzung etwa in seinem Alter waren.

Die beiden waren nicht viel jünger als er selbst, vermutete Errol.

»Aber ihr braucht es nicht in den Stall zu stellen, es bleibt nicht lange hier«, fuhr der Herzog fort. Dann wandte er sich ab und ging über den Hof auf eine große offene Tür zu. Er winkte ihnen, ihm zu folgen.

Dahinter lag ein dunkler Saal, in den nur durch hoch oben in der Stirnwand angebrachte Scharten etwas Licht fiel. Die Luft war kalt und roch ein wenig feucht und schimmelig, ein Geruch, der Errol an die untersten Stockwerke von Emmas Faur erinnerte. Aus irgendeinem Grund musste er an die Leichenhalle und die so lange überfällige Obduktion von Prinzessin Leyn denken.

Neben einer leeren Feuerstätte stand ein Tisch aus dunklem Eichenholz, und Herzog Dondal ließ sich in den hohen Sessel am Kopfende sinken.

»Ihr habt etwas für mich, Osgal?« Der Herzog winkte mit einer Hand, an der ein mit Juwelen besetzter Ring neben dem anderen saß, und würdigte Errol noch immer keines Blickes. Der Hauptmann öffnete die erste Satteltasche und kippte einen Haufen Goldmünzen auf den Tisch.

»In der anderen ist noch einmal soviel.« Osgal wechselte mit einem möglicherweise hämischen Unterton in der Stimme auf Saesneg über. »Wie bald werdet Ihr Euch nach Tynhelyg begeben?«

»Ach, das dauert noch Monate.« Dondal hob mit gleichgültiger Miene eine Münze auf. »Erst muss der Junge sich hier eingewöhnen, seine neuen Aufgaben lernen. Er muss als Teil meines Gefolges akzeptiert werden. Aber macht Euch keine Sorgen, ich habe die perfekte Tarnung für ihn.«

Osgal starrte Dondal an, und in dem Zwielicht hatte Errol das Gefühl, die Wut des Hauptmanns kochen zu sehen wie Dampf an einem Wintermorgen. Er schäumte einige Augenblicke weiter, als armselige Imitation des Inquisitors.

»Sonst noch etwas, Hauptmann?«

»Nein, Euer Gnaden.«

»Dann möchtet Ihr sicherlich in Euer Kloster zurückkehren.« Der Herzog zog etliche Papiere aus den Tiefen seines Gewandes und reichte sie dem Hauptmann. »Gebt das bitte Melyn.«

Wenn Osgal sich verbeugte, dann konnte Errol das nicht sehen. Der Hauptmann starrte ihn hasserfüllt an, sagte: »Denk daran, was ich dir gesagt habe«, und verließ mit großen Schritten den Raum.

»Was für ein grober Bursche. Mit Padraigs Boten komme ich immer viel besser zurecht. Und sie können wenigstens korrekt sprechen.« Er drehte sich endlich zu Errol um. »Und was ist mit dir, Knabe? Kannst du mich überzeugen?«

»Euch wovon überzeugen, Euer Gnaden?«, fragte Errol in bestem Lanwennog.

»Ja, immerhin ist deine Aussprache ziemlich gut. Komm her.«

Errol trat vor und verneigte sich ein weiteres Mal. Der Herzog packte seine Wangen, zog seinen Kopf hoch und musterte ihn wie einen Widder auf einem ländlichen Markt.

»Du bist ein Lanwennog, das steht fest. Wer war dein Vater, Errol?«

»Das weiß ich nicht, Euer Gnaden. Meine Mutter wollte nicht über ihn sprechen, sie hat nur gesagt, dass er einige Monate vor meiner Geburt bei einer Wirtshausschlägerei ums Leben gekommen ist.«

»Hat sie gesagt, wo sie ihn kennengelernt hat?«

»Nein, hoher Herr«, sagte Errol. »Aber ich weiß, dass sie eine Zeitlang in Ystimtien gearbeitet hat.«

»Ach ja.« Dondal ließ Errols Gesicht los. »Das könnte eine Erklärung sein.«

»Wofür eine Erklärung, bitte, Euer Gnaden?«, fragte Errol und bereute sein vorlautes Verhalten sofort. Der Herzog musterte ihn nachdenklich, weniger verärgert als überrascht, weil jemand überhaupt auf die Idee kam, ihm eine solche Frage zu stellen.

»In deinen Adern fließt königliches Blut, Errol Ramsbottom. Zwar nicht viel. Aber wer Augen hat, kann es sehen.«

Benfro stand auf der Wiese vor der großen Halle, zu Hause im Dorf. Alles sah so aus wie an dem Tag, an dem die alten Drachen gestorben waren. Es war ja auch der Tag, an dem sie gestorben waren, dachte er. Nur war es auf irgendeine Weise früher. Alles war noch immer unversehrt, unzerstört.

Dann kamen sie, die Kampfpriester. Sie marschierten zu Fuß den Weg entlang, der Inquisitor ritt vor ihnen her. Wie zu einem schrecklichen Tanz trat die Gruppe auseinander und ging, einer nach dem anderen, in die Häuser. Ihre Disziplin war einschüchternd, ihr vollständiges Schweigen entsetzlich.

Einige Drachen leisteten Widerstand. Andere akzeptierten mit gesenktem Haupt und einem gewissen Maß an Würde das Schicksal, das sie schon so lange fürchteten. Keiner schien überrascht zu sein, weil es nun so weit war. Nur Meirion kämpfte, zerfetzte die nächststehenden Menschen mit ihren Krallen und schrie Verwünschungen, wie Benfro sie noch nie gehört hatte. Zauber brachten die Luft um sie herum zum Kochen und ließen die Kampfpriester für einen Moment den Rückzug antreten. Benfro flehte sie in Gedanken an, es zu schaffen, erst einen und dann alle dieser furchtbaren Gegner zu töten, aber viel zu bald wurde sie überwältigt. Er konnte nicht sehen, was sie zurückhielt. Es war irgendeine unsichtbare Kraft, gegen die sie sich selbst dann noch mit aller Kraft wehrte, als sie ihr die Augen ausstachen. Am Ende konnte Meirion sich kaum noch auf den Beinen halten. Blut lief an ihren Seiten hinunter und ihr einer Arm war gebrochen. Als sie schließlich zusammenbrach, trat der Kampfpriester, den sie zuerst angegriffen hatte, vor sie, pisste ihr auf den Kopf und schnitt ihr dann mit einer herbeigerufenen Lichtklinge den Kopf ab. Erst dann durften Ynys Môn und Sir Maesyfed sie aufheben und ihren schlaffen Leichnam zu den anderen tragen.

Alle wurden auf der Wiese zusammengetrieben, wo Benfro jetzt bewegungslos und unbemerkt stand. Wer sich widersetzte, wurde mit unsichtbaren Hieben geschlagen, die hässliche Wunden rissen und Schuppen und Knochen zerbrachen. Als die Kampfpriester genug von diesem Spaß hatten, wurden die geschundenen Drachen vor der Halle vor ihren obersten Peiniger getrieben, den Inquisitor.

»Wo ist der Schlüpfling?«, fragte dieser. Seine Stimme war geladen von kaum beherrschtem Zorn. Es wurde für einen Moment still, als die alten Drachen ihre Peiniger einfach nur anstarrten. Und dann kam von hinten her eine vertraute Stimme.

»Er heißt Benfro. Er ist ein Bastard dieser Hexe Morgum und eines großen Narren, der sich Trefalduin nennt.«

»Wer spricht da?«, fragte der Inquisitor. »Tritt vor und zeige dich.«

Benfro wusste, wer sich jetzt durch die geschlagene Drachenmenge drängen würde. Frecknock. Er hatte nie begriffen, warum sie ihn verabscheute. Lag es daran, dass sie bis zu seiner Geburt die Jüngste gewesen war? War es kleinliche Eifersucht, die sie dazu getrieben hatte, ihresgleichen an diese Ungeheuer zu verraten? War es ihre Eitelkeit, die ihnen allen den Tod gebracht hatte?

Sie stand hocherhobenen Hauptes vor dem Inquisitor. Auf ihrer Haut waren keine Wunden zu sehen, also hatte sie sich nicht gewehrt, als sie geholt worden war, sondern war unterwürfig mitgegangen.

»Dein Name?«

»Ich bin Frecknock, Euer Gnaden.«

»Ach, süße Frecknock, endlich sehen wir uns«, sagte der Inquisitor und seine Stimme nahm Sir Felyns salbungsvollen Tonfall an, als er nun in der Drachensprache weiterredete. »Du siehst, ich bin ein Mann, der Wort hält.«

»Du!«, heulte Frecknock, und für einen Moment tat sie Benfro fast leid. Sie schien vor seinen Augen in sich zusammenzusinken, als ihr endlich der wahre Preis ihrer Torheit aufging.

»Frecknock, was hast du getan? Wozu haben wir dich getrieben?«

Benfro sah sich um, um festzustellen, wer das gesagt hatte. Es war Meirion, blind und zerschlagen, die versuchte, mit einem Anflug von Würde aufrecht zu stehen. Es machte ihn wütend, sie so hilflos zu sehen, geschlagen und doch trotzig. Sein Magen kochte wie eine Kohlenpfanne. Aber er war machtlos, unsichtbar, nicht einmal anwesend.

»Tötet sie«, sagte der Inquisitor. »Tötet sie alle. Sollen die Wesen des Waldes das Fleisch von ihren Knochen picken. Wenn es uns passt, werden wir zurückkehren und uns ihre Edelsteine holen.« Er kehrte den Drachen den Rücken zu und ging über den Pfad auf den Wald zu, wo weitere Kampfpriester mit den Pferden des Trupps warteten.

»Euer Gnaden«, sagte einer der jüngeren Männer. »Bei allem Respekt, ist es weise, sie alle zu töten? Ein zahmer Drache wäre ein prachtvolles Geschenk für unsere neue Königin. Dieses junge Weibchen könnte doch leicht gezähmt und stubenrein gemacht werden.«

»Warum, Clun«, sagte der Inquisitor, »weiß ich, dass du, wenn immer du einen Satz mit ›bei allem Respekt‹ beginnst, alles andere als Respekt im Sinn hast?«

»Hoher Herr, ich meinte nur …«, stammelte der Junge, wurde aber vom kehligen Lachen des Inquisitors zum Verstummen gebracht.

»Keine Panik, Junge. Du hast natürlich recht. Wenn noch ein paar andere soviel Haltung und Intelligenz an den Tag legten, wäre ich viel zuversichtlicher, dass ihr alle die Aufnahme schafft. Behalten wir das junge Weibchen, die anderen können uns nicht viel nutzen. Tötet sie.«

Benfro sah hilflos zu, wie Frecknock sich neben das nervöse Pferd des Inquisitors legen musste. Die anderen Drachen wurden inzwischen weiter auf die große Halle zugetrieben. Plötzlich blieben alle stehen und drehten sich gleichzeitig um, um ihre Henker anzustarren. Eine Sekunde lang glaubte Benfro, sie würden jetzt endlich Widerstand leisten. Kämpfen. Sir Frynwy drängte sich nach vorn durch. Da stand er, groß und stolz, schob die Brust heraus und schlug mit seinen tristen alten Flügeln wie mit zwei Stücken Fensterleder, deren beste Zeiten längst hinter vorbei waren.

»Wir alle haben einen Entschluss gefasst, vor zahllosen Jahren«, sagte er. »Wir alle hätten durch die Welt ziehen können, einsam und mächtig. Aber wir haben beschlossen, in freundlicher Eintracht hier zu leben, ohne irgendwem etwas zu tun. Jetzt fassen wir einen anderen Entschluss, wir alle hier. Ihr könnt uns zwar töten. Aber wir werden uns nicht furchtsam abschlachten lassen wie Vieh. Wir nehmen den Tod mit Mut und Würde entgegen. Kommt, Freunde. Mir nach.« Und mit einem letzten verächtlichen Blick auf den Inquisitor drehte er sich um und führte alle die kleine Steintreppe hoch und in die Halle.

»Schöne Worte, Drache.« Der Inquisitor beschrieb mit der Hand einen trägen Bogen über dem Schauplatz. »Aber sterben werdet ihr trotzdem.«

Die Kampfpriester gingen um die Halle in Stellung und Benfro sah, wie der Inquisitor abermals die Hand bewegte. Aus dem Nirgendwo kam ein Feuerball und schwebte kurz über Melyns ausgestreckter Handfläche. Mit einer leichten Drehung seines Handgelenks schleuderte er den Feuerball durch eins der großen Fenster, dicht gefolgt von noch einem und dann noch einem. Schon bald war die Halle zum Flammenmeer geworden. Aber aus der Feuersbrunst war kein Geräusch zu hören, außer dem Brüllen der Flammen, dem Brechen der Balken und dem Krachen von Steinen, als schließlich das Dach einbrach.

Als der Inquisitor endlich überzeugt war, dass niemand einen Fluchtversuch unternahm, kehrte er dem Leichenfeuer den Rücken zu und zuckte irritiert mit den Schultern, als ob sich die ersehnte Läuterung ein weiteres Mal seinem Zugriff entzogen hätte.

»Folgt mir«, sagte er. »Wir müssen einen Schlüpfling suchen. Er ist bestimmt verängstigt und hilflos. Stimmt euch darum bitte alle auf seine Angst ein.«

Benfro sah zu, wie die Kampfpriester zusammenströmten wie ein Zug aus kampfbereiten Ameisen. Eine kleinere Gruppe kam dazu, sie brachte etliche nervös aussehende Pferde und zwei Wagen. Bald saßen alle Männer im Sattel. Frecknock wurde, ohne dass sie protestiert hätte, an den hinteren Wagen gekettet. Ihr Gesicht war wie eine Maske, nicht zu deuten. Auf einen stummen Befehl hin verließ der Trupp das Dorf und der Inquisitor warf im Vorüberreiten zerstörerische Flammen in jedes Haus. Benfro, unsichtbar wie er war, konnte nur danebenstehen und zusehen, wie das Dorf, das sein Zuhause gewesen war, zu Boden brannte.

Als er in den Ruinen von allem stand, was er je geliebt hatte, riss über ihm der Himmel wie ein Stück Papier. Riesige Krallen vergrößerten das Loch immer mehr und ein Gesicht schob sich hindurch und betrachtete die Szene unter sich mit einem boshaften, hungrigen Funkeln in den Augen. Es war ein bekanntes Gesicht, drachenhaft, aber Benfro konnte sich nicht erinnern, wo er es schon einmal gesehen hatte. Zuerst glaubte er, es sei gekommen, um die Kampfpriester zu züchtigen, um für die Grausamkeiten, die den Drachen angetan worden waren, Rache zu nehmen. Doch stattdessen griff das Wesen nach der brennenden

Halle, zog mit einem einzigen mit einer Kralle besetzten Finger die rauchenden Balken aus dem eingestürzten Dach und griff dann in die schwelenden Ruinen.

Es schnappte sich einen der sitzenden Drachen, schloss die Faust um dessen regungslosen Leichnam und hob die verkohlte, rauchende Gestalt an seinen Mund, um sie dann auf einen Bissen zu verschlingen. Dabei schien es zu wachsen, weniger an Umfang als an Klarheit. Benfro konnte nur ohnmächtig zusehen, wie die leblosen Körper seiner Freunde einer nach dem anderen verzehrt wurden. Bei jedem Bissen wurde der Drache am Himmel fester, sein Körper wurde immer deutlicher ausgeformt, bis er dann durch das Loch im Himmel steigen und seine gewaltigen Flügel ausbreiten konnte.

»Magog«, flüsterte Benfro.

Der Drache stieß nur einen Schrei aus, einen grauenhaften Lärm, der im ganzen Wald widerhallte. Bestimmt würden die Kampfpriester das hören und angerannt kommen. Aber das taten sie nicht. Und Benfro wusste, dass sie längst weit weg waren, dass sein Traum einige Tage oder sogar Wochen übersprungen hatte. Denn das war es, wie er jetzt wusste. Ein Traum. Etwas hatte ihn gezwungen, die entsetzliche Not und das Leid seiner Freunde zu beobachten, und nun verzehrte dieses Etwas auch noch die Erinnerung an sie. Wütend rannte Benfro zur Halle hinüber, die jetzt nur noch ein von Unkraut überwucherter Wirrwarr aus rußgeschwärztem Mauerwerk und verkohlten Balken war.

Der Anblick, der sich ihm dort bot, war fast noch schlimmer als die Wirklichkeit, die er viele Wochen zuvor erlebt hatte. Die Drachen waren tot, aber sie saßen nicht stolz und trotzig auf ihren Plätzen. Sie kauerten verbrannt und verzerrt unter dem Tisch, im Schutz der Fenster, überall, wo sie sich vielleicht vor dem grauenhaften Wesen über ihnen verstecken konnten. Und mit einem

Übelkeit erregenden Schlingern seines Magens begriff Benfro, dass sie sich noch im Tod vor dem riesigen Drachen am Himmel fürchteten. Als er verständnislos den Schauplatz des Gemetzels anstarrte, sah er, wie die gewaltige Hand abermals blindlings in die eingestürzte Halle griff und sich um die geschwärzte Gestalt von Ynys Môn schloss.

Und nun ließ Benfros Instinkt sich nicht mehr halten. Mit einem Wutschrei, der sich aus seiner ganzen Frustration und Wut über die Kampfpriester speiste, sprang er auf die riesige Hand zu. Sein Zorn war so heiß, dass er sein Blut zum Kochen brachte und seinen Magen in Feuer verwandelte. Und dann sprang die Flamme aus ihm hervor.

Es war wie das Extraktionsfeuer. Die Flamme sprang von Leichnam zu Leichnam, sie ignorierte den hölzernen Tisch und die verkohlten Balken. Als die Flamme sie einhüllte, schienen sich die toten Dorfbewohner aufzurichten, sie kauerten nicht mehr. Und dann erreichte die Flamme Ynys Môn, der sich aus aller Kraft gegen Magogs Faust zur Wehr setzte. Mit einem verdutzten Schmerzensschrei ließ der riesige Drache seine Beute los und zog sich zurück. Als Benfro aufschaute, sah er nur noch den bewölkten und dunkler werdenden Himmel.

Eine Bewegung ließ ihn den Blick wieder zur Halle richten. Alle Drachen saßen nun wieder aufrecht und entschlossen auf ihren Plätzen. Die Flamme umspielte sie und verschlang sie eigentlich nicht, sondern ließ ihre Körper langsam von solider Form zu nichts verbleichen. Benfro dachte, dass er jetzt traurig sein müsste. Natürlich schämte er sich und fand es schrecklich, dass er Feuer gespien hatte, auch wenn es nur im Traum geschehen war. Aber das Gefühl der Freude, das von den Toten ausgestrahlt wurde, fegte die Scham hinweg.

»Es tut mir leid, dass wir je an dir gezweifelt haben, Benfro.« Die Worte stammten von Sir Frynwy, aber der alte Drache musste doch jetzt zu weit weg sein, um mit Benfro sprechen zu können? »Du hast uns jetzt befreit und unsere Seelen können nun für immer miteinander hier bleiben.«

»Was … was habe ich getan?«, fragte Benfro, verwirrt und glücklich und traurig zugleich.

»Wir waren tot, aber nicht extrahiert. Unsere Erinnerungen verrannen, als die Monate vergingen. Das hast du geändert.« Die Stimme des alten Drachen wurde jetzt rasch schwächer.

»Wie meinst du das? Ich verstehe das nicht.« Benfro sehnte sich nach Antworten, aber noch während er die Frage stellte, erlosch das letzte flackernde Licht seines Feuers im Wind. Die Dorfbewohner waren verschwunden.

»Nein, Junge! Du musst sie richtig halten!«

Diese Worte wurde von einem scharfen Schlag gegen Errols Hinterkopf begleitet, sodass Errol fast den Inhalt der Suppenschüssel, die er in Händen hielt, auf den Tisch geschüttet hätte. Herzog Dondal starrte ihn wütend an, ließ ihn dann aber seine Pflichten ohne weiteren Tadel ausführen. Errol brachte auch den anderen Gästen in der Tafelrunde ihre Suppe und verbeugte sich höflich vor jedem. Es war nicht das, was er sich von seinem Dienst als Page erwartet hatte, aber es war besser, als in ewiger Furcht vor Melyn zu leben.

»Sag mal, Dondal, wo hast du diesen Jungen aufgetan?«, fragte einer der Gäste und ignorierte Errol dabei völlig.

»Ach, das ist vielleicht eine Geschichte«, antwortete Dondal. »Erinnert ihr euch an meinen Bruder Edgar? Der war doch ewig zur Jagd oben im Gebirge. Na ja, offenbar hat er nicht immer nur Tiere gejagt, hat sich da oben auch ein paar Mädel eingefangen. Dieser junge Bursche tauchte vor ein paar Wochen mit einem Siegelring hier auf und behauptete, den habe Edgar seiner Mutter zum Pfand gegeben. Wahrscheinlich hat der Junge den Ring einfach irgendwo gefunden und beschlossen, sein Glück zu versuchen, aber jedenfalls hat er die Familienähnlichkeit.«

»Edgar«, sagte der Gast. »Der ist doch vor einigen Jahren in den Grenzkriegen gefallen, nicht wahr? Er hat gemeinsam mit Prinz Dafyd gekämpft, wenn ich mich recht entsinne.«

»Ja.« Dondal verstummte. Für einige Augenblicke senkte sich Stille über den Saal, und Errol war sich peinlich der Tatsache bewusst, dass aller Augen jetzt auf ihn gerichtet waren.

»Er ist dunkler als sein Vater«, sagte ein Gast nach einer Weile. »Ich vermute, Edgar hatte es gern ein bisschen wild.«

Nun wurde es womöglich noch stiller, als ob alle tief Luft geholt hätten. Errol schien es, als sei die Luft plötzlich kälter geworden, und er wünschte sich, er könnte im Boden versinken oder unsichtbar werden. Doch er wusste, dass er hier vorgeführt werden musste, wenn er in der Gesellschaft von Lanwennog akzeptiert werden wollte.

»Ha! Das allerdings!« Dondal brüllte vor Lachen. Der Augenblick war vorbei und die Aufmerksamkeit richtete sich auf andere Dinge. Errol verzog sich ans Ende des Saals und nahm seinen Platz in den Schatten hinter dem erhöhten Sitz am Kopfende des Tisches ein.

Seit Errol in diesem verschlafenen Nest irgendwo an der gebirgigen Grenze zwischen Lanwennog und dem Zwillingskönigreich eingetroffen war, war kein Tag vergangen, an dem er nicht an Flucht gedacht hatte. Jetzt, befreit von den Zaubern, die ihn an Emmas Faur gefesselt hatten, hätte er mit Leichtigkeit in der Nacht verschwinden können, wenn er nicht so hoffnungslos verwirrt gewesen wäre, dass er sich nicht einmal überlegen konnte, was er jetzt tun sollte. Sein Dienst als Page hielt ihn so in Atem, dass er kaum genug Freizeit hatte, um über eine Flucht nachzudenken. Außerdem war er viel zu sehr damit beschäftigt, seine neue Rolle zu lernen und seine wahre Identität nicht zu verraten.

Er wusste nicht mehr, wie viele Tage und Wochen er nun schon in Tynewyd war. Meistens musste er in der Burg bleiben. Ihm wurden langwierige und öde Arbeiten zugeteilt und nur zwei oder drei Mal war er zu reich ausgestatteten Jagdpartien des Herzogs mitgenommen worden. Die letzte war erst seit zwei Tagen beendet, und die Gäste genossen noch immer Dondals Gastfreundschaft. Doch der Schnee hatte endlich die Bergpässe erreicht und die Jagdsaison war für diesmal beendet. Bald würde der Herzog nach Tynhelyg aufbrechen, um wie jedes zweite Jahr seine Abgaben zu entrichten. Als Beweis der Treue dem Thron gegenüber sollte Errol dann als Page vorgestellt werden, um dem jungen Prinzen Dafyd und seiner neuen Verlobten Prinzessin Iolwen zu dienen. In der Hauptstadt würde er vom Inquisitor und Emmas Faur noch weiter entfernt sein. Und fern von Dondal würde er vielleicht mehr Zeit für sich haben, Zeit, um mehr über sein neues Land und die Möglichkeit lernen, dort zu überleben.

»Ich habe Wein gesagt, Junge!« Die harsche Stimme des Herzogs riss Errol aus seinen Überlegungen. Er nahm seine unterwürfigste Haltung ein, griff zu einem schweren, mit dunklem Wein gefüllten Zinnkrug und lief los, um den Befehl seines neuesten Herrn auszuführen.

Benfro setzte sich auf und reckte den Hals in der Hoffnung, so die Falten zu glätten, die sich von seiner Schädelspitze bis zu seinem Schwanzende dahinzogen. Seine Beine und Arme waren steif, seine Gelenke wollten sich durchaus nicht in die von der Natur vorgesehene Richtung biegen lassen. Er hatte das Gefühl, monatelang bewegungslos dagelegen zu haben.

Als Erstes bemerkte er, dass er sich nicht mehr in dem riesigen Baum aufhielt, er lag auf einer trockenen kleinen Wiese unter einem Baldachin aus Blättern. Neben ihm plätscherte träge ein Bach. Die Sonne war vor einiger Zeit schon aufgegangen, wärmte die Luft und ließ eine ganz sanfte Brise wehen. Ein leichter Tau bedeckte im Schatten weiterhin den Boden.

Benfro erhob sich verwirrt und sah zum ersten Mal zwei Behältnisse, die an einem Baumstamm gleich in der Nähe lehnten. Das eine war der Beutel, der einst seiner Mutter gehört hatte und den er aus der zerstörten Hütte mitgenommen hatte. Das andere war eine aus dickem Gras gewebte Tasche, sie hatte kräftige Handgriffe aus geflochtenem Hanf. Als er sie öffnete, fand er eine Auswahl an Gemüse, Obst und Nüssen. Genug für mindestens eine Woche, länger, falls er zwischendurch jagen oder fischen konnte. Das war, dachte er, ein Geschenk des Mutterbaumes. Er dachte an ihr seltsames Aussehen, an das Essen, das sie ihm gegeben hatte, und an die Geschichte, die sie im Gegenzug verlangt hatte. Ihre Güte und der Friede im Baum kamen ihm vor wie etwas aus seiner fernen Vergangenheit, wie etwas, das eine grausamere Erinnerung fast schon verdrängt hatte.

Sein Traum schien in einer quälenden Folge von zusammenhanglosen Bildern zu ihm zurückzukehren und ließ die Grenzen von Wirklichkeit und Vorstellung verschwinden. Benfro hatte schon oft geträumt, zahllose Male, aber wenn dann der Morgen gekommen war, hatte er immer gewusst, wo der Traum endete und wo die Wirklichkeit begann. Jetzt war er sich nicht so sicher. Der Wirrwarr der Empfindungen, das Glücksgefühl beim Anblick des unversehrten Dorfes, das Entsetzen bei der Zerstörung, die Schuldgefühle, als er Feuer gespien hatte wie in einem Rückgriff auf die wilden Zeiten, in denen Drachen einfach nur riesige Bestien gewesen waren … Das alles kam ihm wirklich vor. Es ließ ihn seine jüngsten Erlebnisse klarer sehen, ließ ihn in raschem Tempo zwischen Glück und Hoffnungslosigkeit hin und her pendeln. Es fühlte sich an wie die schnell wechselnden warmen und kalten Regengüsse im Monat Ebrill, wie die Schatten von vorüberhuschenden Wolken.

Er erinnerte sich an das Bild von Magog, der die Dorfbewohner der Reihe nach verschlungen hatte. Besorgt griff er zu seiner Ledertasche und wühlte darin herum, bis er den letzten Rest von Magog gefunden hatte, dann nahm er den winzigen rosa Edelstein heraus. Der Stein funkelte im Morgenlicht, ein blasses Rot, das Bedrohung ausstrahlte. Vor Benfros Augen verschwamm alles, als er den Edelstein anstarrte. Waren das wirklich winzige Greifarme aus rotem Licht, die wie Rauch um den Edelstein wirbelten, wie dornige Schlingpflanzen, die sich um seine Finger wickelten und sie so fest packten, als ob sie sie niemals wieder loslassen wollten? Auf welche andere Weise war die furchtbare Gestalt Magogs in seinen Traum eingedrungen?

Benfro nahm all seine Willenskraft zusammen, riss seinen Arm zurück und warf den Edelstein so weit weg, wie er das überhaupt nur konnte. Der Edelstein beschrieb in der Luft einen Bogen, ein kleines Geschoss, das im Fliegen pfiff, und das weiter und weiter flog, bis es im Gras im hohen Glas liegen blieb und für Benfro nicht mehr zu sehen war.

»Was Benfro machen?« Die kleine Gestalt des Eichhörnchens ließ sich aus einem nahen Baum fallen. Malkins Pfoten umklammerten eine große Eichel.

»Mich von schlechter Gesellschaft befreien.« Benfro warf sich eine Tasche über die Schulter und bückte sich nach der anderen. Er freute sich über das Wiedersehen mit dem Eichhörnchen und wollte schon nach dem Baum fragen, aber plötzlich verschwamm alles um ihn herum. Vor seinen Augen drehte sich alles, und der Boden schwankte bedrohlich, als ob ein riesiges Tier sich in seinem Grab umgedreht hätte. Er fiel vorwärts, zuerst auf die Knie, dann auf alle viere, und fast rechnete er damit, dass ihm der Baum um die Ohren fliegen würde. Auf dem Boden fühlte er sich ein wenig besser – wenigstens bewegten sich die Grashalme im Rhythmus des sanften Windes.

»Benfro, ist alles gut?«, fragte Malkin.

Er schaute zur Seite und blickte das kleine Eichhörnchen an. Dessen Gesicht sah besorgt aus, als es durch das Gras auf Benfro zusprang. Malkins sichere Bewegungen gaben Benfro das Gefühl, festen Boden unter sich zu haben, und er konnte sich an den wogenden Bäumen und dem seltsamen aufwärts fließenden Bach orientieren.

»Gut«, sagte er nach einer Weile. »Mir war nur ein bisschen schwindlig. Ich hab mich wohl zu schnell gebückt.«

Langsam erhob er sich in die Hocke und ließ dabei sein Gewicht auf seiner dicken Schwanzwurzel ruhen. Noch immer kam ihm alles unwirklich vor, er fühlte sich wirr im Kopf, als ob er unter Wasser so lange den Atem angehalten hätte, bis seine Sicht verschwommen war. Er konzentrierte sich auf die Rautenmuster, die alle Formen auflösten, und versuchte durch sie hindurchzusehen, aber eine Welle der Übelkeit warf ihn um und er fiel wieder zu Boden.

Er lag auf allen vieren da und starrte die hohen Grashalme vor einem Baum an. Sein erster zusammenhängender Gedanke war, dass er nicht dort lag, wo er gefallen war. Der nächste war, dass Malkin ihn unmöglich bewegt haben konnte, denn er musste doch an die fünfhundertmal soviel wiegen wie sein Gefährte. Er drehte sich auf den Rücken und sah, dass ihn das Eichhörnchen aus einigen Metern Entfernung nervös beobachtete. Ein langer Pfad durch das Gras führte in gerade Linie von Benfro fort. Voller Schrecken begriff er, dass das die Richtung war, aus der er gekommen war. Langsam, widerstrebend, hob er die rechte Hand. Die umklammerte etwas, und er brauchte sehr viel Willensstärke, um seine Finger zu öffnen, mit der Handfläche nach oben. Er wusste schon, was dort lag. Es leuchtete in bleichem Rot und wog mehr, als seine winzige Gestalt ahnen ließ. Magogs Edelstein.

»Benfro jetzt besser?«, fragte Malkin.

»Ich weiß nicht, Malkin«, sagte er noch immer ein wenig außer Atem. »Was ist passiert?«

»Benfro umgefallen«, sagte das Eichhörnchen. »Ganz lange still liegen. Dann zu Baum kriechen. Hingekommen.« Es zeigte auf die Stelle, wo Benfro lag. »Aufwachen.«

Nach dieser Erklärung huschte es näher und starrte Benfro an, als ob dessen Kopf gerade explodierte oder er dabei wäre, sich in ein seltsames Tier mit viel zu vielen Armen zu verwandeln. Das Eichhörnchen machte Benfro ein wenig nervös, aber trotzdem war er dankbar für die Gesellschaft, während er wieder zu Kräften kam.

»Ich glaube …«, sagte Benfro nach einigen Minuten geselligen Schweigens. »Ich glaube, ich muss das bei mir behalten.« Er hielt den Edelstein ins Licht. Das Kleinod funkelte im Sonnenschein und Benfro stellte sich vor, in weiter Ferne des Geräusch zerbrechenden Glases hören zu können. »Aber nicht zu dicht bei mir.«

»Benfro Stein in Essenssack legen«, sagte Malkin. »Zu Nüssen und Beeren und Obst.«

»Essenssack?«, fragte Benfro, und dann fiel es ihm wieder ein. »Wo ist der Baum? Wo bin ich?«

»Mutter kommen, Mutter gehen«, sagte Malkin. »Mutter sagen, Drache erst mal ausruhen müssen. Drache schlafen. Jetzt Drache wach, kann Freunde finden. Mutter Essen dagelassen für Hilfe auf Reise.«

Benfro sah hinüber zu der Stelle, von der er hergekrochen war, und wirklich lagen dort die beiden Taschen neben seinem Schlafplatz. Müde kam er auf die Beine und merkte, dass er jetzt offenbar sein Gleichgewicht wiedergefunden hatte. Er formte mit den Lippen einen stummen Dank an den Mutterbaum, wickelte den roten Edelstein in Blätter, die er von einem in der Nähe stehenden Busch pflückte, und legte ihn dann unten in den Proviantsack.

Dann drehte er sich um und sah sich noch einmal seine Umgebung an.

Es war nicht die Lichtung, die er am Vorabend betreten hatte, sondern eine viel kleinere, eher eine Stelle, wo die Bäume ein wenig weiter voneinander entfernt standen und wo ein kleiner Fluss seines Wegs mäanderte. Ein Trampelfpfad führte zu einer Furt durch den Fluss, der sonst von einem Gewirr aus Stromschnellen und Felsen durchzogen war.

Da muss es doch Fische geben, dachte Benfro.

Er watete vorsichtig in den Fluss, nachdem er zuerst den Proviantsack mit dem darin verborgenen Edelstein so dicht ans Ufer gestellt hatte, wie er das überhaupt nur wagte. Er wollte sich nicht zu weit von dem Edelstein entfernen, für den Fall, dass der beschloss, ihn wieder umzuwerfen. Das Wasser war kalt, frisch aus den Bergen, und vom mitgeschwemmten Torf braun. Der Fluss war an dieser Stelle tief genug zum Tauchen. Benfro ließ sich unter die Oberfläche senken und steuerte den Boden an. Riesige silberne Forellen huschten an ihm vorbei, als er sich in den Schlick und zu den riesigen Farnwedeln hinunterzog. Er setzte sich hin, hielt den Atem an und verhielt sich ganz still, bis die Fische sich beruhigt hatten, und die ganze Zeit ließ er einen dünnen Faden aus Blasen aufsteigen. Bald, viel früher, als er erwartet hatte, umkreisten ihn die Fische, und Neugier besiegte ihre Angst. Sofort schnappte er zu. Seine Zähne erwischten eine verdutzte Flosse. Er stieß sich vom Flussboden ab, ließ riesige braune Wolken aufwirbeln und schoss wie ein Korken an die Oberfläche, um dann erneut zu tauchen.

Er machte gute Beute. Sechs fette Forellen konnte Benfro nach und nach auf das Flussufer legen. Er reinigte sie, befreite sie von Kopf und Schwanz und filetierte sie. Er aß zwei dieser saftigen Stücke und packte den Rest als Reiseproviant ein. Inzwischen verloren sich die Nachwirkungen seines bisherigen Missgeschicks.

Seine Kraft kehrte zurück, die bohrenden Kopfschmerzen legten sich, und als die Vormittagssonne dann seinen Rücken getrocknet hatte, war er bereit zum Aufbruch.

»Malkin auch kommen.« Das Eichhörnchen brach das faszinierte Schweigen, mit dem seine Knopfaugen Benfro die ganze Zeit beobachtet hatten. Benfro schaute das kleine Wesen an und ihm ging auf, dass er sich über diese Gesellschaft freute, so seltsam dies auch sein mochte.

»Möchtest du hier oben sitzen?«, fragte er, als er sich die Taschen auflud. Das kleine Eichhörnchen sprang auf seine ausgestreckte Hand, lief dann seinen Arm hoch, schlug seine winzigen Krallen in Benfros dicke Haut und ließ sich auf dessen Schulter nieder.

»Malkin oben besser sehen. Schneller reisen«, sagte es. »Wohin?«

Benfro überlegte. Er hatte eigentlich keine Ahnung, aber er hatte auf dem einen Flussufer geschlafen und konnte sich nicht erinnern, den Fluss schon einmal durchquert zu haben. Er fühlte sich zum ersten Mal seit unendlich langer Zeit begeistert und machte sich auf den Weg durch die Furt.

9

Gog, Sohn des Wintermondes, errichtete seinen Palast hoch auf einem Felsrücken, der sich an einer Flussschleife erhob. Er nannte den Palast Candlehall. Die Fenster seines Thronsaals waren aus buntem Glas, das die Sagen erzählte: die vom großen Rasalene und die der Werbung um die holde Arhelion, die Sonne. Überall in dieser gewaltigen Residenz ließ er Gebäude, Höfe und Galerien anlegen, sodass sie am Ende wie eine kleine Stadt war. Gogs Gastfreundschaft war sagenhaft und manchmal schien sich die gesamte Drachenheit dort einzufinden.

Magog, Sohn des Sommermondes, verhielt sich in seinem Reich zurückhaltender. Er war immer schon der nachdenklichere der beiden Brüder gewesen und zog die Einsamkeit auf einer scharfen Felsnadel vor, die sich aus der Mitte des riesigen Waldes erhob. Hier errichtete er Cenobus, einen schlichten und doch großartigen Palast, und darunter, in den kalten Fels gehauen, richtete er ein Lager für sein gewaltiges Wissen ein. Dichter, Krieger und angehende Magier strömten dort zusammen, in der Hoffnung, zu den Füßen des Meisters lernen zu dürfen, aber nur wenige zeigten einen so verheißungsvollen Geist, dass es ihnen gelang, Magogs Blick auf sich zu lenken. Dennoch war es ein Ort des Lernens, denn allein die Nähe dieser gewaltigen Macht war eine Lektion an sich, und nur die Gebirgsresidenz Maddaus der Weisen konnte es in dieser Hinsicht damit aufnehmen.

Sir Frynwy: Geschichten vom Frydland

Herzog Dondals Stadtresidenz war ebenso heruntergekommen wie seine Festung in den Bergen, aber sie stand direkt neben dem riesigen Palastkomplex und zeigte, dass Dondals Familie einst reich gewesen war und dem königlichen Hof nahegestanden hatte.

Vom südlichen Stadttor bis zum Hof der Residenz hielt sich Errol dicht an seinen Herrn, denn er fürchtete, sich in dem Labyrinth aus Gassen, Durchgängen und Innenhöfen hoffnungslos zu verirren. Es gab nichts, woran er sich orientieren konnte. Nirgendwo bot sich eine weite Sicht über die Stadt und Errol sah auch kein Gebäude, das die Stadt so beherrschte, dass es ihm als Bezugspunkt hätte dienen können. Tynhelyg war ein chaotischer Wirrwarr aus Lärm und Gerüchen, aus Menschen, Tieren und Geräten, die sich auf zu kleinen Raum zusammendrängten. Für einen Jungen, der immer zwischen Bäumen und Feldern gelebt hatte, war es ein überwältigender und beängstigender Ort.

Aus Büchern wusste Errol, dass Tynhelyg auf sieben niedrigen Hügeln an einer Stelle errichtet worden war, wo fünf Nebenflüsse in den großen Hafen strömten, der drei Seiten des Palastkomplexes einrahmte. Die älteren Häuser der Adligen pressten sich an die Stadtmauer, die die vierte Seite bildete. Errol erinnerte sich, dass er einmal in einem von Andros Büchern ein Bild dieses Ortes gesehen hatte, aber er konnte sich einfach nicht vorstellen, wo der Künstler gestanden haben mochte, um das Bild zu malen. Es gab einfach zwischen den Mauern hier nicht genug Platz, um dem Gedränge aus Menschen und Bauten zu entgehen.

Sie waren bis zu den Toren geritten. Dort hatte der Herzog darauf bestanden, abzusteigen und zu Fuß zu seiner Residenz zu gehen. Ob er Errol damit in Lanwennog einführen wollte oder ob es einfach eine von Lanwennogs vielen Eigenheiten war, wusste Errol nicht. Wenn der Herzog erreichen wollte, dass die Leute in Tynhelyg den jungen Pagen für einen dummen Hinterwäldler hielten, dann konnte er mit dem Erfolg jedenfalls zufrieden sein. Mehrere Male auf dem langen Weg hatte der Herzog die Hand ausgestreckt und leise kichernd Errols Kinn wieder hochgeschoben.

Und jetzt waren sie im Haus. Wenigstens für einen Moment konnte Errol ein wenig aufatmen.

»Also, was sagst du zu unserer grandiosen Stadt, Errol?«, fragte Dondal. »Besser als Candlehall, meinst du nicht?«

»Ich war noch nie in Candlehall, Euer Gnaden«, sagte Errol wahrheitsgemäß.

»Komm schon, Junge, solche Ausflüchte sind hier nicht nötig. Es ist doch keine Schande, Gulad bereist und so einiges gesehen zu haben.«

»Nein, Herr, aber ich war wirklich noch nie in Candlehall. Diese Stadt sieht jedenfalls beeindruckend aus.«

Dondal machte ein Gesicht, als ob Errols fehlende Weltgewandtheit für ihn eine Beleidigung wäre. Er wollte schon etwas sagen, als ein leises Klopfen ihn davon abhielt. Ein junger Mann in einer eleganten Livree trat auf Dondals gebellten Befehl hin ein. Er war kein Diener des Herzogs, da war sich Errol immerhin sicher. Bei denen handelte es sich ausnahmslos um ältere Männer und ihre Livreen waren zumeist noch älter und fadenscheiniger als ihre Träger.

»Euer Gnaden, ich bringe eine Botschaft von Seiner Majestät König Billah.« Der Mann deutete eine Verbeugung an. Er hatte die ganze Zeit ein spöttisches Grinsen im Gesicht und rümpfte die Nase, als rieche der Raum nach etwas, in das er lieber nicht treten wollte. Er sah Errol an, als sei dieser der Quell dieses Geruchs.

»Na, was ist los, Mann?«, fragte der Herzog ungeduldig.

Seine Majestät hofft, dass Ihr eine angenehme Reise hattet, und bittet Euch, sobald es Euch genehm ist, um einen Besuch.« Der Bote machte kehrt und verließ den Raum ohne ein weiteres Wort.

»Es hat eine Zeit gegeben, da hätte ich ihn auf der Stelle durchbohrt«, sagte Dondal mit vor Zorn rotem Gesicht. Er murrte noch einen Moment, dann stieß er einen tiefen Seufzer aus. »Aber mein Einfluss bei Hofe ist nicht mehr derselbe wie damals, und König Billah gefällt es gar nicht, wenn man seine Boten umbringt, so unhöflich die auch sein mögen.«

»Woher hat er gewusst, dass Ihr hier seid? Der König, meine ich?«, fragte Errol.

»Ach, im Umkreis von mehreren Meilen um Tynhelyg passiert nichts, was Billah nicht erfährt. Ein Grund, warum ich zu Fuß herkommen wollte, war, damit seine Spione etwas zu berichten hätten. Ich wusste, dass er mich sehen wollte, sowie ich eingetroffen wäre. Na ja, vermutlich sollten wir das besser so schnell wie möglich hinter uns bringen.«

»Was, jetzt sofort? Aber Ihr habt Euch noch gar nicht umziehen oder etwas essen können.«

»Genau. Der hält uns auf Trab, was? Na los.«

Sie verließen das Haus durch eine Hintertür und gingen durch eine enge Gasse zwischen Gebäuden, die mindestens acht Stockwerke hoch sein mussten. Nach zwei oder drei Kurven erreichten sie ein verschlossenes und bewachtes Tor. Dondal zog etwas aus der Tasche, das Errol nicht sehen konnte, woraufhin der Wachposten zur Seite trat. Der Herzog beugte sich zur Tür vor und machte sich am Schloss zu schaffen.

Errol ging davon aus, dass der Herzog einen Schlüssel vorgezeigt hatte. »Lasst mich das tun«, sagte er und streckte hilfsbereit die Hand aus. Doch ehe er den Satz beendet hatte, hatte der Wachposten ihn in den Schwitzkasten genommen und hielt ihm eine scharfe Klinge an die Kehle.

Ein wenig vom Fluss entfernt standen die Bäume enger beieinander, sodass ihre Kronen einen fast dichten Baldachin bildeten. Es war nicht schwer, dem Pfad zu folgen, dessen festgetrampelte Oberfläche zeigte, dass er viel benutzt wurde. Dennoch hatte Benfro seit seiner Flucht aus Emmas Faur keine anderen Wanderer gesehen.

Er plauderte mit Malkin, während sie langsam den Hang emporstiegen. Es war etwa um die Mitte des Nachmittags, als sie oben an einem niedrigen Felssims anlangten. Das Eichhörnchen war keine tiefe Quelle der Weisheit. Seine Antworten, falls es überhaupt antwortete, waren zumeist Gegenfragen, und als sie sich zum Essen hinsetzten, hatte Benfro über dieses seltsame Wesen nicht mehr gelernt, als dass es, offenbar aus einer Laune heraus, beschlossen hatte, sein Reisebegleiter zu sein. Und über den wundersamen Baum hatte er noch weniger erfahren. Trotzdem war es angenehm, Gesellschaft zu haben. Das hielt ihm die Verzweiflung auf Distanz.

Der Weg bog ab und zog sich an dem Felssims entlang, das zu einem staubigen Gipfel führte, der durch die dünner werdenden Baumwipfel von Zeit zu Zeit zu sehen war. Die Nachmittagssonne, die direkt von oben auf sie niederbrannte, wurde bald zur Plage, und Benfro verfluchte sich, weil er nicht mehr getrunken hatte, als die Möglichkeit bestand. Er hatte sich auf die Rinnsale verlassen, die hier und da durch den Wald plätscherten und über den Pfad spielten oder ihn unterspülten, um dann wie ein glitzernder Quell auf der anderen Seite wieder hochzusprudeln. Aber hier oben auf dem Felssims gab es keine Bäche, und nicht einmal das kleinste Rinnsal ließ sich zwischen den uralten Felsbrocken sehen.

Malkin war auf Benfros Schulter verstummt, und ein Blick zur Seite zeigte dem Drachen, dass das Eichhörnchen eingeschlafen war. Es wiegte sich im Rhythmus von Benfros Schritten langsam hin und her und schien sich absolut sicher zu fühlen, wie es dort oben hockte. Benfro überlegte sich, dass es vermutlich die ganze

Nacht lang wach gewesen war, während er in seinem Traum festgesteckt hatte. Vielleicht waren Eichhörnchen ja ohnehin eher Nachttiere und Malkin war froh, wenn er den heißen Tag an einem sicheren Ort verschlafen konnte.

Der Wald wich langsam stacheligen Büschen. Die Landschaft war von Felsquadern übersät, die aussahen, als ob sie ein Riesenkind beim Murmelspielen hinterlassen hatte, weil es von einer ungeduldigen Mutter weggerufen wurde. Einige Steine waren klein, kaum größer als eine Faust, während andere Benfro haushoch überragten. Der Pfad wand sich um diese großen Quader herum und zog sich immer weiter zum Gipfel empor. Benfro konnte nicht übersehen, wie gerade die Kanten der Quader waren, und wie glatt und eben ihre Seiten. Einige hatten sogar fast die Form eines Würfels. Noch seltsamer aber war, dass einige der riesigen Steine offenbar zu den eleganten Kurven von Bögen und Ziergiebeln zurechtgehauen worden waren.

Nachdem ihm das aufgefallen war, sah Benfro solche Dinge bei jedem Felsen: die Spuren von Hammer und Meißel, die geglättete Oberfläche eines längst vergessenen Ornamentes. Langsam wurde ihm klar, dass um ihn herum die Überreste eines prachtvollen Gebäudes verstreut lagen, das vor langer Zeit von dem Gipfel herabgestürzt worden war, zu dem er nun schon den ganzen Tag unterwegs war. Von diesem Gebäude aus musste man einen unvergleichlichen Blick über den Wald gehabt haben, der sich in alle Richtungen in die dunstige Ferne dahinzog.

Je näher Benfro dem Gipfel kam, umso dichter wurde das Gewirr aus Felsbrocken. Ganze Säulen lagen kreuz und quer dort, wo sie hingefallen waren, und jeder Block, der im Weg gelegen hatte, war ein wenig weiter verschoben worden. Der Pfad war jetzt gerade, als ob sich jemand große Mühe gegeben hätte, ihn freizulegen. Oder vielleicht war das Zerstörungswerk auf irgendeine Weise vom Pfad weggehalten worden. Er war so sauber, als ob er vor Kurzem erst gefegt worden wäre, und gepflastert mit ebenen Steinplatten, die so dicht aneinandergefügt waren, dass dazwischen kein Sand benötigt wurde. Nicht ein Fleck war darauf zu sehen, obwohl der Boden ringsum staubig und kahl war. Niedrige Stufen, jeweils etwa zwanzig Schritte auseinander, erleichterten den Aufstieg zum Gipfel. Flache parallele Furchen, die hineingehauen worden waren, konnten es einem Karren mit den passenden Rädern ermöglichen, nach oben zu fahren.

Plötzlich sah Benfro einen Bogen, der ihn an das Kloster der Kampfpriester erinnerte. Allerdings war das zerfallene Bauwerk hier keine brutale Felskonstruktion, die dem Berg aufgezwungen worden war, sondern ein prachtvoll geformtes Steingebäude, das gleichsam natürlich aus dem Boden zu wachsen schien. Die Mauer, die den Palast umgeben hatte, war teilweise verschwunden, war zu dem Schutt zerfallen, der als dicker Teppich über dem Hügel lag, aber die Reste waren doch ausreichend, um jeden Angreifer abzuwehren, der nicht zum Äußersten entschlossen war. Sie erhob sich stellenweise fünf Meter hoch, an anderen mehr als zehn. Und in der Nähe der Straße, da, wo der gewaltigen Bogen war gekrönt wurde, erreichte sie sogar mehr als sechzehn.

Zwei riesige Türen aus Eichenholz, dick wie Benfros Taille, lagen zerbrochen und zersplittert zu beiden Seiten der Öffnung. Benfro fiel auf, dass sie außen lagen, als ob sie von etwas auf der Innenseite hinausgeschleudert worden seien. Was immer dieses Etwas gewesen sein mochte, es war vor langer Zeit explodiert. Das Holz war grau vor Alter, verwittert und von Holzwürmern durchlöchert. Als Benfro eine Hand ausstreckte, zerfiel die eine Tür unter seiner Berührung, und ein ganz leichter Geruch nach Verfall, trocken und pulverig, füllte seine Nasenlöcher. Der Raum hinter dem Tor war nach oben offen, aber Mauern versperrten die Sicht. Benfro blieb lange stehen und starrte zu dem Bogen hoch. Der Bogen leitete den Wind aus seiner Richtung, sodass dieser Benfros Gesicht streichelte. In der Luft lag ein Aroma von etwas, das Benfro nicht zuordnen konnte, das aber nicht unangenehm war. Es erinnerte Benfro an faule Sommernachmittage, heiße Felsen und das Versprechen einer leckeren Mahlzeit. Der Weg führte weiter, pfeilgerade in das Herz der gewaltigen Ruine, und er wollte schon hineingehen, als die Krallen in seiner Schulter sich plötzlich tiefer zu bohren schienen.

»Wo ist das?«, fragte Malkins Piepsstimme mit einem ungläubigen Zittern. »Malkin will das nicht.«

»Hier ist doch niemand«, versuchte Benfro seinen Gefährten zu beruhigen, aber in Wirklichkeit hatte Malkin nur Benfros eigene Ängste in Worte gekleidet.

»Wo sind Bäume?« Deren Fehlen war für das Eichhörnchen offenbar ein Grund zur Besorgnis.

Benfro schaute sich um. Was er vor sich sehen konnte, wurde von dem Gebäude verdunkelt. Hinter ihnen fiel der Hang ab und ließ sie durch das Gewirr der umgekippten Felsen nur die ferne grüne Schneise sehen. Ein Ring aus Bergen umgab alles, unvorstellbar weit weg und verschwommen in der heißen Nachmittagsluft, nur ab und zu zeigte eine weiße Mütze aus Schnee, wo der Boden endete und der Himmel begann.

»Ist schon gut, Malkin«, sagte Benfro, und versuchte sich damit auch selbst zu beruhigen. »Wir sind jetzt oberhalb der Baumgrenze, aber der Wald ist noch immer da. Wir müssen dieser Straße folgen.«

Das Eichhörnchen gab keine Antwort, es rückte nur dichter an Benfros Kopf, als ob es dort Schutz vor den Schrecklichkeiten finden könnte, die möglicherweise im Schweigen auf der Lauer lagen. Die Sonne versank jetzt hinter dem fernen Horizont, ließ die Schatten im Gebäude länger werden und zeichnete die zerbrochenen Ränder als scharfe Umrisse vor dem bisschen Himmel ab, das Benfro sehen konnte. Aber er verspürte keine von den Vorahnungen, die seinem Gefährten offenbar zusetzten. Ohne auch nur einen Blick zurück trat er über die Schwelle und in eine andere Welt.

Er stand in einem Hof von unvorstellbarer Pracht. Die Steinquader unter Benfros Füßen waren in hellen Farben bemalt: in Rot, Grün, Gold und Silber. Sie bildeten offenbar eine Art Muster, aber von seinem Standpunkt aus konnte er nicht erkennen, was für eins. Er drehte sich um und sah das Innere des Bogens, einen Tunnel so dick wie die gewaltige Mauer, sicher sieben Meter lang, wenn nicht mehr.

Oben auf der Mauer zog sich eine Art Wehrgang um den Hof, er war ungefähr dreizehn Meter hoch in die Mauer eingelassen. Unter dem Wehrgang war die Mauer aus glatten Steinquadern erbaut, die so geschickt aneinandergesetzt waren, dass Benfro keine Kralle in eine der Fugen hätte schieben können. Die einzigen Ausgänge aus dem Viereck waren der große Bogen, durch den er gekommen und der jetzt verschlossen war, und eine viel kleinere Tür auf der gegenüberliegenden Seite. Überrascht, aber seltsamerweise nicht beunruhigt, trat Benfro einen Schritt vor, und dann noch einen. Die Straße war noch immer durch die glatten Steine gekennzeichnet, die sich zum anderen Ausgang hinzogen. Da Benfro bisher über diesen Weg gegangen war, fand er, dass er jetzt auch weitergehen könnte.

Die Tür war viel kleiner als ihr größeres Gegenstück in der Außenmauer des Hofes, aber sie war doch immer noch massiv. Auch sie war in einen Bogen eingepasst, der auf beiden Seiten von kompliziert zurechtgehauenen Pfeilern flankiert wurde, deren steinerne Details Wellen zu bilden schienen. Es gab Blätter und Zweige in diesem Muster, außerdem Hunderte von Tieren, die ihre Köpfe durch das steinerne Laubwerk schoben. Sie erinnerten Benfro auf seltsame Weise an den riesigen Mutterbaum, obwohl sie keine Ähnlichkeit mit diesem hatten. Hier gab es zwei Bäume, deren obere Zweige sich zueinander beugten und den oberen Teil eines Bogengangs bildeten. Ganz oben schaute ein Gesicht hinab auf das Gewimmel. Benfro schnappte nach Luft, als er es sah, denn es war ein Drache.

Und nicht irgendein Drache. Noch in Stein gehauen und von der Zeit verwittert, waren diese stolzen Züge doch unverkennbar. Sie waren sich zwar nur im Traum begegnet, aber Benfro erkannte sofort das Gesicht von Magog, Sohn des Sommermondes. Dieser steinerne Magog starrte mit einer seltsamen Gleichgültigkeit die ihn umgebende Pracht an. Das hier war sicher das Haus des gewaltigen Drachen gewesen. Cenobus.

Die beiden Türflügel in dem kleineren Bogen waren aus Eichenholz, schwarz vor Alter und mit riesigen Eisennieten besetzt. Drei Steinstufen führten vom Hof hoch zum Eingang, und Benfro brachte sie in drei mächtigen Sprüngen hinter sich. Etwas an diesem Ort erfüllte ihn mit Ehrfurcht und Stärke gleichermaßen. Seine ganze Erziehung, die ewigen Lehren seiner Mutter und der älteren Drachen seines Heimatdorfes, sagten ihm, dass kein Drache das Recht hatte, in solcher Pracht zu leben. Und doch wies alles darauf hin, dass einst, vor langer Zeit, ein Drache genau das getan hatte. Drachen, das war Benfro gesagt worden, hatten so kleine Flügel, weil sie nicht flogen. Aber seine Flügel waren riesig und wuchsen noch, er war geflogen. Dieser Ort entzündete mit seiner magischen Unmöglichkeit tief in Benfro einen Funken, der ihn ahnen ließ, dass er bisher möglicherweise in einer Lüge gelebt hatte. Er wollte unbedingt mehr herausfinden. Er packte die riesigen Eisenringe, die an den Schlössern hingen, drehte sie und drückte.

Zuerst widersetzten sie sich. Ihr großes Gewicht, in zahllosen Jahren nicht mehr bewegt, wollte sich nicht rühren. Einen Moment lang dachte Benfro, die Tür könnte abgeschlossen oder auf der anderen Seite verriegelt sein, aber es war nur die Zeit, die sich ihm widersetzte. Mit rostigem Ächzen bewegten sich die Angeln endlich und drehten Gegengewichte, die sich in Öffnungen in der Mauer bewegten. Als sie sie sich erst zur Bewegung entschlossen hatten, gaben die Türflügel gutwillig nach und öffneten sich mit nur einem Minimum an Quietschen.

Hinter der Tür lag eine riesige Halle. Brennende Fackeln steckten in eisernen Haltern hoch oben an der Wand, Gobelins hingen über dem groben Stein. Niedrige Bänke und kleine, zu einer Mahlzeit gedeckte Tische standen um eine riesige Feuerstelle, in der dicke Holzscheite loderten.

Benfro trat vorsichtig näher, aber niemand schien hier zu sein, keine Falle schien auf ihn zu lauern. Die Spuren auf dem Boden fielen ihm nicht auf, ein dicker Streifen, der blasser war als die mit dunklem Schilf belegten Platten, die von der Feuerstätte fort zu einer Tür in der hintersten, dunkelsten Ecke des Raumes führten. Er bemerkte auch weder das energische Zupfen an seinem Ohr noch die schrille kleine Stimme, die ihn davor warnte, den Weg zu verlassen. Er bemerkte auch nicht, dass die Stimme plötzlich verstummte und das Zupfen mit einem letzten verzweifelten Ruck endete.

Auf den Tischen beim Feuer gab es frisch gefangene Flussfische, wunderbar zubereitetes Gemüse und Schalen mit Obst und Nüssen. Benfro war hungrig und fror, deshalb setzte er sich auf die den Flammen am nächsten stehende Bank und nahm sich etwas zu essen. Alles schmeckte gut, so ungefähr wie die letzte Mahlzeit, die er verzehrt hatte. Er hielt Ausschau nach etwas zu trinken und hoffte auf Wein. Ein Kelch, der seltsam verschrammt und zerbeult war, enthielt nur abgestandenes Wasser, aber es war kalt und es war nass, deshalb leerte er den Kelch. Kaum hatte er ihn wieder auf den Tisch gestellt, da füllte er sich auf magische Weise ein weiteres Mal.

Eine Bewegung, die er aus dem Augenwinkel wahrnahm, erregte Benfros Aufmerksamkeit. Zuerst glaubte er, es seien nur die Schatten, die von den flackernden Flammen an die Wand geworfen wurden, aber als er auf die andere Seite der großen Halle blickte, ging ihm auf, dass der Schatten konstant war und sich nicht bewegte. Selbst, wenn die Fackeln an den Wänden Wachstropfen fallen ließen, war ihr Licht seltsam bewegungslos.

Als Benfro noch die Lichter anstarrte, war die Bewegung wieder da. Er fuhr herum und versuchte, sie zu erkennen. Einen Moment lang glaubte er, etwas zu sehen, aber es verschwand schnell wieder im Schatten.

»Wer ist da?«, fragte er, während sich ein unbehagliches Gefühl in ihm ausbreitete. »Zeig dich«, fügte er hinzu und versuchte, seine Stimme gebieterisch klingen zu lassen. »Stell meine Geduld nicht auf die Probe!«

Dann nahmen sie schimmernd Gestalt an, auf eine Weise, die er nicht beschreiben konnte. Im einen Augenblick starrte er in leeren Raum, im nächsten nahm die Luft eine frostige glasige Form an, sie beugte und krümmte sich, bis vor ihm etwas Unglaubliches stand.

Sie waren insgesamt sieben, alle ein wenig unterschiedlich, und alle an die zwei Meter zehn groß. Das Benfro nächststehende Wesen war vielleicht das Älteste, jedenfalls hatte es die gekrümmteste Haltung und die anderen schienen es als ihr Oberhaupt zu betrachten. Was es nun eigentlich war, begriff Benfro nicht. Es hatte sechs mit Büscheln aus grobem schwarzem Haar bewachsene Beine. Sein Leib bestand aus mehreren Teilen, wie der einer Wespe, war jedoch fleischig und bleich, und das schwarze Fell bedeckte auch seinen Rücken. Sein Kopf war klobig und hatte ein missgestaltetes Loch als Mund und die facettierten Augen einer Spinne. Seine Arme waren dünne schwarze chitinartige Dinger, die sich dauernd bewegten. Die hässlichen Zangen, die als Hände dienten, huschten hin und her.

»Verzeih uns, Herr«, sagte das Wesen. »Seit zwei Tagen spüren wir dein Kommen, aber du rufst uns nicht. Wir haben Angst, dass du uns zürnst.«

»Euch zürnen? Warum? Was seid ihr? Wer seid ihr?«, fragte Benfro und trat unbewusst einen Schritt zurück, fort von diesem furchtbaren Anblick.

»Haben wir uns so sehr verändert, dass der Herr uns nicht mehr erkennt?«, fragte der Anführer und krümmte die Beine zu einer perversen Kniebeuge, wobei seine Zangen sich öffneten und schlossen wie bei einem sterbenden Krebs. »Es waren wohl viele Jahre. Zu viele, um sie zu zählen. Wir sind deine getreuen Diener, Herr, deine Gwenydau. Wir haben geduldig auf deine Rückkehr gewartet.«

»Ich bin nicht…«, setzte Benfro an, überlegte sich die Sache dann aber anders. Diese Wesen könnten ihn gar zu leicht angreifen, und wer konnte denn wissen, welche feinen Künste ihnen zur Verfügung standen. Wenn sie nach Lust und Laune erscheinen und verschwinden konnten, war es schwierig, sich gegen sie zu wehren, falls sie sich zu Feindseligkeiten entschlossen. Also setzte er sich wieder auf die Bank am Feuer und gab sich alle Mühe, Gelassenheit vorzutäuschen. Diese Wesen hielten ihn für ihren Herrn, Magog, und da wollte er diese Rolle doch so gut wie möglich spielen.

»Das waren viele Jahre«, sagte er. »Zu viele, in der Tat. Also erzählt mir, was in all diesen Jahren geschehen ist.«

»Der Herr macht sich über uns lustig«, sagte der älteste Gwenyd. »Du hast uns nur erschaffen, um dir zu dienen. Wenn du nicht hier bist, sind wir nicht hier. Wir kennen nur den Weg der Zeit, mehr nicht.«

»Aber sicher sind doch Reisende hier vorbeigekommen. Habt ihr sie nicht willkommen geheißen? Gibt es in dieser Burg keine Gastfreundschaft?«

Die Gwenydau drängten sich zusammen, fast wie zu einer

Gruppenbesprechung, obwohl Benfro nicht hörte, dass sie irgendetwas sagten. Dann verschwanden sechs von ihnen; sie schwebten aus seinem Blickfeld wie Morgennebel bei Sonnenaufgang. Der Älteste blieb. Er humpelte dichter an Benfro heran und schaute aus seinen wahnwitzigen Augen zu ihm auf. Benfro fragte sich, wie gut das Wesen ihn wohl sehen konnte, denn niemand, der Magog gesehen hatte, könnte ihn doch wohl mit diesem Riesen unter den Drachen verwechseln.

»Herr, bitte, sei uns nicht böse«, sagte das Wesen. Aus der Nähe sah Benfro, dass es zitterte, aber er wusste nicht, ob Furcht oder Alter der Grund waren. Die Haut des Wesens war fleckig und sah krank aus.

»Warum sollte ich euch böse sein?«

»Als du gegangen bist, sind wir auch gegangen«, begann das Wesen. Seine Stimme war schwach und krächzend, und es keuchte am Ende des Satzes, als ob ihm das Atmen auch dann schon schwerfalle, wenn er es nicht auch noch durch Wörter unterbrach. »Wir sind zu dem Ort gegangen, zu dem wir immer gehen, um auf deine Rückkehr zu warten. Wir haben gewartet, haben den langsamen Gang der Zeit gezählt, wie es schon immer unsere Art war. Aber du bist nicht zurückgekehrt. Wir haben immer weiter gewartet, und ein langsames Jahr ging in das andere über. Aber du bist noch immer nicht zurückgekehrt. Die Jahrhunderte vergingen, wir haben gewartet. Warten ist das, was wir tun. Doch beim Warten wurden wir ruhelos. Meine Brüder sprachen schon davon, den Ort zu verlassen, zum Warten herzukommen. Zuerst habe ich ihre Reden als Ketzerei verurteilt, denn das waren sie doch. Aber als die Jahrhunderte verstrichen, wurde auch meine Entschlossenheit gewogen und zu leicht befunden.

Einer meiner Brüder nach dem anderen hat mich verlassen, ist hierher zurückgekehrt, bis ich ganz allein war. Ohne ihre flüsternden Stimmen zu meiner Beruhigung wurde die Leere zu einem entsetzlichen Ort. Dann überkam mich eine Einsamkeit, wie du sie dir einfach nicht vorstellen kannst. Ich habe sie ertragen, so lange ich konnte, aber ich wollte doch wissen, was dir passiert war. Warst du zurückgekehrt, hattest einige deiner Gwenydau dienstbereit vorgefunden und mich deshalb gar nicht erst gerufen? Vielleicht war dir auch großes Ungemach widerfahren und du konntest nicht rufen. Das musste ich wissen. Und endlich schlüpfte ich ungerufen zurück in diese Burg.

Herr, es war ein entsetzlicher Anblick. Eine gewaltige Bestie hatte die Mauern zerstört, hatte die großen Eingangstüren in die Nacht hinausgeschleudert. Das Dach war fast vollständig verschwunden, und die Wandteppiche waren so alt geworden, dass sie zu Staub zerfallen waren. Die Burg war eine Ruine. Ich durchsuchte den Schutt nach irgendwelchen Anzeichen für deine Rückkehr. Einer nach dem anderen kamen meine Brüder zu mir, als ich mir einen Weg durch die früher so prachtvollen Säle bahnte. Wir durchsuchten die Burg vom tiefsten Keller bis zu dem, was vom höchsten Turm noch übrig war, aber von dir fanden wir nicht die geringste Spur.

Und seither sind wir hier geblieben und haben uns alle Mühe gegeben, den Verfall der Burg aufzuhalten. Die ganze Zeit warten wir schon auf deine Rückkehr. Im Laufe der Jahre waren einige Reisende hier, aber wir haben sie nicht willkommen geheißen. Es wäre nicht richtig, sie deine Gastfreundschaft genießen zu lassen, wenn du nicht hier bist. Wir haben sie vertrieben, so gut wir konnten. Die, die nicht gehen wollten, wurden in die Kerker gelockt, um dort zu warten, wie auch wir auf deine Rückkehr gewartet haben.«

»Was für Wesen waren diese Besucher?«, fragte Benfro. »Und sind sie noch immer hier?«

»Nein, Herr«, sagte der Gwenyd. »Genauer gesagt, nur ihre

Knochen sind noch hier. Sie hatten nicht genug Geduld, um wie wir zu warten.«

»Waren Drachen unter ihnen?«

»Es waren Wesen, die sich Drachen nannten, Herr, aber sie waren nicht das, als was sie sich ausgaben. Elende Geschöpfe waren sie, von schwachem Geist und ohne nennenswerte Flügel. Sie sind alle gegangen, als wir sie dazu aufgefordert haben.«

»Aber was ist in den Kerkern?«, fragte Benfro, einerseits traurig, weil er seinen Vater nicht gefunden hatte, andererseits froh, weil er dessen Knochen nicht gefunden hatte.

»Seltsame hochmütige Wesen waren das, Herr«, sagte der Gwenyd. »Klein, mit stämmigen Beinen und kurzen Leibern. Sie hatten Waffen aus Licht und wollten nicht auf unsere Warnung hören. Einige versuchten sogar, uns etwas anzutun, als ob du gestatten würdest, dass uns in deinem Haus etwas passiert!«

»Menschen«, vermutete Benfro.

»Bestimmt keine Menschen, Herr«, sagte der Gwenyd ungläubig. »Menschen sind Getreideanbauer von schlichtem Gemüt, ohne einen Funken von Lebenskraft. Diese hier waren mächtige Magi, trotz ihres erbärmlichen Aussehens. Meine Brüder und ich mussten all unseren Scharfsinn zusammennehmen, um sie in die Falle zu locken, nachdem sie trotz unserer Aufforderung nicht gehen wollten.«

»Wann war das?«, fragte Benfro, und seine überraschte Neugier war stärker als er.

»Sie kommen jetzt seit Hunderten von Jahren«, erwiderte der Gwenyd. »In jedem Jahrhundert scheint ein neuer Trupp den Weg hierher zu finden. Jeder ist der genauso wie der zuvor: Hochmütig erklären sie die Burg zu ihrem Eigentum oder zu dem irgendeines Königs. Sie trampeln auf dem Hof herum, scheißen in die große Halle und reißen mit ihren Feuerschwertern Mauern ein. Immer halten sie sich für die Herren von allem, was sie anfassen, und deshalb können wir sie immer in den Kerker locken. Und von dort kann kein Wesen, ob tot oder lebendig, entkommen, wie du wohl weißt, Herr. Diese Menschen, wenn sie also Menschen sind, überleben nicht lange ohne Nahrung und Wasser.«

Benfro sah plötzlich Inquisitor Melyn vor sich, eingesperrt in einen finsteren Kerker, unfähig zu fliehen, mit keiner anderen Nahrung als der Feuchtigkeit an den kalten Mauern. Langsam verhungernd, trotz all seiner Magie. Dieses Bild stimmte ihn um einiges fröhlicher.

»Wie lange war ich denn also fort?«, fragte er unschuldig und fiel in die ihm zugeschriebene Rolle. Es war schwer, den Gesichtsausdruck des Gwenyd zu deuten, aber es schien eine Mischung aus Besorgnis und Überraschung zu sein.

»Meister, weißt du das denn nicht?«

»Ich war nicht… naja, sagen wir, ich war in einer Lage, in der ich nicht zählen konnte«, sagte Benfro und wünschte, er hätte den Mund gehalten. Das hässliche Wesen schien zu überlegen, denn es verstummte für einige Zeit, bis es endlich antwortete.

»Zwei volle Jahrtausende sind vergangen, seit du von dem hohen Turm losgeflogen bist, Herr«, sagte es endlich. »Herr, bitte, vergib mir, vergib uns allen, aber wir haben zwischendurch schon geglaubt, du würdest niemals zurückkehren.«

»Und ich habe zwischendurch geglaubt, ich würde dazu nicht in der Lage sein«, sagte Benfro und dachte an den verblassenden Edelstein am Flussufer, den Edelstein, der immer stärker geworden war, seit er ihn an sich genommen hatte und ihn mit den Erinnerungen der Dorfbewohner und seiner Mutter fütterte. Ohne zu überlegen, griff er nach den Taschen, die über seiner Schulter hingen. Doch sie waren beide nicht vorhanden. Und dann begriff er: Das Essen auf den Tischen war sein eigenes: Obst und Gemüse, die ihm der Mutterbaum geschenkt hatte, Fische, die er am selben Morgen im Fluss gefangen hatte. Nur das abgestandene Wasser in dem uralten Zinnkrug war von hier.

»Wo sind meine Taschen?«, frage er mit, wie er hoffte, gleichgültiger Stimme.

»Herr, deine Taschen sind in die Küche gebracht worden. Das Essen haben wir so für dich aufgetischt, wie es dir gefällt. Das frische Fleisch, das du auf deiner Reise im Wald gefangen hast, wird jetzt gerade zubereitet, um deine Rückkehr zu feiern.«

Das frische Fleisch? Benfro wusste nicht, wovon der Gwenyd da sprach. Er hatte zwar Fische mitgebracht, aber die waren doch schon zubereitet worden. Und der ältere Diener hatte gesagt, »gefangen«. Die Münze fiel, und ein eiskalter Schauer lief über Benfros Rückgrat bis in seine Schwanzspitze.

»Malkin!« Benfro sprang auf und der Krug mit dem Wasser kippte auf den Boden. »Wo ist er? Bring mich zu ihm! Sofort!«

10

Die Gwenydau waren vielleicht Magogs bedeutendste Schöpfung, jedenfalls waren sie die grauenhafteste. Sie waren an den Palast von Cenobus gebunden und angeblich aus den Seelen von Magogs Feinden gebildet, die Magog im Augenblick des Todes von ihren Körpern getrennt hatte. Da sie sich Magogs Willen widersetzt hatten, mussten sie sich diesem nun für alle Zeiten unterwerfen. Sie existierten nur zu seiner Unterhaltung, sie erschienen auf seinen Befehl hin und kehrten an einen namenlosen Ort zurück, wenn er sie nicht mehr brauchte. Sie dienten sonst niemandem, es sei denn auf Wunsch ihres Herrn.

Sir Frynwy: Geschichten vom Frydland

Errol erstarrte und konnte sich vor Angst nicht bewegen. Das Messer an seiner Kehle war scharf und ließ seine Haut brennen, und der Griff des Wachpostens war hart und unnachgiebig.

»Bitte, vergebt ihm.« Rasch steckte Dondal den Schlüssel in die Tasche. »Er ist im Gebirge aufgewachsen. Er muss noch sehr viel lernen.«

Der Wachposten grunzte, ein grauenhaftes Geräusch, das Errol durchaus nicht den Eindruck vermittelte, dass ihm verziehen sei, zumal der Mann ihn noch weiter festhielt, als müsse er sich zuerst überlegen, ob er die Erklärung des Herzogs akzeptieren mochte. Dann zog er endlich das Messer zurück und schob Errol zur Seite. Die ganze Zeit hatte er kein Wort gesagt. Errol fragte sich, ob der

Wachposten wohl stumm war, aber er wurde aus diesen Gedanken gerissen, als Dondal endlich die Tür aufziehen konnte. Sie gingen hinein, und Dondal schloss die Tür hinter ihnen wieder ab.

»Nur Herzöge dürfen die Schlüssel zu diesem Palast anrühren«, sagte Dondal zu Errol, während sie durch eine enge Gasse gingen, die fast aussah wie die, die sie eben verlassen hatten. »Die meisten gewöhnlichen Menschen dürfen sie nicht einmal sehen. Du musst vorsichtig sein, Errol, die Tarnung als Bauerntölpel aus den Bergen hilft dir nicht unbegrenzt weiter.«

»Ich …«, begann Errol, aber der Herzog hob eine Hand und brachte ihn damit zum Verstummen. Sie hatten ein anonymes Steingebäude erreicht und waren vor einer einschüchternden Holztür stehen geblieben.

»Schweig jetzt. Sag nur etwas, wenn du angesprochen wirst. Hier in diesem Haus bist du ein Page, und Pagen sollen gesehen werden, aber nicht gehört. Und jetzt beeil dich. Wir kommen zu spät.«

Errol hätte gern gewusst, wie sie zu spät kommen konnten, denn schließlich hatte der König doch keinen Zeitpunkt für ihr Erscheinen genannt. Aber er behielt diese Überlegung für sich und folgte dem Herzog, als der dicke alte Mann durch immer weitere und prachtvolle Korridore schritt.

Nach der kalten Kargheit von Emmas Faur, der heruntergekommenen Schäbigkeit von Herzog Dondals Häusern und der ländlichen Schlichtheit von Pullpeiran war der Palast fast nicht zu fassen. Errol wäre gern stehen geblieben, um zu starren, um die unvorstellbar prachtvollen Gobelins, die vergoldeten Zierleisten und die gewaltigen Porträts seltsam bekannt aussehender Personen zu betrachten und den tiefen Teppich zu bewundern, in dem seine Reisestiefel versanken wie im Gras des Frühlings. Aber er musste mit dem Herzog Schritt halten. Und außerdem gab es einfach viel zu viel zu sehen.

Endlich gelangten sie in einen gewaltigen Saal mit Fenstertüren auf der einen Seite. Durch das Glas konnte Errol einen riesigen Ziergarten sehen, der in geschwungenen Terrassen zu einer weiten Festungsmauer abfiel, während sich in der Ferne auf dem anderen Flussufer die Stadt über den Hang erstreckte. Zum ersten Mal, seit er das Stadttor passiert hatte, konnte er den Himmel deutlicher sehen als nur als schmalen grauen Lichtstreifen hoch oben.

»Du glotzt schon wieder, Errol.« Herzog Dondal röchelte ein wenig nach der Anstrengung. »Versuch, so zu tun, als ob du kein Gehirn hättest. Es ist nicht gut, zu sehr bemerkt zu werden.«

Errols umherschweifender Blick war inzwischen bei zwei geschlossenen Türen angelangt, die groß genug waren, um eine sechsspännige Kutsche durchzulassen. Sie waren weiß angestrichen und mit komplizierten goldenen, roten und grünen Schnitzereien verziert. Zwei Männer, die ebensolche eleganten Livreen trugen wie derjenige, der sie in den Palast gerufen hatte, standen schweigend auf beiden Seiten Wache. Zuerst hielt Errol den Saal für leer, aber dann hörte er, wie jemand sich räusperte.

»Ah, Dondal, da bist du ja.«

Errol schaute sich um und sah einen alten Mann, mit dünnem Gesicht und strengem Knebelbart, der auf der einen Seite des Raumes hinter einem großen Schreibtisch saß. Errol versuchte, mit den Schatten zu verschwimmen, als der Mann sich erhob und langsam über den weiten Teppich auf sie zukam. Der Herzog stand aufrecht und steif da und zeigte keinerlei Ehrerbietung. Die Luft knisterte von einer unbehaglichen Spannung, die noch schlimmer wurde, als der alte Mann einige Schritte vor Errol stehen blieb und ihn anstarrte.

»Und was hast du da mitgebracht? Für einen Lustknaben bist du ein bisschen zu alt, meinst du nicht?«

»Das ist mein Neffe Errol. Ich hoffe, ihn Prinz Dafyd als Pagen empfehlen zu dürfen.«

»Und wieso glaubst du, der König würde so etwas gestatten?«, fragte der alte Mann mit deutlichem Hohn in der Stimme. Errol hatte noch immer keine Ahnung, wer der Alte sein mochte, und war unsicher, ob er das feindselige Starren erwidern oder die Augen niederschlagen sollte.

»Er ist Edgars Sohn«, sagte Dondal. Die Wirkung ließ nicht auf sich warten. Die ganze Haltung des alten Mannes änderte sich. Seine Schultern verloren etwas von ihrer Steifheit, und er drehte sich um, um Errol seine volle Aufmerksamkeit zu widmen.

»Schau mich an, Junge«, sagte er. Errol gehorchte. Der alte Mann streckte die Hand aus und schloss sie ziemlich sanft um Errols Kinn. Dann bewegte er Errols Kopf hin und her, als ob er einen Zuchtwidder inspizieren wollte.

»Weißt du, wer ich bin, Junge?«

»Nein, hoher Herr«, sagte Errol in dem Bewusstsein, dass er zum ersten Mal Lanwennog zu jemandem gesprochen hatte, der durch seine Kenntnisse dieser Sprache getäuscht werden sollte.

»Ich bin Tordu, König Billahs Vetter, der Majordomus dieses Palastes und Erzherzog von Tynhelyg. Ohne meine Zustimmung passiert hier nichts. Hast du verstanden?«

»Ja, hoher Herr.« Errol senkte den Kopf, als der alte Mann endlich sein Kinn losließ. »Ich möchte nur dem König dienen, in jeglicher Art, die er für angemessen hält.«

»Ist das so, Errol?«, fragte der Majordomus. »Nun gut, dann solltest du beten, dass er heute nicht glaubt, neue Soldaten für sein Heer zu benötigen.« Und damit schritt er an den beiden vorbei und nickte den beiden Wachposten zu, woraufhin diese die riesigen Türen öffneten.

Dahinter lag ein Saal, der den, in dem sie noch standen, aussehen ließ wie den Geräteschuppen eines Bauern. Errol konnte nicht begreifen, wie soviel Raum von Mauern umschlossen sein konnte: Die Decke war so hoch über ihm wie der Himmel, bis zur

Wand waren es nach jeder Seite wenigstens fünfzig Schritte, und die Wand vor ihm war sogar mindestens hundertfünfzig Schritte entfernt.

Errol dachte an Dondals Warnung und versuchte, nicht zu arg zu starren, als sie durch den riesigen Saal auf den aufragenden Thron zueilten. Aber je näher er kam, desto verwirrter wurde Errol. Zuerst glaubte er, der Thron sei leer, dann verspürte er eine vertraute und doch fremde Gegenwart, die seine Gedanken streifte. So ähnlich fühlte es sich an, wenn Melyn seine Gedanken erraten wollte, aber diese Versuche hier waren ganz anders an, viel behutsamer. Errol ließ den Strom seiner jüngsten Erfahrungen nach oben perlen. Es war nicht zu schwierig, unschuldiges Staunen und Überraschung darüber vorzutäuschen, was er seit seiner Ankunft in Dondals heruntergekommenem Palast gesehen hatte, und nach einem Moment verschwand das kitzelnde Gefühl, gelesen zu werden.

Tordu blieb zwanzig Schritte vom Thron entfernt stehen und fiel dann auf ein Knie. Dondal tat es ihm nach und Errol folgte eilig dem Beispiel der beiden.

»Eure Majestät, ich bringe Dondal, den Herzog von Tynewyd und Marschall der Südlichen Trenn-Gebirge«, sagte Tordu, dann erhob er sich und machte einen Schritt zur Seite.

»Tritt vor, Dondal«, sagte eine Stimme aus den Tiefen des Thrones. Errol wagte einen kurzen Blick nach oben und sah einen kleinen breiten Mann mit schulterlangen weißen Haaren und einem langen Bart, der ihm das Aussehen einer Bergziege gab. Der Mann beugte sich aus den dunklen Tiefen des Thrones vor. Eine knotige Hand packte eine dunkle hölzerne Armlehne wie eine Kralle.

Dondal erhob sich und senkte abermals den Kopf. Dann winkte er Errol, vorzutreten. Mit einem furchtbaren Angstgefühl begriff Errol, dass etwas nicht stimmte. Aus dem Augenwinkel konnte er überall Wachen stehen sehen, stumm und aufmerksam, aber sonst befand sich kein Mensch um Thronsaal.

»Eure Majestät, ich trete vor Euch, um der Krone meinen Treueeid abzulegen«, sagte Dondal mit stolzer Stimme. »Und um Euch mit Errol Ramsbottom einen Spion vorzuführen, den das Zwillingskönigreich in Euer Königliches Haus einschmuggeln wollte.«

Benfro lief in der dunklen Burg von Tür zu Tür. Der alte Gwenyd trottete langsam hinter ihm her und seine Krallen klapperten in einem nervösen Rhythmus. Irgendwo in den Tiefen dieser Ruine befand sich Malkin in der Gewalt der anderen Wesen, die vielleicht gerade jetzt das Eichhörnchen für den Kochtopf vorbereiten. Und Benfro hatte das zugelassen!

»Wo ist diese verdammte Küche?«, brüllte er.

»Herr, du weißt doch bestimmt noch, wo…«, begann der Gwenyd.

»Tu mir den Gefallen«, erwiderte Benfro. »Diese Burg ist riesig und hat eine Menge Räume. Du kannst nicht erwarten, dass ich mich an alle erinnere. Also beeil dich.«

»Herr, ich habe meine Brüder schon über deine Unzufriedenheit informiert, Bitte, versteh doch, dass wir nur das tun, was du uns in der Vergangenheit befohlen hast. Wir können nichts anderes tun.«

»Ich muss die Küche finden«, sagte Benfro. »Ich muss meinen Freund retten.«

»Dann folge mir bitte.« Das seltsame Wesen drehte sich schlurfend um und trottete dann in die Richtung, aus der sie gekommen waren. Benfro folgte, so langsam, dass er das Gefühl hatte, sich so gut wie gar nicht zu bewegen.

»Du nennst mich Herr«, sagte Benfro nach einigen Minuten frustrierten Schweigens. »Wie kannst du sicher sein, dass ich Magog bin?«

»Der Herr macht sich wieder lustig über mich«, sagt der Gwenyd.

»Meine Augen sind vielleicht nicht mehr so gut wie früher, aber ich kann einen Drachenarm sehen und das Funkeln der Schuppen so gut deuten wie eh und je. Natürlich hast du dich mit den Jahren verändert, aber wer hat das nicht? Und doch habe ich deine Anwesenheit gespürt, sowie du in den Wald geflogen bist.«

»Aber wieso bist du so sicher? Ich meine, ich könnte doch ein Hochstapler sein. Ich könnte Gog sein.«

Der Gwenyd hielt mitten im Schritt inne, was bei seinen vielen Beinen eine ziemliche Leistung war. Ein Zittern durchlief ihn. Er schaute sich zu Benfro um, und Hunderte von winzigen Lichtern glitzerten in der Reflektion seiner Facettenaugen.

»Herr, hast du eben gesagt, was ich gehört zu haben glaube?«, fragte er. In seiner Stimme, die zuvor salbungsvoll und kriecherisch gewesen war, schwang plötzlich Angst mit.

»Gog, mein Bruder, ja.« Benfro spürte, wie die Atmosphäre sich eindickte, wie Milch und Eier kurz vor dem Kochen. Fast schien das gesamte riesige Bauwerk den Atem anzuhalten. Als ob ein Urzorn die Steine erhitzte, aus denen es errichtet war.

»Der Herr wollte diesen Namen seit Jahrhunderten nicht mehr aussprechen, ehe …«, sagte der Gwenyd in einem Flüstern, das in der elektrisch geladenen Stille fast unterging. »Der Herr hat mindere Drachen verbrannt, weil sie diesen Namen in seiner Anwesenheit auch nur gedacht haben.«

»Na ja, vielleicht hat der Zorn mich so lange von hier fortgehalten«, sagte Benfro. »Aber du hast meine Frage noch immer nicht beantwortet.« Sie hatten jetzt eine Treppe erreicht und erklommen langsam eine Stufe nach der anderen. Benfro hätte das alte Wesen am liebsten hochgehoben und nach oben getragen, brachte es aber nicht über sich, es zu berühren.

»Herr, ich habe doch nie …« Der Gwenyd verstummte, denn Jahrtausende des Trainings verboten ihm das Weitersprechen.

»Ach, ist auch egal«, sagte Benfro. »So lange du sicher bist, dass ich bin, wer du behauptest, dass ich bin, können wir beide zufrieden sein. Aber können wir ein bisschen schneller gehen? Ich kann dir sagen, mein Zorn wird riesig sein, wenn meinem Gefährten auch nur ein Haar gekrümmt worden ist.«

»Das Waldwesen ist unversehrt. Sowie du mich über unseren Irrtum aufgeklärt hattest, Herr, habe ich dafür gesorgt, dass meine Brüder davon erfahren haben. Sie warten schon auf ihre Strafe. Wie ich auch.« Der Gwenyd senkte bußfertig den Kopf.

Benfro achtete nicht darauf, sondern lief die letzten Stufen hoch und dann weiter durch den Raum, wo fast alle seine Habseligkeiten auf einem Tisch verstreut waren. Sie waren offenbar durchgesehen und für ungeeignet befunden worden, um in den Speisesaal geschickt zu werden. Neben den Taschen stand ein geflochtener Käfig mit einer kleinen Klappe vorn und einem Handgriff aus Weidenrohr.

»Malkin? Bist du da drin?« Benfro packte den Käfig, machte sich an dem komplizierten Verschlussmechanismus zu schaffen und konnte endlich mit einer ausgefahrenen Kralle die Klappe öffnen.

Zwei verängstigte Knopfaugen starrten ihn aus der Tiefe an. Das Fell des Eichhörnchens war verfilzt und zerzaust, sein Schwanz ein bleicher Schatten seines früheren buschigen Selbst. Malkin zitterte heftig und seine winzigen Krallen waren fest um die Käfigstäbe geschlossen. Er hatte sich in seiner Panik im Käfig eingekotet, und seine Beine und sein Fell waren verschmiert. Der Gestank stieg Benfro entgegen, als er sich über den kleinen Käfig beugte, und der Geruch erinnerte ihn auf eine seltsame Weise an den der Kampfpriester. Das erregte einen Zorn in ihm, der sich nicht gegen das erbärmliche kleine Wesen richtete, sondern gegen die Verursacher dieses Elends. Aller Zorn und alle Frustration, die sich in ihm aufgestaut hatten, seit er versucht hatte, sich von Magogs Edelstein zu befreien, brachen sich jetzt in ihm Bahn. Er fuhr zu dem alten Gwenyd herum, der langsam auf ihn zugeschlurft kam.

»Wie könnt ihr es wagen, meinen Gefährten so zu behandeln?«, brüllte er mit einer solchen Wut, dass das Wesen zurückwich und sich noch mehr in sich zusammenkauerte.

»Herr, du bist immer mit Vorräten für deinen Tisch zurückgekehrt«, stammelte es an den Boden gerichtet. »Wir dachten nur …«

»Ihr dachtet nur!« Benfro sprühte vor mühsam beherrschter Wut. »Und wer hat euch das Denken erlaubt? Wann habe ich euch gesagt, ihr dürftet hierher zurückkehren? Du hast dich in meiner Abwesenheit vergessen, Gwenyd. Dagegen werde ich etwas unternehmen müssen.«

Er holte tief Luft, richtete sich zur Decke hin auf und spürte, dass seine innere Hitze noch wuchs. Es war der pure Zorn, der ihn erfüllte, eine erregende Macht, wie er sie noch nie verspürt hatte. So wurde für Gerechtigkeit gesorgt, so bekamen die, die sein Missfallen erregt hatten, die wahren Ausmaße seines Zorns zu spüren.

»Tretet vor mich. Allesamt. Sofort«, brüllte er. Fast augenblicklich waren sie da, eine so elende Sammlung aus zusammengeflickten Körperteilen und übler Absicht, wie man sie sich überhaupt nur vorstellen konnte. Er hasste jede Faser ihres Wesens, hasste alles an ihnen. Sie erinnerten ihn vor allem an sein Versagen. Er wusste, dass seine riesige Burg eine Ruine war, auch wenn sie jetzt unversehrt wirkte. Diese Magie hatte er vor langer Zeit erschaffen. Er wusste, dass Plünderer und Marodeure sich an seinen großen Schätzen, seinen Kunstwerken, seiner unersetzlichen Bibliothek vergangen hatten. Das Wissen der alten Magis war verloren, und an allem waren nur diese jämmerlichen Karikaturen von Dienern schuld. Er konnte ihre Anwesenheit, ihre bloße Existenz nicht länger ertragen. Es war Zeit, die Fehler der Vergangenheit zu korrigieren und einen neuen Anfang zu machen.

Die Macht war jetzt über ihn gekommen, eine große Kraft, die so stark war, dass sie sich nicht mehr zurückhalten ließ. Diese elenden Wesen vor ihm drängten sich zu einem jammervollen Haufen zusammen, tippelten sinnlos hin und her und wichen seinem Blick aus. Also würden sie enden, wie sie angefangen hatten, ängstlich, verwirrt, kaum seiner Aufmerksamkeit würdig.

»Benfro?«, fragte eine Stimme – leise, schrill und voller Angst. Er wollte nicht darauf achten. Sie war eine Belanglosigkeit, eine Ablenkung von der Aufgabe, die vor ihm lag. Er würde sich darum kümmern, sobald er seine Wut an diesen Geschöpfen ausgelassen hatte, die er erschaffen hatte, damit sie seine perfekten Diener wären, diesen Geschöpfen, die ihn so übel enttäuscht hatten. Aber etwas an dieser Stimme ließ ihm keine Ruhe.

»Benfro?«, fragte sie wieder, und dieses kurze Wort fand einen Weg durch den Knoten seiner Wut in eine winzige stille Ecke seiner Gedanken. Dort fand es ein verwirrtes, verängstigtes Drachkitz. Er war Benfro, das wusste er. Aber das hier war sein Palast. Die Burg des Magog. Das hier waren seine Geschöpfe, die Gwenydau. Und doch hatte er sie vor diesem Abend noch nie gesehen.

Als ob er sich durch feuchten Schlamm mühte, mit verwirrtem und müdem Gemüt, schaute er sich nach der Herkunft der Stimme um. Ein Eichhörnchen, zerrupft und in sich zusammengesunken, der Schwanz stellenweise verfilzt, das Fell von trüben Braun anstelle von wildem Rot, wie es richtig gewesen wäre, stand neben ihm auf dem Tisch. Es schaute aus besorgten schwarzen Augen zu ihm auf. Es hatte einen Namen, den er kannte.

»Malkin?«, fragte Benfro. Und als er seine Stimme hörte, legte sich seine Verwirrung. Sein Zorn versickerte, als ob er niemals wirklich gewesen wäre. Langsam wich er zur Tür zurück. Ihm ging auf, dass er seine Flügel weit zu den dunklen Bogengängen der Küche hin gespreizt hatte. Heiß vor Verlegenheit faltete er sie zusammen. Der Geist des Magog hatte ihn besessen – das war ihm jetzt klar – aber wie lange war das so gewesen?

»Ich bin nicht Magog«, sagte er zu den Gwenydau, die noch immer vor ihm kauerten. »Magog ist seit über zweitausend Jahren tot.«

»Der Herr macht sich über uns lustig«, sagte das Älteste der Wesen, aber Benfro konnte sehen, dass die ersten Zweifel jetzt gesät waren.

Das Gesicht des alten Gwenyd furchte und faltete sich, dass es fast komisch wirkte. »Und doch hatte der Herr sich zweifellos geändert.«

»Ich bin nicht euer Herr«, sagte Benfro. »Ich bin Sir Benfro, der Sohn von Sir Trefalduin mit der Schwingenspreite. Ich habe zufällig die Stelle gefunden, wo die letzten Überreste eures Herrn liegen. Ich habe aus seinem feuchten Grab seinen Edelstein gerettet. Das ist alles, was von ihm noch übrig ist.« Er griff nach der Provianttasche, kippte den restlichen Inhalt auf dem Tisch und suchte darin nach dem Edelstein, den er in ein dickes Blätterbündel gewickelt hatte.

Malkin sprang über den Tisch und half ihm bei der Suche. Das Eichhörnchen war ein Experte, wenn es darum ging, Dinge zu finden, und hatte das kleine Bündel bald entdeckt. Benfro konnte nicht übersehen, dass Malkin ihn noch immer ängstlich ansah, als ob er jeden Moment mit einer Explosion rechnete. Er wusste, dass er für kurze Zeit nicht mehr Benfro gewesen war, sondern etwas, das eher mit dem furchtbaren Magog aus der Sage verwandt war. Dadurch sah das Eichhörnchen ihn jetzt anders. Ihre Freundschaft hatte ihre Unschuld verloren, und das schmerzte Benfro mehr als alles andere.

Er nahm das Päckchen, öffnete es und entfernte eine Schicht aus dicken grünen Blättern nach der anderen, bis der winzige Edelstein wie die Mitte einer seltsamen Blüte in seiner ausgestreckten Handfläche lag. Er hielt ihn den Gwenydau hin.

»Seht ihr«, sagte er. »Mehr ist von eurem Herrn nicht übrig.«

Errol stand da wie erstarrt und konnte nicht fassen, was Herzog Dondal eben gesagt hatte.

Zu Hause, in den Wäldern der Umgebung von Pullpeiran, hatte er die Kunst des Verschwindens perfektioniert. Man brauchte nur aufzuhören, sich zu bewegen, durfte keine Aufmerksamkeit auf sich ziehen, musste versuchen, so flach zu atmen, dass man mehr oder weniger unsichtbar war. Oft genug hatte er verbale oder schlimmere Zusammenstöße mit Trell und dessen Kumpanen vermeiden können, indem er einfach so getan hatte, als wäre er gar nicht da. Jetzt hätte er es zu gern genauso gemacht.

Aber so würde das nicht funktionieren.

»Packt ihn.« König Billahs Befehl klang fast träge, doch noch ehe Errol auf irgendeine Weise reagieren konnte, hatten zwei Wachen bereits seine Arme gepackt.

»Er stellt keinerlei Bedrohung dar, Eure Majestät«, sagte Dondal und verneigte sich noch tiefer als zuvor. »Ich habe dafür gesorgt, dass er keine Waffen hat. Eigentlich ist er kaum mehr als ein Novize, und wie es aussieht, kommt er noch dazu aus bäuerlichen Verhältnissen.«

»Und was hat Melyn Euch dafür bezahlt, ihn herzubringen?«, fragte der König. Dondal griff in seinen Reiseumhang und zog einen schweren Geldbeutel hervor. Er machte einen Schritt auf den Thron zu und reichte dem König den Beutel.

»Ein nettes Sümmchen, Eure Majestät«, sagte er. »Aber lieber würde ich meinen Titel und mein Land verlieren, als meinen König zu verraten.«

»Und doch hast du diese Angelegenheit Seiner Majestät die ganze Zeit verschwiegen? Oder hast du die Entdeckung gefürchtet und dir irgendwann die Sache anders überlegt?«, fragte der Majordomus. »Wie lange hattest du das schon so geplant, Dondal? Wie lange hast du schon mit dem Feind zusammengespielt?«

»So tief ist mein Haus also in deiner Achtung gesunken, Tordu? So tief, dass du glaubst, wir würden uns an das Haus Balwen verkaufen? Mein eigener Bruder ist gestorben, um die Krone zu verteidigen.«

»Und du hast versucht, ihm diesen Betrüger als Sohn unterzuschieben. So ehrst du also sein Gedächtnis?«

»Aber du bist darauf reingefallen, was, Tordu?«, fragte Dondal. »Was ist also das ganze Gerede wert, dass in dieser Stadt nichts passiert, wovon du nichts weißt?«

»Meine Herren!« Die Stimme war leise, aber die Wirkung trat sofort ein. Der Herzog und der Majordomus verstummten und starrten ihren König an wie zur Ordnung gerufene Schulbuben. Errol spürte das Verlangen des Königs nach Aufmerksamkeit. Es war wie ein Zwang, irgendwo tief unten in seinem Geist, so, als gäbe es nichts, was er lieber täte, als dem alten Mann zuzuhören. Nur der feste Zugriff der Wachen hinderte ihn daran, zum Thron zu laufen, aber ihre energischen Hände konnten ihn nun auch aus dem Zauber reißen. Die Macht des alten Mannes war viel raffinierter als die Melyns.

»Bringt den Jungen her«, sagte der König. Errol wehrte sich nicht. Er war noch immer zu benommen vom Lauf der Ereignisse, um sich auch nur Gedanken darüber zu machen, was jetzt aus ihm werden würde. Seine Gedanken wirbelten zu sehr durcheinander, deshalb konnte er nicht klar denken.

»Du bist also einer von Melyns Spionen«, sagte der König, als Errol vor seinem Thron auf die Knie gezwungen wurde. »Was hast du zu deiner Verteidigung zu sagen, Junge?«

Errol starrte in das alte Gesicht mit den durchbohrenden schwarzen Augen. Er war ertappt geworden, ehe er auch nur angefangen hatte. Das würde sein Tod sein. Er würde Martha niemals finden und nie erfahren, was aus dem Drachen Benfro geworden war. Aber warum eigentlich nicht? Er schuldete dem Orden vom Hohen Fryd oder dem Haus Balwen nichts. Durch einen Zufall war er im Zwillingskönigreich geboren worden, aber sein Vater war ein Lanwennog gewesen, ein Untertan König Billahs. Warum sollte er für eine Sache sterben, die ihm so verhasst war?

»Ich habe durchaus keinen größeren Wunsch, Inquisitor Melyn oder Königin Beulah zu dienen als Ihr«, sagte Errol. »Mein Vater war ein Lanwennog. Melyn wollte mich einfach meines Aussehens wegen benutzen.«

»Ich höre, dass dein Vater dich unsere Sprache gelehrt hat. Zweifellos hat er dir auch unsere Sitten und Gebräuche beigebracht, aber weshalb bist du dann im Zwillingskönigsreich geblieben, statt in deine Heimat zurückzukehren?«

»Ich habe meinen Vater nie gekannt«, sagte Errol. »Meine Mutter wollte nicht über ihn sprechen. Ich hatte nie eine Möglichkeit, das Dorf zu verlassen, in dem ich aufgewachsen bin, bis der Inquisitor kam und mich nach Emmas Faur mitgenommen hat. Und da habe ich die Sprache von Lanwennog gelernt.«

»Ach was?« Der König machte keinen Versuch, seine Skepsis zu verbergen.

»So war das, Eure Majestät«, sagte Errol und suchte nach irgendeiner Möglichkeit, den König doch noch umzustimmen. Wenn er Billah von seiner Ergebenheit überzeugen könnte, könnte er sich vielleicht von Melyn befreien.

»Gut, aber deine Loyalität liegt anderswo«, sagte der König, »an einer Stelle, die nicht einmal ich sehen kann. Allerdings kannst du Melyn nicht leiden. Seine klebrigen Gedanken sind überall auf dir, wie eine Seuche, aber du hast sie abwehren können. Du bist ein Rätsel, Errol Ramsbottom, und Raten ist nicht gerade meine Lieblingsbeschäftigung.«

»Ich bin hergesandt worden, um Kontakt zu Prinzessin Iolwen aufzunehmen und sie zu bewegen, keinen Prinzen aus Lanwennog zu heiraten«, sagte Errol. »Und sollte mir das nicht gelingen, sollte ich für Prinz Dafyd einen Unfall in die Wege leiten. Das war mein Auftrag. Ich erzähle Euch das, weil ich durchaus nicht vorhatte, diesen Auftrag auszuführen. Ich wollte mich bei der ersten Gelegenheit von hier absetzen.«

»Ja, das kann ich sehen«, sagte König Billah. »Aber du irrst dich, wenn du glaubst, dass deine Offenheit dir hier weiterhelfen kann. Du bist doch Soldat, Junge. Du gehorchst Befehlen. Du führst sie aus, auch wenn das dein Tod ist. Es spielt keine Rolle, dass du auf der anderen Seite stehst, du hast deinem Land zu dienen, so, wie dein Volk es für richtig hält. Aber du hast beschlossen, dass du alles besser weißt. Du hast beschlossen, nur an dich zu denken und auf dein Herz zu hören. Ich sollte dich noch vor Ende dieses Tages hinrichten lassen.«

Errol senkte besiegt den Kopf. Das war es dann also – er würde sterben. Er hoffte, dass es schnell und schmerzlos vor sich gehen würde.

»Aber du bist anders, Errol Ramsbottom«, sagte der König. »Zum einen hast du mich getäuscht, und du musst auch Melyn getäuscht haben. Das erfordert ungewöhnliche Geschicklichkeit, wie ich sie von einem so jungen Mann nicht erwartet hätte. Und mir gibt auch dein Wesen zu denken. Ich sehe ja vielleicht nicht mehr so gut wie früher, aber ich kann eine Aura so gut wie eh und je erkennen, und deine kommt mir sehr vertraut vor. Wachen, bringt ihn in den Westturm. Sogt dafür, dass er zu essen und zu trinken bekommt.«

Errol spürte, wie die Hände abermals seine Arme packten, aber als er aufstehen wollte, stellte er fest, dass seine Knie ihn nicht mehr tragen wollte. Brutal wurde er auf die Füße gerissen und dann vom Thron weggezerrt.

»Eure Majestät«, sagte Herzog Dondal und trat zwischen die Wachen und die noch immer weit entfernte Tür. »Ist es weise, einen Feind in so dichter Nähe zu behalten?«

»Weiser, glaube ich, als ihn seine Pläne an den Grenzen meines Königreiches schmieden zu lassen, Dondal«, sagte Billah. »Gut nur, dass Ihr mir Melyns Geld gegeben hast, sonst hätte ich vielleicht Eure Motive angezweifelt. Und jetzt, bitte, mein Gast ist weit gereist und braucht sicher Ruhe. Lasst ihn durch.«

Widerstrebend trat Dondal zur Seite. Errols Gedanken waren noch immer ein Wirrwarr, aber er registrierte doch den Ausdruck wilder Wut und tiefen Hasses im Gesicht des Herzogs, als er vorübergeführt wurde. Dann ging er auf die riesigen Türen zu, und wenn nicht auf die Freiheit, dann doch auf etwas, das der Freiheit mehr ähnelte, als er hatte annehmen dürfen. Während er vom Thron weggeführt wurde, konnten alle die laute Stimme des Königs hören:

»Und jetzt, Herzog Dondal, ich nehme an, Ihr seid gekommen, um Eure Abgaben an den Thron zu entrichten?«

Mit welcher Reaktion er gerechnet hatte, wusste Benfro nicht so recht. Auf das, was nun passierte, war er nicht vorbereitet. Zuerst warf der Älteste, dann auch die übrigen Gwenydau, den hässlichen Kopf in den Nacken und stieß ein seltsames Geheul aus, einen Schrei, der Benfro an das Heulen von Wölfen in einer mondhellen Nacht erinnerte; nur klang es eben ganz anders. Es war ein Klageruf, aber es war auch das Tosen eines Sturmwindes in den Sommerbäumen. Es war ein Todesschrei, aber es war auch das letzte Aufkeuchen eines sterbenden Hirsches, der bis zur Erschöpfung und über jegliche Hoffnung hinaus gehetzt worden ist und nun von einer zielsicheren Kralle zur Strecke gebracht wird. Und als dieses Geschrei lauter wurde, schienen die Gwenydau sich aufzulösen. Sie verschwanden nicht einfach, sondern lösten sich vor seinen Augen Teilchen für Teilchen auf. Staub wirbelte von ihren Gliedern auf und tanzte in unsichtbaren Strömungen in der Luft. Die Staubteilchen verschmolzen miteinander, ein Wirbelwind aus Partikeln, die zur Decke hochstoben.

Aber die Decke war nicht mehr vorhanden. Über ihnen öffnete sich der Nachthimmel, umrahmt von den zerfallenen Mauern des Palastes. Sterne zeichneten sich scharf am hohen Himmel der kalten, wolkenlosen Nacht ab und die vagen Reste der Gwenydau strebten ihnen entgegen wie Dampf aus einem kochenden Topf und lösten sich dann rasch auf. Einen Moment lang glaubte Benfro, in ihrer Masse eine Gestalt erkennen zu können, eine wunderschöne Drachin mit traurig gesenktem Kopf, aber das hatte er sich vielleicht nur eingebildet. Eine Stimme, genau wie die seiner Mutter, sagte: »Danke, Sir Benfro, dafür, dass du uns aus unserer endlosen Qual befreit hast.« Hatte er sich auch diese Stimme nur eingebildet? Sie war so leise, es hätte auch der Wind gewesen sein können, der zwischen den zerfallenen Säulen und den eingestürzten Bögen umherpfiff. Der Ruf verhallte jedenfalls, bis er mit dem Wind verschwamm und dann überhaupt nicht mehr zu hören war.

Mit einem Schauder schloss Benfro die Faust um den Edelstein.

»Wir jetzt gehen«, sagte Malkin, der langsam zu seinem früheren quirligen Wesen zurückfand. Der Tisch, auf dem das Eichhörnchen stand, war jetzt an den Kanten fast zerfallen, war vor Alter brüchig und vertrocknet, aber dennoch hüpfte Malkin hin und her, suchte Gemüsestücke zusammen und legte sie bei der Tasche aufeinander. Benfro sah, wie dringend Malkin von hier weg wollte, und er konnte das auch absolut verstehen. Auch er wollte fliehen, aber eins hielt ihn noch zurück. Etwas, das seine Neugier nicht loslassen wollte.

»Einen Moment noch, Malkin«, sagte er, als das Eichhörnchen begann, Proviant in die Tasche zu werfen. »Ich muss noch etwas ausprobieren.«

Benfro setzte sich das kleine Wesen auf die Schulter und ging dann aus der Küche in den großen Saal. Als Ruine war die nicht mehr ganz so beeindruckend wie zuvor. Eine wackelige alte Bank stand neben der leeren Feuerstätte und ein kleiner Tisch war mit den Resten von Benfros letzter Mahlzeit überhäuft. Vorsichtig steckte er so viel er wie möglich in die Tasche und machte sich dann, den Edelstein noch immer in der Faust, auf die Suche nach etwas, von dem er wusste, dass es in der Nähe sein musste.

Tief in der zerfallenen Burg war nur selten ein gebrochener Lichtstrahl zu sehen, aber Benfro kannte seinen Weg, als ob er schon tausendmal hier gewesen wäre. Als es endlich so dunkel war, dass er nichts mehr sehen konnte, und als er mit seinen Krallen gegen einen umgestürzten Steinquader zu viel geknallt war, packte er den Edelstein aus und hielt ihn vor sich. Das Kleinod leuchtete mit einem winzigen roten Licht, gerade genug, um die glatten Mauern und das Deckengewölbe sehen zu können, das vom Ruß der Fackeln geschwärzt war, die einst in den jetzt leeren und verrosteten eisernen Halterungen gesteckt hatten.

Geführt vom Licht des Edelsteins gelangte Benfro bald an eine große hölzerne Tür. Vor dieser Tür waren Knochen und mindestens ein Schädel aufgestapelt. Er starrte den Schädel lange an, dann erkannte er dessen Form, die hohe Stirn, die breite Nasenhöhle und die schwarzen Zahnstummel, die noch immer im Unterkiefer saßen. Ein Mensch, und wie der funkelnde Goldreif um seinen Hals zeigte, ein wichtiger Mensch. Benfro streckte die Hand aus und riss dem Skelett das glitzernde Schmuckstück ab, wobei er den Hals zerbrach und den Kopf auf den Boden fallen ließ. Die Knochen mit einem Tritt zur Seite zu fegen, verschaffte ihm eine gewisse Befriedigung, als ob diese kleine Tat der Missachtung und Entwürdigung auf irgendeine Weise seine Schmerzen und sein Leid ausgleichen könnte. Der Augenblick war schnell vorüber. Seine Rache würde größer sein müssen.

Malkin auf seiner Schulter packte mit scharfen kleinen Krallen zu, sagte aber nichts. Benfro wappnete sich, indem er sich an alles zu erinnern versuchte, was er selbst war. Seltsamerweise war der tote Mensch ihm hier eine Hilfe. Der Anblick des Skelettes machte es ihm ungeheuer leicht, sich an Morgums Tod und ans einen eigenen stummen Weg durch das brennende Dorf zu erinnern. Er streckte die Hand aus und nahm den winzigen roten Edelstein zwischen die Krallen von Daumen und Zeigefinger, sah zu, wie der Edelstein heller leuchtete und wie sich Fühler aus rotem Nebel um seine Hand zu schlingen schienen. Sofort spürte er den Angriff auf seine Gedanken, den Zorn, der sich aufbaute, aber er war bereit dafür. Er streckte die leuchtende Hand nach der Tür aus und schob.

11

Die Edelsteine der Drachen sind gefährliche und wundersame Dinge, aber die Menschen suchen immer wieder danach, denn in den Händen geschickter Magier können sie eine Quelle großer Kraft sein. Jedoch bringen sie allen, außer den Allerfähigsten, nur Kummer und Tod.

Als Edelsteine an sich sind sie nicht weiter bemerkenswert. Trüber als Rubine und grob geschnitten, als hätte ein Novize sie zurechtgeschliffen, sind sie doch von einer entsetzlichen Faszination, die sogar das anspruchsvollste Gemüt in Versuchung führen kann. Einen solchen Edelstein in der Hand zu halten, bedeutet, ein anderes, ein fantastisches Leben zu haben, frei von alltäglichen Sorgen und Aufgaben. Es ist eine mächtige Illusion, ein süchtig machendes Gift. Viele sind einfach dahingeschwunden, alle Gedanken an Speis und Trank oder andere Freuden des Lebens werden besiegt von dem schlichten Verlangen, mit dieser vorgestellten Welt in Verbindung zu kommen.

Angeblich werden die Edelsteine eines Drachen geformt durch all das, was das Tier im Laufe seines Lebens gelernt und erfahren hat. Das wenige Wissen, dass Anatomen im Laufe der Jahre erworben haben, kann auch durchaus darauf hindeuten, dass Drachenjunge nur wenige oder gar keine Edelsteine im Gehirn haben. Nur ausgewachsene und zudem alte Drachen liefern mehr als eine Handvoll Edelsteine. Doch selbst dann könnten vielversprechend aussehende Exemplare, die von ihresgleichen in dem, was als Drachengesellschaft gelten mag, als alt und ehrwürdig betrachtet werden, nur einen oder zwei winzige Edelsteine haben, als hätten sie schon längst aufgehört, die Welt, in der sie leben, zu erfahren. Vielleicht liegt in dieser Beobachtung ein Kern von Wahrheit, denn viele der älteren Drachen des Frydlands sind klägliche, erbärmliche Kreaturen, die sich mit einem langsamen, ereignislosen Abgleiten in Senilität und Tod abgefunden haben.

Die Sage behauptet, König Balwen habe den ersten Drachen erschlagen und seine Edelsteine für sich und seine Erben beansprucht. Bis zum heutigen Tag darf nur das Königshaus von Hendry die Edelsteine ernten, auch wenn sie die eigentliche Aufgabe längst den Inquisitoren des Hohen Fryd überantwortet haben. Die Edelsteine von Drachen sind hochgeschätzte Geschenke, vielleicht die höchste Ehre, mit der die königliche Familie ihre bevorzugten Gefolgsleute auszeichnen kann. Doch nie gab es ein Adelshaus, das mit dieser Ehre belohnt wurde, das nicht bald danach unter seinen Erben irgendeine Tragödie erleben musste. Denn wenn es stimmt, dass die Edelsteine eines Drachen alle Erfahrungen und alles Wissen des Tieres enthalten können, so stimmt es auch, dass die Edelsteine weiterhin Erfahrungen und Wissen sammeln und sie gierig aus allen Quellen an sich raffen werden, die sie finden können.

Das Geschenk eines solchen Edelsteines hat damit seine zwei Seiten. Einen zu besitzen, bedeutet, bei Hofe bevorzugt und mit einem großen und mächtigen Geheimnis betraut zu werden. Aber es bedeutet auch, über die Widerstandsfähigkeit der meisten hinaus in Versuchung geführt zu werden. Es gibt eine Kraft, die der geschickte Magier ihnen entziehen kann, für die mit schwächerem Willen jedoch bedeuten diese Edelsteine eine Quelle des unsäglichen Leidens.

Father Charmoise: Drachengeschichten

Die Tür sperrte sich zuerst, aber als er seine Schulter dagegenstemmte, setzte sie sich langsam und mit einem grauenhaften Geräusch in Bewegung. Als er genug Platz hatte, um sich hindurchzuzwängen, drängte Benfro sich sofort in den Raum dahinter.

Er registrierte sofort, dass er ohne die Hilfe des Rubins sehen konnte, den er noch immer in der Hand hielt. Irgendwoher kam Licht in den Raum und wurde von einem unvorstellbaren Schatz reflektiert. Benfro ging gelassen an Platten aus lauterstem Gold vorbei, die sich auf dem Boden türmten. Seine Augen wurden von zahllosen funkelnden weißen Edelsteinen angezogen, die ordentlich auf tiefen Felssimsen, die sich vom Boden bis zur Decke hinzogen, gestapelt waren. Es gab auch Bücher und Schriftrollen in hölzernen Regalen, die rund um die Säulen, die die Decke trugen, errichtet waren. Die von der Tür am weitesten entfernte Wand wurde von einer riesigen Feuerstätte beherrscht, neben der ein behaglich aussehender Sessel und ein Lesepult mit Haltern für je zwei Kerzen standen. Alles war sauber und staubfrei, als ob es dauernd benutzt würde und nicht seit mehr Jahren, als man sich so leicht vorstellen könnte, allen Blicken verborgen gewesen wäre. Und alles kam Benfro so quälend vertraut vor, als wäre er schon einmal hier gewesen.

Für einen Moment glaubte Benfro, wieder in seinen Traum zu gleiten und abermals Magogs Erinnerungen an diesen Palast zu teilen, aber diesmal fühlte sich alles ganz anders an. Er spürte, wie der Edelstein sich in seine Gedanken zu drängen versuchte. Es war ein dauerndes Jucken ganz unten in seinem Gehirn, eine flüsternde Stimme, die zu leise war, um gehört zu werden. Aber er wusste jetzt, was diese Stimme war, was sie zu tun versuchte. Und deshalb konnte er sie ignorieren, sogar versuchen, sie zu unterdrücken. Er wusste auch, dass sie die Art, wie er diesen riesigen Raum sah, nicht beeinflusste. Beschützt von allem, was selbst

Magier nicht einmal annähernd begreifen konnten, hatte dieser Ruheplatz sich in einer Zeitschleife befunden, seit sein Herr ihn das letzte Mal verlassen hatte.

Mit großer Willensanstrengung legte Benfro den leuchtend roten Edelstein zurück in seine Verpackung aus Blättern, faltete diese fest darum zusammen und ließ das Päckchen in die Provianttasche fallen. Er ging durch den Raum auf die Feuerstätte zu und sah dabei die in Lumpen gehüllten Skelette von drei Menschen wie Holzscheite bereitliegen. Kratzer in dem geschwärzten Stein zeigten an, wo sie einen Fluchtweg gesucht hatten, aber es gab keinen Hinweis darauf, dass sie versucht hätten, dabei Beute mitzunehmen.

Benfro beugte sich über eine auf dem Lesepult ausgebreitete Schriftrolle. Das schwache Licht der Edelsteine reichte nicht, um zu lesen, und er wünschte, es wären Kerzen in den Haltern. Auf seinen Befehl hin tauchten sie auf, jedenfalls kam es ihm so vor, als geschähe das aufgrund seines Wunsches: zwei Wachsstangen, an deren Dochten gelbe Flammen flackerten. Überrascht streckte Benfro die Hand aus, um die Hitze zu spüren. Die war echt. Er nahm eine Kerze und trug sie zum nächststehenden Regal. Das Regal war in die Wand eingelassen wie ein Alkoven und enthielt zehn silberweiße Edelsteine. Er griff nach einem davon, spürte dessen Gewicht auf seiner Handfläche und wurde von den Erinnerungen fast zu Boden geworfen.

Er wusste, wie richtiges Fliegen war. Nicht die bleiche Nachahmung, die ihm gelungen war, wenn er von einem Felsen sprang, oder die berauschenden Flüge seiner Träume. Das hier war die wahre Herrschaft über die Luft. Er konnte mit starken Beinen hochspringen, den Wind in den riesigen gemusterten Segeln seiner Flügel fangen und sich immer höher stemmen. Er konnte Luftströmungen sehen, die in der Hitze der Sonne hochwirbelten, sah Wind, der von den gewaltigen Felssimsen zurückgeworfen wurde, die sich am Waldrand erhoben, und die gewaltigen Wellen, die aus den heftigen Stürmen des Ostens geboren wurden und ihn höher und weiter trugen als alles andere.

Benommen legte er den Stein wieder hin und ging zum nächsten Alkoven weiter. Hier warteten acht kleinere Edelsteine auf seine Berührung. Sie waren eine andere Art von Erinnerungen, an hoffnungslose Liebe und ein verzweifeltes Bedürfnis nach Aufmerksamkeit. Benfro durchlief ein Schaudern, wenn er auch nur die Ränder dieser Erinnerungen streifte. Rasch ging er weiter.

Jeder Alkoven enthielt die Edelsteine eines anderen Drachen, wie er nun erfuhr. Hier waren gewaltige Krieger, weise Magi, hochnäsige Herren und schöne, geduldige Damen. Hier waren Abtrünnige, Verschwender und Tunichtgute, Erinnerungen an so schlichte Gedanken, dass Benfro nur annehmen konnte, dass es die von Schlüpflingen waren, und so komplexe Vorstellungen, dass sie an ihm vorüberzogen, ohne die Ebene seines Verstandes auch nur zu berühren. Es gab Bilder von großen Jagden, von Festen, die Monate dauerten, von gelehrten Diskussionen, die sich über Jahrhunderte hinzogen, von Argumenten, die niemals akzeptiert worden waren. Es gab Liebe, es gab Hass, und es gab kalte Gleichgültigkeit. Vor allem aber gab es eine an Stolz grenzende Gewissheit, dass diese Erinnerungen die dauerhafte Hinterlassenschaft der bedeutendsten Wesen waren, die jemals durch Gulad gewandert und über seinen Himmel gejagt waren. Es war eine atemberaubende Vorführung perfekter Überlegenheit.

Benfro kostete Erinnerungen aus, als wäre er ein Kind, das allein in einer Küche steht, wenn der Koch überraschend zu anderen Aufgaben fortgerufen worden ist. Es war eine berauschende Mischung von Erfahrungen, die ihm so fremd waren, so fantastisch, und doch war das alles von seinesgleichen vollbracht worden.

Er wusste gar nicht mehr, wie viele Alkoven er schon aufgesucht und wie viele Leben er berührt hatte. Jedes war ein perfekter eingekapselter Moment, aber jedes war auch ein einzigartiges, ungeteiltes Leben. Die Alkoven schienen die Edelsteine auf eine andere Weise zu trennen, als ihm zuerst klargewesen war. Die Erinnerungen waren voneinander isoliert, konnten nicht einmal auf dem alleruntersten Niveau zusammen handeln.

»Benfro, aufwachen jetzt«, sagte Malkin. Das Stimmchen verwirrte ihn, er hatte total vergessen, dass das Eichhörnchen auf seiner Schulter saß.

»Ich hab nicht geschlafen«, sagte er.

»Benfro schlafwandeln«, beharrte Malkin. »Gehen von Klunker zu Klunker in tiefem Traum. Viele Stunden vergangen.«

»Bestimmt nicht«, sagte Benfro. »Das waren nur ein paar Minuten. Höchstens eine halbe Stunde.« Aber als er die Kerze in seiner Hand ansah, war sie zur Hälfte heruntergebrannt, und dicke Wachstropfen hatten sich auf seiner Hand verteilt. So dick und schwer, wie sie waren, hatte es mindestens die halbe Nacht dauern müssen, bis sie so weit gewesen waren.

»Das sind Drachen«, sagte Benfro, in dem Versuch, sein Verhalten zu erklären.

»Drachen«, echote das Eichhörnchen und sah sich die Reihen von Edelsteinen an. Dann, ohne ein weiteres Wort, sprang es in das Halbdunkel des riesigen Raumes.

Benfro ließ es laufen, ohne zu wissen, was es vorhatte. Er war nach wie vor zu sehr auf die Edelsteine konzentriert, um sich darüber Gedanken zu machen. Stattdessen schaute er sich genauer in dem Raum um, in dem er stand. Dieser wurde dominiert von den Alkoven, die jeder mit seiner Last aus Erinnerungen prunkten. Sie riefen ihn mit einer lautlosen Stimme, der so schwer zu widerstehen war. Er wusste jetzt, dass er sich in Erinnerungen hätte verlieren können, zu nichts dahinschwinden, während er an zahllosen Leben nippte, die allesamt angenehmer waren als sein eigenes. Hatte seine Mutter einen solchen Hort betreut, hatte sie dort nach der Extraktion Ystrads Edelsteine zur Ruhe gelegt? Das hier kam Benfro anders vor, aber ebenso verlockend. Mit großer Willenskraft riss er seine Augen von den Steinen los und hielt Ausschau nach etwas anderem.

Die andere Kerze, die in ihrem Halter auf dem Lesepult flackerte, fing seine Aufmerksamkeit ein. Die so sorgfältig ausgebreitete Schriftrolle war bleich vor Alter, die mit Tinte aufgemalten Schriftzeichen waren im Laufe der Jahre braun geworden. Die Zeichen waren uralt. Als er genauer hinsah, um zu lesen, erkannte er mit Mühe einen Teil einer Geschichte, die ihm als Kind oft erzählt worden war:

»... und es begab sich, dass Gog und Magog um die Liebe Amorgums der Holden fochten, denn keiner mochte dem anderen den Vortritt lassen.

Wütend war der Kampf, wohl fünfzig Tage, das Land gepeitscht, zerschlagen von der Wut ihrer Schwingen. Der grimme Gog zerfetzte den Blutsverwandten, helles Wissen vergeudet. Der majestätische Magog, Herr der Lüfte, mächtig in allem, konnte doch nicht den Bruder bezwingen. Seltsame Zauber schlangen sich durch versengte Schuppen. Blitze erhellten den Himmel, lange Feuerlanzen. Donner trommelte einen Todestanz durch das Königreich.

Dann trat die Holde hervor, hehr und huldvoll, wollte wissen, welche Wesen solche Not anrichteten. Ungebeten durch die Brüder durchbrach sie ihre Sperren, wilde Zauberer vereinten ihre Würfe, überraschten die Holde, Schilde fielen. So krude Kraft durchbohrte sie, nahm ihr das Leben.«

Und damit endete es. Dies war eine Variante der Geschichte, die Benfro noch nicht gehört hatte. Gog und Magog hatten zwar um

Amorgum gekämpft, aber sie hatte beide Bewerber abgewiesen und in einem hochgelegenen Felsenhorst ein Leben der Besinnung geführt. So war es Benfro jedenfalls immer erzählt worden. Nie war auch nur angedeutet worden, der Bruderzwist könne den Tod der Holden verursacht haben. Er wusste, dass er keine besondere Ahnung von Poesie hatte, aber er erkannte, dass diese Worte nichts als das Werk eines unbegabten Dilettanten waren. Das Pergament zeigte, dass immer wieder daran herumgekratzt worden war, um Schriftzeichen zu entfernen, an manchen Stellen war der Bogen fast durchbohrt worden. Einige Zeilen waren grob mit einer Feder durchgestrichen und unpassende Wörter waren eingefügt worden, um einen Stabreim zu ergeben. Doch welchen Grund konnte Magog gehabt haben, dieses Machwerk in seinem Hort aufzubewahren?

Es sei denn, er hätte es selbst verfasst.

Diese Vorstellung erregte Benfro durch ihre pure Kühnheit. Bis er über die Überreste des großen Magis gestolpert war, hatte er die Geschichte über den Bruderzwist für eine Sage gehalten. Sir Frynwy hatte sie eine Allegorie genannt, eine Fabel, die die wahren Werte von Familie und Freundschaft lehren sollte. Aber jetzt konnte Benfro eine in Tatsachen gegründete Geschichte ahnen. Er hatte den Geist des Magog gesehen und hatte jetzt dessen letzten Edelstein bei sich. Er hatte gespürt, wie sich schon bei der Erwähnung des Namens Magog ein unnatürlicher Zorn zusammenbraute. Er war dem Mutterbaum begegnet, und der war ihm als die schönste Drachin erschienen, deren Fuß jemals den Erdboden berührt hatte, als Amorgum. Sie waren keine Sagengestalten, sondern echte Drachen, die vor mehr als zweitausend Jahren gelebt und geatmet hatten.

Die Sage berichtete davon, wie die Brüder die Welt gespalten hatten, um niemals wieder dieselbe Luft atmen zu müssen. Und doch hatte dieser Teil der Geschichte für ihn niemals wahr geklungen. Selbst für eine Sage war diese Reaktion zu überzogen. Wenn Amorgum einfach gegangen war und die beiden ihrem Schicksal überlassen hatte, hätten sie einander hassen können, aber es hätte doch gereicht, nie wieder miteinander zu sprechen. Sie wären auseinandergegangen, so weit wie nur möglich, aber es wäre doch niemals nötig gewesen, etwas so Drastisches zu tun, wie die Welt zu spalten, was immer das bedeutet haben mochte.

Aber es ergab einen entsetzlichen Sinn, wenn der Streit das einzige Wesen getötet hatte, das sie jemals wirklich geliebt hatten. Und wenn das der Fall war, dann gab es irgendwo Nachkommen des Gog: Drachen, die vielleicht bei bestem Wohlergehen lebten, Drachen, die vielleicht frei dachten und nicht von der Macht der Menschen unterjocht worden waren.

Drachen, die ihm zu seiner Rache verhelfen könnten.

Benfro suchte nach weiteren Pergamenten mit dieser archaischen Schrift, aber die Schubladen und Behälter in der Nähe des Lesepults enthielten vor allem Staub. Die wenigen Schriftstücke, die den Lauf der Zeit überdauert hatten, waren magische Texte, so unklar, dass er ihnen keinerlei Sinn entnehmen konnte: Bestiarien mit Bildern wunderlicher Wesen, eine Serie von Landkarten, die Gebiete und Länder zeigten, die er nur aus den Sagen kannte: Fo Afron, Lanwennog und Maudy, die Zwillingstürme des Idris und das Meer von Tegid. Es gab in diesem riesigen Hort noch weitere Schriftstücke, und er hätte sein Leben damit verbringen können, diese vielen Rollen und uralten, in Leder gebundenen Büchern durchzusehen. Je mehr er suchte, desto mehr fand er. Der Raum schien einfach kein Ende zu nehmen.

»Benfro kommen. Malkin Freunde finden. Kommen.« Das Eichhörnchen tauchte neben dem Schreibtisch auf, sprang aufgeregt von einem Fuß auf den anderen und zeigte auf eine dunkle Ecke. Dann drehte es um, wartete gar nicht, um festzustellen, ob Benfro ihm folgte, und rannte zurück zu dem, was es dort gefunden hatte. Was mochte das bedeuten – Freunde? So weit Benfro wusste, hatte er außer Malkin keine Freunde mehr. Verwirrt folgte er dem Eichhörnchen in die geheimnisvollen Tiefen des Raumes.

Das kleine Wesen lief durch einen Gang aus den scheinbar endlosen Pfeilern, die das Deckengewölbe trugen. In kleinen Nischen waren weitere Bücher und Landkarten, Gold und andere gewaltige Schätze untergebracht, katalogisiert und voneinander isoliert. Als sie endlich die aus dem Felsen gehauene Wand erreichten, fanden sie darin Hunderte oder gar Tausende Alkoven, die genauso aussahen, wie diejenigen, die Benfro bereits gesehen hatte. Nur waren meisten dieser Alkoven hier leer und warteten noch auf Erinnerungen.

»Was ist das?«, fragte Benfro.

»Benfro Freunde«, antwortete Malkin, sprang wieder von einem Fuß auf den anderen und zeigte auf einen der wenigen gefüllten Alkoven in diesem Teil des Raumes. Zögernd griff Benfro in einen und zog einen einzelnen weißen Edelstein heraus. Das Gefühl umhüllte ihn sofort, ein berauschendes Gefühl von Erlösung und Freude. Aber es war nicht so sehr das Gefühl, das ihn aufkeuchen ließ, wie die Identität dahinter. Denn der Drache, dessen Edelstein er in der Hand hielt, war einwandfrei Sir Frynwy.

Errol fragte sich schon, ob er die Außenwelt jemals wiedersehen würde. Er befand sich in einer behaglich eingerichteten Zimmerflucht, die größer war als jedes Haus in Pullpeiran. Dreimal am Tag brachten ihm schweigende Diener seine Mahlzeiten; doch wie sehr er sich auch bemühte, sie in ein Gespräch zu verwickeln, sie blieben stumm. Selbst die Wachposten vor seiner Tür schwiegen beharrlich. Die Fenster seines Gefängnisses blickten auf einen Innenhof, der immer leer zu sein schien. Er hatte an Flucht gedacht, aber als er seine Möglichkeiten durchgegangen war, wirkte keine verlockend. Also lebte er von einem Tag zum anderen, mit nur wenig menschlichem Kontakt und ohne eine Ahnung davon, was die Zukunft ihm bringen mochte. Ohne die Bücher hätte er vermutlich den Verstand verloren.

Im Westturm gab es eine kleine Bibliothek, zu der er jederzeit Zugang hatte. Sie konnte sich mit den riesigen Archiven von Emmas Faur nicht vergleichen, aber sie enthielt eine wunderbare Sammlung von Reisetagebüchern mit Landkarten von Gegenden, von denen er nie auch nur gehört hatte. Er wusste schon gar nicht mehr, wie viele Tage und Stunden er sich über die spinnendünne Handschrift gebeugt hatte, während seine Kenntnis der Sprache von Lanwennog immer noch wuchs, als er ihre Entwicklung durch die Jahrhunderte erlebte. Er fand Pergament, Feder und Tinte, und da er nichts Besseres zu tun hatte, begann er, eine ausführliche Liste der gemeinsamen Wurzeln der Sprache seiner Gefangenenwärter und des Saesneg, mit dem er aufgewachsen war, aufzustellen.

Als er eines Nachmittags an dieser Arbeit saß, spürte er im Nacken einen Lufthauch. Offenbar hatte jemand die Tür geöffnet.

»Stell es einfach da auf den Tisch«, sagte er, ohne sich umzusehen, in der Annahme, sein Abendessen werde gebracht.

»Was soll ich wohin stellen?«, fragte eine Stimme. Verwirrt ließ Errol die Feder fallen und schaute auf.

Die Besucherin musste Prinzessin Iolwen sein, etwas anderes war nicht möglich. Ihr Gesicht war hell, ihr Haar so blond, dass es fast weiß war. Ihre Wangen und ihre Nase waren nicht so scharf gezeichnet wie die ihrer Schwester, aber sommersprossig war auch sie. Doch während Königin Beulahs Miene hart und unzugänglich war, war die von Iolwen traurig und sehnsüchtig. Sie hatte ein Buch in der Hand gehalten, das ihr aber bei Errols Anblick entglitten war.

»Balch«, sagte sie und ihre Hand flog an ihren Mund. Errol

sprang auf, trat vor, um das Buch aufzuheben. Er wischte es ab und strich eine zerknickte Seite gerade, ehe er es ihr zurückgab.

»Entschuldigung.« Die Prinzessin nahm das Buch mit zögerlichen Fingern entgegen. »Ich dachte einen Moment lang, du wärst... Aber er ist... Ich meine...« Sie verstummte, als wisse sie nicht, was sie sagen sollte, und starrte Errol noch immer ins Gesicht.

»Eure Hoheit, ich bin Errol Ramsbottom«, sagte Errol und verbeugte sich. »Und gehe ich recht in der Annahme, dass ich hier vor Prinzessin Iolwen stehe?«

Die Prinzessin brauchte einen Moment, um zu begreifen, dass Errol sie in ihrer Muttersprache angeredet hatte, und Errol fragte sich, ob er ihr vielleicht einen Schock verpasst hatte.

»Ich habe so lange niemanden mehr Saesneg sprechen hören«, sagte die Prinzessin. »Wo hast du das gelernt? Du sprichst es so gut.«

»Ich bin in einem kleinen Dorf aufgewachsen, das ungefähr zwei Tagesritte von Ystimtien entfernt liegt«, sagte Errol.

»Und was machst du hier?«

»Ich wurde von Inquisitor Melyn als Spion hergeschickt«, sagte Errol. »Herzog Dondal hat mich sofort König Billah ausgeliefert – nachdem er Melyns Geld genommen hatte, darf ich vielleicht hinzufügen.«

Iolwen schien langsam zu begreifen. »Ich habe Bruchstücke dieser Geschichte gehört«, sagte sie. »Aber ich wäre nie auf die Idee gekommen, dass der Spion noch am Leben sein könnte. Ich dachte, er wäre wie alle anderen hingerichtet worden. Warum haben sie dich denn verschont?«

»Ich weiß es nicht, Eure Hoheit. Ihr seid die Erste, die mit mir spricht, seit ich vor den König geführt worden bin. Er hat etwas darüber gesagt, dass ich eine ungewöhnliche Aura habe, und mich dann hier einsperren lassen. Und hier bin ich also.«

»Er hat bestimmt einen Plan«, sagte die Prinzessin. »Das tut er die ganze Zeit – Pläne schmieden und andere manipulieren. Aber was ist mit dir? Für einen Spion bist du sehr jung.«

Errol erzählte ihr seine Geschichte: wie er gegen seinen Willen ausgewählt worden war, wie der Inquisitor versucht hatte, seine Erinnerungen zu ersetzen, und eine Weile auch Erfolg damit gehabt hatte, wie er gelernt hatte, sein wahres Wesen vor den suchenden Gedanken der Magier zu verbergen, und endlich, warum er hergeschickt worden war. Bei dieser letzten Enthüllung runzelte die Prinzessin unwillig die Stirn.

»Weißt du, wie lange ich schon hier bin?«, fragte sie. »Ich bin mit fünf Jahren als Geisel hergeschickt worden. Jetzt bin ich neunzehn. Ich habe vierzehn Jahre meines Lebens hier verbracht. Die Menschen hier sind mein Volk, viel mehr, als irgendwer aus Candlehall oder Ystimtien das jemals sein könnte. Sie haben mich erzogen, mich ausgebildet. Sie sind meine Freunde. Warum sollte ich sie also nicht lieben? Warum sollte ich Dafyd nicht heiraten, wenn ich das möchte? Beim Hirten, ich weiß nicht einmal, warum unsere Nationen einander dermaßen hassen.«

»Wenn das die Sache irgendwie besser macht«, sagte Errol. »Ich hatte nie vor, meine Befehle zu befolgen. Ich wollte nur weg von Melyn und dem Orden vom Hohen Fryd. Wenn ich König Billah davon überzeugen kann, dass ich keine Bedrohung darstelle, dann wird er vielleicht …« Aber er beendete diesen Satz nicht. Einerseits, weil ihm klar war, dass seine beste mögliche Zukunft eine war, in der er den Rest seiner Tage im Ostturm verbrachte, während in der schlimmsten die ihm verbleibenden Tage an den Fingern einer Hand abgezählt werden konnten, und andererseits, weil soeben zwei uniformierte Wachposten den Raum betreten hatten. Sie machten verdutzte Gesichter, als sie die Prinzessin sahen.

»Prinzessin Iolwen«, sagte der eine Wachposten. »Eure Hoheit sollten nicht hier sein.«

Iolwen seufzte tief und stand dann auf.

»Na, es war nett, mit dir zu reden«, sagte sie zu Errol. »Vielleicht können wir das irgendwann wieder tun, wenn der König es erlaubt. Ich würde gern mehr über das Zwillingskönigreich hören, auch wenn ich es wirklich nicht mehr als meine Heimat betrachten kann.«

»Das wäre schön.« Errol sah die Wachen besorgt an. »Wenn der König es erlaubt.«

Iolwen verließ den Raum und Errol erwartete, dass die Wachen ihr folgen würden. Aber sie blieben und warteten schweigend, bis die Schritte der Prinzessin nicht mehr zu hören waren.

»Ich vermute, ich soll mit euch kommen.« Errol wandte sich an den Wachposten, der gesprochen hatte. »Und ich vermute, ich soll nicht freigelassen werden.«

12

Die Fähigkeit zu fliegen ist den Drachen angeboren. Der Tyrannei des Bodens, das langwierige Trotten von Ort zu Ort, auf von steinigen Straßen wunden Füßen, ist nicht für die Drachen bestimmt. Die Luft ist ihr Zuhause, und es ist ihre Pflicht, die Herrschaft darüber zu erringen. Ein junger Schlüpfling sollte, noch ehe seine Flügel sich zu entwickeln beginnen, die Bewegungen der Vögel studieren, so, wie er auch Runenschrift und Geschichte studiert. Denn durch solche frühen Beobachtungen wird er Verständnis für die unsichtbaren Strömungen erwerben, die wirbeln und fließen.

Besondere Aufmerksamkeit sollte den Greifvögeln gelten, diesen Herren der Luftjagd. Ein fleißiges Drachkitz mit Geduld und Ausdauer wird von ihren Drehungen und ihrem Lavieren viel lernen, und wenn es dann erstmals in die Luft steigt, wird es instinktiv wissen, wann es aufsteigen und wann sich senken muss. Wenn es in der Nähe des Meeres lebt, sollte das Junge die Möwen und den riesigen Albatros beobachten, denn nur dann wird es begreifen, wie es den Wind für sich arbeiten lassen kann, statt gegen dessen unbezwingliche Macht zu kämpfen.

Viele spotten, wenn sie hören, ein Drache müsse fliegen lernen und ein so bescheidenes Wesen wie ein Vogel könne ihn etwas lehren. Aber jemandem, der wahrlich zum König des Himmels werden will, ist eine solche Hochmut fremd.

Aderyn: Wissenswertes für unsere Jugend

Benfro drehte die Erinnerung Sir Frynwys in seiner Hand hin und her. Es war ein angenehmes Gefühl, so als hörte man von der Haustür her ein Lachen, weil ein willkommener Gast eingetroffen ist. Ein Schauer der Erregung durchlief ihn. Aber wie war der alte Drache hierher gekommen?

»Malkin Benfro Freunde finden«, sagte das Eichhörnchen mit einem Hauch von Stolz in der Stimme. »Alle hier.«

Und da waren sie, sorgfältig aufgereiht und durch fingerbreite Flächen aus kalten Steinen getrennt. Benfro zählte genug gefüllte Alkoven für sämtliche toten Dorfbewohner. Und alle waren weiß. Extrahiert. Nicht rot und roh. Nach der Qual, mit der er in seinem Traum ihren Tod beobachtet hatte, in dem Wissen, dass sie nicht extrahiert und für immer verloren in den ausgebrannten Überresten des Dorfes lagen, war es eine unbeschreibliche Freude, sie hier zu sehen. Aber wer hatte die Extraktion durchgeführt?

Benfro legte Sir Frynwys einzigen Edelstein zurück zu seinen Gefährten und verspürte einen Moment des an Furcht grenzenden Zögerns, als er die Hand öffnete. Wie waren sie hergelangt, diese letzten Überreste der alten Drachen? Die große Halle im Dorf, die ihr Ruheplatz hätte sein können, war weit entfernt, auf der anderen Seite der Berge. Das alles ergab für Benfro überhaupt keinen Sinn.

Er streckte zitternde Finger nach einem Edelstein in einem anderen Alkoven aus. Als er diesen berührte, erkannte er Meirion sofort. Es war fast, als stehe sie hinter ihm, spreche mit ihm. Sofort waren seine Gedanken erfüllt von hunderten von wunderschönen Erinnerungen an sie, an diese freche Drachin, die ihn mit ihren magischen Tricks erfreut und ihn gelehrt hatte, wie er am besten Essen aus der Küche stehlen konnte. Meirion hatte ihn zu seinen Streichen angestachelt, und sie hatte zu ihm gehalten, wenn andere, vor allem Frecknock, ihm das Leben zur Hölle machen wollten. Sie war immer fröhlich gewesen, die Erste, die eine schwierige Situation mit einem Scherz milderte. Aber jetzt wirkte sie besorgt, einsam, ängstlich. Etwas Schlimmes war passiert, etwas Entsetzliches, das die anderen Dorfbewohner wissen mussten, aber egal, wie sehr sie sich auch mühte, sie konnte die anderen nirgendwo finden. Nur ihre einsamen Rufe hallten in der Finsternis wider. Er versuchte, mit ihr zu sprechen, er rief sie, aber sie war außer sich vor Panik und konnte ihn nicht hören. Oder ging der Abdruck der Erinnerungen vielleicht nur in eine Richtung? Das konnte doch nicht sein. Ystrad hatte mit ihm gesprochen, Magog hatte ihn gelenkt. Aber wenn er nur einen von Meirions Edelsteinen berührte, spürte er auch nur einen Teil von ihr.

Benfro streckte die Hände in den Alkoven und lud sich alle Edelsteine in seine zusammengelegten Hände. Fast sofort hörte er im Kopf die Stimme, eine Stimme, die er aus seiner Kindheit kannte, aus einer Kindheit, die Jahre her zu sein schien, obwohl es in Wirklichkeit nur Tage waren.

»Benfro, bist du das?«, fragte Meirion. »Du hast dich so verändert. Du hast eine prachtvolle Aura.«

»Du kannst mich sehen?«

»Natürlich, du Dummkopf«, tadelte sie. »Du stehst doch genau vor mir. Und wo ist das hier? Warum hast du uns hergebracht? Wo sind die anderen? Ich kann sie rufen hören, aber ich kann sie nicht erreichen.«

»Das ist der Schatzraum in Magogs Burg«, sagte Benfro.

»Ach, Benfro, du warst ja immer schon für einen Streich zu haben«, sagte Meirion. »Aber es ist nicht nett, sich über die Toten lustig zu machen. Alle wissen, dass die Geschichten über Gog und Magog eben nur Geschichten sind.«

»Aber sie sind wahr«, erklärte Benfro. »Ich bin Magog selbst begegnet. In einem Traum zwar nur, aber ich habe seinen letzten erhaltenen Edelstein gerettet. Ich habe ihn bei mir. Ich kann ihn dir zeigen.« Seine Begeisterung kannte keinen Halt. Er war bei Meirion immer so gewesen, hatte gewollt, dass sie mit ihm zufrieden war. Er hätte alles getan, um von ihr gelobt zu werden.

»Du meine Güte, Benfro. Du bist deinem Vater so ähnlich, weißt du. Immer jagst du Mythen und Sagen hinterher. Nie bist du damit zufrieden, in der Gegenwart zu leben.«

»Aber es stimmt doch«, beharrte Benfro. »Sieh dich um!«

Es folgte ein Moment des Schweigens, und er konnte nur annehmen, dass die alte Drachin seinem Rat folgte, dann war ihre Stimme wieder da und klang beleidigt.

»Das ist eine Sammlung von Erinnerungen und anderen Schätzen«, sagte Meirion. »Aber das ist kein Drachenhort. Kein Wunder, dass ich die anderen nicht erreichen kann, sie sind durch toten Stein von mir getrennt. Das ist kein Schatzraum. Das ist die Hölle.«

»Ich verstehe das nicht.« Benfro starrte die sorgsam eingeräumten Fächer und die endlosen, bleich leuchtenden Alkoven an.

»Überleg mal, Benfro. Du hast gesehen, wohin Ystrad nach seiner Extraktion gebracht worden ist. Du weißt, wie es für uns weitergehen soll. Aber die Edelsteine eines Drachen dürfen nicht von denen der anderen getrennt werden. Wir sind gesellige Wesen, Benfro. Und das gilt im Tod noch mehr. Wir gehören zusammen, damit wir unsere Erinnerungen teilen können, wie wir es getan haben, ehe du uns hergebracht hast. Dieser Stein ist wie ein Grab; er trennt uns voneinander. Und schlimmer noch, er trennt uns von allem.«

Benfro begriff nicht, wovon sie da redete, aber etwas, das Meirion gesagt hatte, traf ihn hart.

»Ich habe euch hergebracht?«, fragte er empört. »Ich habe euch nicht hergebracht. Ich habe euch nicht in diese Fächer sortiert.«

»Wer war es dann?«, fragte Meirions Stimme. Das war eine

Frage, auf die er keine befriedigende Antwort finden konnte. Und je mehr er sie sich stellte, um so mehr erschien ihm ein Bild von sich selbst, wie er in einer Art Trance vor dieser Mauer saß, die verworrene Sammlung in seiner Tasche sortierte und jede protestierende Erinnerung für sich selbst an eine einsame Stelle legte. Er hatte keine Ahnung, wie er hierher geraten war, aber es ergab einen ganz entsetzlichen Sinn. Er war hier gewesen, und er hatte die letzten Erinnerungen der Dorfbewohner in dieses Gefängnis gebracht.

»Was soll ich tun?«, fragte er schließlich.

»Hol uns alle aus diesen furchtbaren Zellen raus«, sagte Meirion. »Leg uns zusammen. Häufe uns an der Kreuzung der Grymlinien auf, wo wir Wache über die Welt halten können.«

»Ich kann die Grymlinien nicht sehen«, sagte Benfro. »Wo sind die?«

»Verzeih mir, Benfro«, sagte Meirion. »Ich hätte mehr Verständnis haben sollen, das weiß ich. Ich weiß noch, welche Schwierigkeiten du im Unterricht hattest. Aber ich dachte, wir wären verloren und unsere Erinnerungen versickerten. Dann bist du zu uns zurückgekommen und hast die Flamme der Extraktion herbeigerufen. Es war ein magischer Augenblick, Benfro. Wer immer dich in diesen Monaten ausgebildet hat, muss ein Genie gewesen sein. Er kann dir das doch nicht alles beigebracht haben, ohne dir zuerst zu erklären, wie man die Linien sieht?«

»Monate?«, fragte Benfro. »Die Menschen haben das Dorf erst vor wenigen Tagen niedergebrannt. Oder höchstens vor zwei Wochen.«

»Nicht Tage, Lieber«, sagte Meirion und ihre Stimme hatte den ernsten Unterton, den Benfro gut kannte. »Es ist über sieben Monate her, dass ich in dem Feuer gestorben bin. Sieben Monate, in denen ich langsam dahingeschwunden bin, in denen ich wusste, dass alle meine Freunde in der Nähe waren, ohne dass ich mit ihnen sprechen konnte. Glaub mir, kleiner Drache. Das würde ich doch nicht vergessen.«

»Aber ich …«, begann Benfro. Er wusste gar nicht sicher, wie lange er durch den Wald gewandert war, aber doch wohl nicht mehr als einige Wochen. Er konnte sich nicht erinnern, dass Monate vergangen wären.

»Das sind sie aber«, Meirion sprach weiter, als ob sie seine Gedanken gelesen hätte. »In diesem Wald gibt es Dinge, die einem Drachen noch sehr viel mehr rauben können. Und du hast dich viel mehr verändert, als es in einigen Tagen möglich gewesen wäre.«

»Wieso weiß ich das denn nicht mehr?«, fragte Benfro. »Wo ist die Zeit hingegangen?«

»Das weiß ich nicht«, sagte Meirion. »Aber es ist erst einen Tag her, dass du uns alle extrahiert und hierher gebracht hast. Doch selbst ein Tag ist zu lang, um auf solche Weise eingesperrt zu sein. Da wäre es noch besser, gänzlich dahingeschwunden zu sein. Du musst die Grymlinien finden. Lege uns alle auf eine Verbindungsstelle. Dieser Ort hier trieft vor Kraft – er muss auf einer Hauptquelle der Grym liegen. Du kannst sie finden, Benfro. Das weiß ich.«

»Aber ich habe das doch noch nie gekonnt«, widersprach Benfro.

»Du hattest noch nie eine solch prachtvolle Aura«, sagte Meirion. »Meine Güte, Benfro, du hattest doch nie Flügel. Ich habe noch nie einen Drachen mit solchen Flügeln gesehen. Denk an sie und an die Kraft, die sie dir geben. Öffne die Augen und sieh.«

Benfro sah sich im Raum um und suchte etwas, das eine Quelle der Kraft sein könnte. In den meisten Richtungen konnte er nur wenige Meter weit sehen, die Wände verschwammen zu einer von Edelsteinen besetzten Masse. Nur in einer Richtung konnte er etwas weiter sehen, bis zu dem Lesepult und den beiden Kerzen. Sie brannten hell und klar, waren deutlich zu sehen, obwohl sie weit weg waren. Das musste es sein. Eine andere Möglichkeit gab es nicht.

Langsam breitete er seine Flügel aus, und spürte die Kraft darin. Er erinnerte sich an die Erregung des Fliegens, an die perfekte Kontrolle über die Luftströmungen und das Gefühl, auf irgendeine Weise mit allem verbunden zu sein. Und als er auf den Erinnerungen eines längst verstorbenen Drachen dahinschwebte, kamen die Grymlinien schimmernd in sein Blickfeld.

Große dicke Lichtkabel zogen sich durch die von den Säulen gebildeten Gänge, sie bildeten ein leuchtendes Gitter. Sie waren weniger Linien aus Licht als vielmehr der Abdruck der Wirklichkeit. Dünne Striche zogen sich als dichtes Muster fast über den ganzen Boden und wurden dabei größer und größer, bis ein einziger dicker Stamm sich von der Stelle hinter ihm bis zu dem Lesepult hinzog. Auf irgendeine Weise wusste Benfro, dass sich eine ähnliche Linie an dieser Stelle damit kreuzen würde.

»Ich sehe sie!«, sagte er atemlos. »Ich sehe die Grymlinien! Sie kreuzen den Boden. Sie sind überall.«

»Ich wusste, dass es dir gelingen würde, Benfro«, sagte Meirion. »Du musstest dich nur richtig konzentrieren. Jetzt musst du uns aus diesen Gefängnissen befreien. Baue einen Turm aus unseren Erinnerungen, und zwar genau da, wo sich die größten Linien treffen.«

»Was ist mit den anderen?«

»Den anderen?«

»Den anderen Drachen. Hier sind doch Tausende, alle in kleine Fächer sortiert, so wie ihr.«

Alles wurde still. Benfro schaute auf die sanft leuchtenden Grymlinien hinunter und bemerkte, dass Malkin zu ihm hochstarrte. Das Eichhörnchen machte ein fragendes Gesicht, aber es war die ganze Zeit still gewesen, während Benfro mit den Edelsteinen gesprochen hatte. Zweifellos hatte es sich mit dem seltsamen Verhalten dieses verirrten Drachen, den es sich zum Freund ausgesucht hatte, inzwischen abgefunden. Und doch schien etwas hier doch nicht zu stimmen. Benfro konnte sehen, dass Malkin quer über einer der Grymlinien stand, fast, als habe er sich diese Stelle ganz bewusst erwählt. Das seltsame Leuchten hüllte das Eichhörnchen vollständig ein, als ob Malkin aus derselben Grym bestünde wie die Linien. Und hinter ihm, fast als Schatten des Lichts, war die Silhouette des riesigen Mutterbaumes zu sehen, ungeheuer klein und unvorstellbar groß.

»Du musst sie alle befreien, Benfro«, sagte Meirion. Er konnte den scharfen Unterton ihrer Stimme hören, eine immer stärker werdende Panik und Klaustrophobie.

»Kein Drache darf so gefangen gehalten werden.«

Der Speisesaal war um diese späte Stunde leer, und deshalb kam Melyn jetzt her, um seine Mahlzeiten einzunehmen. Abgesehen von wichtigen Feierlichkeiten aß er nur selten zusammen mit Novizen, Quästoren und Kampfpriestern. Nur wenige wagten zu sprechen, wenn er sich im selben Raum aufhielt. Manchmal war er froh, dass seine Macht groß genug war, um alle in seiner Umgebung in ängstlichem Respekt zu halten, aber neuerdings fragte er sich, ob es überhaupt jemanden gab, der über genügend Rückgrat verfügte, um ihm auch einmal zu widersprechen.

Er sah sich von seinem Platz oben am Tisch aus im Saal um. Die Speise vor ihm sah nicht sehr verlockend aus, und er hatte sie auch nur halb aufgegessen. Den Becher mit Wein hatte er kaum angerührt. Er schien in letzter Zeit immer weniger Nahrung und immer weniger Schlaf zu benötigen. Das machte aber nichts. Er brauchte fast seine ganze Zeit, um Beulahs Feldzug gegen die Lanwennog zu planen, und dann war ja noch immer dieser Drache irgendwo in den Wäldern des Frydlands unterwegs. Vielleicht würde er ein oder zwei Trupps aus seinen besten Kampfpriestern aussenden. Wenn sie es durch die Trenn-Berge und bis in den Norden von Lanwennog schafften, könnten sie die Hälfte von Billahs Armee von der Grenze abziehen, indem sie einfach ein paar Orte dem Erdboden gleichmachten.

»Euer Gnaden?«

Melyn schaute von seinem Teller auf. Er war so in seine Gedanken versunken gewesen, dass er gar nicht bemerkt hatte, wie jemand den Speisesaal betrat. Es war eine unverzeihliche Nachlässigkeit, aber wer immer gekommen war, hatte seine Gedanken für ihn fast vollständig versiegeln können.

»Wer ist da?«, fragte er in die Dunkelheit. Eine hochgewachsene Gestalt trat vor, leicht gebeugt und mit so weißen Haaren wie der Frost, der sogar im Sommer morgens das Gras vor dem Kloster bereifte.

»Ach, Andro, das hätte ich mir denken können«, sagte Melyn. »Aber du hast es schon lange nicht mehr geschafft, dich unbemerkt an mich anzuschleichen.«

»Noch länger habe ich es nicht geschafft, ohne es zu versuchen«, sagte der Bibliothekar. »Du hast offenbar sehr viel im Kopf, wenn du deine Gedanken dermaßen umherschweifen lässt.«

Melyn hörte die Worte seines Lehrers und fühlte sich in seine ersten Jahre im Orden des Hohen Fryd zurückversetzt. Diesmal lag kein Tadel darin, aber er konnte auch auf Andros Mitgefühl verzichten.

»Der Krieg der Königin plant sich nicht von allein«, sagte Melyn. »Und dann ist da noch die Kleinigkeit des Drachen, der sich draußen im Wald herumtreibt.«

»Kann ein einziger Drache dich dermaßen schädigen?« Andro trat an den Tisch und setzte sich. In seiner einen knorrigen Hand hielt er eine Pergamentrolle. Melyn füllte aus seinem Krug einen Becher mit Wein und schob ihn über den Tisch.

»Vermutlich nicht. Aber es ist trotzdem ein schlechtes Omen. Und er war ganz anders als alle Drachen, die ich je gesehen habe. Er ist geflogen.«

»Ich weiß«, sagte Andro. »Ich habe ihn auch gesehen. Er sah eher aus wie so ein Tier aus ihren Sagen.«

»Aber du bist nicht hergekommen, um über Drachen zu sprechen, oder, alter Freund? Und ich vermute, du willst auch nicht unbedingt wissen, wie ich mir unsere Invasion in Lanwennog vorstelle.«

»An sich schon«, sagte Andro. »Aber vor allem bin ich hergekommen, um dir diese Rolle zu geben. Ein Zenobit hat sie hergebracht. Es geht ihm nicht so gut, deshalb habe ich ihn zu Usel nach unten geschickt.«

»Ein Priester des Widderordens? Hier«, fragte Melyn und sah die Blutflecken auf dem Pergament.

»Ein alter Freund sogar«, sagte Andro. »Father Gideon. Er konnte sich kaum noch auf den Füßen halten, als er hier eingetroffen ist. Sein Pferd kann nur mit sehr viel Glück überleben, und Gideon hat eine scheußliche Pfeilwunde, die so schnell nicht verheilen wird. Offenbar sind in Tynhelyg nicht einmal mehr die Widdermönche noch willkommen.«

»Warum ist er hergekommen?«, fragte Melyn. »Warum ist er nicht nach Candlehall zurückgekehrt, um Bericht zu erstatten?«

»Ich vermute, das hat mit dieser Rolle zu tun«, sagte Andro. »Und wenn er die Hauptpässe vermeiden wollte, dann ist das hier der erste wichtige Halt auf seinem Weg.«

Melyn öffnete die Rolle und las die darin enthaltenen Nachrichten mit steigender Wut und Frustration.

»König Billah hat sich den Jungen geschnappt«, sagte er endlich. »Dondal hat ihn ausgeliefert, fast sofort, nachdem er dort eingetroffen war.«

»Errol?«, fragte Andro und konnte sein Entsetzen kaum verbergen. »Ist er …«

»Tot? Nein.« Melyn schob die Rolle so über den Tisch, dass der Bibliothekar selbst lesen konnte. »Wenigstens nicht, als das geschrieben worden ist. Verdammt, das wirft alle unsere Pläne über den Haufen. Die halbe Armee sollte doch bei Tynewyd durch den Pass ziehen. Dondal wird darauf warten, dass wir in diese Falle tappen. Und jetzt hat er den Hauptteil von Billahs Truppen hinter sich.«

»Und wie kannst du das nun zu deinem Vorteil wenden?«, fragte Andro.

Wieder fühlte sich Melyn, als ob er als Schüler im Klassenzimmer säße. »Ablenken«, sagte er. »Wir ziehen unsere Bauerntruppen an der Grenze zusammen, und der Feind wird nicht wissen, wo wir zuschlagen wollen. Soll Dondal glauben, dass wir ihm noch immer vertrauen. Aber ich werde alle meine Kampfpriester nach Norden durch den Frydwald schicken. Wir werden über die Trenn-Berge gehen und dann aus der entgegengesetzten Richtung Tynhelyg angreifen.«

»Wir? Du willst mit ihnen gehen?«

»Ich kann diesen Krieg nicht von hier aus führen«, sagte Melyn. »Und ich muss da noch etwas mit einem Drachen im Wald klären.«

Benfro ließ seine wenigen Habseligkeiten auf den Boden fallen, dann füllte er seine Tasche mit den Edelsteinen der Dorfbewohner und befreite sie aus ihren Nischen, um sie auf einen großen Haufen zu legen. Er konnte ihre Erleichterung als stummes Seufzen hören, ein Nachlassen einer Spannung, die er erst registrierte, als sie verschwand. Er trug seine Last zurück durch den Gang zum Schreibtisch, dann hob er die Kerzen aus den Haltern und stellte sie neben die Skelette im Kamin. Der Tisch war schwer, aus einem massiven schwarzen Holz gefertigt. Benfro konnte ihn nicht heben, doch es gelang ihm, ihn schwitzend, stöhnend und ächzend von der Verbindung wegzuschieben.

Das Leuchten wurde stärker, als Benfro vorsichtig die letzten Erinnerungen der Dorfbewohner auf den Boden legte, genau an die Stelle, wo sich die beiden großen Grymlinien kreuzten. Sie bildeten einen kleinen Haufen und übernahmen das gleiche unirdische Licht. Nebelhafte Greiffäden erhoben sich als Spirale aus diesem Haufen, und einen Moment lang fürchtete Benfro, die Edelsteine könnten verbrennen und zu Asche zerfallen. Aber der Nebel wurde immer solider und verfestigte sich zu einer vertrauten Gestalt, bis Meirions Geist vor ihm stand. Und zwar nicht die alte Drachin seiner jüngsten Erinnerung, sondern die Gestalt jugendlicher Eleganz und Schönheit, die er an seinem Schlüpftag gesehen hatte, als sie seine Gedanken betrat, um Frecknocks klobigen Zauber zu beheben.

»Ach, Benfro, da hast du uns wirklich an einen wunderbaren Ort gebracht«, sagt sie. »Aber du musst die anderen schnell befreien. Ich spüre hier überall ihre Angst und ihre Verzweiflung. Sie sind schon so lange allein. Ich fürchte, für einige kommt jede Hilfe zu spät. Beeil dich, bitte.«

Benfro musste einfach gehorchen. Er hob seine Tasche hoch, arbeitete sich, unter den Augen der leuchtenden Erscheinung, an der nächstgelegenen Wand entlang und fegte die Edelsteine aus ihren Fächern in seine Tasche. Als die voll war, legte er die Edelsteine auf den Haufen, dann holte er neue.

»Malkin helfen«, sagte das Eichhörnchen, als ihm aufging, was Benfro hier versuchte. Es lief hin und her und holte Edelsteine, als wären sie Eicheln, die es für den Winter verstecken wollte. Langsam wuchs der Haufen zu einem Hügel, der immer mehr Licht über seine Umgebung warf. Jedes Mal, wenn er ein steinernes Fach berührte, fing Benfro eine flüchtige Erinnerung ein, ein Bild vielleicht oder, häufiger noch, ein Gefühl. Namen tauchten in seinem Kopf auf, ungerufen und unbekannt. Und auch die Erinnerung an Orte und daran, wie man von anderen Orten, von denen er noch nie gehört hatte, aus dorthin gelangte. Und die ganze Zeit wuchs und wuchs der Haufen und die Wände mit ihren endlosen kleinen ausgehauenen Nischen wurden leerer und leerer.

Die Stunden vergingen und verschwammen zu einer vagen Masse aus Hektik. Bei jedem neuen Drachenwesen, das dazukam, schien der Haufen eine noch stärkere Dringlichkeit auszustrahlen und zu verlangen, dass Benfro seine Aufgabe beendete. Seine Muskeln schmerzten, und er war so müde, dass er eigentlich hätte umfallen müssen, aber auf irgendeine Weise sog Benfro aus seiner Arbeit Kraft, wurde von denen ermutigt, die er befreite. Und so arbeitete er weiter, ohne nachzudenken und ohne sich zu beklagen.

Endlich war es vollbracht. Er fegte die letzten Steine aus dem letzten Alkoven, trug sie zu dem riesigen Haufen und legte sie, so gut er konnte, nach ganz oben, auch wenn das jetzt kaum noch möglich war, ohne hinaufzuklettern, was ihm seltsam respektlos erschien. Malkin hatte schon vor einiger Zeit aufgehört, als die unteren Alkovenreihen leer gewesen waren. Jetzt stand das Eichhörnchen bewegungslos da und starrte das Resultat der gemeinsamen Arbeit an. Ganz allgemein war der Raum von Erregung erfüllt, ein lautloses Gewirr von Stimmen, die miteinander redeten. Das rauchige Bild von Meirion verschwand und verschwamm zu Hunderten von unterschiedlichen Gestalten, bis es sich dann wieder zu einer festen Erscheinung zusammenfügte. Sie war der prachtvollste Drache, den Benfro je gesehen hatte, und sie erhob sich über dem Steinhaufen wie eine Mutter, die ihre Eier beschützt. Ihr langer Hals wölbte sich mit der Decke und ihr Kopf senkte sich zu ihm, um ihn aus aufmerksamen, leuchtenden Augen anzusehen.

»Wir danken dir, Sir Benfro, weil du uns von dem Tyrannen Magog befreit hast«, sagte die Vision. Ihre Stimme war mächtig wie ein Sturm in den Baumwipfeln. »Unsere Weisheit und unsere Torheit gehören jetzt der Erde, wie es schon vor Äonen richtig gewesen wäre. Von deinen gefallenen Kameraden soll ich dir ausrichten, dass du den aufsuchen sollst, der als Corwen bekannt ist. Sein Wohnort ist nördlich von hier, nur einen halben Tagesflug entfernt. Und jetzt müssen wir gehen. So viel Bitterkeit und Groll müssen besänftigt werden, solche Wut gelindert. Einige von uns waren hier seit Jahrtausenden eingekerkert.«

Benfro wollte die Erscheinung fragen, wer sie sei, aber sie verschwand, der Nebel kehrte zurück in den Haufen wie der Rauch von Sir Frynwys Verdauungspfeife, den er tausendmal gesehen hatte. Benfro blieb noch lange stehen und starrte nur den riesigen Haufen aus Edelsteinen an, er wartete darauf, dass noch jemand erschien, aber niemand ließ sich blicken. Seine Arbeit hier war getan, das begriff er jetzt. Es war Zeit zum Aufbruch. Und als er sich gerade umdrehte, um den Saal zu verlassen, hörte er eine Stimme, grob und vertraut. Ynys Môn.

»Ich habe immer schon gedacht, dass du es zu etwas bringen würdest, junger Benfro«, sagte der alte Drache. »Aber das hier überrascht sogar mich. Doch vor dir liegen noch allerlei weitere Überraschungen, da bin ich sicher. Du wirst jetzt in die wahre Welt hinausziehen, und es gibt etwas, das du vielleicht mitnehmen möchtest. Sieh diesen Schatz durch und suche nach Münzen. Du wirst Geld brauchen, wenn du erst das Frydland verlassen hast. Eine Landkarte wäre auch eine gute Idee, wenn du eine finden kannst.«

»Das Frydland verlassen?«, fragte Benfro. Er war noch nie auf die Idee gekommen, dass es außerhalb des Frydlands noch etwas geben könnte. Sogar die Landkarten, die er früher an diesem Abend gesehen hatte, waren ihm sinnlos erschienen. Aber der alte Drache gab keine Antwort. Die Edelsteine summten vor Energie, doch diese Energie war stimmlos, erwartungsvoll und auf sich selbst bezogen, ein riesiger Schmelztiegel aus Gefühlen und Vorstellungen, die viel zu lange weggesperrt gewesen waren.

Die Münzen zu finden, war nicht schwer. Es gab ganze Truhen voll, die um die Säulen herum aufgestellt waren. Benfro hatte keine Vorstellung von Geld, aber er hatte immer auf den Rat von Ynys Môn gehört, deshalb füllte er seinen Lederbeutel bis zum Rand, legte noch einige funkelnde Schmuckstücke hinzu, wie den Halsring, den er dem Skelett an der Tür weggerissen hatte. Es gab so viele Landkarten, dass er nicht wusste, wo er anfangen sollte. Aber eine war zusammengefaltet und nicht aufgerollt, und sie war auf ein dünnes, leichtes Material gezeichnet, dessen Namen er nicht kannte. »Ein Überblick über die Landmasse von Gulad« war die Karte betitelt. Benfro erkannte darauf die vertrauten Umrisse des Frydlands und die Trenn-Berge. Er steckte die Karte zu dem Gold in den Beutel. Dann lud er sich seine Last auf die Schulter und rief nach seinem Gefährten, der abermals in den Schatten verschwunden war.

»Malkin, wir müssen los.« Einen Moment lang erhielt er keine Antwort, dann kam das Eichhörnchen sichtlich aufgeregt hinter einer Säule hervorgerannt.

»Die Sonne«, sagte es und sprang auf Benfros Füße. Es rannte hin und her und sprang mit ansteckender Begeisterung hin und her. Dann jagte es hinter eine Säule. »Der Wald. Kommen. Benfro, gucken.«

Es war schwer zu sagen, wieso Benfro es in dieser Nacht nicht bemerkt hatte, aber jedenfalls schien der ganze Raum sich keiner normalen Definition der Dimensionen anzupassen. Es gab ein Fenster, das in die Felswand gehauen war und sich zu einem breiten Balkon hin öffnete. Eine steinerne Balustrade rahmte den Balkon auf beiden Seiten ein, vorn aber gab es nur einen entsetzlichen Abgrund. Malkin lugte auf eine Weise über den Rand, dass Benfros Herzen einen Sprung machten. Er sah den Wald, der sich vor ihm ausbreitete, deutlich im Licht des frühen Morgens, im Schatten des gewaltigen Berges, in dem Magog gehaust hatte. Es ging sehr tief nach unten.

»Vorsicht, Malkin«, sagte er. »Damit du nicht fällst.«

»Malkin fallen viel«, sagte das Eichhörnchen und drehte sich so gelassen um sich selbst, als ob überhaupt kein Abgrund vorhanden wäre. »Malkin aus Baum fallen, auf Kopf landen. Nix wehtun Malkin.«

»Aber es wäre mir doch lieber, wenn du ein bisschen näher an die Wand herankommen könntest.« Benfro ging auf, dass das Eichhörnchen so klein war, so leicht, dass es vermutlich mehr als dreißig Meter fallen könnte, ohne sich überhaupt zu verletzen. Aber als er sich vorsichtig auf den Abgrund zubewegte, sah er, dass es wohl eher dreihundert Meter nach unten ging, mit scharfen Felskanten, an denen alle zerschellen würden, die hier abstürzten. Es kam ihm seltsam vor, dass ein Raum, dessen Inhalt ganz offenbar als sehr wichtig galt und der von der Innenseite der Burg so gut geschützt war, dermaßen den Elementen preisgegeben sein sollte. Er drehte sich um und wollte zurück in den Schatzraum, stellte dann aber fest, dass der nicht mehr vorhanden war.

Voller Panik schaute Benfro hin und her und suchte den Eingang zum Schatzraum. Ein kalter Wind traf die Felswand neben ihm, die scheinbar aus dem Nirgendwo auftauchte und immer wieder seinen Weg versperrte. Vielleicht bildete er sich das ja ein, aber die Felskante, die er für einen Balkon gehalten hatte, schien immer kleiner zu werden. Malkin kletterte an Benfros Schwanz hoch, dann über seinen Rücken und seine Schulter, und winzige Krallen bohrten sich voller Panik in seinen Hals.

»Wo Raum?«, fragte er und seine ganze Selbstsicherheit war

verschwunden, als er begriff, in welche Klemme sie nun geraten waren.

Das Sims schrumpfte jetzt sehr schnell. Benfro konnte keine Bewegung sehen, nicht einmal, wenn er die Kante anstarrte, und doch kam diese immer näher. Er presste jetzt den Rücken gegen die Felswand. Kalter Stein bohrte sich in seine Schuppen, als er sich immer fester dagegendrückte. Er rollte sich den Schwanz um die Füße, seine Schwanzspitze rutschte über die Kante, und er musste immer gerader stehen, als das Sims zu einem schmalen Absatz wurde, während sich der feste Knoten aus Muskeln in seinem Rücken gegen die Wand presste. Seine Flügel falteten sich zusammen und legten sich an seinen Leib an.

Seine Flügel! Wie hatte er die vergessen können? Und er konnte sich an das Fliegen doch deutlich erinnern. Diese Erinnerungen gerieten zwar mit tausend anderen Erlebnissen durcheinander. Aber sie waren so intensiv gewesen, so geladen mit purem, schlichten Vergnügen, dass sie ihm niemals ganz aus dem Kopf gingen.

»Malkin«, sagte er und versuchte, sich nach dem winzigen Wesen umzusehen, doch das klammerte sich zu eng an seinen Nacken an. »Halt dich fest. Jetzt fliege ich.« Die Worte erfüllten ihn mit einem Gefühl gespannter Erregung, wie früher, wenn er den Dorfbewohnern einen frechen Streich gespielt hatte. Er stellte sich in die richtige Position, fing an, die Flügel zu entfalten und überlegte, wie er sich am besten auf den Luftstrom legen sollte.

Dann aber wurde ihm die Entscheidung abgenommen. Es gab einfach nicht mehr genug Sims, um stehen zu bleiben. Gerade noch war er unsicher zwischen Sprung und Sturz balanciert, dann kippte er auch schon vornüber und hatte das Gleichgewicht verloren.

13

Zwei Drachen werden niemals leichtfertig eine Vereinigung anstreben. Es geht dabei nicht nur um das physische Erleben, sondern auch um eine Vermischung der Seelen und das Teilen der Gemüter. Ein Pakt zwischen Freunden ist vielleicht nur eine Formel aus Worten, die Heirat jedoch verschmilzt zwei Wesen so fest miteinander, dass keine Macht von ganz Gulad sie jemals wieder trennen kann. Keine Macht außer dem Tod, natürlich. Und selbst dann, wenn die Überreste eines Drachen von der Flamme des Extraktionsfeuers verzehrt werden, wird der Geist des Hinterbliebenen in die Zeremonie hineingezogen werden, egal, welche schnöden physischen Sperren sie auch zu trennen versuchen.

Sir Rhudian: Die Hochzeit der Gwyna

Benfro öffnete instinktiv seine Flügel in der Morgenluft, fing den rauen Aufwind ein und glättete ihn mit den Spitzen seiner Flügel, die schon zu wissen schienen, was sie zu tun hatten. Statt zu fallen, erhob er sich mit dem Wind, fegte hoch und drehte sich, sodass er die glasglatte Felswand sehen konnte, die aus dem Wald aufragte wie eine klaffende Wunde. Der lange sanfte Hang, den er am Vortag hochgestiegen war, fiel auf der Westseite steil ab, als ob eine riesige Hand mit einer Klinge zugeschlagen hatte, die scharf genug war, um Gedanken zu modellieren. Die Burgruine oben auf diesem gewaltigen Felsen warf in der tiefstehenden Sonne eine Serie von gezackten Schatten, die aussahen wie vom Alter verfaulte Zähne. Nur der vordere Bogengang, der Sammelpunkt der düsteren Magie, die den Ort beschützte, stand stolz und gerade in der zerfallenden Mauer.

Benfro kreiste einige Minuten hoch über der Burg, genoss das Gefühl der kalten Luft auf seinen Schuppen und gab sich dem Abenteuer, in der Luft zu schweben, hin. Ihm war noch niemals schwindlig gewesen, die irrationale Angst vor dem Fallen, die so viele der älteren Drachen schilderten, war ihm fremd. Jetzt wusste er, warum. Er war zum Fliegen geboren. Der Wind in seinen Ohren war ein heulendes Pfeifen, das ein Freudenlied sang, um dieses neue Wesen in seine Umarmung zu schließen.

Dann fiel ihm Malkin ein.

Das Eichhörnchen saß fest genug in der Mitte seines Nackens. Es bohrte voller Todesangst seine winzigen Krallen in Benfros Fleisch, wo immer sie Halt finden konnten, und ließ sie über die Schuppen schrammen, wo das nicht möglich war. Der Lärm, den Benfro durch das Rauschen des Windes hindurch hörte, war Malkins kreischende Panik, als dieser bei jedem Schlagen der riesigen Flügel hin und her gestoßen wurde. Benfro war so in die Freude des Fliegens vertieft gewesen, in das pure Vergnügen, sich hin und her zu drehen, auf den Strömungen zu reiten und dann unter Anstrengung aller Kräfte höher zu steigen, dass er seinen Gefährten völlig vergessen hatte.

»Alles in Ordnung, Malkin?«, schrie er, und seine Stimme verlor sich fast in der brausenden Luft. Er wagte nicht, sich zu Malkin umzuschauen, wagte nicht, den Kopf zu bewegen, damit Malkin nicht auch noch den letzten Halt verlor. Und doch wusste er instinktiv, dass dem Eichhörnchen nichts passieren konnte, solange es dort in der Senke zwischen Benfros Schultern saß. Oder war das eine der tausend Erinnerungen und Empfindungen, die er in dieser Nacht gekostet hatte, eine Fähigkeit eines längst toten Drachen?

»Benfro fliegen. Malkin fliegen!«, war die Antwort. Das Eichhörnchen war nicht verängstigt, sondern erregt. Es schrie vor Spannung und achtete nicht auf die Gefahr des Absturzes. Benfro konnte jetzt die Bewegung von Malkins Krallen spüren, nicht als hektisches Suchen nach Halt, sondern als stetige Bewegung hin und her, um sich die bestmögliche Sicht zu beschaffen.

»Wo Benfro fliegen?«, fragte Malkin, und seine Stimme war durch das Tosen des Windes kaum zu vernehmen. Es war eine gute Frage. Benfro beschrieb einen langsamen Kreis und suchte in der Ferne, ob er etwas sah, das die Lichtung sein konnte, auf der Corwen angeblich hauste. Aber selbst aus dieser beträchtlichen Höhe konnte er nur den endlosen Wald sehen, der sich in alle Richtungen weithin über sanfte Hügel und Täler erstreckte. Berge umschlossen die Landschaft in der Ferne. Einige hatten weiße Gipfel, andere waren schneefrei, mit braunen oder grauen Vorsprüngen und Spitzen, die von der wärmer werdenden, dunstigen Luft verschleiert wurden. Nur eine Lücke klaffte in der weiten Waldfläche, zahllose Meilen von Benfro entfernt. Es war, als ob vor Urzeiten irgendeine Katastrophe ein Stück aus dem Gebirge gerissen und die verborgenen Tiefen des Waldes dem preisgegeben hätte, was immer dahinterliegen mochte. Die Mittagssonne stand noch immer hoch am Himmel, aber Benfro wusste nicht mehr, welcher Tag es war. Immerhin wusste er, dass Cenobus im Norden der Graith Faur lag, wenn er den Karten aus dem Schatzraum Glauben schenken durfte.

Jetzt, da er so hoch oben flog, konnte er das Trenn-Gebirge sehen, dass sich zu seiner höchsten Spitze erhob, einem scharf gezeichneten Felsgipfel, der in der Ferne bleich aussah. In diese Richtung musste er sich halten. Er richtete den Blick darauf, speicherte das Bild des Gipfels in seiner Erinnerung, und flog los.

Benfros Rücken fühlte sich unzerbrechlich an, als er über den Wald jagte. Das war etwas ganz anderes als seine panische Flucht vor den Kampfpriestern in ihrem gestohlenen Kloster. Damals war er außer sich vor Angst gewesen und seine Muskeln hatten schrecklich wehgetan, weil er eine größere Leistung von ihnen verlangte als je zuvor. Seither war er nicht mehr geflogen, und er hatte das Gefühl, dass nur zwei Tage vergangen waren, aber hier flog er nun, als ob er in seinem Leben nichts anderes getan hätte, und sein Rücken war so entspannt wie auf einem Spaziergang. Stimmte es, was Meirion gesagt hatte? Hatte er wirklich im Schatten des riesigen Mutterbaumes viele Monate verschlafen? Hatte der Baum ihn genährt, ihn im Schlaf gestärkt? Und wenn ja, warum?

Das winzige Wesen, das auf seinem Rücken saß und sein Gesicht in ansteckender Begeisterung in den Wind hielt, könnte ihm das vielleicht sagen. Das Eichhörnchen war der Bote der großen Mutter. Malkin hatte zwar behauptet, ihn aus Abenteuerlust zu begleiten, aber Benfro musste an seine Aura denken, daran, wie Malkin breitbeinig über den Grymlinien gestanden hatte, als ob er aus ihnen Kraft zog. Er war ein Wesen des Baumes, und auch wenn das Eichhörnchen in vieler Hinsicht kindisch und schlicht wirkte, lernte Benfro doch von Mal zu Mal mehr, dass Äußerlichkeiten zumeist trogen.

Für den Moment reichte es einfach, sich der puren Freude am Fliegen hinzugeben, seine Schwingen in der Luft in einem stetigen Rhythmus zu heben und zu senken, und sich so den Bergen in der Ferne stetig zu nähern. Langsam verging der Nachmittag und die Sonne brachte ihre Reise über den Himmel hinter sich. Keine Wolke war in Sicht und die warmen Sonnenstrahlen massierten ihn im Flug. Immer wieder geriet er in ein Gebiet mit Temperaturunterschieden, wo ein dunkler Baldachin aus Blättern mehr Hitze absorbierte und die Luft anschließend wieder erwärmt wurde, sodass sie aufwärts trieb. Es gab auch Felskanten, die hier und da ihre scharfen Nasen durch die Bäume steckten und die Winde ablenkten. Wenn Benfro einen Luftzug spürte, legte er eine Pause ein, drehte sich langsam um, wie er es zahllose Male bei Bussarden gesehen hatte, und stieg höher und höher, bis der Wind sein Gewicht nicht einmal mehr dann tragen konnte, wenn er seine Flügel zu ihrer ganzen beeindruckenden Breite ausstreckte. Und dann steuerte er wieder in einem weiteren langsamen Gleitflug die spitzen Berge an.

Irgendwann an diesem Nachmittag wurde er dann müde. Zuerst merkte er es kaum. Er geriet ein wenig von seinem Kurs ab, stellte dann plötzlich fest, dass er auf einen interessant aussehenden Baum zuflog, der höher war als der ihn umgebende Wald, oder dass er sich in einer Luftströmung drehte, ohne zu wissen, wie er hineingeraten war oder wie lange er dort schon umherwirbelte, während er einfach nur seine Flughöhe beibehielt. Seine Flügel waren noch immer stark, aber es wurde immer schwieriger, sich auf die Aufgabe des Fliegens zu konzentrieren.

Und noch immer nahmen die Bäume kein Ende.

Einen halben Flugtag, das hatte das majestätische Bild eines Drachen ihm gesagt, und doch war Benfro sicher, schon länger unterwegs zu sein. Aber noch immer gab es kein Anzeichen von einer Lichtung, oder von der dichteren Vegetation, die auf einen Flusslauf mitten im Wald hingewiesen hätte. Seine Gedanken waren jetzt nicht mehr klar, die Erinnerungen an die gestohlenen Edelsteine schoben sich vor sein Denken und drohten, den Teil zu überschwemmen, der er war. Er ertappte sich dabei, dass er sich sehnsüchtig an den gestohlenen Kuss erinnerte, an den Sommer, in dem es niemals Regen gab, an die Freude an einer perfekten Temba, an ihre Symmetrie und ihre Alliterationen, die für Auge und Ohr gleichermaßen angenehm waren, an ihre Botschaft, die so wichtig war wie die Komposition an sich. Doch er hatte keine Ahnung, was eine Temba war, hatte niemals eine Dürre gekannt und außer seiner Mutter niemanden geküsst, und die Zuneigung seiner Mutter war freigebig und grenzenlos geschenkt worden.

Die Sonne senkte sich immer weiter zu den gezackten Kanten des Trenn-Gebirges. Während Benfro weiterflog, fiel es ihm immer schwerer, sich zu erinnern, was er hier eigentlich wollte. Wichtig war allein der hohe einsame Gipfel. Den musste er erreichen, solange die Sonne noch die Felshänge rosa und orange malte. Wenn diese Flamme erlosch, würde die Welt zu einem ewigen Abend verdammt sein, zu langen Schatten und der Herrschaft der düsteren Geschöpfe der Nacht. Die Menschen verfolgten ihn, sie ritten auf riesigen Vögeln, die sie zum Gehorsam gezwungen hatten. An ihrer Spitze trieb der Inquisitor mit einem boshaften Funkeln in seinen rubinroten Augen sein Reittier an. Ein Flammenschwert entsprang seiner ausgestreckten Hand und loderte im Wind.

»Benfro, aufwachen. Zu tief fliegen.« Das Stimmchen riss ihn aus seiner Benommenheit. Die Bäume griffen schon nach ihm, und er konnte ihre obersten Zweige sehen wie tausend gierige Hände. Erschrocken bewegte er die Flügel und zog sich zurück in die Luft. Eine kalte Erkenntnis durchströmte seine Adern. Er war in der Luft eingeschlafen und in seliger Unwissenheit abwärts geglitten. Und nur sein Fluggast hatte ihn vor einem scheußlichen und möglicherweise tödlichen Absturz gerettet.

Er konzentrierte sich nun darauf, die überwältigende Müdigkeit zu vertreiben, und versuchte, sich zu orientieren. Er konnte den Berg nicht mehr sehen, so dicht über den Baumwipfeln befand er sich. Die Bäume umgaben ihn wie die Ränder einer Schüssel, über ihnen die untergehenden Sonne, die langsam als leuchtender Ball im Wald versank. Gegen alle Hoffnung hob Benfro sich mit einer letzten Willensanstrengung wieder höher in die Luft. Vielleicht sah er ja doch noch etwas: weniger dicht stehende Bäume oder eine kahle Felskante, auf der er landen könnte.

Aber er wusste nicht, wie er landen sollte.

Er war mit den Erinnerungen eines anderen geflogen, hatte die Strömungen so gelesen, wie ein erfahrener Flieger das getan hätte, aber er hatte keine Erinnerung an eine Landung. Panik überkam ihn, als er sich an den Schock bei seiner letzten Rückkehr zur Erde erinnerte. Und diesmal war er auch noch für die Sicherheit des auf seiner Schulter hockenden Malkin verantwortlich.

Es wurde jetzt schwer, sich oben zu halten, und mit jeder Bewegung wurden seine Flügel schwerer. Er spürte, wie sich der Knoten in der Mitte seines Rückens bildete, als seine Muskeln sich verkrampften und gegen die Behandlung, die ihnen zuteil wurde, protestierten. Doch noch immer ging es vor seinen Augen aufwärts, und die Berge waren jetzt höher als er.

Die Sonne versank noch tiefer in den Bäumen, eine Kugel, die zu wachsen schien, als sie verschlungen wurde. Wo der Wald sich erhob, um seine Ernährerin zu empfangen, färbten sich die Äste flammend rot, als ob in der Umgebung ein Waldbrand wütete. Die warme Abendluft zitterte und brannte und verzerrte alles. Benfro mühte sich weiter und versuchte verzweifelt, sich oberhalb der Bäume zu halten. Näher und näher hob sich vor ihm der Hang und verzehrte dabei die Sonne, saugte ihr das Leben aus, das Rote wurde zu Gelb, Blau, Lila und Schwarz.

Benfro spürte, wie die obersten Zweige mit ihren Blättern seine Bauchschuppen kitzelten, und befürchtete für einen Moment, sein Schwanz könne hängen bleiben. Da knallte dieser auch schon gegen Holz und ein betäubender Schmerz schoss Benfros Rückgrat hoch. Aber dann wippte der Schwanz und war wieder frei. Die Sonne war jetzt fast verschwunden, die letzten Strahlen sickerten durch die Bäume. Und mit letzter Kraft jagte Benfro über die Kante.

Es war eine große Lichtung. Es war *die* Lichtung, das wusste er, sobald er sie sah. Ein kleiner Fluss strömte durch die Mitte, meistens tief und still, aber auf der anderen Seite schäumte er über steile Felsen, um dann zur Mitte hin abzuflachen. Ein wenig benutzter Trampelpfad querte die Lichtung bei den Felsen, und dort, wo die Felsen eine kurze Felswand bildeten, klaffte eine Höhlenöffnung.

Benfro versuchte sich zu drehen, langsamer zu werden und sich einen besseren Überblick zu verschaffen. Die flache Hälfte der Lichtung war von kleinen Büschen und trockenem braunen Gras bedeckt, und ab und zu ragte ein von den Vorhügeln in der Ferne herübergerollter Findling auf. Eine Bruchlandung würde viele Gefahren bergen. Nur der Pfad war nicht überall von Hindernissen übersät.

»Kannst du schwimmen?«, rief er über seine Schulter dem Eichhörnchen zu.

»Schwimmen?«, lautete die Antwort, mit einem Hauch von Angst in der Stimme, jetzt, da sie dem Erdboden so nahe waren.

»Im Fluss«, fügte Benfro hinzu. »Ich habe Probleme mit dem Landen.«

»Malkin festhalten«, sagte das Eichhörnchen und schlug seine Krallen in die weiche Haut oben in Benfros Nacken.

Es war zu spät, um etwas anderes zu versuchen. Benfro sackte ab und versuchte verzweifelt, sein Tempo zu drosseln. Dann fielen ihm die Beutel ein, die um seinen Hals hingen, der eine voller Proviant, der andere voller Gold. Der Inhalt des einen würde verdorben werden und der Inhalt des anderen ihn auf den Flussboden ziehen. Mit einer Bewegung, die seine Muskeln aufschreien ließ, senkte er die Flügel so weit er konnte und hob sich damit lange genug in die Luft, um die Riemen über sein müdes Haupt zu streifen. Die Beutel fielen, prallten auf die mit dichtem Gras bewachsene Fläche neben dem Pfad auf und rollten auf den Fluss zu. Sie überschlugen sich immer wieder und vergeudeten ihre Schwungkraft mit der Rücksichtslosigkeit eines Glücksspielers. Einen Moment lang hatte Benfro schon Angst, sie würden über den Rand fallen und im Wasser verschwinden, aber sie kamen doch endlich zum Halten, zuerst die Proviantasche, dann der schwere Lederbeutel mit den Münzen.

Benfro drehte sich ein letztes Mal um, spürte dabei das schmerzhafte Ziehen im Rücken und wusste, dass er sich gleich nicht mehr in der Luft halten könnte.

»Festhalten!«, rief er dem Eichhörnchen in seinem Nacken zu. »Und spring ab, sowie es dir sicher vorkommt.«

»Malkin festhalten«, war die Antwort. »Malkin nicht schwimmen können.«

Benfros Herzen wurden schwer, als er das hörte. Er hatte sich darauf verlassen, dass das kleine Wesen von seinem Rücken springen würde, sowie er ins Wasser aufschlug, um sich dann selbst in Sicherheit zu bringen. Aber jetzt war es zu spät. Es ging auf das Wasser zu, und Benfro fiel höchst unelegant dem dunklen, stillen und hoffentlich tiefen Fluss entgegen. Seine Flügel waren wie zwei riesige mit Felsbrocken gefüllte Säcke, die er auf irgendeine Weise so weit von seinem Rumpf entfernt halten musste wie nur möglich. Oder musste er sie einziehen, ehe er auf das Wasser aufprallte? Von plötzlicher Unsicherheit gepeinigt, riss er sich noch einmal zurück. Jedenfalls hatte er das vor. Aber als er versuchte, aufwärts zu fliegen, wurde sein Kopf nach hinten geschleudert und seine Beine schossen nach vorn. Mit einem letzten heldenhaften Versuch, mit den Flügeln zu schlagen, konnte er auf eine erträgliche Geschwindigkeit verlangsamen. Und dann knallte er auf.

Wasser stob in allen Richtungen auf. Die Wucht des Aufpralls jagte durch seine Füße und seine Beine in seinen Rumpf und schlug ihm die Luft aus der Lunge. Da er die Flügel nicht anziehen konnte, flatterten sie hilflos nach vorn, trafen auf das Wasser auf und zogen ihm kopfüber nach unten. Es ging zu schnell, als dass er seine Arme noch hätte beiseiteziehen können. Noch bevor er Atem geholt auch nur daran gedacht hatte, versank er schon in der Tiefe.

Beulah reiste in Gedankenschnelle über die Rufstraße. Ihre ätherische Gestalt funkelte durch die Kraft, die sie aus dem Obsidianthron zog. Wenn diese Kraft mit den Zaubern der Straße zusammenstieß, ließen seltsame Farben die Landschaft verschwimmen und flimmern, als ob sie auf riesige und von unsichtbaren Winden bewegte Leinwände gemalt wäre. Beulah konnte sehen, dass die Straße kürzlich verstärkt worden war, zweifellos in einem Versuch, den verirrten Drachen abzuwehren. Die Anziehungskraft der Straße war tückisch, fast unwiderstehlich, aber Beulah schüttelte sie ab. Sie reiste ohnehin in die Richtung, die die Straße von ihr verlangte.

In kaum einem Dutzend Herzschlägen hatte sie das gewaltige Gebäude erreicht, das mehr Festung war denn Kloster. Seine Schutzmauern ragten vor ihr auf, aber mit denen wurde sie fertig und schlüpfte problemlos hinein. Sie fand den Inquisitor in seiner Privatkapelle, seine ätherische Gestalt war in rubinrotes Licht gehüllt, und seine Aufmerksamkeit fast vollständig absorbiert. Erst als sie direkt hinter ihn trat und ihn hätte berühren können, wenn das in diesem Traumzustand überhaupt möglich gewesen wäre, erstarrte er ein wenig, spürte ihre Anwesenheit und entspannte sich dann.

»Ich wollte mich später heute Abend bei Euch melden, Eure Majestät. Ihr habt mir diese Mühe erspart.« Er schüttelte das rote Leuchten ab und drehte sich zu ihr um. »Was führt Euch zu mir?«

»Ich habe heute Nachmittag mit Clun gesprochen«, sagte Beulah. »Seine Wunden sind jetzt fast verheilt. Wir haben über sein Leben geredet. Glaubt mir, ich musste ihm jedes Wort aus der Nase ziehen. Er ist schrecklich schüchtern.«

»Ich verstehe nicht, warum Ihr das überhaupt versucht«, sagte Melyn, und Beulah war sicher, dass in seiner Stimme ein Hauch von Bitterkeit lag. »Was könnt Ihr denn von so einem wollen, von einem Krämersohn aus dem Hinterwald?«

»Er hat ein Geschoss aufgefangen, das für mich bestimmt war«, sagte Beulah. »Und außerdem ist er jung und stark und sieht zudem gut aus. Er ist nicht dumm. Aber vor allem ist nicht so ein Ränkeschmied wie die Adeligen alle, die ihr Leben damit verbringen, sich gegenseitig den Dolch in den Rücken zu stoßen. Er gefällt mir.«

»Natürlich«, sagte Melyn. »Aber ihr braucht ihn nicht eigenhändig zu pflegen. Das ist erniedrigend.«

»Im Gegenteil«, sagte Beulah. »Gerade Ihr müsstet das doch begreifen. Er ist von geringer Geburt, das schon. Aber wenn ich ihn selbst pflege, zeige ich allen, wie wichtig mein Volk mir ist. Mein ganzes Volk, nicht nur die Reichen oder Mächtigen.«

»Und worüber habt Ihr nun mit ihm gesprochen?«, fragte Melyn.

»Über sein Heimatdorf, Pullpeiran«, antwortete Beulah. »Und über seinen Stiefbruder Errol. Ich muss zugeben, dass ich Errol und diesen ganzen Unsinn mit Leyns Leichnam total vergessen hatte. Bitte versprecht mir, dass es wirklich alles nur Unsinn war, Melyn.«

»Ich habe das immer so gesehen, sonst hätte ich ihn doch früher erwähnt«, sagte Melyn. »Die Obduktion hat erwiesen, dass das ungeborene Kind mit Leyn gestorben ist. Entweder hat Prinz Balch dieses Kind mit einer anderen Frau gezeugt oder Errol sieht ihm nur zufällig so ähnlich.«

»Der Balch, an den ich mich erinnere, hätte eine andere Frau nicht einmal angesehen, nachdem er Leyn kennengelernt hatte. Er hat sie angeschmachtet wie ein liebeskrankes Hundebaby. Also muss der Junge ein Bastard von einem von Balchs Gefolgsleuten sein. Es gab doch etliche königliche Vettern, glaube ich. Vielleicht sollten wir uns um ihn kümmern, er könnte einen netten Marionettenkönig in Tynhelyg abgeben. Aber worüber wolltet Ihr mit mir sprechen?«

»Seltsamerweise eben über genau diesen jungen Errol«, sagte Melyn. »Ich habe ihn als Spion nach Tynhelyg geschickt, er sollte herausfinden, was Iolwen vorhat. Er wäre eigentlich noch immer dort auf seinem Posten, aber unser Vertrauter hat ihn dem König ausgeliefert.«

»Der arme Junge. Es wird ein harter Schlag für Clun sein, dass sein Stiefbruder tot ist.«

»Er ist nicht tot«, sagte Melyn. »Jedenfalls noch nicht. König Billah hat ihn offenbar in den Palast sperren lassen. Aber das ist noch nicht das Schlimmste. Eure Schwester Iolwen wird noch in diesem Monat Prinz Dafyd heiraten, und sie erwartet bereits ein Kind von ihm.«

»Iolwen? Wie konnte sie nur? Wie konnte sie ihre eigene Familie verkaufen?«

»Ich fürchte, das ist unsere eigene Schuld, Eure Majestät«, sagte Melyn. »Sie war erst sechs Jahre alt, als wir sie zum Feind geschickt haben. Ist es da ein Wunder, dass sie ihre Gefangenenwärter eher als ihre Familie betrachtet als diejenigen, die sie damals weggegeben haben?«

»Aber ein Kind, Melyn! König Billah muss sich doch darüber im Klaren sein, wie das das Gleichgewicht der Kräfte durcheinanderbringt.«

»Redet Ihr von dem Gleichgewicht, das Ihr so gern zu Euren Gunsten kippen wollt?«

»Wir müssen die Kriegsvorbereitungen beschleunigen.« Beulah ignorierte diese Spitze. »Billah wird sehr schnell eine Offensive starten, wenn er erst einen Urenkel mit einem Anspruch auf meinen Thron vorweisen kann.«

»Meine Kampfpriester sind in voller Alarmbereitschaft, Eure Majestät. Und die Adelshäuser haben seit Eurer Krönung ihre Waffenkammern aufgefüllt. Aber der Schlachtplan muss verändert werden, denn es besteht kaum mehr Hoffnung, dass wir unseren Weg über den Pass bei Tynewyd erzwingen könnten.«

»Ich gehe davon aus, dass Ihr eine Alternative habt?«

»Das schon, aber ich muss nach Candlehall, um sie mit den Generälen zu besprechen«, sagte Melyn. »Ich werde im Morgengrauen aufbrechen.«

»Gut«, sagte Beulah. »Vielleicht wird es Zeit, dass ich an meine Pflicht denke. Gute Nacht, Melyn. Gute Reise. Wir reden weiter, wenn Ihr bei mir in Candlehall eintrefft.«

Gleich darauf war Beulah wieder in ihrem Körper, so stark waren Macht und Anziehungskraft des riesigen Thrones. Sie brauchte einen Moment, um sich zu fassen, dann stand sie auf und verließ den Saal, wo die schlafende Gestalt der Drachin Frecknock auf dem Boden lag. Dieses Wesen war einfach feige, aber es war auch empfänglich für die Strömungen in der ätherischen Sphäre.

Beulah wusste nicht, warum, aber sie fühlte sich sicherer auf ihren Reisen durch die Traumwelt, wenn die Drachin sich neben ihrer physischen Gestalt befand. Frecknocks Anwesenheit brachte zudem auf befriedigende Weise alle aus der Fassung, die in den Thronsaal kamen, um Beulah ihre kleinlichen Kümmernisse vorzutragen.

Zwei Wachen folgten Beulah über den Hof und durch die Gänge zu ihren Privatgemächern. Die Königin registrierte befriedigt, dass es sich um zwei Kampfpriester handelte. Sie befahl den beiden, den Eingang zu bewachen, und betrat dann ihre Gemächer.

Es war spät, und Beulah entließ die wenigen Bediensteten, die sie hier noch antraf.

Sie war nicht in geselliger Stimmung, es würde später noch Zeit genug für Palastklatsch geben. In ihrem Schlafgemach badete sie und kleidete sich in einen schlichten seidenen Überwurf. Aber sie begab sich nicht zu Bett, sondern schlich sich lautlos aus dem Zimmer, so wie sie es früher als Kind getan hatte, wenn sie eigentlich hätte schlafen sollen.

Das Zimmer, nach dem sie suchte, war nicht weit von ihrem eigenen gelegen, darauf hatte sie bestanden. Die Tür war nicht abgeschlossen, und sie ging hinein und blieb dann hinter der Schwelle stehen, um zu horchen. Sanfte Atemzüge waren aus dem Bett auf der anderen Seite des Raumes zu hören.

Clun schlief. Seine Träume waren ein Gewirr aus konfusen Bildern, so ungefähr wie die meisten anderen, die sie mit ihren Gedanken gestreift hatte. Aber sie hatten doch ein Hauptthema, das Beulahs Ego guttat. Cluns Unterbewusstsein beschäftigte sich vor allem damit, dass Beulah ihn pflegte. Beulah sah seine Zuneigung, sah die ersten grünen Triebe einer mächtigen selbstlosen Liebe, die er für sie empfand.

Anders als bei Merl gab es hier keine Täuschung, keinen Hinterhalt. Clun war offenherzig, ehrlich, zuverlässig. Seine Wunde war jetzt fast vollständig verheilt, seine Kraft kehrte zurück, nachdem er Monate lang mit dem Gift gekämpft hatte, das für Beulah bestimmt gewesen war.

Beulah ließ ihren Überwurf zu Boden sinken und stieg zu Clun ins Bett, wobei sie die Wärme von Cluns schlafendem Körper spürte. Vorsichtig zog sie sich aus seinen Gedanken zurück, streckte die Hand aus und streichelte seine Wange. Sie lauschte der Veränderung seines Atems, als er nun langsam aufwachte. Und dann, ehe ihm das wirklich bewusst wurde, beugte sie sich über ihn, flüsterte in sein Ohr, während ihre Hände über seine Brust wanderten und die glänzende glatte Narbe betasteten, die die Wunde hinterlassen hatte.

Er erwachte langsam, fast benommen, drehte sich auf die Seite und öffnete sehnsuchtsvolle Augen. Vielleicht glaubte er, noch immer zu träumen, und dachte, er habe in seinen Träumen wirklich das Herz der Königin gewonnen, die so unerreichbar hoch über ihm stand. Aus welchem Grund auch immer, er geriet nicht in Panik, als er sie in seinem Bett vorfand. Er konnte nur noch »Herrin« flüstern, ehe sie ihn innig küsste und seinen schläfrigen Leib umschlang.

14

Seit langer Zeit herrscht in der Drachenheit der Brauch, die extrahierten Edelsteine der Toten in großen Sammlungen zur Ruhe zu betten. Die Drachen sind im Leben einsame Wanderer, aber jeder von ihnen hegt den Wunsch, die Ewigkeit in der Gesellschaft seiner Ahnen zu verbringen. Es ist die letzte Pflicht des Heilers, Feuer zum Körper eines jüngst verstorbenen Drachen zu tragen, um dessen Edelsteine zu extrahieren. Aber es ist die Pflicht des Magis, diese Edelsteine zu nehmen, diese kostbare Wesenheit, und sie an den geheiligten Ort zu bringen. Hier wird der Verstorbene in die Schar der Seinen aufgenommen werden als einer von vielen und wird sich selbst in den Hort aus Wissen und Weisheit einbringen.

Der Magis ist der Hüter der Edelsteine. Sie sind der Mittelpunkt seiner Kraft. Er allein darf den Ort kennen, wo sich der Hort befindet, und dieser Ort wird durch den Zauber dieses Magis genährt und behütet. Doch wenn ein Magis dann sterben muss, wird er in die Wildnis ziehen und sich in einem letzten Akt der Selbstaufopferung der kalten Umarmung der Welt hingeben. Der weise Magis wird sich den Ort seines Todes mit großer Sorgfalt aussuchen. Denn nur, wenn er sich an einer Stelle zur Ruhe bettet, wo die Grym besonders stark durch die Erde fließt, kann er hoffen, in Verbindung mit seinem Hort zu bleiben. Dann wird er selbst im Tode dessen Hüter bleiben, einsam und wachsam in alle Ewigkeit.

Heiler Trefnog: Das Apothekarium

Lärm drang an Benfros Ohren, die tosende, blubbernde Kakofonie der Wellen, die, von den Ufern zurückgeworfen, über ihm zusammenschlugen. Für einige verwirrende Augenblicke wusste Benfro nicht, wo oben und wo unten war. Wasser drang ihm in Nase und Mund. Er wollte husten und würgen, aber er konnte nur Flüssigkeit einatmen.

Und dann stießen seine Füße auf den Flussboden auf. Eine dünne Schicht aus weichem Schlick bedeckte den harten Felsen. Es war ein solider Halt, der die sich drehende Welt zum jähen Anhalten brachte. Das Gleichgewicht stellte sich wieder ein. Benfro stieß sich mit großer Anstrengung ab und brach wie eine Fontäne durch die Wasseroberfläche. Er rechnete damit, dass er wieder versinken würde, dass er Wasser treten müsste, während er versuchte, seine Atemwege zu befreien, aber er stand noch immer auf dem Felsboden. Als er sich aufrichtete, stellte er fest, dass ihm das Wasser nur bis zur Brust reichte.

Hustend und spuckend, während ihm Wasser aus Nase und Mund lief, griff er auf der Suche nach Malkin in seinen Nacken. Von dem kleinen Wesen gab es keine Spur. Benfro wandte sich hektisch hierhin und dorthin, doch nirgendwo wiesen Blasen auf ein ertrinkendes Eichhörnchen hin. Lange dünne Graswedel hingen auf beiden Ufern ins Wasser und verbargen alles, was sich vielleicht dort versteckte. Benfro wollte rufen, aber er keuchte noch immer und würgte das Wasser heraus, das er eingeatmet hatte, und brachte daher nur ein heiseres Flüstern zustande.

»Malkin?«, krächzte er, aber er rechnete nicht mit einer Antwort.

Er stand bis zum Bauch in dem langsam fließenden Wasser und konnte nicht über die Uferböschung hinwegschauen. Vielleicht war das Eichhörnchen gar nicht ins Wasser gefallen, sondern ins Gras geschleudert worden. Benfro watete flussaufwärts und steuerte die vielleicht dreißig Meter entfernte Stelle an, wo der Pfad, den er aus der Luft gesehen hatte, den Fluss in einer seichten Furt querte. Hier war das Wasser niedriger und brach sich an Steinen und kleinen Felsbrocken. Benfro schaute sich, so gut er konnte, auf der Lichtung um, aber das letzte Licht verschwand jetzt aus dem Himmel, der die Wolken hoch oben rot malte.

»Malkin?«, rief Benfro noch einmal, diesmal lauter, obwohl seine Kehle noch immer brannte, nachdem er all das Wasser hatte schlucken müssen. Abermals erhielt er keine Antwort. Mit wachsender Besorgnis kletterte er aus dem Flussbett und ging am Ufer entlang zurück zu der Stelle, wo er in den Fluss gestürzt war. Langsam suchte er am Flussufer. Er lief hin und her, schaute unter den Uferkanten nach und tastete in den schwarzen Pfützen zwischen den Felsen, wo ein treibender Körper zweifellos zur Ruhe gekommen wäre. Ein Körper. Ein Leichnam. Seine Hoffnung, dass er Malkin lebend finden würde, schwand immer mehr.

Verzweifelt watete Benfro wieder flussaufwärts zu dem Pfad und der Furt, in der Hoffnung, von dort aus etwas sehen zu können. Ganz in der Nähe sah er auch die Höhle, die er bereits während seines Flugs erblickt hatte. Seine Herzen machten jedes Mal einen Sprung, wenn er ein Geräusch hörte, aber immer war es irgendein Vogel, der seinen Gefährten einen Gruß zuzwitscherte, oder ein verdutzter Frosch, der im Gras herumquakte. Als Benfro bei seinen im dichten Gras liegenden Taschen ankam, hatte er alle Hoffnung aufgegeben und ihn überkam eine ebenso tiefe Trauer wie die um die Dorfbewohner und um seine Mutter, die einen grausamen Tod erlitten hatten. Vielleicht gehörte das alles zusammen. Es war so entsetzlich ungerecht. Alle um ihn herum waren tot, nur er lebte. Warum?

Langsam kroch die Nacht über die Lichtung. Benfros einzige Gesellschaft waren das endlose Lied des Windes in den Bäumen und der gelegentliche Schrei eines Nachttieres. Die Sterne schienen hell, klarer als er sich erinnern konnte, sie jemals gesehen zu haben, aber er empfand keine Freude über ihre Majestät. Mit schweren Herzen öffnete er die Proviantttasche und zog den Inhalt heraus, um ihn auf Schäden zu untersuchen. Obst und Gemüse waren weitgehend unversehrt, da sie im weichen Gras gelandet waren. Benfro war nicht hungrig, nur traurig. Eine tiefe Müdigkeit, die nicht verschwinden wollte, erfüllte ihn. Eher aus Gewohnheit als aus irgendeinem anderen Grund verzehrte er die letzten Fischstücke und schlang einige Blätter hinunter. Unten im Beutel lagen Nüsse, sie umgaben den in Blätter gewickelten Edelstein, der ihm solche Probleme gemacht hatte. Die Nüsse waren für Malkin bestimmt gewesen, das ging ihm jetzt auf. Sie waren kein Drachenfutter, sondern Vorräte für das kleine Wesen. Abermals stand er auf und rief in die Dunkelheit hinaus: »Malkin, wo bist du?« Und abermals flüsterten die Bäume ein leises Echo und widmeten sich dann wieder ihrem niemals endenden Getuschel.

Benfro ließ sich verzweifelt ins Gras sinken. Tränen stiegen ihm in die Augen, und er versuchte nicht, sie zu unterdrücken. Um einen Freund zu trauern, war kein Grund, um sich zu schämen. Und selbst, wenn es anders gewesen wäre, wäre ihm das egal gewesen. Langsam verging die Nacht. Eine dünne Mondsichel hob sich in den Himmel und warf ihr silbriges Licht über die Lichtung. Benfro wusste nicht, ob er schlief oder nicht. Die Erschöpfung, die ihn im Flug überkommen hatte, war durch die nervenaufreibende Landung und seine verzweifelte und nutzlose spätere Suche zeitweise vertrieben worden. Doch als er nun in seine Trauer gehüllt hier lag, kehrte sie zurück. Es wurde kalt und immer noch kälter, je weiter die Nacht voranschritt. Dennoch blieb Benfro einfach liegen, gelähmt durch seinen Kummer.

Sie kam kurz vor Anbruch der Morgendämmerung zu ihm, einige Fingerbreit über dem Gras schwebend, als sei dies das Natürlichste auf der Welt. Sie leuchtete durch das Mondlicht, ihre

Haut war so bleich wie ihre Haare, ihre Augen dunkle Kreise, die jeden verschlingen konnten, der zu lange hineinzustarren wagte. Ihre Gestalt war dieselbe wie bei ihrer ersten Erscheinung – elegant, dünn und groß, mit diesem scharf gezeichneten schmalen Gesicht und den hohen spitzen Ohren. Auf ihrer Schulter saß, mit einem Gesicht, als ob rein gar nichts geschehen wäre, Malkin.

»Nicht verzweifeln, Benfro. Deinem Freund ist nichts passiert«, sagt sie. »Ich hatte ihn gebeten, dich auf deiner Reise als Pfadfinder zu begleiten. Jetzt, da du deinen Bestimmungsort erreicht hast, ist er zu mir zurückgekehrt.«

Benfro wollte antworten, wollte tausend Fragen stellen. Er musste der Dame für ihre Hilfe danken, aber er war bewegungsunfähig, sprachlos. Er konnte sie nur anstarren.

»Sag Corwen, dass er mir jetzt einen Gefallen schuldet«, sagte sie mit einem spöttischen Lächeln. »Und was dich betrifft, kleiner Drache: Ich bin mir sicher, dass wir uns wiedersehen werden.«

Der Mond stand hinter ihr, eine dünne Sichel aus silbernem Licht vor dem gesprenkelten schwarzen Himmel. Er verschwand in den Bäumen, und Benfro sah voller Verwunderung zu, wie die Gestalt mit seinem Licht verschwamm, während noch lange ein Abbild ihres Lächelns in seiner Erinnerung blieb. Er blieb ganz still liegen, zum ersten Mal seit langer Zeit mit sich in Frieden. Seine Trauer war noch immer ein greifbares Gefühl, aber die blinde Panik über den Verlust seines Pfadfinders war jetzt verschwunden und der Freude darüber gewichen, dass Malkin wieder dort war, wo er hingehörte. Erst als die Sonne langsam die Baumwipfel zeichnete, ging Benfro auf, dass er die Nacht in einer Art von Wachtraum durchlebt hatte.

Er erhob sich von seiner Ruhestätte und streckte sich, bis sein Rückgrat sich entspannt hatte, dann beschloss er, sich für die nächste Nacht ein behaglicheres Lager zu suchen. Er sah sich auf der Lichtung um, registrierte den steilen Hang, der von der Nordseite her in seine Richtung abfiel, die niedrigen Felsen mit dem Wasserfall und die Öffnung der Höhle. Es war genauso, wie er es sich vorgestellt hatte. Er wusste, dass er am Ziel war. Und der Mutterbaum hatte es schließlich auch bestätigt.

Jetzt brauchte er nur noch Corwen zu suchen.

Die Lichtung maß von einer Seite zur anderen über den Hang vielleicht fünfhundert Schritte. Benfro verbrachte den ganzen Tag damit, kreuz und quer über die Lichtung zu laufen und nach irgendwelchen Hinweisen auf Corwens Aufenthaltsort zu suchen.

Als Erstes sah er in der Höhle nach. Die wäre ein guter Ort zum Schlafen, fand er, warm und trocken, obwohl der Wasserfall nur wenige Schritte von der Öffnung entfernt herabbrauste. Die Öffnung war gerade so groß, dass Benfro sich hindurchzwängen konnte, dahinter aber weitete die Höhle sich und stieg zu einer Stelle an, wo ein Lichtstrahl durch einen Spalt in der Höhlendecke hereindrang. Gleich darunter war mit großer Sorgfalt aus einem Kreis aus flachen Steinen eine Feuerstätte gebaut worden. Vor der Felswand bei der Feuerstätte waren Holzscheite aufeinandergetürmt, trocken und rissig vor Alter. Die Feuerstätte war nur mit einer hauchdünnen Ascheschicht bedeckt. Dies war der einzige Hinweis darauf, dass jemals jemand die Höhle betreten hatte – wenn dies auch schon lange her sein mochte.

Der Boden war aus schlammiger Erde, dunkel und mit einem kaum wahrnehmbaren würzigen Geruch, den Benfro nicht einordnen konnte. Aber der Geruch war durchaus angenehm, fand Benfro, als er die Höhle weiter erforschte. Er brauchte nicht lange, um ihr gesamtes Ausmaß festzustellen. Schon bald war er sich ziemlich sicher, dass hier niemals ein Drache gelebt hatte. Er machte sich daran, auf der Lichtung so viel trockenes Gras und Heidekraut zu sammeln, wie er nur konnte. Damit bereitete er sich in der Nähe der Feuerstätte ein Nachtlager. Den Beutel mit den Goldmünzen legte er ans Kopfende seines improvisierten Bettes, während er den Proviantbeutel auf ein Sims in der Felswand stellte.

Draußen versuchte Benfro, nach Corwen zu rufen, doch ganz abgesehen davon, das er das Gefühl hatte, sich ziemlich unhöflich aufzuführen, war er ziemlich sicher, dass dieses Geschrei ihm keine Antwort bringen würde. Einen Augenblick lang befürchtete er, den falschen Ort erreicht zu haben, aber sein Traum vom Mutterbaum, auf dessen Schulter Malkin saß, beruhigte ihn dann wieder. Die große Mutter hatte gesagt, er habe sein Ziel erreicht, also musste er hier richtig sein. Der Drache musste irgendwo hier sein. Seine Freunde hätten ihn ja schließlich nicht ohne Grund hierhin geschickt.

Die bohrende Sorge meldete sich gegen Mittag zu Wort, als er sich überlegte, dass die Höhle schon vorher von Menschen entdeckt worden sein konnte. Er hatte schließlich Monate in der Obhut des Mutterbaumes geruht und weitere Zeit verloren, als er Magogs bösem Einfluss ausgesetzt gewesen war. Außerdem wurde ihm klar, dass Melyn, der Inquisitor, auf irgendeine unerbittliche Weise weiter drohte. Benfro erinnerte sich nur allzu gut an die Welle aus glühender Wut, die ihn erfasst hatte, als er in Emmas Faur vom Felssims gesprungen und davongeflogen war. Der alte Krieger würde sich nie im Leben damit abfinden. Benfro wusste, dass mindestens ein Trupp irgendwo den Wald nach ihm durchkämmte. Vielleicht waren sie schon vor Monaten hergekommen und hatten den alten Drachen davongeschleift. Bei diesem Gedanken überkam Benfro eine Art schuldbewusster Angst. Wenn er sich nicht alle Mühe gegeben hätte, die Menschen zu beleidigen, wären sie niemals so weit gekommen.

Er suchte die ganze Lichtung ab, wanderte durch das hohe Gras am unteren Ende, versuchte, sich einzureden, dass die Findlinge durchaus die Überreste einer Siedlung sein könnten. Aber diese riesigen Quader waren nie im Leben Mauern gewesen. Welche Katastrophe sie von der Bergwand losgerissen und wie verschmähtes Kinderspielzeug auf die Lichtung geworfen hatte, konnte er sich nicht einmal vorstellen. Von der Stelle aus, an der er stand, konnte er die scharfe Spitze des hohen Gipfels über den Baumwipfeln emporragen sehen. Obwohl er nun Hunderte von Meilen näher war als bei seinem Flug um Magogs Burg, wirkte der Gipfel noch immer unendlich weit entfernt, fast unerreichbar, und seine Umrisse waren vage und verschwommen. Dennoch dominierte er die Aussicht, als stünde er im Nachbartal, und warf einen Schatten über die Lichtung, von dem Benfro innerlich kalt wurde, obwohl die Sonne seine Knochen wärmte. Er starrte die Felsnadel an, verloren in der puren Pracht dieses Anblicks. Im tiefsten Inneren wusste er, dass er sich auf den Weg zu diesem riesigen Berg machen und den verschneiten Gipfel bezwingen musste. Dabei kannte er nicht einmal den Namen des Bergs. Ja, er wusste nicht einmal, ob der Berg überhaupt einen Namen hatte.

Der Nachmittag war schon halb vergangen, als Benfro seine Suche als sinnlos erkannte. Irgendwann wurde der Hunger zu stark. Er gab es auf, nach einem verborgenen Weg zu suchen, der möglicherweise zu einer in der Nähe versteckten Hütte führte. Benfro staunte, als er bemerkte, wie weit der Tag fortgeschritten war, ohne dass seine Anstrengungen irgendeinen Erfolg gezeitigt hatten. Er ging zum Fluss, in dem es etliche Stellen gab, die sich gut zum Fischen zu eignen schienen.

Als Benfro mit seiner gereinigten und ausgeweideten Beute, die er zum Backen in breite Pfeilkrautblätter gewickelt hatte, in die Höhle zurückkehrte, setzte er mit einem Bündel Reisig die aufgetürmten Holzscheite in Brand, sodass bald fröhlich lodernde Flammen emporschlugen. Zu seiner Freude stieg der wenige Rauch, der sich dabei entwickelte, geradewegs nach oben und staute sich nur kurz unter der hohen Decke, um dann durch den Spalt und in den Wald zu entweichen. Bald hatte Benfro ein Bett aus Glut vor sich, und die Steine um die Feuerstätte waren zu heiß, um angerührt zu werden. Er legte seine Fischstücke zum Garen auf die Glut und ging seinen Proviantbeutel holen.

Doch der war verschwunden.

Benfro rannte in der Höhle hin und her, und seine Herzen hämmerten wütend in seiner Brust. Im flackernden Feuerschein konnte er alles jetzt sehr viel deutlicher sehen. Aber es gab nur ein Sims, auf das er den Beutel hätte legen können, nur ein Sims in der ganzen Höhle, wie er nun begriff. Er sah sich das Kopfende seines improvisierten Bettes an. Dort lag noch immer sein Beutel mit dem Gold an derselben Stelle. Er lief noch einmal durch die Höhle, aber nirgendwo hätte auch nur ein Stück Gemüse versteckt sein können, geschweige denn ein ganzer Beutel. Der Beutel mit Magogs Edelstein.

Benfro blieb unschlüssig stehen. Er hatte keine Ahnung, wo der Edelstein sein konnte. Er erinnerte sich nur zu gut an den vernichtenden Schmerz und den Schwindel, die ihn überkommen hatten, als er das Kleinod weggeworfen hatte. Jetzt jedoch spürte er nichts dergleichen und konnte sich noch ganz normal bewegen. Hatte der Stein seine Macht über ihn verloren? Schließlich hatte er ihn für den ganzen Tag total vergessen und sich über eine Meile von der Höhle entfernt. Vielleicht hatte seine Zeit in der Burg die Verbindung auf irgendeine Weise gekappt und den Fluch von ihm genommen. Oder vielleicht war er hier so weit entfernt vom Machtzentrum des Ungeheuers, dass es ihn nicht mehr so beherrschen konnte wie bisher.

Benfro trat zur Höhlenöffnung und blickte über die Lichtung. Es war inzwischen Nacht geworden, auch wenn der Mond noch nicht aufgegangen war. Im bleichen Sternenschein wurden das wogende Gras zu einer leuchtenden weißen Masse und die Felsen zu schwarzen Feinden, die langsam auf Benfro zuzukriechen schienen. Er schüttelte den Kopf, um sich von diesem Bild zu befreien. Diese dunklen Schatten waren nur Steine, die vor langer Zeit vom Berg herabgerollt waren. Er trat hinaus in die kalte Luft und schnupperte, versuchte, im Wind einen Geruch zu finden, wenn er auch nicht wusste, welchen. Es gab viele Gerüche: das brennende Holz seines Feuers, die teerige Feuchtigkeit der Blätter, die sich um den Fisch kräuselten und dabei schwarz wurden, das seltsame würzige Aroma des Bodens und den süßen Duft der Kiefern, die sich alle Mühe gaben, an der Felswand Halt zu finden. Das Tosen des Wasserfalls und das ewige Flüstern des Wassers auf den Steinen übertönten die anderen Geräusche des Waldes fast. Dennoch konnte Benfro das gelegentliche Bellen eines Fuchses und den eleganten Gesang der Nachtvögel hören.

Das Licht der Sterne und der durch den Höhleneingang dringende flackernde Schein des Feuers reichten aus, um den Pfad zu sehen, den Benfro auf seiner stundenlangen rastlosen Suche zertrampelt hatte. Vielleicht hatte sich ein mutiges Waldgeschöpf, angelockt von dem Geruch der Lebensmittel, in die Höhle gewagt und den Beutel davongeschleppt. Das würde sein Verschwinden immerhin erklären. In der Dunkelheit konnte Benfro einem solchen Tier einfach nicht folgen, und er bezweifelte, dass er bei Tageslicht im Chaos seiner eigenen Schritte dessen Spuren ausmachen könnte. Weiter vom Höhleneingang entfernt mochte es deutlichere Spuren geben, aber die Suche würde bis zum Morgen warten müssen.

Benfro ging zurück in die Höhle und ließ sich wieder an seinem Feuer nieder. Er wusste, dass er nichts unternehmen könnte, was den Edelstein betraf. Er konnte nur hoffen, dass er, egal, wo er sein mochte, nah und sicher genug war, um ihn nicht zu behindern. Am nächsten Morgen würde er sorgfältiger suchen, jetzt musste er essen.

Der Fisch war perfekt, als Benfro die geschwärzten Blätter wegzupfte: saftig und zart. Allzu bald hatte er alles verzehrt. Er legte Holz nach und dachte dabei, dass er bald neues Brennholz beschaffen müsste. Dann, müde von der langen Suche dieses Tages, legte er sich auf sein Bett und wartete auf den Schlaf.

Doch der wollte sich nicht einstellen. Lange, langsame, zeitlose Augenblicke lag er da, starrte in die Flammen und dachte über den Tag nach. Nach den entsetzliche Geschehnissen, die ihn auf den Weg geschickt hatten, und der entbehrungsreichen Wanderschaft kam es ihm eigentlich schrecklich enttäuschend vor, nun seinen Bestimmungsort erreicht zu haben. Es war, als habe er einen gewaltigen Gipfel bezwungen, nur um zu begreifen, dass er jetzt nur noch wieder nach unten klettern konnte. Hatten Sir Frynwy, Meirion und alle anderen genau das im Sinn gehabt? War es ihre Absicht gewesen, Benfro so weit von den Kampfpriestern zu entfernen, dass sie ihn niemals finden würden? Und jetzt? Sollte er von nun an einsam in einer Höhle im Wald hausen? Nein, seine Mutter hatte ihm aufgetragen, Corwen zu suchen. Meirion hatte ihm das auch gesagt, und der Mutterbaum hatte ihm geholfen, hierher zu gelangen. Zumindest glaubte Benfro das, auch wenn er sich nicht ganz sicher war, ob die Begegnung mit dem Mutterbaum nicht doch ein Traum gewesen war.

Seine Gedanken wirbelten immer wieder um dieselben Fragen. Er konnte nicht schlafen, weil sie einfach keine Ruhe geben wollten. Das kam ihm ungerecht vor. Er war doch hier, wo also war Corwen? Und wer war Corwen überhaupt? Und warum war er so wichtig, dass Benfros Mutter ihm Benfros Leben anvertraut hatte? Und dann war da Magogs Edelstein. Wenn Benfro nur daran dachte, verzog er verärgert das Gesicht. Er konnte das boshafte rubinrote Leuchten irgendwo in nicht allzu großer Entfernung ahnen. Eine rote Kette, so dünn, dass sie unsichtbar war, und doch unzerbrechlich, verband ihn mit dem Edelstein, vertäute ihn daran, egal, wo der auch liegen mochte. Und die ganze Zeit zehrte der Edelstein an ihm, wurde immer fetter, während der Funken, der Benfro war, dahinschwand.

»Ist es denn so schlimm, Magog zu werden, der Sohn des Sommermondes?«

Benfro schoss hoch, als ob ihn etwas gestochen hätte. Seine Überlegungen hatten ihn in einen sanften Schlummer gehüllt, aber jetzt war er wach und seine Herzen hämmerten. Das Feuer, das er für die Nacht zu einem klaren Kreis zusammengeschoben hatte, leuchtete immer noch rot. Und genau Benfro gegenüber saß ein anderer Drache.

Melyn war wütend auf sich selbst, aber das bedeutete nicht, dass irgendwer, der ihm über den Weg lief, seinen Zorn weniger zu spüren bekommen würde. Sein Gespräch mit Beulah, so kurz es auch gewesen war, hatte ihn an vieles erinnert, das er niemals hätte vergessen dürfen. Usels Obduktion von Leyn, zum Beispiel. Der Arzt hatte seinen Bericht unmittelbar vor der Besprechung Melyns und der höheren Offiziere abgeliefert. Deshalb hatte Melyn Usel nicht richtig ausfragen können. Der Bericht war durchaus zufriedenstellend gewesen, ausführlich und gründlich wie sein Autor, aber ein misstrauisches Gemüt hätte zu dem Schluss kommen können, dass Usel ihm bewusst aus dem Weg ging. Und irgendwer hatte dem Arzt offenbar bei der Obduktion geholfen, wurde aber nicht namentlich erwähnt. Melyn hatte den Bericht noch einmal gelesen, und jetzt schien ihm diese Auslassung so deutlich erkennbar wie ein Leuchtfeuer auf einem Hügel in der Ferne.

Um diese späte Abendstunde waren nur wenige Leute in der Nähe, die Melyn zusammenstauchen konnte, deshalb wurde er nur von seinen wütenden Überlegungen auf seiner Reise begleitet. Er befürchtete, Beulah könnte durch das, was sie von ihm über ihre Schwester erfahren hatte, zu irgendwelchen Torheiten getrieben werden. Und ihre Verliebtheit in den jungen Clun war möglicherweise ein Faktor, der zu Unruhe führen konnte, gerade jetzt, da die Krone Sicherheit brauchte. Andererseits könnte es sich durchaus empfehlen, der Sippe der Balwen einen Schuss bäuerliches Blut zuzuführen, und der Novize wäre durchaus eine sinnvolle Wahl. Vielleicht hatte die Königin sich ihr Vorgehen doch überlegt. Immerhin hatte Melyn noch nie erlebt, dass Beulah aus Liebe oder Mitleid unbedacht gehandelt hätte.

Aber eine solche Ehe würde sehr vorsichtig angebahnt werden müssen, und Melyn teilte den leeren Gängen mit lautem Fluchen mit, dass das eher eine Aufgabe für den listigen Padraig wäre als für ihn selbst. Andererseits wäre er lieber unbewaffnet nach Tynhelyg gegangen, als dem Hofmarschall irgendetwas zu überlassen. Gut, dass er nach Candlehall aufbrechen würde, sobald es hell genug war, damit die Pferde sehen konnten. Es würde viele Verhandlungen und Manöver geben müssen, aber ja, am Ende würde ein Kampfpriester zum Gemahl der Königin erhoben werden. Und das würde Melyns Macht über das Haus Balwen nur noch steigern.

Es war ein weiter Ritt bis Candlehall, und keiner, auf den er sich freute. Melyn zog seine Fäden lieber von Emmas Faur aus – wie eine riesige Spinne, die mitten in ihrem Netz saß. In jeder anderen Situation hätte er über die ätherische Sphäre Kontakt mit der Königin aufgenommen. Aber er konnte Beulah ja wohl kaum bitten, Padraig mitzuteilen, wie er die diplomatischen Wellen glätten könnte, die ihre Wahl eines Gemahls zweifellos aufwühlen würde. Und jemand anderen, mit dem er über die ätherische Sphäre kommunizieren konnte, gab es im Palast nicht.

Immerhin bedeutete das, dass er zwei Gründe für seinen Ritt nach Candlehall hatte. Nicht, dass ihm dieser Gedanke ein besonderer Trost gewesen wäre. Seine alten Knochen würden genauso schmerzlich durchgerüttelt werden.

Melyns schlechte Laune begleitete ihn auf dem ganzen Weg zur Krankenstube. Drinnen leuchtete auf einem Schreibtisch an der der Tür gegenüberliegenden Wand ein Licht. Dort saß Usel und beugte sich über ein Manuskript.

»Inquisitor«, sagte der Arzt und erhob sich halbwegs von seinem Stuhl, entbot ihm aber keinen weiteren Gruß. »Was kann ich um diese späte Stunde für Euch tun? Braucht Ihr irgendeine Arznei?«

»An meinem Befinden ist nichts auszusetzen«, sagte der Inquisitor und versuchte, seinen Zorn zu beherrschen. »Aber mir macht da etwas zu schaffen. Möglicherweise könnt Ihr mir helfen.«

»Könnte ich dann draußen helfen?«, fragte Usel. »Ich habe hier Kranke, die alle Ruhe brauchen, die sie bekommen können.«

Melyn kochte vor Wut, als er sich auf den Gang hinausführen ließ. Alles an Usels Verhalten zeugte vom Fehlen der gebührenden Achtung, wenngleich nichts am Auftreten des Arztes als Beleidigung aufgefasst werden konnte. Es ging eher um sein Wesen an sich.

»Ihr habt Leyn obduziert«, sagte Melyn.

Usel nickte.

»Ihr habt die Überreste ihres ungeborenen Kindes gefunden?« Usel nickte wieder. Melyn starrte tief in die Augen des Mannes und versuchte, darin die Lüge zu entdecken.

»Das habe ich«, sagte Usel. »Wie Ihr es verlangt hattet. Sie stand kurz vor der Niederkunft, das Kind hatte also schon rudimentäre Knochen gebildet. Es war nicht mehr viel übrig, aber etwas im Sarg hatte Mutter und ungeborenes Kind doch auf bemerkenswerte Weise konserviert.«

Melyn konnte den Obduktionssaal fast vor sich sehen: aufleuchtende chirurgische Instrumente, der Sarg auf einem Gestell mit Rädern, Krüge voller konservierender Flüssigkeit, ein junger Mann in einem zu großen Arztgewand.

»Wer hat Euch geholfen?« Melyn kannte die Antwort, noch ehe das Bild in den Gedanken des Arztes Gestalt annahm.

»Der junge Ramsbottom«, sagte Usel. »Ich habe ihn mir auf dem Gang geschnappt. Er sagte, er sei zu Euch gerufen und dann für den Nachmittag entlassen worden. Das war meine erste Begegnung mit ihm. Interessanter Bursche. Sehr intelligent. Geistesgegenwärtig. Es ärgert mich sehr, dass Andro mir zuvorgekommen ist. Abgesehen davon, dass Ihr ihn zu Eurem neuesten Spion gemacht habt, wenn ich mich nicht irre.«

»Er hat den Leichnam gesehen?«, fragte Melyn und sparte sich seinen Spott für den Tag auf, an dem der Arzt für den Orden nicht mehr ganz so nützlich sein würde.

»Natürlich«, sagte Usel, und die Bilder flackerten unsicher durch seine Gedanken. »Er hat mir geholfen, ihn aus dem Sarg zu nehmen, hat mir die Instrumente gereicht, wenn ich darum gebeten habe, hat einige Teile gewogen und Notizen gemacht.«

»Und hat er Fragen gestellt?«

»Natürlich. Wie gesagt, er ist sehr wissbegierig und sehr intelligent. Die meisten Jungen in seinem Alter wären entsetzt von der Vorstellung, einen Leichnam zerschneiden zu müssen, er jedoch war fasziniert. Aber seine Mutter ist ja offenbar auch Heilerin.«

»Hat er Euch gesagt, dass seine Mutter Heilerin ist?«, fragte Melyn und konnte sehen, wie das Gespräch noch einmal in Usels Gedanken ablief.

»Ich habe ihm gesagt, dass der Orden Vater und Mutter für ihn ist und dass er mehr nicht braucht«, sagte Usel. »Ich bin sicher, dass es schon Novizen gegeben hat, denen schlimmere Fehlgriffe verziehen worden sind.«

Melyn starrte den Arzt wütend an. Etwas entging ihm hier,

aber von Usel würde er es nicht erfahren. Der Mann machte ihn einfach wütend. Eigentlich musste Errol aus dem Orden ausgeschlossen werden, weil er über sein früheres Leben gesprochen hatte. Doch genaugenommen war dieses Gesetz eher eine Tradition und wurde häufiger gebrochen als eingehalten. An diesem Zwischenfall gab es also nichts, das auf etwas Ungewöhnliches hingewiesen hätte. Keinen Funken des Erkennens. Keine Magie.

»Habe ich Euch beruhigen können, Inquisitor?«, fragte Usel. »Oder möchtet Ihr sonst noch etwas wissen?«

»Nein«, sagte Melyn. »In keiner Hinsicht. Geht zurück zu Euren Patienten, Usel. Für die könnt Ihr immerhin etwas tun.«

15

Die vielleicht am schwersten zu meisternde Fähigkeit ist die des Traumwandelns. Viele Magi, die die Grymlinien geschickt manipulieren, kommen niemals so weit, noch viel mehr versuchen es gar nicht erst.

In diesem träumenden Zustand ist das Gemüt viel aufnahmebereiter für die feinen Nuancen der Grym, kann viel besser die vielen unnützen Informationen herausfiltern und sich auf die anliegende Aufgabe konzentrieren. Und doch ist das ruhende Gemüt das am wenigsten seiner Pflicht bewusste, denn es erlaubt allen Hoffnungen und Sorgen, Wünschen und Fehlschlägen seines Lebens, in den Vordergrund zu gleiten. Wenn diese Gefühle nicht durch starke Disziplin gebändigt werden, kann ein unerfahrener Magis auf einer endlosen Wanderung durch das ätherische Reich nach irgendeiner Idee suchen. Oder er kann endlos auf eine geliebte Person warten, an einem Ort, der nur in seiner Vorstellung existiert, zu einem Rendezvous, das niemals verabredet wurde.

Der wahre Traumwandler lässt sich von solchen Dingen nicht ablenken. Das heißt nicht, dass ihm diese Empfindungen fremd wären, denn ohne sie zu leben, würde bedeuten, alles zu entbehren, was einen Drachen intelligent macht, was ihn von den minderen Tieren des Waldes unterscheidet. Nein, ein Traumwandler weiß das alles, aber er hat auch seine Träume unter Kontrolle, sodass er sogar im Schlaf deutlich sehen kann. Selbst im Schlaf kann er seine Taten lenken. Und so kann er die Stille des Schlafes einsetzen, um seine Reichweite zu vergrößern oder Orte aufzusuchen, die ihm sonst vielleicht verschlossen bleiben, da sie durch die Vorkehrungen anderer von der Grym getrennt sind. In seinen Träumen kann er an die Quelle zurückkehren, ohne den Verstand zu verlieren.

Corwen teul Maddau: Über die Anwendung der Feinen Künste

Der Drache war unvorstellbar alt. Sein Gesicht war eingesunken, ein angebrochener Fangzahn ragte aus seinem Mund hervor, wo eine uralte Narbe seine Lippe spaltete. Seine Ohren waren knotig und zerfetzt wie die eines Straßenkaters, und die wenigen Schuppen, die noch an seinen Wangen hafteten, waren zerkratzt und rissig, ihr Glanz schon längst verblasst. Nur die Augen des Drachen leuchteten, zwei lebende Flecken, die im Feuerschein rot funkelten. Benfro lief es eiskalt den Rücken hinab, als er sie ansah. Er hatte das Gefühl, dass seine Gedanken für diesen Drachen ein offenes Buch waren.

»Wer bist du?«

»Magog war ein großer Drache, wenn wir den Geschichten glauben dürfen. Manche halten ihn für den größten Magis, den diese Erde je gesehen hat. Wäre es so entsetzlich, er zu werden, ihn noch einmal herrschen zu lassen? Er könnte die Menschen vernichten, die deine Mutter getötet haben. Er könnte die gesamte Menschheit vernichten.«

»Wer bist du?«, fragte Benfro noch einmal. Er ahnte, dass er die Antwort bereits kannte, wagte aber nicht zu hoffen, dass er recht hatte. Wie dieser uralte Drache so einfach vor ihm erschienen war, erschien ihm unbegreiflich.

»Aber es würde dann kein Du mehr geben.« Das verwitterte

Wesen ignorierte Benfros Frage. »Nein, Magog könnte sich nur erheben, wenn du bereit wärst, dich ihm vollständig zu ergeben. Danach wäre von deinen Gedanken nichts mehr übrig, nichts von dir selbst. Und wozu ist Rache schon gut, wenn du sie nicht auskosten kannst?«

»Corwen?«, fragte Benfro. »Bist du Corwen? Denn wenn du Corwen bist, dann bist du derjenige, den ich gesucht habe. Meine Mutter …«

»Morgum die Grüne. Ich habe sie als Schlüpfling gekannt«, sagte der Drache. »Sie war eine vielversprechende Schülerin, auf ihre Weise eine mächtige Drachin. Aber sie hatte Angst. Und diese Angst wurde ihr dann schließlich zum Verderben. Jetzt ist nur noch ein Bruchteil dessen vorhanden, was sie einmal war – und was sie hätte sein können. Angebunden, dort in deinem Beutel.« Sein langer knochiger Finger mit einer schwarzen, verdreckten und am Ende stumpfen Kralle, zeigte auf den Lederbeutel, der am Fußende von Benfros Bett lag. »Sie hatte Angst vor den Kampfpriestern, was vielleicht klug war, da sie vorhergesehen hatte, dass sie durch die Kampfpriester getötet werden würde. Und doch hat sie den Menschen geholfen. Ich habe immer gedacht, dass ihre Güte einmal ihr Verderben sein würde.«

Ohne nachzudenken griff Benfro nach dem Beutel, fuhr mit der Hand über das Seitenfach. Die Berührung schwemmte Erinnerungen an seine Mutter in seine Gedanken: an den Geruch ihrer Haut, wenn sie Kräuter behandelt hatte, an ihr nachsichtiges Lächeln, wenn er ein Rezept korrekt hersagen konnte, an den Klang ihrer Stimme, wenn sie ihm ein Schlaflied vorsang. Alle diese Erinnerungen und noch mehr hüllten ihn ein wie eine warme Decke. Und dahinter war ein Gefühl von Stolz auf seine Leistungen, gemischt mit einer mütterlichen Sorge, die ihn beschützen wollte, die ihn niemals ganz loslassen konnte.

»Hör sofort damit auf«, fauchte der Drache, und wenn seine

Stimme bisher neutral gewesen war, fast schon nostalgisch in ihren Erinnerungen, so war sie jetzt schroff, gebieterisch, und erfüllt von einer unbestreitbaren Kraft. Benfro zog seine Hand zwar von dem Beutel zurück, griff aber trotz dieser Zurechtweisung noch nach den Erinnerungen an sein Zuhause, die nun wie Aale durch seine Finger glitten.

»Du kannst es dir nicht leisten, dich an die Vergangenheit zu klammern, Benfro«, sagte der alte Drache. »Die Erinnerungen, die du mit dir herumträgst, sind nicht deine Mutter. Sie sind nicht einmal ein bleiches Abbild dessen, was deine Mutter einmal war. Aber sie werden dich an sich saugen, wie auch Magog das tun würde. Schon jetzt sehnst du dich nach dieser Berührung, aber lass dich warnen. Mit den Edelsteinen eines Drachen lässt sich nicht spaßen. Wenn du einen von seinen Gefährten entfernst, kommt nichts Gutes dabei heraus.«

»Aber ich dachte, ich wäre jetzt in Sicherheit«, sagte Benfro und wollte wieder nach dem Seitenfach greifen. Er unterbrach sich, als er sah, dass der alte Drache wieder verärgert das Gesicht verzog. »Ich habe das Ritual der Extraktion durchgeführt. Ich habe ihre Überreste verbrannt.«

»Und das war wirklich eine edle Tat. Aber es reicht nicht, die Erinnerungen einfach nur zu Asche zu machen. Sie müssen an einer Kreuzung zur Ruhe gelegt werden. Und sie müssen vollständig sein. Inquisitor Melyn und seine Bande von Kampfpriestern haben alle Edelsteine deiner Mutter bis auf einen mitgenommen. Und kein Drache wird Frieden finden können, bevor die Steine wieder vereinigt sind.«

»Ich werde sie finden«, sagte Benfro. »Ich werde jeden einzelnen finden und die vernichten, die sie gestohlen haben.«

»Sei vorsichtig mit deinen Versprechen, junger Benfro. Ein Drache ist seinem Wort verpflichtet.«

Danach schwiegen sie eine Weile. Benfros Gedanken gingen

fieberhaft die Dinge durch, die er jetzt gehört hatte. Einige Stücke dieses riesigen Rätselbildes fügten sich jetzt aneinander, aber es gab noch so viel, was er nicht wusste, nicht begreifen konnte.

»Du bist Corwen«, sagte er endlich.

»Corwen ist seit Langem tot«, sagte der Drache mit einer kalten Gleichgültigkeit in der Stimme. »Drachen leben sehr lange, manche sagen, sie können für immer leben. Aber wenn dieser große Magis zu einem einzigen Edelstein reduziert worden ist, wie groß ist dann Corwens Aussicht auf Überleben?«

»Aber wer bist du dann?«, fragte Benfro, »Und wieso weißt du soviel über mich?«

»Deine Taten sind schon überall in Gulad Gesprächsstoff. Aber du hast doch noch viel zu lernen, junger Benfro mit den geliehenen Flügeln.« Der alte Drache lächelte, als er das sagte, er schien über einen Witz zu schmunzeln, den nur er kannte. »Einiges weißt du schon, auch wenn du dich starrköpfig weigerst, es zuzugeben. Öffne die Augen, Drachling, und sieh.«

»Aber meine Augen sind doch offen«, sagte Benfro verwirrt.

»Wirklich? Dann sag mir, was du siehst.«

»Ich sehe einen Drachen, einen uralten Drachen, der auf der anderen Seite dieses Feuers sitzt. Ich sehe Höhlenwände, geglättet von der Zeit, und leuchtend, als würden sie von innen her beleuchtet. Ich vermute, dass der Fels kleine Kristalle enthält, die den Feuerschein reflektieren. Durch den Höhlenausgang sehe ich den Mond, der sich über den Bäumen auf der anderen Seite der Lichtung erhebt. Hier neben mir sehe ich meinen Lederbeutel, gefüllt mit gestohlenem Gold, und auf dem Sims dort drüben sehe ich nichts, obwohl dort Magogs Edelstein liegen müsste.« Benfro verstummte. Er wusste nicht, warum er sich so selbstsicher gefühlt oder warum er diese lange Liste heruntergeleiert hatte. Es war, wie er im Nachhinein erkannte, eine rhetorische Frage gewesen. Trotzdem fand er, dass sich diesem nervtötend rätselhaften alten Drachen gegenüber sehr gut behauptet hatte.

»Und das ist alles?«

»Nein, natürlich nicht«, erwiderte Benfro, den diese schlichte Frage fast umgeworfen hätte. »Soll ich weitermachen?«

»Unbedingt«, sagte der Drache mit einem Lächeln, das so beleidigend war wie überhaupt nur möglich.

»Was soll ich denn als Erstes beschreiben?«, fragte Benfro und kehrte zurück zu den Spielen, die er als Kind mit Sir Frynwy und Ynys Môn gespielt hatte: eine Frage mit einer anderen Frage zu beantworten, und wenn ihm sonst nichts mehr einfiel einfach mit einem »Warum?«.

»Beschreibe mein Gesicht«, sagte der Drache und geduldige Belustigung prägte jedes Wort.

»Welchen Teil?«, fragte Benfro.

»Welcher Teil gefällt dir am besten?«

»Auf welchen Teil bist du am stolzesten?«

»Ach, Stolz. Ich kenne wirklich keine nutzlosere Empfindung. Aber erzähl mir von meiner Nase.«

»Von deiner Nase?« Benfro legte los, aber das Spiel machte jetzt keinen Spaß mehr. Es war schön, mit jemandem sprechen zu können, aber er hatte auf ein weniger belangloses Gespräch und einen weniger senilen Gefährten gehofft.

»Du hältst mich für senil? Na, in vieler Hinsicht hast du vielleicht recht. Ich habe mit keiner lebenden Seele mehr gesprochen, seit deine Mutter zuletzt hier vorbeigekommen ist. Und das war viele Jahre vor deinem Schlüpfen. Doch ich brauche diese Art von Gesellschaft nicht, um einen klaren Kopf zu behalten. Ich kann sehen, was ich sehen will. Ich kann überall hingehen. Aber ich will hierbleiben, da bin ich vielleicht doch nur ein sentimentaler alter Drache. Du dagegen bist ein törichtes und eingebildetes kleines Drachkitz, das sich in etwas viel Größeres und viel Gefährlicheres verstrickt hat, als es auch nur ansatzweise erfassen kann. Deine pure Existenz hat das Gleichgewicht dieser Sphäre umgestoßen, und deine Taten, seit du vor deinen Verfolgern geflohen bist, waren ein Fehler nach dem anderen. Ohne einige wenige mächtige Verbündete, die deine Mutter in ihrem viel zu kurzen Leben gewonnen hat, hättest du sie nicht um viele Stunden überlebt. Und ich kann mich nicht gegen das Gefühl wehren, dass es ein Segen gewesen wäre, wenn der Inquisitor dich gefunden hätte. Wenn er dich als Spielzeug für die Königin mit an den Königshof genommen hätte. Beulah wäre deiner vielleicht erst in einem oder zwei Jahren müde geworden, und dann hätte sie deine Edelsteine ihrer Sammlung zugefügt. Also, ja, Benfro, vielleicht bin ich ein bisschen senil. Aber du bist viel schlimmer. Du bist blind.«

Nach dieser Rede herrschte eine Weile Stille. Benfro hatte das Gefühl, als ob alles Leben aus ihm hinausströmte. Es war wie früher, wenn seine Mutter ihn ausgescholten hatte. So klein hatte ihn noch niemand machen können, nicht einmal Frecknock mit ihren gemeinen Streichen und grausamen Worten. Der alte Drache hatte nicht unrecht. Benfro musste zugeben, dass er nach Verlassen seines Dorfes mehr seltsame und unmögliche Dinge gesehen hatte, als er sich jemals hätte vorstellen können. Er hatte ein behütetes und abgeschiedenes Leben geführt. Er war beschützt worden, und die Güte seiner Mutter hatte ihn absolut nicht auf das vorbereitet, was die Welt in seinen Weg schleudern mochte.

Er war vom Geist seiner Mutter hergeschickt worden, um bei Corwen in die Lehre zu gehen. Obwohl Corwen tot war, konnte er noch reiches Wissen vermitteln. Der Drache hier hatte Benfros Mutter gekannt und schien so viel mehr zu wissen als Benfro. Vielleicht wäre es weise, sich anzuhören, was er zu sagen hatte, und genug zu lernen, um in dieser Welt zu überleben. Benfro schluckte den wenigen Stolz hinunter, der ihm verblieben war, und wandte sich wieder dem alten Drachen zu.

»Was soll ich denn sehen?«, fragte er. Aber der Drache war verschwunden.

Errol hatte sich jetzt an seine Treffen mit König Billah gewöhnt. Die verliefen fast immer auf dieselbe Weise. Zuerst wurde ihm eine erlesene Mahlzeit angeboten, er wurde in ein lockeres Gespräch verwickelt. Der König war immer höflich, und Errol versuchte, seine Fragen wahrheitsgemäß zu beantworten, aber die ganze Zeit wusste er, dass es Billah darum ging, sich Zugang zu seinem Kopf zu verschaffen.

König Billah war in dieser Magie viel besser geschult als Inquisitor Melyn, fand Errol. Melyn hatte ihn zuerst sturzbetrunken gemacht, damit er wehrlos und gefügig war. Und dann hatte er ihm einen ganz neuen Vorrat an Erinnerungen aufgepfropft. Errol versuchte noch immer, seine wahren Erinnerungen von denen zu trennen, die Melyn ihm eingepflanzt hatte, und das vorsichtige Tasten des Königs war ihm da keine Hilfe. Immer wieder stellte Billah eine scheinbar einfache Frage, und Errol musste sich eingestehen, dass ihm zwei widersprüchliche Antworten in den Sinn kamen.

Als die Wochen vergingen, begriff Errol, dass es diese Mischung aus echten und falschen Erinnerungen war, der er sein Leben verdankte. König Billah betrachtete ihn als Waffe, die sein Feind geschmiedet hatte, und er war entschlossen, so viel wie möglich über diese Waffe zu lernen, ehe er sich ihrer entledigte. Um am Leben zu bleiben, musste Errol also ein Rätsel bleiben, aber keines, bei dem nicht die Aussicht bestand, es zu lösen.

»Erzähl mir von deiner Freundin, Errol«, sagte Billah, als sie durch den Ziergarten vor dem Palast gingen. Es war ein warmer Sommernachmittag, und die Luft war gesättigt von starken Orchideendüften, die Errols Denken nur noch weiter durcheinanderbrachten. Während der König sprach, durchsuchte er Errols

Geist nach Erinnerungen oder Bildern. Bei den letzten Worten König Billahs hatten sich sofort zwei Erinnerungsbilder eingestellt: Das erste zeigte Mags Cluster in einem roten Kleid. Errol verspürte keine besondere Erregung bei dieser Erinnerung. Wenn überhaupt, dann brachte er Mags Mitgefühl entgegen, aber keine Liebe. Und er spürte Verachtung und Ekel für ihre restliche Familie.

»Und doch sagt dein Gemüt, dass du sie liebst«, sagte der König.

»Offenbar wollte Melyn mich das denken lassen«, sagte Errol. Das war seine Standardantwort.

»Was ist mit der anderen? Sie ist unklar.« Errol verspürte wieder die sanfte Berührung des Königs in seinen Gedanken, nur tauchte diesmal kein deutliches Gesicht vor ihm auf. Er spürte ein Gefühl von Grün, roch den Duft des Waldes und empfand vollkommenes Glück und zugleich herzzerreißende Trauer. Doch mit alldem ging kein Name einher, obwohl er wusste, dass er den Namen einst gekannt hatte. Aber hier, während Billah sich einen immer weiteren Weg in Errols Erinnerungen bahnte, war der Name zurückgewichen. Als ob er die Unbekannte beschützen müsste, wer immer sie sein mochte, sogar vor ihm selbst.

»Ah, so, das ist schon besser«, sagte Billah. »Das kommt deinem wahren Selbst näher. Melyn hat sich große Mühe gegeben, diese Erinnerung zu unterdrücken, aber die bleibt nicht unten, was?«

»Ich weiß nicht«, sagte Errol. »Sie fühlt sich auf irgendeine Weise anders an.« Er wollte diese Erinnerung auskosten, sich darüber beugen und ihr einen Sinn entlocken, aber er wollte sie auch für sich behalten. Das hier war etwas, das König Billah nichts anging. Die Gedanken des Königs zogen an Errols Gemüt und instinktiv schob er sie weg.

»Du kämpfst noch immer«, sagte Billah. »Schön, ich weiß eine Herausforderung zu schätzen. Aber du wirst nicht siegen.«

Sie gingen weiter durch den Garten, gefolgt lediglich von zwei schweigenden Wachsoldaten. Wenn der König noch immer in Errols Gedanken unterwegs war, dann spürte dieser das jedenfalls nicht. Stattdessen dachte er an die Bilder des grünen Mädchens, die er herbeigerufen hatte: an den Wald zu Hause und an Geschichten, die er gehört hatte. Es gab Sagen über große Helden, die gegen das Böse kämpften, tapfere Entdecker, die in die fernsten Ecken von Gulad reisten, tragische Liebende, die nicht zusammenkommen konnten, epische, mitreißende Geschichten von solcher Größe, dass sie sogar den königlichen Palast und die Stadt Tynhelyg auf irgendeine Weise jämmerlich wirken ließen. Und doch bekam Errol die Einzelheiten nicht zu fassen.

»Eure Majestät, Prinz Dafyd ist zurückgekehrt.«

Errol schaute auf, verwirrt von der neuen Stimme. Der Majordomus des Palastes, Tordu, war ihnen in den Weg getreten.

»Gut. Ich werde ihn im Thronsaal empfangen.«

»Er ist schon dort, Majestät. Soll ich den Jungen in sein Quartier zurückbringen?«, fragte Tordu.

»Nein, nein«, sagte Billah. »Ich finde, er sollte den Mann kennenlernen, den er hier töten sollte. Geht Ihr vor, Tordu.«

Sie durchquerten den Garten und erreichten eine der Fenstertüren, die direkt in den Thronsaal führten. Neben dem Thron wartete ein junger Mann. Als Errol näher kam, hatte er das Gefühl, in einen Spiegel zu schauen, aber in einen, der ein älteres Spiegelbild zurückwarf. Wenn er nach Dafyds Gesicht urteilen durfte, dann war der Prinz ebenso verwirrt.

»Eure Majestät«, sagte Dafyd und verneigte sich nicht sonderlich tief vor dem König. »Wer ist das?«

»Das ist Errol Ramsbottom«, sagte Billah. »Melyn hat ihn als Spion hergeschickt. Außerdem sollte er dich töten.«

Errol spürte die Berührung von Dafyds Gedanken wie einen Stoß vor die Brust. Seine Knie gaben nach und er wäre gestürzt, wenn eine der Wachen ihn nicht aufgefangen hätte. Anders als König Billahs sanfte, fast hypnotisierende Bewegungen, war Dafyds plötzlich zupackende Magie brutal und grob.

Wütend über den abrupten Angriff schlug Errol zurück. Mit einem kurzen, überraschten Aufkeuchen taumelte Dafyd rückwärts und fiel zu Boden. Einen Moment lang war im Saal alles still, dann brach Billah in lautes, schrilles Gelächter aus.

»Damit hast du wohl nicht gerechnet, Dafyd, oder?«, kicherte Billah.

»Wieso ist er hier? Warum habt Ihr ihn nicht hinrichten lassen?«

»Das kann dir egal sein«, sagte Billah. »Wie ist die Lage im Zwillingskönigreich?«

»Die Adelshäuser bereiten sich auf den Krieg vor«, sagte Dafyd. »Die üblichen Grenzübergänge sind geschlossen, und wer auch nur vage nach Lanwennog aussieht, stößt auf gewaltiges Misstrauen. Wer Glück hat, wird zusammengetrieben und nach Dinas geschafft. Diejenigen, die kein Glück haben, werden in Massengräbern landen.«

»Und was ist mit der Armee, wie soll die eingesetzt werden? Was hat Melyn vor?«

Dafyd ließ seinen Blick von König Billah zu Errol wandern, der noch immer von der Wache festgehalten wurde.

»Ist es so klug, das vor seinen Ohren zu erzählen?«

»Hältst du mich für einen Toren, Dafyd?« Die Stimme des Königs war plötzlich hart.

»Nein … natürlich nicht, Majestät.«

»Dann ziehe meine Entscheidungen nicht in Zweifel. Vor allem nicht vor den Ohren anderer.« Errol verspürte ein Ziehen, und Dafyd ging abermals zu Boden. Er schien seine Strafe gelassen hinzunehmen, aber der Blick, den er Errol jetzt zuwarf, sagte diesem, dass er hier einen weiteren Feind hatte.

»Die Kampfpriester sind fast alle noch in Emmas Faur, Majestät«, sagte Dafyd leise. »Die Bauerntruppen haben ihre Lager in den Vorhügeln der Berge von Dinas Dyrain aufgeschlagen, in der Nähe des Tynewyd-Passes. Ich vermute, Melyn glaubt, dass er Dondals Länder durchqueren kann, ohne auf Widerstand zu stoßen. Der Herzog war in seinen Loyalitäten schon immer flexibel.«

Während der Prinz sprach, konnte Errol spüren, wie die Gedanken des Königs überaus behutsam seine eigenen streiften. Billah wollte wissen, ob dieser Bericht sich für Errol wahr anhörte. Ihm fiel plötzlich ein, wie Hauptmann Osgal den Berghang ausgespäht hatte, als sie sich Dondals Festungsstadt näherten. Und er sah, wie das Gold überreicht wurde – zu viel, wenn es nur darum ging, Errol an den Hof zu bringen.

»Herzog Dondal hat in diesem Konflikt Stellung bezogen«, sagte Billah. »Das beweist dieser junge Bursche hier. Wenn Melyn versucht, Truppen durch den Pass zu schicken, dann werden wir sie niedermachen, ehe sie Tynewyd erreichen.«

»Und wollen wir einfach tatenlos herumsitzen und uns angreifen lassen?«, fragte Dafyd.

»Königin Beulah sitzt nicht so fest auf ihrem Thron, wie sie glauben möchte«, sagte Billah. »Noch hat sie keinen Erben. Von mir aus kann sie bei ihren albernen Abenteuern so viele Leben vergeuden, wie sie möchte. Jeder Tod wird sie ein wenig weiter schwächen. Deine geliebte Iolwen dagegen erwartet schon dein Kind. Und steht nicht geschrieben, dass nur ein Sohn beider Häuser jemals hoffen kann, beiden Völkern Frieden zu bringen?«

Dafyd senkte den Kopf und schwieg, aber Errol konnte sehen, dass sich seine Stimmung bei der Erwähnung Iolwens gehoben hatte. Man brauchte kein Gedankenleser zu sein, um zu sehen, dass Prinz Dafyd bis über beide Ohren verliebt war.

»Was ist mit dem Jungen?«, fragte der Prinz schließlich und nickte zu Errol hinüber, der eilig zu Boden starrte.

»Der ist ein Rätsel«, sagte Billah. »Ich möchte ihm wirklich glauben, wenn er sagt, dass er uns nichts antun will. Aber er erweist sich bei meinen Befragungsversuchen als überraschend widerspenstig. Und wer weiß, welche Fallen Melyn in seinem verwirrten Gemüt eingerichtet hat. Nein, ich habe ihn ganz einfach deshalb so lange am Leben erhalten, weil er mich an Balch erinnert. Aber das sind die Gründe eines sentimentalen alten Mannes. Ich kann es mir eigentlich nicht leisten, ihn hier herumlaufen zu lassen, nicht jetzt, da ein Krieg bevorsteht.«

Errol sah zu dem König hoch, der eben noch mit ihm gescherzt hatte. Er dachte an die zurückliegenden Wochen, in denen er gut behandelt worden war, aber dennoch ein Gefangener gewesen war. Er hatte immer gewusst, dass er irgendwann eher ein Hindernis sein würde denn eine brauchbare Figur in diesem grauenhaften Spiel. Er hatte nur gehofft, dass es noch sehr lange nicht so weit sein würde.

»Bringt ihn in den Kerker.« Billah wich Errols Blick aus, als er das sagte. »Ich entscheide später, was mit ihm geschehen soll.«

Benfro schlief in dieser Nacht schlecht. Am nächsten Morgen suchte er alles nach dem alten Drachen ab, hatte aber keinen Erfolg. Er konnte auch keine Spur des Proviantbeutels mit Magogs Edelstein entdecken. Doch als der Tag weiter fortschritt und er nichts von der Entkräftung verspürte, die ihn sonst überkommen hatte, wenn er von dem Stein getrennt war, entspannte er sich ein wenig und machte sich an die Erforschung seiner neuen Umgebung. Im Wald hier wimmelte es nur so von Wild und Benfro verbrachte den Nachmittag auf Jagd. Reichlich gesättigt ließ er sich am Abend beim Feuer nieder und wartete ab, ob etwas passierte. Langsam lullten die Wärme, sein voller Bauch und das sanfte Plätschern des Flusses, das von draußen her zu hören war, ihn in den Schlaf.

Der nächste und auch der übernächste Tag verliefen ebenso. Eine Woche verging und noch immer war Benfro allein. Er durchstreifte die Gegend und übernachtete ab und zu im Freien, kehrte aber immer wieder zu der Höhle zurück. Inzwischen fragte er sich schon, ob er die Begegnung geträumt haben könnte, doch eine innere Stimme sagte ihm, dass sie stattgefunden hatte. Er hatte das Gefühl, dass ihm eine Aufgabe gestellt worden war und dass der alte Drache zurückkehren würde, sobald diese Aufgabe vollendet wäre. Wenn er nur herausfinden könnte, worin diese Aufgabe bestand.

Und dann saß wieder einmal auf seinem Bett aus Heu, um dem ewigen Rauschen des Wasserfalls zu lauschen und den tanzenden Flammen zuzusehen. Und plötzlich wurde er von einer tiefen Wehmut überwältigt. Er war allein auf der Welt, eingefangen in einer Einsamkeit, wie er sie niemals gekannt hatte. Alle seine Angehörigen waren tot, auch seine Mutter. Es gab niemanden mehr und er hatte keinen Grund zu leben.

In sein Elend versunken bemerkte Benfro nicht, dass es in der Höhle dunkler wurde. Er hatte in die Flammen gestarrt, ohne sie zu sehen, aber nun erlosch das Feuer ganz einfach. Nur die Höhlenwände leuchteten, als ob sie lebten, und sie pulsierten im stetigen Rhythmus wie das Herz der Welt. Es war hypnotisierend, eine langsame Melodie, die seine wachsende Verzweiflung von ihm nahm und sie sanft verschwinden ließ. Benfro fühlte sich körperlos und leicht, als ob er in warmem Wasser dahintrieb. Ein leises Murmeln lenkte ihn von diesem seltsamen Gefühl ab. Vor der Höhle waren Stimmen zu hören. Er konnte die Wörter nicht verstehen, aber er erkannte Stimmlage und Tonfall der Dorfbewohner. Sie waren in eine Diskussion vertieft. Es war ein Geräusch, an das er sich schon aus seiner frühesten Kindheit erinnerte, als er in seiner Wiege dicht beim Feuer in der großen Halle gelegen hatte. Er hörte den dröhnenden Bass Sir Frynwys, das raue kehlige Krächzen Ynys Môns. Ein perlendes, glückliches Lachen stammte von Meirion, ihre Scherze umgaben die anderen Stimmen wie Wellen, die sich an einem Strand brechen.

Ohne Zögern ging Benfro auf die Stimmen zu und trat vor die Höhle. Doch als er an der Stelle ankam, wo er die anderen vermutete, verstummten die Stimmen. Benfro trat einen weiteren Schritt vor, auf die Lichtung hinaus, und eine Welle der Furcht durchspülte ihn, schoss sein Rückgrat hoch und ließ seine lose gefalteten Flügel erzittern. Die Nacht war kalt und finster, Wolken verdeckten die Sterne und hüllten alles in Schwarz. In plötzlicher Panik fuhr er herum, um sich in die Höhle zu flüchten. Doch der Eingang war nicht mehr vorhanden.

Er kratzte an dem groben Fels und schlug sinnlos darauf ein, doch dann erkannte er, dass er nicht auf die karge Felswand einhämmerte, sondern auf zugerechtgehauene Quader, die aufeinandergeschichtet und durch Mörtel aneinandergefugt worden waren. Eine Mauer.

Plötzlich stand Benfro in einem gewaltigen Innenhof. Die Mauer, gegen die er gehämmert hatte, bildete die Außenwand einer überdachten Galerie, die sich um den ganzen Hof herumzog. Elegante Säulen trugen auf der gegenüberliegenden Seite Bögen. Die Bögen führten auf einen offenen Platz, in dessen Mitte ein großes steinernes Gebäude aufragte. Dieses Gebäude hatte hohe Fenster aus buntem Glas, die das Sonnenlicht auf der anderen Seite des Hofes einfingen und in Myriaden von Farbtönen durch das Gebäude hindurchfunkeln ließen. Entsetzen ließ seine Herzen schwer werden, als Benfro einsah, dass er schon einmal hier gewesen war.

»Glaubst du, die Königin wird uns heute empfangen?«

Die Stimme bohrte sich wie eine Kralle in Benfros Träume. Er sah sich nach dem Sprecher um und erstarrte vor Entsetzen.

Zwei Menschen kamen durch die Galerie auf ihn zu.

»Ich weiß nicht. Ich hoffe. Aber du weißt ja, wie sie ist, wenn sie ein neues Spielzeug hat«, sagte der eine.

»Ich finde es widerlich, wie sehr sie sich mit diesem Bauerntrottel abgibt. Ich habe gehört, sie hat ihn selbst gesund gepflegt. Der Hirte allein weiß, was dabei noch herauskommen soll.«

Benfro wurde klar, dass diese Menschen wohl keine Kampfpriester waren. Sie waren klein, sogar für Menschen, und sie trugen lange dunkle Umhänge. Ihre Köpfe waren unbedeckt und ihre spärlichen Haare waren weiß wie die Büschel, die aus Sir Frynwys Ohren wuchsen. Sie strahlten keine lähmende Furcht aus, er konnte ihre Anwesenheit kaum spüren, und das erklärte, wie sie unbemerkt so dicht an ihn herangekommen waren. Nun war er sich sicher, dass sie ihn nicht gesehen hatten und er sie mit Leichtigkeit töten könnte. Er brauchte nur zu warten, bis sie an seinem Versteck hier im Schatten vorbeikamen, und sie dann zu packen.

Und dann was? Es gab eine Art Stimme in seinem Kopf, die diese Frage stellte, ein kleines Korn der Vernunft, das sich Gehör zu verschaffen versuchte. Benfro hatte keine Ahnung, wie er in diese Galerie geraten war. Aber trotzdem war er hier.

»Ich habe das Gerücht gehört, dass sie ihn zum Herzog von Aberfenn ernennen will«, sagte der eine Mensch jetzt. »Und dann wird sie ihn zu ihrem Gemahl machen.«

»Unsinn, Verrit. Königin Beulah würde doch nie etwas so Unerhörtes tun. Sie belohnt einfach den Mann, der ihr das Leben gerettet hat.«

»Den Knaben, meinst du wohl. Wenn ich das richtig verstanden habe, zählt er noch nicht einmal zwanzig Sommer.«

Benfro verstand nur ungefähr, was die beiden Menschen da sagten. Ihm war bewusst, dass sie immer näher kamen, und als er sich umschaute, merkte er, dass nur die Schatten ihn vor ihren Blicken verbargen. Es gab keinen Ort, wo er sich verstecken konnte, und die Galerie hatte keinen Ausgang. Ob er wohl unbemerkt durch die Galerie laufen und über die niedrige Mauer springen könnte? Wohl kaum. Die Unschlüssigkeit lähmte ihn, und noch ehe er sich's versah, standen die beiden Menschen neben ihm.

Mit einem verzweifelten Sprung versuchte Benfro, sie zu Boden zu stoßen. Er hatte keinen Plan, er wollte sie nur töten, ehe sie Alarm schlagen konnten. Doch seine Hand und seine ausgefahrenen Krallen glitten durch sie hindurch, als ob sie gar nicht vorhanden wären.

»Hast du das gemerkt?«, fragte der mit Verrit Angesprochene.

»Was denn gemerkt?«

»Ich weiß nicht. Das war wie … na ja, als ob gerade jemand über mein Grab gegangen wäre.«

»Also wirklich, Verrit. Ich habe keine Ahnung, wie du auf solche Ideen kommst.« Sein Begleiter schüttelte den Kopf. »Jetzt mach schon, wir wollen doch nicht zu spät kommen.«

Benfro sah überrascht zu, wie die beiden Menschen weitergingen und am anderen Ende durch eine Tür verschwanden. Er streckte eine Hand aus, hob die andere und berührte die eine mit der anderen. Es fühlte sich so an, wie er es erwartet hatte. Er streckte die Hand nach der Mauer an und klopfte darauf. Die Mauer gab nicht nach.

Nachdenklich ging er durch die Galerie zu der Tür, durch die die Menschen verschwunden waren. Seine Füße machten dabei auf dem Boden kein Geräusch. Er hielt sich an die solide Mauer und ihren Schatten, und seine Sinne suchten nach dem Gefühl, dass andere Wesen in der Nähe sein könnten. Zwei große hölzerne Türflügel standen offen. Benfro konnte hören, dass dahinter irgendetwas vor sich ging. Er hörte geschäftig erhobene schrille Stimmen, hörte das Klappern von Metall auf Holz, und beim Duft von frischgebackenem Brot und gebratenem Fleisch krampfte sich sein Magen zusammen. Benfro spürte die Anwesenheit von Dutzenden von Menschen. Er wollte nicht das Risiko eingehen, entdeckt zu werden.

Als er sich von den Türen abwandte, sah Benfro, dass sich auf der anderen Seite die Galerie öffnete und ein breiter Steinweg über den offenen Platz auf das gewaltige Gebäude in der Mitte zuführte. Etwas an dieser Anordnung faszinierte ihn und stieß ihn zugleich ab. Er wusste, dass er hier nichts zu suchen hatte, dass er versuchen musste, sich so schnell wie möglich so weit wie möglich von hier zu entfernen. Doch zugleich schien das Gebäude ihn zu rufen. Es war ganz anders als die Galerie, die es umgab. Es war majestätisch und in einem ganz anderen Maßstab errichtet, mit verschlungenen Verzierungen, die in den Stein eingemeißelt worden waren.

Die Verzierungen waren so wenig verwittert und so klar, als seien sie erst kürzlich geschaffen worden. Benfro sah gewaltige Schlachten, ausgedehnte Jagdpartien und Szenen aus einer Mythologie, die er nur zu gut kannte. Das hier war ein Drachenpalast. Dort sah er keinen geringeren als Rasalene, den Mond, der um die stolze Arhelion, die Sonne, warb. Das dahinten musste Palisander bei den Fallenden Teichen sein. Auch andere Geschichten waren bis ins Detail dargestellt, und Benfro gab sich alle Mühe, in den abendlichen Schatten alles zu erkennen. Plötzlich merkte er zu seinem Schrecken, dass er sehr dicht vor dem Gebäude stand. Er hatte auf irgendeine Weise den offenen Platz überquert und stand jetzt vor dem gewaltigen Portal, das den Eingang versperrte.

Dann schwangen die hölzernen Türflügel nach innen, mit einem tiefen krächzenden Geräusch, das er bis in die Füße spürte. Er konnte in der Dunkelheit der riesigen Halle nichts sehen, bis ein Mensch, der in dem gewaltigen Raum sehr winzig wirkte, rückwärts aus den Schatten kam und die unbequem breiten Stufen hinabstieg. Er hielt den Kopf gesenkt und würdigte Benfro keines Blickes, sondern ging an ihm vorbei, drehte sich dann endlich um und ging über den Hof auf den Speisesaal zu.

Die Neugier war schon immer Benfros ärgste Schwäche gewesen. Er wusste, dass sie ihm nur Probleme brachte, und doch konnte er der Einladung der offenen Tür nicht widerstehen. Mit leisen Schritten stieg er die Treppe hoch und trat in die Finsternis ein.

16

Gulad ist groß, und die, die du möglicherweise suchst, könnten dort überall sein. Warum solltest du dich also auf die Suche nach deinem Feind machen, wenn du ihn zu dir nach Hause locken kannst?

Der erste Schritt auf diesem Weg ist, den Feind zu kennen. Das ist in jedem Fall sinnvoll, ganz gleich ob du Magie gegen ihn anwenden oder euch einer anderen Kriegsstrategie bedienen willst. Für die Willensschwachen reicht es, einfach den Befehl »Kommt!« in ihre Gedanken einzupflanzen, und schon kommen sie. Bei anderen empfiehlt sich vielleicht eine listigere Herangehensweise. Nutz die geistige Disziplin, die du erlernt hast, um deinen Widersacher zu durchschauen und dich über seine Bedürfnisse und seine Begierden zu informieren. Dann spiel diese Gefühle aus, deute an, alle Wünsche könnten erfüllt werden, wenn dein Feind sich nur an einen bestimmten Ort begibt oder sich zu einem bestimmten Handeln bereit erklärt. Mit einiger Übung kannst du dann selbst den willensstärksten Widersacher beeinflussen, bis er einsam und unbewaffnet vor deiner Tür steht.

Hier muss jedoch auch zur Vorsicht gemahnt werden, wie das bei allen praktischen Anwendungen von Magie erforderlich ist. Sei dir darüber im Klaren, dass andere, die du gerade zu manipulieren versuchst, vielleicht derweil ihrerseits dich manipulieren wollen. In einer Schlacht der Willen musst du die Fremdheit von Gedanken erkennen, die in deinem Kopf ausgelegt worden sind, während du Andeutungen in andere Gemüter einpflanzt. Befrei dich von niederen Gelüsten, müßigen Fantasien und unsteten Empfindungen, und schon hat dein Feind viel weniger Möglichkeiten, dich in Versuchung zu führen.

Father Castlemilk: Eine Einführung in den Orden vom Hohen Fryd

Candlehall war nicht Melyns Lieblingsort in Gulad. Es gab dort viel zu viele Menschen, die ihr Tagewerk mit schlaffer Disziplin verrichteten und die nur mit schlaffer Disziplin dachten. Streunende Gedanken und Empfindungen prasselten auf ihn ein wie Hagelkörner, sodass er seine Aufnahmefähigkeit drosseln musste. Er fühlte sich unwohl, wenn er wusste, dass es so vieles gab, das er nicht spüren konnte, weil er dermaßen mit der krassen Banalität des täglichen Lebens überschüttet wurde.

So war es nicht immer gewesen. Als er damals den Rang des Inquisitors erreicht hatte, war die Hauptstadt ein Hort unbegrenzter Möglichkeiten gewesen. Das Plappern von Gefühlen, Leidenschaften und Intrigen war damals ein Gemurmel gewesen, etwas, das man anzapfen konnte wie ein gut geschriebenes Nachschlagewerk. Er hatte seine Fähigkeiten eingesetzt, um in den Reihen der Adligen Zwietracht zu tilgen, um den endlosen Strom von Kaufleuten zu überprüfen, die die Krone um günstige Handelsbedingungen baten, und sogar, um den König und die Orden zu manipulieren.

Doch im Laufe der Jahre wuchs die Stadt immer weiter und die Gedankenmenge wurde von Geflüster zu Gebrüll. Oder war er vielleicht empfindsamer geworden, weil er immer oben in einem Gebirgshorst saß? Es spielte keine Rolle. Nun war er hier und musste sich damit abfinden.

Es war eine Erlösung, vom Pferd steigen zu können, als sie

endlich die Stadt durchritten und den Palasthof erreicht hatten. Melyns Gelenke schmerzten und ächzten, als er seine Beine streckte. Die restlichen Kampfpriester blieben im Sattel und warteten auf seinen Befehl. Er konnte spüren, dass auch sie erschöpft waren, obwohl sie versuchten, sich nichts anmerken zu lassen.

»Sorg dafür, dass die Männer ein Quartier bekommen, sie brauchen Essen und Ruhe«, sagte Melyn zu Hauptmann Osgal und reichte ihm dabei die Zügel seines Pferdes. Der Hauptmann salutierte, sagte aber nichts. Auf seinen Befehl hin machte der ganze Trupp kehrt und trabte zu den königlichen Stallungen. Der Inquisitor versuchte, die Männer nicht um die bevorstehende Ruhepause zu beneiden, während er die steinerne Treppe zum Palasteingang emporstieg.

»Inquisitor Melyn, welche Freude.« Hofmarschall Padraig stand im Eingang, und sein Lächeln schaffte es nicht bis zu seinen Augen.

»Padraig.« Melyn deutete ein minimales Nicken an. In der Halle war es dunkel, die Fackeln waren trotz der Abendstunde noch nicht angezündet worden.

»Ich muss zugeben, es war ein Meisterstück«, sagte Padraig, als sie die Tiefen des Palastes ansteuerten. »Nicht einmal ich hatte es kommen sehen. Ihr habt den Jungen offenbar hervorragend ausgebildet.«

»Wovon redet Ihr hier? Welchen Jungen?« Einen Moment lang glaubte Melyn, es gebe noch weitere Nachrichten über Errol, aber er wusste, dass solche Informationen zuerst ihn erreicht hätten.

»Von Clun natürlich«, sagte Padraig. »Und ihn hinter dem Geschenk eines Drachen zu verbergen. Wenn ich keine sicheren Informationen über das Gegenteil besäße, dann würde ich vermuten, dass Ihr auch den Mordversuch inszeniert hättet.«

»Ach, Padraig, Ihr seht das hohe Niveau Eurer eigenen List in allen Plänen«, sagte Melyn. »Ich hatte den jungen Mann zur Begleitung des Drachen geschickt. Es war sein Vorschlag, ihn der Königin zum Geschenk zu machen. Alles, was danach geschehen ist, war der Ratschluss des Hirten.«

»Nun, und die Ratschlüsse des Hirten sind fürwahr unergründlich«, sagte der Hofmarschall. »Im Palast schwirren überall Gerüchte über die Königin und den jungen Mann aus der Tiefe des Volkes.«

»Und zweifellos treffen alle zu. Ihr kennt Beulah so gut wie ich. Wenn sie erst einen Entschluss gefasst hat, kann man sie nicht mehr umstimmen. Und ich finde eigentlich auch nicht, dass wir das versuchen sollten.«

»Natürlich nicht. Er ist ja schließlich einer von Euren Leuten«, sagte Padraig.

»Er ist in der Tat ein Novize vom Hohen Fryd«, erwiderte Melyn. »Aber ich würde ihn wohl kaum als einen von meinen Leuten bezeichnen. Er gehört dem Orden erst seit einem Jahr an und ist nicht einmal ein Kampfpriester.«

»Sie kann ihn nicht heiraten«, sagte der Hofmarschall. »Er ist ein Krämersohn aus irgendeinem Dorf im Hinterwald, von dem niemand je gehört hat. Die Adelshäuser stehen kurz vor dem Aufstand.«

»Ich glaube, Ihr übertreibt ein wenig, Padraig. Außerdem kann sie ihn ja jederzeit zum Herzog von Aberfenn ernennen. Ich glaube, dieser Titel ist im Moment billig zu haben.«

»Ihr seid genauso schlimm wie sie«, sagte Padraig. »Ihr habt ja keine Ahnung, welche Mühe es mir macht, auch nur hier im Palast für Ordnung zu sorgen. Ganz abgesehen davon, dass ich das Gold für Euren Krieg auftreiben muss. Es ist ein Wunder, dass wir keine größeren Unruhen hatten. Beulah ist nicht so beliebt wie ihr Vater, wisst Ihr. Es gibt eine Grenze dafür, wie hoch man die Steuern schrauben kann und wie viele Söhne man zum Kriegsdienst einziehen darf.«

»Das Zwillingskönigreich braucht also einen Grund zum Feiern, etwas, das die Menschen zusammenführt. Etwas, das sie dazu bringt, ihre Königin zu lieben. Etwas wie eine königliche Hochzeit.«

»Ihr habt Euch das alles genau überlegt, nicht wahr, Melyn?«, sagte Padraig.

»Ich habe seit zwei Wochen auf einem Pferd gesessen und mein einziger Gesprächspartner war Hauptmann Osgal«, sagte Melyn lachend. »Natürlich habe ich mir alles überlegt. Ich habe mir auch überlegt, wie wir das Haus Billah stürzen können.«

»Ich bin ganz Ohr«, sagte Padraig, und die kalte Verachtung lag kaum verhohlen in seiner Stimme. Sie hatten die große Halle hinter sich gebracht und näherten sich dem Verwaltungsflügel, dem kleinen Königreich des Hofmarschalls. »Ich kann es kaum erwarten, diesen großen Plan kennenzulernen.«

»Damit Ihr ihn an Billahs Spione weiterreichen könnt?«, fragte Melyn. »Das lieber nicht.«

»Was sagt Ihr da?« Der Hofmarschall blieb abrupt stehen. »Wie könnt Ihr auch nur andeuten …«

»Kümmert Ihr Euch um die Leitung des Palastes, Padraig. Macht Euch an die Vorbereitungen für die königliche Hochzeit. Tut das, was Ihr gut könnt. Und überlasst den Krieg uns alten Kriegern.« Melyn schickte dem Hofmarschall einen raschen gedanklichen Befehl, und er stellte mit einer Mischung aus Befriedigung und Trauer fest, wie langsam der andere reagierte. Padraig erstarrte, dann aktivierte er seine Reflexe so weit, dass er Melyn wegschieben konnte. Der Inquisitor hatte jedoch inzwischen hinter Padraigs Empörung die niemals weit im Hintergrund liegenden berechnenden Pläne entdeckt.

»Eines Tages werdet Ihr zu weit gehen, Melyn«, sagte Padraig, ließ sich dann aber in einen Sessel sinken. Der Inquisitor konnte sehen, dass der andere ihn nicht mehr in den Thronsaal begleiten wollte. Er sagte nichts, sondern nahm einfach Abschied und ging weiter durch den Palast.

Es war ein weiter Weg bis zu dem großen Saal, aber Melyn hatte unterwegs mehr als genug zu bedenken. Er hatte in diesem überaus kurzen Moment gesehen, dass Padraig sich schon damit abgefunden hatte, dass Clun zum Gemahl der Königin erhoben werden sollte; er machte nur soviel Lärm, wie er konnte, während er die öffentliche Meinung manipulierte. Zweifellos wurden etlichen Adelshäusern allerlei Belohnungen versprochen, wenn sie die Wahl der Königin begrüßten. In einem oder zwei Monaten würde alle Welt erklären, wie weise und gütig es doch von Beulah gewesen sei, sich den niedrigsten ihrer Untertanen in das höchste Amt zu holen. Es würde wie ein Märchen klingen.

Benfro kam sich vor wie in einer anderen Welt. Hinter der Schwelle war alles hell und warm, als ob das in tausend Jahren gesammelte Sonnenlicht von etwas noch Undurchdringlicherem als den gewaltigen Eichentüren eingeschlossen worden sei. Ein riesiger Aal erstreckte sich über das ganze Gebäude. Die Decke des Saals wurde hoch oben von gewaltigen, zu einem Gewölbe geformten Steinpfeilern getragen. Die hohen Fenster, die er von außen gesehen hatte, wirkten von innen noch höher. Sie zeigten komplizierte Muster aus bunten Glasscheiben, die Szenen aus den Sagen darstellten. Die gesamte Halle war ein riesiges Geschichtenbuch, das nur darauf wartete, gelesen zu werden, aber für den Moment konnte er nur schweigend das immer wechselnde Licht anstarren, das in den Sagenbildern der Fenster und – von den bunten Glasscheiben gebrochen – unten auf dem Boden spielte.

Und was war das für ein Boden! Er war aus Stein, der so weiß wie gebleichte Knochen und zu einer spiegelglatten Oberfläche poliert war. Die einzelnen Platten waren so groß wie das Haus von

Benfros Mutter und so genau verlegt, dass nur haarfeine Fugen zu erkennen waren. Benfro brauchte eine Weile, um zu begreifen, was hier nicht stimmte, als er nach unten schaute, so umwerfend war die Perfektion dieser Handwerkskunst. Er konnte sehen, dass der Boden das Deckengewölbe und auch die hohen Fenster reflektierte. Aber sein eigenes Spiegelbild sah er nicht. Es war, als wäre er gar nicht da.

Seine Herzen zitterten in seiner Brust wie in die Falle gegangene Ratten, und ein plötzlicher Schwindelanfall drohte, ihn umzuwerfen. Er riss seinen Blick von seinem nicht vorhandenen Bild los und fragte sich, warum ihm das nicht früher aufgefallen war, schon in dem Augenblick, in dem er das Gebäude betreten hatte.

Der Saal wurde von einem gewaltigen Thron beherrscht. Dieser stand auf der gegenüberliegenden Seite des Saals auf einem Podest. Der Thron war aus einem Stein gemeißelt, der schwarz wie die Nacht war und doch glänzte, als wäre er nass. Obwohl der Thron für einen kleineren Insassen geändert worden war, war es einwandfrei ein Thron für einen Drachen, und zwar für einen sehr großen Drachen. Aber der einzige lebende Drache hier lag zu den Füßen des riesigen Thronsessels. Es war ein elendes Wesen, das jeglichen Mut verloren hatte. Eine übelriechende Aura klebte an der Haut der Drachin wie ein Überzug aus grauschwarzem Schleim. Um ihren Hals lag ein ledernes Halsband und eine dünne Silberkette führte in die dunklen inneren Nischen des Thrones. Benfro ging auf das Podest zu und kletterte die gewaltige steinerne Treppe hoch, bis er vor dem Thron stand. Die elende Drachin spürte sein Näherkommen und hob ihren schweren Kopf, schaute aber mitten durch ihn hindurch. Benfro erkannte seine alte Feindin nicht sofort, so sehr hatte sie sich seit ihrem letzten Zusammenstoß verändert. Frecknock war es in den Händen ihrer neuen Herren nicht gut ergangen. Ihr einst stolzes, fast aufgeputztes Äußeres war verschwunden, nun war sie eine geschrumpfte, jämmerliche Gestalt, ihre Schuppen waren schlaff und leblos, ihre Flügel zerfetzt und zerrissen.

»Was macht dich so unruhig, mein Lieblingstierchen?« Eine Stimme erscholl aus den dunklen Nischen des Thrones. Die Silberkette zog an Frecknocks Hals, und die versklavte Drachin schaute mit einer Mischung aus Furcht und Hass im Gesicht um sich.

»Ich dachte, ich hätte jemanden gespürt, meine Königin.« Ihre Stimme war so unterwürfig, dass Benfro für einen Moment bezweifelte, dass er wirklich Frecknock vor sich hatte. Verschwunden waren die hochmütige Gleichgültigkeit und das arrogante Selbstvertrauen. Das hier war ein vollständig unterworfenes Geschöpf, ein gebrochenes, mitleiderregendes Wesen. Benfro brachte das Wissen, wie sehr Frecknock leiden musste, keinerlei Befriedigung.

»Jemanden gespürt, meine Güte.« Etwas bewegte sich in der Dunkelheit auf dem riesigen Thron und beugte sich vor. Es war eine junge Frau, die im Vergleich zu dem Sitz, den sie als den ihren beanspruchte, winzig wirkte.

Benfro hatte die Frau schon einmal gesehen, wenn auch nicht aus solcher Nähe. Königin Beulah mit dem gesprenkelten Gesicht war sogar für eine ihrer Art klein. Ihr Gesicht war nicht rötlich und bärtig, wie das der Kampfpriester, die unter ihrem Kommando standen, sondern eher von blassem Rosa und gesprenkelt mit unregelmäßig verteilten braunen Punkten, als ob sie in ihrer Kindheit von einer furchtbaren Krankheit befallen worden war. Sie musterte ihre Umgebung aus kalten schwarzen Augen, die funkelten, als sie ihren Kopf ein wenig bewegte, wie um ein Bild einzufangen, das sie nur in ihrem Augenwinkel sah.

»Na, dann.« Sie zog durch einen Gedanken an der Silberkette. Benfro konnte den Gedanken neben Beulahs Kopf in der Luft hängen sehen. Er wirkte nicht schwerer als ein Staubkorn.

Ihre Hände waren über ihrem Bauch gefaltet, als ob sie es nicht ertragen könnte, die Kette zu berühren. »Kluge kleine Drachin. Hier ist jemand, und er hat sich gut versteckt. Ist es ein Freier, der sein Glück versuchen will? Nicht so schüchtern jetzt, Krieger. Du musst ja sehr geschickt sein, dass du herkommen konntest. Also zeige dich, damit ich auch deinen körperlichen Wert beurteilen kann.«

Wie gelähmt von der stetig wachsenden Angst, die die große Halle wie Eis erfüllte, konnte Benfro nur noch starren, gebannt vom Anblick der winzigen Frau mit ihrem zahmen Drachen. Langsam dämmerte ihm, dass Macht und Größe nicht unbedingt miteinander zusammenhängen. Königin Beulah war zwar klein, aber sie strahlte ein noch schrecklicheres Übel aus als sogar Inquisitor Melyn.

»Nicht?«, fragte die Königin. »Bist du vielleicht zu schüchtern? Oder vielleicht fehlt dir die Fähigkeit. Bist du aus Zufall hergekommen und weißt nicht, wie du wieder nach Hause finden sollst?« Sie starrte fast kurzsichtig in Benfros Richtung, und drehte abermals den Kopf, als ob sie ihn dadurch klarer sehen könnte. Dann hielt sie inne, hob den Kopf wie zu einem Schnuppern, öffnete den Mund und kostete die Luft vor sich.

»Hier ist kein Freier gekommen, um sich seiner Königin darzubringen«, schnaubte sie und ihr sommersprossiges Gesicht errötete vor Zorn. »Kein Wunder, dass du ihn als Erste wahrgenommen hast, meine hübsche kleine Frecknock. Ich rieche Drachen.« Sie wich vor dem flackernden Licht zurück in die dunkleren Nischen des Thrones und rief: »Melyn! Inquisitor! Schläfst du? Hier ist ein Drache unter uns, ein Infiltrator!«

Benfro spürte in seinem Rücken etwas Heißes. Er schaute sich um und sah eine Gestalt, die seine Herzen mit Entsetzen und zugleich mit Zorn erfüllte: Melyn schritt auf den Thron zu, seine Augen loderten rot, während er sich nach allen Seiten umschaute. Die beiden hasserfüllten Punkte des Hasses waren nicht auf Benfro gerichtet, schienen ihn nicht einmal sehen zu können, obwohl er im offenen Raum stand. Benfro drehte sich vom Thron weg, um in die Richtung zu fliehen, aus der er gekommen war, aber die beiden riesigen Türflügel, viel weiter entfernt als in seiner Erinnerung, schlossen sich nun gerade mit einem erderschütternden Krachen.

»Findet ihn! Findet ihn sofort!«, kreischte die Königin aus dem sicheren Zufluchtsort ihres gestohlenen Throns. Ihre Stimme war ein wütendes Blöken, gebieterisch, an Widerspruch nicht gewöhnt.

Benfro sprang die Stufen hinunter und jagte, so schnell er nur konnte, über den polierten Boden. Irgendwo dort draußen gab es auf einer Lichtung eine Höhle, in der er sich sicher fühlte. Dorthin musste er zurückfinden. Er spitzte die Ohren und lauschte auf das Gespräch der Dorfbewohner. Auf irgendeine Weise wusste er, dass sie den Schlüssel zu seiner unversehrten Rückkehr besaßen.

»Sir Frynwy! Ynys Môn! Meirion!«, rief er, als ob sie in der Nähe wären. »Helft mir, bitte!«

»Deine toten Freunde können dir jetzt nicht helfen, Schlüpfling.« Die Stimme des Inquisitors durchbohrte Benfro wie eine glühende Klinge, wie das Feuerschwert, mit dem er Morgum die Grüne getötet hatte. Der junge Drache fuhr zurück und wirbelte herum, bereit, sich seinem Feind zu stellen. Er sah, wie die furchtbare Gestalt des Inquisitors auf ihn zukam. Melyns Augen loderten feuerrot und er hielt diese tödliche brennende Klinge in den Händen.

»Jetzt habe ich dich, du Missgeburt«, kreischte Melyn und Benfro konnte die Speichelflecken in seinen Mundwinkeln sehen. »Ich werde deinen wandernden Geist töten und deinen Körper verrotten lassen, wo immer du ihn hinterlassen hast.«

Benfro wich vor dem immer näher kommenden Inquisitor zurück, seine Herzen hämmerten, und die Panik raubte ihm jegliche Vernunft. Er war gefangen, er würde sterben. Warum war er hierher gekommen? Wie war er hierher gekommen? Der Boden war kalt unter seinen Füßen, und er spürte, wie die raue Mauer zuerst gegen seinen Schwanz und dann gegen seinen Rücken drückte, als er immer weiter zurückwich.

Der Inquisitor hob sein Schwert, bereit, zuzuschlagen und das Werk zu vollenden, das er an Benfros Mutter begonnen hatte. Benfro war von der Klinge gebannt, aber dann fing etwas dahinter seinen Blick ein – oben auf dem Thron, wo die Zwillingspfeiler aus Stein, die die Rückenlehne bildeten, zur Decke emporstrebten. Etwas war dort in der Luft, es zitterte und flackerte wie ein im Wind wehendes Stück Stoff. Aber es war ein Stoffstück aus Sternen, eine klare Nacht, die durch einen Riss im Gewebe aus Nichts zu sehen war. Etwas in Benfro reagierte auf diesen Anblick. Er war für ihn bedeutungslos und zugleich zutiefst bewegend, als ob er ein Gesicht sähe, das er seit tausend Leben nicht mehr erblickt hatte, eine verlorene große Liebe. Und dieses nervtötende kleine Wesen mit seinen Zaubertricks stand ihm im Weg.

Eine entsetzliche Wut erfüllte ihn, ein vertrautes Gefühl, bei dem sich Verzweiflung und Zorn zu gleichen Teilen mischten. Sein Magen drehte sich um, seine Kehle glühte vor innerer Hitze, und dann spie er mit einem wilden Gebrüll eine Flammenwand aus. Er wollte den Inquisitor brennen sehen, wollte, dass sich dieser entsetzliche Mann in Qualen wand, während er langsam vom Feuer verzehrt wurde. Doch der alte Krieger beschrieb einfach mit seinem Schwert einen Bogen und lenkte die Feuersbrunst ab, während er zurücktrat.

»Ich bin beeindruckt, Drache«, sagte Melyn. »Aber du wirst trotzdem sterben.« Er hob die Hände und das magische Feuer wurde vor ihm zu einem Ball, der wie sein Verursacher gefangen war.

Benfro machte sich für den Angriff bereit. Er konnte sehen, dass sich in ihm mehr Feuer aufbaute. Aber dann, in der Sekunde, ehe der Inquisitor seine eigene Waffe einsetzte, um ihn zu vernichten, spürte er eine Hand auf der Schulter und hörte in seinem Ohr eine Stimme: »Nicht jetzt, Sir Benfro. Du hast noch viel zu lernen.«

Es war eine ruhige, gelassene und vernünftige Stimme, aber es war unverkennbar die von Magog. Benfro fuhr herum und spürte, dass er in hohem Tempo vorwärtsgezogen wurde. Hinter ihm brüllte der Inquisitor auf, und Benfro hatte das Gefühl, dass heiße Krallen an seinem Gehirn rissen. Doch er bewegte sich jetzt schneller, schneller als der Wind über endlosen grünen Wäldern. Vertraute Orte jagten in einem Augenblick vorbei, dann sah er die Lichtung, umringt von welligen Hügeln, die von dunkelgrünem Wald bedeckt waren und die der Fluss wie eine Narbe durchzog. Immer schneller jagte er auf die offene Mündung der Höhle zu, und das Heulen des Windes in seinen Ohren klang wie ein Schrei der Frustration, als die Krallen in seinem Gehirn endlich nachgaben und der Inquisitor aus seinen Gedanken verschwand.

Benfro erwachte auf seinem Bett aus trockenem Gras. Er konnte sich nicht daran erinnern, dass er schlafen gegangen war, er erinnerte sich nur an das unbeschreibliche Gefühl der Erleichterung, als er sich wieder auf der Lichtung befunden hatte. Sein Kopf schmerzte, als ob jemand ihn über Nacht mit Steinen beworfen hätte. Er fühlte sich am ganzen Leib wie gerädert, und seine Kehle war wund wie nach stundenlangem Schreien. Er konnte sich lebhaft an die Einzelheiten dessen erinnern, was hoffentlich ein Traum gewesen war, aber woher waren diese Bilder gekommen? Frecknock war so geschunden gewesen, nur noch ein

Schatten ihres früheren giftigen Selbst. Die Erinnerung an diesen Anblick machte Benfro traurig, obwohl er wusste, dass alles nur seiner Fantasie entsprungen war.

Das Feuer war heruntergebrannt. Nur die verrußten Reste der größeren Holzscheite waren übrig und lagen in einem sauberen Kreis um die Mitte herum. Benfro stöhnte vor Schmerz, als er sich von seinem improvisierten Lager erhob und zur Feuerstätte hinüberhinkte. Während er in der Asche herumstocherte, fand er einige kleine Stücke Holzkohle, in denen noch ein Rest von Glut vorhanden war. Er blies darauf und rupfte Gras aus seinem Bett, um die Glut damit anzufachen. So konnte er das Feuer bald wieder zum Flackern bringen. Er fütterte es mit dem restlichen Holz aus dem Stapel und legte die Scheite so, dass sie hoffentlich fast den ganzen Tag lang brennen würden. Es war besser, er hielt das Feuer am Brennen, als dass er noch einmal versuchten musste, aus fast gar nichts eins zu erwecken. Das gehörte zu den vielen weisen Ratschlägen, die seine Mutter ihm erteilt hatte.

Vor der Höhle war der Tag schon viel weiter fortgeschritten, als Benfro gedacht hatte. Die Sonne hatte bereits das erste Viertel ihrer Wanderung über den Himmel hinter sich gebracht und näherte sich ihrem Zenit. Es sah ihm gar nicht ähnlich, den Sonnenaufgang zu verschlafen, und er fühlte sich durcheinander, weil er den Tag erst so spät begonnen hatte. Er gähnte, streckte sich und ließ seine Flügel die Morgensonne aufsaugen. Zu seinem Entzücken öffneten sie sich wie riesige Laken, fingen die Brise ein und unterwarfen sie. In seinem Rücken spürte er nun eine beruhigende Kraft, trotz der Schmerzen, ein Gefühl, dass er in die Luft springen und fliegen könnte, wohin immer er wollte. Diese Freiheit war berauschend, die pure Arznei, und zum ersten Mal seit so langer Zeit, dass er sich gar nicht mehr erinnern konnte, warf Benfro den Kopf in den Nacken und lachte.

Der Fluss lieferte ihm fette Fische fürs Frühstück. Als er sie verzehrte, spürte er in der Luft etwas Kühles. Der Himmel war klar, nur wenige Federwolken waren ganz hoch oben zu sehen, nicht fest genug, um einen Schatten zu werfen, aber die Sonne war doch nicht so hell, wie Benfro es erwartet hätte. Er schaute sich auf der Lichtung um und bemerkte, dass die Blätter an den Bäumen braun waren und bald herabfallen würden. Es war noch kein Frühling im Wald gewesen, als er aus dem Dorf geflohen war. Es schien ihm erst wenige Wochen her zu sein, aber offenbar waren seit dieser Flucht bereits viele Monate vergangen. Der Winter nahte. Benfro musste Brennholz sammeln. Und er musste sich überlegen, ob er nicht einen Vorratsraum suchen und einige Fische räuchern sollte.

Es war schön, sich einfachen Aufgaben widmen zu können, und er machte sich voller Begeisterung daran. Seine Schmerzen verflogen bald, als er tote Äste von den Bäumen um die Lichtung brach und umgestürzte Stämme zum Höhleneingang zog. Bei der Arbeit brauchte er nicht nachzudenken. Es reichte, einfach etwas zu tun. Nachdem er auf dem Pfad genug Holz angehäuft hatte, machte er sich daran, es nach Größe zu sortieren. Er stapelte so viel wie möglich in der Höhle und verteilte den Rest vorsichtig um den Eingang, wodurch ein schmaler Gang entstand.

Als er fertig war, senkte sich die Sonne über den Horizont, und er klebte vor Schweiß und Staub. Als Drachling hatte Benfro es gehasst, Brennholz stapeln zu müssen. Ehrlich gesagt hatte er jegliche harte körperliche Arbeit gehasst, ob er nun für seine Mutter Salben vorbereiten oder den Tisch decken oder Kochtöpfe säubern musste. Aber jetzt, da niemand ihm Befehle erteilte oder ihn kritisierte, betrachtete er seine Arbeit mit einem Gefühl von Stolz. Er hatte sich vorgenommen, etwas zu tun, und es war ihm gelungen. Mit leichten Herzen, wie er es seit Ewigkeiten nicht mehr erlebt hatte, ließ er sich in das kühle Flusswasser fallen, um sich zu waschen und sich ein Abendbrot zu fangen.

Später, sauber und satt, während das Feuer mit seinem neuen Holzvorrat fröhlich knisterte, legte Benfro sich auf sein Bett und dachte über seinen Tag nach. Er hatte noch immer Schmerzen, aber nun war es ein Muskelkater nach harter Arbeit und nicht die erschöpfte Qual, die ihn beim Aufwachen empfangen hatte. Mit steifen Bewegungen erhob er sich aus seinem Bett und ging hinüber auf die andere Seite des Feuers. In der Höhle war jetzt sehr viel weniger Platz, da er das Brennholz vor den Wänden gestapelt hatte, aber die Stelle, wo sein geheimnisvoller Besucher gesessen hatte, war noch frei. Wie in jeder Nacht seit jenem ersten Besuch. Benfro fragte sich inzwischen, ob er das wohl alles nur geträumt hatte. Vielleicht war alles, was ihm seit Eintreffen der Menschen widerfahren war, nur ein Traum gewesen. Das war ein tröstlicher Gedanke, aber auch ein kalter. Wenn es ein Traum war, dann konnte er offenbar nicht aufwachen.

»Und wer will denn überhaupt entscheiden, was wirklich ist und was ein Traum?«

Benfro wirbelte herum und hielt Ausschau nach der Herkunft der Stimme. Über die flackernden Flammen hinweg konnte er eine vertraute Gestalt auf seinem Bett sehen. Der alte Drache war wieder da. Aber er konnte nicht unbemerkt in die Höhle gekommen sein. Draußen war alles still, abgesehen von dem ewigen leisen Rauschen des Wasserfalls. Benfro war sicher, dass er noch den leisesten Schritt auf der bröckeligen Erde gehört hätte, und er hätte den süßen, würzigen Duft wahrgenommen, der sich bei jeder Störung in der Höhle ausbreitete. Er hätte die Anwesenheit eines anderen Drachen gespürt. Sogar die Kampfpriester konnte er aus einer gewissen Entfernung wahrnehmen, weil sie Hass und Wut ausstrahlen. Aber seinen Besucher konnte er jetzt nicht spüren, obwohl er ihn keine fünf Meter von sich entfernt sah.

»Wie …«

»Sag mir, was du siehst«, fiel ihm der alte Drache auf seine nervtötende, rätselhafte Weise ins Wort. Benfro seufzte. Offenbar konnte niemals etwas einfach sein.

»Was ich sehe?« Er ließ sich auf dem Boden nieder, der, wie er nun feststellte, um einiges weniger angenehm war, als sein Bett. »Ich sehe dieselbe Höhle, in der ich gestern war. Es gibt jetzt sehr viel Holz, daher dürfte das Feuer eigentlich nicht ausgehen. Ich kann durch den Eingang in die Dunkelheit draußen sehen. Ich kann den Rauch sehen, der von den Flammen aufsteigt. Dadurch wird das Leuchten der Felswände getrübt, aber sie funkeln immer noch, als ob sie ein eigenes Leben hätten. Ich kann das Bett sehe, das ich aus trockenem Gras gemacht habe. Am Kopfende liegt mein alter Lederbeutel, gefüllt mit goldenen Münzen. Und ich kann einen Drachen vor mir sitzen sehen, dessen Namen ich nicht weiß.«

»Ist das alles, was du siehst?«, fragte der Drache. In seiner Stimme lag kein Urteil, sie klang weder nach Sarkasmus noch nach Humor. Es war eine einfache Frage.

»Soll ich die Form der Glutflecken im Feuer beschreiben?«, gab Benfro zurück, und seine Stimme hatte einen Beiklang aus müder Ungeduld. »Oder vielleicht könnte ich den Geruch dieser trockenen Erde beschreiben.« Er hob eine Handvoll hoch und ließ sie durch seine Finger rieseln. »Ich könnte alle Holzscheite, die ich heute gesammelt habe, zählen und messen, aber ich würde lieber mehr über dich wissen. Wer bist du? Wo warst du?«

»Es ist eine Schande, dass du so wenig siehst«, sagte der alte Drache. »Und wo ich gewesen bin, na, ich war nirgendwo. Ich war hier. Ich bin immer hier. Ich habe dich beobachtet und darauf gewartet, dass du fertig wirst.«

»Wer bist du?«, fragte Benfro noch einmal.

»Ich glaube, du weißt, wer ich bin.«

»Bist du Corwen?«, fragte Benfro.

»Corwen ist tot«, antwortete der Drache.

»Das ist keine Antwort«, gab Benfro zurück. »Bist du Corwen?«

»Du kannst also akzeptieren, dass vielleicht ein toter Drache vor dir erscheint, mit dir spricht, dich belehrt. Ist das normal?«

»Ich habe auch mit Ystrad nach seinem Tod gesprochen, und ich habe in Magogs Palast Meirion gesehen. Sie ist mir als junge Drachin erschienen, in der Blüte ihrer Jahre. Und doch habe ich sie sterben sehen, von Menschen zu Tode verbrannt. Und ich habe eine weitere Drachin gesehen, die schönste und ehrfurchtgebietendste Dame, die ich je sah. Sie hat sich aus den Edelsteinen erhoben, die ich aufgehäuft hatte. Aus Magogs Sammlung. Er hatte sie alle getrennt, vereinzelt. Das war wahnsinnig, grausam sogar.«

»Du hast den Geist von Gwyna gesehen.« Die Stimme des alten Drachen klang nun ein wenig träumerisch, als ob er sich in seinen eigenen Gedanken verlor. »Angeblich war sie die holdeste Drachin, die je in diesem Reich gelebt hat. Wenn du Amorgum nicht mitzählst, natürlich nur.«

»Sie hat mir gedankt, weil ich sie befreit habe. Dann hat mir Ynys Môn gesagt, ich sollte die Goldmünzen nehmen. Er hat gesagt, ich würde sie brauchen, wenn ich den Frydwald verlasse.«

»Sag mir, Benfro, wo hast du diese vielen Edelsteine untergebracht, diese zahllosen Erinnerungen?«

»Bei der Kreuzung«, sagte Benfro. »Wo sich die Grymlinien begegnen.«

»Grymlinien?«

»Die Grymlinien. Sie zogen sich kreuz und quer durch den Raum wie ein Netz, aber an einer Stelle trafen sie sich alle. Und Meirion hatte mir gesagt, dort sollte ich die Steine aufhäufen.«

»Und hattest du diese Linien schon einmal gesehen?«

»Das habe ich versucht«, sagte Benfro. »Meirion brachte mir gerade bei …« Er verstummte, denn er wollte nicht über Meirions Tod sprechen.

»Aber vorher konntest du sie nicht sehen«, sagte der alte Drache. »Wieso hast du sie in Magogs Palast gesehen?«

»Das weiß ich nicht. Sie waren eben da. Die Kraft an diesem Ort war so deutlich.«

»Und hier ist das nicht so? Sieh dich um, Sir Benfro mit den geliehenen Schwingen. Sag mir, was du siehst.«

Die Stimme des alten Drachen war sanft, beruhigend, als ob er Schmerz kannte, selbst schon oft verspürt habe. Benfro schaute sich in der Höhle um und staunte darüber, wie deren Wände im Feuerschein leuchteten. Oder war das der Feuerschein? Die Flammen waren heruntergebrannt, sie waren kaum mehr als gelbblaue Irrlichter, die über die glühende Asche tanzten. Aber die Wände leuchteten in einem viel helleren Feuer. Vielleicht war das hier ebenfalls ein Ort der Kraft.

Benfro konzentrierte sich und betrachtete den Stein aus zusammengekniffenen Augen. War es Einbildung, oder konnte er ein Gitter erkennen, ganz zarte weiße Linien, die die Wände überzogen wie das Netz einer riesigen Spinne? Der Boden war ebenfalls überzogen von einem Netz aus gespenstischen Strichen, genau wie die, die er in Magogs Schatzraum gesehen hatte. Sie waren hauchzart, körperlos wie Luft.

»Ich kann überall Grymlinien sehen«, sagte er mit wachsender Erregung. Der alte Drache lächelte ihn an. Aus irgendeinem Grund fand er das wichtig.

»Du siehst sie. Gut. Was noch?«

Benfro streckte die Hand nach der nächsten Linie aus, die sich um seine Füße und seinen zusammengerollten Schwanz zog. Er verfehlte sie aber haarscharf, und als er sich vorbeugte, hätte er schwören können, dass sie vor seinem Zugriff zurückwich.

»Ich kann sie nicht berühren. Sie entfernen sich von mir.«

»Die Grymlinien bewegen sich nie, Benfro«, sagte der alte Drache mit ruhigem Ernst in der Stimme. »Sie sind das einzig

Konstante in ganz Gulad. Menschen leben und sterben, Drachen leben und sterben, sogar die uralten Bäume kommen irgendwann an ihr Ende, aber die Grym ist die Kraft des Lebens. Sie ist konstant. Sie strömt durch jedes Lebewesen, durch jeden Punkt auf dieser Welt. Nicht die Linien bewegen sich, Benfro, sondern du.«

Das ergab noch weniger Sinn als einige der besonders obskuren Lektionen seiner Mutter über Kräuterkunde. Benfro konnte sehen, wie die Grymlinien sich bewegten, wenn er die Hand danach ausstreckte. Verärgert sprang er vor, versuchte, mit Schnelligkeit zu packen, was ihm auswich, wenn er langsam war. In seinem Eifer stolperte er über seine Füße und kippte kopfüber ins Feuer.

»Dieser Drache geht mir langsam auf die Nerven.«

Beulah saß auf dem Obsidianthron und spielte mit der Silberkette, die an Frecknocks Halsband befestigt war. Melyn beobachtete sie von seinem eigenen Sitz aus, der ein wenig niedriger als der Thron war und etwas weiter vorn stand.

»War das derselbe Drache, den Ihr schon einmal gesehen hattet?«

»O ja«, sagte Beulah. »Mehr als einen von der Sorte kann es doch wohl nicht geben.«

»Du, Frecknock«, sagte Melyn und starrte die Jammergestalt an, die er der Königin geschenkt hatte, dieses elende Wesen, das hinter einem der gewaltigen Beine des Thrones kauerte wie eine Maus, die der Katze entkommen ist, aber weiß, dass es trotzdem keine Rettung gibt. Er sah Frecknock an und dachte an die gewaltigen Flügel des Drachen, der von Ruthins Hain abgesprungen war. Er konnte kaum glauben, dass beide derselben Art angehörten.

»Euer Gnaden?«, antwortete die Drachin. Sogar ihre Stimme war schwach.

»Du hast behauptet, den Drachen zu kennen«, sagte Melyn.

»Das dachte ich«, sagte Frecknock. »Ich hatte ihn für Benfro gehalten, Morgums Drachkitz. Aber Benfro ist noch kleiner als ich, er ist erst fünfzehn. Ein Drache erscheint in der Traumgestalt, in der er sich selbst sieht, aber nicht einmal Benfro könnte sich selbst so großartig vorkommen. Ich habe noch nie einen dermaßen prachtvollen Drachen gesehen. Und Benfro hätte doch keine Hoffnung, die Feinen Künste in so kurzer Zeit zu erlernen. Er kann nicht einmal die Grymlinien sehen, die Ihr die Kraftlinien nennt.«

»Aber warum hast du ihn dann für Benfro gehalten?«, fragte Beulah.

»Weil er sich so anfühlte. Nur eben auch wie ein anderer. Es tut mir leid, Eure Majestät, diese Erscheinung hat mich verwirrt.«

»Der Drache, der aus Ruthins Hain entflohen ist, war mindestens so groß wie du«, fragte Melyn. »Er hatte so große Flügel, dass er gleiten konnte. Wer kann das gewesen sein?«

»Sir Trefalduin hatte große Flügel«, sagte Frecknock. »Er war Benfros Vater, aber er ist vor Jahren verschwunden, noch ehe Benfro geschlüpft ist.«

»Wo ist er hingegangen?«, fragte Melyn.

»Das weiß ich nicht«, sagte Frecknock. »Morgum hat es nie gesagt. Sie wollte nicht darüber sprechen. Aber ehe er gegangen ist, hat er Sir Frynwy immer nach den alten Zeiten ausgefragt. Ich weiß noch, dass er endlos über unsere Geschichten diskutiert hat, als ob er glaubte, das alles sei wirklich passiert.«

»Und du glaubst das nicht?«

»Unsere Sagen und Mythen sind nur Lehrgeschichten, das ist alles«, sagte Frecknock. »Wir schmücken sie aus, als ob wir einst große Magi und Dichter gewesen wären, aber wir sind nichts Besonderes.«

Melyn war nicht ganz überzeugt von Frecknocks Worten, und

auch nicht von ihrer scheinbaren Schicksalsergebenheit. Er erinnerte sich zu deutlich an das eitle Geschöpf, das seinen Lockruf in alle Welt gesandt hatte, um einen Gefährten zu finden. Es war möglich, dass ein anderer Drache sich auf die Suche nach ihr gemacht hatte, vielleicht war sogar Benfros Vater heimgekehrt. Wenn das der Fall war, dann trieben sich jetzt zwei dieser Bestien im Frydland herum. Er hatte versucht, ihren ungebetenen Gast auf seiner Flucht zu verfolgen, aber er hatte nie erlebt, dass etwas sich so schnell bewegt hätte. Er hatte nur einen ganz vagen Eindruck vom Ziel des Drachen erhalten, und er brauchte viel mehr, um seinen Aufenthaltsort ausfindig zu machen.

»Wo könnte Benfro hingegangen sein?«, fragte Melyn. »Wir haben den Wald um euer altes Dorf durchgekämmt, und er ist verschwunden. Wenn er ziellos umherstreunte, müssten wir ihn inzwischen gefangen haben. Er muss also irgendein Ziel gehabt haben.«

»Ich weiß nicht, wo es noch Drachen gibt«, sagte Frecknock. »Wenn überhaupt noch welche leben. Aber Morgum ist immer nach Norden in den Wald gegangen, manchmal gleich für Monate. Sie hat damit erst aufgehört, nachdem Benfro geschlüpft war.«

»Nach Norden, durch den Wald«, sagte Melyn. Er versuchte, sich diesen Weg vorzustellen, den er auf den Wanderungen seiner Jugend passiert hatte. Der Norden des großen Waldes war kaum erforscht, aber er wurde von Pfaden durchzogen, und es gab noch andere Pässe neben der Graith Faur, die sich durch die Trenn-Berge zogen. Zumindest hatte er davon gehört.

»Warst du da jemals?«, fragte er die Drachin.

»Einmal als Drachkitz. Als wir aus dem Norden geflohen sind, sind wir über den Pass unterhalb des Berges Arnahi gekommen. Ich erinnere mich an Schnee und bittere Kälte. Und an einen uralten Drachen, der ganz allein auf einer Lichtung lebte. Er hat mir einige witzige Geschichten erzählt, aber an seinen Namen kann ich mich nicht erinnern.«

Das reichte. Melyn kannte diesen Berg, den höchsten Gipfel der Trenn-Berge. Er hatte ihn nur aus weiter Ferne gesehen, aber seine besondere Form brachte ihm ein Bild in Erinnerung. Er versuchte, sich an alles zu erinnern, was er in der vergangenen Nacht gesehen hatte. Es war eine Lichtung im Wald gewesen, und ein kleiner Fluss war über Felsen geschäumt. Das war das Ziel der fliehenden Bestie gewesen, aber jetzt konnte Melyn diesen Ort in einen Zusammenhang setzen. Er könnte sogar versuchen, die genaue Lage zu erraten, wenn er nur ein wenig mehr sehen könnte.

Der Boden war wellig und hob sich langsam zu den Vorhügeln und dann zum Trenn-Gebirge hin an. Mit fest geschlossenen Augen versuchte Melyn, mehr und mehr davon zu sehen, versuchte, sich nur auf das zu konzentrieren, woran er sich erinnern konnte und so die genaue Form des fernen Gebirgszugs in seinen Gedanken entstehen zu lassen.

Und da, hoch erhoben über allem, wie ein stummer Wachposten, war dieser besondere Gipfel. Näher, als er ihn je gesehen hatte.

»Ich weiß, wo er ist«, sagte er endlich. »Es ist weit von hier, aber wir können ihn aufspüren.«

»Wen werdet Ihr hinschicken?«, fragte Beulah.

»Hinschicken? Ich gehe natürlich selbst«, sagte Melyn. »Aber es hat keinen Zweck, vor dem Frühling aufzubrechen. Ich glaube nicht, dass unser wandernder Drache vorher sein kleines Schlupfloch verlassen wird, und ich brauche Zeit, um fünfhundert meiner besten Kampfpriester auszusuchen.«

»Fünfhundert?«, fragte Beulah. »Ist das nicht ein bisschen viel für einen oder vielleicht zwei Drachen? Und was ist mit dem Feldzug? Ich brauche Eure Krieger an der Front.«

»Eure Majestät, sie werden sich an die Front begeben.« Eine

ganz leichte Andeutung eines Lächelns huschte über Melyns Gesicht, weil der Plan, den er ausgebrütet hatte, nun endlich seine Gestalt angenommen hatte. »Aber ich muss Euch um einen Gefallen bitten.«

»Worum?«

»Um Euren Drachen.« Melyn lächelte. »Frecknock kennt den Weg durch das Trenn-Gebirge. Ich möchte sie mitnehmen.«

17

Ein Magis, der einen neuen Lehrling aufnimmt, muss vieles bedenken: Ist der Kandidat stark genug in der Magie, um eine Ausbildung zu verdienen? Es hat kaum Sinn, eine weiche Klinge zu wetzen. Es ist Zeitverschwendung, einen Schüler zu unterrichten, dessen Denkweise sich schon verfestigt hat; ein neuer Lehrling müsste jung genug sein, um für neue Ideen offen zu sein, und doch alt genug, um die Last der Verantwortung zu begreifen, die er sich auflädt. Ehe er sich bereit erklärt, einen Schüler zu unterrichten, der sich ihm zu diesem Zweck vorgestellt hat, sollte ein Magis sich über die Motive seines Möchtegern-Zöglings informieren. So manch junger Hitzkopf bildet sich ein, er könne ein mächtiger Magis werden, weil er alle Geschichten über Rasalene, Arhelion, Palisander mit der Schwingenspreite sowie über Gog und Magog glaubt. Solche Schlüpflinge, die im Reich von Sage und Mythos leben, sollten zu dem edlen Handwerk des Dichters geführt werden. Ihr schöpferisches Gemüt ist für die Strenge der Grym nicht geeignet.

Der ideale Lehrling sollte jung sein, aber nicht mehr so jung, dass er sich noch die Schalen von seinen Schuppen pflücken muss. Er sollte sich der Energien, die ihn umströmen, bewusst sein und eine natürliche Aufmerksamkeit für die Grym haben. Er sollte ein einfühlsames Gemüt besitzen, sich auf das Hier und Jetzt konzentrieren, und nicht andauernd von Vergangenheit oder Zukunft träumen. Er sollte von den ehrenwertesten Zielen bewegt werden: dem Gedenken seiner Vorfahren zu dienen und für die Sicherheit der gesamten Drachenheit zu sorgen. Er sollte mutig sein, denn er wird Schrecken erfahren, die niemals irgendwer kennenlernen dürfte, und doch darf er nicht impulsiv sein. Unter den Magi ist auch kein Platz für die Starrköpfigen. Nicht zuletzt sollte der Schüler ein gutes Gedächtnis und einen Blick noch für die geringsten Details besitzen.

Vor allem sollte er geduldig und demütig sein. Das Leben eines Magis ist ein einsames, und die Reise zu diesem Leben lang und hart. Von den vielen, die sich auf diesen Weg begeben, werden nur sehr wenige weit genug gelangen, um sich Magis nennen zu dürfen. Niemand wird jemals das Ende des Weges erreichen, denn es ist eine Reise durch endlose Lebensläufe.

Aderyn: Wissenswertes für unsere Jugend

»Halt«, befahl der alte Drache. In seiner Stimme lag diesmal noch etwas anderes, etwas, dem Benfro den Gehorsam einfach nicht verweigern konnte. Die Flammen schienen ebenfalls von der stahlharten Entschlossenheit des Befehls erfasst worden zu sein, denn sie hörten auf zu flackern und erstarrten im Augenblick, als ob sie aus der Zeit herausgenommen und Benfro vor Augen gehalten worden seien. Benfro hing ungelenk und plump über einer kalten Feuerstätte, aus dem Gleichgewicht geraten und doch unfähig zu fallen.

»Was soll das da eigentlich?«

»Ich wollte eine Linie packen. Ich dachte, das wäre möglich, wenn ich mich schnell genug bewegte.«

»Packen? Du wolltest dich wohl eher darauf stürzen. Und jetzt setz dich, ehe du dich verletzt.«

Benfro versuchte, dem Befehl Folge zu leisten, aber er war

an dieser Stelle verwurzelt wie ein Baum. Er konnte nicht einen Muskel bewegen. Vergeblich kämpfte er gegen diesen Zwang an, hatte das Gefühl, hektisch um sich zu schlagen, obwohl er ja sah, dass seine Arme, Beine, Flügel und sein Rumpf sich nicht bewegten.

»Ich kann mich nicht rühren.«

»Unsinn.« Der Drache zog sich mit beträchtlicher Mühe und ausgiebigem und schmerzhaften Knacken seiner Gelenke auf seine alten Füße. Er schlurfte um das Feuer herum, und Benfro konnte, in seiner unbequemen und unbegreiflichen Situation, in der er sich geradezu gehorsam vorbeugte, das uralte Wesen erstmals richtig ansehen.

Es war älter als alle Drachen, die Benfro jemals begegnet waren. Älter als Sir Frynwy, den er für das älteste lebende Wesen überhaupt gehalten hatte. Und er war klein für einen Drachen, nicht größer als Benfro es gewesen war, ehe er die neuen Flügel und den damit einhergehenden Fluch bekommen hatte. Er war gekrümmt und stützte sich auf einen Stab aus Holz, der unten ganz dünn war und sich oben zu einer polierten Kugel erweiterte. Die Hand, die auf dieser Kugel ruhte, bestand nur noch aus Sehnen und Knochen, und die Haut spannte sich straff wie bei einem in der Sonne ausgetrockneten Leichnam. Drei Finger dieser Hand hatten Krallen, die verzerrt und verdreht, rissig und stumpf waren. Die anderen drei hatten ihre Krallen vollständig eingebüßt, und Narbengewebe zeigte, dass dieser Verlust nicht sanft vor sich gegangen war. Der Daumen fehlte.

Der alte Drache schlurfte um die Feuerstätte herum und Benfro sah, dass auch sein halber Schwanz verschwunden war, die Spitze war offenbar vor langer Zeit in einer Schlacht verloren gegangen. Nur ein glänzender roter Stumpf war noch vorhanden. Die Flügel des Drachen waren einmal prachtvoll gewesen, aber jetzt hingen sie wie Vorhangfetzen aus einem Knochenrahmen, der mitten im Rücken des Drachen wie ein riesiger Gichtknoten befestigt war. Der Hals war lang und dünn, und um diesen Hals hing an einer silbernen Kette ein kleiner runder Anhänger. Benfro konnte sehen, wie dieser Anhänger sich im gefrorenen Feuerschein hin und her bewegte. Auf der einen Seite zeigte er ein Bild des Drachen im Mond und auf der anderen etwas, das Benfro nicht richtig erkennen konnte.

»Du kannst dich wirklich nicht bewegen?« Der alte Drache bückte sich, um Benfro in die Augen zu schauen. Aus der Nähe war das uralte Gesicht noch schrecklicher. Jede fehlende Schuppe war von einer dicken Narbe ersetzt worden, als seien die Schuppen unter grauenhaften Foltern abgerissen worden. Eines der Augen, die in seine starrten, war milchig, leuchtete aber noch immer mit derselben wachen Intelligenz wie das andere, als ob es, nachdem es auf körperlicher Ebene seiner Sicht beraubt worden war, nun die Fähigkeit entwickelt hätte, tief ins Reich der Magie zu schauen. Es starrte Benfro kurzsichtig an und sah dann zu Boden.

»Seltsam.« Der Drache kratzte sich mit einer Hand, die ebenso knotig und brüchig war wie diejenige, die Stock umklammerte. »Setz dich!«

Benfro kam sich ein wenig vor wie ein dressierter Pudel, aber er musste einfach gehorchen. Als er spürte, dass sein Hinterteil den Boden berührte, änderte sich alles. Eine Sekunde lang war es dunkel, dann flackerte das Feuer wieder los. Er konnte die Hitze in einem Gesicht spüren, obwohl der alte Drache zwischen ihm und den Flammen stand.

»Du bist ein Rätsel, Benfro mit den geliehenen Schwingen.« Der alte Drache ließ sich neben ihm auf dem Boden nieder und Benfro fiel auf, dass er an der Stelle saß, wo sich zwei der dickeren Grymlinien kreuzten. Sie leuchteten heller auf, als er sie berührte, Licht pulsierte von ihm aus und verzweigte sich immer wieder aufs Neue, bis die Grymlinien durch die Wände der Höhle strahlten wie ein verästelter Blitzstrahl, der den Himmel bedecken wollte. Oder kam das Licht von draußen, von tausend verschiedenen Punkten, von denen ausgehend sich eine Strahl dem anderen anschloss, bis alles sich an der Stelle traf, wo der Drache saß? Bei diesen Gedanken drehte sich alles in Benfros Kopf.

»Wer bist du?«, fragte er das alte Wesen, als er sich endlich richtig auf dessen Gesicht konzentrieren konnte.

»Für wen hältst du mich?«

»Ich glaube, du bist Corwen, aber du sagst, dass er tot ist.«

»Der Tod ist nicht das Ende eines Drachen, Benfro. Gerade du müsstest das doch wissen.«

»Dann bist du doch Corwen.«

»Corwen ist tot. Ich bin die gesammelten Erinnerungen seines Lebens. Seine Weisheit, wenn du so willst.«

»Seine Edelsteine.« Plötzlich begriff Benfro, und er kam sich noch viel törichter vor, weil er so lange gebraucht hatte, um so weit zu kommen. »Die Edelsteine liegen hier irgendwo, an einem Knotenpunkt der Grymlinien.« Er starrte und versuchte, in den sanften Lichtströmen ein Muster zu finden, das ihn in die richtige Richtung führen könnte.

»Du hättest das in dem Augenblick sehen müssen, in dem du hier angekommen bist. Es ist deutlich für alle, die Augen haben, um zu sehen. Aber du bist einen ganzen Tag lang hin und her gelaufen und hast den Namen eines Drachen gerufen, der vor über tausend Jahren gestorben ist. Ich bin dir gefolgt, aber du wolltest mich nicht sehen. Ich konnte nur zu dir kommen, wenn du eingeschlafen warst, aber dann bist du dermaßen gründlich in deinen Träumen verschwunden, dass ich keine Spur mehr von dir finden konnte.«

»Du warst in meinem Traum?«, fragte Benfro verwirrt.

»Nein, Benfro. Das war ich nicht. Darum geht es doch gerade.

Du bist auf den Grymlinien irgendwohin gereist. Ich habe dich losgehen sehen, aber ich konnte nicht mit dir Schritt halten. Ich habe mir Sorgen gemacht. Wenn du wach bist, kannst du die Grym nicht sehen, und doch reist du über sie, wie ich es noch bei keinem anderen Drachen je erlebt habe.«

»Schlafe ich jetzt?«

»Was meinst du? Ich glaube nicht. Versuch aufzustehen, dich zu kneifen. Tauch dein Gesicht in den Wasserfall hier draußen. Wenn das hier nur ein Traum ist, wird dir das alles nicht gelingen.«

Aber Benfro wollte die Höhle nicht verlassen. Er hatte Corwen gefunden, oder zumindest dessen Erinnerungen. Jetzt wollte er den Moment nur noch festhalten, ihn nicht loslassen.

»Was soll ich machen?«, fragte er endlich.

»Das, mein junger Drache, ist eine sehr gute Frage.«

Benfro sah zu Corwens Erinnerungen hoch. Der Drache wirkte durchaus solide, und doch spürte Benfro durch die Erscheinung die Hitze des Feuers, als ob Corwen überhaupt nicht vorhanden wäre. Er wollte die Hand ausstrecken, seinen Besucher berühren, aber er hatte Angst, dass seine Hand Corwen durchdringen würde, weil dieser so körperlos wie ein Geist war. Es wäre jedenfalls respektlos, und es könnte sogar eine schlimme Beleidigung sein. Das Letzte, was Benfro wollte, war, den alten Magis zu verärgern. Er war hergeschickt worden, um zu lernen und um sich in Sicherheit zu bringen. Er wollte nicht vertrieben werden.

»Wirst du mich lehren?«, fragte er. »Mir etwas über die Grymlinien beibringen, über Magie?«

»Ach, ich werde dich noch sehr viel mehr lehren, Benfro mit den geliehenen Schwingen«, sagte Corwen. »Wenn du lernen willst.«

»Warum nennst du mich so?«, fragte Benfro.

»Benfro mit den geliehenen Schwingen? Ich nenne dich so, wie ich dich sehe. Du bist nicht mit der Fähigkeit zu fliegen geboren worden, oder?«

»Nein, niemand im Dorf konnte fliegen«, sagte Benfro. »Sir Frynwy hat gesagt, unsere Flügel seien ein nutzloses Zubehör, ein Rückgriff auf eine Zeit, als Drachen streunende, wilde Wesen waren, kaum besser als die wilden Tiere.«

»Sir Frynwy war ein Narr«, sagte Corwen mit so viel plötzlicher Verbitterung, dass Benfro seinen auflodernden Zorn spürte wie einen Stich.

»Sir Frynwy war ein weiser Drache«, widersprach er. »Er war ein guter Freund.«

»Das war er zweifellos, aber er war trotzdem ein Narr. Ein Drache muss sich bewegen, reisen. Die Suche nach Wissen treibt uns an, erhält uns am Leben, selbst nach unserem Tod noch. Deine guten Freunde Sir Frynwy, Ynys Môn, Meirion und alle anderen, sie haben unser Erbe verleugnet, als sie sesshaft wurden. Sie haben die alten Sitten aufgegeben. Wenn die Menschen sie nicht getötet hätten, wären sie irgendwann zu nichts dahingeschwunden.«

»Aber Sir Frynwy war ein großer Geschichtenerzähler«, sagte Benfro.

»Ja, dazu war er ausgebildet«, sagte Corwen. »Er war ein Lehrling des alten Hafen, der seinerseits Albarns bester Schüler gewesen war. Ich bin sicher, er hat dir alles wie Sagen erzählt. Zweifellos hat er dir die Taten von Palisander und die Not von Amorgum der Holden geschildert. Hat er dir von Königin Maddau der Weisen erzählt? Ich weiß, dass er das getan hat. Und er hat dir von der endlosen Schlacht zwischen Gog und Magog berichtet. Dir erschien es als wunderschöne Geschichte über sagenhafte Wesen, die über jede Beschreibung hinaus mächtig waren. Du bist nie auf die Idee gekommen, dass alles die Wahrheit sein könnte. Aber dann bist du Magog begegnet – er hat dir deine Flügel gegeben. Und was wird damit aus den Mythen? Sind sie wahr oder falsch?«

»Ich weiß es nicht«, gab Benfro zu.

»Und ich vermute, deine Mutter hat dir alles über die Menschen erzählt? Darüber, wie sie über Wesen herrschen, die zehnmal so groß sind wie sie selbst, und über die grausame Unterwerfung der Drachenvölker, die fast zu unserer Ausrottung geführt hat? Weißt du, warum die Menschen uns so sehr hassen?«

»Sie wollen unsere Edelsteine«, sagte Benfro. »Und zugleich fürchten sie sich davor.«

»Das ist eine ihrer Erklärungen«, sagte Corwen. »Das haben sie sich über viele, viele Generationen hinweg eingeredet. Aber wenn sie unsere Edelsteine wirklich fürchteten, würden sie sie nicht dermaßen begehren. Sie würden uns nicht verfolgen, quälen und töten. Sie würden uns in Ruhe lassen, und wir könnten uns unseren einsamen Reisen, Entdeckerfahrten und Abenteuern widmen. Wenn sie uns in Ruhe gelassen hätten, hätten wir vielleicht sogar unser Wissen und unsere Weisheit mit ihnen teilen können, uns mit ihnen verbündet, egal, welches Ziel sie auch angestrebt hätten.«

»Aber warum hassen sie uns denn dann?«

»Sie hassen uns, weil wir sie dazu gebracht haben«, sagte Corwen mit einem triumphierenden Funkeln in den Augen, als ob Tod und Vernichtung der Drachenheit ein Grund zum Stolz seien.

»Wir?«

»Na ja, ich sage, wir«, erklärte Corwen. »Es waren nicht wirklich wir, nicht du oder ich. Aber es war ein Drache. Ich kann mich selbst nicht daran erinnern, doch es hat eine Zeit gegeben, in der die Menschen schlichte Wesen waren, die in primitiven Hütten hausten und Kühe und Schafe züchteten. Dann besaßen sie plötzlich Intelligenz. Sie konnten argumentieren, bauen, kämpfen. Vor allem konnten sie Magie anwenden. Und sie loderten von einem Hass auf die Drachenheit, der in seiner simplen Wildheit atemberaubend war. Das kam nicht allmählich, im Laufe eines Jahrtausends über sie. Es war etwas, das über Nacht geschah. Nur ein

Magis, und nur ein mächtiger Magis, hätte einen solchen Zauber wirken können.«

»Wer?« Benfro war entsetzt.

»Ich weiß es nicht.« Für einen Moment machte Corwen ein trauriges Gesicht. »Es war, ehe ich geschlüpft bin, vor über zweitausend Jahren. Aber die Sage erzählt, dass es zu der Zeit geschah, als Gog und seine Anhänger verschwunden sind. Nicht lange, ehe auch Magog verschwand. Damals verloren die meisten Drachen ihre Lebenskraft, weil sie von ihren größten Magi im Stich gelassen worden waren und sich einem entsetzlichen neuen Feind gegenübersahen.«

»Ich weiß, was mit Magog geschehen ist«, sagte Benfro. »Ich habe ihn sterben sehen.«

»Ha! Manche behaupten, er habe niemals gelebt«, sagte Corwen. »Aber ich habe zu Füßen von Albarn dem Dichter gelernt, und der war als Drachkitz der Lehrling von Rheidol, Magogs Günstling. Als ich jung war, hofften die Drachen noch, dass ihr Anführer eines Tages zurückkehren würde, aber ich habe seinen Tod ungefähr zu der Zeit akzeptiert, als ich meinem ersten Inquisitor begegnet bin. Aber dennoch habe ich mich immer gefragt, wie ein so großer und mächtiger Drache zu Fall gekommen sein kann. Erzähle mir, Benfro. Erzähle mir, was du gesehen hast.«

Also erzählte Benfro seine Geschichte. Er fing an mit dem Tod seiner Mutter und endete mit der Bruchlandung auf der Lichtung. Während Benfro sprach, schien der alte Drache immer noch kleiner zu werden, mit jedem Wort älter und gekrümmter. Er unterbrach Benfro kein einziges Mal, er schnappte nur an der Stelle nach Luft, als der große Vogel sich auf den Schädel des größten Drachen stürzte, der je gelebt hatte, und ihn wie ein Beutetier im Schlaf tötete. Als Benfro fertig war, schaute er zu Corwen hoch, und zu seiner Überraschung weinte Corwen über etwas, das vor so langer Zeit geschehen war.

»Der Vogel, den du da beschrieben hast, ist ein Lämmergeier. Als ich noch gelebt und gewandert bin – und ich habe sehr lange gelebt und bin sehr weit gewandert –, habe ich einen Lämmergeier gesehen, vielleicht zwei. Sie sind feige Wesen, Aasfresser. Ich habe nie gehört, dass einer sich dem Frydland genähert hätte. Sie sind auf der anderen Seite der Welt beheimatet, jenseits des Meeres von Tegid. Sie töten nicht, sie räumen auf, nachdem jemand anders die Arbeit erledigt hat. Wenn einer so weit fliegt und das tut, was du beschrieben hast, muss er besessen sein. Und in ein so gedankenloses Wesen kann nur ein Magis von einer Macht fahren, wie mir noch niemals einer begegnet ist. Ich glaube nicht einmal, dass Magog selbst das geschafft hätte.«

»Wer dann?«, fragte Benfro.

»Das weiß ich nicht«, sagte Corwen, und Benfro hörte die Verzweiflung hinter seinen Worten. »Aber diese Geschichte zeigt, wie du deine Flügel gewonnen hast und dass sie ebenso sehr ein Fluch sind wie ein Segen.«

»Ein Fluch?«, fragte Benfro, bewegte sich ein wenig und spürte das beruhigende Gewicht an seiner Seite. »Sie sind fantastisch. Wie könnten sie mir denn überhaupt schaden?«

»Das Geschenk eines Drachen ist auch sein Joch, Benfro«, sagte Corwen. »Du bist durch einen überaus mächtigen Zauber mit Magogs nicht extrahierten Edelstein verbunden. Er überlebt durch seine Verbindung zu dir und nimmt dich nach und nach in Besitz. Wenn du den Edelstein dort gelassen hättest, wo du ihn gefunden hast, dann wäre dieser Prozess lautlos und unentdeckt verlaufen, bis nicht mehr genug von dir übrig gewesen wäre, um es zu bemerken. Es würde keinen Benfro mehr geben, nur noch den wiederauferstandenen Magog. Aber du bist eine herzensgute Seele und wolltest dem gewaltigen Kampfmagier die letzte Ruhe geben. Du hast seinen Edelstein mitgenommen. Ich vermute, dass er das nicht erwartet hatte.«

»Aber wieso kann das etwas ändern?«

»Hast du aus Sir Frynwys Geschichten denn gar nichts gelernt? Magog war Gier und Neid in Drachengestalt«, sagte Corwen. »Meinst du, dass er nach vielen Jahrtausenden des Todes anders sein würde? Wenn er so nahe und so lange bei dir ist, muss er einfach seine Krallen tief in deine Psyche schlagen. Auf diese Weise bist du in seinen Schatzraum gelangt. Kein anderer lebender Drache hat dieses Heiligtum jemals betreten. Und wer, glaubst du, hat die Edelsteine deiner Freunde dort niedergelegt?«

Benfro dachte an den riesigen Raum mit den scheinbar endlosen Reihen von Drachenedelsteinen, denen jeglicher Kontakt untereinander verwehrt worden war. Es war eine Grausamkeit, die er einfach nicht verstehen konnte. Welches Verbrechen konnten diese verdammten Seelen denn nur begangen haben, um zu solcher Qual verurteilt zu werden, für so viele Jahrhunderte? Dann fiel ihm der Schmerz ein, den er bei dem Versuch verspürt hatte, sich des kleinen Rubins zu entledigen. Er dachte an die Stimme, die versucht hatte, seinen Namen zu finden und ihn in das feuchte Grab zu locken.

»Ich ...«, begann er, aber ihm fiel nichts ein, was er hätte sagen können.

»Du bist mindestens einmal vollständig in seiner Macht gewesen, Benfro«, sagte Corwen. »Er hat dich Dinge tun lassen, die du bei vollem Bewusstsein niemals über dich bringen würdest. Aber jetzt beherrscht er dich nicht. Es gibt also Hoffnung.«

»Was soll ich tun?« Benfros Stimme klang sehr laut in der Höhle.

»Du musst jetzt schlafen, junger Benfro«, sagte Corwen. »Ich werde aufpassen, damit du diese Nacht nicht wieder im Traum davonläufst.«

»Aber es gibt so viel, was ich nicht verstehe, so viel, was ich wissen muss.«

»Und du glaubst, das kannst du alles in einer Nacht lernen?« Corwen schnaubte und seine Stimme klang ein wenig belustigt. »Ich glaube nicht, dass das Leben eines Drachen auch nur annähernd lang genug ist. Es wird dich nicht umbringen, wenn du dich erst einmal ausruhst. Morgen gibt es genug zu tun.«

»Was ist mit Magogs Edelstein? Weißt du, wo der ist?«

»Der ist an einem sicheren Ort, an einem Ort, wo du ihn nicht berühren kannst, aber du kannst dich auch nicht von ihm befreien. Das wäre eine viel schwierigere Aufgabe.«

»Und meine geliehenen Schwingen?«, fragte Benfro, der, müde wie er war, unbedingt noch mehr wissen wollte.

»Ach ja, deine Schwingen«, sagte Corwen. »Die waren ein Geschenk, das du besser nicht angenommen hättest, denn für sie ist ein hoher Preis zu zahlen. Bisher fehlen dir noch Wissen und Erfahrung, um zu fliegen, und doch bist du hergeflogen. Immer wenn du deine Flügel benutzt, fliegt Magog, nicht du. Immer wenn du fliegst, nimmt er ein bisschen mehr von deiner Seele. Du musst die Herrschaft über deine Flügel gewinnen, Benfro, musst lernen, sie selbst zu benutzen. Morgen, wenn die Sonne aufgeht, musst du damit anfangen, sie dir zu verdienen.«

Er flog über den Bäumen wie ein unvorstellbar schneller Raubvogel auf Suche nach Beute. Über ihm hing die Sonne in einem wolkenlosen Himmel von perfektem Blau. Die Luft war so still und klar, als ob sie gar nicht da wäre. Unter ihm strömten die Bäume wie grüne Wellen in alle Richtungen davon. In der Ferne erhob sich der hohe Gipfel aus seinem Bett aus Vorhügeln und streckte und reckte sich immer höher in den Himmel. Der Berg rief ihn, und der schneebedeckte Gipfel erschien ihm als Pfeilspitze. Er könnte mit Leichtigkeit ganz nach oben fliegen. Und von dort aus könnte er die Welt erobern.

»Das hat Magog gesagt, Benfro. Auf dem Arnahi gibt es nichts für dich. Komm jetzt herunter.« Die Stimme gehörte Corwen, aber als er sie hörte, sah er vor sich das Bild des winzigen rosa Edelsteins, der an irgendeinem dunklen, geheimnisvollen Ort in die vergilbenden Blätter eingewickelt war. Er drehte ein, ohne darüber nachzudenken, ließ seinen Blick über den endlosen Wald wandern und suchte seinen Bestimmungsort. Zuerst sah er den Flusslauf, der von hier oben nur als eine vage Veränderung in Farbton und Schattierung des Baldachins aus Baumkronen zu erkennen war und sich als Zickzacklinie von den Bergen ins Tal hinabzog. Als er dem Flusslauf mit Blicken folgte, entdeckte er in der Ferne endlich die Lichtung. Er staunte darüber, dass er so weit geflogen war. Es konnte doch erst wenige Augenblicke her sein, dass er diesen großartigen Start hingelegt hatte.

Es war zuerst gelinde gesagt schwierig gewesen, sich in die Luft zu erheben. Benfro hatte keine Ahnung, wie er es anstellen sollte, und Corwens Vorschläge waren ihm einfach albern vorgekommen. Zuerst hatte er ganz einfach seine Flügel geöffnet und damit geschlagen wie mit zwei riesigen Händen, um damit die Luft nach unten zu drücken. Das war teilweise gelungen, denn es hatte sein Gewicht vom Boden abgehoben, aber als er versucht hatte, daraus eine Vorwärtsbewegung zu machen, hatte sich die Welt auf den Kopf gestellt, und gleich darauf hatte er in dem hohen Gras neben dem Pfad gelegen. Das gackernde Lachen des alten Drachen hatte seine Laune nicht verbessert. Und auch Corwens unerschöpflicher Vorrat an sinnlosen Vorschlägen wie »Denk jetzt nicht mehr darüber nach, tu es einfach!« oder »Das ist so natürlich wie Sonne und Mond, lass es geschehen!« hatte da nicht geholfen. Ein konkreter Tipp wäre da besser gewesen. Dann war er über den Pfad gerannt wie ein gehetztes Reh, während er mit den Flügeln schlug und versuchte, in die Luft zu springen. Doch das hatte ihm lediglich zahllose Schrammen und Kratzer eingebracht. Schließlich war er hinter die Felswand geklettert, wo der Wasserfall sich mehr als dreizehn Meter tief nach unten ergoss, und hatte sich in die Luft geworfen. Es war nur um Haaresbreite gut gegangen, sein Schwanz war durch das Gras gefegt und hatte einige Steine vom Felsen geschlagen, aber er hatte es auf irgendeine Weise geschafft, los- und weiterzufliegen. Und jetzt kehrte er zurück.

»Wo willst du diesmal landen?« Wieder war die Stimme von Corwen in seinem Kopf, doch das Bild, das davon herbeigerufen wurde, war das von Magog. »Ich halte den Fluss nicht für eine gute Entscheidung.«

Benfro drehte ein und wendete, als er über der Lichtung angekommen war. Die hochstehende Sonne zeigte ihm die aus dem Gras ragenden Steine und betonte die festgetrampelte Oberfläche des Pfades. Nur das Wasser war weich, und das auch nur im Vergleich. Aber er wusste, dass das Fliegen etwas war, das er tun musste, eine Fähigkeit, die es zu meistern galt, wie Laufen. Doch als er langsamer wurde und der Boden immer näher kam, fühlten sich seine Flügel nicht mehr wie scharfe Klingen an, die auf seinen Befehl hin die Luft zerschnitten, sondern eher wie zwei große nutzlose Hautlappen, die ihn nach unten zogen und das Manövrieren unmöglich machten.

»Langsamer, Benfro. Du kommst zu schnell herunter.« Corwens Rat war keine große Hilfe. Schon schoss ihm der Boden entgegen. »Der Schlüssel zu allem ist Eleganz. Versuch, deinem Wesen treu zu sein.«

Benfro presste seine Flügel mit solcher Wucht nach vorn, dass der Wind vor ihm hergetrieben wurde und das Gras an seiner geplanten Landestelle platt presste und ein Dutzend oder noch mehr Steine freilegte, von deren Existenz er nichts geahnt hatte. Wundersamerweise wurde er dadurch offenbar langsam, aber sowie er das Manöver wiederholen wollte, steigerte sich sein Tempo wieder.

Abermals presste er die Flügel nach unten und entfernte seinen

Kopf von dem so schnell näherkommenden Boden. Wie durch Zauber drehte sich sein Rumpf um den Angelpunkt in seinem Rücken, diesen harten Knoten aus Muskeln und Sehnen, an den er sich jetzt erst langsam gewöhnte. Seine Füße schossen vorwärts und abwärts, bereit, den brutalen Kuss des Bodens zu empfangen. Der Boden war noch an die sechs Meter entfernt, doch Benfros Flügelspitzen streiften ihn schon fast, wenn sie sich abwärts bewegten. Er konnte die Spitzen der hohen Grashalme spüren, und instinktiv riss er die Flügel nach hinten, zu dem letzten Flügelschlag, der ihn langsam auf den Boden setzen sollte.

Stattdessen beschleunigte er auf dem letzten Meter viel zu sehr, um die Flügel noch einmal nach vorne bewegen zu können. Sie waren noch immer halbwegs nach hinten und nach oben gerichtet, als er mit voller Wucht auf den Boden aufprallte, und dabei alle Luft aus seiner Lunge geschlagen wurde. Sein Schwung trug ihn vorwärts und ließ ihn kopfüber zwischen die Felsen fallen. Nun übernahm sein Instinkt das Kommando, die lebensrettende Reaktion aus tausend Stürzen von Bäumen und Ufern in seiner Kindheit. Er zog die Beine an, presste sich den Kopf an die Brust, und vollzog den Sturz als Rolle vorwärts. Er rollte immer weiter, zerdrückte dabei das Gras und die kleineren Büsche. Endlich, zerschrammt und zerschunden, kam er mit dem Kopf nach unten vor einem riesigen Quader zum Halten, der mindestens dreißig Meter von seinem eigentlichen Landeplatz entfernt war.

Einige Augenblicke lag er einfach dort und starrte auf die Baumwipfel und die Sonne, die für diese Tageszeit seltsam tief am Himmel stand. In seiner Benommenheit brauchte er eine Weile, bis ihm aufging, dass er nicht atmen konnte, etwas länger, bis ihm aufging, dass er doch atmen konnte, er hatte nur vergessen, wie man das machte. Hustend und würgend schnappte er immer wieder Luft und klärte den Wirrwarr in seinen Gedanken. Dann rappelte er sich auf, was mühsamer war, als er erwartet hatte, denn er hatte es auf irgendeine Weise geschafft, die Arme um die Knie zu schlingen, und seine Flügel waren hinter seinem Rücken auf unangenehme Weise verknickt.

»Grandios«, sagte Corwens Stimme, und dann tauchte der alte Drache selber auf. »Fast hättest du es geschafft. Es ist nur eine Frage der Koordinierung. Du musst den letzten Abwärtsschlag dann enden lassen, wenn deine Füße den Boden streifen. Mit mehr Übung wird das schon gehen, da bin ich sicher.«

»Was ist das für ein Berg?«, fragte Benfro und dachte daran, wie der Berg ihn gerufen, ihn zu sich gewinkt hatte.

»Das ist der Arnahi«, sagte Corwen. »Der mächtigste von allen Bergen im Trenn-Gebirge. Manche meinen, er sei der höchste Berg in ganz Gulad. Magog war von ihm fasziniert, wenn wir den Sagen glauben dürfen.«

»Warum kann er denn wollen, dass ich dahin fliege?« Benfro war sich nicht sicher, ob er die Kraft zum Aufstehen besaß oder nicht. So unbequem war der Boden gar nicht. Stöhnend rollte er sich richtig herum, lehnte sich mit dem Rücken an den Felsen und untersuchte sich auf Schrammen, Brüche und Wunden, aber abgesehen von einigen eingerissenen Schuppen war er bemerkenswert unversehrt. Sogar seine Flügel, die so leicht zerfetzt und zerrissen werden konnten, waren heil. Er streckte sie im Sitzen so weit aus wie möglich, fing mit ihnen die Sonne ein und ließ ihre Wärme alle Schmerzen tilgen.

»Ich vermute, deine Flügel haben dich dorthin gerufen«, sagte Corwen. »Das muss ich Magog lassen: wenn er jemandem ein Geschenk macht, dann nicht nur mit einem Herzen. Du wirst sehr hart arbeiten müssen, um dir die Flügel zu verdienen, junger Benfro. Wirklich sehr hart. Also schlage ich vor, du hörst auf, hier in der Sonne herumzufaulenzen, und begibst dich wieder in die Luft.«

»Was, jetzt?«, fragte Benfro ungläubig.

»Jetzt sofort«, befahl Corwen. »Solange die Erinnerung noch stark ist. Wenn du von einem Felsen springen musst, um fliegen zu können, dann ist das für den Moment eben so. Wir werden uns darauf konzentrieren, dass du das Landen lernst, und ich vermute, du wirst zugeben, dass das bei Weitem die wichtigste Fähigkeit ist, die man beherrschen muss. Also steh jetzt auf.«

Müde und zerschunden mühte sich Benfro auf die Füße und schleppte sich über die Lichtung in Richtung der Höhle. Er war nach seiner Bruchlandung von Kopf bis Fuß mit feinem Staub bedeckt und seine Kehle war von der kalten sauberen Luft und der heißen Sonne wie ausgedörrt. Statt durch den Wald zurückzuklettern und dann von hinten auf den Felsen zu steigen, ging er am Höhleneingang und den Stapeln aus Holzscheiten vorbei und weiter zum Fluss, dann watete er von der Furt aus flussaufwärts und zu der tiefen Stelle, wo der Wasserfall herunterschäumte. Das Wasser war kalt und erfrischend. Benfro tauchte unter und trank in langen Zügen. Er schwamm gegen die Strömung, bis er spürte, wie der Wasserfall allen Schmutz und Schweiß seiner Anstrengungen wegspülte. Er bohrte die Füße in den schlammigen Boden, richtete sich auf und hob Kopf und Hals über den Wasserspiegel und in das schäumende Wasser. Das blubberte und wogte über seinen Kopf und machte das Atmen fast unmöglich, deshalb trat er einen Schritt zurück und öffnete die Augen.

Er war nicht mehr auf der Lichtung.

Errol waren seine Zimmer im Westflügel lieber gewesen.

Er wusste nicht so recht, warum König Billah ihn nun plötzlich für gefährlich hielt. Vielleicht lag es an Prinz Dafyds Rückkehr. Er hatte den Prinzen ja in Melyns Auftrag töten sollen, und möglicherweise war tief in seinem Gehirn etwas eingepflanzt, das ihn zu einem Versuch zwingen würde. Dort gab es schließlich genug anderen Müll, mit dem der Inquisitor versucht hatte, seine wahren Erinnerungen zu ersticken.

Immerhin hatte er jetzt Zeit für den Versuch, in diesen Erinnerungen Ordnung zu schaffen. Er lag auf einer harten, an der kalten Mauer befestigten Pritsche in einer Kerkerzelle tief unter dem ältesten Teil des Palastes. Da sein Gefängnis keine Fenster hatte, fiel es ihm schwer, das Vergehen der Zeit einzuschätzen, aber wenn er von den kargen Mahlzeiten ausging, die ihm in regelmäßigen Abständen gebracht wurden, dann mussten mehrere Tage vergangen sein. Es wäre nett gewesen, wenn irgendwer ihm erzählt hätte, was geschehen war, seit die Wachen ihn aus dem Thronsaal geschleift hatten. Sein Essen wurde durch ein kleines Loch in der Tür geschoben, das auch das einzige Licht in die Zelle ließ. Wer immer das Essen brachte, sagte nichts. Das einzige Geräusch, das zu ihm drang, war das Getrappel der Ratten.

Zitternd hielt er Ausschau nach den Linien, um sich ein wenig Wärme zu holen. Aber er konnte sie nicht sehen. Vielleicht hatte er auch längst verlernt, wie er sie finden konnte. Er hatte diese Magie schon zu lange nicht mehr benutzt. In seinem Elend rollte Errol sich zu einem Ball zusammen, um ein wenig Wärme zu finden.

Ein Schlüssel, der im Schloss der Kerkertür klapperte, riss ihn aus einem unbehaglichen Schlaf. Noch ehe er sich fassen konnte, hatten zwei Wachen ihn gepackt und rissen ihn auf die Füße. Er wurde durch die Tür und durch einen langen Gang geschleift. In diesem Gang brannten hier und da qualmende Fackeln, die die Luft nach verbranntem Teer stinken ließen. Errol wehrte sich nicht, wusste nicht, wozu das gut sein sollte, nicht einmal, als er in einen großen Raum gebracht und auf einen hohen hölzernen Stuhl mit Armlehnen geworfen wurde.

Es war ein runder Raum und an den nackten Mauern hingen Ketten und Fußeisen. Der Stuhl stand nicht ganz in der Mitte, und über sich konnte Errol durch ein rundes Oberlicht graue

Wolken sehen. Der Stuhl war bequemer als die Pritsche, zu Anfang jedenfalls, aber raue Hände packten seine Arme und Beine und fesselten sie mit Lederriemen. Zu spät verflog die Benommenheit, die seine Gedanken erstickt hatte, und wich einer stetig wachsenden Angst.

»Du bist eine interessante Ablenkung, Errol Ramsbottom. Das muss ich dir lassen. Aber vielleicht bist du ja auch nicht mehr als das. Nur eine Ablenkung, um mich zu beschäftigen, während Melyn seine anderen Spielfiguren über das Brett schiebt.«

Errol versuchte, sich umzusehen, aber der Stuhl hielt ihn fest, die hohen Lehnen behinderten seine Kopfbewegungen. Er kannte die Stimme aber gut genug: Es war König Billah, der mit ihm sprach.

»Aber ich kann mir nicht so ganz vorstellen, dass Melyn dich losgeschickt hätte, wenn er nicht ganz sicher gewesen wäre, dich voll und ganz unter Kontrolle zu haben«, fuhr der König fort. »Natürlich bist du sicher, dass du ihn ausgetrickst hast, aber denk doch mal nach. Du, ein Junge von fünfzehn Jahren, der es mit dem mächtigsten Magis aufnimmt, den das Zwillingskönigreich jemals hervorgebracht hat.«

»Ich arbeite nicht für Melyn«, sagte Errol leise. Mit einer plötzlichen heftigen Bewegung schwang der Stuhl herum und Errol befand sich König Billah gegenüber. Trotz seines hohen Alters war dieser eine beeindruckende Erscheinung, und er war stark. Er stand zwischen den beiden Wachen, die Errol aus dem Westflügel gebracht hatten, und hinter ihnen stand der Majordomus Tordu. Keiner von ihnen lächelte.

»Das behauptest du«, sagte der König. »Und es ist möglich, dass du nicht einmal weißt, was er mit dir vorhat. Aber die Pläne des Inquisitors sind irgendwo in deinem Kopf – und ich werde sie herausholen.«

Errol spürte, wie die Gedanken des Königs in die seinen eindrangen und darin wühlten wie ein Schwein, das im Herbstwald nach Trüffeln sucht. Das hier war viel brutaler als Billahs frühere behutsame Versuche, es erinnerte eher an Dafyds klobigen Vorstoß. Aber während der Prinz einfach ungeübt gewesen war, war Billah rücksichtslos und unterzog Errols Erinnerungen einer genauen Durchsuchung.

Ohne so richtig zu wissen, wie ihm das gelang, fasste Errol diese fremden Gedankenfühler zusammen und stieß sie wütend von sich. Der König fuhr zurück und erbleichte, als ob jemand ihm einen Schlag in den Magen versetzt hätte.

»Noch immer ein Kämpfer, was? Na, dem werden wir bald ein Ende setzen.« Er winkte einer der Wachen, woraufhin der Mann zu einer Mauernische ging und mit einem schweren Hammer zurückkehrte.

»Knöchel, glaube ich«, sagte der König. »Dann kann er nicht wegrennen.«

Der Wachposten nickte schweigend, hob den Hammer und schlug in dann mit aller Kraft auf Errols linken Fußknöchel. Ein Schmerz, wie er ihn noch nie gekannt hatte, durchfuhr Errol. Er hörte Knochen brechen und irgendwo konnte er jemanden schreien hören. Einen Moment lang wünschte er, diese Person hörte damit auf, der Lärm schien die Schmerzen nur noch schlimmer zu machen. Dann begriff er, dass er selbst es war, der da schrie. Und da er an den Stuhl gefesselt war, konnte er nur sein Schluchzen hinunterschlucken und sich in die Lippe beißen, bis die blutete.

Dann waren die Fühler wieder da, vorsichtiger diesmal, als ob der König etwas von seiner Geduld wiedergefunden hätte. Sie waren wie Spinnwebfäden, die durch den Wind von Errols Gedanken wehten. Ab und zu landeten sie irgendwo, untersuchten die Erinnerung, die sie dort fanden, und flogen dann wieder weiter. Errol riss die Augen auf, konzentrierte sich auf die Qual, die sein Bein anschwellen ließ, und schleuderte sie zurück auf den König.

Diesmal mussten die Wachen Billah vom Boden aufheben. Errol sah, wie sie ihm auf die Füße halfen, als er abermals die Augen öffnete. Er wusste, es war nicht klug von ihm, den König zu verärgern, er wusste, er müsste den alten Mann in seinem Gehirn herumwühlen lassen, bis er das Gesuchte gefunden hatte, falls es überhaupt vorhanden war. Aber er konnte sich nicht beherrschen: Er wollte seine Erinnerungen für sich behalten.

Aber Billah war nicht wütend. Er lächelte.

»Weißt du was, das ist das erste Mal, dass jemand das mit mir gemacht hat, seit ich ein Kind war«, sagte er. »Schade, dass du in die Falle gegangen bist. Noch ein paar Jahre Training, und du hättest ein großer Krieger werden können. Aber ich werde dich brechen, Errol Ramsbottom. Und dann werde ich das finden, was dein kostbarer Inquisitor hinter deinem Bollwerk verborgen hat. Den anderen Knöchel, Milo.«

Errol wusste jetzt, was ihm bevorstand, aber das machte den Schmerz nur noch schlimmer. Diesmal konnte er aber fühlen, wie er in Bewusstlosigkeit glitt, ehe der König seine Gedanken erfassen konnte. Er ließ sich vom Vergessen bedecken wie von einer warmen, tröstenden Decke, und er dachte daran, wie oft seine Mutter ihn bei Krankheit und Verletzungen gepflegt hatte.

»O nein, das tust du nicht.« Diese Wörter wurden begleitet von einem scharfen Schlag gegen die eine Seite seines Kopfes.

Der Schlag brachte Errol dem Wahnsinn nahe und riss ihn doch zurück ins Bewusstsein. Er öffnete die Augen, aber er konnte nicht klar sehen. Es war, als ob der König in seinem Blickfeld hin und her schwankte. Plötzlich erinnerte er sich daran, wie Trell Cluster ihn zu Boden gestoßen hatte, und wie er Trell daraufhin die Nase gebrochen und sich damit Cluns Achtung erworben hatte. Diese ganze Szene lief nun wieder vor ihm ab. Erst das Gewimmel aus Körpern, die ihn traten und stießen; dann das Buch, das zerfetzt und mit gebrochenem Rücken auf dem Boden lag; dann die Welle aus Wut, und wie er Trells Gesicht packte. Ihm war, als hörte er wieder das Geräusch, das Trells Nase machte, als sie brach. Und über allem wie ein fremder Beobachter das seltsame Gefühl, von dem er wusste, dass es König Billah sein musste.

Errol bäumte sich unter seinen Fesseln auf und warf seinen Kopf hin und her, in dem Versuch, den König aus seinen Gedanken zu vertreiben. Aber die Wachen waren jetzt auch am Werk, sie stießen ihn in Seite und Bauch und verdrehten seine gebrochenen Knöchel. Der Schmerz war überall und dazwischen floss der Strom aus Errols Erinnerungen.

Und dann sah er Dinge, die nicht passiert waren, die Erinnerungen, die Melyn seinen Gedanken eingepflanzt hatte. Er tanzte mit Mags Cluster, trank zu viel, gelobte einer gelangweilt aussehenden Prinzessin Beulah die Treue und schwor, eines Tages Inquisitor zu werden. Er rannte wie ein Irrer über Stoppelfelder und spielte mit den anderen Dorfjungen Kriegsspiele. Er trainierte in den Hallen und auf den Innenhöfen von Emmas Faur Magie, Schwertkampf und Bogenschießen. Er saß in Melyns Studierstube und lauschte aufmerksam, während der alte Mann ihm auseinandersetzte, wie er den Palast in Tynhelyg infiltrieren wollte, und erklärte, dass Herzog Dondal ihn mit Sicherheit augenblicklich ausliefern würde, sobald sich eine Gelegenheit dazu ergab. Das Gerede, dass er die Eheschließung zwischen Iolwen und Dafyd verhindern sollte, war nur ein Vorwand, um ihn in den Palast zu schaffen. Dort könnte er dann erzählen, er sei gezwungen worden, könnte sich irgendeine Geschichte aus den Fingern saugen, um von Billah akzeptiert zu werden. Das dürfte nicht so schwierig sein, da er der königlichen Familie von Lanwennog doch so ähnlich sah. Es könnte Monate oder sogar Jahre dauern. Er sollte

Geduld haben, abwarten, so viel lernen, wie er nur konnte, und bereit sein, wenn dann der Ruf an ihn erging.

Es war alles, was Billah sehen wollten, die schlimmsten Befürchtungen des Königs wurden bestätigt, und Errol, der alles aus einer entlegenen Ecke seiner Gedanken beobachtete, fragte sich, ob das hier nun die eigentliche Wahrheit oder doch nur eine weitere Schicht aus Lügen war.

Kaum noch bei Bewusstsein bemerkte Errol, dass er nun nicht mehr geschlagen wurde. Der Schmerz, der ihn umhüllte, war jetzt warm und freundlich, etwas, das umarmt werden wollte; das Gerede des Königs war nur eine Störung, die vertrieben werden musste wie Fliegen an einem Sommerabend. Aber irgendwo tief in seinem Bewusstsein registrierte er, dass er von dem Stuhl losgebunden wurde, dass die beiden Wachen ihn hochhoben, ihn zurück in seine Zelle schleiften und auf den mit Stroh bestreuten Boden fallen ließen. Er hätte sich nicht einmal dann bewegen können, wenn er das gewollt hätte. Und deshalb lag er zitternd da, und irgendwo wirbelten die letzten Worte des Königs durch seinen Kopf, ohne dass sie für ihn irgendeinen Sinn ergaben: »Jetzt habe ich alles von ihm bekommen, was ich brauche. Bringt ihn weg. Bereitet das Schafott vor. Wir werden ihn morgen früh hinrichten.«

18

Bau in deinen Gedanken ein Bild des Ortes auf, den du aufsuchen willst. Versuch, diesen Ort so deutlich zu sehen, als wärst du bereits dort. Nein, du musst ihn noch deutlicher sehen. Mach dir all die kleinen Details bewusst, die einen Ort ausmachen: die Form eines Torbogens, die Verzierung des Architravs, den Geruch des Bodens unter deinen Schritten, den Klang des Raumes, wenn er leer ist, das Gefühl, wenn seine Luft über dein Gesicht und deinen Körper streicht. Du musst dich daran erinnern, wie das Licht über die Mauern fällt, welches Muster die Schatten bilden. Du musst dich an jede Einzelheit erinnern.

Wenn du mit dieser Übung anfängst, ist es vielleicht leichter, dir einen Ort vorzustellen, den du gut kennst. Wähl einen kleinen Raum, eine Kammer vielleicht, und stell dich dort in die Mitte. Dreh dich langsam um, schau dir alle Gegenstände an, an die du dich erinnerst, ihre Stellung, ihren Zustand, alles, was mit ihnen zu tun hat. Wenn du sie in deinem Gedankenbild untergebracht hast, dreh dich langsam wieder um und füg die Dinge hinzu, die du vergessen hast. Vielleicht hat der Kleiderschrank einen gebrochenen Fuß oder eine Schublade. Vielleicht ist der Kamin kleiner und dunkler. Dreh dich abermals um und füg deinem Bild weitere Schichten von Details hinzu. Vergiss nicht den Boden unter deinen Füßen und die Decke über deinem Kopf. Wenn du dir den Ort nicht so genau vorstellen kannst, als ob du wirklich dort wärst, dann kannst du ihn auch nicht finden.

Wenn du dann davon überzeugt bist, dass du den Ort in deinen Gedanken perfekt wiedergegeben hast, nimmst du dir die Grymlinien vor. Schau dir an, wie sie das Zimmer füllen, so, wie sie jeden Teil der Welt füllen. Sieh die Kraft, die sie durchströmt, die an diesem Ort ein- und ausströmt, niemals endend, immer in Bewegung. Und nun überleg dir dieses. Die Grymlinien in diesem Raum sind mit dem Ort verbunden, an dem du dich aufhältst. Es liegt überhaupt keine Erfahrung zwischen dir und diesem Raum. Du brauchst nur einen Schritt zu tun und schon bist du dort. Doch sei gewarnt, denn die Grymlinien verbinden zwar alle Orte mit deiner besonderen Kammer, aber sie verbinden deine besondere Kammer auch mit allen Orten. Wenn du zögernd losgehst, wenn du deines Ziels nicht sicher bist, könntest du irgendwo enden. Oder, schlimmer noch, nirgendwo.

Corwen teul Maddau: Über die Anwendung der Feinen Künste

Es war dunkel hier, das einzige Licht kam von den wenigen Sonnenstrahlen, die durch den dichten Vorhang des herabfallenden Wassers dringen konnten. Schattenflecken huschten über die sich kräuselnde Oberfläche des Tümpels, und als seine Augen sich an das trübe Licht gewöhnt hatten, konnte Benfro dahinter eine Höhle erkennen. Er watete weiter durch das Wasser bis zum Rand des Tümpels und zog sich hinaus. Die Wände waren grün und schleimig von Algen, der Boden glitschig und nass. Aber einige Schritte weiter war der Felsen trocken. Sogar die Luft verlor ihre Feuchtigkeit, als ob etwas die Höhle vor dem Vergehen der Zeit beschützte.

Diese Höhle hier war viel größer als diejenige, in der er die beiden vergangenen Nächte verbracht hatte. Er spürte ihre riesigen Ausmaße, auch wenn er nicht sehen konnte, wie tief sie sich in den Berg hinein erstreckte. Was er in der Dunkelheit wahrnehmen konnte, waren Hinweise darauf, dass die Höhle, wenn auch vor langer Zeit, bewohnt gewesen war. Es gab einige große Möbelstücke: einen Tisch, dessen Platte glatt, aber so dick mit Staub bedeckt war, dass Benfros Finger tiefe Spuren hinterließen. Außerdem waren da ein großer Stuhl und zwei niedrige Bänke sowie eine Kommode, die sich unter ihrer Last aus angelaufenen Metallplatten gefährlich weit vornüber lehnte. In einer Wandnische auf der einen Seite standen ein riesiges Bett und eine massive Truhe, deren altes geborstenes Holz von Eisenreifen zusammengehalten wurde und die mit einem massiven Schloss gesichert war.

Benfro wanderte durch die Höhle, berührte dieses, starrte jenes an. Hier hatte einwandfrei ein Drache gewohnt, und das bedeutete, dass Corwen hier seine letzten Jahre verbracht haben musste. Mit einem verlegenen und schuldbewussten Schaudern ging ihm auf, dass er hier in Corwens persönlichen Habseligkeiten herumwühlte.

Das andere Ende der Höhle war schwarz. Dort drang kein Licht durch, und nicht einmal Benfros scharfe Augen, die sich so schnell an ihre Umgebung anpassen konnten, entdeckten dort irgendetwas. Dennoch rief diese schwarze Stelle ihn wie eine Sirene, die in seinen Gedanken sang. Ohne zu überlegen ging er auf diese Stimme zu, und es machte ihm nichts aus, dass er nichts sehen konnte. Er konnte einen ganz feinen Lufthauch in seinem Gesicht fühlten, und der trockene Boden unter seinen Füßen gab denselben seltsamen würzigen Geruch ab wie der in der anderen Höhle, nur war der Geruch hier stärker. Er stieg Benfro zu Kopf und füllte seine Gedanken mit exotischer Verwirrung.

»Magog ruft dich. Ich habe seinen Edelstein hier abgelegt, wo er den geringsten Schaden anrichten kann«, sagte neben ihm eine ruhige Stimme. Diese Stimme riss Benfro aus seiner Trance und brachte ihn mit einer Wucht zurück zu sich selbst, die fast so stark war wie seine Bruchlandung vorhin. Er merkte plötzlich, wie kalt es in der Höhle war, zumal seine Haut noch nass war. Er fröstelte. Als er sich umschaute, sah er Corwens Bild. Der alte Drache strahlte das gleiche sanfte Licht aus wie die Grymlinien, und ohne nachzudenken oder ohne dass er auch nur die Augen zusammengekniffen hätte, konnte Benfro nun die Linien erkennen. Ihr sanftes Leuchten zeigte ihm seine Umgebung so gut wie eine Kerze oder Fackel. Nun konnte er auch sehen, dass die Möbelstücke an den Knotenpunkten der dickeren Linien aufgestellt worden waren. Nur das Bett stand nicht auf einer solchen Kreuzung, seine Wandnische war seltsam leer.

»Schlafen ist nicht die beste Art, um über die magischen Pfade zu reisen.« Corwen schaute ein weiteres Mal mitten in Benfros Gedanken. »Ich vermute, nach deinen Erfahrungen aus der vorletzten Nacht stimmst du mir da zu?«

Benfro nickte, sagte aber nichts. Die Höhle war einfach atemberaubend, ihre Form scheinbar perfekt, Wandnischen und Alkoven, Regale und Sims alle genauso angebracht, wie er es sich gewünscht hätte, wenn das hier seine Wohnung wäre. Er wollte am liebsten hierbleiben und die Höhle erforschen, denn das junge, neugierige Drachkitz schlummerte noch immer in ihm. Aber ihm stand wichtigere Arbeit bevor. Er musste Fliegen lernen. Er drehte sich um und ging wieder auf die Wasserwand zu, und dabei fiel ihm abermals auf, dass deren Tosen seltsam gedämpft war, und die Luft in der Höhle kam ihm unnatürlich trocken vor.

»Wohin willst du?«, fragte Corwen.

»Zurück nach draußen.«

»Willst du schon wieder nass werden?«

»Das ist mir egal. Draußen scheint die Sonne. Bestimmt bin ich bald wieder trocken.«

»Aber das ist nicht nötig«, sagte Corwen. »Sag mir, in welcher Richtung liegt die andere Höhle?«

Benfro überlegte kurz. Er kannte den Winkel, den der Fluss im Verhältnis zum Pfad bildete, er konnte sich die Umgebung leicht vorstellen, da er sie aus der Luft gesehen hatten. Wenn der Wasserfall hier war, dann musste die andere Höhle …

»Da drüben«, sagte er und zeigte die Richtung.

»Und du kannst sehen, wie die Grymlinien durch diese Wand strömen?« Die Stimme des alten Drachen war leise und geduldig. Benfro sah genauer hin und entdeckte zum ersten Mal das Muster hinter dem Gitter. Zahllose hauchdünne Fäden schienen sich wie ein Spinnennetz über alles zu spannen. Dieses Netz streckte sich zwischen den dickeren Linien aus, die ein eigenes, größeres Gitter formten, und dieses wiederum füllte ein noch größeres Gitter aus. Die Kreuzung der beiden dicksten Linien lag unter dem Stuhl am oberen Ende des Tisches. Eine der Linien kam von draußen, durch den Tümpel und den Wasserfall, und führte dann weiter in den dunklen Tunnel. Sie verschwand eigentlich nicht in der Dunkelheit, aber es war nun unmöglich, sie zu sehen, denn sie wurde gleichsam von etwas Ungreifbarem verdeckt. Die andere Linie bohrte sich mitten durch die Wand, auf die Benfro eben gezeigt hatte.

»Und jetzt denk an letzte Nacht«, sagte Corwen. »Denk daran, was du in dieser Höhle gesehen hast.«

Benfro schloss die Augen und versuchte, sich dieses Bild vorzustellen. Diese Übung fiel ihm normalerweise leicht, und er war sicher, dass das Bild, das er sich vor sein inneres Auge rief, eine genaue Wiedergabe der Offenbarung aus der vergangenen Nacht war. Er konnte sehen, wie die Grymlinien dasselbe komplizierte Muster aus Punkten bildeten, aus kleinen wie großen. Wenn er sich auf das kleine Gitter konzentrierte, verschwand das große ganz einfach. Wenn er das große ansah, verschwamm das kleine und war schließlich nur noch eine Art Dunst. Einen Moment lang drehte sich in seinem Kopf alles, während er versuchte, die Gitter gleichzeitig zu sehen, dann zuckte er in Gedanken mit den Schultern, gab auf und konzentrierte sich nur noch auf das größte.

Wie bei der Höhle, in der er stand, gab es nur eine Kreuzung der Hauptlinien. Diese trafen sich unter der Feuerstätte: Die eine Linie kam geradewegs durch den Eingang, die andere beschrieb einen rechten Winkel und führte unter Benfros Bett aus getrocknetem Gras hindurch und durch den soliden Felsen des Berghangs auf ihn zu. Er konnte sie nun als ununterbrochenes Ganzes sehen, als ob es zwischen der Stelle, wo er stand, und dem kleinen Haufen aus glühender Asche, die er für diesen Tag zusammengeschoben hatte, in der anderen Höhle kein Hindernis gäbe. Es war, als könnte er mit einem einzigen Schritt …

»Au!«, brüllte er, als seine Füße Feuer fingen. Er riss die Augen auf und schaute nach unten. Er stand in der Feuerstätte. Aber er konnte einfach nicht dort sein, wo seine Augen ihm sagten, dass er war. Dann schaltete sich sein Instinkt ein, und er rannte aus der Höhle, er hüpfte von einem schuppigen Fuß auf den anderen und sprang dann in den Fluss. Zischend stieg Dampf auf, als das Wasser seine verbrannten Schuppen kühlte.

»Jetzt bist du doch nass geworden«, Corwen tauchte neben ihm auf, mit Lachen in Stimme und Augen.

»Wie? Was? Wo?«, Benfro schaute auf und sah die Sonne, noch immer hoch am Himmel, aber doch inzwischen im Abstieg begriffen. Die Lichtung sah aus wie in seiner Erinnerung, der Fluss ebenfalls. Er schaute zur Seite und sah, dass der Wasserfall weiterhin von der Felskante stürzte und den Eingang verdeckte, von dem er wusste, dass er nicht wieder herausgekommen war.

»Junger Benfro, du bist ein Naturtalent«, sagte Corwen, der seine Freude kaum verbergen konnte. »Ich habe Jahre des Trainings gebraucht, um das zu schaffen, was du soeben geschafft hast.«

»Was habe ich geschafft?«

»Du bist über die Grymlinien gereist, junger Magis. Hast für einen Moment die physische Ebene verlassen.«

»Ich wollte doch nur … die Linien …« Benfro suchte nach Worten, um zu beschreiben, was er empfunden hatte. »Ich konnte sehen, wo ich sein wollte und wo ich war. Beide Orte wurden durch das Licht verbunden. Ich brauchte nur einen Schritt vorwärts zu machen.«

»Ach, wenn nur alle Schüler das so leicht finden könnten«, sagte Corwen. Dann verdüsterte sich sein Blick nachdenklich und er runzelte die Stirn. »Und doch war es fast zu einfach. Bist du sicher, dass Magog dir nicht geholfen hat?«

»Ich weiß es nicht«, sagte Magog. »Wie kann ich das wissen?«

»War dir bewusst, was du getan hast?«, fragte der alte Drache. »Beschreib es mir in allen Einzelheiten.«

Benfro erzählte, was er getan hatte, wie er in Gedanken dieses Bild aufgebaut und die Verbindung zwischen den beiden Höhlen gesehen hatte.

»Du hast wirklich eine große Begabung. Sich dermaßen detailliert an einen Ort zu erinnern, ist meist die schwerste Aufgabe für einen Studenten der Magie. Und du hast es geschafft, ohne nachzudenken. Hast du dieses Talent schon immer besessen? Überleg, junger Benfro, denn das hier ist sehr wichtig.«

»Das ist etwas, das meine Mutter mir beigebracht hat.« Benfro versuchte vergeblich, das Zittern aus seiner Stimme zu verbannen und die Tränen aus seinen Augen zurückzudrängen. »Ich musste lernen, wo die verschiedenen Kräuter und Arzneien standen, noch ehe ich lesen gelernt hatte. Ich habe sie immer mit geschlossenen Augen geholt.«

»Es ist keine Schande, um verlorene geliebte Wesen zu trauern.

Deine Mutter hatte vielleicht ihre Fehler, aber deine Tränen hat sie verdient. Und wenn sie dir das hier beigebracht hat, dann kann ich zu meiner Freude feststellen, dass ihre Zeit hier bei mir sie etwas Wichtiges gelehrt hat.«

»Ich werde ihre Erinnerungen zusammenführen.« Benfro ging langsam zurück zur Höhle. »Ich weiß nicht, wie ich das tun werde oder wann, aber ich werde keine Ruhe finden, bis sie ihren Frieden hat, zusammen mit denen, die sie geliebt hat.« Er hob den Lederbeutel mit dem geraubten Gold auf und sah sich wieder einmal den einsamen weißen Edelstein an. Er berührte ihn nicht, konnte aber seine Nähe spüren. Er legte den Beutel auf das schmale Felssims, und als er ihn losließ, spürte er eine Änderung in seinen Gedanken. Es war nicht das Gefühl von Einsamkeit, das ihn begleitete, seit er das Dorf verlassen hatte, und auch nicht das dumpfe schmerzende Gefühl von Verlust, das in ihn eingesickert war, als das Trauma des Todes seiner Mutter sich langsam in einen andauernden dumpfen Schmerz verwandelte. Stattdessen war es die mit Erregung vermischte Traurigkeit darüber, dass er sein Zuhause unter seinen eigenen Bedingungen verließ. Er machte sich auf, um Ruhm und Reichtum zu gewinnen, wie alle großen Sagenhelden, aber eines Tages würde er zurückkehren und beweisen, dass er des Erbes würdig war.

Als er die Höhle rückwärts verließ, konnte er Corwen sehen, der geduldig bei der Furt wartete, als habe er gewusst, was Benfro vorhatte, und als habe er Benfros Bedürfnis gespürt, einen Moment allein zu sein. Der alte Drache wirkte jetzt noch kleiner als bei ihrer ersten Begegnung, aber Benfro konnte die Kraft sehen, die von ihm ausging, eine Hitze wie die der Sonne, die aber seinen Geist wärmte statt seiner schmerzenden Muskeln und müden Gelenke.

»Da hast du eine tapfere und weise Tat begangen«, sagte Corwen. »Erinnerungen sollten geehrt, aber nicht wie eine schwere Last herumgeschleppt werden. Deine Mutter wäre stolz auf dich.«

»Sie ist stolz auf mich«, sagte Benfro. »Und sie wird noch stolzer sein, wenn ich alle ihre Erinnerungen der großen Sammlung in Magogs Burg hinzufüge.«

Corwen stieß einen tiefen, resignierten Seufzer aus. »Dein Versprechen ist bewundernswert, junger Benfro«, sagte er. »Aber ich habe dir schon einmal gesagt, dass du solche Unternehmungen nicht auf die leichte Schulter nehmen darfst. Das Wort eines Drachen bindet ihn, und das gilt noch mehr für das Wort eines Magis. Kein Drache hat die Inquisitoren jemals besiegen können. Ich fürchte, du könntest einfach ein weiteres ihrer Opfer werden.«

»Du hast mir selbst gesagt, dass die Kampfpriester ihre Macht von uns übernommen haben«, sagte Benfro, der von einem fast rauschartigen Mut erfasst worden war. Er hatte einen winzigen Rest der Macht gekostet, die durch die Adern der Welt strömte. Jetzt war alles möglich.

»Ich werde eine Möglichkeit finden, um diese Macht zurückzuholen.«

»So sei es.« Corwens Stimmung hob sich, als ob auch er eine wichtige Entscheidung getroffen hätte, die die Last der Ungewissheit von seinen Schultern genommen. »Aber du bist noch nicht bereit für deine Aufgabe, mein junger Schüler. Noch lange nicht. Also steig wieder auf diesen Felsen. Du musst fliegen lernen.«

Errol verlor jedes Zeitgefühl, während er auf dem feuchten Stroh lag, das den Zellenboden bedeckte. Die Schmerzen waren seine einzige Gesellschaft, sogar die Ratten hatten sich davongemacht, als ob sie von seinem Schicksal wüssten und nichts damit zu tun haben wollten. Er hatte keinerlei Kontrolle mehr über seine Glieder. Er konnte nur warten. Und leiden.

Als sie ihn endlich holen kamen, wusste er nicht, ob es einen Tag oder ein Jahr oder ein Leben später war. Er hatte fast das Gefühl, nicht mehr in seinem Körper zu sein, sondern über diesem zu schweben und zuzusehen, wie die seltsam anonymen Wachen ihn an den Armen hochrissen und davonschleiften. Es müsste wehtun, dachte er und zuckte zusammen, als er den Winkel sah, den seine Füße zu seinen Beinen bildeten. Aber er spürte überhaupt nichts.

Ein Teil von ihm wollte bleiben, wo er war, benommen und ohne Gefühl, irgendwo oben in der Zelle, aber sein Körper wurde davongeschleppt, und er wollte doch wissen, was daraus werden könnte. Also folgte er den gesichtslosen Wachen durch das Labyrinth aus Gängen, über Treppen und durch weitere Gänge, die weniger prachtvoll waren als die, die er bisher gesehen hatte, und endlich hinaus auf einen ihm bekannten Innenhof, der sich jetzt mit einer lärmenden Menge gefüllt hatte. In der Mitte ragte ein Schafott über die Köpfe der Zuschauer auf. Als Errols Leib über den Hof getragen und gezogen wurde, wich die Menge beiseite, um die Wachen durchzulassen, und schloss sich dann wieder zusammen, wie Wasser, das sich vor einem Stein in der Strömung teilt. Der Lärm war vage, konfus. Errol konnte nicht verstehen, was die Menschen riefen. Und wenn er versuchte, sich auf ein einziges Gesicht zu konzentrieren, dann schien das zu verschwinden. Nur die Masse ergab irgendeinen Sinn.

Auf dem Schafott wurde er von drei Menschen erwartet. Der Majordomus Tordu zitterte in der Kälte. Herzog Dondal stand auf der einen Seite, und jede seiner Bewegungen zeigte, wie sehr es ihn anwiderte, sich in Tordus Nähe aufhalten zu müssen. Endlich war da noch ein Mann, der sich eine schwarze Kapuze über den Kopf gezogen hatte und auf dem Schaft einer riesigen doppelschneidigen Axt lehnte. Errol war eigentlich enttäuscht, weil König Billah sich nicht zu dieser Hinrichtung einfinden mochte, die er doch selbst befohlen hatte, aber es war eine abstrakte Enttäuschung, ein Gefühl, das von seinem Ursprung entfernt war.

Das ganze Bild kam ihm unwirklich vor. Er würde sterben, sein Kopf würde von seinem Körper getrennt werden, aber aus irgendeinem Grund brachte er es nicht über sich, deshalb traurig zu sein.

Die Zeit schien in Brocken zu kommen. Im einen Augenblick schwebte er über der Menge, im nächsten kniete er vor dem Block und starrte die zahllosen Kerben und Spalten an, die in den vielen Jahren, die er bereits als Hinrichtungsstätte diente, hineingehauen worden waren. Tordu sagte etwas, aber obwohl Errol doch so gut Lanwennog sprach, konnte er nicht ein einziges Wort verstehen. Er wusste, er müsste außer sich vor Angst sein, aber er empfand nichts. Dann schaute er zu den Fenstern des Westturms hoch, zu den Zimmern, die sein erstes Gefängnis gewesen waren. Zwei Gesichter schauten aus einem Fenster auf ihn herab. Prinzessin Iolwens bleiches Gesicht war vor Entsetzen verzerrt, und als ihr Errols Blick begegnete, wandte sie sich ab. Aber die andere Gestalt blieb, und von Erstaunen überwältigt erkannte er sie. Martha.

Wie hatte er sie vergessen können? Eine gewaltige Welle von Gefühlen hüllte ihn ein, als er ihr Gesicht sah. Sie sah ihn mit dieser Mischung aus Lächeln und Stirnrunzeln an, die sie immer zeigte, wenn sie zu begreifen versuchte, warum er nicht sehen konnte, was für sie so selbstverständlich war. Sie machte sich über seine Notlage keine besondere Sorge, sie hätte nur gern gewusst, wie er hineingeraten war. Hinauszukommen war einfach. Er wusste, was er zu tun hatte.

Der Schock ihres Anblicks ließ ihn in seinen Leib zurückknallen. Plötzlich kniete er vor dem Block und hörte zu, wie der Majordomus eine lange Verbrechensliste vorlas – zu viele Untaten, als dass er sie in seinem kurzen Leben alle hätte begehen können. Errols ganzer Körper war eine blinde Masse aus Schmerz. Er schaute durch geschwollene und wunde Augenlider zum Turm hoch, aber der war zu hoch über den Köpfen der johlenden

Meute, und er konnte keine Einzelheiten erkennen. Wie hatte er dort überhaupt jemanden sehen können?

Aber er hatte Martha gesehen, oder nicht? Oder spielten seine Gedanken in letzter Sekunde noch ein Spiel mit seinen Wünschen? Nein. Er spürte sie bei sich, so, wie sie zu Hause im Wald bei ihm gewesen war, wenn sie neben ihm gestanden und ihm geholfen hatte, die Linien zu begreifen.

Die Linien. Er konnte über die Linien gehen. Er konnte sogar von hier entkommen. Doch wohin? Und wie? Neben sich hörte Errol, wie Tordu am Ende seiner Litanei von Vergehen gegen das Haus Billah anlangte. Dann pressten grobe Hände Errols Kopf auf den Block. Sein dünner Hals spürte die Kälte des Holzes. Ein Seil wurde um ihn gewickelt, um ihn am Zappeln zu hindern. Die Linien waren überall, führten überall hin. Er wusste nicht, was er tun, wohin er gehen sollte.

Das Letzte, was er hörte, war das Sausen der Axt, die die Luft durchschnitt.

Benfro wusste nicht mehr, wie viele Tage er nun schon auf der Lichtung verbracht hatte. Die Tage wurden zu einer endlosen Arbeitsschicht. Er übte jeden Tag das Fliegen, und nach und nach meisterte er die Probleme von Start und Landung zwar noch nicht, aber immerhin verringerten sich die Schäden, die er bei seinen Versuchen anrichtete.

Corwen trieb ihn erbarmungslos an, ließ ihn endlose körperliche Arbeiten verrichten, die ihm sinnlos vorkamen. Er hatte große Teile des Waldes von abgestorbenem Holz befreit, hatte es um die Füße der höheren Nadelbäume aufgetürmt. Er hatte das Wehr, das den Fluss oberhalb der Furt gestaut hatte, erneuert, was den Übergang leichter machte, auch wenn es regnete, obwohl er seit seinem Eintreffen hier außer sich selbst und dem alten Drachen niemanden gesehen hatte, der etwas davon haben könnte.

Einen Monat lang sammelte er auf der Lichtung alle Steine, die größer als seine Faust waren und doch klein genug, damit er sie heben konnte, und türmte sie gegenüber der Höhlenöffnung neben dem Weg auf. Auf Corwens Befehl hin baute er daraus dann einen niedrigen Pferch mit einem einzigen Eingang, konnte sich aber absolut nicht vorstellen, wozu der Pferch dienen sollte. Immerhin waren jetzt weite Teile der Lichtung freigeräumt. Benfros viele Landungsversuche hatten zudem zur Folge, dass sie die Lichtung inzwischen ziemlich graslos und der Boden zu einem feinen staubigen Schmutz zertrampelt und zerwühlt war. Der Staub geriet zwischen Benfros Schuppen und juckte, als wäre er von kleinen Insekten übersät.

Im Wald um die Lichtung gab es reichlich Wild. Rehe und Hirsche waren so zahm, dass es fast eine Schande war, sie in eine Falle zu locken und zu töten. Die Lachse im Fluss wurden jetzt vorsichtiger und hielten sich unter den zerfaserten Wedeln aus Wassergras, wenn er schwimmen ging. Langsam hatte Benfro die Zeit, in der er den Atem anhalten konnte, gesteigert, bis er eine halbe Stunde lang bewegungslos auf dem Flussboden sitzen konnte. Meistens war dann ein, manchmal auch zwei Fische neugierig genug, um sich ihm zu näheren, aber sie blieben nervös, und an manchen Abenden konnte er nur die Pflanzen essen, die er unter den Bäumen ausreißen konnte.

Fliegen, Essen und Schlafen waren meistens das Einzige, woran er dachte. Er lebte für die Spannung, am frühen Morgen durch die Luft zu schießen. Es war ihm fast zum Ritual geworden, bei Sonnenaufgang aufzustehen und auf den Felsen zu klettern. Bei klarem Wetter wartete er, bis die Sonne ihren Kopf über die Baumwipfel schob, dann warf er sich ihr entgegen wie ein lebendes Opfer. Er wurde jeden Tag stärker, fähig, immer höher, weiter und länger zu fliegen. Er konnte sich in der Luft so geschickt bewegen wie ein Vogel, und es machte ihm großes Vergnügen,

Krähen, Bussarde, Tauben oder alles andere zu jagen, das ihm zu nahe kam. In mancher Hinsicht war es wie Schwimmen, etwas, das er als Drachkitz so oft gemacht hatte, dass es zu seiner zweiten Natur geworden war. Er musste nur daran denken, was er tun wollte, statt sich Sorgen darüber zu machen, wie er es tun sollte.

Das Starten von ebener Erde aus war nicht so natürlich. Es war ihm erst einmal gelungen, und es hätte fast mit einer Katastrophe geendet: Die sich rasch nähernden Baumwipfel hatten gedroht, ihn aus der Luft zu schlagen. Nur eine wenig elegante scharfe Kurve in letzter Sekunde hatte ihn vor schweren Verletzungen gerettet, und danach hatte er so ziemlich den Mut verloren. Der Fels war die sicherere Lösung.

Das Landen gelang ihm jetzt etwas besser, vermutlich, weil ihm, wenn er erst in der Luft war, nichts anderes übrig blieb, als irgendwann wieder herunterzukommen. Er konnte sein Tempo inzwischen so verlangsamen, dass der letzte Aufprall nur ein wenig wehtat und keinen bleibenden Schaden hinterließ, vor allem, wenn er in der weichen braunen Erde landete, die er bei seinen wiederholten Versuchen aufgewühlt hatte. Aber er konnte beim Landen noch immer nicht das Gleichgewicht halten, deshalb hatte er eine Technik entwickelt, um den Schaden zu minimalisieren. Er machte eine Rolle vorwärts, sobald seine Füße den Boden berührten. Es war nicht elegant, aber er kam auf den Boden, ohne sich etwas zu brechen.

Corwen suchte ihn nicht jeden Tag auf. Manchmal ließ sich der Drachengeist eine Woche oder länger nicht blicken. Er stellte Benfro eine Aufgabe, verschwand dann und kehrte erst zurück, wenn die Aufgabe erfüllt war. Woher er das wusste, konnte Benfro nicht sagen, aber der alte Drache war während der letzten Minuten vor der Vollendung der Aufgabe immer anwesend und schien dann genau zu wissen, was Benfro unternommen hatte.

Und so kam es, als er die letzten kleinen Steine in seine Mauer packte und sie vorsichtig so unterbrachte, dass sie die Lücken füllten und alles miteinander verbanden, dass er hinter sich ein wachsames Auge spürte.

»Du hast den Pferch fast vollendet. Gut.« Der alte Drache sprach, als ob er eine Unterhaltung fortsetzte, die sie erst vor wenigen Augenblicken geführt hatten, statt die ersten Worte zu äußern, die Benfro seit über einer Woche gehört hatte.

»Ich bin fertig. Ja, Meister.« Benfro drehte sich zu der Gestalt des alten Drachenmagiers um. Der wirkte so klein, aber an diesem Tag war sein Rücken gerade, seine Haltung hatte sich geändert, und Benfro erschien das als gutes Zeichen. Entweder das, oder er war schon so lange allein, dass er Dinge sah, die gar nicht vorhanden waren. »Aber ich weiß noch immer nicht, was das soll oder wofür wir ihn brauchen.«

»Wie gesagt, das ist ein Pferch, Benfro.« Corwen verließ den Pfad und ging durch die schmale Öffnung in die Mitte des Pferchs. »Das ist ein sicherer Aufenthaltsort für Nutztiere, wenn die Nächte lang werden und die Raubtiere auf Nahrungssuche aus den Bergen kommen.«

»Nutztiere?«, fragte Benfro. »Das verstehe ich nicht. Was ist ein Nutztier?«

»Ach ja«, sagte Corwen. »Ich vergesse immer, wie mild die Wälder des unteren Frydlands sind, und wie gemäßigt das Klima. Hier in den Hügeln ist der Winter ein viel strengerer Herr. Ist dir nicht aufgefallen, dass die Sonne jeden Morgen länger braucht, um sich über die Bäume zu heben? Dass sie einen flacheren Bogen über den Himmel beschriebt und jeden Abend früher verschwindet?«

Benfro musste zugeben, dass er das bemerkt hatte. Es machte ihm auch Sorgen, dass es viel schneller ging als dort, wo er zu Hause gewesen war. Die Luft am Morgen war von Tag zu Tag kälter geworden und immer häufiger stellten sich Stürme ein, die

Regen mit sich brachten. Nicht den warmen, reinigenden Regen, an den Benfro gewohnt war, sondern eine harsche, kalte, vom Wind getriebene Nässe, die sich zwischen seine Schuppen stahl und ihn dermaßen durchkühlte, dass er bisweilen in die Höhle zum Feuer floh.

»Ynys Môn hat dir Jagen und Fischen beigebracht«, sagte Corwen. Es war keine Frage, wie Benfro bemerkte, eher eine Feststellung. Als ob sein Meister kürzlich noch mit dem Dorfbewohner gesprochen hätte. »Er hat dich auch gut ausgebildet. Aber er hat dir nichts über die Jahreszeiten erzählt. Und warum hätte er das auch tun sollen? Da unten gibt es sie ja kaum, abgesehen davon, dass es im Frühling feuchter wird. Hier wird es bald Schnee geben. Du wirst monatelang die Blätter und Kräuter nicht finden können, von denen du dich ernährt hast. Ich habe sogar erlebt, dass der Fluss zugefroren ist, aber das passiert nicht oft.«

»Was ist denn nun mit diesen Nutztieren?« Benfro wusste aus bitterer Erfahrung, dass Corwen gern von den Themen seiner Unterrichtsstunden abschweifte. Meistens waren diese Abschweifungen auf ihre eigene Weise wichtig, aber ebenso oft stürzten sie ihn in noch größere Verwirrung als ohnehin schon.

»Wo viel ist, kannst du dir nehmen, was du brauchst, wenn du es brauchst«, sagte Corwen. »Aber so ein Ort ist das hier nicht. Früher, als überall im Land Drachen gelebt haben, haben wir die Menschen Tiere züchten lassen, die zahm, dumm und leicht zu führen waren. Es wird bisweilen behauptet, der große Rasalene habe die Menschen erschaffen, um uns zu Diensten zu sein. Das kann eine Sage sein oder auch die Wahrheit. Es spielt keine Rolle. Aber die Menschen hielten ihre Tiere in riesigen Herden und mästeten sie den ganzen Sommer hindurch mit dem üppigen Gras der Hügel. Wenn dann der Winter kam, gab es genug zu essen. So ein Pferch wie der, den du hier gebaut hast, bot den Tieren Schutz, wenn die Nächte lang wurden. Sie drängten sich aneinander, um sich zu wärmen, und die Mauern schützten sie vor Wölfen und Löwen. Tagsüber zogen sie über die Lichtungen und suchten sich ihr Futter, wenn welches vorhanden war, und dabei passten Menschen auf sie auf. Oder sie wurden mit Heu gefüttert, mit Gras, das im Sommer gemäht und getrocknet worden war und dann in den Höhlen aufbewahrt wurde. Wir Drachen waren damals Wanderer und wurden von den Menschen geachtet, weil sie Weisheit brauchten und Magie benutzten, um sich ihr elendes Menschenleben erträglicher zu machen. Deshalb züchteten sie viel mehr Tiere als unbedingt nötig und gaben uns bereitwillig welche ab, wann immer wir darum baten.«

Benfro sah sich das Bauwerk an, das er in den letzten zehn Tagen errichtet hatte. Es war nicht gerade groß. Durch den einzigen Eingang konnte er sich gerade noch quetschen, und wenn er erst drinnen stand, konnte er nicht viel mehr tun, als sich umzudrehen. Die Mauern waren nicht hoch, sie reichten ihm gerade bis an die Brust. Er konnte sich nicht vorstellen, dass sie besonders viel Schutz gewähren würden.

»So sicher sieht das aber nicht aus«, sagte er.

»Zum einen würdest du den Eingang bewachen, damit deine Tiere drinnen bleiben und nichts anderes eindringen kann«, sagte Corwen. »Und das ist doch ein sehr kleiner Pferch. Aber ich will dich ja nicht zum Bauern machen, Benfro. Du wirst hier nicht verhungern, du als guter Jäger. Nur wird dir deine Ernährung vielleicht irgendwann arg einseitig vorkommen.«

»Aber warum habe ich dann das hier gebaut?«

»Weil ich immer selbst einen Pferch bauen wollte und nie dazu gekommen bin.« Der alte Drache verzog sein Gesicht zur Andeutung eines Lächelns.

»Du meinst, er dient gar keinem Zweck?« Benfro sah die Blasen an seinen Händen an, spürte, wie sein Arm und seine Beinmuskeln vom endlosen Heben und Tragen schmerzten. Und vor allem erinnerte er sich an die langen harten Stunden, in denen er das ausgeführt hatte, was ihm als wichtige Aufgabe erschienen war, als unerlässlicher Schritt auf seinem Weg zum Magiertum. Er hatte die Arbeit fraglos übernommen, weil er wusste, dass Corwen ihm alles beibrachte, was er brauchte, um sich den Kampfpriestern zu stellen und sie zu besiegen.

»Und das ist eine der ersten Lektionen, die du lernen musst.« Der alte Drache schaltete sich in seine Gedanken ein, als wären diese wie Wörter in die Luft über seinem Kopf gemalt. »Du musst immer alles infrage stellen. Vielleicht nicht laut – ich bezweifele durchaus nicht, dass deine Mutter dir Manieren beigebracht hat –, aber niemals, niemals darfst du davon ausgehen, dass etwas so ist, bloß, weil jemand dir erzählt hat, dass es so sei.«

Benfro ließ seinen Blick von dem festen Gemäuer zu dem nicht ganz soliden Bild des alten Drachen und zurück wandern. Er legte eine Hand gegen die Mauer und fuhr über ihre beruhigende Masse. Dann, mit einem gewissen Zögern, streckte er die Hand nach seinem Lehrer aus. Er wollte sanft dessen Schulter berühren, nahm aber an, dass seine Finger durch Corwen hindurchgleiten würden.

Er schloss die Augen, als seine Hand sich der Stelle näherte, wo der Kontakt bestehen sollte, denn er wollte seiner Sicht nicht vertrauen. Er konnte die Luft spüren, kalt und feucht mit einer Vorahnung von Regen. Ein leichter Wind spielte um seine Krallen – und dann war Corwen da.

Er konnte ihn berühren.

Er riss die Augen auf und sah, dass seine Hand auf einer Schulter ruhte, die noch immer körperlos aussah, die aber dem leichten Druck, den er ausübte, nicht nachgab.

»Ich dachte, du bist ein Geist«, sagte Benfro.

»Kein Geist, eine Erinnerung«, korrigierte ihn Corwen. »Schau sorgfältig hin und sag mir, was du siehst.«

Benfro zögerte für einen Moment. Wenn Corwen ihm sonst auftrug, hinzusehen, dann sollte Benfro Ausschau nach den Grymlinien halten. Aber er war jetzt draußen, bei Tageslicht. Wie sollte er da im gleißenden Sonnenschein das vage Leuchten ausfindig machen?

»Vergiss die Sonne«, sagte Corwen. »Und das Licht kannst du auch ignorieren. Schau mit deinem inneren Auge.«

Es war die Art von rätselhaftem Rat, an die Benfro sich inzwischen gewöhnt hatte. Er hatte keine Ahnung, was der alte Drache meinte, wusste aber, dass er einen Versuch machen musste. Er kniff im grellen Sonnenlicht die Augen zusammen und konzentrierte sich auf die Höhlenöffnung.

Die Holzstapel auf beiden Seiten warfen ihre Schatten, und er wusste, dass eine der dicken Grymlinien drinnen verlief. Aber er konnte nichts sehen.

»Warum klammerst du dich so an das Physische?«, fragte Corwen. »Mach die Augen zu, stell dir das Bild vor, wie du es schon hundertmal gesehen hast. Benutz das wunderbare Gedächtnis, mit dem deine Mutter dich beschenkt hat.«

Benfro gehorchte und ließ seine Lider ein wenig sinken. Er baute sich ein Bild der Lichtung, wie er sich an sie erinnerte. Er begann mit der Höhle und arbeitete sich dann nach außen. Es war kein Ort, den er besonders untersucht hatte, sondern einfach einer, an dem er lebte, den er Tag für Tag sah. Deshalb war es eine gewisse Überraschung, wie leicht er sich an Einzelheiten erinnern konnte, die er bewusst nie registriert hatte. Die Position und Form der Büsche, die Stellen aus zertrampelter Erde, der Knick im Pfad, wo der einen Quader umging, der so groß war wie Benfro selbst, und deshalb zu groß, um bewegt zu werden – das alles und noch mehr fügte sich zusammen, als er seinen imaginären Blick auf die Landschaft warf.

Aber es gab keine Grymlinien.

Benfro dachte an die Stelle hinter ihm, und erinnerte sich mit Mühe an Form und Aussehen des Pferchs, den er dort gebaut hatte. In seiner Vorstellung sah er größer aus, während die Wände enger standen und höher waren, als richtig gewesen wäre.

Der Teil, den er eben erst vollendet hatte, war deutlich, jeder Stein war ein Individuum, sorgfältig ausgewählt und bewusst angebracht.

Aber wenn er nicht direkt hinschaute, war alles vage, ein sandbraunes Geflimmer, als ob er Tränen in den Augen hätte. Er konzentrierte sich und versuchte, sich an die Arbeit des Vortages zu erinnern, er ging an der Mauer zurück, wie um sie aus nächster Nähe zu betrachten. Einzelne Steine, deren Form sich seiner Erinnerung eingeprägt hatten, lösten sich aus dem Geflimmer und bauten mehr und mehr ein Vorstellungsbild des Ganzen auf. Langsam ging Benfro in Gedanken zu seinem Ausgangspunkt zurück. Der Pferch schrumpfte auf seine eigentliche Größe und die Details standen Benfro deutlich vor Augen.

Aber es gab noch immer keine Grymlinien.

Er wandte seine Aufmerksamkeit dem Fluss zu. Er konnte sich absolut nicht an das genaue Aussehen des Wassers zu irgendeinem gegebenen Zeitpunkt erinnern, aber die Lage der Steine im Wehr und die Muster von trockenen und feuchten Stellen dort, wo sich der Pfad durch die Furt schlängelte, kamen ihm deutlich genug vor.

Er konnte zum Wasserfall emporblicken, dessen Schaum mit dem bekannten Gebrüll in den Tümpel stürzte. War das der echte Wasserfall oder seine Erinnerung daran? In Gedanken war er dicht herangetreten, auf irgendeine Weise schwebte er über dem Wasser. Der Lärm hatte sich gesteigert, als er näher gekommen war, füllte seine Ohren und löschte alles andere aus. Er drehte sich um, um die Lichtung aus seiner neuen Perspektive zu sehen, und alles hatte sich verändert.

Die Lichtung leuchtete in einem goldenen Licht, das sanft zu einem unvorstellbaren Rhythmus pulsierte. Der Himmel zeigte nicht das bleiche Herbstblau, an das er sich erinnerte, sondern eine wechselnde Mischung aus Lila und Orange vor einem schwarzen Hintergrund. Die Sonne hing schwer über den Bäumen, eine riesige pralle Kugel, die in ihrem eigenen Hitzedunst zischte und fauchte. Das Gras war ein Meer aus Silber, gab ein inneres Licht ab und bewegte sich im Wind. Sträucher und Büsche waren vielfarbige Explosionen in den Wellen, grün und blau und gelb wie Feuer. Aber das Großartigste waren die Bäume, die die Lichtung umgaben. Sie strahlten wie Leuchtfeuer, jede vorstellbare Farbe wirbelte um ihre Stämme und durch ihre ausgestreckten Zweige bis zu ihren Blättern.

Und die Grym war überall.

»Jetzt siehst du es, oder?«, fragte eine Stimme. Benfro spürte eine Berührung auf seiner Hand, als ob jemand seine eigene darauf gelegt hätte. Mit noch immer geschlossenen Augen sah er seinen Meister an. Aber das hier war nicht der alte Drache, den er inzwischen so gut kannte.

Das hier war ein Drache, das beinahe so prächtig war wie Magog selbst. Er war riesig, ragte über den Felsen auf, und seine Schuppen leuchteten mit einer Glut, die den Augen wehtat. Seine Flügel waren so groß, dass, selbst wenn sie zusammengefaltet waren, die Gelenke sich über seinen Kopf erhoben, hoch und stolz. Er war ganz und gar durchdrungen von einem Glühen, so golden wie das, das die ganze Lichtung erfüllte, unterbrochen nur von einem matten Rot, das sein majestätisches Haupt umgab. Dieses Rot war etwas Fremdes, unpassend und störend. Aber was Benfros Aufmerksamkeit vor allem anzog, war, wie dieses Rote sich wie ein Geschwür auf der einen Seite des Drachenhalses nach unten zog, zu Corwens Schulter und der Hand, seiner eigenen Hand, die dort lag.

Ganz hinten in seinen Gedanken nahm nun eine Idee Gestalt an, eine dämmernde Erkenntnis, die ihm Angst machte, auch wenn sie erst halb geformt war. Doch ehe er seinen Gedanken vollenden konnte, traf ihn etwas wie ein Schlag in den Bauch und trieb ihm Atem und Vernunft aus, presste ihn aus, wie Fruchtfleisch aus einer zerquetschten Frucht gepresst wurde. Er kippte vornüber, seine Knie gaben unter ihm nach, und er fiel zu Boden.

19

Woher die Drachenmythen kommen, weiß eigentlich niemand ganz genau. Angeblich sind Drachen Feuer speiende Wesen mit gewaltigen Schwingen, die sie über weite Strecken tragen können; sie können auf unachtsame Beute hinabstoßen und in ihren Krallen ganze Kühe davontragen. Und wenn sie angegriffen werden, können sie eine magische Flamme ausstoßen, die nur Fleisch verzehrt und die Knochen des Opfers und noch vielmehr seine Kleidung unversehrt lässt. Es besteht kein Mangel an solchen Mythen, doch sie sind zweifellos die Erfindung irgendwelcher Eltern, die ihren Kindern ein wenig Disziplin beibringen wollten. Und kein Wort von diesen Sagen ist wahr.

Viele glauben, dass es gar keine Drachen gibt. Auch das stimmt nicht. Ich bin auf meinen Reisen zahlreichen Drachen begegnet und ich habe sie zumeist als harmlose Tiere kennengelernt, bescheiden, fast schon gehorsam und ausgesprochen reizlos. Ein Drache ist zwar größer als ein Mensch, aber das gilt für viele Geschöpfe auf dieser Erde. Wer keine Angst vor der sanft muhenden Kuh hat, die er ganz selbstverständlich melkt, der braucht sich auch vor einem Drachen nicht zu fürchten.

Die Drachenflügel, denn sie besitzen tatsächlich ein solches Anhängsel, bieten einen traurigen Anblick. Wer die Werke des Barrod Sheepshead gelesen wird, wird zutiefst enttäuscht sein von den jammervollen Hautlappen, die vom Rücken dieser Wesen herabhängen. Sie können unmöglich jemals zum Fliegen benutzt worden sein, und viele Anatomen halten es für ihre Aufgabe, den Körper der Drachen bei heißem Wetter zu kühlen, da diese Geschöpfe nicht schwitzen können.

Drachen verfügen über eine gewisse Intelligenz, die sie möglicherweise ein wenig über die anderen Tiere des Waldes erhebt. Sie leben in kleinen Gemeinden und streben eine fast menschliche Lebensweise an, vielleicht ahmen sie diese höheren Wesen nach. Durch eine Laune der Natur vermehren sie sich nur selten und erreichen ein hohes Alter. Auf meinen vielen Reisen ist mir nur ein Drache begegnet, der behauptete, weniger als hundert Jahre alt zu sein, aber da sie solche Dinge durch das Zählen der Jahreszeiten messen und offenbar keine Schrift besitzen, bedeutet Zeit für sie vielleicht etwas anderes. Eins jedenfalls steht fest: Es gibt nur noch wenige Drachen auf der Welt, und ihre Anzahl nimmt immer weiter ab.

Father Charmoise: Drachengeschichten

Der Anblick von Emmas Faur, wie es sich aus dem Gebirge erhob, hatte Melyns Lebensgeister immer gestärkt. Das Kloster war jetzt seit vielen Jahrzehnten sein Zuhause, der Sitz seiner Macht. Die riesigen Ausmaße gaben ihm das Gefühl, allmächtig zu sein, während er sich zugleich demütig fühlte. Und wichtiger als alles andere: Hier sprach sein Gott zu ihm. Müde nach den Wochen auf der Straße, wollte Melyn nichts dringlicher, als einige Zeit in Einkehr und Gebet zu verbringen. Er sehnte sich danach, zu spüren, wie die Wärme des Hirten seine Schmerzen und Qualen dahinschmelzen ließ.

Rauch stieg aus den Schornsteinen der schlichten Häuser, die sich um den großen Bogen drängten. Melyn nahm die Kälte kaum wahr, denn ihn wärmte die Grym, dennoch bemerkte er die ersten Anzeichen des Winters. Noch ein Jahr war fast vergangen. Es war jetzt zu spät, um den Feldzug gegen Lanwennog zu beginnen, selbst, wenn er das gewollt hätte. Seine Kampfpriester könnten die bittere Kälte überstehen, aber ihre Pferde würden auf den Bergpässen leiden und die Proviantkarren würden im Schnee stecken bleiben. Es war besser, zu warten, bis sich das Jahr gewendet hatte. Wenn sie dann den Wald hinter sich gebracht und den Drachen erledigt hätten, würden die Pässe wieder frei sein.

Der Trupp ritt, mit Melyn an der Spitze, durch den Bogen und weiter hoch zu dem Klosterkomplex. Auf dem größten Innenhof exerzierten Gruppen von Novizen, Kampfpriester widmeten sich ihren täglichen Aufgaben, und die Klosterbediensteten verrichteten unauffällig all die vielen Arbeiten, die nötig waren, um dieses Kloster, das mindestens so sehr eine kleine Stadt war wie die Niederlassung eines religiöses Ordens, in Gang zu halten.

Alles wirkte normal, ruhig und wie es sein sollte. Melyn überließ sein Pferd einem Stallburschen. Er schleppte sich die Treppen zu seinen Privatgemächern hoch und bemerkte nicht zum ersten Mal, wie seine Gelenke bei dieser Anstrengung jammerten und ächzten. Ein Besuch im Badehaus, wo er sich einweichen und im Dampf säubern lassen wollte, würde dieses Problem beheben, aber zuerst musste er sich darüber informieren, was während seiner Abwesenheit geschehen war.

Andro wartete oben an der Treppe auf ihn.

»Euer Gnaden, wie schön, dass Ihr unversehrt wieder da seid«, sagte der alte Bibliothekar.

»Ich freue mich auch, Euch wiederzusehen, Andro«, sagte Melyn. »Aber Ihr seid doch nicht heraufgekommen, nur, um mich zu Hause willkommen zu heißen. Was ist die schlechte Nachricht?«

»Es geht um Errol«, sagte Andro, und Melyn sah, dass der alte

Mann ungewöhnlich erregt war. Immer wieder rang Andro die Hände. Melyn wusste, dass der Bibliothekar Zuneigung zu dem Jungen gefasst hatte, aber dass ein Novize im Dienst an Orden und Königin sein Leben lassen musste, sollte doch als leuchtendes Beispiel für seine Gefährten gelten.

»Auch mir wird er fehlen, Andro«, sagte Melyn. »Aber er wird posthum in den Priesterstand erhoben werden. Er ist einen ehrenvollen Tod gestorben.«

»Ihr habt mich missverstanden«, sagte der Bibliothekar. »Errol ist nicht tot. Er ist hier.«

Benfro leerte seinen Magen, der vor allem halbverdauten Fisch und Sauerampferblätter enthielt, auf die festgestrampelten Steine und die Erde des Pfades aus. In seinem Kopf drehte sich alles, als ob jemand ihn mit einer Keule getroffen hätte, und seine Lunge schien einfach nicht arbeiten zu wollen.

»Was … was ist passiert?«, konnte er flüstern, nachdem er einige Minuten lang nur geröchelt hatte.

»Das solltest du mir sagen«, sagte Corwen. »Einen Moment lang war alles wunderbar, und dann konnte ich dich nicht mehr erreichen. Sag mir, was du gesehen hast.«

»Ich konnte nichts sehen.« Benfro klammerte sich an die erste klare Erinnerung, die er finden konnte. »Die Sonne war zu hell, sogar im Schatten.«

»Aber du hast die Augen geschlossen.« Corwens Stimme suchte im Gedankenchaos in Benfros Kopf. »Was ist dann passiert?«

»Ich konnte noch immer keine Linien sehen. Ich konnte dich auch nicht sehen. Ich bin zum Wasserfall gegangen. Und dann war plötzlich alles ganz anders.«

»Ich glaube, wir sollten nach drinnen gehen«, sagte Corwen. »Es ist schon ziemlich spät.« Und das stimmte. Benfro bemerkte es erst jetzt – er war so damit beschäftigt gewesen, sich auf dem

Weg zu übergeben, zu konzentriert auf den Krieg, der in seinem Kopf wütete. Die Sonne senkte sich schon hinter die Wipfel und tauchte nur die Spitzen der fernen Berge noch in ein oranges Licht.

»Erst etwas trinken«, sagte er und zog sich auf die Füße. Die Welt drehte sich besorgniserregend um ihn, und er setzte sich auf seinen Schwanz, um Halt zu finden. Es war eine furchtbare Anstrengung, die wenigen Schritte bis zum Wasser hinter sich zu bringen. Er kniete beim Wehr nieder, dankbar dafür, dass es den Wasserstand um vielleicht einen Meter hob, sodass er sich nicht zu tief bücken musste. Die Oberfläche war spiegelglatt und gab ein Bild zurück, das er nicht glauben konnte.

Er starrte einen anderen Drachen an, und der war so dicht vor ihm, dass ihre Nasen sich fast berührten. Instinktiv zuckte Benfro zurück, und der andere Drache tat es ihm nach. Der andere war ein furchterregend aussehendes Wesen, mindestens doppelt so groß wie er. Sein Gesicht war eine Maske aus glänzenden Schuppen. Jede fing das Licht und brach es in einer endlosen Variation von Farben. Seine oberen Hauzähne durchbohrten seine Lippen wie zwei Messer und endeten in silberweißen scharfen Spitzen. Die unteren, kürzer, aber nicht weniger bedrohlich, trafen sich mit ihren Brüdern zu einer erbarmungslosen Grimasse. Seine Ohren waren lang und dünn, und ihre federdünnen Spitzen legten sich auf fragende, fast verwunderte Weise zurück, während seine Augen mit einer feurig roten Bosheit glühten, die einschüchternd und doch auf seltsame Weise erheiternd war.

Aber was Benfro vor allem traf, war etwas anderes. Ein Muster aus bunten Lichtern flackerte hin und her wie ein farbiger Schatten, eine vom Feuerschein geworfene Form. Das Muster tanzte und zuckte im Rhythmus seiner Gedanken und seiner Herzen.

Benfro bewegte den Kopf, um die wirbelnden Farben bei ihrem Katz-und-Maus-Spiel besser sehen zu können. Der andere

Drache bewegte sich gleichzeitig, und plötzlich begriff Benfro. Er hob eine Hand und staunte darüber, wie viel größer und stärker die war als in seiner Erinnerung. Sein Alter Ego hob die entgegensetzte Hand und winkte ebenfalls. Als ihre Hände einander begegneten, teilte sich die Wasseroberfläche und das Bild wurde zerstört.

Die Farben verblichen zu einer Serie von Ringen, die sich aus seinem Blickfeld entfernten, um dann wie ein Echo zurückzukehren und auf dem Wasser komplizierte Muster zu bilden. Einen Moment lang war Benfro von diesem Bild wie gebannt, aber bald wurde das Chaos wieder zu einer spiegelglatten Wasseroberfläche. Noch einmal konnte Benfro fasziniert das anstarren, was er inzwischen als sein eigenes Spiegelbild erkannt hatte.

Benfro hatte sich nie sonderlich für sein Aussehen interessiert. Er hatte gesehen, dass Frecknock Stunden vor einer Glasscheibe verbringen oder in einen stillen Tümpel starren konnte. Er hatte beobachtet, wie sie einen Schmollmund zog, sich putzte und dabei kleine Lieder sang. Meistens war sie wütend geworden, wenn sie gemerkt hatte, dass sie beobachtet wurde. Aber auch wenn Benfro sich nie sehr für sein Spiegelbild interessiert hatte, hatte er im Grunde doch immer gewusst, wie er aussah. Selbst als er die ungebärdigen Flügel bekommen hatte, war er nur ein wenig in die Breite gegangen. Das hatte er jedenfalls gedacht. Das Gesicht allerdings, das ihn aus dem Wasser anstarrte, gehörte einem Fremden.

Die Müdigkeit machte ihm zu schaffen, aber sie wurde verdrängt von der Faszination, die er verspürte, als er jetzt sein neues Gesicht erforschte, als er mit den mit scharfen Krallen besetzten Fingern die Hauzähne betastete, sich über die Schuppen fuhr und darüber staunte, wie das Licht auf ihrer glatten, harten Oberfläche spielte. Seine Unterarme waren so dick wie Baumstämme, seine Schultern strotzten vor Muskeln und waren eckig, während sie früher nach unten gehangen hatten. Sein ganzer Oberkörper war stärker geworden, und seine Flügel sahen nicht mehr aus wie ungeschickt angeklebt, sondern, als ob sie da säßen, wo sie hingehörten. Er hätte sie geöffnet, ihre Spreite in der heraufziehenden Nacht gezeigt, aber er war einfach zu erschöpft.

Mit einer gewaltigen Willensanstrengung kam er auf die Füße. Erst, als er sich umdrehte, sah er die gebeugte Gestalt von Corwen, der am Höhleneingang stand und ungeduldig auf ihn wartete.

»Ich bin so groß geworden«, sagte Benfro. »Wann?«

»Ach, Benfro, es ist gut, dass du wieder hier bist«, sagte der alte Drache. »Bitte, tritt ein. Ich fühle die Kälte nicht mehr, aber ich sehe, dass du das tust, weit mehr, als du zugeben würdest.«

Langsam, vor Anstrengung fast hinkend, schleppte sich Benfro in die Höhle. Das Feuer war fast ausgegangen, ein Rest Glut war sorgfältig mitten in einem Ozean aus weißer Asche aufgehäuft worden. Einen Moment lang blieb er einfach stehen und sah sich die Entfernung zwischen Feuer und Bett an, wägte die Müdigkeit ab, die er verspürte, und verglich sie mit der Mühe, die es bedeuten würde, am nächsten Morgen ein neues Feuer zu entfachen, wenn er dieses hier ausgehen ließe. Am Ende war die Erziehung, die er seine ganze Jugendzeit genossen hatte, stärker. Er konnte die Stimme seiner Mutter hören, die ihn tadelte, weil das Feuer schon so weit heruntergebrannt war. Er nahm ein wenig trockenes Reisig von dem Stapel, den er sorgfältig vorbereitet hatte, und zerbrach es über der Glut. Dann holte er kurz Luft und blies sanft das Feuer an, um es zum Leben zu erwecken. Das alles verrichtete er mit müder Resignation und in dem Wissen, dass diese Arbeit dauern und dass die Höhle erst in mehreren Stunden wirklich warm sein würde. Umso überraschter war er, als er eine kleine Flamme aus seinem Mund schießen und die Zweige verschlingen sah.

»Oh!«, rief Corwen. »Grandios!«

»Wirklich?«, fragte Benfro, der jetzt zu müde war, um noch irgendetwas überraschend zu finden. Er konnte nur sehen, dass sein Feuer sofort zu Asche wurde, und dass all seine Hoffnungen auf Wärme durch diesen gemeinen Trick zunichte gemacht wurden.

»Aber natürlich«, sagte Corwen. »Was du hier siehst, ist das wahre Du. Da bin ich mir sicher. Der große Magog, Sohn des Sommermondes, würde sich niemals dazu herablassen, Feuer zu speien. Nicht einmal, wenn ihm kalt wäre. Aber es ist eine Fähigkeit, die nur ein Drache, der seiner wahren Natur treu bleibt, jemals meistern kann. Viele verbringen ihr Leben mit dem Versuch und schaffen es doch nie.«

»In meinen Träumen habe ich es schon oft getan«, sagte Benfro. »Wenigstens glaube ich, dass es ein Traum war. Aber die Leichname der Dorfbewohner wurden von meinen Flammen extrahiert und ihre Edelsteine landeten in Magogs Hort.« Zerstreut griff er nach handfesteren Holzstücken und stapelte sie wie zu einem winzigen Totenfeuer. »Ich habe mich so geschämt. Ich wollte nicht darüber sprechen.«

»Geschämt?«, fragte Corwen. »Warum hättest du dich schämen sollen?«

»Feuer zu speien ist ein Rückschritt in die Zeit, als Drachen nicht besser waren als wilde, herumstreunende Tiere«, sagte Benfro.

»Das kann ja wohl nur Sir Frynwy von sich gegeben haben«, sagte Corwen.

»Das hat er mir erzählt, ja«, sagte Benfro. »Aber meine Mutter hat es mir auch erklärt. Als sie mir die Kräuter und Öle für die Extraktion gezeigt hat.«

»Kräuter und Öle«, schnaubte Corwen. »Unsinn. Und deine Mutter hat es gewusst. Natürlich kann die richtige Mischung die

Flamme hervorrufen, aber es ist doch nur ein bleicher Schatten einer wirklichen Extraktion. Was du den Dorfbewohnern gegeben hast, war einfach dein Geburtsrecht als Drache. Dessen brauchst du dich nicht zu schämen. Aber das hier…«, der alte Drache zeigte auf die rauchenden Holzscheite, »das ist ein Zeichen wahrer Größe. Was du hier geleistet hast, ist eine viel größere Leistung, als das Extraktionsfeuer zu entfachen. Du hast eine wahre Flamme gehaucht.«

»Ich habe nur in die Glut geblasen«, sagte Benfro. »Ich wollte nicht, dass irgendetwas passiert.« Er beugte sich vor und blies abermals auf den Holzstapel. Diesmal loderte eine riesige Flamme auf, erfasste das trockene Holz und ließ es sofort lichterloh brennen. Die Flamme loderte mit fröhlicher Wärme und Benfro kauerte sich davor zusammen. Er war zu erschöpft, um über irgendetwas zu staunen. Zu müde sogar, um zu schlafen.

»Ach, Benfro, diese Erinnerung musst du sorgsam hüten«, sagte Corwen. »Denk jetzt an dich. Das bist du.«

»Wie meinst du das?«

»Du trägst das Wesen von Magog mit dir. Es ist schwer für mich zu sagen, wo er aufhört und wo du anfängst. Wenn du die Grymlinien siehst, wenn du in deinen Träumen verschwindest, dann weiß ich nicht, ob er es tut oder du. Vermutlich ist es eine Mischung aus beiden. Aber das hier…«, er zeigte auf die Flammen. »Das bist du und nur du. Magog ist nirgendwo in dieser Magie.«

»Woher weißt du das?«

»Magog war groß. Er war ein brillanter Magis«, antwortete Corwen. »Aber er war auch arrogant und eitel. Sogar der Geschichtenerzähler Albarn bestätigt das, auch wenn er vieles, was er über Magog wusste, in seinem großen Epos ausgelassen hat. Magog hat alle Drachen verachtetet, weil ihre Körper ihnen Grenzen setzten. Vermutlich hat er diesen Unsinn über das Feuerspeien in die Welt gesetzt, den Sir Frynwy und deine Mutter weitergetragen haben. Er hätte sich nie durch eine solche Tat besudelt.«

»Spielt das wirklich eine Rolle?«, fragte Benfro. Er wollte sich einfach nur noch auf sein Bett legen und schlafen, aber noch viel mehr wollte er vor dem Feuer sitzen und dessen Wärme aufsaugen.

»Ob es eine Rolle spielt?«, fragte Corwen. »Junger Benfro, nichts spielt eine größere Rolle. Jeden Tag nimmt Magog ein wenig mehr von dir weg. Ich habe versucht, dich zu lehren, was ich kann. Körperliche Arbeit hat dir die Stärke gegeben, die du früher ausgeliehen hast, ohne das zu wissen. Wenn du jetzt fliegst oder kämpfst oder endlose Meilen wanderst, wird es wenigstens deine eigene Anstrengung sein, nicht seine. Und deshalb wird er nicht immer tiefer in dich vordringen können.«

»Und musste ich deshalb das viele Holz holen und diesen, wie hast du ihn noch genannt, diesen Pferch bauen? Damit ich nicht mehr so schwächlich wäre?«

Corwen seufzte. »Benfro, als du beim Mutterbaum angekommen bist, warst du kaum noch am Leben. Aber du hast dich nur ein wenig müde gefühlt. Du warst tagelang gelaufen, ohne etwas zu essen, du warst Hunderte von Meilen mit Flügeln geflogen, die du kaum hochheben konntest, du hast einen Sturz aus dem Wipfel einen turmhohen Baumes überlebt. Du hattest einfach nicht genug Kraft, um das alles zu schaffen. Seit Jahrtausenden schon hat kein Drache aus dem Frydland mehr solche Macht besessen.«

»Dann hat mich also nur Magog aufrechterhalten«, sagte Benfro mit einer Stimme, die kaum noch ein Flüstern war.

»Genau«, sagte Corwen. »Aber so konnte er nicht ewig weitermachen. Und er wollte, dass du überlebst. Deshalb hat er dich zum Mutterbaum geschickt. Die große Mutter hatte schon immer eine Schwäche für uns Drachen. Sie hat dich aufgenommen und dir die Ruhe geschenkt, die du brauchtest. Du hast ein halbes Jahr gebraucht, um dich zu erholen.«

»Aber das war doch nur eine Nacht«, protestierte Benfro mit schwacher Stimme.

»Der Mutterbaum existiert in der Zeit und am Ort der großen Mutter«, sagte Corwen. »Für sie ist Zeit nur eine weitere Illusion, die manipuliert werden kann. Du erinnerst dich nur an eine Nacht, aber sie hat sich in vielen weiteren Nächten um dich gekümmert und dich gesund gepflegt.«

Benfro starrte in die Flammen und nahm ihre Wärme in sich auf. Er war noch immer hundemüde und fühlte sich so, als ob er den Pferch an einem Tag gebaut hätte, und nicht in mehreren Wochen.

»Was ist vorhin passiert? Als ich zusammengebrochen bin?«

»Das müsstest du besser wissen als ich«, erwiderte Corwen. »Es ist ja schließlich dir passiert.«

»Ich … ich hatte das Gefühl, dass jemand mich gestoßen hat. Aber da war niemand. Ich hatte mir die Grym angesehen, dann hast du etwas gesagt. Und dann gab es nur noch Schmerz.«

»Das passiert manchmal, wenn man es mit Gewalt durchsetzen will. Aber jedenfalls geht es dir jetzt besser«, sagte Corwen. »Und das ist gut. Ich hatte gehofft, dass deine Erschöpfung verfliegen würde. Und es hat auch nicht so lange gedauert, wie ich gefürchtet hatte. Du machst wirklich Fortschritte.«

»Ich muss etwas essen«, sagte Benfro und wandte sich zur Tür um. »In der anderen Höhle liegt Wildbret, das sich auf diesem Feuer gut machen würde.«

»Warum aber nass werden?«, fragte Corwen.

»Was?«

»Du willst durch den Wasserfall schwimmen, um dein Essen zu holen«, sagte der alte Drache. »Warum?«

»Weil …«, fing Benfro an, aber dann verstummte er. Was er

tun müsste, was er tun konnte, war doch so klar wie das Tageslicht. Bei dieser Erkenntnis verspürte er eine prickelnde Erregung und verfluchte die unzähligen Male, die er zu seiner improvisierten Vorratskammer geschwommen war, vor allem an Regentagen, wenn es fast unmöglich gewesen war, wieder trocken zu werden, und er nass eingeschlafen war. Rasch schloss er die Augen, und die Erwartung vertrieb den letzten Rest seiner Müdigkeit. Sofort waren die Grymlinien da, und seine Erinnerung daran war so scharf wie sein wachsender Hunger. Er konzentrierte sich auf die eine, über der er im Eingang stand, und verfolgte sie zu der Stelle, wo sie die Feuerstätte kreuzte. Er konnte dem Pfad folgen, der sich wand und dann durch die Felswand in der Nachbarhöhle verschwand. Schon konnte er den vertrauten Raum mit den uralten Möbeln sehen. Und dort, im letzten Abendlicht, das unter dem immer dunkler werdenden Himmel noch durch den Wasserfall flackerte, hing sein Proviant. Mit nur einem Gedanken könnte er von hier, wo er stand, dorthin treten.

Aber das tat er nicht.

Es war die Erinnerung an die Flammen, die seine Aufmerksamkeit erregte. Er hielt es jedenfalls für eine Erinnerung, auch wenn es sich nicht so verhielt, wie man das von einer Erinnerung erwartet hätte. Die Flammen waren bewegungslos, wie in einer Zeitblase gefangen, und sie zeigten eine Myriade von unterschiedlichen Farben – aber keine der Farben, die eine Flamme aufweisen sollte. Die Holzscheite, die sie nährten, waren unversehrt, wie sie es gewesen waren, als Benfro sie aufgestapelt hatte, als er ins Feuer geblasen hatte.

Seine Gedanken ließen das Fleisch in der anderen Höhle los, und Benfro ertappte sich dabei, wie er sich auf die berauschende Grym konzentrierte, die von dort, wo er stand, durch die seltsamen Flammen und weiter in die Hügel lief. Er hatte eigentlich nie richtig über die anderen Grymlinien nachgedacht, aber jetzt ging ihm auf, dass sie doch alle irgendwohin führen mussten. Und etwas an dieser zog ihn an, lockte ihn zum Erforschen. Neugierig wie eh und je machte er einen Schritt nach vorn und bemerkte zu spät das andere Seltsame, das mit seiner Erinnerung an die Höhle zu tun hatte.

Corwen war nirgendwo zu sehen.

Schwärze hüllte Benfro ein, und damit kam eine unvorstellbare Kälte. Er konnte nicht atmen, ein gewaltiges Gewicht presste ihn zusammen wie eine eiserne Faust. Sie zerquetschte sein Gesicht, drückte seine Hände an seine Seiten und seine Flügel platt an seinen Rücken. Bewegungslos und hilflos fragte er sich, ob er tief im Fels zum Vorschein gekommen war. Würde er hier sterben, begraben unter den Bergen? Würden seine nicht extrahierten Edelsteine in der Dunkelheit schwären und brennen?

Er versuchte, sich daran zu erinnern, was er getan hatte, aber seine Gedanken wirbelten wild durcheinander. Rote Punkte tanzten vor seinen Augen. Er versuchte, den Kopf zu schütteln, um seine Sicht zu klären, eine instinktive Reaktion, die ihm sofort sinnlos erschien. Wie könnte er denn wohl den Kopf bewegen, wenn er in soliden Fels eingeschlossen war? Aber etwas gab nach und vor seinem Mund öffnete sich ein kleiner freier Raum. Er versuchte zu atmen, und merkte, dass seine Lunge schon mit Luft gefüllt war. Er hatte offenbar tief durchgeatmet, ehe er … wohin gegangen war?

Wie glühende Stiche fuhr der Schmerz durch seine Brust und in seine Lunge. Benfro schleuderte den Kopf hin und her, vor und zurück, so weit er nur konnte, um mehr Platz zu schaffen. Gegen jegliche Hoffnung hoffte er, dass der Hohlraum sich auf irgendeine Weise mit Luft füllen würde. Und dann konnte er nicht länger die Luft anhalten.

Die Flamme loderte in der Dunkelheit auf, zu nah an seinen

Augen und seinem Gesicht. Sie traf die Oberfläche, die Benfro gefangen hielt, und fraß sich hindurch, als ob diese Oberfläche nicht greifbarer wäre als Nebel. Benfro spürte, wie sich der Zugriff um ihn lockerte, zuerst der um seinen Oberkörper, seine Arme und Flügel, dann der um seinen Unterleib und seine Beine. Einen kurzen Moment lang konnte er etwas sehen, das der Innenseite einer orange und weiß angemalten Kuppel ähnelte. Dann erstarben die Flammen und er war wieder blind.

Immerhin konnte er sich jetzt bewegen und atmen. Er holte tief Luft und kostete ihre kalte Feuchtigkeit. Noch immer war er atemlos, als ob jemand die Hälfte seines Atemzugs von eben gestohlen hätte. Er schluckte abermals Luft, in der Hoffnung, die Flecken zu vertreiben, die das Einzige waren, was er sehen konnte. Seine Knie gaben nach und er glitt zu Boden. Er spürte Nässe, kleine Pfützen von eiskaltem Wasser auf etwas, das sich wie Stein anfühlte, so, als ob es in seinem kleinen Gefängnis geregnet hätte.

Langsam, zögernd griff Benfro nach der nächsten Wand. Seine Hand berührte eine Oberfläche, aber das war kein Fels. Was immer es sein mochte, es war kalt wie Eis, doch es war nicht hart. Weich und pulverig zerbröselte es unter seinen Fingern und stahl ihnen alle Wärme, während es schmolz und die Pfützen noch vergrößerte. Mit jedem Atemzug wurde das Rauschen in Benfros Ohren leiser und er konnte jetzt ein stetiges Tropfen hören. Hinter dem Lärm des Wassers, weit weg oder erstickt von dieser seltsamen Wand, heulte ein Sturm, wie er noch keinen erlebt hatte.

Benfro kam mühsam ins Sitzen und versuchte, klar zu denken. Die Luft in seinem kleinen Käfig wurde immer schlechter – er spürte, dass jeder Atemzug weniger guttat, roch seinen eigenen harschen Atem. Es wurde auch wärmer, als ob seine Körperhitze gefangen wäre. Er wusste nicht, ob er noch mehr Feuer speien könnte, aber er musste sich auf irgendeine Weise mehr Platz verschaffen.

Er blieb für einen Moment bewegungslos sitzen und lauschte dem Stöhnen des Windes. War das in der einen Richtung lauter? So kam es ihm vor. Vorsichtig schob er sich in diese Richtung, bis er den kalten Druck der seltsamen Oberfläche spürte. Er beugte sich zum Boden vor, lauschte und hob dann langsam den Kopf, bis er die Stelle erreicht hatte, wo der Wind am lautesten zu hören war. Er streckte in der Dunkelheit die Hand aus, nahm eine Handvoll der pulverigen Masse und fegte sie beiseite. Diese Anstrengung ließ abermals die Funken vor seinen Augen tanzen. Er musste eine Pause einlegen und mehrmals tief und unbefriedigend Luft holen, bis er sich stark genug fühlte, um weiterzumachen. Sein Kopf schmerzte, und seine Arme kamen ihm bleischwer vor, aber er gab nicht auf, sondern kratzte weiter an der Wand herum, bis sie eher einem Tunnel ähnelte. Die Masse, die er vorne löste, warf er in den Raum hinter sich. Es gab keinen Weg zurück.

Es schien Stunden zu dauern, aber dennoch kroch er langsam auf sein Ziel zu. Der Wind brüllte ihn an, so nah und doch so unvorstellbar fern. Manchmal schlug der Wind um, und Benfro war sicher, in die falsche Richtung gegangen zu sein, sich emsig von seiner Rettung wegzubuddeln. Dann redete der Wind wieder mit ihm, sang dieses gewalttätige Lied, das Benfro davon überzeugte, dass er recht hatte. Wenn er die weiche Masse wegnahm, schien er mehr Atemraum zu schaffen, den Gestank seines eigenen Atems zu vertreiben, auch wenn jeder Atemzug ihm ein Gefühl der Leichtigkeit einbrachte, so, als ob etwas fehlte.

Benfro fror mehr als jemals zuvor in seinem Leben. Beim Graben verloren seine Finger zuerst das Gefühl, sie gefroren zu einer krallenhaften Kelle, die er nicht öffnen konnte. Dann wurden seine Hände und Unterarme taub. Seine Knie und Beine auf dem

Boden waren steif und schwer, aber er kämpfte sich unermüdlich weiter. Er würde nicht aufgeben, durfte nicht aufgeben, und dann brach er plötzlich durch die Wand.

Der Wind warf ihm sofort Pulver ins Gesicht, das in seinen Augen brannte. Er tastete, so gut er konnte, mit seinen gefrorenen Händen und fand eine grobe Öffnung, die ungefähr doppelt so groß war wie sein Kopf und mit demselben Material gefüllt war, durch das er sich eben einen Weg gegraben hatte. An den Rändern dieser Öffnung traf er auf harten Widerstand – Stein. Es war alles so verwirrend, so fremd. Er musste Feuer speien, mehr Platz schaffen, sehen. Aber er brauchte auch Luft. Verzweifelt schob er den Kopf durch die Öffnung und öffnete den Mund.

Es fühlte sich an, als ob jemand versuchte, ihn aufzublasen. Der Wind bohrte sich durch seine Kehle, eiskalt und mit winzigen Pulverflocken bestreut. Benfro spürte Windstöße und Luftströmungen an seinen Ohren zerren. Es war, als ob der Sturm versuchte, ihm den Kopf von den Schultern zu reißen. Er presste sich gegen die Steinkanten und stieß die Luft aus, ehe er sich abermals vom Wind füllen ließ. Die Kälte verbreitete sich in seiner Brust und drohte, jede Flamme in seinem Inneren auszulöschen. Nun durchflackerten Zweifel seine Gedanken. Er hatte zwar schon Flammen hervorgebracht, aber er wusste noch immer nicht genau, wie ihm das gelungen war. Alles war zu ihm gekommen, weil er das gewollt hatte, aber das konnte ja wohl nicht der ganze Trick sein, oder doch? Unsicher drehte er sich vom Wind weg, dachte an Wärme und blies wütend los.

Nichts passierte.

Er drehte sich abermals in den Mahlstrom und füllte sich mit kalter, reiner Luft. Es musste etwas geben, irgendeinen geistigen Zustand. Wie hatte er es sonst gemacht? Er wusste es nicht so genau. In der Höhle war er zu müde gewesen, um sich dafür zu interessieren, was passierte. Er hatte nur warm werden und schlafen wollen. Und jetzt war er müde und die Kälte zog alle Energie aus ihm heraus.

Der Wind ließ für einen Moment nach, das dauernde Prasseln des kalten Pulvers gegen sein Gesicht ließ abrupt nach, als ob es niemals da gewesen wäre. Vorsichtig öffnete er die Augen, zunächst nur einen Spaltbreit, bereit, sie sofort wieder zuzukneifen, wenn der Sturm versuchte, ihn wieder zu blenden. Was er sah, ließ ihn die Kälte und seine Atembeschwerden vergessen.

Er war von Sternen umgeben.

Sie füllten sein Blickfeld, über ihm und unter ihm und neben ihm. Es gab so viele, es war wie ein Traum. Es konnte am Himmel doch gar nicht so viele geben, und doch sah er sie. Er glaubte, einige Sternbilder zu erkennen, aber sie waren in Begleitung von so vielen anderen hellen Punkten, dass er nicht sicher sein konnte, welches Sternbild er sah. Er begriff auch nicht, wie er sie sehen konnte, ohne aufzuschauen. Er war hier ganz und gar von Himmel umgeben. Eilige Wolken jagten durch die Nacht und verstellten ihm den Weg, aber am beunruhigendsten war die Tatsache, dass er den Boden nicht sehen konnte.

Ein neuer Windstoß warf ihm eisiges Pulver ins Gesicht. Da er vor Staunen den Mund geöffnet hatte, schluckte er eine Ladung hinunter und würgte und spuckte, als er sich von dem unvorstellbaren Anblick wegdrehte. Das Pulver verwandelte sich in Wasser, frisch und kalt im Mund, es kühlte alles auf seinem Weg in den Magen aus. Dieser krampfte sich zusammen, als die Flüssigkeit in seine Leere traf. Zum ersten Mal seit Beginn seiner seltsamen Reise erinnerte Benfro sich an den Hunger, den er verspürt hatte, an die furchtbare Leere, als ob das Feuer alles in ihm verzehrt hätte. Einige Mundvoll Wasser waren nicht viel, um ihn auf den Beinen zu halten, aber sie waren doch etwas. Er schluckte wieder, rülpste, um seine Luftröhre freizuschaufeln, und dann blähte sich vor seinen Nasenlöchern eine kleine dünne Flamme.

Und nun begriff er. Er brauchte etwas im Bauch, um die Flamme zu bilden. Aber er hatte nichts zu essen, nur das endlose weiße Pulver, das durch die Öffnung hereinwirbelte. Es war, wie ihm nun aufging, gefrorenes Wasser. Sir Frynwy hatte ihm von Eis und Schnee und Hagel erzählt, aber er hatte das alles noch nie gesehen. Und Corwen hatte erwähnt, dass der Winter Schnee bringen würde, doch Benfro war zu sehr mit seinen anderen Gedanken beschäftigt gewesen, um sonderlich auf diese Information zu achten. Der einzige Ort, wo seines Wissens nach Schnee zu finden war, war der Gipfel der höchsten Berge. Und je höher man kam, umso dünner wurde die Luft – das hatte Ynys Môn ihm erzählt. Na, die Luft hier war wirklich dünn. Benfro keuchte, als ob er eine Meile gerannt wäre, und seine Lunge schrie noch immer nach mehr.

Die Hitze der winzigen Flamme hatte den Schnee nicht entfernen können, aber die Wärme, die sie erzeugt hatte, breitete sich in Benfros Adern aus und brachte neues Leben in seine kalten, müden Muskeln. Schmerz bohrte sich in seine Finger. Immerhin spürte er sie wieder, zum ersten Mal nach einer gefühlten Ewigkeit. Benfro bewegte seine Finger, krümmte sich dann vor Schmerz und wünschte, er hätte das nicht getan. Noch mehr Schnee wurde durch die Öffnung hinter ihm geweht, aber auch das Licht der Sterne kam hindurch und beleuchtete den Schauplatz.

Alles war weiß. Benfro stand an einer winzigen Stelle, die nicht viel größer war als er selbst, und war von kompaktem Schnee umgeben. Zu seinen Füßen konnte er einen Steinboden ahnen. Es gab Steinplatten, was bedeutete, dass irgendwer das Gebäude errichtet hatte, in dem er sich befand. Die Öffnung hinter ihm war zu regelmäßig geformt, um auf natürliche Weise entstanden zu sein. Er drehte sich noch einmal um und tastete mit seinen gerade erst wieder aufgetauten und furchtbar schmerzenden Händen. Es gab ein glattes Sims, ungefähr einen Meter breit, und an den Seiten offenbar einen Metallriegel. Als Benfro an der anderen Seite tastete, fand er zwei Angeln, die im Schnee verschwanden. Er fegte den Schnee beiseite, schaufelte ihn weg, und legte eine flache Glasplatte in einem Metallrahmen frei. Er grub tiefer, schob dicke Hügel aus kaltem Weiß zur Seite. Endlich hatte er genug Fläche freigelegt. Er packte das Fenster und versuchte, es zu bewegen. Die Angeln protestierten zuerst und bogen sich beunruhigend unter Benfros nachlassender Kraft, gaben dann aber nach. Das Fenster schwang vor die Öffnung und der Riegel setzte sich in Bewegung und sorgte dafür, dass es dem Wind standhalten konnte.

Sofort ebbte der Lärm zu einem leisen Pfeifen ab. Der Sturm, der in Benfros Gesicht geschlagen hatte, wurde zu nichts, und die letzten wirbelnden Schneeflocken fielen zu Boden. Benfro zitterte jetzt am ganzen Leib. Er hatte in seinem ganzen Leben noch nie so gefroren wie jetzt, als er sich zusammenkauerte und dann herumwälzte, bis er auf dem verschneiten Boden saß. Das Loch in seinem Magen nagte und stöhnte, und erinnerte ihn daran, was er jetzt zu tun hatte, obwohl er allein schon vor dem Versuch zurückschreckte.

Langsam, voller Angst, vielleicht nicht wach bleiben zu können, wenn ihm noch kälter würde, nahm er eine Handvoll Schnee und stopfte sie sich in den Mund. Es fiel ihm schwer, den Schnee zu schlucken. Er musste warten, bis dieser geschmolzen war und er ihn wie Wasser hinunterschlingen konnte. Ein jämmerliches Tröpfeln landete endlich in seinem Magen. Er brauchte mehr, deshalb nahm er noch einen Mundvoll, und noch einen. Seine Zunge wurde taub, seine Zähne taten weh, und das weiße Pulver brauchte immer länger zum Schmelzen. Aber langsam, ach, so langsam spürte er in sich eine gefrorene Fülle. Es war zwar eine aufgequollene wässrige Sattheit, aber sie würde ausreichen müssen.

Endlich konnte er nicht mehr schlucken. Sein Mund war so kalt, dass der Schnee nicht mehr schmolz. Er war sich vage bewusst, dass sich irgendwo unterhalb seiner tauben Mitte Beine, Füße, ein Schwanz befanden, aber er konnte sie nicht mehr spüren. Und wenn sein Plan fehlschlug, würde er nicht mehr aufstehen können. Er würde hier sterben, von Weiß umgeben.

Immerhin schien ihm das Atmen jetzt leichter zu fallen. Benfro holte tief Atem und konzentrierte sich auf warme Gedanken. Der eisige Klumpen in seinem Magen gurgelte und drehte sich um. Gut. Es wurde auch Zeit. Benfro stellte sich eine Feuerstelle vor und türmte darauf einen Scheiterhaufen auf, ein Totenfeuer für ein kleines, aber wichtiges Wesen. Und dann, mit dem letzten Rest seiner nachlassenden Energie, atmete er aus.

»Wirklich, ich habe keine Ahnung, wie er hergekommen ist. Irgendwer hat ihn offenbar zusammengeschlagen, weil er Gold bei sich hatte, oder so.«

Errol verstand die Wörter so ungefähr, aber sie bedeuteten ihm nichts. Er war doch sicher tot. Doch wenn er tot war, warum tat ihm alles so weh? Sein ganzer Körper schmerzte mit einer dumpfen Wut, die Errol nicht ignorieren konnte. Er versuchte, sich zu bewegen, eine angenehmere Lage für das Totsein zu finden, aber Feuerfunken jagten durch seine Knöchel und ließen Lippen, die sich geschwollen und rissig anfühlten, einen Schmerzenslaut ausstoßen.

»Ich glaube, er kommt zu sich«, sagte die Stimme, und Errol glaubte, sie zu erkennen. Er versuchte, die Augen zu öffnen, aber eins wollte offenbar nicht mitmachen. Das andere schaffte es nur zur Hälfte, und durch einen schmalen Spalt sah er einen weißhaarigen alten Mann an. Zuerst hielt er ihn für Andro, aber der Mann trug eine andere Kutte als der Bibliothekar, er trug das trübe Braun des Widderordens.

»Wo bin ich?«, versuchte Errol zu fragen, aber seine Kehle war wie ausgedörrt und brachte nur ein unverständliches Krächzen zustande.

»Hier, trink erst einmal einen Schluck Wasser«, sagte eine andere Stimme. Errol legte den Kopf schräg und konnte das Gesicht des Arztes Usel erkennen, ehe eine Welle der Übelkeit alles rot färbte. Er spürte, wie sein Kopf von starken Händen zurückgebogen wurde, und dann sickerte eine Flüssigkeit, die süßer als Honig war, zwischen seinen Lippen hindurch.

»Nicht soviel auf einmal. Er soll doch nicht ersticken.«

Sogar das Schlucken tat weh, aber langsam konnte Errol trinken. Indem die Flüssigkeit Staub und Trockenheit aus seiner Kehle spülte, schien sie ihn aus der Benommenheit seiner betäubten Gedanken zu wecken. Als er sich stark genug fühlte, um abermals die Augen zu öffnen, erkannte er, dass es nur Wasser gewesen war.

»Da hat sich jemand aber ganz heftig mit dir amüsiert.« Usel musterte Errol forschend und schob sein Augenlid mit einem sanften Daumen nach oben. »Wie hast du sie denn dermaßen verärgert?«

»Herzog Dondal hat mich an König Billah ausgeliefert.« Bei Errol klang das ungefähr wie »Hzgdunnl hammi Knibal auslieft.« Dann begriff er langsam, dass er in einem Bett lag und von Usel versorgt wurde. Er kniete nicht mehr vor dem Block des Henkers in Tynhelyg.

»Wo bin ich?«, fragte er und gab sich alle Mühe, deutlich zu sprechen.

»Du bist in der Krankenstube von Emmas Faur«, sagte der alte Mönch. »Wir haben dich auf den Steinplatten unten in Ruthins Hain gefunden. Du warst drei Tage lang bewusstlos. Was ist passiert, Errol? Du solltest doch in Tynhelyg sein.«

»Wer?«, fragte Errol und seine Stimme kratzte in seinem Hals, als ob er tagelang geschrien hätte.

»Du meine Güte, wo hab ich denn meine Manieren«, sagte der Mönch, der das Habit des Widderordens trug. »Mein Name ist Gideon, ich habe deine Mutter gekannt. Aber über die können wir später noch sprechen. Erzähl mir, wie du hergekommen bist.«

»Ich war in Tynhelyg.« Errol konnte mit jedem Schluck Wasser aus der Schale, die Usel ihm an die Lippen hielt, deutlicher sprechen. »Aber Herzog Dondal hat mich dem König ausgeliefert. Sie wollten mich hinrichten. Dann … ich weiß nicht.«

»Das wusste ich alles schon«, sagte Gideon. »Ich war gerade in Tynhelyg, als du in Gefangenschaft geraten bist. Usel hat die Verletzungen behandelt, die ich mir auf der Flucht zugezogen habe. Unser Volk ist in Lanwennog nicht mehr so richtig willkommen. Aber wie bist du in Ruthins Hain gelangt, Errol? Wer hat dich dorthin gebracht und warum?«

»Ich weiß es nicht. Ehrlich, das letzte, woran ich mich erinnere, ist, dass ich Prinzessin Iolwen an einem Fenster gesehen habe. Dann haben sie meinen Kopf auf den Block gebunden. Und dann …«

»Ruh dich aus, Errol«, sagte Gideon. »Du bist übel misshandelt worden, es ist kein Wunder, dass du verwirrt und desorientiert bist. Du brauchst Zeit, um gesund zu werden. Nutze diese Zeit, um dich zu erinnern, was passiert ist.«

»Aber …«, setzte Errol an, doch Gideon hob die Hand und Usel hielt ihm abermals die Schale an die Lippen. Diesmal schmeckte das Wasser etwas anders, es hatte einen bitteren Beigeschmack, der Errol an die Blätter erinnerte, die seine Mutter in heißem Wasser gekocht hatte. Wenn sie auf eine Wunde gelegt wurden, zogen sie allen Eiter heraus, als Tee getrunken, das fiel ihm jetzt ein, waren sie ein starkes Schlafmittel. Zu viel davon aber konnte tödlich sein.

Errol versuchte, gegen den Trunk anzukämpfen, aber Usel hatte ihn fest im Griff.

»Du musst jetzt schlafen, Errol. Das wird dir helfen.«

Errol trank ein wenig und spürte, wie die Bewusstlosigkeit sich näherte. Und im letzten Moment seines Wachseins spürte er die vertrauten Fühler in seinen Gedanken und hörte die verhasste Stimme von Inquisitor Melyn quer durch den Raum schreien: »Ist er schon aufgewacht? Zum Wolf mit dem Jungen, ich brauche Antworten!«

20

Neben dem Palast Cenobus und dem Ort der Stummen Steine besaß Magog noch einen Rückzugsort, den er aufsuchte, wenn irgendein großer Zauber gewirkt werden musste. Niemand wusste, wo dieser Ort lag, nur Magog selbst. Es gab jedoch viele Gerüchte, nach denen der geheimnisvolle Ort in den warmen trockenen Ländern auf der anderen Seite des Meeres von Tegid zu finden sein sollte. Gerüchte wollten auch wissen, dass Magog dort den Zauber ausgelegt hatte, der die Welt teilen sollte, und dass hier seine geheime Bibliothek untergebracht war, das gesammelte Wissen der größten Magi, die jemals gelebt hatten, bis zurück in die Zeit von Rasalene selbst.

Als Magog auch nach Jahrhunderten nicht aus seinem Kampf gegen die Menschen zurückkehrte, befürchteten einige seiner Anhänger das Schlimmste und machten sich bereit für den Kampf. Sie wussten, dass sie nicht auf einen Sieg hoffen konnten, denn wer konnte denn einen Feind besiegen, der den größten aller Magi, die je gelebt hatten, bezwungen hatte? Und je weiter die Menschheit sich ausbreitete und je stärker sie wurde, desto größer wurde die Gefahr, dass der Palast selbst erobert werden würde. Deshalb machte sich eine kleine Gruppe seiner Anhänger auf die Suche nach Magogs Zufluchtsort, in der Hoffnung, die verlorenen Geheimnisse seiner großen Macht zu finden.

Sie zogen zu viert los: der weise Ceredig, der nach Westen flog, auf die untergehende Sonne zu, der tapfere Ogwy, der sich nach Süden wandte, der edle Rhagfyr, der sich in den hohen Norden wagte, und die holde Meinir, die den Osten durchsuchte. Sie flogen immer weiter und weiter, bis in die vier Ecken der Welt.

Und sie fliegen bis zum heutigen Tag, denn sie sind zu den vier Winden geworden und wehen in einer endlosen Suche nach einem Namen, an den sie sich nicht mehr erinnern können.

Sir Frynwy: Geschichten aus dem Frydland

Die Flamme war nicht das, was Benfro erwartet hatte. Er hatte auf ein heißes oranges Lodern gehofft, das alles verzehren würde, was es berührte, und dicken schwarzen Rauch in die Luft rülpste. Das hier aber war etwas ganz anderes. Es war blau und sauber und brannte mit einer so wütenden Hitze, dass er diese durch seine Gesichtsschuppen spüren konnte. Die Flamme schien sich genau zu überlegen, was sie wollte. Sie züngelte an der Mauer aus festgepacktem Schnee, durchschnitt sie wie mit einer Schaufel und verwandelte sie augenblicklich in Dampf. Sie wirbelte um seinen Leib und leckte seine Schuppen mit tausend winzigen Zungen, die ihn reinigten, wie er niemals zuvor gereinigt worden war. Sie wärmte ihn, brannte aber nicht.

In bemerkenswertem Tempo war der Raum freigelegt. Dicker Dunst hing in der Luft, schlug sich an den Mauern nieder und tropfte auf den Steinboden. Als Benfros Augen sich an die fast vollständige Dunkelheit gewöhnt hatten, sah er zu seinem Staunen allerlei Möbel: einen großen, bequem aussehenden hölzernen Stuhl, ein riesiges Lesepult, das dem in Magogs Schatzraum ähnelte, einen eleganten, reich geschnitzten Bücherschrank mit Glastüren und vielen in Leder gebundenen Bänden. Das Schönste war, obwohl die Hitze seines Feuerspeiens sich nun durch seine

Muskeln und Knochen vorarbeitete, ein großer offener Kamin, neben dem ein hoher Stapel Brennholz aufgeschichtet war. Und daneben, so aufgestellt, dass es die Wärme des Feuers empfing, aber nicht von Funken getroffen werden konnte, stand ein großes Feldbett. Es sah aus, als sei der vorherige Bewohner dieses Raumes nur kurz weggegangen und habe vergessen, das Fenster zu schließen, woraufhin der Raum habe sich mit Schnee gefüllt hatte. Doch wie lange das her sein mochte, konnte Benfro nur vermuten.

Er kam mühsam auf die Füße und schleppte sich zum Kamin. Dabei war ihm, als ob er durch dicken Schlamm watete. Seine Beine waren unbeschreiblich müde und selbst die kleinste Anstrengung verschlug ihm den Atem. Langsam stapelte er im Kamin Holzscheite aufeinander. Das Holz war außen feucht, weil der Schnee ja eben erst getaut war, aber von innen war es brüchig und trocken. Er brauchte nur eine kleine Flamme, um ein Feuer zu entfachen, und dann würde er Licht und Wärme haben. Aber sein Magen war leer.

Abermals schaute er sich um. Der Schnee war vollständig verschwunden und das Tauwasser lief in Richtung einer in die hintere Wand eingelassenen Holztür ab. Benfro merkte jetzt, dass diese Tür der einzige Zugang zu diesem Raum hier war. Das Fenster war viel zu klein für jemanden von seiner Größe. Im Raum gab es nichts zu essen oder zu trinken. Er könnte das Fenster öffnen, Schnee von der Fensterbank nehmen – der Schnee wuchs nun schon wieder an der Fensterscheibe empor –, aber aus irgendeinem Grund brachte er es nicht über sich, noch mehr Schnee zu verzehren. Er war unvorstellbar hungrig und unglaublich durstig. Er wollte sich nur an eine warme Stelle legen und schlafen. Die Feuchtigkeit war ihm ziemlich egal. Beim Ein- und Ausatmen versuchte er, seinen Magen zusammenzupressen, um wenigstens eine winzige Flamme zu produzieren. Er zerbrach einige der kleineren

Holzscheite zu trockenem Reisig und zerfetzte sie mit seinen Krallen, bis sie wirklich kaum mehr als Splitter waren. Er blies darauf, in der verzweifelten Hoffnung, stärker zu sein als die Vernunft.

Nichts.

Entmutigt starrte er die Holzscheite an. Er wollte doch nur ein Feuer, war das denn so viel verlangt? Es war ihm egal, wie er hierhergelangt war oder wo er sich überhaupt befand. Er konnte sich nicht einmal darum sorgen, wie er zu Corwens Lichtung zurückkommen sollte, zurück nach Hause. Er wollte nur Flammen aus dem Holz züngeln sehen, wollte ihre echte Hitze den Raum füllen spüren. Er wollte nur schlafen.

Ein leises Knistern weckte Benfro. Er hatte keine Ahnung, wie lange er geschlafen hatte. Das tanzende Licht verwirrte ihn zuerst. Tageslicht sollte nicht so hüpfen und schimmern. Langsam hob er die Augenlider und konzentrierte sich auf das im Kamin lodernde Feuer. Es hatte nicht viel von dem Holz verzehrt. Nachdenklich, aber nicht undankbar, legte er etwas Holz nach und genoss die ersehnte Hitze.

Das Feuer verbreitete Licht im Raum und verwandelte die Fensterscheibe in eine schwarze Platte, die in einem seltsamen Winkel mit Weiß überzogen war. Benfro konnte jetzt sehen, dass die Mauern aus dem Fels gehauen waren. Dass derjenige, der das gemacht hatte, ein Fachmann gewesen war, zeigte sich darin, dass der Kamin zwar sehr groß war, der zugehörige Schornstein sich aber rasch verjüngte. Dadurch konnte der Rauch abziehen, während die Hitze des Feuers gefangen wurde. Über Benfro hob sich die Decke zu einem Gewölbe, deren höchster, nun in den flackernden Schatten ruhender Punkt über der Mitte des Raumes lag. Direkt darunter standen Stuhl und Lesepult so, dass sie einen Blick aus dem Fenster gestatteten und zudem vom Feuer her Wärme bezogen.

Der Bücherschrank war ein großes Möbelstück mit reichem Schnitzwerk, Benfro hatte so etwas noch nie gesehen. Er war schwarz wie die Nacht und funkelte, wo der Feuerschein auf die Verzierungen auftraf. In seiner unteren Hälfte gab es drei geräumige Schubladen und darunter drei Türen. In der oberen Hälfte befanden sich acht Fächer, die mit großen in Leder gebundenen Büchern gefüllt waren. Benfro fragte sich, warum der Schnee oder das Tauwasser diese nicht beschädigt hatten, aber eine leichte Reflektion verriet dann den Grund. Es gab zwei Türen mit großen makellosen Glasscheiben und geschnitzten Holzrahmen. Allerdings waren diese Rahmen so dünn, dass er sie kaum sehen konnte.

Benfro starrte das alles lange Zeit an und konzentrierte sich nur auf das Atmen. Ihm fehlte noch immer die Kraft, um auf Entdeckungsreise zu gehen, obwohl seine Neugier geweckt war. Er hätte alles getan, um sich etwas zu essen zu besorgen. Die Wärme, die sich nach dem Feuerspeien in ihm verbreitet hatte, war jetzt verschwunden, und sein Magen war nun so überanstrengt und leer, dass er nicht einmal mehr gurgeln und stöhnen konnte. Immerhin schien das Feuer stetig zu brennen. Obwohl das Bett kaum einen Meter entfernt stand, fehlte Benfro die Energie, daraufzusteigen. Er fühlte sich im Kaminwinkel überaus behaglich. Jetzt brauchte er nur darauf zu warten, dass seine Kraft zurückkehrte.

Und dann was? Er hatte keine blassen Schimmer, wo er war, ahnte nur, dass er sich hoch in den Bergen befand. Er wusste auch nicht, wie er hierhergekommen war, auch wenn es da etwas mit den Grymlinien gab, woran er sich erinnern müsste. Er versuchte, die Linien zu sehen, und rechnete mit einer wichtigen Kreuzung an der Stelle, wo Stuhl und Tisch standen. Aber da war nichts, jedenfalls nichts, das er hätte sehen können.

Er schaute sich ein weiteres Mal im Raum um. Nicht weit vom Fenster entfernt glaubte er einen Knotenpunkt zu erkennen, ein bleiches Leuchten, als ob die Sonne durch ein winziges Loch in der Decke schiene. Aber es war noch immer Nacht, und es stand auch kein Mond am Himmel, um einen solchen Fleck zu malen. Er blinzelte, und der Fleck war weg. Vielleicht war alles Einbildung gewesen. Natürlich war es schwer, klar zu denken, wenn jeder Atemzug eine Anstrengung war, für die es keine Belohnung gab.

Danach war er wohl eingenickt, denn als Nächstes sah Benfro, dass die Sonne durch den Teil des Fensters schien, der nicht vom Schnee blockiert wurde, und dass sie so hoch an der Decke ein helles Viereck malte, dass es unmöglich wirkte. Benfro fühlte sich jetzt stärker, wenn auch hungriger denn je. Taumelnd erhob er sich. Sein Kopf war leicht und vor seinen Augen tanzten Punkte, als er mit der dünnen Luft kämpfte. Was eigentlich nur wenige Sekunden hätte dauern dürfen, nahm Minuten in Anspruch, aber endlich erreichte er dann keuchend das Fenster.

Die Fensterbank reichte ihm an die Brust und der Schnee hinter dem geschlossenen Fenster bis ans Kinn. Mit schweren Armen öffnete er das Fenster, schob den Schnee weg und gab sich alle Mühe, die Öffnung freizulegen, damit er hinausschauen konnte. Er brauchte viel länger dazu, als bei dieser einfachen Aufgabe zu erwarten gewesen wäre, und als er endlich fertig war, lehnte er sich erschöpft gegen den kalten Stein und versuchte, sich nicht zu erbrechen. Er atmete so hart und schnell, wie er nur konnte, und doch hatte er das Gefühl, als sei ihm ein fester Jutesack über den Kopf gestülpt worden. Endlich, als die Punkte sich aus seinem Blickfeld entfernten, hob er den Kopf und schob ihn aus dem Fenster.

Er konnte jetzt den Boden sehen, und der war so weit weg, dass sich in Benfros Kopf abermals alles drehte. Die Perspektive war total falsch, alles war zu weit weg. Die Sonne stand tief an einem dunstigen Himmel und schien fast unter ihm zu sein. Daneben konnte er eine Bergkette sehen, die sich wie eine Mauer dahinzog, und darunter gab es ein grünes Meer, das über zahllose Meilen ungebrochen vor ihm lag. Es gab nur einen Ort, wo er sein konnte. Der Arnahi.

Benfro beugte sich so weit aus dem Fenster, wie er nur konnte, um herauszufinden, wo auf dem Berg er sich wohl befand. Aber die Mauern waren zu dick und der Schnee warf das Sonnenlicht mit schmerzhafter Helligkeit zurück. Vielleicht hätte er mehr gesehen, wenn er auf die Fensterbank geklettert wäre und sich hinausgezwängt hätte, um nach unten zu schauen. Aber die Öffnung war zu klein und er hätte bei Weitem nicht genug Energie für eine solche Aktion gehabt. Benfro ließ sich wieder auf den Boden fallen und rief sich ins Gedächtnis, was er gesehen hatte. Er war aber dermaßen erschöpft, dass es ihm egal war, ob er es jemals wieder sehen würde oder nicht.

Während er so dasaß, erinnerte er sich an die hölzerne Tür, die nur wenige Schritte von ihm entfernt in der Wand angebracht war. Der Boden fiel ein wenig zur Tür hin ab, enge Fugen zwischen den Steinplatten leiteten das Wasser hinüber. Als der Wind ihm neuen Schnee über den Kopf warf und anderen auf den Boden fallen ließ, begriff Benfro, warum. Die Tür war groß genug für einen Drachen, der doppelt so groß war wie er selbst. Sie konnte also nicht nur zur Entwässerung dienen. Benfro kroch auf allen vieren auf sie zu.

Als er die Tür erreicht hatte, war er so müde, dass er nur noch auf der Seite liegen und die Klinke anstarren konnte, so hoch über ihm, dass sie ihm unerreichbar erschien. Er rang um Luft und zwang die dünne Luft in seine Lunge, er kämpfte gegen die Leichtigkeit in seinem Kopf, die ihn wieder in Schlaf sinken lassen wollte. Benfro biss die Zähne zusammen und zog sich abermals auf die Füße, wobei er gefährlich schwankte, bis er die Türklinke zu fassen bekam. Diese war aus massivem Gusseisen und Benfro klammerte sich daran wie an einen Rettungsring. Es fiel ihm fast zu schwer, sie herunterzudrücken. Alter, Eis und Rost hatten die einfache Mechanik der Klinke geschädigt. Benfro dachte schon, sie werde sich überhaupt nicht bewegen. Er strengte sich so sehr an, dass ihm alles vor Augen zu verschwimmen schien. Dann, mit einer letzten Bemühung, sprang die Tür auf.

Benfro rechnete damit, dass sie sich in den Raum hinein öffnen würde, und deshalb lehnte er sich einige Minuten lang zurück, klammerte sich an die Klinke und verfluchte seine Schwäche. Erst, als er einen Moment losließ, ging ihm sein Irrtum auf. Auf seiner Seite der Tür gab es keinen Riegel. Also ließ er sein Gewicht nach vorn kippen und wollte der Tür einen harten Stoß versetzen. Die Tür gab nach, als ob sie erst kürzlich geschmiert worden wäre, Benfro verlor das Gleichgewicht und kippte vornüber in die Dunkelheit.

»Wann wird er zu Bewusstsein kommen?«

Melyn schaute auf die schlafende Gestalt hinab, die in gestärktes weißes Leinen gewickelt war wie ein neugeborenes Kind. Errols Gesicht war eine Masse aus violetten und gelben Schrammen, ein Auge hatte sich geschlossen, das andere war aufgequollen und sonderte aus dem Augenwinkel gelben Eiter ab. Seine Nase war gebrochen und noch immer von Blut verstopft. Seine Lippen waren rissig und doppelt so groß wie sonst.

»Er ist sehr schwer verletzt«, sagte Usel. »Und ich halte ihn bewusstlos, weil das seiner Genesung hilft.«

»Verdammt, Mann. Ich brauche ihn wach«, sagte Melyn. »Ich muss wissen, was mit ihm passiert ist. Und wie im Namen des Hirten er nach Ruthins Hain gelangt ist. Er sollte doch in Tynhelyg sein.«

»Tot wird er Euch aber nichts nutzen können«, sagte Usel, und Melyn fragte sich wieder einmal, warum er sich die Unverschämtheiten des Arztes gefallen ließ. Er war es gewohnt, gefürchtet und geachtet zu werden. Usel hingegen behandelte ihn so, wie er eben alle behandelte. Doch es half nichts: Usel war vermutlich der fähigste Arzt im Zwillingskönigreich. Der Wolf sollte ihn holen.

»Na gut. Aber ich will sofort informiert werden, wenn er wach genug ist, um zu reden. Und ich erwarte, dass Ihr ihn heilt, Arzt.«

»Ich werde mein Bestes tun, Inquisitor«, sagte Usel. »Aber jemand hat sich große Mühe gegeben, um ihm die Knöchel zu brechen. Ich bin nicht sicher, ob er jemals wieder weite Strecken gehen können wird.«

»Es ist mir egal, was er irgendwann wieder kann«, fauchte Melyn. »Ich will nur wissen, was in seinem Kopf ist.« Er verließ den Raum und wäre fast mit einem Novizen zusammengestoßen, der durch den Gang auf die Krankenstube zurannte.

»Er ist nicht bei Bewusstsein, falls du zu ihm wolltest«, teilte Melyn dem verängstigten Jungen mit. »Dieser Trottel Usel hat ihn so tief betäubt, dass nicht einmal ich etwas aus ihm herausholen kann.«

»Euer Gnaden, eigentlich war ich ja auf der Suche nach Euch.« Der Novize hielt ihm mit zitternder Hand eine kleine Pergamentrolle hin. »Das hat eben ein Vogel aus Tynhelyg gebracht.«

Melyn entriss dem eingeschüchterten Jungen die Nachricht, rollte sie auseinander und starrte die winzige Schrift an. Die Mitteilung war natürlich verschlüsselt, und das Licht im Gang war viel zu trübe, um das Gekritzel zu entziffern. Frustriert hinkte der Inquisitor durch den Klosterkomplex in seine Gemächer, wobei er sein Alter verfluchte. Im Licht der Nachmittagssonne, die durch das Fenster schien, breitete er das Pergament auf seinem Schreibtisch aus und machte sich an die schwierige Arbeit der Übersetzung.

Eine halbe Stunde später stand er, begleitet von vier Kampfpriestern, abermals in der Krankenstube. Der Arzt Usel kümmerte sich noch immer um den Jungen, unterstützt von dem Mönch, der ihm die Nachricht von Errols Gefangennahme gebracht hatte. Beide schauten überrascht auf, als der Inquisitor plötzlich zurückkehrte.

»Was macht der denn hier?«, fragte Melyn.

»Father Gideon weiß mehr über das Heilen von gebrochenen Knochen als irgendein anderer lebender Mensch«, sagte Usel. »Er hat Errols Knöchel schon richtig zusammengesetzt und hilft mir jetzt bei seinen Rippen. Es ist eine schwierige Operation.«

Melyn starrte den alten Mann an und versuchte, in dessen Gedanken zu blicken, aber die waren fest für ihn verschlossen. Er konnte Gideon ansehen, dass er weit gereist war und unterwegs viele Geheimnisse erfahren hatte. Nicht zuletzt, wie man seine Gedanken gegen Eindringlinge sichert. Na, wenn er ein gelernter Arzt war und dabei helfen konnte, den Jungen am Leben zu erhalten, würde Melyn seine Anwesenheit dulden. Für den Moment jedenfalls.

»Sehr gut. Aber ich brauche ihn bei Bewusstsein.«

»Er wird so bald nicht zu sich kommen«, sagte Usel.

»Das wird er, sobald Eure Mittel ihre Wirkung verlieren. Gebt ihm also keine mehr, bis ich mit ihm sprechen konnte. Und für den Fall, dass Euer ärztliches Feingefühl Euch wichtiger sein sollte als Eure Hingabe an den Orden, werden diese vier Kampfpriester hier sitzen und alles im Auge behalten.«

Benfro wusste nicht, wie lange er bewusstlos gewesen war. Als Erstes registrierte er, dass es kalt war. Seine Füße und Hände schmerzten vor Frost. Als er versuchte, sich zu bewegen, riss ihn der Schmerz ins Bewusstsein. Jeder Muskel in seinem Körper schmerzte, jedenfalls kam es ihm so vor. In seinem Kopf hämmerte die Übelkeit, und seine Arme schienen falsch herum eingesetzt.

Er lag auf dem Bauch und sein einer Arm war unter ihm verdreht. Der andere war zwischen seinem Körper und einer kalten Mauer eingequetscht. Zuerst fürchtete er festzustecken. Jeder Versuch einer Bewegung brachte Wellen der Qual, aber kaum Bewegung. Er konnte den einen Arm unter sich hervorziehen. Sein Körpergewicht hatte das Blut gestaut, und er verbrachte einige Minuten stillen Schmerzes, während die Durchblutung sich wieder einstellte. Die ganze Zeit über atmete er mühsam, denn die dünne Luft verweigerte ihm noch immer die Unterstützung, an die er gewöhnt war.

Er lag an der Wand eines kleinen Alkovens, der sich in eine größere Höhle öffnete. Die Treppe, die er hinuntergefallen war, zog sich in einem sanften Bogen mit seltsam großen Stufen dahin, zumindest, so weit er sehen konnte. Die Höhle hinter ihm war von der Natur gestaltet, nicht in den Fels gehauen wie der Raum oben. Die Wände waren grob und voller Löcher und der unebene Boden war bedeckt von einer dicken Schicht aus feinem Kies. Größere Steine lagen wirr herum wie seltsame Geschöpfe, die in einem felsigen Meer ertrinken. Das Licht kam von links, seine Quelle war hinter einem Felsvorsprung verborgen, der eine Seite des Alkovens bildete.

Eine steife kalte Brise füllte die Höhle, jagte an ihm vorbei und die Treppe hoch. Schuldbewusst fiel Benfro ein, dass er das Fenster offen gelassen hatte. Beim nächsten Sturm würde sich das Zimmer mit Schnee füllen. Er fragte sich, wie lange es dauern würde, es vollständig zu verstopfen.

Schwach vor Hunger und dünner Luft, verfroren und zerschunden, rappelte er sich auf und taumelte ins Licht. Alles tat weh, er spürte sogar seine Fußballen, als er sich einen Weg über die spitzen Kieselsteine suchte. Aber der Schmerz schien sein Denken zu schärfen und die schwebende Müdigkeit zu vertreiben, die seinen Sturz ausgelöst hatte. Die Höhlenöffnung war breit und hoch genug, um seine Flügel auszustrecken, ohne die Seiten zu berühren, wenn er denn die Kraft dazu gehabt hätte. Aber sie war zur Hälfte mit Schnee gefüllt. Der Schnee strömte in die Höhlenöffnung wie eine weiße Lawine, eine weiche, aber unerbittliche Barriere zwischen Benfro und der Welt dort draußen. Durch die Lücke konnte er die Sonne sehen. Der Schneehaufen zwischen ihm und der Außenwelt war so groß, dass er einfach nicht darüber hinwegklettern oder sich hindurchgraben konnte.

Entmutigt drehte sich Benfro um, um die restliche Höhle zu untersuchen. Diese schien einfach kein Ende zu nehmen und sich in unendliche Dunkelheit dahinzuziehen. Es war durchaus möglich, dass es einen anderen Ausgang gab. Deshalb ignorierte er seinen wehen Magen und seine geschundenen Glieder und machte sich auf den Weg.

Er entdeckte, dass das Gehen immer leichter wurde, je weiter er ging. Er fühlte sich noch immer schwach und atemlos, aber die furchtbare Müdigkeit, die ihn seit seinem Eintreffen an diesem seltsamen Ort so behindert hatte, verging. Die Höhle bohrte sich tief in den Berg und beschrieb dabei einen Zickzackkurs. Benfro erwartete, dass sie dunkler werden würde, wenn das vom Schnee gefilterte Licht des Eingangs durch die zahllosen Kurven und Biegungen ausgesperrt wurde, aber die Wände gaben ein eigenes gespenstisches, grünes Licht ab. Er war sich nicht sicher, aber er hatte den Eindruck, dass der Kiesboden sich ein ganz klein wenig senkte. Bald verlor er allen Orientierungssinn, da nur die groben Wände und ihre unvermittelten scharfen Kurven ihn leiten konnten. Immerhin gab es nur diesen einen Weg, also würde er auch zurückfinden, wenn es nötig sein sollte.

Kaum hatte er das gedacht, da erreichte er Türen. Es waren drei an der Zahl, alle aus festem dunklem Holz und von ähnlicher Größe und Konstruktion. Die Riegel waren aus reich verziertem Eisen, geschwärzt vom Alter, aber rostfrei. Eine der Türen befand sich gleich vor Benfro. Offenbar war dies die Rückwand der Höhle. Die beiden anderen Türen waren in die Seitenwände eingelassen, etwa zwanzig Schritte oder mehr voneinander entfernt Da er in diese Richtung gegangen war, öffnete Benfro zuerst die mittlere Tür.

Dahinter öffnete sich ein Gang, der nur wenig größer war als die Tür selbst. Der Gang war als perfekt gewölbter Bogen aus dem Felsen gehauen worden und führte pfeilgerade zu einem so weit entfernten Punkt, dass Benfro nicht sagen konnte, ob er ihn sah oder sich nur einbildete. Der Wind pfiff an ihm vorbei und brachte einen kalten Hauch von dem verschneiten Eingang mit sich. Die plötzliche Böe ergriff die Tür, riss sie aus Benfros Händen und knallte sie zu. Benfro nahm das als Hinweis und wandte sich der linken Tür zu.

Hinter dieser war alles schwarz, sodass Benfro nichts sehen konnte. Abermals wehte der Wind, diesmal jedoch schwächer, als ob die Luft hier nicht so gern hinwollte. Es kam Benfro vor, als ob sich dahinter ein riesiges Nichts öffnete – zumindest schien ihm die Art, in der die Dunkelheit das leise Geräusch der Türangeln verschluckte darauf hinzudeuten. Er trat einige spitze Kieselsteine in die Öffnung und erwartete, dass sie eine Treppe hinunterklappern oder gegen eine Mauer prallen würden. Aber er traf nur auf Stille. Er wartete. Sekunden wurden zu Minuten, und er atmete so flach, wie er nur konnte, und horchte angestrengt auf ein Geräusch. Endlich konnte er es hören, sehr schwach zwar, aber es unverkennbar das Plopp von Steinen, die von sehr hoch oben ins Wasser fielen. Vorsichtig schloss Benfro die Tür.

Die dritte Tür öffnete sich, fast ehe er sie erreicht hätte, als ob das, was dahinter lag, entdeckt werden wollte. Licht flutete durch die Öffnung, warm und gastfreundlich. Es roch ganz vage nach gekochtem Essen und sauberem Holz und Benfro vergaß jede Vorsicht. Er gab sich alle Mühe, nicht zu sabbern, und betrat einen großen Raum, wo in der Mitte ein robuster langer Tisch stand. Der Tisch wurde auf beiden Seiten von niedrigen Bänken flankiert und am Kopfende sah Benfro einen riesigen geschnitzten Sessel.

»Geh zum Inquisitor und sag ihm, dass der Junge wach ist.«

Errol hörte diese Worte durch ein Meer aus Benommenheit. Ein schwebendes Gefühl in seinem Kopf schützte ihn vor Schmerz und Leiden, die nur noch Erinnerungen waren. Irgendwo dort draußen wartete die wirkliche Welt auf ihn und verhieß Elend, aber für den Moment konnte er so tun, als ob sie nicht existierte.

»Hier, trink das«, sagte eine vertraute Stimme. »Du brauchst dringend Flüssigkeit.«

Errol spürte, wie eine Schale seine Lippen berührte, und dann füllte die süße Flüssigkeit seinen Mund. Er versuchte, die Augen zu öffnen, dann merkte er, dass sie schon offen waren. Die Umrisse, die er für Traumbilder gehalten hatte, verfestigten sich zu Usels freundlichem Gesicht.

»Willkommen unter den Lebenden«, sagte der Arzt. »Ich dachte, du würdest eine Woche lang schlafen.«

»Wie lange?«, versuchte Errol zu sagen, aber seine Kehle war noch immer zu trocken. Er hob die Hand und nahm die Schale. Fast hätte er sie jedoch fallen gelassen, weil sich die Übelkeit plötzlich wieder einstellte. Usel fing die Schale so geschickt auf, dass nur wenig von der Flüssigkeit auf die weiße Bettwäsche tropfte.

»Darin ist etwas gegen die Schmerzen«, sagte der Arzt und hielt ihm abermals die Schale hin. »Ich würde dich ja lieber ganz in eine heilende Ohnmacht versetzen, aber das lässt Melyn nicht zu. Er will mit dir reden. Er will sogar schon seit einer ganzen Weile mit dir reden.«

»Ich kann nichts vor ihm verstecken.« Jedes Wort brachte einen

Schauer aus Schmerzen mit sich. »Ich kann nicht klar denken. Ich weiß nicht einmal genau, wie ich hergekommen bin.«

»Das weiß niemand, Errol. Das ist ja gerade das Problem«, sagte Usel. »Angeblich haben Ballahs Leute dich in Ruthins Hain abgelegt, um zu zeigen, dass sie hier unbemerkt herumlaufen können. Ich an deiner Stelle würde bei dieser Erklärung bleiben.«

Usel stand auf und stellte die leere Schale auf einen kleinen Tisch neben dem Bett. Zum ersten Mal bemerkte Errol, dass am Ende des Raumes drei Kampfpriester standen und ihn anstarrten.

»Ich muss jetzt gehen«, sagte Usel.

»Wohin?« Eine plötzliche Angst überkam Errol, die Angst, mit dem Inquisitor alleingelassen zu werden. »Ihr kommt doch zurück?«

»Natürlich«, sagte Usel, und Errol wusste aus irgendeinem Grund, dass er log. »Und mach dir keine Sorgen. Auch Andro ist in der Nähe. Er wird dafür sorgen, dass du genug Zeit hast, um gesund zu werden.«

Errol wollte noch mehr sagen, aber der Arzt hatte sich abgewandt. Errol sah, wie Usel den Raum durchquerte und leise etwas zu den Kampfpriestern sagte. Sie traten beiseite und Usel ging. Dann stellten sie sich abermals vor der Tür auf.

»Meine beiden Knöchel sind gebrochen«, sagte Errol, ohne zu wissen, ob seine schwachen Worte in der ganzen Krankenstube zu hören sein würden. »Ich gehe nirgendwo hin.« Er hatte das als Witz gemeint, erschrak dann aber über seine eigenen Worte. Das Mittel gegen die Schmerzen wirkte Wunder, aber er wusste, er war in diesem Bett ebenso gefangen wie in dem Foltersessel in Billahs Kerker.

Wie war er nach Ruthins Hain gekommen? Seine Gedanken wurden ein wenig klarer, als die Schmerzen nachließen, aber sie wurden auch langsamer, träge durch den Trank. Er erinnerte sich daran, wie er durch den Palast auf den Hof geschleift worden war.

Er erinnerte sich an die gesichtslose, gestaltlose Masse der Zuschauer, von denen ihm nur der Majordomus und der grinsende Henker als einzelne Persönlichkeiten vor Augen standen. Und er erinnerte sich an ein bleiches, besorgtes Gesicht an einem Fenster im Westturm. Nicht Iolwen, sondern Martha. Oder war es doch Iolwen? Und die Linien gingen überall hin. Überall, nur nicht dorthin, wo er war. Es war leicht, sich den Problemen zu entziehen, er musste sich nur erinnern, wie das ging.

Ein Geräusch auf dem Gang ließ die Kampfpriester Haltung annehmen. Errol konnte das eilige Näherkommen vieler Füße hören. Er wusste, dass der Inquisitor kam und dass der alte Mann direkt in seine Gedanken und Erinnerungen blicken würde. Er hatte nicht genug Kraft, um in seinen Gedanken für Melyn eine Welt zu bauen, konnte nicht klar genug denken. Seine Verwirrung würde sein Verderben sein. Er musste fliehen. Wenn er sich doch nur erinnern könnte, wie.

Als ob sie ihm zu Hilfe kommen wollten, tauchten vor ihm die Linien auf. Sie zogen sich kreuz und quer durch den Raum, ein kompliziertes Gewebe aus Macht und Leben, jede eine Verbindung zu grenzenlosen Möglichkeiten. Er musste einen Zufluchtsort finden, sich aus der betäubenden Menge an Möglichkeiten eine einzige aussuchen. Aber der Lärm des nahenden Verderbens war jetzt lauter, und als er noch mit dieser Aufgabe rang, sah Errol, dass eine der Wachen sich umdrehte, um die Tür zu öffnen.

Für einen winzigen Augenblick glaubte er, Melyn durch den Gang auf sich zukommen zu sehen. Dann klickte in seinem Kopf etwas und alles drehte sich von oben nach unten.

Es gab Teller und Besteck aus feinstem Silber. Diese waren, ebenso wie die Kerzenleuchter, mit komplizierten Mustern versehen. Es war für zwei gedeckt, einmal am oberen Ende des Tisches und dann rechts davon. Der Duft von kochendem Fleisch ließ seinen Magen erwartungsvoll gurgeln, aber es war kein Essen zu sehen. Benfro ließ sich auf die Bank vor dem zweiten Gedeck gleiten. Es wäre ihm nicht richtig vorgekommen, den Ehrenplatz am Kopf des Tisches einzunehmen.

Sein Magen verkrampfte sich vor Schmerz, ein ätzendes Brennen, das sich durch seine Innereien zu fressen schien. Er stieß sauer auf, was seine Kehle verbrannte und Feuer durch seine Brust jagen ließ. Jetzt wäre alles gut gewesen, sogar Wasser. Benfro griff gierig nach dem riesigen Kelch, der genau neben seiner rechten Hand stand.

Zu seiner Überraschung war der nicht mit Wasser gefüllt, sondern mit Wein. Benfro hatte erst einmal Wein getrunken. Nicht einmal Meirion hatte gewagt, der Erklärung seiner Mutter, er sei noch zu jung, zu trotzen. Als er endlich die Neige aus Sir Frynwys Fass hatte stehlen können, war es eine saure Flüssigkeit voller glashartem Weinstein gewesen. Bei der bloßen Erinnerung wurde ihm schlecht.

Dieser Wein hingegen war etwas ganz anderes.

Der Geschmack erinnerte ihn zwar an die gestohlene Kostprobe, war aber überhaupt nicht sauer. Dieser Wein war voll und reich, er schmeckte wie zerstoßene Himbeeren mit einem Hauch von Schärfe, die erfrischend und anregend zugleich war. Er nippte daran und widerstand dem Verlangen, den ganzen Becher auf einmal zu leeren. Die Flüssigkeit überzog seinen Mund, glitt seine Kehle hinunter und linderte das Brennen, als sie auf seinen leeren Magen traf. So sehr Benfro sich auch um Mäßigkeit bemühte, hatte er den Kelch doch schon bald geleert und stellte ihn mit einem Hauch von Enttäuschung zurück.

Der Hunger nagte weiterhin an ihm. Der Wein mochte nicht das beste Mittel sein, diesen zu stillen, aber es schien nichts anderes vorhanden zu sein. Es gab noch einen Kelch, größer als der, den er geleert habe, vor dem Platz am Kopfende des Tisches. Da er seines Wissens allein auf dem Berg war, rutschte er die Bank hinauf und griff nach dem Kelch.

Etwas hielt seine Hand auf, und ein Brennen jagte durch seine Finger und seinen Arm hoch. Die Kerzen flackerten, verfärbten sich von orange-gelb zu blau und beruhigten sich erst wieder, als er den Arm zurückzog. Benfro machte noch einen Versuch, und es passierte wieder dasselbe. Aus einer Laune heraus glitt er von der Bank und ging auf den Sessel zu, der auch einen doppelt so großen Drachen hätte aufnehmen können. Ein dickes Samtkissen bedeckte den Sitz und die Lehnen waren aus dicken Stücken harten schwarzen Holzes geschnitzt und mit Lederpolstern bezogen. Die Rückenlehne strebte zur dunklen Decke hoch wie ein abweisendes Gebäude mit zwei Spitzen, die aussahen, als könnten sie den Himmel verwunden. Nie im Leben würde Benfro diesen riesigen Sessel bewegen können. Aber dieser stand weit genug vom Tisch entfernt, dass Benfro vor ihn treten konnte. Vorsichtig ging Benfro zu dem großen Thron, um auf den Sitz zu klettern. Wider Erwarten erlebte er keinen Rückstoß wie vorhin, als er die Hand nach dem Kelch ausgestreckt hatte.

Der Sitz des Thronsessels war sehr angenehm, fast lindernd für seine schmerzenden Muskeln. Benfro hatte damit gerechnet, dass der Sessel zu groß für ihn sein würde, aber er schien gerade die richtige Größe zu haben. Auf irgendeine Weise hatten der Sessel oder der Tisch sich bewegt, denn seine Beine reichten jetzt unter die Tischplatte und das Gedeck mit dem vollen Weinkelch war leicht zu erreichen. Benfro streckte die Hand nach dem Wein aus, mit vorsichtigen Fingern, während er sich auf den Schock vorbereitete. Dieser blieb jedoch aus.

Wenn der Wein vorhin eine Offenbarung gewesen war, dann war diese blutrote Flüssigkeit hier noch erlesener. Vielleicht kam es von der Kombination von behaglichem Sessel und Alkohol, aber mit jedem Schluck wurde Benfros Atem weniger mühsam und die Luft schien ihm fester zu werden. Nur allzu bald war der Kelch leer, und Benfro stellte ihn mit Bedauern zurück auf den Tisch. Zu seiner Überraschung aber sah er im flackernden Licht der Kerzenleuchter, dass das leere Gefäß sich wieder füllte. Der Wein schmeckte so gut wie beim ersten Mal, aber er wünschte, es gäbe auch etwas zu essen.

Kaum hatte er das gedacht, als sich der Silberteller vor ihm auch schon mit gebratenem Fleisch füllte. Kleinere Teller daneben enthielten Klöße, Mehlspeisen und Wurzelgemüse. Aus einem Silberkrug, von dem er hätte schwören können, dass er einige Minuten früher noch nicht dagewesen war, stieg der würzige Geruch einer dicken Bratensoße auf. Benfro, der keine Gabe verschmähte, so unwahrscheinlich sie auch wirken mochte, nahm eine Gabel und fing an, sich mit Essen vollzustopfen.

Er achtete nicht auf die feinen Geschmacksnuancen dieser Mahlzeit, und es war ihm auch egal, dass er die Namen der meisten Dinge nicht kannte, die er hier vor sich hatte. Sein Hunger war so groß, dass er einfach so viel hinunterschlingen musste, wie nur möglich. Vielleicht hatte er den Gedanken im Hinterkopf, dass die Mahlzeit jeden Augenblick verschwinden könnte. Aber er konnte ihr Gewicht in seinem Magen spüren und fühlte die Taubheit, die über seine Haut kroch, als der Wein seine Wirkung tat. Er trank noch einmal und spürte, wie seine Sorgen und Probleme davonglitten.

Endlich war die Mahlzeit beendet. Benfro verspürte einen Moment der Traurigkeit, als die Teller verschwanden und der Kelch sich nicht mehr füllte. Aber er hatte mehr gegessen als je zuvor in seinem Leben. Wohlig ließ er sich auf diesem riesigen Thron zurücksinken und genoss das Gefühl seines prallen Magens. Er war unbeschreiblich müde und hielt im Raum Ausschau nach einem möglichen Schlafplatz. Aber er konnte keinen entdecken. Der Boden bestand aus festem Lehm, aus dem ab und zu ein spitzer Stein aufragte. Die Wände waren uneben und gezackt. Nur der Sessel selbst war bequem, wenn auch nicht zum Schlafen geeignet.

Er dachte an das Bett im oberen Zimmer. Das Feuer brennt vielleicht noch, dachte er. Er dachte, nach diesem Festmahl müsse er doch Energie genug haben, um die Treppe hochzusteigen, die er vorhin hinuntergefallen war. Benfro versuchte aufzustehen, und der Tisch schien vor ihm zurückzuweichen oder, genauer gesagt, zu schrumpfen. Doch als Benfro seinen plötzlich schweren Leib aus dem Sessel stemmte, fing die Welt an sich zu drehen. Sein Kopf war benommen, begriff nichts, und er konnte sich nur wieder in den Sessel sinken lassen und gegen eine der riesigen Armlehnen sinken. Vielleicht wäre es doch keine so schlechte Idee, hier zu schlafen.

Aber das Bett rief ihn noch immer. Er konnte es vor sich sehen, ein weiches flaches Polster am Feuer, bestimmt war es warm und trocken und wartete auf ihn. In seiner Benommenheit schaute Benfro sich im Raum um und bemerkte zum ersten Mal seit seiner Ankunft hier die Grymlinien, die sich um ihn herum erstreckten. Mitten im Raum, unter dem Tisch, durch den er auf irgendeine Weise hindurchblicken konnte, kreuzten sich zwei dicke weiße Bänder, doch die größten Linien trafen sich unter seinem Sessel. Er konnte sie durch seinen eigenen Körper nicht sehen, aber er konnte sie spüren. Sie summten leise, wie einst die Bienen hinter den Lorbeersträuchern, in denen er sich versteckt hatte, wenn Frecknock auf dem Kriegspfad gewesen war. Es fiel ihm schwer, sich auf irgendetwas zu konzentrieren – Bilder entzogen sich ihm immer wieder, zerteilten sich und liefen in entgegengesetzte Richtungen davon. Er konnte den Esstisch sehen, aber er konnte auch das Lesepult sehen. An der Wand stand eine niedrige Kommode, aber dort stand auch der Bücherschrank. Die

Kerzen flackerten und brannten in ihrem Leuchter genau da, wo das Feuer war. Sein Sitz war ein riesiger, reich geschnitzter Sessel, und doch war es der schlichte Stuhl im oberen Zimmer.

Benfros Kopf fuhr hoch, als ob jemand ihn mit einem spitzen Stock angestupst hätte. Er sah sich benommen nach allen Seiten um. Etwas Eiskaltes lief seinen Nacken und seinen Rücken hinunter. Er drehte sich um und versuchte, sein Gesicht auf die andere Seite des Thrones zu verlagern, und dabei kippte er zur Seite. Irgendwer hatte die Armlehne entfernt. Und warum lag er in einer Schneewehe? Warum starrte er ein Fenster an, das geöffnet war, um ein kleines Viereck aus Abendhimmel vor einer gefrorenen weißen Kante zu zeigen?

Langsam dämmerte ihm, was passiert war. Betrunken vom Wein war er über die Grymlinien gereist. Aus irgendeinem Grund, den er selbst nicht verstehen konnte, fand Benfro das wahnsinnig komisch. Er fing an zu kichern und dieses Geräusch machte alles viel schlimmer. Er rang nach Atem. In seinem Kopf drehte sich alles infolge des Übermaßes an Wein und der dünnen Luft. Doch Benfro konnte nur im Schnee liegen und lachen. Nicht einmal die Erinnerung an den Tod seiner Mutter konnte ihn zum Verstummen bringen. So vermischten sich Angst, Frustration und Wut zu einer Hysterie, die viel mächtiger war, als Tränen das jemals hätten sein können.

21

Die schlichten Bauern des Hendry haben die Redensart: »Niemals das Geschenk eines Drachen annehmen.« Im Grunde bedeutet das einfach, dass man sich vor unerwarteter Großzügigkeit hüten soll, die manchmal Bedingungen nach sich zieht. Warum ein Drachengeschenk abgelehnt werden solle, und nicht das eines Lanwennog, ist schwer zu sagen. Die Kriege und die Feindseligkeiten zwischen König Balwens Volk und unseren barbarischen Nachbarn im Nordosten sind doch schon so lange ein Teil unseres Lebens, dass sie auch unsere Sprache geprägt haben. Immer wieder hört man eine Mutter rufen: »Benimm dich, sonst schick ich dich nach Lanwennog!« Oder ein Händler, der beschädigte Waren verkauft, wird mit den Worten »Einem Lanwennog kann man nicht trauen!« verflucht. Und doch sind es die Drachen, die als der Gipfel der Unzuverlässigkeit gelten.

Father Charmoise: Drachengeschichten

Benfro erwachte mit dem Gefühl, dass in seinem Kopf ein Gewitter toste. Sein Mund war voll Sand und seine Zunge war über Nacht auf ihren doppelten Umfang angeschwollen. Als er versuchte, sich zu bewegen, wurde das Dröhnen noch zehnmal stärker. Schmerz durchbohrte ihn, als ob sein Gehirn jetzt zu groß für seinen Schädel wäre. Wenn er sich nicht bewegte, war alles nicht ganz so schlimm, deshalb hielt er still.

Er konnte das Feuer knistern hören und spürte die Hitze an seiner Seite. Lange wusste er nicht, wo er war. Es sah seiner Mutter gar nicht ähnlich, so früh aufzustehen und das Feuer anzufachen. Normalerweise hätte sie ihn aus dem Bett gescheucht und ihn getadelt, weil er so lange geschlafen hatte, wo doch Holz gesammelt, Wasser geholt und Kräuter sortiert werden mussten. Er wartete auf ihre Schritte. Er wollte ihr von seinen Kopfschmerzen erzählen, sie um ein Mittel bitten, um die zu vertreiben. Und vor allem wollte er sie einfach sehen, sie umarmen, wissen, dass sie da war. Und dann fielen ihm der Inquisitor und das aus der Luft erscheinende Flammenschwert ein. Er dachte an die Angst, die ihn gelähmt hatte, und an die toten, verkohlten Überreste der Dorfbewohner. Er erinnerte sich an alles.

Er stöhnte, teils aus Selbstmitleid, teils weil er so verkatert war, und rollte sich über das Bett, bis er das Feuer und das restliche Zimmer sehen konnte. Es war fast genauso, wie er es am Vortag freigelegt hatte, nur war der Stuhl umgekippt. Hatte er das gemacht? Er erinnerte sich nur an vage unzusammenhängende Bilder von seiner Mahlzeit des Vorabends und daran, dass er hemmungslos gelacht hatte, bis es wehtat. Er hatte einfach nicht damit aufhören können.

Er versuchte, sich aufzusetzen, merkte aber schnell, dass das überhaupt keine gute Idee war. Vielleicht würden die Schmerzen verschwinden, wenn er noch ein wenig schlief. Danach würde er sicher klar denken können.

Es war viel später, als Benfro zum zweiten Mal aufwachte. Sein Kopf tat nicht mehr so weh, aber der Schmerz war einem furchtbaren Durst gewichen, der seine Kehle fast ebenso zusammenschnürte wie die dünne Luft. Sich aufzusetzen, machte diesmal nicht solche Probleme, obwohl sein Kopf sich noch immer anfühlte, als sei er in Watte gehüllt und würde zugleich an beiden

Seiten brennen. Benfro stand auf, ging auf unsicheren Beinen zum Fenster und riss es weit auf. Der Schnee, den er sich in den Mund schaufelte, brachte Linderung. Entschlossen steckte Benfro den Kopf aus dem Fenster und rammte ihn so tief in die kleine Schneewehe, wie er nur konnte. Die Kälte biss ihm in die Ohren und ließ die Schuppen in seinem Gesicht kalt werden, als sie mit dem Feuer in seinem Kopf kämpfte. Es war wunderbar.

Nachdem er das Fenster geschlossen hatte, drehte Benfro sich wieder zu dem heißen Feuer um. Dabei fiel sein Blick auf den Schreibtisch. Er hob den großen, bequem aussehenden Stuhl auf, setzte sich und legte seine Ellbogen auf den Tisch. Dort lag ein einziger großer Pergamentbogen, aber im Licht des Feuers konnte Benfro ihn nicht lesen.

Als ob er sie durch Wünsche herbeigerufen hätte, tauchten in den beiden Haltern, die links und rechts auf dem Tisch standen, brennende Kerzen auf. Die Schrift auf dem Pergament war fast verblasst, aber als er sie aus nächster Nähe anstarrte und dabei die Augen zusammenkniff, konnte er die Worte gerade noch ahnen. Sie waren in der uralten Schrift geschrieben, die seine Mutter ihn gelehrt hatte, damit er Kräuter und Arzneien damit kennzeichnen könnte.

Schon ist der Abend da und morgen muss ich mich dem tückischen Erbe meines Bruders stellen. Die Menschen sind überall, vermehren sich, wie nur ihre Art das kann. Und jetzt besitzen sie noch dazu eine Intelligenz und eine Fähigkeit zur Magie, durch die sie den Mächtigsten unter meinen Kämpfern gewachsen sind. Ich habe die Gedanken des sterbenden Palisander gespürt, habe die Schreie von Myfanwy und Geraint gehört. Es ist, als wüssten diese Wesen schon seit Langem, was wir ihnen angetan haben, dass wir sie vom Denken abgehalten haben, um sie zu unseren unterwürfigen Sklaven zu machen. Nur haben sie jetzt die Mittel, um Rache zu nehmen.

Ich will ihren Anführer finden, diesen sogenannten König. Das Wahrsagefenster hat mir schon gezeigt, wo sie sich versammeln. Wie Fliegen um einen verwesenden Kadaver strömen sie zu dem verkommensten Palast meines Bruders, zu seinem kerzenerleuchteten Thronsaal, der voll pompösen Prunks ist. Der bloße Gedanke an diesen Ort treibt kalten Zorn in meine Schuppen. Hat es nicht gereicht, dass wir die Welt gespalten haben? Musste er noch dazu diese Entsetzlichkeit, diese Schande, über das Land bringen, das er verlassen hat? Wie kindisch zeigt er sich doch, das zu zerstören, was er nicht haben kann, damit auch sonst niemand Freude daran hat.

Auf dem Pergament war nun eine freie Stelle, als ob hier ursprünglich eine Illustration hätte eingefügt werden sollen. Vielleicht hatte der Autor aber auch keine Zeit mehr gehabt, seine Geschichte zu vollenden. Benfro starrte die glatte, vergilbende Fläche an und suchte nach Anzeichen dafür, dass dort etwas geschrieben oder gezeichnet gewesen war, doch es blieb dabei: Eine Stelle von der Größe seiner Hand war einfach leer. Als der Text weiterging, war die Schrift nicht mehr so ordentlich, nicht mehr so fest.

Was hat dieser Tor angerichtet? Wie konnte er so viel Macht an Wesen geben, die keine Reue kennen, die nichts von Schuld, Scham oder Erbarmen wissen? Sie zapfen die Grym wie Meister an, sie schwenken Klingen aus Feuer, die durch Stein schneiden und noch die Willensstärksten durch unvernünftige Angst lähmen. Schlimmer noch, er hat ihnen einen unersättlichen Hunger gegeben – einen Hunger nach Macht, nach Wissen, nach Eroberung. Sie begehren unsere Edelsteine, begreifen aber nicht, wie diese angewendet werden. Sie scheuen vor der Extraktion zurück und nehmen sich unsere rohen Erinnerungen. Wenn ich doch nur Trost in dem Wissen finden könnte, dass ihnen das zum Verderben gereichen wird! Aber sie sind so viele, und jeden Tag werden sie mehr. Sie vermehren sich so schnell und sind im Handumdrehen erwachsen. Auf einen von uns kommen tausend von ihnen. Ich fürchte, sie werden uns alle vernichten, ehe wir sie besiegen können.

Unten auf dem Bogen war die Schrift spinnwebendünn und zerlaufen, als ob hier jemand anders weitergeschrieben hätte. Dieser Teil war in aller Eile verfasst worden, das konnte Benfro sehen, denn seine Mutter hatte ihn oft getadelt, wenn er bei seinen Aufgaben zu schnell gekritzelt hatte, weil er unbedingt fertig werden und nach draußen gehen wollte. Dieser Absatz hier hätte fast von ihm stammen können, wenn die Tinte nicht so offensichtlich alt gewesen wäre.

Bin ich besiegt? Ist das die Welt, wie sie von nun an sein wird? Ich, der einst stolz eine halbe Welt beherrschte, muss heute vor einem Menschen fliehen? Und doch ist mir nie solche Wut, solche Kraft und solche ungebändigte Freude daran begegnet, absolute Macht zu absoluter Grausamkeit zu nutzen.

Sie haben jetzt einen König, diese Menschen. Wie schnell sie sich zu einer Parodie von Zivilisation organisiert haben! Ich habe versucht, mit ihm zu verhandeln, unserem sinnlosen Krieg ein Ende zu machen. Wir sind wenige und brauchen ihr Fleisch nicht zu essen, wenn sie nicht teilen wollen. König Balwen ist ein listiges Wesen, er schlug vor, dass wir uns im Palast meines Bruders treffen. Erst, als ich an diesem verhassten Ort, in dieser schrecklichen Stadt ankam, begriff ich, dass er dort seinen Hof eingerichtet hatte. Was für eine Frechheit: Ein Geschöpf, das nur halb so groß ist wie mein Kopf sitzt in diesem prahlerischen Saal auf dem absurden Thron meines Bruders. Ich bin hier immer besonders schwach, und das muss er gewusst haben. Ich konnte spüren, wie er mich bei unserem Gespräch auf die Probe stellte, wie er versuchte, meine Gedanken zu lesen.

Aber er ist nicht so geschickt, wie er es gern hätte. Sein jämmerliches Gefummel machte ihn für mich dann weit offen.

Und damit ist die Herausforderung gestellt. Übermorgen treffen wir uns auf der Wiese bei Cae Felyn. Er wird seinen mächtigsten Inquisitor schicken, und wenn ich diesen besiege, wird ein anderer an seine Stelle treten. Ich weiß nicht, wie viele er hat, aber selbst ein hemmungsloser und tollkühner Mensch wie dieser selbstgekrönte König wird sich die Sache noch einmal überlegen, wenn zwanzig seiner stärksten Kämpen tot zu seinen Füßen liegen.

Doch was, wenn ich falle? Diese Inquisitoren sind eine bedeutende Macht und halten sich nicht an die Regeln und Etikette der Ritterlichkeit. Sie haben Unschuldige im Schlaf erschlagen, haben ihre Schädel wegen der gefährlichen Schätze aufgebrochen, die sich darin befinden. Sie haben das Blut meiner Verwandten getrunken und Geschmack daran gefunden. Während ich hier sitze und mir über ihren nächsten Schritt Gedanken mache, muss ich mich doch fragen, welches Betrugsmanöver sie planen. Was ist, wenn sie alle auf einmal angreifen? Werde ich einer solchen Attacke standhalten können?

Ich darf nicht bei diesen Unmöglichkeiten verweilen. Ich werde siegen, so wie ich immer gesiegt habe. Aber dieser Schlupfwinkel hier ist ein Ort, an dem ich ausruhen und Kraft sammeln kann. Ich werde zum Stummen Stein zurückkehren, wo alles angefangen hat, wo mein törichter Bruder unseren Pakt gebrochen und diesen grauenhaften Kreislauf in Bewegung gesetzt hat. Amorgum, ich schreibe diese Worte für dich, wo immer du jetzt sein magst. Ich fürchte, mein Bruder hat die Vernichtung unserer Art ausgelöst, während er sich seine eigene kleine Welt geschaffen hat, um dort zu regieren. Die Tür ist offen, obwohl sie geschlossen sein müsste. Lass uns beten, dass die Menschen sie niemals finden werden.

Benfro starrte das Pergament an. Ab und zu blinzelte er, ansonsten saß er bewegungslos da. Er las Wörter, die Magog vor über zweitausend Jahren geschrieben hatte. Der größte Drache, der jemals gelebt hatte, hatte seinen Schlupfwinkel in den Bergen verlassen und seinen ersten Wohnsitz aufgesucht, um sich auf den Kampf vorzubereiten, der dem Krieg zwischen Drachen und Menschen ein Ende setzen sollte. Aber König Balwen hatte Zweifel ins Gemüt des größten Drachen aller Zeiten gesät. War es da nicht möglich, dass er auch den geheimen Standplatz des Stummen Steins gefunden hatte? Auch wenn kein mit Verstand begabtes Wesen ungebeten die Lichtung betreten konnte, was sollte eine gedankenlose Bestie, einen Lämmergeier, daran hindern, hinzufliegen und den ruhenden Magier anzugreifen?

»Endlich hast du es begriffen.«

Benfro schaute von Tisch und Pergament auf, um zu sehen, wer da gesprochen hatte. Zu seinem Erstaunen stand zwischen ihm und den Feuer ein riesiger Drache. Wenn er besser aufgepasst hätte, wäre ihm aufgefallen, dass er noch immer die Hitze der Flammen spüren konnte, auch wenn das Bild fest zu sein schien. Aber es war unmöglich, irgendetwas anderes zu bemerken, wenn er in einem kleinen Zimmer den größten Drachen aller Zeiten vor sich hatte. Magog, den Sohn des Sommermondes.

»Und jetzt brauchst du nur noch meine Rache auszuführen.«

Der Boden war aus Stein, hart und kalt. Errol zitterte fiebrig in der Dunkelheit und versuchte zu begreifen, wo er war. Er hätte in einem Bett in der Krankenstube liegen müssen. Oder müsste er vor dem Block in Tynhelyg knien und darauf warten, dass der Henker ihm den Kopf abhackte? Er versuchte, sich umzusehen, aber es war fast zu schwer und zu schmerzhaft, sich vom Boden zu erheben. Langsam drehte er sich auf die Seite, um seine Umgebung besser sehen zu können.

Es befand sich in einem kleinen Raum mit Steinmauern und schmalen Fenstern, eigentlich kaum mehr als Schießscharten, die einen pfeifenden Wind hereinließen. Draußen war es dunkel, das einzige Licht kam von zwei fetten Talgkerzen, die auf einem steinernen Altar flackerten. Dort leuchtete auch noch etwas anderes. Der Gegenstand warf das Kerzenlicht rot zurück, aber vom Boden aus konnte Errol nicht sehen, was es war. In der gegenüberliegenden Wand sah Errol eine schwere Eichentür. Sie war geschlossen. Doch das machte keinen Unterschied, denn die Tür hätte auch eine Meile weit entfernt sein können – für Errol bestand keine Hoffnung, sie zu erreichen. Trotzdem biss er die Zähne zusammen, versuchte, den Schmerz in seinen Knöcheln und Rippen zu ignorieren, und fing an, sich über den fadenscheinigen Teppich auf die Tür zuzuziehen.

»Mach dir keine Mühe«, sagte eine Stimme. »Auf der anderen Seite findest du nur Hauptmann Osgal.«

Errol schaute sich um und wäre vor Schmerz fast in Ohnmacht gefallen, als sein Gehirn versuchte, sich dieser Bewegung anzupassen. Ohne Überraschung blickte er dem Besucher ins Gesicht und ließ sich geschlagen auf den Boden sinken.

»Ich wollte die Kampfpriester, die dich bewachen sollten, in die Faeren-Schlucht werfen lassen, aber offenbar trifft sie wirklich keine Schuld«, sagte Melyn. Er saß in einem schlichten hölzernen Sessel im Schatten. »Und jetzt erklärst du mir freundlicherweise, wie ein Junge mit zwei gebrochenen Knöcheln durch ein Wimpernzucken aus der Krankenstube in meine private Kapelle gelangen kann.«

»Ich weiß es nicht«, sagte Errol.

»Ach, das glaube ich schon.« Melyn stand auf, öffnete die Tür und rief den Hauptmann herein. »Und du wirst mir alles darüber sagen.«

Errol konnte spüren, dass Osgal nervös war, weil er in die private Kapelle des Inquisitors gerufen worden war. Seine Überraschung, als er Errol auf dem Boden liegen sah, war noch greifbarer, aber als erfahrener Soldat fasste er sich rasch, warf sich Errol über die Schulter wie ein totes Schaf und folgte dem Inquisitor nach draußen.

Sie begaben sich in Melyns Privatgemächer, die immerhin wärmer waren als die Kapelle. Errol wimmerte, als er in einen harten hölzernen Sessel geworfen wurde, und hätte fast aufgeschrien, als Osgal ein Seil hervorholte und Errols Arme und Beine fesselte. Dann hielt der Hauptmann Errols Mund offen, während Melyn ihm aus einem Krug Wein in den Mund goss. Errol verschluckte sich an der würzigen Flüssigkeit, aber er schlang sie dankbar hinunter. Seine Kehle war trocken, und es war ihm wirklich inzwischen egal, was mit ihm geschah, wenn nur die Schmerzen bald aufhörten.

Schon bald tat der Wein seine Wirkung. Errol fiel es jetzt schwerer, deutlich zu sehen.

Seine Gedanken waren so glitschig wie Aale in einem Frühlingsfluss, und er stellte fest, dass er die Schmerzen ignorieren konnte, jedenfalls für den Augenblick.

»Erzähl mir, was in Tynhelyg passiert ist«, sagte Melyn nach einer scheinbar sehr langen Zeit.

Errol fühlte sich schläfrig, aber er konnte doch die Augen weit genug öffnen, um den Inquisitor anzusehen.

»Dondal hat mich verraten.« Er gab sich alle Mühe, um nicht zu nuscheln. »Billah hat mich in den Westturm gesperrt. Da hab ich Iolwen getroffen. Sie ist hübsch, aber traurig. Dann hat er mir die Knöchel gebrochen und den Kopf abhacken lassen. Oder so.« Aus irgendeinem Grund fand Errol das wahnsinnig komisch, und deshalb lachte er, verstummte aber, als er das Gesicht des Inquisitors sah.

»Was ist mit Euch passiert?«, fragte er Melyn und überlegte zugleich, warum er sich eigentlich so seltsam benahm. »Ihr seht aus, als ob Euch eben ein Drache in die Visage gerülpst hätte.«

Der Schock in seinem Gehirn war wie ein Guss eisigen Wassers. Der Zorn des Inquisitors war wie ein Sturm, der durch seine Erinnerungen toste, Türen aufbrach und die Möbel umwarf. Noch immer benommen von der Mischung des schmerzstillenden Tranks und des starken Rotweins, konnte Errol unter diesem Angriff nur nachgeben. Er hatte keine Zeit, sich eine falsche Erinnerung zurechtzulegen, und war auch viel zu müde, um damit auch nur anzufangen.

Fast tatenlos, als Zuschauer bei der Plünderung seiner Erinnerungen, fragte sich Errol, warum der Inquisitor plötzlich so wütend geworden war. Es musste an dem liegen, was er gesagt hatte, und wenn er sich selbst gegenüber ehrlich sein wollte, dann hatte er eine Ahnung, warum er es gesagt hatte. Es klang wie eine schmissige Redensart, aber er konnte sich nicht erinnern, sie jemals von jemand anderem gehört zu haben. Aber als er sich die Sache überlegte, ging ihm auf, dass dem Inquisitor erst kürzlich ein Drache in die Visage gerülpst hatte. Er konnte den Zwischenfall sehen und sah auch Melyns Entsetzen und Überraschung, als dieser den ätherischen Drachen aus dem Zugriff verlor. Benfro eben.

Errol zuckte zusammen, als er begriff, dass er sich hier Melyns Erinnerungen vornahm. Die Magie, die der Inquisitor anwandte, um in Errols Erinnerungen zu gelangen, funktionierte offenbar in beiden Richtungen. Errol fragte sich, was sonst wohl in den Gedanken seines Peinigers ablief, und ein Bild von Königin Beulah tauchte vor ihm auf. Ihr Gesicht war ähnlich, aber es war eine andere Frau – älter, nackt und in den Fängen der Leidenschaft.

»Raus aus meinem Kopf!« Errol hörte diese Wörter einen Moment, ehe etwas Hartes sein Gesicht von der Seite traf und ihn für einen Moment bewusstlos machte. Als er wieder zu sich kam, verspürte er den bekannten Schmerz, als seine Fesseln mit grobem Zugriff gelöst wurden. Hauptmann Osgal zog ihn abermals hoch und warf ihn sich über die Schulter.

»Bring ihn weg«, hörte Errol durch seine verschwommenen, betrunkenen Gedanken den Inquisitor sagen.

»Was soll ich mit ihm machen, Euer Gnaden?«, fragte Osgal, und seine tiefe Stimme hallte in Errol an der Stelle wider, wo sein Kopf am Rücken des Inquisitors lag. Melyns Antwort kam sofort, er ließ sich keine Zeit zum Zögern oder Überlegen.

»Wirf ihn in die Schlucht, sobald es hell wird.«

»Meister Magog, wie kannst du die Flamme für Feuer und Kerzen erschaffen?«, fragte Benfro. Sie saßen in dem Zimmer, das Benfro vorhin erforscht hatte, am Esstisch. Es hatte abermals ein Festmahl gegeben, und das Essen hatte geholfen, die hämmernden Kopfschmerzen zu lindern, die er noch immer verspürte. Dies war die erste Frage, die Benfro aus der Verwirrung in seinem Kopf hatte fischen können.

Magog schaute von seinem Teller voll dampfenden Eintopfs auf, schluckte und legte seine Gabel wieder auf den Tisch. Mit gewollter und fast übertriebener Langsamkeit hob er eine Serviette an den Mund und betupfte seine Lippen, ehe er die Serviette wieder neben seine Gabel legte. Als er sich davon überzeugt hatte, dass alles sauber und ordentlich war, hob der Magis eine knochige, mit Krallen bewachsene Hand, die Handfläche nach oben, die Finger leicht gekrümmt.

»So?«, fragte er. Eine perfekte Lichtkugel tauchte auf und schwebte über seiner Handfläche, ohne sie zu berühren. Es war eine Flamme, das sah Benfro, aber er hatte noch nie etwas Vergleichbares gesehen. Die Lichtkugel flackerte in sich, vage Muster wirbelten umher wie Wesen, die ihren eigenen Schwanz jagten.

»Hier, nimm du sie.« Der Drachenmagis streckte die Finger zu

Benfro hin aus. Die Kugel rollte von seiner Hand und schwebte langsam rotierend auf Benfro zu. Instinktiv griff Benfro danach, er krümmte die Hand, wie er es bei Magog gesehen hatte, um das Geschenk anzunehmen. Aber statt über seiner Hand zu schweben, ließ sich die Kugel in seiner Handfläche nieder. Schmerz durchjagte seine ledrige Haut, als eine unvorstellbare Hitze ihn verbrannte.

Er schrie auf und wich, so schnell er konnte, von der Kugel zurück. »Das tut weh.«

»Es ist Feuer«, erwiderte Magog mit einem gemeinen Lachen in der Stimme. »Was hast du denn erwartet?«

»Aber wie …«, fragte Benfro und hielt seine verbrannte Hand in einem Krug voll Wasser, der neben seinem Gedeck stand.

»Schau her.« Der Magis ballte die Faust und streckte sie Benfro entgegen. Der glühende Feuerball erhob sich und jagte durch die Luft. Als sie sich Benfro näherte, öffnete er abermals die Hand und hielt der Feuerkugel seine Handfläche entgegen. Die Kugel wurde langsam, verharrtet einen Fingerbreit über Benfros Haut und ließ sich in dann seiner ausgestreckten Hand nieder, berührte sie diesmal aber nicht.

»Wie hast du das gemacht?«

»Hast du nicht aufgepasst?«

»Ich habe es gesehen, aber ich weiß nicht, wie du das gemacht hast.« Benfro erkannte seinen Fehler schon, als er den Satz noch gar nicht beendet hatte. Bei Corwen musste er immer beschreiben, was er sah, doch hier wurde nicht erwartet, dass er nur seine Augen benutzte. Magog wollte ihn dazu bringen, seine anderen Sinne einzusetzen, um die Grymlinien und möglicherweise noch mehr zu sehen.

»Bitte, könntest du es noch einmal machen? Ich werde versuchen, besser zu beobachten.«

»Sehr gut.« Magog führt den Trick noch einmal vor. Zuerst löschte er die bereits existierende Flamme, indem er sie mit theatralischer Wucht ausblies. Dann rief er eine neue ins Leben und ließ sie durch die Luft auf seinen jungen Lehrling zurollen. Benfro sah genau zu, konzentrierte sich aber nicht auf den Vorgang an sich. Er versuchte, zu sehen, ob sein Meister auf irgendeine Weise die Grymlinien manipulierte. Was er sah, war absolut nicht das, was er erwartet hatte.

Das Bild von Magog leuchtete durch und durch, seine Aura wurde zu einem engsitzenden Schatten aus rotem Licht, der ihn bedeckte wie ein maßgeschneiderter Mantel. Benfro kannte sich nicht aus mit dem Lesen von Auren. Er wusste, dass Waldtiere von einer gewissen Lebenskraft umgeben waren, und Bäume und andere Pflanzen ebenfalls. Er konnte ihr Leuchten sehen, aber das ging nicht von ihnen aus, wie es bei fühlenden Wesen der Fall war, und es war nichts im Vergleich zu dem prachtvollen Farbenwirbel, den er in seinem eigenen Spiegelbild gesehen hatte. Magog sah eher aus wie ein schlichtes Tier denn wie der größte Magis, der jemals gelebt hatte.

Benfro schaute seine eigenen Arme an und sah, dass auch sie von einer dicken Lichtschicht überzogen waren. Er war ein Regenbogen aus Farbtönen, die pulsierten und wirbelten, als er die Ellbogen und die Finger krümmte. Wenn er seine beiden Zeigefinger gegeneinanderhielt, bis sich die Krallen fast begegneten, konnte er sehen, wie die Aura anschwoll und sich ausdehnte, um die Verbindung herzustellen, lange, ehe es zu irgendeinem physischen Kontakt gekommen war. Er zog die Hände auseinander und das Licht dehnte sich, es wurde dünner und dünner wie die Fäden eines seltsamen Klebstoffs. Die Farben wurden blasser und schimmerten schließlich weiß, kurz bevor die Verbindung abriss. Benfro konnte sogar spüren, wie die Spannung einsetzte, als er seine Finger wieder und wieder gegeneinanderhielt, ohne dass es zu einer Berührung gekommen wäre.

Benfro hob die Hand, ohne die Flamme zu berühren, und

spürte ihre Hitze. Es war schwer zu sagen, wo das Feuer endete und die Aura begann, aber als er sie betrachtete und seine Augen sich an das Leuchten gewöhnt hatten, konnte er die Grenze erkennen. Er hob seine eine gekrümmte Hand hoch, bis seine eigene Aura anfing, den Umriss der Kugel zu liebkosen. Und dann klickte etwas in seinem Kopf.

Es war, als hätte er immer schon gewusst, wie man das macht. Er konnte sich keine Zeit vorstellen, in der er es nicht gewusst hatte. Es war ganz einfach, die Kugel mit seiner eigenen Aura zu lenken. Benfro ließ sie von einer Hand zur anderen wandern und staunte darüber, wie sie prickelte, ihn aber nicht verbrannte.

»Und jetzt schick sie zu mir zurück«, sagte der Magis, und Benfro hätte die Kugel vor Schreck beinahe fallen lassen. Er war so in das Spiel mit der Leuchtkugel vertieft gewesen, dass er total vergessen hatte, wo er war und was er hier tat. Nun öffnete er die Hand, um die Kugel wegrollen zu lassen, wie er es bei seinem Meister gesehen hatte, aber statt durch die Luft zu schweben, rollte die Kugel einfach herunter und fiel auf die Tischplatte, wo sie anfing, sich durch das Holz hindurchzubrennen. Rasch hob Benfro sie wieder hoch und goss Wasser aus seinem Krug über die Brandstelle. Er machte etwas falsch, aber was?

Er schaute zu Magog hoch und konnte sehen, dass die dünne Schnur, die ihn mit dem Feuer verbunden hatte, verschwunden war. War sie der Schlüssel gewesen? Musste er seine Aura hinter die Flamme ausdehnen, sie benutzen, um die Kugel zu heben und vorwärts zu schieben? Er versuchte, sich vorzustellen, was das für ein Gefühl sein würde, versuchte sich vorzustellen, wie die dicke vielfarbige Schicht um seine Hände und Arme anschwoll. Zu seiner Überraschung schwoll sie auch tatsächlich an und zwang die Kugel, von seiner Hand aufzusteigen. Er öffnete die Finger und dehnte das Feld damit noch weiter aus. Das Feuer rollte langsam über den bunten Pfad. Weiter und Weiter dehnte

Benfro seine Reichweite zu seinem Meister hin aus und spürte, wie alles ihn umfloss. Das Zimmer war vergessen, seine Mahlzeit und der Brandfleck auf dem Tisch waren entfernte Erinnerungen. Seine ganze Konzentration richtete sich auf das Feuer und auf die schwächer werdenden Linien seiner Aura, die sich von seiner Hand wegstreckten.

Er bemerkte, dass sein Arm schwer war, dass er vor Anstrengung fast zitterte, obwohl sich die Kugel doch nahezu schwerelos anfühlte. Sie rollte so langsam, und sein Meister saß so weit weg und streckte nicht einmal die Hand aus, um das herbeigerufene Feuer wieder an sich zu nehmen. Aber Benfro durfte jetzt nicht versagen. Er war fest entschlossen, es zu schaffen.

Es war, als ob die Zeit stehen geblieben wäre. Magog lächelte ein wenig mit dieser rätselhaften Miene, aus der Benfro nie so recht schlau wurde. War das Ermutigung oder ein Spott über seine Ungeschicklichkeit? Magog saß so bewegungslos da, dass er fast zu einer Statue wurde, nur das dünne Pulsieren aus rotem Licht um ihn her zeigte, dass es überhaupt Empfindungen gab, wenn auch nicht viele. Es war, als sei er eigentlich gar nicht da.

Benfros Augen untersuchten das Bild und sahen zum ersten Mal, wie sein Meister die Grym anzapfte. Rot verteilte sich auf der sonst makellosen weißen Stelle, an der Magog mit den Grymlinien verbunden war. In den meisten Richtungen verblassten die Linien einige Schritte von dem großen Drachen entfernt zu ihrem normalen Weiß, aber eine Linie behielt ein tiefes Rot bei und zog sich zur Tür hinaus. Und schwächer als die Linien und eigentlich kaum sichtbar, schlängelte sich ein rosa Faden durch die Luft, von Magog weg und direkt auf Benfro zu.

Es war nicht mehr lange bis zum Morgengrauen. Die Schwärze des Lichtes verblasste und zeigte ferne Details von scharfen Felskanten und die mit Sträuchern bewachsene Schlucht. Die Sterne, die durch die Risse zwischen den Wolken lugten, waren bleich, als ob sie nach einer Nacht des Leuchtens erschöpft hären und einen Tag Erholung bräuchten. Das hier war die stille Stunde, in der der Wind fast ganz abflaute und das einzige Geräusch der Schrei einer heimwärts eilenden Eule war.

Errol wünschte sich nichts sehnlicher, als seinen Kopf ausruhen zu dürfen, an einer stillen, warmen Stelle zu liegen und die Sorgen der vergangenen Wochen, Monate, Jahre wegrollen zu lassen. Er wollte sich dem Vergessen anheimgeben, aber selbst das wurde ihm verwehrt. Er hing über Hauptmann Osgals Schulter und spürte jeden Schritt als grauenhaften bohrenden Schmerz in seinen Knöcheln. Jeder Atemzug war eine Tortur, und seine Begegnung mit dem Inquisitor und dessen Wein machte aus seinem Kopf ein Schlachtfeld, auf dem Aasgeier herumzupicken schienen.

Hauptmann Osgal und seine Leute würden ihn in die Faeren-Schlucht werfen. In mehr als zweihundertfünfzig Meter Tiefe würde er auf die gezackten Felsen aufprallen. Und nach allem, was er durchgemacht hatte, war es ihm wirklich egal. Wenn es bedeutete, dass die Schmerzen aufhören würden, dann war es ihm willkommen.

Aber hier redete seine Melancholie, die Nachwirkung des Heiltranks. Er wollte gar nicht sterben, er wollte sich nur eine Weile ausruhen. Er wollte von diesen Menschen frei sein, die ihn doch nur ausnutzen wollten. Er wäre zufrieden vom Zwillingskönigreich und Lanwennog weggewandert, so weit, dass niemand je befürchten müsste, dass er zurückkehren könnte. Aber aus irgendeinem Grund, den er nicht einmal im Entferntesten begriff, wollten sie das nicht. Sie wollten nicht, dass er glücklich war. Sie wollten nicht, dass er Martha fand. Sie wollten ihn ganz und gar loswerden, und die beste Methode, die ihnen einfiel, war, ihn von einem Felsen zu stürzen.

Die Faeren-Schlucht war für die übelsten Verräter reserviert, die böswilligen Versager und die, welche die heiligsten Gesetze des Ordens vom Hohen Fryd gebrochen hatten. Einen Fuß in die Kapelle des Inquisitors zu setzen, reichte für ein Todesurteil, aber Errol wusste, was Melyn am Ende so weit getrieben hatte. Er hatte es gespürt, ehe der alte Mann ihn mit dem leeren Weinkrug geschlagen hatte. Melyn hatte Angst vor ihm gehabt, weil Errol Melyns Magie gegen diesen gewandt hatte. Melyn konnte niemanden mit solchen Fähigkeiten am Leben lassen. Und deshalb sollte Errol also sterben.

Sie würden ihn in die Faeren-Schlucht stürzen. Osgal kletterte die enge, in die Felswand gehauene Treppe hoch. Das Plateau oben, das die Schlucht überschaute, glänzte vom Morgentau. Streng genommen lag auf der anderen Seite der Schlucht Lawennog-Land, aber niemand lebte dort in den Bergen. Und in beide Richtungen waren es jeweils zwei Tagesritte, bis man an einen Pass gelangte. Die Felsen stürzten sich zur Erde hinab, als ob ein Riese die Berge mit einem Hammer von der Größe des Mondes geschlagen und sie in einer gezackten Linie gespalten hätte. Und hier, bei Emmas Faur, befand sich der höchstgelegene Punkt.

Errol wehrte sich nicht, als sie das Plateau erreichten, es hätte keinen Sinn gehabt. Selbst wenn er Osgal entkommen könnte, konnte er ja nicht laufen. Dafür hatte Billahs Folterknecht nachdrücklich gesorgt. Aber er hätte gern eine kleine Zeremonie vor seinem Tod gehabt, eine Pause vielleicht und einige Worte. Doch nun hatte er kaum noch Zeit, die Veränderung im Tempo des Hauptmanns zu registrieren, ehe er über die Felskante geworfen wurde wie der Inhalt eines Nachttopfs, der ohne auch nur einen Warnruf aus einem Fenster in die Gasse geschüttet wird.

22

Ein geschickter Schüler sollte immer ermutigt werden. Wer eine Begabung für Magie zeigt, darf nicht gebremst werden, bis andere in seinem Alter aufholen, sonst wird er sich langweilen und gefährliche Beschwörungen ausprobieren. Aber es kann vorkommen, dass Schüler mit einer Fähigkeit gesegnet sind, die ihr Verständnis übersteigt. Das ist eine gefährliche Situation, die mit Vorsicht behandelt werden sollte. Wenn du den Verdacht haben solltest, einen derartig begabten Schüler vor dir zu haben, stell ihn mit einer Magie auf die Probe, die er eigentlich nicht ausführen können dürfte. Erklär ihm komplizierte magische Methoden und lass ihn diese vor deinen aufmerksamen Augen ausführen. Wenn der Schüler nun versagt, wird sein Ehrgeiz vermutlich angeregt und liefert ihm ein Ziel für seine Energien, das ihn davon abhält, sich weiter auf eigene Faust auf Entdeckungsreise zu begeben.

Wenn er jedoch die Aufgabe löst, die du ihm gestellt hast, dann kann es nötig sein, seine Magie durch deine eigene zu dämpfen. Ein solcher Schüler kann ein großer und mächtiger Magis werden, wenn er von den fatalen Torheiten behütet werden kann, zu denen seine Jugend und sein Mangel an Erfahrung ihn zwangsläufig verlocken müssen. Tritt vorsichtig in seine Träume ein und bau eine Mauer um die Erinnerungen an seinen Erfolg. Aber sei vorsichtig! Die Träume der in der Grym Mächtigen sind ein seltsamer und beunruhigender Ort.

Aderyn: Wissenswertes für unsere Jugend

Melyn saß in seiner Studierstube, und hielt einen gefüllten Becher Wein in der Hand. So saß er seit fast einer Stunde da, sah zu, wie das Licht durch die Fenster sickerte, und fragte sich, ob er das Richtige getan hatte. Solche Selbstzweifel waren für ihn eine neue Empfindung, aber ihm war auch noch nie ein so gefährliches Rätsel wie Errol begegnet. Der Junge war in Melyns Gedanken gewandert wie in ein offenes Haus. Und das Bild, das er sich ausgesucht hatte, war ausgerechnet die schöne Königin Ellyn gewesen. Ellyn und er, sie waren beide jung und töricht gewesen. Melyn hatte geglaubt, diese Erinnerung getilgt zu haben. Aber wie hatte der Junge dann so schnell darüber stolpern können?

Nein, besser, der Junge war tot. Als Spion konnte er ja auch nicht mehr eingesetzt werden. Nicht jetzt, da jeder Adlige in Tynhelyg wusste, wie er aussah. Und wenn das bedeutete, dass Usel einen möglichen Lehrling verloren hatte, na, dann geschah es dem respektlosen Arzt nur recht.

Melyn rief den Wachposten herein und stellte seinen Becher ab, als der Mann hereinkam. Er gehörte zu Hauptmann Osgals Leuten, aber der Inquisitor konnte sich um nichts in der Welt an seinen Namen erinnern.

»Geh Usel holen«, sagte er. Der Wachposten nickte und verschwand. Gleich darauf stand Melyn auf und verließ ebenfalls den Raum. Es würde mindestens eine halbe Stunde dauern, bis die Nachricht unten in der Krankenstube ankam, und eine weitere halbe Stunde, bis der Mann mit dem Arzt zurückkommen würde. Melyn wollte so lange in die Kapelle gehen und zum Hirten für Errols Seele beten.

Die Kapelle war jetzt so kurz vor der Morgendämmerung kalt, doch auf dem Altar brannten noch die Kerzen. Melyn nahm Brynceris beringten Finger aus dem Reliquiar und legte ihn zwischen die beiden Flammen, dann kniete er nieder. Er konnte spüren, wie steif seine Gelenke waren, aber er verdrängte sein

Unbehagen und versuchte, seinen Geist für seinen Gott zu öffnen.

Und schon bald spürte er die Nähe eines anderen Wesens. Sein Herz machte vor Freude einen Sprung, als er glaubte, ein weiteres Mal gesegnet zu werden. Mit dem Hirten zu sprechen war, wie seine Jugend und Kraft neu zu gewinnen. Aber das hier war auf irgendeine Weise anders. Er verspürte noch immer die stechenden Schmerzen, er fühlte noch immer die Kälte des Luftzuges zwischen Fenster und Tür, und doch war unbestreitbar noch ein anderes Wesen hereingekommen.

Melyn versuchte, sich zu entspannen, und dachte daran, was ihm vor so vielen Jahren sein alter Quästor beigebracht hatte. Es hatte keinen Sinn, das Kommen des Hirten erzwingen zu wollen. Wenn der Hirte das wollte, würde er erscheinen, und zwar in jeglicher Gestalt, die er gerade passend fand.

Dann hörte Melyn hinter sich ein leises Stöhnen.

Der Zorn des Inquisitors wuchs wieder, als er sich erhob, das Krummstabzeichen machte und sich zu dem umdrehte, der es wagte, gegen eines der heiligen Ordensgesetze zu verstoßen.

Auf dem Boden lag, Arme und Beine ausgestreckt, während Blut aus seiner Nase lief und auf dem Steinboden eine Lache bildete, bewusstlos und bleich wie ein frischgewaschenes Laken, Errol Ramsbottom.

Melyn sah den Jungen an, kniete nieder und schüttelte ihn. Errol sah aus, als ob sein Gesicht heftig geschlagen worden sei, als sei er auf den Steinboden geschleudert worden. Sein Atem war flach und abgehackt, seine Haut schlaff und kalt. Rasch zog Melyn ihn hoch, staunte darüber, wie schmächtig der Junge war, und trug ihn aus der Kapelle. Vorhin hatte er Errol noch tot sehen wollen, hatte ihn einfach los sein wollen, aber jetzt begriff er, dass der Junge ein zu großes Mysterium war, um so einfach weggeworfen zu werden. Er besaß eine in ganz Gulad einzigartige Fähigkeit, und Melyn würde nicht ruhen, bis er deren Geheimnis gelüftet hatte. Er dankte dem Hirten dafür, dass ihm die Torheit seines überstürzten Handelns vor Augen geführt worden war. Hier bestand die Möglichkeit von Macht und Magie, wie er sie sich bisher niemals auch nur erträumt hatte.

Als er den bewusstlosen Errol durch den Gang zu seinen Privatgemächern trug, kam der Wachposten auf Melyn zugerannt.

»Ich will ja hoffen, dass der Arzt gleich hinter dir kommt«, knurrte er den namenlosen Mann an und achtete nicht darauf, wie der den Jungen in Melyns Armen anstarrte. »Dieser Knabe muss behandelt werden, und zwar sofort.«

»Euer Gnaden, ich bin so schnell gekommen wie ich konnte«, sagte der Wachposten. »Ich habe in der Krankenstube und seinen Zimmern gesucht. Usel ist verschwunden.«

Der Krach, mit dem der Feuerball in Magogs Essen landete, riss Benfro zurück zu sich selbst. Er war plötzlich wieder atemlos und total erschöpft. Kleine Schweißperlen kitzelten zwischen seinen Schuppen und um die Drüsen neben seinen Augen. Er war ungeheuer verwirrt. Die eine Hälfte seines Gehirns versuchte, das eben Gesehene zu verarbeiten, während die andere verzweifelt versuchte, seine Gedanken zu verbergen, ehe irgendwer davon erfuhr.

»Du warst so dicht davor, junger Benfro.« Magog löschte die Flamme mit einer Handbewegung. »Aber noch nicht perfekt. Dennoch ein bewundernswerter Versuch. Es ist nur schade, dass du deine Gedanken abschweifen lässt. Du musst lernen, mit mehr Disziplin an deine Arbeit zu gehen, dich zu konzentrieren.«

Benfro griff nach seinem Becher und wünschte, der enthielte etwas Stärkeres als Wasser. Nach seinen bisherigen Erfahrungen hätte er nicht überrascht sein sollen, als die Flüssigkeit, die er in sich hineinschüttete, sich als Wein entpuppte, aber er verschluckte sich trotzdem daran. Er wischte sich die Spritzer aus dem Gesicht und trank einen etwas kleineren Schluck, dann spürte er, wie der magische Trank auf dem Weg in seinen Magen alles wärmte. Der Wein linderte auch seine Sorgen und ein wenig von seiner Verwirrung, während er eine andere Art von Verwirrung hervorrief, eine angenehme Benommenheit.

Die Verwirrung wurde vollkommen, als der Nachtisch in Gestalt einer riesigen Schale voller Früchte und Beeren auftauchte, die Benfro zum größten Teil nur von Bildern in Büchern kannte. Obwohl er gut gegessen hatte, merkte er, dass er noch immer ungeheuer hungrig war. Er machte sich über die Früchte her, schaufelte sie, so schnell er konnte, in seinen Mund und nahm in seiner Eile kaum ihren Geschmack wahr. Erst, als sein Teller fast leer war, ging ihm auf, dass das, was er verzehrt hatte, normalerweise erst im Sommer reifte.

»Woher nimmst du diese Sachen?«, fragte er und bohrte sich mit einer Kralle einen Melonenkern aus den Zähnen. »Im Winter wächst das doch nicht.«

»Es ist nicht überall Winter, Benfro«, erklärte Magog im Tonfall eines leidgeprüften Lehrers.

»Das verstehe ich nicht«, sagte Benfro. »Draußen ist Winter.«

»Und auf der anderen Seite von Gulad ist Sommer«, sagte Magog. »Und in der Mitte der Welt ist immer Sommer, dort ist es immer heiß. An beiden Enden der Welt ist es kalt. So funktioniert die Welt eben.«

»Oh«, war die einzige Antwort, die Benfro einfiel. Dann kam er auf einen anderen Gedanken. »Sind wir denn hier am Ende der Welt?«

Magog legte seine Melonenschale hin. »Eigentlich nicht, nein, sagte der. »Der Arnahi liegt ungefähr auf demselben Breitengrad wie Tynhelyg in Lanwennog, aber viel, viel höher. Deshalb ist die Luft hier so dünn und deshalb ist es im Winter so kalt. Es überrascht mich, dass Sir Frynwy dir nichts darüber beigebracht hat. Er kam doch aus eine Familie bekannter Reisender und Abenteurer.«

»Er hat seine Reisen nie erwähnt«, sagte Benfro. »Ich weiß nicht, aber mir kam er zu alt vor, um weit wegzugehen. Meine Mutter hat immer Salben für ihn angerührt, um seine Gicht zu mildern.«

»Deine Jugend schränkt dein Denken ein, Benfro«, sagte Magog. »Sir Frynwy lebte schon seit über tausend Jahren, als du geboren wurdest, und doch siehst du ihn nur wie in der Zeit, in der du ihn gekannt hast. Betrachtest du alles auf diese Weise?«

»Ich … ich weiß nicht.« Benfro war das Alter der Dorfbewohner bekannt gewesen, aber nur so, wie ihm auch seine Füße bewusst waren. Sie waren alt – alles andere spielte keine Rolle. Er hatte sich niemals richtig überlegt, dass sie ein Leben geführt hatten, ehe er aufgetaucht war.

»Du brauchst dir deshalb keine Gedanken zu machen.« Magog schaltete sich ähnlich wie Corwen in Benfros Gedanken ein, als ob er sie wie Runen auf einem Pergament lesen könnte. »Aber du solltest dir künftig immer einer Sache bewusst sein: Du darfst nicht nur nach dem urteilen, was du siehst. Aber ich schweife ab. Du hast mich etwas gefragt und ich wollte dir die Antwort zeigen.«

Benfro war für einen Augenblick verwirrt. Sein Geist war benommen von dem Wein und der Müdigkeit, die er verspürte, seit er den Flammenball gehalten hatte. Dann fiel es ihm ein.

»Das Feuer«, sagte er. »Du hast mir gezeigt, wie man damit umgeht, aber wie machst du es?«

»Gut«, sagte Magog. »Du lernst ein wenig Disziplin. Versuche, dich nicht von dem Objekt deiner Untersuchungen ablenken zu lassen, bis du eine Antwort hast, mit der du zufrieden bist.«

»Wie geht es also?«

»Nachdenken, junger Lehrling. Du weißt schon, wie es gemacht wird, auch wenn du noch keine Neigung gezeigt hast, es zu tun.«

Benfro starrte den Kerzenleuchter mit den vielen Flammenspitzen an. Er konnte sich das Feuer und die beiden Leuchter vorstellen, die irgendwo über ihm loderten. Aber wieso sollte er denn wissen können, wie das gemacht wurde? Er hatte sich immer nur eine Flamme gewünscht, und dann war eine aufgetaucht. Konnte das denn wirklich alles sein?

Er hob die Hand und krümmte sie so, wie er es vorhin getan hatte, als er die Kugel hielt. Nichts passierte. Er richtete seinen Blick nach oben, um die Aura zu sehen, die ihn umgab. Das war schwer, weil die Wirkung des Weines seine Sinne trübte, aber endlich schaffte er es. Er wünschte die Flamme herbei.

Noch immer geschah nichts.

»Ich verstehe das nicht«, sagte er verzweifelt, als er nach einigen hoffnungsvollen Minuten noch immer keinen Erfolg erzielt hatte.

»Sich etwas zu wünschen, lässt es nicht geschehen. Wenn es so wäre, hätte mein Bruder den Menschen nicht ihre magischen Fähigkeiten geben müssen«, sagte Magog.

Benfro sackte auf seiner Bank in sich zusammen und starrte die Tischplatte an, als könne er von ihr eine Inspiration gewinnen. Er sah dort nur seinen Dessertteller. Einige übrig gebliebene Früchte lagen noch immer auf der einen Seite, zusammen mit der harten Schale der Melone, die er gegessen hatte. Und dann verstand er. Das Essen war aus aller Welt gekommen. Warum nicht auch Feuer herholen? Und wo man schon dabei war, warum nicht auch Kerzen, Brennholz, Möbel – alles? Aber wie ging das? Es hatte mit den Grymlinien zu tun, das wusste er immerhin, aber wie ging es vor sich?

Wieder starrte er den Leuchter an. Dort, wo der mitten auf

dem Tisch stand, kreuzten sich zwei feine Grymlinien. Keine kam an seinem Platz vorbei, aber andere und noch feinere Linien gabelten und verzweigten sich in seine Richtung. Er musterte den einen Weg, dann einen anderen, suchte bei den Linien etwas, ohne genau zu wissen, was. Für einen Moment war er total in diese Aufgabe vertieft und hatte das Gefühl, über jeden Pfad zu reisen, anzuhalten, zurückzuweichen und wieder anzufangen. Er hatte über Irrgärten gelesen, die aus hohen Hecken gebildet waren und der Unterhaltung dienten. Total verwirrt, wie er im Augenblick war, konnte er sich allerdings nicht vorstellen, wieso das Spaß machen sollte. Das hier war ein wenig so, wie er sich einen Irrgarten vorstellte, doch die Aufgabe war seltsam verlockend, fast berauschend.

Eine Kerzenflamme stand jetzt im Mittelpunkt seiner Aufmerksamkeit. Er saß auf der Bank und starrte den Leuchter an, aber er war auch in der Flamme, umgeben von ihrem Feuer und ihrer Hitze. Noch immer spürte er die Panik in sich aufsteigen, drängte sie aber zurück. Es gab keinen Grund zur Besorgnis. Eine Kerze würde ihm doch nichts antun können.

Er streckte die Hand aus und merkte, dass er die Hand über den Tisch hob und zugleich nach der Flamme griff, die ihn umgab. Die Flamme prickelte auf dieselbe Weise wie die Kugel, die Magog gemacht hatte, sie streifte seine Aura, als er versuchte, sie zu fassen. Wie Schlamm glitt sie durch seine Finger und widersetzte sich seinem Zugriff. Frustriert versuchte er, sie zu einem Ball zu schließen, den er von seiner Hand rollen ließ. Zu seiner Überraschung schien das zu funktionieren. Jetzt brauchte er die Flamme nur noch von der Hand seiner Aura in seine wirkliche Hand zu holen.

Den Weg zur Kerzenflamme hatte er gefunden. Doch es war genauso schwierig, wenn nicht schwieriger, diesen seltsamen Weg zurückzugehen. Der Weg zurück zu seinem Selbst war nicht so eindeutig, wie er erwartet hatte. Das Muster aus den sich kreuzenden Linien war ein Wirrwarr aus Licht. Die Grym war berauschend und zog ihn hin und her, als sei er ein Blatt in einem Herbststurm. Wieder geriet er in Panik und verlief sich in diesem Irrgarten. Es war auch frustrierend, weil er doch die ganze Zeit auf der Bank saß und den Leuchter anstarrte.

Er hatte das Gefühl, überall hingehen zu können, doch überall schrie auch etwas nach seiner Aufmerksamkeit. Er konnte Lachen und Geschrei hören, Wellen, die sich an einem Ufer brachen, und das Stöhnen des Windes in den Bäumen. Er konnte den Duft von Blumen und Honig genauso riechen wie den Gestank von Blut und verbrennendem Fleisch. Er sah Orte von so perfekter Stille und Szenen von so atemberaubender Schönheit, dass er die Augen schließen musste, um nicht dorthin gezogen zu werden. Aber auch mit geschlossenen Augen spürte er noch die Anziehungskraft. Und die ganze Zeit musste er sich auf das dünne Gewebe der Aura konzentrieren, die das Feuer zurückhielt und es daran hinderte, ihn zu verbrennen.

Es musste eine Möglichkeit geben, sein Selbst in diesem tosenden, wachsenden Tumult, der gegen seine Sinne anstürmte, zu finden. Er kannte sich besser als alle anderen; wenn er sich nur an diese Einzigartigkeit andocken könnte, die Benfro ausmachte. Er gab sich alle Mühe, um die Angst zu unterdrücken, die an den Rändern seiner Vernunft züngelte, und versuchte, an eine Erinnerung zu denken, die nur ihm gehörte. Und die stellte sich sofort ein. Doch es war ein Rettungsring, den er nicht anfassen wollte: seine Mutter, unterwürfig, auf dem Boden liegend, grausame Gemeinheit personifiziert in den brennenden roten Augen des Inquisitors, eine Feuerklinge, die aus dem Nirgendwo gerufen wurde, wie die Flamme, die er hier hielt, aber zu etwas viel Tödlicherem geformt, ein Tod so brutal, wie er sinnlos war. Nein, lieber würde er ertrinken, bevor er nach diesem Rettungsring griff …

Mit einem Ruck war er wieder in seinem Körper und in seiner Hand loderte ein winziger Flammenball. Er hätte stolz sein müssen, aber die tief sitzende Erinnerung übergoss jedes mögliche andere Gefühl mit kalter Trauer.

»Dreißig Minuten«, sagte Magog mit tonloser Stimme, nicht beifällig, aber immerhin auch nicht spöttisch. »Ich bin beeindruckt. Die meisten Novizen in deinem Alter können nur zehn Minuten im Strom bleiben. Ich habe wirklich damit gerechnet, dass ich dich herausholen müsste. Eine so tief sitzende Erinnerung als Anker zu benutzen war eine gute Idee, wenn auch ein bisschen unorthodox. Und du hast die Flamme zurückholen können. Du solltest sie jetzt aber löschen, sonst kannst du jeden Moment ohnmächtig werden.«

Melyn schritt in wütender Eile dahin, es juckte ihm in den Fingern danach, jemandem etwas anzutun. Seine Leibwache folgte ihm in geringer Entfernung durch die endlosen Gänge von Emmas Faur. Ihm war bewusst, dass alle darauf bedacht waren, ihm ja nicht zu nahe zu kommen. Ihre Feigheit schürte seinen Zorn nur noch. Als er dann um eine Ecke bog, kam ihm Hauptmann Osgal entgegen, atemlos und mit rotem Gesicht.

»Trotz oder vielleicht wegen deiner Unfähigkeit, auch nur die einfachste Aufgabe auszuführen«, sagte Melyn, »habe ich den Jungen. Er steht in meinen Privatgemächern unter Bewachung. Vielleicht könntest du mir erklären, wie er in meiner Privatkapelle gelandet ist? Habe ich dir nicht gesagt, du solltest ihn mitnehmen und in die Faeren-Schlucht werfen?«

»Er ist verschwunden, Euer Gnaden«, keuchte der Hauptmann. »Ich habe ihn über die Kante geschleudert, und dann ist er einfach verschwunden. Er war kaum einen Meter tief gefallen. Ich habe den Felsen abgesucht, aber da gibt es keine Stelle, wo man sich verstecken könnte, und er war ja nicht einmal bei Bewusstsein, als ich …«

»Und das soll ich dir glauben?«

»Ich schwöre es beim Hirten.« Osgal fiel auf ein Knie und senkte demütig den Kopf.

Melyn wollte ihn wegen dieser Gotteslästerung schon schlagen, aber er riss sich zusammen. Er wusste nur zu gut, dass Osgal seinen Befehl ausgeführt hatte. Dem Hauptmann fehlte es schlichtweg an der Fantasie, etwas anderes zu tun, als das, was ihm befohlen worden war.

Es hatte keinen Sinn, wenn ich meinen Zorn an meinen ergebenen Dienern auslasse, ermahnte Melyn sich selbst.

»Wir sprechen später darüber«, sagte er. »Erst müssen wir den Arzt ausfindig machen. Nimm ein paar Wachen mit und kämme das gesamte Kloster durch. Ich sehe im Leichenraum nach.«

Kleinlaut verschwand Osgal mit der Hälfte seines Trupps. Melyn blickte ihm hinterher und ging dann mit den restlichen Männern die lange Treppe hinunter, die in die Tiefe des Berges und zu den Hallen der Toten führte.

Er war schon seit vielen Jahren nicht mehr in der Leichenhalle gewesen und hatte ganz vergessen, wie kalt es dort war. Hier machte sich bemerkbar, dass die Leichenhalle durch Massen von leblosem Gestein von der Grym abgeschnitten war. Auch den Geruch nach totem Fleisch hatte Melyn vergessen. Die Luft hier war zwar nicht faulig wie die auf einem Schlachtfeld nach dem Kampf, aber ebenso verstörend.

Das lange Gewölbe wurde von Fackeln erleuchtet, deren schwarzer Rauch durch Löcher in der Decke verschwand. Die meisten Fackeln produzierten mehr Schatten als Licht, aber ganz hinten waren etliche Lampen mit Glasschirmen angebracht worden, um einen kleinen Arbeitsbereich zu beleuchten. Dort stand ein von Papieren, Gefäßen, medizinischen Instrumenten und schweren Büchern überlaufender Schreibtisch. Es gab etliche hölzerne Behälter für Schriftrollen, die an der Wand aufgetürmt waren, und daneben befand sich ein tiefes Ausgussbecken, in dem die seltsamen Chemikalien und das Blut vieler Jahrhunderte ihre Flecken hinterlassen hatten.

Melyn riss eine Fackel aus ihrer Halterung und ging weiter. Der Arzt war nirgendwo zu sehen, aber noch etwas anderes hatte Melyn zu schaffen gemacht, und jetzt, da er hier unten war, wurde ihm auch klar, was es gewesen war. Er brauchte nicht lange, um das Gesuchte zu finden, und befahl zwei Wachen, die Bahre in den Obduktionsraum zurückzubringen.

Melyn zog das Laken beiseite und musterte den gut erhaltenen Leichnam. »Prinzessin Leyn, lange nicht mehr gesehen.« Hinter ihm stieß einer seiner Kampfpriester Würgegeräusche aus. Aber Melyn achtete nicht darauf, sondern konzentrierte sich auf den Leichnam. Der war sehr gut erhalten, aber das war bei einer Vergiftung mit Leinkraut ja auch zu erwarten. Unter ihrer ledrigen Haut war die Prinzessin fast zu einem Nichts ausgetrocknet, und ihre Glieder waren in qualvoller Verzerrung aneinandergepresst. Usel hatte den Versuch gemacht, das zu lindern, er hatte Gelenke aufgeschnitten und Sehnen gekappt, aber die Prinzessin bot keinen schönen Anblick. Sie hatte den Kopf wie zu einem Schrei in den Nacken geworfen. Ihr steifer Bauch wölbte sich mit den Umrissen des Kindes, das sie erwartet hatte. Sie sah aus wie ein gebärender Leichnam.

Aber wo war das Kind? Melyn beugte sich über den toten Körper und sah sich die Schnitte aufmerksam an. Er hatte keine medizinische Ausbildung genossen, aber sogar er sah den Unterschied zwischen Usels Arbeit und dem Einschnitt, der vor der Beerdigung der Prinzessin gemacht worden war.

»Mehr Licht«, blaffte er einen der Männer an und verfluchte zugleich seine Unfähigkeit, an diesem leblosen Ort Licht herbeizurufen. Die Wache zögerte und wich zurück, als Melyn seine Hand durch den Einschnitt im Unterleib des Leichnams schob und nach dem toten Erben tastete, der sich dort befinden müsste.

»Beim Hirten, Mann, die ist seit fünfzehn Jahren tot«, brüllte er. »Jetzt halt endlich still, sonst saug ich dir das Leben aus, um für mich ein Licht zu machen, Bursche!«

Es war harte Arbeit, aber langsam konnte er die ovale Gestalt aus Leyns Gebärmutter lösen. Endlich hielt er sie ins Licht, drehte sie mehrmals und musterte jedes Detail ihrer Konstruktion, während sein Zorn immer weiter wuchs.

»Sucht Usel. Setzt jeden Kampfpriester auf diese Aufgabe an. Lasst seinen Namen im ganzen Land ausrufen. Und derjenige, der mir seinen Kopf bringt, bekommt als Belohnung einen Jahressold.« Melyn wiegte den Gegenstand in der Hand und sah, wie perfekt er geformt war. Er hatte seit vielen Jahrzehnten keine so geschickte Magie mehr gesehen.

»Nein«, verbesserte er sich, »sagen wir, zehn Jahressolde.«

Er rannte fast aus der Leichenhalle, weil er so eilig wieder in seine Gemächer wollte. Er musste dringendst mit Beulah sprechen, aber wichtiger noch war, nach Errol zu sehen und dafür zu sorgen, dass der Junge ihm nicht noch einmal entkam.

Auf diese Vorhaben konzentrierte Melyn sich dermaßen, dass er den von seiner wütenden Faust umklammerten Homunkulus vollständig vergaß.

Beulah lag auf dem Rücken und starrte die dunkle Zimmerdecke an. Sie war erschöpft, aber es war eine zutiefst befriedigende Erschöpfung, die ihre Arme und Beine schwach machte und wie ein wärmendes Feuer in ihrem Bauch brannte. Neben ihr schlief Clun, und er atmete so leise, dass er auch tot sein könnte. Sie hatte Angst, ihn überanstrengt zu haben. Er war zwar bei ihrem Liebesspiel durchaus kein widerstrebender Partner gewesen, aber er hatte sich von seiner Verwundung noch immer nicht vollständig erholt.

Oder vielleicht doch. Vielleicht wollte sie sich die Wahrheit einfach nicht eingestehen, weil sie ihn bei sich behalten wollte, um ihn zu pflegen und zu umsorgen, wie sie selbst niemals umsorgt worden war. Dass er von ihr abhängig war, gefiel ihr ebenso wie seine Naivität und sein Mangel an Erfahrung. Und es gab keinen wirklichen Grund zu der Sorge, dass er sie verlassen könnte. Trotz ihrer immer enger werdenden körperlichen Beziehung behandelte Clun sie außerhalb des Schlafzimmers weiterhin mit der Ehrerbietung, auf die sie als Königin Anspruch hatte. Er hatte noch immer Probleme mit den Feinheiten der höfischen Etikette, und er lernte auf schmerzliche Weise, dass nicht alle von anderen das Beste dachten, bis sie vom Gegenteil überzeugt worden waren.

Es machte Spaß, die unterschiedlichen Reaktionen auf die Gerüchte über ihre Affäre zu beobachten. Einige Adelsfamilien ließen sich überhaupt nichts anmerken, brachten noch immer ihre Werbung vor und versuchten, einen Gemahl für die Königin und einen Vater für den Thronerben zu liefern. Andere hatten Candlehall verlassen und waren auf ihre Adelssitze in der Provinz zurückgekehrt, um ihr verletztes Ego zu pflegen und zu überlegen, wie sie das Beste aus der neuen Situation machen könnten. Im Palast selbst herrschte ungläubige Aufregung, als ob das Gesinde in einem albernen Märchen lebte. Und schon jetzt bastelte Padraig an einer Geschichte, durch die Clun als ungemein passender Gemahl wirken würde. Es wurde auf lange zurückliegende Gefälligkeiten verwiesen, alte Leichen wurden aus dem Keller geholt und hundertundeine weitere Methoden wurden gefunden, um die Adelshäuser unter Druck zu setzen, bis alle einverstanden waren. Beulah konnte den Hofmarschall nicht sonderlich gut leiden, aber sie sah natürlich doch, dass er ein Meister des politischen Spiels war.

»Eure Majestät!« Die Stimme war ein sehr leises Flüstern, fast eine Vorstellung, und nichts, was sie gehört hatte. Beulah kannte die Stimme, und schlüpfte mit Leichtigkeit in die ätherische Sphäre. Neben ihrem Bett erschien Melyns Gestalt.

»Melyn«, sagte sie. »Was für ein perfektes Zusammentreffen.«

Der Inquisitor sah sich im Raum um und entdeckte den schlafenden Clun. »Ich sehe, Ihr habt alle guten Ratschläge, die Padraig und die anderen Euch erteilt haben, in den Wind geschlagen.«

»Clun ist reizend und unschuldig und ein Held, und ich danke Euch noch einmal dafür, dass Ihr ihn mir zum Geschenk gemacht habt«, sagte Beulah.

»Es schmerzt mich, das sagen zu müssen, aber Ihr solltet Euch an Padraigs Rat halten«, sagte Melyn. »Und wenn Ihr Clun nun unbedingt heiraten wollt, dann wäre es besser, wenn Euer Bauch sich nicht auch noch gleichzeitig rundete.«

»Ich bin auch nicht von gestern, Melyn«, sagte Beulah. »Es ist schlimm genug, dass ich einen Erben liefern muss. Ich werde nichts tun, was irgendjemanden zu Zweifeln an seiner ehelichen Geburt verleiten könnte. Aber ich vermute, Ihr seid nicht gekommen, um darüber zu reden.«

»Wie immer habt Ihr alles erfasst, Eure Majestät«, sagte Melyn, und zum ersten Mal seit seinem Erscheinen merkte Beulah, dass er offenbar zu Pferd saß, während er mit ihr sprach. In dem dunklen ätherischen Schlafzimmer allerdings waren seine Beine vom Bett verdeckt, sodass es aussah, als ob er sich langsam hin- und herwiegte und dabei mit sich selbst spielte. Es war witzig und zugleich auf seltsame Weise beunruhigend.

»Ich bin gerade auf dem Weg nach Candlehall«, sagte Melyn jetzt. »Ich habe den jungen Errol bei mir. Oder vielleicht sollte ich sagen, Euren Neffen Errol.«

»Was!« Beulah fuhr für einen Moment zurück in ihren physischen Körper und verlor dabei das Bild des Inquisitors. Mit einer

Verwünschung ließ sie sich wieder auf die Matratze sinken und zwang sich zum Entspannen. Melyn tauchte wieder auf, als sie sich langsam wieder auf die ätherische Sphäre konzentrierte.

»Ihr solltet Euch nicht zu sehr auf den Thron verlassen, Beulah«, sagte der alte Mann. »Der gibt Euch ein Gefühl der Macht, aber Ihr werdet enden wie Euer Vater, wenn Ihr Euch zu abhängig davon macht. Bald könnt Ihr dann nicht einmal mehr den einfachsten Zauber ausführen, wenn der Thron Euch nicht hilft.«

»Ja, ja«, sagte Beulah. »Ihr könnt mir Vorträge über Gebrauch und Missbrauch von Macht halten, wann immer Ihr wollt. Jetzt erzählt mir von dem Jungen.«

Sie hörte Melyns Schilderung aufmerksam zu und unterbrach den Inquisitor nicht, auch wenn unzählige Fragen ihre Gedanken überschwemmten. Erst, als der Inquisitor verstummt war, sagte sie: »Es ist richtig, dass Ihr ihn herbringt. Gemeinsam müssten wir seine natürlichen Abwehrkräfte, wie immer die aussehen mögen, doch zerstören können. Ich bin sicher, wir können sein kleines Geheimnis entschleiern. Aber es darf niemand erfahren, wer seine wahren Eltern waren.«

»Macht Euch da keine Sorgen, Eure Majestät«, sagte der Inquisitor. »Wir werden Usel finden, so weit kann er nicht gekommen sein. Und bald werde ich alle Verräter in Emmas Faur ausmerzen.«

»Ich dachte an Errols Pflegemutter«, sagte Beulah und warf einen Blick auf den neben ihr schlafenden Clun. Seine ätherische Gestalt war fast noch vollkommener als sein physischer Körper. »Es ist wirklich ein Jammer. Aber Ihr solltet Euch dann auch um ihren Mann kümmern. Man kann ja nicht wissen, was sie ihm nachts im Ehebett erzählt hat.«

»Das wird geschehen«, sagte der Inquisitor. »Ich werde Hauptmann Osgal schicken. Auf den ist Verlass. Entsetzlich, was Wegelagerer da im Westen mit der Karawane eines Kaufmanns anstellen können. Wir sind vermutlich gegen Ende der Woche bei Euch. Ich vermute, Clun wird die traurige Nachricht über seinen Vater einige Tage später erfahren.«

»Macht es schnell und schmerzlos«, sagte Beulah, ohne so genau zu wissen, warum ihr das wichtig war.

»Eure Majestät.« Melyn nickte, wie um ihren Befehl zu bestätigen, und löste sich dann auf. Beulah blieb noch einen Moment in der ätherischen Sphäre und ließ ihren Gedanken durch den Palast wandern. Dort waren nur wenige Menschen wach, meistens Soldaten, die Wache hielten. Dabei brodelte nur ein Stück weiter entfernt die Stadt vor Leben. Dort war ihr Volk, dort waren ihre Untertanen, und sie würde dafür sorgen, dass es dabei blieb.

23

Die schwierigste Magie, die ein Drache ausüben kann, ist vielleicht die, die sich auf ihn selbst bezieht. In der Geschichte wimmelt es nur so von Berichten über hoffnungslose Jünglinge, die verzweifelt versuchen, die Gunst ihrer Angebeteten zu erringen, indem sie die Karten verbessern, die Schicksal und Vererbung ihnen zugeteilt haben. Bei den eher harmlosen Beispielen, wie dem von Sir Blinedig, kam es nicht schlimmer, als dass jedes Tier im Umkreis von zehn Meilen sich in ihn vergaffte und ihn nicht in Ruhe lassen wollte. Myfanwy mit den scharlachroten Schuppen fand das ewige Gefolge von Tieren so widerwärtig, dass sie das Tal, in dem er lebte, verließ und in ein fernes Land floh. Für den Rest seines langen Lebens waren die Tiere Sir Blinedigs einzige Gesellschaft.

Auf ihre Weise lehrreicher ist vielleicht die Geschichte von Godwys, der den Spott seiner Gefährten, sein Leib sei so schwach wie seine Fähigkeit, die Grym zu nutzen, satt hatte. In dem Versuch, den anderen ihren Irrtum zu beweisen, verwandelte er sich selbst in einen Stein. Noch heute steht seine Statue in Cenobus. Godwys' nicht extrahierte Edelsteine sind unerreichbar und zerfallen langsam zu nichts, und seine Erinnerungen sind der Drachenheit auf ewig verloren.

Doch die bemerkenswerteste und kühnste Magie, die ein Drache gegen sich selbst richtete, war die des großen Magis Magog, und niemand weiß, ob diese Geschichte wahr ist oder eine weitere der vielen Sagen, die sich um sein geheimnisvolles Verschwinden ranken. Angeblich ist es ihm nämlich gelungen, einige seiner eigenen Edelsteine zu nehmen, die Summe seines Wesens, und sie an einem Ort großer Kraft zu verbergen. Hier, heißt es, wachen sie über die Welt, erfahren alles, beeinflussen alle und warten darauf, dass jemand auftaucht, der als Gefäß für die Rückkehr des großen Magis dienen kann. Wir können nur hoffen, dass das wirklich eine Sage ist, denn wenn es stimmen sollte, wäre dies wahrlich die ungeheuerlichste Magie von allen.

Corwen teul Maddau: Über die Anwendung der Feinen Künste

Errol konnte sich an die Reise zum königlichen Palast fast nicht erinnern. Er lag auf einer Strohschütte hinten im Wagen und schlief die ganze Zeit. Wann immer er wach genug wurde, um etwas zu sagen, flößte jemand ihm einen weiteren Schlaftrunk ein. Es machte ihm eigentlich nichts aus, im Schlaf konnte er die Schmerzen vergessen, konnte seinem endlosen Kreislauf aus Pein entkommen. In seinen Träumen flog er mit Drachen und lief zusammen mit Martha durch die Wälder.

In Candlehall besaßen sie den Anstand, ihn zu waschen und ihm saubere Kleider zu geben. Sogar die blutigen Verbände um seine Knöchel wurden ersetzt. Seine Haare waren noch immer nass, als zwei Wachen ihn über die Innenhöfe in den Thronsaal trugen. Melyn ging vor ihnen her, als sie sich dem riesigen Thron näherten, und unter anderen Umständen wäre Errol von seiner Umgebung fasziniert gewesen. Jetzt aber waren seine Gedanken nach all den Tagen voller Schlafmittel träge. Ohne Hilfe konnte er nicht stehen, und als die Wachen vor dem Podest anhielten, auf dem sich der Thron befand, sackte Errol auf dem Boden in sich zusammen.

»Ist das der Junge?«, fragte eine weibliche Stimme.

»Errol Ramsbottom, Eure Majestät«, sagte der Inquisitor.

»Aufstehen, Ramsbottom.« Errol spürte einen Befehl hinter der Stimme, aber er war an solche Manipulationen gewöhnt und schüttelte diese ab. Als er aufschaute, starrte er in jenes Gesicht, das er am Hochzeitstag seiner Mutter zum ersten Mal gesehen hatte. Königin Beulah sah deutlich älter aus, obwohl inzwischen nicht viel mehr als ein Jahr vergangen war.

»Ich habe gesagt, aufstehen, Errol.« Abermals fühlte er den Zwang hinter diesen Worten. Er schüttelte den Kopf und bemerkte zum ersten Mal eine Drachin, die neben dem Thron saß und wie in tiefer Scham den Kopf gesenkt hielt. Sie war schmuddelig, bot einen jämmerlichen Anblick und war mit einer silbernen Kette an den Thron gebunden. Es war ein dermaßen unwahrscheinliches Bild, dass Errol zu träumen glaubte. Dann sah das Tier auf und fing seinen Blick ein. Er erkannte den Drachen, der ihm vor so vielen Tagen in der seltsamen Trance vor der Studierstube des Inquisitors erschienen war.

»Frecknock«, sagte er, und die Augen der Drachin wurden groß vor Erstaunen.

»Wie kannst du es wagen, deiner Königin nicht zu gehorchen«, sagte Beulah. »Steh auf. Das ist ein Befehl.«

Errol riss seinen Blick von der Drachin los und wandte sich an die Königin.

»Eure Majestät, ich kann nicht stehen. Meine Knöchel sind beide gebrochen.«

»Bringt ihn her«, befahl die Königin den Wachposten. Errol wimmerte, als er abermals aufgehoben und die Treppe hochgetragen wurde, näher zu Beulah und ihrem unterjochten Drachen.

»Warum kannst du nicht sein wie dein Bruder?«, fragte die Königin.

»Ich habe keinen Bruder … ach, Ihr meint Clun?«

»Ja, Clun. Den rechtschaffenen, tapferen und gutaussehenden Clun. Er hat ein Armbrustgeschoss aufgefangen, das für mich bestimmt war. Hast du das gewusst?«

»Ich … nein … Geht es ihm gut?« Errol war verwirrt. Im einen Moment war die Königin die personifizierte Wut, im nächsten wirkte sie auf reizende Weise unschuldig.

»Jetzt ja«, sagte sie. »Nachdem ich ihn gesund gepflegt habe. Jetzt habe ich vor, ihn für seine Selbstlosigkeit zu belohnen, indem ich ihn zum Herzog mache und dann zum Gemahl nehme.«

In Errols Kopf drehte sich alles. Ohne so richtig zu wissen, warum, wandte er sich abermals an den Drachen und fragte: »Stimmt das? Ist Clun hier?«

Frecknock schien bei diesen Worten zu schrumpfen und versteckte den Kopf unter ihrem Arm.

»Was hast du gesagt?«, fauchte Beulah, jetzt überhaupt nicht mehr freundlich.

»Er hat gefragt, ob Ihr die Wahrheit gesagt habt.« Der Inquisitor trat vor, packte Errols Kinn und starrte ihm in die Augen. »Wo hast du die Drachensprache gelernt, Junge?«

»Ich weiß nicht«, sagte Errol. »Es kam mir nur richtig vor. Wenn ich schon mit einem Drachen rede.«

»Und wie viele Drachen sind dir in deinem Leben bisher begegnet?«

»Keiner. Na ja, falls Ihr nicht den zählt, der aus Ruthins Hain entkommen ist. Den habe ich aber nur gesehen.«

»Du bist ein elender Lügner, Errol«, sagte Melyn. »Aber auf irgendeine Weise kannst du mir trotzdem die Wahrheit vorenthalten. Na, damit ist jetzt Schluss. Eure Majestät?«

Errol spürte, wie die Angst in ihm aufstieg, als Beulah ihn mit spöttischem Lächeln ansah. »Geht«, sagte sie zu den Wachen. Ohne deren Zugriff fiel Errol auf die Knie. »Geht alle«, sagte die

Königin. »Alle außer Euch, Melyn. Vielleicht brauche ich Eure Hilfe.«

Die Wachen und die anderen Diener verließen einer nach dem anderen die große Halle. Errol hörte ihre Schritte auf dem glänzenden Boden widerhallen, schwächer und schwächer, bis nur er, die Königin, Melyn und die Drachin übrig waren. Er spürte die Gedankenfühler lange, ehe irgendjemand etwas sagte. Sie waren ganz anders als die Gedankenfühler Melyns und auch anders als die König Billahs. Sie waren sanft, fast fein und beruhigend, und erinnerten ihn an seine Mutter, die ihn pflegte, wenn er erkältet war. Aber sie waren auch hartnäckig und mächtig, und sie öffneten Erinnerungen, die er selbst vergessen hatte.

»Sir Radnor«, sagte Beulah nach langem Schweigen. »Diese Drachen geben sich selbst Ehrentitel. Aber um ein Ritter zu sein, muss man doch einen König haben. Wo steckt der König der Drachen jetzt?«

»Es ist ein Zeichen der Anerkennung und Achtung, es bedeutet, dass man als Familienoberhaupt gilt.« Jetzt fiel Errol alles wieder ein. Es war, als hätte die Königin eine Naht aufgetrennt und alles Futter seines früheren Leben fiele heraus. Das Wirrwarr unzähliger Bilder, die er in den hintersten Winkel seines Unterbewusstseins verbannt hatte, wurde an die Oberfläche gespült, die Vergangenheit, die er aufzudröseln versucht hatte, um sie von dem zu trennen, was Melyn ihm als falsche Wahrheit eingepflanzt hatte. Er konnte nicht denken, hatte keine Kontrolle über die Kaskaden von Bildern, die in ihm aufgewirbelt wurden. Er konnte spüren, wie Beulahs Gedankenfühler in seinem Kopf herumschlugen und mit wenig Erfolg versuchten, den Mahlstrom unter ihre Herrschaft zu bringen. Je mehr sie versagte, umso hektischer wurde sie und umso mehr Kraft ließ sie in ihn hineinfließen. Anfangs war es nur unangenehm, bald wurde es zu einem brennenden Gefühl. Er merkte, wie seine Finger unkontrolliert zuckten.

Dann wanden sich seine Arme, sein Rumpf und seine Beine in Krämpfen. Und immer noch drängte sich die Königin tiefer in seine Gedanken.

Die Königin.

Beulah.

Ein Bild jagte durch Errols Kopf, und mit seiner letzten Willenskraft klammerte er sich daran, hielt es fest, wie er noch niemals etwas festgehalten hatte. Ein junger Körper, gesund und wohlgeformt und nackt. Glänzender Schweiß färbte die makellose Haut, das sommersprossige Gesicht war rot, die Lippe vor Konzentration zerbissen, die Augen von grausamem Triumph erfüllt.

Die Königin.

Sie stieß einen kurzen wütenden Überraschungsschrei aus. Rief: »Wie kannst du …« Und dann löschten die Fühler in seinen Gedanken die Lichter aus.

»Du hast keine Chance, auch nur die Anfänge der Feinen Künste zu erfassen, so lange du nicht gelernt hast, was es bedeutet, ein Drache zu sein«, sagte Magog.

Benfro versuchte, sich zu beherrschen. Am liebsten hätte er sich laut darüber beschwert, dass er ganze Absätze aus einem uralten, in Leder gebundenen Buch namens »Wissenswertes für unsere Jugend« auswendig lernen musste, das ein Drache namens Aderyn verfasst hatte. Seit Tagen las er nur in diesem Buch und in allerlei Geschichtsbüchern. Der große Magis hatte ihm keine weiteren Tricks mehr beigebracht, seit er die Flamme heraufbeschworen hatte, sondern bestand darauf, dass Benfro sich über sein Erbe informierte.

»Aber ich bin ein Drache«, sagte Benfro.

»Wirklich?«, fragte Magog. »Warst du ein wahrer Drache, ehe ich dir deine Schwingen geschenkt habe? Und nicht einmal jetzt kannst du richtig fliegen. Und was, wenn ich dich bäte, mir ein

Borguril zu holen, würdest du wissen, wo du eins findest? Und weißt du überhaupt, was ein Borguril ist?«

Benfro gab keine Antwort. Wie immer hatte Magog recht, aber es fiel ihm nicht leicht, das zuzugeben.

»Ich weiß, es ist schwierig, Benfro«, sagte der Magis. »Ich mag ja alt sein, aber ich erinnere mich, wie ich in deinem Alter war. Ich wollte, dass alles sofort passierte. Und ich war sicher, alles besser zu wissen als die alten Drachen.«

»Das glaube ich nicht«, sagte Benfro. »Ich möchte nur …« Er unterbrach sich, als der große Magier erstarrte. Magog blieb ganz bewegungslos, und etwas schien für einen Moment den Raum zu verlassen. Dann schüttelte Magog sich und löste sich in Nichts auf.

»Ich muss eine Kleinigkeit erledigen.« Seine Stimme hallte in Benfros Gedanken wider. »Lies du weiter in diesem Buch. Lerne daraus, was es bedeutet, ein wahrer Drache zu sein. Ich bin bald wieder da.«

Und damit war er verschwunden.

Es war nicht so wie dann, wenn der Magis einfach nur unsichtbar gewesen war. Selbst dann hatte Benfro seine Anwesenheit spüren können. Er begriff es erst jetzt, aber Magog war auf eine undefinierbare Weise immer da gewesen. Und jetzt war er verschwunden. Einfach verschwunden. Benfro saß an seinem Lesepult und starrte die Stelle an, wo der große Drache gewesen war. Wo das Bild des großen Drachen gewesen war, rief er sich in Erinnerung. Magog war tot und das, was Benfro gesehen hatte, war eine Erinnerung an ihn. Wie bei Corwen.

Aber er konnte nicht wie Corwen sein, oder doch? Corwens Edelsteine waren extrahiert und an einem Knotenpunkt der Grymlinien abgelegt worden. Magogs einziger verbliebener Edelstein hatte Jahrtausende unten in einem Tümpel gelegen. Wie konnte der Magis da überhaupt hier auftauchen?

Benfro starrte seine Hände und Arme an und konnte sehen, dass seine Aura in lebhaften Farben tanzte – in Gelb und Grün und Violett. Und dort schlängelte sich wie eine ungeheuerliche Leine ein dünnes Seil, bleich wie eine mit Wasser ausgewaschene Wunde. Sie wand sich durch die Luft, als ob sie sich verwickelt und ihre normale Gestalt noch nicht wiedergewonnen hätte. Ein rosa Seil, das ihn mit Magog verband. Er folgte dem Verlauf der Leine durch den Raum, aber er brauchte nicht nachzusehen, wohin sie führte. Der flackernde, glitschige Fleck gleich hinter dem Stuhl saugte seine Lebenskraft auf wie ein Abfluss, und bei dem bloßen Gedanken daran drehte sich alles in seinem Kopf.

Benfro riss sich zusammen. Er setzte sich, legte den Kopf in die Hände und stützte seine Ellbogen auf die Tischplatte. Das Buch, das vor ihm lag, war eine Geschichte des Frydlands, aber er hatte einfach keinen Sinn mehr für Sagen über Magog und Gog, die der Welt ihren eigenen verdrehten Lebensstil aufzwingen wollten. Die Bedeutung, die er bisher nicht gesehen hatte, war jetzt deutlich. Diese beiden allmächtigen Magi hatten einen friedlichen und harmonischen Ort genommen und ihn aus purer, blinder Hochmut zerrissen. Er konnte nicht einmal begreifen, was die anderen Drachen von diesen Exzessen gehabt haben sollten. Und jetzt versuchte einer von ihnen, seine, Benfros Seele zu zerstören.

Benfro knallte das Buch zu, trug es zum Bücherschrank und stellte es zurück an seinen angestammten Platz. Dann griff er willkürlich ein anderes heraus und ging damit zurück zum Pult, ohne auch nur seinen Titel zu lesen.

Es war ein altes Buch, das ihm schwerer vorkam, als zu erwarten gewesen wäre, ein bisschen wie das »Buch Draconius«, das Frecknock Sir Frynwy gestohlen hatte. Benfro fragte sich, was wohl aus der Bibliothek des alten Drachen geworden sein mochte. War sie mit dem Haus verbrannt? Oder hatten die Menschen sie mitgenommen? Und welche furchtbaren Geheimnisse würden sie in diesem Fall den Büchern entnehmen können?

Er wurde aus dieser plötzlichen Panik gerissen, als er den Titel des Buches sah, das er aus dem Regal genommen hatte. Es hieß »Das Buch Cyfaredol«, wenn er die sich dauernd ändernden Wörter und Buchstaben auf dem dunklen Ledereinband richtig deuten konnte. Offenbar gab es keinen Verfasser. Auf dem Einband sah er nur uralte Runen, die auf den Seiten so dicht zusammengeschoben waren, dass sie miteinander zu tanzen schienen. Es war fast eine fremde Sprache. Er kannte die Wörter, und wenn er sich Mühe gab, dann ergaben kurze Satzstücke und sogar ganze Sätze einen Sinn, aber nur, bis er zur nächsten Zeile weiterging, wo das, was ihm bisher selbstverständlich erschienen war, sich davonstahl wie ein leiser Dieb. Und doch war er von diesem Buch fasziniert und konnte nicht aufhören zu lesen.

Benfro verlor das Gefühl für die Zeit, er saß einfach nur da und blätterte eine Seite nach der anderen um. Manchmal überflog er den Text in aller Eile, dann wieder starrte er eine halbe Stunde und länger eine Seite mit tanzenden Runen an. Er dachte gar nicht daran, dass er nichts gegessen hatte oder dass Magog sich noch immer nicht sehen ließ. Er war durch und durch in das Buch vertieft.

Und dann, endlich, blätterte er die letzte Seite um und schlug den ledernen Einband zu. Er konnte sich nicht an den Inhalt des Buches erinnern, war nicht einmal sicher, dass er überhaupt etwas gelesen hatte. Aber er verspürte eine seltsame Befriedigung, weil er etwas vollendet hatte. Ungefähr so, wie er sich in einem vergangenen Leben gefühlt hatte, als er den letzten Stein hingelegt und den Pferch vollendet hatte. Eine angenehme Müdigkeit überkam ihn. Er ließ sich im Sessel zurücksinken, legte den Kopf in den Nacken und schaute zur Decke empor.

Der Raum loderte nur so vor Kraft.

Melyn kniete in der kargen Kapelle unter dem Thronsaal. Dieser Ort des Gebets, den die königliche Familie benutzte, kam ihm nicht ganz richtig vor. Er war nicht zum ersten Mal hier, fühlte sich aber nie so unbeschwert wie in Emmas Faur. Vielleicht war es das Gewicht der Felsen über ihm. Vielleicht lag es aber auch an den Hallen voller Edelsteine, die er durchqueren musste, um in die Kapelle zu gelangen, an der schwärenden Kraft von Tausenden und Abertausenden von Drachen, die im Laufe der Generationen zur Ehre des Hauses Balwen getötet worden waren. Es war schwer, sich von dem Gedanken zu befreien, dass um ihn herum, haarscharf außer Hörweite, unzählige Gespräche stattfanden. Dies hier war ein Ort großer Kraft, denn er war über einem perfekten Knotenpunkt der Linien errichtet. Die Edelsteine lenkten und schärften diese Kraft und ermöglichten es entsprechend ausgebildeten Menschen wie ihm und der Königin, sich in alle Gedanken in Candlehall und sogar weiter entfernt einzuschalten. Es hätte ihn also nicht überraschen dürfen, dass er hier, in der Mitte von allem, umgeben von dem kristallenen Hort, Probleme damit hatte, die Gedanken einer ganzen Stadt auszuschalten.

Aber er musste sie ausschalten. Er war hergekommen, um zu meditieren, zu beten und vielleicht mit dem Hirten zu kommunizieren. Und diese Kapelle, wenn sie ihn auch verunsicherte, war der mächtigste Ort außerhalb Emmas Faurs, den er benutzen konnte. Wenn er nur das Geheimnis des Jungen verstehen könnte! Dann könnte er sich in Gedankenschnelle zwischen Candlehall und Emmas Faur hin- und herbewegen. Und wenn das auch anderen beigebracht werden könnte, könnten sie die Burgen des Feindes infiltrieren, wichtige Menschen ausschalten und König Billah stürzen. Aber wenn die Lanwennog das Geheimnis zuerst entdeckten …

Melyn riss seine Gedanken zurück zu seinem Gebet und konzentrierte sich auf Brynceris beringten Finger. Er hatte ihn jetzt immer bei sich, ein kleines Stück von der Güte des Hirten, wo immer Melyn auch sein mochte. Hier in den Katakomben, umgeben von endlosen Reihen von Edelsteinen längst verstorbener Drachen, erinnerte ihn der einzelne Rubin an den wahren Weg, an die Macht und Herrlichkeit des Hirten. Der Rubin glühte durch ein inneres Feuer, und Melyn wurde von Freude erfüllt, wenn er es ansah.

Vielleicht zum ersten Mal in seinem Leben verspürte Melyn wirklich das Bedürfnis, mit seinem Gott zu sprechen. Die Arbeit eines ganzen Lebens ging aus den Fugen. Die ganze Zeit hatte er die Befehle des Hirten befolgt und die Welt von den Feinden des Hirten befreit und gegen den Wolf verteidigt. Und jetzt, da alles ein gutes Ende nehmen müsste, da die endgültige Belohnung in Sicht war, tauchten unerwartete Schwierigkeiten auf: der Junge, die plötzliche Verliebtheit der Königin in diesen jungen Mann aus der Unterschicht, der Drache.

»Der Drache braucht dir keine Gedanken zu machen.«

Als er die Stimme hörte, fühlte Melyn, wie ihn eine Welle der Erleichterung durchspülte. Die Schmerzen und Qualen von zu vielen Tagen im Sattel waren jetzt nur noch eine ferne Erinnerung.

»Mein Herr.« Melyn war voll strahlender Freude über die Anwesenheit des Hirten.

»Und Königin Beulahs Auserwählter wird ihr gute Dienste leisten. Aber es ist richtig, dass du dir wegen des Jungen Sorgen machst.«

»Was ist er? Wie kann er tun, was er tut?«

»Er ist eine Schande«, erwiderte der Hirte. »Eine Verbindung von gottlosem Lanwennog und Balwens Auserwählter. Ein Diener des Wolfes, und seine Seele ist düster und spielt mit den Wolfjungen in dessen Bau.«

»Es ist schwer, seine Gedanken zu erfassen«, sagte Melyn. »An der Oberfläche wirken sie normal, aber darunter gibt es Tumulte. Ich habe versucht, seinen Plan zu sehen, aber der entgleitet mir immer wieder. Seine Gedanken tun weh.«

»Es ist töricht von dir, das auch nur zu versuchen, mein Diener. Wenn du dem Wolf zu nahe kommst, wird er deine Gedanken vollständig verschlingen. Nein, der Junge muss vernichtet werden.«

»Ich habe es versucht, Herr«, sagte Melyn. »Ich wollte ihn in die Faeren-Schlucht werfen lassen.«

»Und ich hätte es ihm gestatten können, dabei zu sterben, aber das war nicht mein Wille. Es ist wichtig, dass Königin Beulah die Kräfte des Bösen sieht, die sich gegen sie zusammenrotten. Der kommende Krieg wird nicht leicht für sie sein. Sie wird von Zweifeln überfallen, vom Wolf in Versuchung geführt, von Trauer zu Boden gedrückt werden und endlich über alle Widersacher triumphieren. Das Haus Balwen, das Volk von Balwen, werden sie durch sie neu erheben.«

Melyn spürte, wie Freude in ihm aufstieg. Die Liebe zu seinem Herrn war wie die erste Liebe, sie war allmächtig. Nichts durfte sich ihr in den Weg stellen.

»Mein Segen begleitet dich, Melyn, Sohn des Arall«, sagte der Hirte. »Du weißt, was du zu tun hast.« Und dann war er verschwunden.

Melyn kniete in Ekstase da, unerwartete Tränen liefen aus seinen alten Augen. Langsam kehrte er in die Kapelle zurück, und ihm wurde klar, dass er anderswo gewesen war, an einem vollkommenen und unbestreitbaren Ort. Und während das Gespräch mit seinem Gott zu einer geliebten Erinnerung wurde, wurde der Boden unter seinen Knien härter und kälter. Die flüsternden Gedanken der Stadt krochen wieder an ihn heran. Es fiel ihm immer schwerer, den Augenblick festzuhalten, obwohl er zum Gebet die Hände zusammenpresste. Die Stimmen schienen ihm zuzusetzen, zu behaupten, der Junge sei lebendig mehr wert. Er besaß ein Geheimnis, aber war das Geheimnis so kostbar, dass Melyn dafür seinen Gott verraten durfte?

Nein. Das war der Wolf, der ihn versuchen wollte. Der Junge musste sterben.

Aber wenn er zuerst sein Geheimnis preisgeben könnte …

Melyn rang stundenlang mit seinem Gewissen, betete um Erleuchtung, hoffte, der Hirte werde zurückkehren und ihm sagen, was er tun sollte. Aber sein Gott blieb stumm, und endlich erhob sich der Inquisitor, um die Kapelle zu verlassen. Erst jetzt bemerkte er, dass er die Hand fest um den Ring des Königs geschlossen hatte. Er konnte sich nicht erinnern, dass er ihn aus dem Reliquienkästchen auf dem Altar genommen und ihn sogar von Brynceris vertrocknetem Finger gestreift hätte.

Benfro hatte so etwas noch nie gesehen. Die Grymlinien kreuzten Boden und Wände nicht, sie bildeten eine vollkommene Kopie des Raumes und folgten den Formen von Möbeln und Kamin, nur dass sie wie Rauch in der Luft hingen. Es gab drei Hauptlinien, die vom Boden aufstrebten und das ganze Rahmenwerk im Raum verankerten. Eine dieser Linien zog sich durch das Feuer und verschwand im Schornstein. Eine andere stieg ins Deckengewölbe empor. Die dritte und größte pulsierte mit einem wirbelnden Licht, das ihm beim Hinschauen Kopfschmerzen machte, und kam aus einem schimmernden Fleck mitten im Boden. Doch das war nicht das Ungewöhnlichste an ihr. Anders als alle Grymlinien, die er je gesehen hatte, war diese hier rot und endete ungefähr in Kopfhöhe mitten in der Luft.

Farben perlten aus der roten Grymlinie hervor wie Wasser aus einer Quelle. Sie verteilten sich um die Linie und füllten den von den übrigen Linien gebildeten Käfig mit einem Meer aus Licht, das sich auf irgendeine Weise in nichts auflöste, ehe es die Wände erreichte. Benfro auf seinem Stuhl konnte nur eine gefühlte Ewigkeit hinstarren. Es war wunderschön und erschreckend zugleich.

Endlich verblasste das Bild und wich einem dumpfen Schmerz tief unten in Benfros Gehirn. Er stellte sich vor, dass er noch immer die Grymlinien und den farbenfrohen Quell der Grym sehen konnte, aber wenn er sich auf eine Stelle konzentrierte, verschwanden sie wie neckende Geister. Der Fleck unter dem Tisch auf dem Boden leuchtete noch immer, und das tat auch der größere Fleck, der unangenehm flackerte und Benfros Kopfschmerzen noch verstärkte. Benfro sah das Feuer an, und ihm ging auf, dass er die Quelle der endlosen Flamme leicht sehen konnte, wie sie unter dem unverbrannten Holz und den Flammen kauerte. Wieso er sie erst jetzt bemerkte, konnte er nicht begreifen.

Benfro erhob sich. Als er das Buch zurück in den Bücherschrank stellte, spürte er plötzlich, dass er Hunger hatte. Er drehte sich zur Tür um, doch dann fiel ihm ein, dass er einen leichteren Weg zum Esszimmer wusste. Das war nur einen Schritt entfernt. Ohne auch nur zu überlegen, war er schon dort. Das Esszimmer war dunkel und leer. Abermals ohne Nachdenken stellte er sich den Kamin im Raum hoch über ihm vor, und griff danach, als er sich an den Leuchter auf dem Tisch erinnerte. Fast zu leicht loderten die Kerzen auf. An Benfros Platz war jedoch nicht gedeckt, so wenig wie an Magogs oben am Tisch. Er setzte sich und wünschte sich etwas zu essen. Doch es geschah nichts. Weder etwas zu essen noch etwas zu trinken erschien auf dem Tisch. Benfro entspannte sich und versuchte sich vorzustellen, was der Drachenmagis ihm erzählt hatte, was Ynys Môn ihm vor Jahren erzählt hatte, und was ihm jetzt wieder einfiel. Die Grymlinien verbanden alles, überall. Wenn man darin geübt war, konnte man auf ihnen reisen, aber man konnte auch daran entlang die Hand ausstrecken und sich etwas bringen lassen. Essen, Wein – was immer man wollte, stand zur Verfügung. Man musste nur wissen, wo man danach suchen sollte. Und wie.

Die Grymlinien öffneten sich für ihn. Es gab eine endlose Auswahl, eine unendliche Menge an Möglichkeiten. Er konnte spüren, wie einige an ihm zogen, während andere ihn abwehrten. Er wollte Essen, aber er wusste nicht, wie er es suchen sollte. Die Impulse schienen keinerlei Logik zu haben, er sah keinen Weg, das, was er sich wünschte, durch Vernunft an sich zu bringen. Da ihm klar war, dass sein Instinkt ihm bisher gute Dienste geleistet hatte, griff er einfach in irgendeine Richtung, um sich zu schnappen, was immer da zu haben wäre. Es tauchte vor ihm auf und fiel mit einem dumpfen Klatschen auf den Tisch.

Eine Rübe.

Immerhin konnte man die essen. Benfro hob sie auf und untersuchte die weiße Spitze und die lila Schale. Sie kam offenbar nicht direkt von einem Feld, denn sie war sauber und das Kraut war entfernt worden. Er legte sie auf den Tisch und machte noch einen Versuch. Diesmal konnte er eine Melone an sich bringen, eine ganze, noch nicht aufgeschnittene. Zuerst wusste er nicht genau, was es war, aber als er sie mit einer Kralle aufschlitzte, gab sie ihre Geheimnisse preis. Er staunte darüber, mit welcher Geschicklichkeit Magog Essen, Getränke, Besteck und Geschirr auf einmal besorgen konnte. Es kam ihm fast wie eine unmögliche Aufgabe vor, aber er hatte ja gesehen, dass es geschehen konnte. Für den Moment aber würde er sich mit der Melone zufriedengeben müssen.

Klebrig, aber nicht mehr so hungrig und durstig wie vorher, überlegte Benfro, was wohl aus seinem Meister geworden sein mochte. Seit Magogs Verschwinden mussten inzwischen viele Stunden vergangen sein. In all den Tagen, in denen er bei Magog war und gelernt hatte, konnte er sich an kaum einen Moment erinnern, in dem der Magis nicht bei ihm gewesen wäre. Nur wenn er geschlafen hatte, war Magog nicht neben ihm gewesen. Der Meister mochte zwar nicht immer sichtbar gewesen sein, aber er war auf eine unbestimmte Art und Weise immer da gewesen.

Vielleicht war das hier eine Probe, überlegte Benfro. War er sich selbst überlassen worden, um zu zeigen, dass er allein zurechtkam? Die Verbindung war noch da, die dünne rote Linie, die an seiner Aura befestigt war. Bildete er sich das nur ein, oder pulsierte sie tatsächlich wie ein Schlauch, der winzige Lebenstropfen aus ihm herauspumpte? Und wo flossen diese Lebenstropfen hin, wenn der Drache nicht im Zimmer war?

Aber der Drache war niemals dort gewesen. Magog war ein Bild, eine Projektion seiner selbst, so, wie das auch bei Corwen der Fall gewesen war. Doch wie war das möglich, wenn Magog doch nur noch einen Edelstein besaß und der viele Meilen weit weg war? Benfro sah den diffusen Fluss, die rote Linie, die aus seiner Aura in die Grymlinien zog. Es schien fast, als versuche sie sich zu verbergen, als ob sie nicht gesehen werden wollte, aber Benfro konnte ihr doch gerade noch folgen – unter dem Sessel hindurch, durch das Zimmer zur Tür und dann durch die Halle dahinter. Benfro folgte der Linie bis nach draußen. Er hatte erwartet, dass die Höhle dunkel sein würde, aber Grymlinien zogen sich kreuz und quer über Boden und Wände hin und hätten ihm die Umrisse auch dann gezeigt, wenn nicht Flechten auf den meisten Flächen geleuchtet hätten. Die rote Linie schimmerte über den Boden bis zum gegenüberliegenden Zimmer, und ihre Farbe verstärkte sich, als Benfro sich der Tür näherte. Er hielt inne, in dem Bewusstsein, was auf der anderen Seite lag, dann stieß er die Tür auf.

Drinnen war es noch immer stockdunkel, doch als er genauer hinsah, begann die Linie, den Raum zu erhellen. Sie entrollte sich hinaus in den leeren Raum wie die Morgendämmerung, wenn sie in der Ferne eine Anhöhe färbt. Andere Linien schlossen sich ihr von der Seite her an und bildeten Speichen, die sich wie ein loderndes rotes Feuer in der Mitte trafen. Benfro starrte den Punkt in der Ferne an und versuchte, in der Dunkelheit irgendwelche Umrisse zu erkennen. Er konnte aber nur das zornige rote Glühen sehen, das auf allen Seiten von schmalen Lichtzungen durchbohrt wurde. Er tastete um die Tür herum und meinte ein Sims zu fühlen, aber es war schwer zu beurteilen, wie breit dieses war, und unmöglich zu sagen, ob es sicheren Halt bot.

Benfro ging zurück ins Esszimmer und holte den Leuchter, aber die Kerzen erloschen, sobald er den Raum damit verließ. Er stellte den Leuchter zurück und richtete seine Gedanken auf das Feuer oben, das ohne Ende brannte, und umhüllte es mit einem Teil seiner Aura. In sich selbst zurückzukehren war so leicht, wie ein ledernes Wams überzustreifen, aber er staunte doch wieder, als der Feuerball in seiner Hand auftauchte. Auf irgendeine Weise, fand er, müsste das schwieriger sein, müsste es Monate emsigen Studiums und eifriger Übung verlangen, diese Kunst zu meistern. Es kam sich fast vor wie ein Pfuscher, obwohl er nicht wusste, warum. Dennoch hielt er den glühenden Ball hoch und streckte ihn in die alles umfassende Dunkelheit auf der anderen Seite der Tür.

Das Licht schob die Dunkelheit langsam wie kalten, klebrigen Sirup zurück. Die Höhle war riesig, sie ragte zu einer gewaltigen gewölbten Decke auf und erstreckte sich in einem so weiten Kreis, dass er die andere Seite nicht sehen konnte. Und in der Mitte erhob sich aus der Leere, als ob er in der Luft schwebte, ein schlanker Felspfeiler und teilte die Dunkelheit in zwei Teile. Die Spitze des Pfeilers lag etwas höher als Benfros Aussichtspunkt. Hier strömten alle roten Linien zusammen.

Vor der Tür ragte ein Felssims vielleicht anderthalb Meter vor, dann fiel es ins Nichts hinab. Nicht einmal, wenn er sich die Kugel über den Kopf hob und nach unten schaute, konnte Benfro das Wasser sehen, von dem er doch wusste, dass es irgendwo unter ihm sein musste. Auf der rechten Seite der Tür wurde das Sims zu einer Treppe, deren Stufen aus der Felswand gehauen waren und die sich in einer weiten Spirale nach unten zog. Er spürte, dass er zu dem Pfeiler wollte, und da das hier der einzige Weg war, schlug er ihn ein.

Die Stufen waren glitschig und feucht und sonderten eine ölige Substanz ab, die jeden Schritt lebensgefährlich werden ließ. Benfro zählte leise seine Schritte und konnte sich so für eine Weile in der überwältigenden Weite orientieren, aber bald drohten die immer höher werdenden Zahlen und die Tatsache, dass er seinem Ziel ganz offenbar nicht näher kam, ihn zu entmutigen. Er hörte auf zu zählen. Wenn er ab und zu aufschaute, sah er, wie die Spitze des Pfeilers sich immer weiter entfernte und nur noch durch die lebhaften roten Linien zu erkennen war.

Endlich endete die Treppe auf einem massiven Felsabsatz. Ein bogenförmiger Durchgang in der Wand wurde von einer massiven hölzernen Tür verschlossen, die eine bemerkenswerte Ähnlichkeit mit der Tür hatte, die zum Schatzraum führte. Sie widerstand all seinen Versuchen, sie zu öffnen, aber durch den Spalt ganz unten kam ein kalter Wind.

Der Tür gegenüber erstreckte sich der Felsabsatz in die Dunkelheit und wurde dabei schmaler und höher. Nicht einmal mit Hilfe seiner Feuerkugel konnte Benfro sehen, ob sich der Absatz um den ganzen Pfeiler zog, aber er war breit genug, um ihn zu ermutigen. Benfro trat so vorsichtig wie möglich auf die Brücke, mit angespannten Beinen und prickelnden Sinnen, die nach jeglichem Zeichen für Brüchigkeit Ausschau hielten.

Die Brücke trug. Sie führte ihn in einem sanften Bogen über die Tiefe. In der Mitte war der Bogen so schmal, dass Benfro einen Fuß vor den anderen setzen musste wie ein Seiltänzer.

Das war eine Kunst, die er schon vor langer Zeit erlernt hatte, als Drachkitz, wenn er über die umgefallenen Baumstämme gelaufen war, die sich in der Nähe seines Heimatdorfes über den Fluss gelegt hatten. Deshalb war es keine große Herausforderung, auch wenn der Gedanke an die klaffende schwarze Tiefe auf beiden Seiten an seinen Nerven zerrte.

Der Pfeiler war aus dem gleichen dunklen Stein wie die Wände der Höhle, glatt gehauen und mit Schleim überzogen. Eine noch schmalere Treppe wand sich um ihn wie Geißblatt, das sich an einen toten Baum klammert.

Die Treppe waren gerade so breit, dass Benfro sie emporsteigen konnte, wobei er mit der linken Schulter und dem Flügel am Stein entlangschrammte.

Um die Sache noch schlimmer zu machen, fielen die Stufen an manchen Stellen vom Pfeiler weg ins Leere ab, und ihre glitschige Oberfläche gab sich alle Mühe, um ihn abzuwerfen. Am Pfeiler fand er keinerlei Halt – es gab kein Seil, keine in Stein gehauene Griffe, keine Eisenhaken.

Er kam nur langsam voran. Benfro war bisher nicht aufgefallen, wie dünn die Luft schon seit einer ganzen Weile war, aber er hatte auch nichts Anstrengenderes getan, als zu schreiben und ab und zu durch sie sanft auf- und abwärtsführenden Gänge der Anlage zu wandern.

Er spürte, wie seine Lunge bei der Anstrengung schmerzte, genug Luft zu bekommen. Seine Beine wurden immer schwerer und reagierten immer weniger, da sie doch geschmeidig und schnell hätten sein müssen. Er blickte auf und sah zu seinem Entsetzen, dass die Spitze des Pfeilers so weit entfernt war wie eh und je, so kam es ihm jedenfalls vor. Aber er konnte jetzt nicht stehenbleiben, es sei denn, um sich für einen Moment auszuruhen. Die Treppe war zu schmal, um kehrtzumachen. Deshalb schleppte er sich weiter.

Es schien ein Leben lang zu dauern. Zweimal rutschte er aus und fiel. Es war eher Glück als Geschicklichkeit, dass er sich auf der Treppe halten konnte. Jedes Mal hatte er das Gefühl, dass es leichter wäre, hier in Kälte und Schleim liegen zu bleiben und eine Weile zu schlafen.

Aber er konnte jetzt nicht aufgeben, nicht jetzt, da er so weit gekommen war. Und wenn er einschlief, würde er sicher von der Treppe und ins Nichts stürzen. Deshalb rappelte er sich auf und zwang seine müden Beine weiter.

Als er oben ankam, wurden die Stufen noch einmal enger, sodass er am Ende nur seitwärts gehen konnte, und dabei umarmte er den Pfeiler, als sei der die große Liebe seines Lebens. Als er sich umschaute, glaubte er, den blassgrünen Widerschein der Tür sehen zu können, durch die er gekommen war, ein kleines Stück unter ihm und weit weg in der Dunkelheit. Es ermutigte ihn, dass er offenbar weiter geklettert war, als er zuvor hinuntergestiegen war. Aber dann endete die Treppe.

Er stand auf einem schmalen Absatz, der nicht viel breiter war als sein Fuß lang.

Über ihm, quälend nah und doch gerade außer Reichweite, sah er die Spitze des Pfeilers. Aus dieser Nähe brannte es mit einem beängstigenden Licht und strahlte Hitze aus. Immerhin war der Fels damit getrocknet und kein Schleim hatte sich bilden können.

Aber dennoch steckte Benfro fest. Er sah sich seine Feuerkugel an, die noch immer dicht über seiner rechten Hand schwebte. Er brauchte sie nicht mehr, deshalb ließ er sie verlöschen, und dann streckte er die Hand nach oben aus und suchte den Fels nach Stellen ab, wo er sich festhalten könnte. Genau über seinem Kopf fand er eine. Neben seinem Knie gab es zudem eine Spalte im Fels, in die er einen Zeh schieben könnte, wenn es ihm nur gelänge, sich ein wenig höher zu ziehen.

Er brauchte lange, und seine Krallen taten wahnsinnig weh, aber endlich konnte er sich auf den Pfeiler hinaufziehen. Dort hing er dann, und er hielt sich fest, wo immer nur eine Kralle Platz fand, und er hob den Kopf über den Rand, um zu sehen, was dort war.

Dort lag ein Haufen Edelsteine.

Drachensteine.

Rote Drachenedelsteine.

24

Lässt sich über die Grym überhaupt noch etwas Neues sagen? Sie ist der Stoff, aus dem das Leben ist, die Kraft, die jedes Lebewesen füllt, vom schlichtesten Grashalm bis zum mächtigsten Inquisitor. Die Grym ist eine dermaßen unendliche Macht, dass schon der winzigste Teil davon, falls falsch angewandt, einen Menschen in Flammen aufgehen lassen kann. Gelenkt, geführt und nach dem Willen eines Kampfpriesters geformt jedoch wird die Grym zu einer unvorstellbar starken Waffe.

Die meisten Novizen haben sicher die Feuerklingen gesehen, die Inquisitoren und Kampfpriester herbeirufen können. Diese sind jedoch nur die augenfälligste Manifestation von Kontrolle über die Grym. Bedenkt, dass ihre Kraft durch jedes Lebewesen fließt, ihm Gestalt und Bedeutung gibt. Auf diese Weise kann jemand, der die Grym beherrscht, auch das Wesen eines anderen Menschen manipulieren. Ein Feind kann so behutsam und so vollständig beeinflusst werden, dass er ohne Bedenken ein Messer in den eigenen oder den Leib seines geliebtesten Freundes stößt.

Die Grym ist also eine Waffe, aber sie ist noch mehr. Sie versieht nicht nur jedes Lebewesen mit Informationen, sie verbindet es auch durch ungeheuer feine Linien. Ihr braucht nicht neben eurem Feind zu stehen, um ihn zu beeinflussen, ihr braucht ihn nicht einmal sehen zu können. Ihr braucht nur zu wissen, dass es ihn gibt, dann könnt ihr mit ihm in Verbindung treten. Die Kunst liegt darin, unter den zahllosen Verbindungen im Gewebe des Lebens die richtige zu finden.

Father Castlemilk: Eine Einführung in den Orden vom Hohen Fryd

Beulah starrte den schlafenden Jungen durch die Gitterstäbe an. Er lag auf schmutzigem Stroh, und seine Beine waren auf seltsame Weise ausgestreckt, um das Gewicht von seinen Knöcheln zu nehmen. Seine pure Existenz machte sie schon wütend. Dass sich jemand solche Mühe geben konnte, um sie in dem Glauben zu lassen, er sei niemals geboren worden! Nach allem, was sie getan hatte, um das durch Leyns Liebschaft mit dem Lawennog Balch entstandene Unrecht wiedergutzumachen, allen Opfern, die sie im Laufe der Jahre gebracht hatte, um ihre Macht zu festigen und den Ruf des Hauses Balwen zu vergrößern, damit sie ihre göttliche Aufgabe ausführen könnte, war sein plötzliches Auftauchen wie ein Schlag ins Gesicht.

Aber sie konnte ihn nicht töten.

Nicht dass es ihr ein Problem bereitet hätte, ihre Familie auszuschalten. Sie war nur über die toten Rücken ihrer weniger fähigen Verwandten zum Thron aufgestiegen. Sie hatte diese grauenhafte Karikatur eines Vaters nur wegen der Gesetze des Zwillingskönigreichs so lange am Leben erhalten. Und jetzt, da sie die höchste Macht war, konnte und wollte sie diese Gesetze ändern, damit sie ihren eigenen Bedürfnissen angepasst wären. Wer dagegen protestierte, würde bald feststellen, wie unwichtig Beulah das Leben ihrer Gegner war.

Es lag auch nicht an der geheimen Fähigkeit, die er besaß. Die wäre zwar eine mächtige Waffe, aber wenn sie Billah und seinen Anhängern in die Hände fiele, würde ein unvorstellbares Gemetzel die Folge sein. Und was, wenn diese Fähigkeit mit seinem

Wesen als Halbblut zusammenhing, wenn sie sich als Nebenwirkung bei der Vermischung des Blutes der beiden Königshäuser eingestellt hätte, als hybrides Produkt der beiden magischen Linien? Wenn das der Fall wäre, dann dürfte Iolwens Kind, das bereits in ihr heranwuchs, wenn die Berichte der Spione zutrafen, niemals geboren werden. Aber selbst das war nicht der Grund, warum Beulah es nicht über sich brachte, den Jungen zu töten.

Sie verließ ihn, stieg aus den Kerkern nach oben und ging durch den Palast zu ihren Privatgemächern. Sie blieb an der Tür zu ihrem Schlafzimmer stehen, dann überlegte sie sich die Sache anders und ging weiter zu dem Raum, in dem Clun schlief. Sie hatte ihn gebeten, in ihre Gemächer umzuziehen, aber das hatte er nicht gewollt. Sein erster Versuch des Widerstands, wie ihr klar war. Doch er hatte recht. Ihn zu besuchen, mit ihm zu sprechen, mit ihm zu schlafen, wenn sie das wollte, war das eine. Etwas ganz anderes wäre es jedoch, offen mit ihm zusammenzuleben, ehe sie ihn offiziell zu ihrem Gemahl gemacht hatte. Zuerst musste er in den Adelsstand erhoben und in die höfische Gesellschaft eingeführt werden. Und dann würde er etwas sein, das allen gehörte, der königliche Gemahl eben. Irgendwann würde sie das von ihm hergeben, aber für den Moment wollte sie ihn ganz für sich.

Und deshalb konnte sie Errol nicht töten. Er war Cluns Stiefbruder. Beulah wusste selbst nicht, warum ihr das etwas ausmachte. Sie hatte schließlich befohlen, Cluns Vater und seine Stiefmutter zu beseitigen. Aber Clun hatte so oft über Errol gesprochen und schätzte ihn so sehr. Beulah erinnerte das ein wenig an die Gefühle, die sie einmal Iolwen entgegengebracht hatte. Bis ihre Schwester mit dem Feind geschlafen und damit alles ruiniert hatte.

In Beulahs Gedanken herrschte ein solches Durcheinander, dass ihr die veränderte Atmosphäre im Schlafzimmer zuerst nicht auffiel. Aber als sie leise die Tür hinter sich schloss, verspürte sie ein elektrisierendes Gefühl, eine Läuterung, die die Sorgen aus ihrem Gemüt fegte und sie mit Energie füllte. Es war etwas, das sie bisher nur sehr selten erlebt hatte, und dann nur in der Kapelle des Inquisitors in Emmas Faur. Die Anwesenheit ihres Gottes.

Clun stand neben dem Bett, nackt wie am Tag seiner Geburt. Seine Muskeln waren entspannt, seine Haltung locker, aber hinter seinen Augen glühte ein rotes Leuchten, als er nun mit zwei Stimmen sprach: Denn über seine eigene Stimme hatte sich eine klangvollere, tiefere und mächtigere gelegt, eine Stimme, bei der Beulah die Knie weich wurden und die eine zitternde Erwartung durch ihren Leib jagte.

»Herrin, Ihr sorgt Euch wegen nichts«, sagte die Stimme. »Der Junge, den Ihr in den Kerker gesperrt habt, ist nicht mein Bruder. Er hat seine Seele dem Wolf verkauft, und dort, wo einst Errol Ramsbottom stand, steht jetzt ein Dämon.«

»Stimmt das?«, fragte Beulah und ging durch das Zimmer auf ihren Geliebten zu. Er strahlte eine wütende Hitze aus und der Schweiß ließ seine Haut glänzen.

»Er muss sterben«, sagte Clun. »Und ich werde um den Bruder trauern, den ich verloren habe. Aber ich habe ihn schon vor langer Zeit verloren. Nur habe ich die Wahrheit erst jetzt erkannt.«

Beulah drehte sich zur Tür um und wusste nicht, ob sie eine Wache holen und den Befehl erteilen sollte, Errol zu töten. Doch ehe sie einen Schritt machen konnte, streckte Clun die Hand aus und umfasste ihren Arm. Es war kein rauer Zugriff, aber er war jedenfalls entschieden.

»Herrin.« Er zog sie an sich. Seine Hitze war berauschend, das Glühen in seinen Augen schien sich in ihr Gehirn einzubrennen und füllte sie mit Freude, nicht mit Schmerz. Sie konnte sich in ihm verlieren, wie sie sich noch nie verloren hatte. Mit einem leisen Wimmern der Lust ließ sie sich auf das Bett ziehen und küsste den feurigen Mund ihres Geliebten, ihres Gottes.

Sie waren wie der Edelstein, den er aus dem Fluss geholt hatte, aber zehnmal so groß und eher blutrot als bleich. Benfro hatte sie nicht gezählt, aber es waren sicher mehr als zwanzig. Sie lagen in einem in den Stein gehauenen Kreis, der glatt wie Marmor war, wenn man von den seltsamen eingravierten Runen absah, die Benfro aus seiner verzerrten Haltung jedoch nicht lesen konnte. Der Kreis erinnerte ihn an ein Vogelnest, das Nest eines riesigen Raubvogels, das hoch auf einer unerreichbaren Felsnadel hing. Aber wenn das hier ein Nest war, wo war dann sein Hüter?

Benfro sprang hoch und klammerte sich an die Spitze des Pfeilers. Der Raum war eng, und er war müde, seine Arme konnten ihn kaum noch tragen. Mit dem Übelkeit erregenden Gefühl, hier etwas richtig Dummes getan zu haben, verlor er das Gleichgewicht und krachte auf die Edelsteine. Sie kullerten auseinander wie Murmeln, stießen zusammen und rollten im Kreis herum. Einige fielen über den Rand und klapperten ganz entsetzlich, als sie die Stufen hinunterhüpften und dann tief unten ins Wasser fielen. Das Echo zerriss die Luft der riesigen Höhle wie die Schreie eines tödlich verwundeten Tieres.

Und dann wurden diese Schreie zu einem einzigen gewaltigen Geheul. Benfro schaute auf und sah einen riesigen Drachen auf sich zukommen. Der Drache hatte die Beine zum Angriff ausgestreckt, die Krallen waren zum Töten ausgefahren. Die Augen loderten von einem solchen Hass und Zorn, wie Benfro es sich nie hätte vorstellen können. Nicht einmal die Augen von Inquisitor Melyn hatten dieses Leuchten gehabt.

»Was hast du getan?« Magogs Stimme ließ die Höhle erzittern und löste Benfros ohnehin nur noch schwachen Griff. Die gewaltige Bestie, wilder als sie je erschienen war, landete oben auf dem Pfeiler und versuchte, die Steine zu einem Kreis zu sammeln. Aber der Drache war nur ein körperloses Bild, ein bleicher Schatten seiner selbst. Nur der Wind seines Flügelschlags besaß eine gewisse Substanz, zusammen mit dem Zittern des gesamten Berges. Weitere Edelsteine kullerten über den Rand und nun waren in dem kleinen Kreis nur noch sechs unsystematisch herumliegende übrig.

Lodernd vor Zorn griff das Bild von Magog, die Erinnerung an den größten Magis aller Zeiten, nun Benfro an. Seine roten Augen waren so dunkel, dass sie fast schwarz aussahen, und sie saugten allem, was in ihrer Nähe war, mit unwiderstehlicher Kraft das Leben aus. Er senkte sich, bis seine Nase so dicht vor Benfros war, dass der glaubte, Magogs Atem heißen und drohenden Atem zu spüren.

»Das wirst du bereuen, Bürschchen.« Jeder Anschein von Vernunft hatte die Bestie jetzt verlassen. Benfro erkannte den Wahnsinn, den er beim Stummen Stein zu ertränken versucht hatte. Das hier war der wahre Magog, rachsüchtig und verbittert, getrieben von dem Bedürfnis, auf Kosten der Seelen anderer für immer zu leben.

»Viertausend Jahre harter Arbeit sind in diesen Ort investiert worden«, kreischte Magog. »Das größte Werk der Magie, das jemals geschaffen worden ist. Nicht einmal mein Bruder, dieser elende Hexer, hätte einen solchen Zauberspruch ersinnen können. Aber du willst es durch schnöde Neugier zerstören?«

Benfro klammerte sich mit aller Kraft an den Felsen. Er wusste nicht, warum, aber er wusste, dass er sich von diesen letzten sechs Steinen befreien musste. Vielleicht könnte er hochspringen und sie alle von der Pfeilerspitze fegen, aber dazu brauchte er festen Halt für seine Füße. Er hing an den Spitzen seiner Krallen. Angst und Schmerz erfüllten ihn, und doch zählte diese ruhige Stimme in seinem Kopf Hinterkopf die Sekunden, bis seine Arme aufgeben würden.

»Du ahnst ja nicht, wie lange es gedauert hat, dich herzuholen«, sagte das Bild. »Die Drachenheit wurde fast ausgetilgt, als mein Bruder, dieser Verräter, die Menschen auf diese Welt losgelassen hat. Ich habe alles geopfert, um deine Familie am Leben zu erhalten. Um meine Familie am Leben zu erhalten. Du hast ja keine Ahnung, wie lange ich darauf gewartet habe, dass deine Mutter, die holde Morgum, endlich ihre Pflicht erfüllte. Die Tochter der Biel, die ihrerseits die Tochter der Ymlein war, die Tochter der Galadrel, die Tochter der Myfanwy, deren Vater ich war. Du bist der erste männliche Drache, der geschlüpft ist, seit mein verräterischer Bruder der Welt seinen Fluch auferlegt hat. Und als was für eine Enttäuschung hast du dich erwiesen!

Nun habe ich lange genug Geduld gezeigt.« Magogs Bild war jetzt fast durchscheinend. »Ich kann nicht länger darauf warten, dass du beschließt, das zu lernen, was du jetzt schon wissen müsstest. Es ist besser, wenn ich dich jetzt erledige. Lebewohl, Benfro. Es wird Zeit für Magog, den Sohn des Sommermondes, wieder zu leben.«

Das Bild warf sich vorwärts. Benfro schreckte zurück vor den langen schuppigen Fingern, die sich nach ihm ausstreckten, aber er hatte keine Fluchtmöglichkeit. Schmerz hämmerte in seinem Kopf, wie er noch keinen je gespürt hatte, Magog griff in Benfros Gedanken und schälte eine Schicht von Erfahrungen, Erinnerungen und Gefühlen, die Benfro ausmachten, nach der anderen ab. Benfro hatte das Gefühl, als müsse sein Schädel explodieren, als sei dieser zu klein für die Jahrtausende von Hass, Neid, Gier und Lust, die den großen Magis formten.

Dann wusste er, was er zu tun hatte. Es war, als ob eine Stimme in seinen Gedanken gesprochen hätte. Er versuchte, das Bohren von Magogs Erinnerungen zu ignorieren, und während diese ihre grausigen Finger in Benfros Gehirn schoben, stellte er sich vor, wie seine eigene Aura sich wie eine zweite Haut über seinen Körper erstreckte, weich und geschmeidig, aber auch stahlhart und imstande, Feuer einzuschließen. Mit einem Gedanken zog er die Aura um seinen Kopf zusammen und freute sich über die Überraschung im Gesicht des Magis.

»Endlich, ganz zum Schluss kämpfst du«, sagte das Bild, und das Staunen schlug in fast kindliches Entzücken um. »Und gelernt hast du auch, aber das wird dir nichts nutzen. Ich habe dich vollkommen im Griff. Aber wehr du dich nur. Das macht meinen Sieg nur noch süßer.«

Benfro achtete nicht auf dieses Gerede, er war einfach froh, weil das Gefühl, dass sein Gehirn geschunden wurde, nun verflog. Er konzentrierte sich darauf, seine Aura von seinen baumelnden Füßen und seinem Schwanz auf das Felssims unter ihm auszudehnen. Er konnte nicht sehen, was er tat, und wagte nicht, sich umzuschauen, um nicht aus dem Konzept zu geraten, aber das Bild des Magog war zu vertieft in seine größenwahnsinnige Schadenfreude, um das zu bemerken.

»Die Welt wird Furcht kennenlernen, wenn ich mich wieder erhebe«, sagte das Bild und erinnerte Benfro an die oft zitierte Redensart, die seine Mutter gern über Huhn und Ei benutzt hatte. »Diese jämmerlichen schwingenlosen Kreaturen, die sich für Drachen halten, werden vernichtet werden. Ich werde ein neues stolzes und hemmungsloses Geschlecht an ihre Stelle setzen. Und wir werden jagen, oh, was werden wir jagen. Welche bessere Beute gibt es denn, als eine, die Furcht kennt, eine, die ihr Verderben voraussehen kann? Die Jagd auf diese Menschen wird für meine neue Herrenrasse ein ganz besonderer Sport sein.«

Benfro konnte es jetzt spüren, er stand zwar noch nicht richtig auf dem Felssims, aber das Gewicht an seinen Fingern ließ nach, der Druck auf seine Arme gab nach, und die verräterische zählende Stimme in seinem Hinterkopf verstummte. Das reichte, um ihn in seinem Entschluss zu bestärken. Schon konnte er spüren, wie die bohrenden Erinnerungen Risse in den Schutzpanzer schlugen, den er so eilig um sich herumgeworfen hatte. Ohne einen weiteren Gedanken spannte er die Beine an, warf sich vor und machte mit einem Arm eine fegende Bewegung.

»Was?«, war alles, was Magogs Bild sagen konnte, ehe die letzten sechs Edelsteine von der Spitze des Pfeilers gewischt wurden und in die Dunkelheit stürzen. Als sie fielen, ließ ein furchtbarer Schrei die ganze Höhle erbeben, laut genug, um Benfro beinahe zu betäuben. Das Bild erhob sich mit gespreizten Flügeln und kreischte vor Wut, dann sprang es vom Pfeiler den Edelsteinen hinterher. Benfro sah zu, wie es zu Nichts verblasste und seine Schreie leiser wurden. Die Stille wurde von dem Rauschen in seinen Ohren verstärkt. Er machte noch einen Versuch, seine Aura nach unten auszudehnen, in der Hoffnung, sich dann herunterlassen zu können. Zu spät. Seine Finger glitten ab und er knallte auf das schmale Sims, in dem Wissen, was als Nächstes passieren würde. Mit einem Übelkeit erregenden Krachen brach das Sims ab und Benfro kippte rückwärts in den Abgrund.

Errol hörte das Klappern des Schlüssels im Schloss und das Wimmern des rostigen Metalls, als sich die Tür öffnete. Er bewegte sich nicht. Selbst wenn er hätte aufstehen können, hätte er sich nicht die Mühe gemacht. Es hatte keinen Sinn. Sie würden ihn auf jeden Fall töten. Es war nur eine Frage der Zeit. Dann würde alles zu Ende sein und er könnte sich endlich ausruhen.

Sein Kopf schmerzte noch immer von den Drogen, die ihn auf dem ganzen Weg von Emmas Faur hierher bewusstlos gehalten hatten. Seine Knöchel schmerzten nicht mehr in dieser scharfen, stechenden Weise, sondern taten jetzt nur noch durchgehend weh. Er wusste nicht genau, ob er noch seine Zehen spüren konnte, und hatte keine Lust zu dem Versuch, diese zu bewegen. Seine gebrochenen Rippen stachen noch immer bei jedem Atemzug, aber dieser Schmerz war zu einem alten Freund geworden. Bis er hochgehoben wurde.

Zwei Wachen schleiften ihn durch die Gänge und über die Treppen nach oben. Er sah für einen Moment den Morgenhimmel und staunte über das Licht, das sich in den Glasfenstern des riesigen Thronsaals spiegelte. Doch ehe er weiter darüber nachdenken konnte, wurde er von dem offenen Eingang verschlungen und in den Bauch der Bestie hinuntergeschoben.

Es war so ungefähr wie beim ersten Mal. In der großen Halle waren nur wenige Menschen. Wachen standen vor allen Türen, ein älterer Mann mit hagerem Gesicht saß an einem Schreibtisch neben dem Podium und auf dem gewaltigen schwarzen Thron lehnte Königin Beulah an einer massiven steinernen Armlehne. Inquisitor Melyn saß auf einem kleinen hölzernen Stuhl. Die Drachin hatte sich so klein gemacht, wie sie nur konnte, und versuchte, eine Stelle hinter dem Thron zu finden, wo sie nicht gesehen wurde. Ein weiterer Mann stand neben der Königin, groß und stark. Errol erkannte ihn erst, als er näher zum Thron gezerrt wurde.

»Clun.« Seine Stimme war kaum mehr als ein heiseres Flüstern, aber sein Stiefbruder erwiderte seinen Blick nicht, sondern wandte sich ab und starrte die Königin an.

»Kennst du diesen Verräter?«, fragte sie ihn.

»Nein, Herrin.« Es war einwandfrei Cluns Stimme, und doch war sie anders, als spräche jemand durch ihn. Jemand, der nicht wusste, wie Clun sprach. »Ich habe einst einen Jungen gekannt, der so aussah, aber der ist seit Langem tot.«

»Was? Clun, ich bin's, Errol. Schau her.« Er hätte noch mehr gesagt, aber einer seiner Bewacher schlug ihn brutal ins Gesicht.

»Du hast nur zu sprechen, wenn du gefragt wirst«, zischte der Mann.

»Bringt ihn her«, sagte Beulah, und abermals wurde Errol auf das Podest gezerrt.

»Haltet ihn hoch.« Die Königin erhob sich und kam auf Errol zu. Sie war schlicht, aber elegant gekleidet, in Gewänder, die praktisch waren, und nicht in den dekorativen Tand, der gemeinhin an Königshöfen üblich war. Errol konnte in ihrem Gesicht nichts lesen, und er wollte auch nicht, dass sie durch seine Gedanken schritt. Verzweifelt warf er den Kopf zur Seite und registrierte die Details des Thronsaals, die ihm bisher entgangen waren: die elegant gemeißelten Wände, bei denen die feinsten Verzierungen abgehackt worden waren, die riesigen Fenster aus farbigem Glas, allesamt willkürliche Stücke, wie ein von einem ungeduldigen Kleinkind zusammengehauenes Puzzlespiel. Selbst die Bodenplatten zeigten Spuren eines Musters, waren aber angehoben und neu gelegt worden, als habe das Muster fast vollständig verschwinden sollen.

»Was ist hier passiert?«, fragte er. Seine Belohnung war ein weiterer Fausthieb ins Gesicht. Betäubt von dem Schlag schaute er zu Boden und spuckte einen blutigen Zahn aus. Dann fiel ihm etwas auf, das vorher nicht dort gewesen war. Das Muster auf dem Boden war ein sich windender Schwanz, und auf der benachbarten Platte setzte sich das Motiv fort. Er schaute auf und sah die Fenster in unversehrter Form, ihre vielfarbigen Glasscheiben zeigten ein Bild, das ihn an eine vor langer Zeit gehörte Geschichte über Drachen erinnerte, die die Welt beherrschten. Namen fielen ihm ein: Rasalene und Arhelion, Palisander mit der Schwingenspreite, Maddau die Weise. Sie waren hier im Glas zu sehen, ihre Geschichten entfalteten sich von Fenster zu Fenster, und die in die Mauern gemeißelten Muster setzten die Geschichte fort. Der gesamte Thronsaal war eine einzige lange Erzählung.

»Drachen.« Er versuchte, nicht zu lachen, weil das seine Rippen nur noch mehr schmerzen ließ. Mit diesen Worten und mit den Schmerzen war der jetzige Zustand des Thronsaals wieder da. Aber Errol wusste, dass er die Wahrheit gesehen hatte. »Diesen Saal haben Drachen errichtet, genauso wie Emmas Faur. Wir sind nur Ratten, die durch ihre Räume rennen, nachdem sie verschwunden sind.«

Er spürte, dass der Schlag kam, und machte sich bereit, schloss die Augen. Er hörte ein lautes Klatschen, aber er spürte nichts, und als er aufschaute, sah er, dass Königin Beulah dicht vor ihm stand und den behandschuhten Arm des Wachpostens festhielt.

»Das reicht«, sagte sie, dann wandte sie Errol ihre Aufmerksamkeit zu. »Bist du wirklich eine Ratte, Errol Ramsbottom?«, fragte sie. »Oder bist du ein Verräter?«

»Ich bin kein Verräter, Eure Majestät.«

»Dann also nur eine Ratte.« Beulah lächelte ein kaltes, das Herz zum Stehen bringendes Lächeln. »Weißt du, warum du hier bist?«

»Nein, Majestät«, antwortete Errol.

»Dann werde ich es dir sagen«, erklärte die Königin. »Du bist hier, weil du deinen Orden getäuscht hast. Normalerweise wird ein Novize dann in die Faeren-Schlucht geworfen, aber wie ich gehört habe, ist das schon passiert, und du hast es überlebt. Wie ist das möglich, Errol Ramsbottom?«

»Ich weiß es nicht, Majestät.« Errol wünschte, sie würde einfach das tun, was sie doch offenbar vorhatte.

»Glaubst du, der Hirte hat dich gerettet?«

»Ich würde mir niemals anmaßen, seinen Willen zu durchschauen, Majestät.«

»Oder hast du dich an König Billah verkauft, deine Seele dem Wolf hingegeben?« Die Worte trafen Errol mit brutaler Gewalt. Königin Beulah verlangte ein Geständnis von ihm, hier vor Zeugen. Dann könnte sie ihn in die Stadt bringen und offiziell hinrichten lassen. Es würde ein langwieriger Prozess voller endloser Qualen werden. Plötzlich wollte er leben, einfach entkommen.

Jeder andere Ort musste besser sein als das hier. Wenn er nur einen Ausweg finden könnte.

Er suchte nach den Linien, warf seine Gedanken danach aus, ignorierte alles um sich herum, was ihn ablenken könnte. Die Linien schwammen wie große fette Fische in sein Blickfeld. Riesige Rollen aus unvorstellbarer Kraft strahlten aus allen Richtungen. Und alle konzentrierten sich auf die gewaltige Masse des Throns. Es war ein riesiges Kraftzentrum, das die Energie der gesamten Welt anzapfte, und er konnte es nutzen, um sich an jeden anderen Ort zu begeben. Wenn er nur herausfinden könnte, wie.

Ein rotes Feuer loderte in Errols Brust auf, als er die nächstgelegene Linie nach einer Fluchtmöglichkeit absuchte. Plötzlich fiel ihm das Atmen schwer, und die fetten Kraftlinien verschwanden vor seinen Blicken. Seine Augen richteten sich abermals auf die Königin. Sie schüttelte ganz leicht den Kopf und ihre Augen suchten unter seinem Gesicht nach seiner Brust. Die Kraft schien aus seinem Hals hinauszusickern, und auch sein Blick senkte sich zu der Stelle, wo Beulahs ausgestreckte Arme auf ihn wiesen.

»So kann ich dich doch nicht weglaufen lassen.«

Ihre Hand war um den Griff eines kurzen Silberdolchs geschlossen. Die Klinge steckte in seiner Brust. Errol spüre, wie sein Leben aus ihm entwich, und der Raum um ihn herum wurde dunkel. Er wollte Danke sagen, aber ihm fehlte die Kraft, auch nur dieses eine Wort zu murmeln. Das Letzte, was er hörte, war die Stimme der Königin.

»Werft seine Leiche den Hunden hin«, sagte sie.

Benfro fiel durch das Schwarze und drehte sich dabei um sich selbst. Instinktiv hatte er sich von dem Pfeiler abgestoßen, als er das Gleichgewicht verloren hatte, deshalb krachte er im Sturz wenigstens nicht dagegen. Als er die letzten Edelsteine weggefegt hatte, war das Licht erloschen, und die roten Speichen aus Leuchten waren verschwunden, als ob sie niemals existiert hätten. Jetzt stürzte er in die Dunkelheit und hatte als Gesellschaft nur die wirbelnden Farben seiner Aura.

Er fragte sich, warum er nicht die Flügel ausbreitete. Er war so oft von dem Felsen auf Corwens Lichtung gesprungen, dass er das jetzt mit geschlossenen Augen schaffen konnte. Er versuchte, die Flügel ein wenig zu öffnen, gerade so weit, dass er genug Luft einfing, um sich aufzurichten, obwohl er eigentlich gar nicht wusste, in welcher Richtung oben war. Das verlangte größere Kraft, als er erwartet hatte, und er musste seine Flügel vollständig ausbreiten, um langsamer zu werden. Die Luft war nicht nur zu dünn zum Atmen, das ging ihm jetzt auf, sie war auch zu dünn, um ihn zu tragen.

Er versuchte, sich in Gedanken ein Bild der Höhle zu machen, und schloss seine Flügel in großem Bogen gegen die Fallrichtung. Wundersamerweise knallte er nicht gegen eine Mauer oder einen Pfeiler, aber er flog blindlings weiter. Er wusste nicht, wie tief er gefallen war oder wie weit es noch nach unten ging. Und er wusste zwar, dass es unten Wasser gab, aber nicht, wie tief es war. Ein Instinkt regte sich nun in ihm und er drehte ab. Sein Schwanz stieß gegen Stein, stechende Schmerzen jagten sein Rückgrat hoch. Sein Kopf fühlte sich an, als sickere alles Leben aus ihm hinaus, und der Muskelknoten in seinem Rücken machte sich wieder mit aller Wucht bemerkbar.

Zuerst glaubte Benfro, Punkte vor seinen Augen zu sehen. Winzige rote Flecken blinkten und schimmerten unter ihm, und sie kamen immer näher, je weiter er fiel. Dann wurde ihm klar, dass er die Edelsteine sah, die nun auf dem Boden der Höhle verteilt waren. Er versuchte, die Flügel zu bewegen, um seinen Sturz zu verlangsamen, jetzt, da er sich einigermaßen orientieren konnte. Es passierte aber nicht viel, und ihm blieb nichts anderes übrig, als die Flügel ausgestreckt zu lassen. Immerhin vermittelten die Edelsteine ihm einen Eindruck davon, wo Pfeiler und Wände sich befanden.

An das Wasser erinnerte er sich zu spät.

Er schlug mit dem Bauch zuerst auf und wertvolle Sekunden verdutzten Erstaunens vergingen, während er zu begreifen versuchte, was geschehen war. Er hatte die eiskalte und kristallklare, stille Wasseroberfläche nicht gesehen und war voll hineingeflogen. Wasser traf sein Gesicht und zwang sich durch seine Kehle und seine Speiseröhre, während der Aufprall ihm alle Luft aus der Lunge schlug. Seine ausgestreckten Flügel, zu müde, um sich an seine Seiten zu legen, fingen die Wucht des Sturzes auf. Sie wurden schmerzhaft in ihren Gelenken herumgerissen, hielten ihn aber an der Oberfläche.

Spuckend und keuchend schlug Benfro in der Dunkelheit um sich. Er konnte nicht denken, und das Wasser war so kalt, dass es die noch verbliebene Kraft aus ihm heraussaugte. Er konnte spüren, wie es ihn nach unten zog, und er konnte nicht mehr gegen diesen erbarmungslosen Sog ankämpfen.

Dann trafen seine Füße auf den Boden auf.

Das Wasser reichte ihm nur bis an die Brust. Er blieb stehen, während er hustete und würgte und versuchte, den Rest davon aus seiner Lunge zu entfernen. Als er dann richtig atmen konnte, watete er durch die Dunkelheit zu der Stelle, wo er den Pfeiler vermutete, und tastete auf der Suche nach Stufen am Stein herum. Es gab keine Stufen, und die Oberfläche war glatt wie Glas, es war unmöglich, daran hochzuklettern.

Als er dann innehielt und das letzte Zittern des Aufpralls verschwand, bemerkte er endlich das Geräusch, das die ganze Zeit irgendwo hinter seinen Gedanken vorhanden gewesen war. Es war das sanfte Rauschen von Wasser, das über Felsen floss. Er versuchte, in der Dunkelheit die Herkunft dieses Geräuschs zu lokalisieren, aber die Höhle war zu groß, das Echo wurde vom

Wasser zurückgeworfen und war deshalb verwirrend und verhinderte die Orientierung. Benfro musste sehen, und er musste aus dem eiskalten Wasser heraus, aber egal, was er auch versuchte, er konnte die Grymlinien nicht herbeirufen. Wenn er sie nur finden könnten, dann könnte er das Feuer erreichen, das hoch über ihm so warm und gastfreundlich brannte. Oder war es erloschen, als Magog verschwunden war?

In seiner Verzweiflung griff Benfro nach dem Feuer, wie er es schon einmal getan hatte, und er benutzte nur seine Erinnerung an den Raum. Er rechnete nicht damit, dass es funktionieren würde, aber er versuchte es dennoch, er hob die flackernde Flamme auf, formte mit seiner Aura daraus eine Kugel und zog sie zurück zu sich selbst.

Licht loderte in seiner ausgestreckten Hand auf und vertrieb die Dunkelheit in die Schatten. Es gab auch Hitze. Er konnte spüren, wie sie sich nach und nach durch seine Aura brannte. Er brachte die Kugel näher an seine Brust und versuchte zitternd, sich an der gefangenen Flamme zu wärmen. Doch diese war zu schwach, um viel ausrichten zu können.

Immer in Bewegung bleiben, dachte er, und jetzt, da er Licht hatte und sehen konnte, konnte er auch die Quelle des Geräuschs finden. Er watete zur nächstgelegenen Wand und sah, dass dort kleine Rinnsale aus höher gelegenen Rissen und Spalten nach unten liefen. Er griff nach einem solchen Riss, der sich genau über ihm befand, aber er war zu weit entfernt, und seine Arme waren auch zu müde, um ihn nach oben zu ziehen.

Etwas streifte Benfros Bein. Fast hätte er vor Überraschung die Flammenkugel fallen lassen. Nun neigte er sich hinab und schaute in das klare Wasser. Er war von Fischen umgeben, die das Licht angelockt hatte. Sie sahen aus wie Lachse, hatten aber undurchdringliche weiße Augen. Und sie waren riesig, so lang wie sein Arm. Seine Anwesenheit machte ihnen offenbar keine Angst, denn sie schwammen neugierig um seine Hüfte und knabberten an seinen Schuppen, als ob hier seit vielen, vielen Jahren nichts dermaßen Interessantes mehr passiert wäre.

Vor seinen Augen jagte dann einer der Fische nach der unbegreiflichen Art seiner Gattung davon. Er schwamm in aller Eile auf den Höhlenboden und stupste den nächstliegenden roten Edelstein an, bewegte ihn mit der Nase, bis der Stein einige Fingerbreit über dem Boden schwebte. Mit einem einzigen, fast grausamen Schlucken verschlang der Fisch dann den Edelstein. Benfro sah sich um und sah einige andere Steine, die im einen Moment rot waren und im nächsten verschwunden, weil die Fische sie verschlungen hatten. Er lächelte vor sich hin. Er wusste ja nicht, wem diese Edelsteine gehört hatten, war aber sicher, dass ein großer Teil von Magogs Macht in ihnen ruhte. Wenn es hier Fische gab, dann musste es auch einen Ausgang geben, und wenn diese Fische zum Wegschwimmen ermutigt werden könnten, würden sich die Edelsteine bald in einem weiten Umkreis verteilen. Diese Vorstellung wärmte seine Seele, auch wenn sein Körper weiterhin zitterte.

Langsam tastete Benfro sich um die Höhle herum. Er hielt mit einer stets Kontakt zur Felswand, während die andere Hand sein Licht hielt. Er hatte den Eindruck, dass das Rauschen lauter wurde, und dann fand er endlich die Quelle.

In die Höhlenwand war ein großer Bogen gebrochen worden. Nach allem, was Benfro mit seiner kleinen Lichtquelle sehen konnte, war dieser an seiner höchsten Stelle wohl vierzig, vielleicht fünfzig Spannen hoch, und unten fast ebenso weit. Irgendwann in der Vergangenheit war der Boden eingestürzt und der Schutt hatte einen soliden Damm gebildet, der das Wasser des eiskalten Sees zurückhielt. Wasser ergoss sich darüber und schäumte in die Dunkelheit hinunter, aber es war nur eine dünne Wasserschicht, nicht tief genug, um den Lachsen das Entkommen zu gestatten.

Benfro stieg aus dem Wasser und zog sich auf den Damm aus Schutt, während die Fische noch immer seinem Licht zustrebten. Die Steine bewegten sich auf beunruhigende Weise unter seinem Gewicht, und er konnte sehen, wie das Wasser durch winzige Risse im Damm floss. Vorsichtig ließ er sich auf der anderen Seite herunter und befand sich dann in einem breiten Tunnel. Der Tunnel zog sich nach unten und von ihm weg und der entstehende Fluss wirbelte in der Tunnelmitte. Dieser Tunnel musste nach draußen und in Sicherheit führen.

Er machte sich auf den Weg, mit hocherhobenem Licht, dann kam ihm ein Gedanke. Er machte kehrt, ging zum Damm zurück, stieg hinauf und kroch in die Mitte. Dort gab es mehrere Felsbrocken, die von der stetigen Strömung gelockert worden waren. Benfro war sicher, dass es keine große Mühe machen würde, sie zu bewegen.

Er senkte seine Flammenkugel über das Wasser. Er konnte die Fische darauf zuschießen sehen. Ohne zu zögern klemmte er sich, so gut er konnte, zwischen die Felsbrocken und stemmte die Füße gegen den einen Block. Der gab sofort nach und öffnete einen Durchgang für das Wasser. Die Fische wurden von der plötzlichen Strömung erfasst und durch die Lücke geschwemmt. Sie fielen zappelnd auf den Tunnelboden und wurden dann vom Wasser davongetragen.

Das Gewicht des Wassers erfasste die nächsten beiden Steine und trug sie ganz ohne Benfros Hilfe hinter dem ersten her. Zu spät erkannte er, was er da ausgelöst hatte: Ein Felsbrocken nach dem anderen wurde weggeschwemmt. Er stolperte weiter, bis sein Rücken gegen die Tunnelwand gepresst wurde. Noch immer riss die Flut an dem schwachen Bauwerk und der sanfte Bach wurde zu einer wütenden Strömung.

Und dann verschwand der Felsen, auf dem Benfro saß. Benfro fiel in den Mahlstrom, und ehe er auch nur einen Gedanken fassen konnte, war sein Kopf schon unter Wasser. Er konnte sich nicht mehr konzentrieren, und damit verschwand die Aura, die sein Licht umgab, und das Feuer erlosch. In der pechschwarzen Finsternis wurde er immer wieder umgedreht und knallte gegen Wände und Boden. Aber nach und nach beruhigte sich die bisher so wilde Strömung und wurde zu einem ruhig dahinfließenden Fluss. Benfro versuchte, die Füße nach unten zu strecken und den Kopf zu heben, zu stehen und zu atmen, aber der Boden war glitschig. Endlich konnte er durch die Wasseroberfläche brechen und nach Luft schnappen, während er weiter durch den Tunnel trieb.

Er konnte nicht erkennen, wohin es ging oder wo die Wände waren, sondern spürte nur, dass die Strömung ihn immer wieder gegen die Felsen warf. Und dann konnte er plötzlich Umrisse erkennen. Langsam sickerte Licht in die Welt, grelles, weißes Licht. Benfro konnte die Steine um sich herum und die Wasseroberfläche sehen. Blasen und Strömungen waren faszinierende Dinge, weil er so lange kein natürliches Licht mehr gesehen hatte. Sogar seine Hände sahen anders aus. Er war so vertieft in dieses neue Erlebnis des Lichts, dass er nicht bemerkte, wie die Öffnung, durch die das Licht kam, auf ihn zuschoss. Jedenfalls nicht, bis sie unmittelbar vor ihm war.

Er jagte mit einem weißschäumenden Wasserstrahl aus der Felswand und begriff erst nach einigen Sekunden in der Luft, dass er sich zu hoch über dem Boden befand. Er warf sich herum und öffnete instinktiv die Flügel, um die Luft zu fangen. Aber sofort gefror das Wasser, das sie bedeckte, und zog die Flügel und Benfro selbst nach unten. Und ehe er etwas dagegen tun konnte, knallte der verschneite Boden gegen ihn, und das Licht ging aus.

25

Im Traum hast du die Macht, jemanden mitzunehmen, wohin immer du willst. Ein unbehütetes Gemüt ist leicht zu manipulieren, und das gilt noch mehr für ein unbehütetes schlafendes Gemüt. Denk jedes Mal daran, wenn du deinen Frieden mit dem Hirten machst und dich zur Nacht niederlässt, denn es gibt Wesen in deiner Nähe, die in deine Träume schlüpfen und nach ihrem eigenen Willen mit dir verfahren möchten.

Hüte dich vor den Zeichen. Wenn du unausgeruht erwachst und dich nur an wenige Dinge aus der Nacht erinnern kannst, dann bist du wahrscheinlich angegriffen worden. Wenn du nicht sicher bist, ob etwas, das du weißt, wahr ist, dann besteht die Gefahr, dass es dir in einem Traum erzählt worden ist. So manche Schlacht wurde gewonnen, noch ehe ein einziger Blutstropfen vergossen war, einfach, weil ein General das Schlachtfeld verlassen hatte, in der Überzeugung, der Kampf sei bereits zu Ende.

Father Castlemilk: Eine Einführung in den Orden vom Hohen Fryd

»Aufwachen! Zeit zum Aufbruch!«

Errol hörte das durch eine warme, verschwommene Dunkelheit. Er trieb in einem Meer aus nichts, sein Körper war gefühllos, alle Schmerzen waren verschwunden. Er wusste nicht, wie lange er schon dort war, wo immer das sein mochte. Aber es war ihm eigentlich auch egal. Wenn das der Tod war, dann wollte er nur zu gern tot sein, fort von den Sorgen der Welt, dem Schmerz, der sinnlosen Grausamkeit und dem Leiden. Zeit hatte in dieser behaglichen Dunkelheit keine Bedeutung gehabt, bis die Stimme gekommen war und alles ruiniert hatte.

»Los, Errol, du musst aufwachen!«, sagte die Stimme. Es war eine hübsche Stimme, die Stimme einer jungen Frau. Er kannte sie von irgendwoher, wollte aber nicht darüber nachdenken. Um sich daran zu erinnern, würde er Erinnerungen durchsuchen müssen, die er viel lieber ignorieren wollte.

»Errol Ramsbottom, ich weiß, dass du da bist. Du bist nicht tot. Du musst jetzt zu mir zurückkommen.«

Etwas bewegte sich am Rand von Errols Blase aus Nichts. Eine überaus sanfte Brise schien um seine Finger zu spielen, seine Haare zu zausen. Er versuchte, sich dagegen zu werden, wollte sich weiterhin als körperlos ausgeben. Wenn er keine Arme und Beine hatte, konnte ihn niemand verletzen, in dem er sie brach. Wenn er kein Herz hatte, konnte es nicht von der silbernen Klinge der Königin durchbohrt werden.

Das Bild von Beulahs Gesicht lächelte ihn spöttisch an, als er gegen die Flutwelle des Daseins kämpfte. Sie hatte ihn mit ihrem unsinnigen Gerede abgelenkt, das begriff er jetzt. Sie hatte ihn immer töten wollen, aber er sollte nicht wissen, was passieren würde, damit er nicht verschwinden könnte. Doch warum hatte sie ihn töten wollen? Was hatte er ihr denn jemals angetan?

»Errol, komm schon!« Die Stimme ließ ihm keine Ruhe. Nicht Beulah, sondern eine andere starke Frau, die er einmal gekannt hatte. Seine Mutter? Nein, er wollte nicht in seiner Erinnerung suchen. Er wollte viel lieber tot sein. Wenn er tot war, konnte ihn niemand verletzen.

Sein Körper wurde jetzt schwerer. Er hatte plötzlich das Gefühl, auf kaltem Stein zu liegen. Etwas Hartes, das nicht nachgab, presste sich gegen seinen Rücken. Er wollte sich bewegen, konnte sich aber nicht erinnern, wie. Ein Teil von ihm schreckte bei der Erinnerung an den Schmerz zurück. Seine Knöchel pochten und plötzlich bemerkte er ein Klopfen in seiner Brust. Er atmete, und sein Herz hämmerte, hämmerte, hämmerte und toste in seinen Ohren wie ein Sommersturm.

»Errol, wach jetzt auf.« Er spürte, wie Hände sein Gesicht berührten. Die Königin hatte sein Gesicht berührt, und jetzt sah er sie durch festgeschlossene Augen, als sie sich über ihn beugte. Sie hatte einen Dolch. Wieso hatte er den nicht schon längst gesehen? Sie zog den Dolch hervor und hielt ihn so geschickt in der Hand wie eine geübte Meuchelmörderin. Er wollte sie aufhalten, aber seine Arme waren von ihrem Starren gelähmt, als sie sich langsam, ach, so langsam vorbeugte und ihm die Klinge ins Herz stieß.

Errol schrie auf. Weißglühender Schmerz erfüllte ihn wie Feuer, das in seinem Herzen explodierte. Er beugte sich vor, seine Hände griffen nach seiner Brust, er riss die Augen weit auf und sog sich die Lunge in langen Zügen voll Luft.

»Du lebst!« In der Stimme lag eine Freude, die er nicht erwartet hatte. Er versuchte, sich zu konzentrieren und das Bild der lächelnden Königin abzuschütteln. Ein Bild perfekter Schönheit zeigte sich zitternd vor seinen wässrigen Augen.

»Martha?«

Magog kam im Traum zu ihm.

Benfro wusste fast von Anfang an, dass es ein Traum war, auch wenn er sich nicht daran erinnern konnte, dass er sich schlafen gelegt hatte. Er konnte sich an nichts erinnern. Er wollte fort aus diesem Traum, wollte aufwachen, steckte aber fest. Er hatte nicht einmal den Trost, auf das, was geschah, reagieren zu können. Er konnte nur zusehen, wie sich die Geschehnisse vor seinen Augen entfalteten.

Zuerst war es angenehm. Er flog wieder, jagte mit müheloser Leichtigkeit über Berge und Bäume, trotz des leichten Schmerzes in seinem linken Flügel. Er konnte von hier aus die ganze Welt sehen, die sich als riesige Wölbung vor ihm erstreckte. Der Arnahi war direkt unter ihm. Dieser Berg ragte in den Himmel, umgeben von kleineren Bergen und Hügeln. Eine Landschaft, die wie eine verkrustete Wunde aussah, wie verletzte Haut, die sich während des Heilungsprozesses in Falten legte. Hinter den Bergen im Osten konnte er endloses Blau sehen, das sich bis zum Horizont dahinzog. Westen und Süden waren grün, umgeben von einer riesigen Felskette, die sich jedoch genau gegenüber von dem gewaltigen Berg zu einem klaffenden Loch öffnete. Im Norden wurde der Himmel dunkel und weißer Schnee bedeckte den Boden. Wenn es ansonsten noch mehr Welt gab, dann konnte er sie nicht sehen.

Benfro war fasziniert. Er war sehr viel höher, als er jemals geflogen war, viel höher sogar als der Gipfel des Arnahi. Er wollte weiter kreisen, sich das einprägen, was er sehen konnte. Und er sehnte sich danach, die Welt zu erforschen. Er musste alle die Orte sehen, die unter ihm ausgebreitet waren wie ein Scherbenhaufen. Aber er hatte keine Kontrolle über seine Bewegungen. Er konnte nur versuchen, sich an alles zu erinnern, als er seine Flügel einholte und den Boden ansteuerte.

Er fiel dem Grünen entgegen und wurde immer schneller, bis ihm die Luft ins Gesicht schlug, an seinen Schuppen zerrte und das Atmen fast unmöglich machte. Immer näher und näher kamen die Bäume. Dann, im letzten möglichen Augenblick, öffnete er die Flügel und riss den Kopf zurück. Es war ungeheuer anstrengend. Es war, als ob er versuchte, das Gewicht der Hütte seiner Mutter zu heben. Er hatte das Gefühl, dass sein Rücken gleich in zwei Teile brechen würde, aber langsam wurde sein Sturz jetzt zum Flug. Er fiel zwar noch immer, jetzt aber langsamer, und seine Schwungkraft trug ihn vorwärts, nicht nur abwärts, und endlich flachte der Fall auf Höhe der Baumwipfel ab, und mit einem pfeifenden Wind, der Blätter von den Zweigen riss und durch die Luft tanzen ließ, streifte er die obersten Äste. Sein Schwanz hieb Zweige ab, und mit einer einzigen großen Abwärtsbewegung seiner Schwingen hob er sich wieder in die Luft.

Sofort sah er, wohin es ging. Ein Bergkegel hob sich aus dem Wald wie der Kadaver eines unvorstellbar riesigen Tieres, das seit Langem tot und versteinert war. Auf diesem Kegel stand eine ehemals stolze Burg, die jetzt bis auf den gewaltigen Eingangsbogen zerfallen war. Aber Benfro steuerte nicht den Gipfel an. Stattdessen flog er zu einer Höhlenöffnung auf halber Höhe der glatten Felswand. Ein kleines flaches Felssims schien aus dem Kegel zu wachsen, als er näherkam, und er landete mit einer Geschicklichkeit darauf, wie er sie noch nie gemeistert hatte. Ein rascher Blick zurück auf den Wald unter sich und den gewaltigen Berg in der Ferne, der nun fast nicht mehr zu sehen war, dann machte er kehrt und ging in den riesigen düsteren Schatzraum.

Dieser sah genauso aus, wie er ihn verlassen hatte. Der große Haufen aus Edelsteinen bedeckte nach wie vor das Lesepult und einen Teil des Bodens. Die Pfeiler trugen das niedrige Deckengewölbe und stützten die endlosen Reihen von Bücherschränken, Kartenbehältern und Vitrinen voller Trophäen. In den Wänden in Benfros Nähe warteten die leeren Nischen. Er wusste, warum er hier war, wusste, was er tun würde, obwohl er mit jeder Faser seines Wesens dagegen ankämpfte.

Er beugte sich über die Edelsteine, hob einen auf und fühlte den Widerhall im Inneren des Steines. Es war wie der Klang einer Frage, ohne deren Bedeutung – ein neugieriges Schulterzucken. Widerwillig hob er einen anderen Stein auf und verglich ihn mit dem ersten. Es war nicht dasselbe, deshalb legte er diesen zurück. Er ging den Edelsteinhaufen durch, bis er sieben identische gefunden hatte. Sie kamen ihm unversehrt vor und erfüllten ihn mit einen Gefühl von Panik und Furcht. In Gedanken schrie er, als er die Steine zur Wand brachte und dort in eine Nische legte.

Die Steine auf dem Haufen leuchteten in einem wütenden Grün, als er zu ihnen zurückkehrte. Gespenstische Bilder stoben von ihnen auf, kreisten in der Luft und sahen ihn an. Er konnte nicht hören, was sie sagten, aber er konnte ihnen ansehen, dass sie ihn anflehten, ihn verfluchten, ihn verhöhnten. Er wollte sein Tun beenden, wollte um Entschuldigung bitten und alles wieder in Ordnung bringen, aber er konnte sich selbst einfach nur zusehen, wie er die Edelsteine aussuchte, sie sorgfältig verglich und sie dann, Gruppe um Gruppe, in ihre kleinen Gefängnisse zurückbrachte.

Er konnte auch die Grymlinien sehen, die sich durch den Raum dahinzogen, doch statt des Musters, an das er gewöhnt war, verliefen sie in Parallelen, was für ihn völlig falsch aussah. Winzige dünne Fäden führten zu jeder Nische, aber sie kreuzten sich nirgendwo. Jede Nische war mit einer einzigen fetten roten Linie verbunden, die am Tisch begann und sich pfeilgerade zum fernen Arnahi und dem zerfallenen Zufluchtsort hinzog. Wenn eine Nische gefüllt wurde, wurde die bleiche Schnur, die von ihr fortführte, erst rosa und dann rot. Dabei pulsierte sie fortwährend, weil etwas, von dem Benfro nicht begriff, was es sein konnte, aus den Edelsteinen gesaugt wurde. Es war keine Grym, sondern etwas sogar noch Mächtigeres als das Leben selber. Benfro wurde von diesem Anblick schlecht, zumal er wusste, dass er selbst die Schuld daran trug.

»Nicht um sie weinen«, sagte Magogs Stimme. »Sie haben noch eine große Aufgabe zu erfüllen.«

Als er das hörte, gewann Benfro ein wenig Kontrolle über seine Bewegungen, und sein Traum von dem Schatzraum wich in den Hintergrund. Der Raum war zwar noch immer vorhanden, wenn

Benfro sich darauf konzentrierte, aber eigentlich gab es nur ihn, mitten an einem unklaren Ort, und den Drachenmagis.

Magog sah kleiner aus als zuvor, aber deshalb nicht weniger beängstigend. Seine Augen loderten vor feurigem Hass, es war nicht mehr wahnsinnig, sondern nur noch böse. Seine Flügel waren zur Hälfte angelegt, was seine Gelenke höher hob als seinen Kopf, zwei knochige, ebenholzschwarze Speere. Er hatte die Arme vor seiner schuppigen Brust verschränkt und kratzte mit ausgefahrenen Krallen an seiner ledrigen Haut. Benfro konnte spüren, wie er unter diesem Starren schrumpfte, gefesselt von dem dünnen roten Faden, der sich von Magogs Stirn zu seiner eigenen wand. Außer dieser einen Verbindung hatte der tote Drache gar keine Aura, während Benfro sehen konnte, wie das Licht ihn selbst umflackerte wie ein Schutzschild.

»Versuch ja nicht, gegen mich zu kämpfen«, sagte Magog. »Du würdest dir nur selbst schaden, und du musst noch eine wichtige Aufgabe vollenden.«

»Warum tust du das?«, fragte Benfro, obwohl er in den tiefsten Herzen wusste, dass den toten Magis nichts anderes interessierte als er selbst und sein eigenes Fortbestehen.

»Deinetwegen, du junger Möchtegern-Thronräuber«, antwortete Magog. »Als du diese Edelsteine von ihrem angestammten Ort entfernt hast, habe ich mich geärgert. Aber ich bin über sie hinaus. Mein Wissen und meine Weisheit wurden in der Pfeilerhalle aufbewahrt. Meine Macht kam aus der Erde selber. Ich brauchte dich nur herzubringen und dich bereitzumachen. Aber ich habe deine Neugier unterschätzt. Das wird mir nicht noch einmal passieren. Mir blieb nur noch eine kleine Aufgabe. Ich habe dich nur zwei Tage allein gelassen, und schon hast du fast alles ruiniert. Also begreifst du zweifellos, dass ich jetzt auf meine alte Kraftquelle zurückgreifen muss. Diese Edelsteine gehen zurück in die Zeit des alten Rasalene persönlich. Sie enthalten Wissen, Kraft, Erfahrung und Weisheit. Aber vor allem enthalten sie Macht. Du wirst mir helfen, diese Macht wieder in meine Dienste zu bringen. Und wenn diese Aufgabe vollendet ist, wirst du dich mir bedingungslos ergeben.«

Benfro schaute sich im Schatzraum um. Er wusste, dass er dort stand und mit Magog redete, aber er erinnerte sich auch an seinen Sturz, und ihm war klar, dass er am Fuße des Arnahi liegen musste. Das hier war ein Traum. Es musste ein Traum sein. Aber er konnte spüren, wie Entsetzen und Angst von den Edelsteinhaufen ausgingen. Es musste echt sein. Die Verwirrung lähmte ihn und seine Gedanken jagten zwischen einer Unmöglichkeit und der anderen hin und her.

»Ach, junger Benfro«, sagte Magog. »Wenn du dich doch nur auf deine Studien konzentriert hättest, statt deine Nase dort hineinzustecken, wo sie nichts zu suchen hatte, dann hättest du vielleicht angefangen zu begreifen. Ich wollte dir wirklich alles beibringen, was ich weiß. Auf diese Weise wäre dein Körper der Anstrengung, mein Bewusstsein zu beherbergen, besser gewachsen gewesen. Aber du hast mir diesen Luxus verwehrt. Ich werde dich bald übernehmen, und für mich wird es unnötig schmerzhaft und behindernd sein. Du wirst Qualen durchleiden, die du dir nicht einmal vorstellen kannst. Und dann wirst du aufhören zu existieren.«

Ein böses Funkeln flackerte in den Augen des toten Drachen, und das, was früher vielleicht einmal ein Lächeln gewesen war, verzerrte seinen dünnen, kalten Mund in gemeiner Schadenfreude.

»Und jetzt habe ich Arbeit für dich. Es gibt kein Entkommen, Lehrling. Wir sind auf eine Weise miteinander verbunden, die nicht gebrochen werden kann. Du bist mein Werkzeug, und ich werde dich benutzen, um meine Kraft wieder herzustellen.«

Benfro widersetzte sich aus Leibeskräften der unerbittlichen

Kraft, die ihn dazu zwang, die Edelsteine zu durchsuchen und sie in grausamer Isolation abzulegen. Seine Sinne wurden mit der Zeit geschärft, und er konnte nun die Schmerzensschreie hören, wenn er Freunde, Liebende, Ehepaare, Eltern und Kinder auseinanderriss und sie zu einem Leben nach dem Tode verdammte, das aus Qual und dem unwiderruflichen Dahinschwinden zu Nichts bestand. Er weinte um sie, noch während seine Hände arbeiteten.

Dann fand er Meirion.

Sie wehrte sich nicht, als er ihre sahnig weißen Edelsteine aufhob. Stattdessen sprach sie zu ihm mit der leisen, ruhigen Stimme, an die er sich erinnerte und die er fast so sehr liebte wie die seiner Mutter.

»Er hat eine Macht über dich, Benfro – das weißt du ja. Aber das funktioniert in beiden Richtungen.«

»Wie meinst du das?«

»Die Verbindung zwischen euch beiden ist ungeheuer stark. Dadurch kann er dich in deinen Träumen kontrollieren, kann dich Dinge tun lassen, von denen ich weiß, dass du sie nicht tun willst. Aber du kannst diese Verbindung auch nutzen, um ihn zu zwingen. Vor allem jetzt, da er schwach ist.«

»Aber er ist mächtig. Er weiß so viel und hat alles so locker im Griff. Wie kann ich denn hoffen, es mit einem so starken Geist aufnehmen zu können?«

»Indem du dir selbst treu bleibst, Benfro. Magog hat dich nicht erschaffen, er hat dich nur geformt. Mit den ersten fünfzehn Jahren deines Lebens hatte er nichts zu tun. Wenn für die überhaupt jemand Verantwortung trägt, dann wir; Sir Frynwy, Ynys Môn, deine Mutter und ich. Sogar Frecknock hatte mehr Einfluss auf dich als dieser wahnsinnige Wiedergänger. Denk an sie, denk an uns alle. Das ist der Schlüssel zu deiner Erlösung.«

Tränen traten in Benfros träumende Augen, als er Meirions letzte Edelsteine fand.

»Ich will das nicht tun«, sagte er.

»Dann tu es nicht«, erwiderte sie.

Er richtete sich auf, umgeben von Verwirrung, seine Gedanken waren ein Gewirbel aus Bildern und Erinnerungen. Er konnte seine Mutter sehen, die in der Tür der Hüte stand und seinen Namen rief. Er saß in der Ecke der großen Halle und hörte der bedächtigen Stimme von Sir Frynwy zu, als der ein weiteres Mal die Sage von Gog und Magog und der holden Amorgum erzählte. Er tauchte in das dunkelbraune Wasser des Flusses und hörte die gebrüllten Ratschläge von Ynys Môn, der voller Stolz vom Ufer her zuschaute. Er rannte nach Hause, durch Unterholz und Bäume, über Pfade, die nur er kannte. Tränen rannen aus seinen Augen und seine Ohren brannten noch immer von den Beleidigungen, die ihm Frecknock an den Kopf geworfen hatte.

»Es bringt nichts, Lehrling«, sagte Magogs Stimme. »Mir entkommst du nicht.«

»Du bekommst mich nicht, das schwöre ich!«, brüllte Benfro und wehrte sich gegen die Kraft, die ihn festhielt. Doppelte Schmerzen trafen ihn. Der eine brannte in seinem Kopf, ein unvorstellbares Auflodern weißer, roter und orangefarbener Flammen. Der andere Schmerz jagte durch seinen linken Flügel, bohrte sich in den Knoten in seinem Rücken und schoss weiter zu seiner Schulter. Mit letzten Geistesgegenwart konzentrierte Benfro sich auf die Verletzung seines Flügels. Die war wirklich, eine greifbare Tatsache, ein Anker. Er konnte spüren, wie der Boden sich in seinen Rücken bohrte, ein Felsen, der schmerzhaft auf ein geschundenes Gelenk drückte. Mit brennendem Kopf stieß er aus aller Kraft gegen diesen Felsbrocken. In seinem Flügel brach etwas, aber es war ein reiner, redlicher Schmerz. Er zog Benfro aus dem Schatzraum, und das Letzte, was er dort sah, waren weiße Edelsteine, die aus seiner Faust und auf den zu kleinen Haufen zu seinen Füßen fielen. Und dann erwachte er mit einem Schrei der Qual.

Errol starrte in Marthas Gesicht und saugte noch das kleinste Detail in sich auf. Seit der Hochzeit seiner Mutter, dem schrecklichen Abend, als sie hatten durchbrennen wollen, war mehr als ein Jahr vergangen. Martha hatte sich seitdem verändert. Sie war älter, wirkte reifer. Ihre Augen gaben eine Tiefe der Erfahrung wider, die er nicht einmal annähernd ermessen konnte. Und noch etwas anderes war verändert.

»Deine Haare«, sagte er und seine Stimme war kaum mehr als ein Flüstern. »Sie sind kurz.«

»Ich finde es auch schön, dich zu sehen, Errol Ramsbottom«, sagte sie. Und ehe er sicher wissen konnte, dass das, was sich in seinen Augenwinkeln bildete, Tränen waren, drückte sie ihn an sich. Seine Rippen knackten und die Stelle in seiner Brust, wo die Königin ihn erstochen hatte, loderte, als ob jemand kochendes Wasser in sein Herz gegossen hätte. Er versuchte, nicht zu wimmern, denn er wünschte sich nichts so sehr, als dass diese Umarmung niemals ein Ende nähme. Aber etwas an seinem Verhalten hatte ihn offenbar verraten. Martha ließ ihn los und langsam sank er wieder zu Boden.

»Tut mir leid«, sagte sie. »Das war unbedacht von mir. Aber warum hast du dich von ihnen so zurichten lassen?«

»Ich hatte da nicht gerade die große Auswahl«, sagte Errol. Er nahm jetzt seine Umgebung war. Sie befanden sich in einer Kammer mit steinernen Mauern, er wusste nicht, wo. Die Decke war gewölbt und die höchste Stelle eines jeden Bogens war mit reichem Schnitzwerk versehen. Wenn er den Bögen mit dem Blick nach unten folgte, konnte er weitere in den Stein gemeißelte Verzierungen sehen. Und überall zeigten sich unverkennbare Spuren von Vandalismus, von der Tilgung der Drachenbilder.

»Wir sind noch immer im Palast«, sagte Martha, und Errols Glückseligkeit verwandelte sich augenblicklich in entsetzliche Angst. Er war also doch nicht entkommen.

»Die Soldaten haben dich hier abgelegt«, sagte Martha überaus gelassen. Sie ließ ihre Hände über seine Brust wandern, tastete seine Rippen und die kleine Stichwunde über seinem Herzen ab. »Die Königin hat ihnen befohlen, deinen Kopf abzuhacken und über dem Nordtor auszustellen. Das habe ich ihnen ausgeredet.«

Errol wollte fragen, wie sie das gemacht habe, aber eine Welle von Empfindungen warf ihn wieder zu Boden. Es waren keine Schmerzen, ganz im Gegenteil. Es war ein Gefühl, als ob er auf dem Boden gehockt und sich dann viel zu schnell aufgerichtet hätte.

Alles verblasste und wurde zugleich viel intensiver. Er merkte, dass er sich die Kammer ansah, konnte aber keins der Details, die seine Augen sahen, in sich aufnehmen. Dann nahm alles langsam wieder seine normale Form an. Nur ächzte und stöhnte seine Brust jetzt nicht bei jedem Atemzug. Er konnte nicht mehr spüren, wie seine gebrochenen Knochen aneinanderscheuerten. Und die Wunde in seiner Brust fühlte sich einfach an wie eine Erinnerung.

Überrascht schaute er nach unten. Durch den Riss in seinem Hemd sah er eine glatte, gut verheilte Narbe.

»Was hast du gemacht?«

Martha lächelte nur auf die Art, die ihn immer schon so geärgert hatte. Sie war damit beschäftigt, die verschmutzen Verbände von seinen Knöcheln zu wickeln. Dabei füllte ein säuerlicher, fauliger Gestank die Kammer. Errol versuchte, seinen Brechreiz zu unterdrücken.

Dann erst wurde ihm klar, dass es sein eigenes Fleisch war, das diesen Gestank abgab. In den ganzen Qualen der vergangenen Tage hatte er kaum bemerkt, dass seine Beine knieabwärts immer gefühlloser geworden waren. Und jetzt war ihnen gar kein Gefühl mehr geblieben.

»Maden«, sagte Martha.

»Ist das schlimm?«, fragte Errol und hätte gern gewusst, ob er jemals wieder gehen würde.

»Nein, Errol«, sagte Martha. »Wir mussten welche suchen. Sie werden das verfaulte Fleisch abnagen und die Wunde reinigen, damit ich helfen kann, sie zu heilen. Ich kann hier nicht mehr für dich tun.«

»Dann bin ich verloren«, sagte Errol. »Ich kann nicht laufen. Aber du kannst entkommen, Martha. Beeil dich, ehe jemand kommt.«

»Ich kann auf mich selbst aufpassen«, sagte Martha. »Und du brauchst nicht zu laufen, du Dummkopf. Geh einfach nach Hause. Dann kümmert Hennas sich um dich.«

»Nach Hause?«, fragte Errol. »Wie denn? Ach.« Er erröte angesichts seiner Torheit.

Er war so glücklich über das Wiedersehen mit Martha gewesen, so überrascht von der Kraft, die sie mit solchem Selbstvertrauen beherrschte, dass er die Linien vollständig vergessen hatte. Aber als er sich daran erinnerte, dachte er auch an seine alten Zweifel und Unsicherheiten.

Er konnte nach den Linien tasten, konnte etwas von ihrem Verlauf sehen, aber er hatte sie niemals benutzen können, wie das Martha gelang. Sie schien problemlos von einem Ort an den anderen zu wechseln. Er konnte nur die endlosen Möglichkeiten sehen, von denen jede ihn mit gleicher Kraft rief. Als sein Leben davon abhängig gewesen war, war er ohne einen weiteren Gedanken über die Linien gegangen, aber das war das Problem: Wenn er daran dachte, konnte er es einfach nicht.

»Denk an den Zackensprung«, sagte Martha. »Denk an Sir Radnor. Ruf ihn an, wenn das hilft. Bestimmt wird er antworten. Aber beeil dich, es kommen noch weitere Wachen.«

Errol ließ die Linien in sein Blickfeld fluten.

Sie waren überall hier, als wäre das Gebäude entworfen worden, um sie zum Thron zu leiten. Lange fühlte er sich zu diesem dunklen, drückenden Zustand hingezogen, fasziniert von der scheinbar grenzenlosen Kraft und dem Gewirr der zahllosen Stimmen, die um die Linien herum widerhallten. Sie sprachen keine Sprache, die er verstehen konnte, ihr Geplapper war erbarmungslos, betäubend und doch seltsam verlockend.

»Nicht den Thron, Errol«, sagte Martha. »Der war nie für dich bestimmt.« Und Errol verstand, dass er in der nächsten Sekunde zum Thron gereist wäre, mitten auf den Schoß der Königin.

»Schau nach draußen«, sagte Martha. »Halte Ausschau nach Sir Radnor.«

Das versuchte Errol. Er stellte sich den Felsen am Zackensprung vor, baute in Gedanken ein Bild auf. Er erinnerte sich an den Klang des Wassers, wie es über die Felsen plätscherte, an den Geruch der Bäume in der warmen Sommersonne, an das Gras unter seinen Füßen und an die sanfte Brise. Irgendwo an den Linien war dieser Ort. In einer Million von Möglichkeiten gab es die eine richtige Stelle. Die Stelle, an der er sein musste. Sir Radnor, dachte er. Hilf mir, bitte.

»Verrat! Wache, zu mir!« Die Stimme riss Errol aus seinen Gedanken. Er schaute auf und sah Inquisitor Melyn in der Tür der Kammer.

Melyns Gesicht war rot vor Zorn, und als er vortrat, rief er mit der einen Hand eine Klinge aus purer weißer Energie herbei und schleuderte mit der anderen einen Flammenball.

Martha stand zwischen Errol und dem Inquisitor. Sie hob fast lässig die Hand, und die Flamme zersplitterte, als hätte sie eine Glaswand getroffen.

»Geh jetzt, Errol«, sagte Martha. »Ich komme gleich nach. Ich habe dich schon zweimal gefunden. Auch ein drittes Mal wird es mir nicht schwerfallen.«

Der Inquisitor hatte sie jetzt fast erreicht, und Errol sah in gelähmtem Entsetzen zu, wie weitere Wachen in der Tür erschienen und sich an den Wänden verteilten, um Martha und ihn zu umstellen.

»Ich kann dich nicht hier zurücklassen«, widersprach er.

»Du kannst mir nicht helfen, wenn du hier bist«, sagte Martha. »Und ich bleibe hier, bis du weg bist. Also geh.«

In ihren Worten lag eine solche Kraft, dass Errol, ohne nachzudenken nach den Linien griff. Er wusste, wo sein Zuhause war und wie er dorthin gelangen konnte. Es war so leicht, wie aus einem Zimmer ins andere zu schlüpfen. Aber als er aus der Kammer im Palast verschwand, sah er als Letztes, wie Martha dem Inquisitor gegenüberstand und von einem Dutzend Kampfpriester umzingelt wurde.

»Martha!«, schrie er, aber um ihn herum war alles schwarz. Er fühlte sich schwach und erschöpft, als ob die Magie, die seine Wunden und Rippen in Augenblicken geheilt und wiederhergestellt hatte, jetzt die Wochen von ihm verlangte, die sie ihm zuvor geschenkt hatte. Er konnte spüren, wie er in die Bewusstlosigkeit glitt, aber er musste sicher sein, dass er auf dem Weg nach Hause war. Wenn er in den Linien die Kontrolle verlor, könnte er sich über ganz Gulad verteilen. Mit letzter Kraft bildete Errol noch einmal das Bild des Zackensprungs und warf sich ihm entgegen.

Etwas schob ihn weg.

»Das ist nicht sicher hier«, dröhnte in seinem Kopf Sir Radnors Stimme. »Du musst woanders hingehen.« Und beim letzten Wort des Drachen spürte Errol, wie er in eine andere Richtung geschoben wurde, zu einem Ziel, von dessen Existenz er gar nichts gewusst hatte. Er hatte das Gefühl, gleichzeitig zu fallen und stillzustehen, wobei seine Gedanken auf Übelkeit erregende Weise verdreht wurden. Die Dunkelheit wirbelte um ihn herum und er glaubte, dass er sich gleich übergeben müsste.

Und dann lag er in trockenem Gras und Heidekraut. Ein würziger Duft hing über der Stelle und neben ihm knisterte ein warmes Feuer.

»Ach, da bist du ja«, sagte eine Stimme in der Drachensprache. Errol versuchte hinzusehen, er wollte wissen, wer da gesprochen hatte, aber eine Welle der Erschöpfung spülte über ihn hinweg. Er konnte die Augen nicht öffnen, und er hatte keine Kraft mehr, um sich zu wehren. Endgültig besiegt ergab er sich dem Schlaf.

26

Angeblich nimmt der Mutterbaum viele Gestalten an. Einige Drachen rühmen sich, in die Mitte des Waldes gewandert zu sein und den Baum gesehen zu haben, der in all seiner unvorstellbaren Majestät hoch wie ein Berg aufragt und die Heimat aller Tiere dieser Welt ist. Andere erzählen von einem seltsamen einsamen Wesen, schön wie der volle Mond, das in der Stunde ihrer größten Not zu ihnen kam. Noch andere schreiben seltsames Verhalten unter den Waldtieren der Nähe dieses Wesens zu, während etliche schwören, von der Magie des Wesens berührt worden zu sein, auch wenn sie sich an keinen außergewöhnlichen Anblick erinnern können.

Da die Drachen zu gewaltigem Aberglauben neigen und manche unter ihnen keine Mühe scheuen, um den Baum aufzusuchen, kann es kaum überraschen, dass eine Reihe von Halluzinationen mit diesem in Verbindung gebracht wird. Fast jedem Ereignis kann eine besondere Bedeutung zugeschrieben werden, wenn es mit einem zufälligen Umschwung des Schicksals zusammenfällt.

Father Charmoise: Drachengeschichten

Es gab nur Schmerz. Es war das gleiche überwältigende Nachlassen der Kräfte, das er verspürt hatte, als er den Edelstein wegwerfen wollte, nur war es jetzt tausendmal schlimmer. Benfros Muskeln zuckten und verkrampften sich und sein Kopf fühlte sich so voll an, als ob er jeden Moment bersten würde. Er sah nur Rot und ab und zu einen Funken Weiß. In seinen Ohren toste ein Lärm, als ob jedes Waldgeräusch auf unglaubliche Weise verstärkt würde. Er konnte das verzweifelte Singen der Vögel hören, als ob sie in ihm stecken und um Befreiung schrien. Das Rauschen des Stroms auf den Steinen war wie ein in einem Keller gefangenes Gewitter. Sogar seine Herzen dröhnten, wie Rammböcke an einem Burgtor.

Alles tat weh. Seine Haut brannte und prickelte bei der geringsten Berührung. Seine Muskeln verkrampften sich und füllten sich mit winzigen heißen Messern. Seine Gelenke schmerzten und schwollen an, bis ätzender Eiter hervorquoll. Sein Magen drehte und wand sich, als ob er von echtem Feuer verzehrt würde. Und durch alles hindurch, durch die Zerstörung seines Wesens, konnte er eine starke, schrille Stimme hören, die lachte, während sie sprach. Magog.

»Ich nehme dich jetzt, Benfro mit den geliehenen Schwingen. Hier, an diesem trostlosen Ort, ist deine Seele verloren.«

Benfro versuchte, sich zu wehren. Er versuchte, seine Aura zu finden, die Schnur, die ihn mit dem Objekt seiner Zerstörung verband. Aber er war zu schwach und die Schmerzen waren zu stark. Er konnte spüren, wie er der Dunkelheit entgegenglitt. Es gab nichts mehr, was er noch hätte tun können. Er hatte all seine Kraft bei dem Versuch verbraucht, sich aus dem Traum zu befreien, und Magog hatte trotzdem auf ihn gewartet. Der tote Drache mochte seinen Körper benutzen, um die Menschheit zu vernichten, aber es würde nicht Benfro sein, der das grausame Ende der Dorfbewohner rächte. Ein Abgrund der Verzweiflung tat sich unter ihm auf. Er stürzte, und jegliches Gefühl seiner Selbst wurde ihm entrissen.

Und dann packte ihn etwas, riss ihn zurück. Eine Stimme, die er kannte, die er aber nicht unterbringen konnte, hallte durch den Nebel seiner Schmerzen.

»Kämpfen, Benfro. Du darfst ihn nicht gewinnen lassen.«

Als Benfro nach der Stimme griff, wie nach einer Hand, die ihm hingestreckt wurde, um ihn vor dem Ertrinken zu bewahren, fügte sich etwas in seinem Kopf zusammen. Die Schmerzen legten sich, sie verschwanden mit einem Geheul, das verstummte, wie das eines Wolfs im Bergwind. Keuchend kam Benfro zu sich. Er konnte wieder sehen, die Aura um sich herum spüren, zerfetzt und schwach, aber dennoch vorhanden. Das rosa Seil zog sich von seiner Stirn fort und weiter in die Ferne. Er griff danach, umschloss es mit seiner Aura und drückte zu. Es hatte keinen Zweck, es wegreißen zu wollen. Er wusste, dass es mit einer Kraft an ihm befestigt war, die stärker war als seine eigene Magie, aber es gab keinen Grund, warum er sich auf diese Weise das Leben aussaugen lassen sollte.

Beim Drücken konnte er spüren, wie die Kraft zurückkehrte, und mit der Kraft der Lebenswille. Jetzt, da sich seine Depression lichtete, konnte er nicht mehr begreifen, wie er in ein solches Elend hatte versinken können. Dies alles schien einem anderen passiert zu sein, einem, der mit ihm nichts zu tun hatte und ihm fremd war. Mit einer letzten Kraftanstrengung streckte er ein Stück seiner Aura aus und befestigte sie mit einem der Knoten, die Ynys Môn ihn gelehrt hatte, um die Linie, die ihn mit dem diffusen Geist von Magog verband.

Melyn starrte das zierliche Mädchen an, das über Errols ausgestrecktem Körper stand. Er kannte sie von irgendwoher, da war er sich sicher. Vielleicht gehörte sie zum Palastgesinde, aber das spielte keine Rolle. Er würde sich um sie kümmern, sowie er mit dem Jungen fertig wäre. Wieso Errol Beulahs Messer hatte überleben können, wusste Melyn nicht, aber gegen eine Lichtklinge würde der Junge nicht lange durchhalten.

Melyn schrie nach seinen Kampfpriestern und betrat die Kammer. Er rief die Klinge herbei und holte sicherheitshalber auch noch einen Feuerball, den er auf das Mädchen warf. Sie lenkte den Feuerball mit einer lässigen Handbewegung ab, und in diesem Moment erkannte er sie – das Mädchen aus Errols Träumen, das er mit soviel Mühe aus der Erinnerung des Jungen getilgt hatte, dessen Gedanken er bei dem Hochzeitsfest zu lesen versucht hatte, das ihn mit einer angeborenen Fähigkeit erstaunt hatte.

»Ihr habt keine Hoffnung, von hier zu entkommen«, sagte er zu beiden, während ein Dutzend Kampfpriester hereingestürzt kam und sich verteilte, um die beiden zu umstellen. Dann, vor den Augen des Inquisitors, verschwand Errol. Vor Melyns innerem Blick leuchtete etwas auf, als die Linien an der Stelle aufloderten, wo der Junge gelegen hatte. Und dann war er verschwunden.

»Sieht so aus.« Ein spöttisches Lächeln huschte über das Gesicht des Mädchens.

»Hältst du dich für so überlegen, dass du es wagst, sich über den Inquisitor des Ordens vom Hohen Fryd lustig zu machen?« Melyn wollte sie ablenken, Zeit schinden, um seine Männer dicht genug herankommen zu lassen, damit sie sie packen könnten. Zweifellos teilte sie Errols Geheimnis, und langsam begriff er ein wenig, wie das Geheimnis wohl funktionierte, aber er musste sie unterwerfen, musste ihre Gedanken öffnen und feststellen, wie es um sie stand.

»Du machst dir zu viele Gedanken über eine solche Kleinigkeit«, sagte das Mädchen. Sie war jetzt von Kampfpriestern umstellt, aber das schien sie nicht sonderlich zu beunruhigen. Gleich hinter ihr trat Sergeant Onfach vor, die Lichtklinge in der einen Hand, sein schweres Kampfschwert in der anderen, bereit, einen vernichtenden Schlag auszuführen. Melyn erwartete, das Mädchen zusammenbrechen zu sehen, aber was geschah, war etwas ganz anderes. Zuerst hielt der Kampfpriester inne. Seine Klinge zitterte und flackerte wie eine Wachskerze. Dann fiel Onfach auf die Knie, Licht sickerte aus seinen Augen und seinem Mund, und sein Schwert fiel klirrend zu Boden. Er schrie, aber kein Laut war zu hören, nur Licht quoll aus seinem Mund. Melyn sah entsetzt und verdutzt zu, wie der Sergeant sich in einer Explosion der Grym auflöste, und sein Leben in alle Richtungen verstrahlte, bis nichts mehr von ihm übrig war. Das Mädchen hatte sich nicht einmal umgeschaut.

»Was hast du mit ihm gemacht?«, fragte Melyn.

»Ich?«, fragte das Mädchen. »Nichts. *Er* hat doch versucht, die Grym nach seinem Willen zu verbiegen.«

»Onfach war ein geschickter Zauberer, ein ausgebildeter Kampfpriester«, sagte Melyn. »Was ist mit ihm geschehen? Wo ist er?«

»Er hat der Grym etwas genommen, sie hat ihn dafür geholt. Er ist überall und erleuchtet ganz Gulad.«

Der Inquisitor musterte das schmale Mädchen, das vor ihm stand. Sie schien seinem mentalen Tasten gegenüber vollständig immun zu sein, ihre Gedanken waren so fest verschlossen wie die Gewölbe tief unter dem Palast. Auch die Aura aus Angst, mit der er die Kammer füllte, berührte sie nicht. Alle Nicht-Ausgebildeten im Umkreis von hundert Schritten müssten jetzt zittern, wenn sie nicht vor Angst vollkommen gelähmt waren, aber hier stand sie vor ihm, furchtlos, unangefochten, und machte sich über ihn lustig.

»Packt sie«, brüllte Melyn den verbliebenen Krampfpriestern zu. Er musste ihnen lassen, dass sie nur einen Moment zögerten, ehe sie auf das Mädchen zusprangen. Aber als sie die Stelle erreichten, wo sie eben noch gestanden hatte, war sie nicht mehr dort. Melyn war fast zu langsam, als er nach dem Anblick griff, aber er glaubte, einen Blitz an der dicken baumstammähnlichen Linie pulsieren zu sehen, die in Richtung des Thronsaals verlief. Er zitterte unwillkürlich, fuhr auf dem Absatz herum und konnte gerade noch sehen, wie das Mädchen dicht vor dem Obsidianthron wieder auftauchte.

»Schnell, zu mir!« Er rannte durch die Halle, löschte unterwegs seine Lichtklinge und zog seine Kraft wieder in sich hinein. Die Königin stand wie gelähmt vor dem Thron. Clun, der neben ihr gewesen war, trat in den schmalen Raum zwischen die beiden jungen Frauen. Er hielt ein kurzes Schwert in der Hand, aber dessen Spitze zitterte, als der Inquisitor angelaufen kam. Clun schien zwischen seiner Pflicht der Königin gegenüber und etwas Tiefersitzendem hin- und hergezogen zu werden.

»Martha?«, fragte Clun.

»Du stehst unter einem Zauber, Clun Defaid«, hörte Melyn das Mädchen sagen. »Aber mach dir keine Sorgen. Ich bin nicht hier, um euch etwas anzutun. Ein Kind braucht beide Eltern.« Sie sah sich in der Halle um, schaute hoch zur Decke und dann in die Richtung, aus der Melyn sich im Eilschritt näherte. Sie schien nach etwas zu suchen. Dann fiel ihr Blick auf den Thron.

»Ach ja, natürlich«, sagte sie.

»Töte sie, Clun«, schrie der Inquisitor. »Jag ihr das Schwert durch den Leib, Junge!«

Aber Clun schien machtlos zu sein, er stand wie eine langsam schwankende Statue zwischen der bewegungslosen Königin und dem schmächtigen Mädchen, das an ihm vorbeiging wie an einem Fremden in einer geschäftigen Straße. Sie stand vor dem Thron. Als Melyn die Stufen zu dem Podest hochsprang, kletterte sie auf den riesigen Sitz. Der Inquisitor zog einen weiteren Feuerball aus der Luft und schleuderte ihn, doch da war Mädchen schon in die dunklen Nischen des Throns getreten und verschwunden. Die Flamme loderte durch den Zorn des Inquisitors auf und leuchtete ihn und den gewaltigen Thron vor aller Augen an.

Das Mädchen jedoch blieb verschwunden.

Benfro trottete den Hügel hinab. Der Schnee dämpfte seine Schritte in dem nächtlichen Wald. Benfro folgte dem Rauschen des Baches, der zwischen den Bäumen in der Nähe dahinfloss. Er wollte fort vom Arnahi und der Felsenburg. Er konnte nicht fliegen, denn durch den Sturz war sein einer Flügel beschädigt, und immer, wenn er ausrutschte, jagten kleine Schmerzstöße durch seinen Rücken und seine Schulter. Er hatte eine Schlinge aus seiner Aura gebildet, um seinen Flügel damit zu stützen, doch je müder er wurde, desto schwerer fiel es ihm, sich zu konzentrieren.

Er wagte nicht zu schlafen. Magog wartete in seinen Träumen auf ihn, da war er sich sicher. Er würde sich wieder in Cenobus finden und Edelsteine sortieren und sie in diese schrecklichen kleinen Steinzellen legen. Um Magogs Kraft zu nähren und ihn wachsen zu lassen. Schlaf war nicht möglich. Er musste die Lichtung finden. Corwen würde ihm helfen können.

Die Grymlinien neckten ihn, während er zwischen immer höheren Bäumen weiterstolperte. Sie waren überall, könnten ihn in Sekundenschnelle bringen, wohin immer er wollte, aber er war zu erschöpft, um sich zu konzentrieren, seine Gedanken waren zu voll von verwirrenden Bildern und Erinnerungen. Er konnte einfach nur weitergehen und dem großen Rasalene für das Mondlicht danken, das ihm den Weg zeigte.

Die zweite Nacht war noch härter als die erste. Schlaf zerrte an ihm, flehte ihn an, sich doch nur für einen Moment zu setzen, zu Atem zu kommen, seinen verletzten Flügel an einen bemoosten Baumstumpf zu lehnen. Trotz der improvisierten magischen Schlinge wurde der Schmerz in dem verletzten Gelenk langsam immer schlimmer. Benfro konnte auf einen Blick erkennen, dass seine Aura schwächer wurde, als seine Kraft verflog. Seine gesamte Willenskraft war nötig, um die Schlinge straff zu halten und den Teufel abzuwehren, der ihm seine Seele rauben wollte. Immer wieder kniete er am Bach nieder und spritzte sich Wasser ins Gesicht, in der Hoffnung, die kalte Flüssigkeit werde ihn ins

Wache reißen. Vergeblich. Und jedes Mal war die Anstrengung, wieder aufzustehen, fast zu arg.

Einmal ertappte Benfro sich dabei, dass er sein Spiegelbild im Wasser anstarrte und sich nicht erinnern konnte, wie lange er schon hier kniete. Er konnte fast das Flüstern in seinen Gedanken hören, das ihn zum köstliches Vergessen schenkenden Schlaf einlud. Diese Erkenntnis rüttelte ihn wieder wach und er kam taumelnd auf die Füße. Abermals färbte die Morgenröte den Himmel, während er zitternd und verängstigt weiterwankte.

Manchmal vergaß er, wer er war und was er hier machte. Er wusste nur, dass der Bach da war. Dem musste er folgen. Das war alles. Und er durfte nicht schlafen oder eine Ruhepause einlegen. Manchmal nickte er im Gehen fast ein, aber jedes Mal riss der Schmerz in seinem Flügel ihn wieder hoch. Es wurde zu einem Spiel der Erwartung, er wartete auf die nächste Welle der Qual, die ihn in die wirkliche Welt zurückriss.

Aus irgendeinem Grund war wieder Nacht, auch wenn er sich an die Abenddämmerung nicht erinnern konnte. Der Mond ging auf und erfüllte den Wald mit einem gespenstischen weißen Leuchten, während Benfro sich immer weiter schleppte. Er glaubte, ätherische Wesen zu sehen, die von Baum zu Baum hüpften und mit ihm Schritt hielten. Sie flogen wie Glühwürmchen, schwebten über den Grymlinien, die den Boden kreuz und quer durchzogen, leuchteten auf, verschwanden, leuchteten wieder auf. Er sah ihnen fasziniert zu und versuchte zu erraten, wo sie als Nächstes auftauchen würden. Er streckte die Hand aus, und eins fegte durch die Luft und landete dann wie ein zahmer Vogel auf seinem ausgestreckten Finger.

Aber es war kein zahmer Vogel, es war ein Miniaturdrache, ein perfektes Scheinbild in bleichem, gespenstischem Weiß. Es hüpfte über seinen Arm und auf seine Schulter, auf eine Weise, die ihn sofort an das Eichhörnchen Malkin erinnerte.

»Wer bist du?«, fragte er, aber das Wesen gab keine Antwort. Es saß nur auf seiner Schulter und leistete ihm Gesellschaft. Es war eine beruhigende Gesellschaft, ein Freund, der alles andere als gefährlich und bedrohlich wirkte. Er war so glücklich, weil dieses Wesen auf seiner Schulter saß, dass er erst nach langer Zeit merkte, wie die Müdigkeit von ihm abfiel.

Zur Zeit der Morgendämmerung am vierten Tag sprang das winzige Wesen in die Luft, kreiste einmal um Benfros Kopf und war dann verschwunden. Benfro fragte sich, ob er jetzt den Verstand verloren hatte. Wenn ja, dann war es angenehmer auf diese Weise als so, wie Magog vorgeschlagen hatte. Er beugte sich über den Bach, trank und richtete sich wieder auf. Er hatte sich so an den Bach gewöhnt, dass er ihn nicht mehr richtig ansah. Jetzt erkannte er darin etwas Vertrautes, das Freude in seine Herzen brachte. Er kannte sich hier aus, hatte hier in diesen Wäldern gejagt und hatte in dem Wasser, aus dem er hier trank, fette Fische gefangen. Er spitzte die Ohren und konnte durch den Gesang der Morgendämmerung das ferne Tosen eines Wasserfalls gerade noch hören.

Wenn sein Flügel nicht so wehgetan hätte, wäre er jetzt losgerannt. Aber immerhin lief er, so schnell er konnte. In Minutenschnelle hatte er den Schutz der Bäume verlassen und stand auf dem Platz oberhalb von Corwens Lichtung, von dem aus er gestartet war. Er war zu Hause.

Er kletterte den Hang hinunter zum Pfad und sah voller Stolz, dass sein steinerner Pferch den Winter überlebt hatte. Die Holzscheite waren noch immer zu beiden Seiten des Höhleneingangs aufgestapelt, und ohne sich noch einmal umzusehen, betrat Benfro die Höhle.

Der verwitterte alte Drache saß neben dem Feuer, als habe er sich seit Benfros Verschwinden vor vielen Monaten kein einziges Mal bewegt. Er schaute auch nicht auf, um seinen Schützling zu begrüßen, er stocherte nur mit einem Stock zwischen den brennenden Holzscheiten herum.

»Du hast dir aber Zeit gelassen«, sagte er mürrisch.

Benfro blieb stehen. Corwens Tonfall war nun wirklich nicht richtig. Müsste Corwen sich nicht darüber freuen, ihn zu sehen? Wusste er, was passiert war, welche Prüfungen und Qualen Benfro durchgemacht hatte? Nein, natürlich wusste er das nicht. Und alles war verändert. Es gab keinen Weg zurück zu der schlichten, behaglichen Lebensweise, die Benfro früher gekannt hatte.

»Ich habe mich verirrt«, sagte Benfro, und das kam ihm vor wie eine gewaltige Untertreibung. Corwen ließ seinen Stock sinken und schaute auf. In seinen Augen standen Tränen.

»Ich dachte, ich hätte auch dich verloren, Benfro. Es tut mir leid. Ich hatte Magogs Macht unterschätzt. Ich hatte seine Bosheit unterschätzt.«

In der Höhle hing ein seltsamer Geruch, den Benfro nicht so ganz identifizieren konnte. Das machte ihn nervös und weckte in ihm eine Ahnung von Angst, Kummer und Hilflosigkeit. Der Geruch war ein bisschen wie der, den er unter Magogs Einfluss wahrgenommen hatte, und doch anders, älter.

»Wir haben versucht, dir zu helfen«, sagte Corwen. »Aber du warst so weit weg.«

»Wir?«

»Er ist vor ein paar Tagen hier eingetroffen. Sagt, ihr kennt euch schon«, sagte Corwen und seine Augen blickten an Benfro vorbei auf das Bett aus Heu. Langsam drehte Benfro sich um, obwohl er schon wusste, was dort lag. Der Gestank sagte alles. Nicht so bohrend, nicht so durchsetzt von seinem eigenen Kot, dazu überlagert vom Gestank schwärender Wunden, war es doch der Geruch, den er immer mit dem Mord an seiner Mutter identifizieren würde. Der Geruch eines Menschen.

Der Mensch lag dort auf dem Bett, wirkte darauf winzig klein und verdarb das Gras, das Benfro für sich selbst gesammelt hatte. Er war kaum am Leben und schlief so tief, dass er fast bewusstlos war. Seine heruntergekommene Erscheinung und seine furchtbaren Verletzungen hätten Benfros Mitleid erwecken können, nur waren Benfros Herzen für die Wesen verschlossen, die ihm so viel angetan hatten. Er hätte gern zugeschlagen, dieses jämmerliche Geschöpf aus Haut und Knochen getötet. Er spürte, wie Frustration und Zorn des vergangenen Jahres in ihm aufwallten. Nicht einmal sein leerer Magen konnte die Flamme aufhalten, die er jetzt herbeirief. Hass allein, größerer Wahnsinn sogar als der von Magog, könnte den Beginn seiner Rache bringen.

Dann spürte er eine Hand auf seinem Arm. Er blickte sich um und sah das Gesicht des alten Drachen, angespannt vor Sorge. Plötzlich strömte alles aus Benfro heraus, als ob ein freundliches Messer ihn angebohrt hätte.

»Er hat dir das Leben gerettet, Benfro«, sagte Corwen. »Lass Magog nicht doch noch siegen, nach allem, was du durchgemacht hast.«

Benfro war plötzlich schrecklich müde, als ob die Willenskraft, die ihn unterwegs aufrechtgehalten hatte, jetzt erschöpft wäre. Er hatte gegen alle Wahrscheinlichkeit angekämpft, um an diese Freistätte zurückkehren zu können, in der Hoffnung, dass Corwen wissen würde, was er nun zu tun hätte. Doch nun fehlte ihm die Kraft, sich dem zu stellen, was er hier vorgefunden hatte.

»Was ist er? Wer ist er? Warum ist er hier?«

»Sein Name«, sagte Corwen, »ist Errol Ramsbottom. Er ist der wahre Erbe von Königin Beulahs Thron, was er aber nicht weiß. Und warum er hier ist, nun, er wurde von den Erinnerungen eines Drachen hergesandt, so wie du. Und er flieht vor den Kampfpriestern des Hohen Fryd, so wie du. Ich würde sagen, ihr zwei habt da so einige Gemeinsamkeiten.«

Das nächste Dreamwalker-Abenteuer wartet bereits auf die beiden Helden in:

Seit Jahrhunderten schon herrscht Feindschaft zwischen Drachen und Menschen. Aber ein gemeinsames Schicksal hat den jungen Drachen Benfro und den Jungen Errol eng verbunden. Doch das Schicksal hat ihnen einiges abverlangt bei ihren Abenteuern: Benfro steht mittlerweile unter dem Bann des mächtigen Drachen Magog und Errol leidet noch immer unter den Folgen der Folter, die er im königlichen Schloss erlitten hat. Aber auch wenn Benfro und Errol jeder für sich leichte Beute für ihre größten Feinde sind, gemeinsam haben sie eine Chance gegen die machtlüsterne Königin Beulah und den grausamen Inquisitor Melyn.

Weiter geht dieses Abenteuer im April 2016 in:

J. D. Oswald:
Dreamwalker – Die Gefangene des Drachenturms

ISBN 798-3-570-40308-2

James Oswald

DREAMWALKER

In einem kleinen Ort, fern der großen Städte der Zwillingskönigsreiche, wächst der junge Errol auf. Er ist dort ein Außenseiter – sieht er doch so ganz anders aus als die Einheimischen und weiß nicht einmal, wer sein Vater ist. Denn niemand, nicht einmal er selbst, ahnt etwas von seiner wahren königlichen Herkunft. Tief in den Wäldern wird derweil Benfro, ein junger Drache, in die magischen Künste eingeweiht. Wie die seiner Mutter, ist es auch seine Bestimmung, ein großer Magier zu werden. Niemand würde vermuten, dass die Zukunft aller in den Zwillingskönigreichen in den Händen dieser beiden ungleichen Helden liegen wird. Doch das Schicksal wird den Jungen und den Drachen zusammenführen und ihrer beider Leben auf immer verändern …

Der Zauber des Drachenvolkes
Band 1, ca. 416 Seiten,
ISBN 978-3-570-40306-8

Das Geheimnis des Magierordens
Band 2, ca. 480 Seiten,
ISBN 978-3-570-40307-5

erscheint im Frühjahr 2016

Die Gefangene des Drachenturms
Band 3, ca. 416 Seiten,
ISBN 978-3-570-40308-2

40284_3

cbj

www.cbj-verlag.de